HEYNE <

Zum Buch

Es ist noch nicht sehr lange her, dass Thomas Pitt zum Leiter des Staatsschutzes ernannt wurde. In seinem neuen Fall bekommt er es mit Verbrechen zu tun, die in die höchsten Ebenen reichen. Kitty, die Zofe des angesehenen Mr. Kynaston, ist verschwunden – und auf den Vortreppen des Herrenhauses finden sich Blutspuren und Haarlocken von ihr. Mr. Kynaston arbeitet als Waffenexperte für die Kriegsmarine und kennt die gefährlichsten Geheimnisse der Regierung. Pitt steht in dem mutmaßlichen Mordfall daher schnell unter Druck, doch die Ermittlungen laufen erfolglos. Bis eine schrecklich zugerichtete Leiche auftaucht. Pitt entdeckt nun auch Ungereimtheiten in den Aussagen Mr. Kynastons. Ein harmloses Versehen? Oder steckt dahinter eine Gefahr nicht nur für die Familie Kynaston, sondern auch für das ganze Königreich?

Zur Autorin

Die Engländerin Anne Perry, 1938 in London geboren, verbrachte einen Teil ihrer Jugend in Neuseeland und auf den Bahamas. Schon früh begann sie zu schreiben. Ihre historischen Kriminalromane begeistern ein Millionenpublikum und gelangten international auf die Bestsellerlisten. 2000 erhielt sie den renommierten »Edgar Award«. Anne Perry lebt und schreibt in Schottland. Zuletzt bei Heyne erschienen: *Tod am Eaton Square*.

Lieferbare Titel

Der Verräter von Westminster – Mord in Dorchester Terrace – Tod am Eaton Square – Die dunklen Wasser des Todes – Eine Weihnachtsreise – Der Weihnachtsmord – Der Weihnachtsfluch – Das Weihnachtsversprechen – Der Weihnachtsverdacht – Die Weihnachtsleiche – Der Weihnachtsverrat

Zahlreiche weitere Thomas-Pitt-Romane und Weihnachtskrimis sind außerdem als E-Book erhältlich.

ANNE PERRY

NACHT ÜBER BLACKHEATH

Ein Thomas-Pitt-Roman

Aus dem Englischen
von K. Schatzhauser

WILHELM HEYNE VERLAG
MÜNCHEN

Die Originalausgabe
DEATH ON BLACKHEATH
erschien bei Headline Publishing Group, London

Verlagsgruppe Random House FSC® N001967
Das für dieses Buch verwendete
FSC®-zertifizierte Papier *Holmen Book Cream*
liefert Holmen Paper, Hallstavik, Schweden.

2. Auflage
Vollständige deutsche Erstausgabe 4/2015

Printed in Germany 2015
Redaktion: Uta Dahnke
Umschlaggestaltung: Hauptmann & Kompanie Werbeagentur, Zürich,
unter Verwendung einer Illustration von © Pether, Henry /
National Gallery of Victoria, Melbourne, Australia /
The Bridgeman Art Library
Satz: Schaber Datentechnik, Wels
Druck und Bindung: GGP Media GmbH, Pößneck

ISBN: 978-3-453-43792-0

www.heyne-verlag.de

Für Ileen Maisel

KAPITEL 1

In der Januarkälte fröstelnd, stand Pitt auf der Treppe, die vom Hof vor dem Dienstboteneingang des großbürgerlichen Hauses zur Straße hinaufführte, und richtete den Blick auf die blutverkrusteten Haarbüschel zu seinen Füßen. Die Stufen über und unter ihm waren mit Glasscherben übersät, an denen bereits geronnenes Blut zu erkennen war. Der von der etwa zwei Kilometer entfernten Themse kommende kalte Wind, der den Klang von Nebelhörnern mit sich brachte, fegte über die offene Landschaft in Richtung der nahegelegenen Kiesgruben.

»Es wird also eine Zofe vermisst?«, fragte Pitt ruhig.

»Ja, unglücklicherweise«, sagte der junge Polizeibeamte mit Bedauern in der Stimme. Sein Gesicht hatte im grauen Licht des frühen Morgens scharfe Züge. »Ich dachte, es wäre das Beste, Sie gleich anzurufen, wo doch Mr. Kynaston hier wohnt.«

»Das war genau richtig«, versicherte ihm Pitt.

Sie befanden sich in Shooters Hill, einer vornehmen Wohngegend in einem der Außenbezirke Londons, nicht weit von Greenwich mit seiner Marineakademie und der Königlichen Sternwarte, die der ganzen Welt die genaue Uhrzeit vorgab. Das imposante Gebäude, vor dem sie standen, gehörte einem hohen Regierungsbeamten, der als Waffenexperte im Dienst der Kriegsmarine tätig war. Eine Gewalttat quasi direkt vor seiner Haustür beunruhigte den Staatsschutz verständlicherweise und damit auch dessen Leiter Pitt. Da Pitt dieses Amt noch nicht besonders lange innehatte, bereitete ihm die damit verbundene Machtfülle immer noch ein leichtes Unbehagen. Vielleicht würde er sich nie wirklich daran gewöhnen, dass es niemanden gab, mit dem er sich die Last der Verantwortung teilen konnte. Von seinen Erfolgen würde die Öffentlichkeit nie etwas erfahren, dafür aber umso mehr von Fehlschlägen.

Den Blick auf die grausigen Spuren zu seinen Füßen gerichtet, hätte er liebend gern mit dem jungen Wachtmeister neben ihm getauscht. In dessen Alter war auch er ein einfacher Polizeibeamter gewesen, doch das lag zwanzig Jahre zurück. Damals hatte er mit alltäglichen Straftaten zu tun gehabt: Einbruchsdiebstahl, Brandstiftung, gelegentlich einem Tötungsdelikt, doch war es dabei so gut wie nie um politische Verwicklungen oder gegen den Staat gerichtete Gewalttaten und Terroranschläge gegangen.

Er richtete sich wieder auf. Der Wind war so kalt, dass er sogar durch Pitts neuen, elegant geschnittenen dicken Wollmantel drang.

»Und gemeldet hat den Vorfall der Dienstbote, der als Erster aufgestanden war?«, fragte er. »Das muss ja vor Stunden gewesen sein.« Er ließ den Blick von der Anhöhe über das Umland schweifen. Im Osten wurde es über der Themse allmählich hell.

»Ja, Sir«, gab der Beamte zurück. »Das Küchenmädchen, ein schmächtiges Ding, aber blitzgescheit. Obwohl ihr die blutigen Haarsträhnen eine höllische Angst eingejagt haben, hat sie geistesgegenwärtig reagiert.«

»Sie wird doch nicht im Dunkeln bis zur Polizeiwache von Blackheath gelaufen sein?«, fragte Pitt ungläubig. »Bis dahin sind es mindestens zwei Kilometer.«

»Nein, Sir«, gab der Mann zurück. »Sie ist zwar meiner Schätzung nach erst dreizehn Jahre alt, aber sie hat, wie ich schon sagte, einen kühlen Kopf bewahrt. Sie ist ins Haus zurückgelaufen und hat die Haushälterin geweckt. Nachdem sich diese, eine äußerst vernünftige Frau, vergewissert hatte, dass Blut und Haare nicht von irgendwelchen Tieren stammten, ist sie ans Telefon gegangen und hat auf der Wache angerufen. Sonst wären wir möglicherweise noch gar nicht hier.«

Pitt sah erneut zu Boden. Das Blut hätte in der Tat ohne Weiteres von einem Tier stammen können, aber die im Schein der Blendlaterne rotbraun schimmernden langen Haarsträhnen konnten nur von einem Menschen stammen, genauer gesagt, von einer Frau. Flüchtig kam ihm der Gedanke, dass er, wenn er kein Telefon hätte, jetzt in seiner warmen Küche in der Keppel Street beim Frühstück säße, ohne etwas von dieser schrecklichen und möglicherweise komplizierten Geschichte zu ahnen.

Er brummte zustimmend, doch ehe er noch mehr erwidern konnte, hörte er Schritte, die sich rasch näherten. Im nächsten Augenblick erschien Stokers schlanke Gestalt oben an der Treppe. Er war nicht nur ein scharfsinniger Ermittler, sondern in der Abteilung Staatsschutz auch der Einzige, auf den sich Pitt in jeder Hinsicht verlassen konnte. Seit Verrat und Intrigen innerhalb der Behörde zur Amtsenthebung des früheren Leiters Victor Narraway geführt hatten, traute Pitt keinem der anderen Mitarbeiter mehr über den Weg. Obwohl es nach verzweifelten Bemühungen und mit großem Aufwand gelungen war, Narraways vollständige Schuldlosigkeit zu beweisen, war der Innenminister nicht bereit gewesen, dessen Suspendierung vom Dienst rückgängig zu machen.

»’n Morgen, Sir«, sagte Stoker mit kaum spürbarer Neugier in der Stimme. Nach einem Blick auf die von der Blendlaterne des Polizeiwachtmeisters beleuchtete Stelle am Boden sah er Pitt an. Auf seinem kantigen Gesicht lag stets ein Ausdruck der Verdrießlichkeit.

»Die Zofe der Hausherrin wird vermisst«, erläuterte Pitt. Er hob den Blick zum Himmel und wandte sich dann erneut Stoker zu. »Notieren Sie sich genau, was Sie sehen. Fertigen Sie eine Zeichnung an. Dann nehmen Sie einige Proben mit – man kann nie wissen, ob wir die nicht eines Tages als Beweismaterial brauchen. Und beeilen Sie sich, damit Sie fertig sind, bevor es anfängt zu regnen. Ich gehe inzwischen hinein und rede mit den Leuten.«

»Sehr wohl, Sir. Aber was haben wir mit der Sache zu tun? Wieso kann die örtliche Polizei nicht nach dieser Zofe suchen?« Bei diesen Worten nickte er zu dem jungen Polizeibeamten hinüber.

»Das Haus gehört Dudley Kynaston. Der Mann ist ein für die Kriegsmarine tätiger hoher Regierungsbeamter«, gab Pitt zurück.

Stoker stieß einen leisen Fluch aus.

Pitt lächelte. Auch wenn er Stokers Ansicht teilte, war er froh, den genauen Wortlaut nicht gehört zu haben. Er wandte sich um, klopfte pro forma an die Tür des Dienstboteneingangs, öffnete sie und ging an den in der Speisekammer lagernden Gemüsevorräten vorüber in die Küche. Dort empfingen ihn neben einer angenehmen Wärme auch die köstlichen Gerüche der Speisen, die zubereitet wurden. Er genoss die Atmosphäre der Behaglichkeit. Alles war, wie es sich gehörte. Das Licht brach sich in den polierten Kupfertöpfen und -pfannen, die, der Größe nach geordnet, an ihren Haken hingen. Saubere Porzellanteller stapelten sich auf der Anrichte. Auf Regalen standen ordentlich beschriftete Gläser mit Gewürzen. Getrocknete Kräuter und Zwiebelzöpfe hingen von den Deckenbalken herab.

»Guten Morgen«, sagte Pitt, woraufhin sich die drei in der Küche tätigen Frauen zu ihm umwandten.

»Morg'n, Sir«, sagten sie beinahe im Chor. Die rundliche Köchin hielt einen großen Holzlöffel in der Hand, ein Dienstmädchen in einer mit einer Borte verzierten gestärkten Schürze machte ein Tablett mit Tee und Toast zurecht, um es nach oben zu bringen, und das Küchenmädchen schälte Kartoffeln. Unter ihrem dunklen, widerspenstigen Haar sah sie ihn mit großen Augen an. Er wusste sogleich, dass sie diejenige war, die als Erste hinausgegangen war und die Glasscherben und das Blut entdeckt hatte. Die Ärmel ihres grauen Kleides waren bis über die Ellbogen aufgekrempelt, und die schwarzen Rußflecken auf ihrer weißen Schürze zeigten, dass sie sich schon um das Feuer im Herd gekümmert hatte.

Die Köchin sah Pitt unsicher an, weil sie nicht recht wusste, wie sie ihn einordnen sollte. Ein Herr konnte er kaum sein, sonst wäre er nicht zum Dienstboteneingang hereingekommen, und er strahlte auch nicht die zur zweiten Natur gewordene Hochnäsigkeit eines Mannes aus, der es gewohnt war, Dienstboten Anweisungen zu erteilen. Andererseits schien er nicht nur äußerst selbstsicher zu sein, sie sah auch auf den ersten Blick, dass sein Mantel von erlesener Qualität war. Angesichts der Situation vermutete sie, es müsse sich um irgendeine Art von Polizeibeamten handeln, doch sah er auch nicht wie ein gewöhnlicher Wachtmeister aus.

Pitt lächelte ihr knapp zu. »Darf ich wohl bitte mit dem Küchenmädchen sprechen? Am besten in einem ruhigen Raum, wo uns niemand stört. Sofern Sie wünschen, dass die Haushälterin mitkommt, erhebe ich selbstverständlich keine Einwände dagegen.« Er formulierte diese Anweisung zwar als Bitte, sah ihr dabei jedoch in die Augen, um sicher zu sein, dass sie begriff, was er wollte.

»Ja, Sir«, sagte sie mit belegter Stimme, als sei ihr Mund plötzlich ausgedörrt. »Dora kann mit ihr gehen.« Sie wies auf das verblüffte Dienstmädchen. »Ich bring dann Mrs. Kynastons Tablett selber rauf. Maisie, geh mit dem Mann und sag ihm, was er wissen will. Und dass du mir ja höflich bist!«

»Mach ich«, sagte Maisie gehorsam und führte Pitt zur Tür. Dort wandte sie sich zu ihm um und musterte ihn von Kopf bis Fuß. »Se seh'n ganz verfror'n aus. Woll'n Se 'ne Tasse Tee … Sir?«

Unwillkürlich musste Pitt lächeln. »Vielen Dank. Das wäre mir in der Tat sehr recht. Vielleicht kann uns Dora eine Kanne bringen?«

Ganz unübersehbar war das Stubenmädchen in keiner Weise damit einverstanden. Es gehörte nicht zu ihren Aufgaben, Polizisten und Küchenmädchen mit Tee zu versorgen. Doch sie fand nicht die rechten Worte, um ihren Standpunkt zu vertreten.

Pitt lächelte sie freundlich an. Mit den Worten »Das ist sehr liebenswürdig von Ihnen« machte er ihr den Auftrag schmackhaft, der ihr so zuwider zu sein schien. Dann folgte er Maisie durch den Gang zum Aufenthaltsraum der Haushälterin. Diese war nicht dort – zweifellos hatte sie Dinge zu erledigen, die mit den beunruhigenden Ereignissen des Morgens zusammenhingen.

Pitt setzte sich in den Sessel am Kamin, in dem man wohl erst vor Kurzem Feuer gemacht hatte, denn es wärmte noch nicht. Maisie nahm aufrecht auf einem hölzernen Stuhl ihm gegenüber Platz.

»Wann bist du heute Morgen nach unten gegangen?«, kam Pitt sogleich zur Sache.

»Um halb sechs«, gab sie, ohne zu zögern, zur Antwort. »Ich hab in der Küche die Asche aus'm Herd geräumt und zur

Tonne auf'm Hof gebracht. Da hab ich das …«, sie schluckte, »… das Blut … und das andere entdeckt.«

»Also gegen Viertel vor sechs?«

»Ja …«

»Wie kam es, dass du darauf aufmerksam geworden bist? Um die Zeit muss es noch ziemlich dunkel gewesen sein, und von der Aschentonne bis zur Treppe ist es ein ganzes Stück. War außer dir noch jemand da, Maisie?«

Sie holte tief Luft und stieß sie dann mit einem Seufzer wieder aus. »Der Schuhputzer von gegenüber. Aber der würde so was nie machen. Außerdem kann er Kitty gut leiden … Ich mein, se war immer nett zu ihm. Er … er ist vom Land und vermisst seine Familie.« Sie sah Pitt mit ihren dunklen Augen unverwandt an.

»Wer ist Kitty?«

»Kitty Ryder«, sagte sie in einem Ton, als müsse er das wissen. »Die Zofe von der Gnädigen, Mrs. Kynaston. Die wird vermisst.«

»Wieso denkst du, dass sie mit den Spuren auf der Treppe zu tun hat?«, fragte er neugierig. Soweit er wusste, standen Zofen nur selten morgens vor halb sechs auf, um dann schon nach draußen zu gehen.

»Weil se nich' hier is'.« Mit dieser durchaus vernünftig klingenden Antwort wich das Mädchen der Frage aus. Ihr widerspenstiger Gesichtsausdruck und das leichte Naserümpfen zeigten ihm, dass ihr das durchaus bewusst war.

»Du meinst also, die Haare auf den Treppenstufen sahen aus wie die von Kitty Ryder?«, fasste er nach.

»Eigentlich schon …«

Ihm kam ein Gedanke. Dora konnte jeden Augenblick mit dem Tee kommen und würde dann sozusagen als Anstandsdame bleiben. Er musste die Gelegenheit rasch nutzen.

»Und du hast befürchtet, dass Kitty etwas zugestoßen sein könnte?«

»Ja … ich …« Sie hielt inne und sah ihn offen an. Sie witterte, dass er ihr mit seiner Frage eine Falle gestellt hatte.

Er hörte Schritte im Flur. Sicher war das Dora.

»Ist diese Kitty möglicherweise am späten Abend oder irgendwann mitten in der Nacht auf der Treppe mit jemandem in Streit geraten, der dann ausgeartet ist? Hat sie einen Verehrer, den du nicht ausstehen kannst?«

In diesem Augenblick kam das Stubenmädchen Dora herein. Sie stellte das Tablett mit einer Teekanne, einem Milchkännchen, einer Zuckerschale sowie zwei Tassen auf den Tisch und trat einen Schritt zurück. Auf ihrem Gesicht lag unübersehbar Missbilligung.

Pitt nickte ihr dankend zu, ohne Maisie aus den Augen zu lassen. »Ein Verehrer«, wiederholte er. »Ich nehme an, Kitty hatte einen Verehrer, mit dem sie sich trotz der kalten Winternacht draußen getroffen hat. Daher hast du beim Anblick des Blutes und der Haare sofort an sie gedacht und nachgesehen, ob sie da war.«

In dem Blick, mit dem ihn das Mädchen ansah, mischten sich Hochachtung und Angst. Sie nickte stumm.

»Und hast du sie gefunden?« Er kannte die betrübliche Antwort bereits, musste sie aber noch einmal hören.

Maisie schüttelte den Kopf. »Se is' nirgends.«

»Möchtest du eine Tasse Tee?«, fragte er.

Sie nickte, wobei sie ihn nach wie vor unverwandt ansah.

»Dora, würden Sie uns bitte den Tee eingießen?«, sagte er. »Ich nehme Milch, aber keinen Zucker. Maisies Vorliebe werden Sie kennen. Und dann könnten Sie bitte dafür sorgen, dass entweder die Haushälterin oder der Butler herkommt.«

Mit einem empörten Blick kam sie seiner Aufforderung nach. Ihr war klar, dass man Ärger mit Polizisten am besten aus dem Weg ging, ganz gleich, wie hoch oder niedrig deren Rang sein mochte.

Eine Stunde später wusste Pitt alles, was ihm das Personal sagen konnte. Nachdem auch Stoker mit seinen Skizzen von allem fertigt war, suchten sie das Empfangszimmer auf, um mit dem Hausherrn zu sprechen. Sofern es sich als nötig erweisen sollte, würden sie danach noch dessen Gattin einige Fragen stellen müssen. Es wunderte Pitt, dass das große Empfangszimmer so behaglich eingerichtet war, als wollten die Bewohner des Hauses damit nicht in erster Linie Besucher beeindrucken, sondern sich selbst darin wohlfühlen. Die weichen Teppiche waren ziemlich abgetreten und das Leder der Sessel vom langen Gebrauch faltig. Überall lagen bequeme Kissen. Dudley Kynaston stand in der Mitte des Raumes, doch auf dem Tisch vor dem Sofa, auf dem er vermutlich gesessen hatte, sah man einen Stapel Papiere. Wahrscheinlich hatte er die Schritte der Männer auf dem Parkettboden des Vorraums gehört und war zu ihrer Begrüßung aufgestanden. Pitt fragte sich, ob das aus Höflichkeit oder einem instinktiven Bestreben geschehen war, mit ihnen auf Augenhöhe zu sein.

Kynaston war fast so groß wie Pitt. Er sah gut aus und hatte regelmäßige Gesichtszüge. Sein dichtes blondes Haar begann an den Schläfen grau zu werden. Er wirkte bedrückt – eine Reaktion, die wohl jeder normale Mensch beim Gedanken an eine mögliche Gewalttat zeigte.

Pitt stellte sich und seinen Mitarbeiter vor.

Kynaston begrüßte ihn höflich und nickte Stoker knapp zu. »Ich habe keine Vorstellung davon, was ich für Sie tun kann. Zwar weiß ich es zu würdigen, dass sich der Staatsschutz Sorgen macht, aber sofern die bedauernswerte Zofe meiner Frau in die Sache verwickelt ist, dürfte es sich höchstens um eine ungewöhnlich heftige Auseinandersetzung gehandelt haben. Vielleicht wollte sich ein junger Mann, der zu viel getrunken hatte, nicht von ihr abweisen lassen. Das wäre zwar unerfreulich, aber so etwas kommt immer wieder einmal vor.« Er wirkte nicht wie jemand, der sich aus einer Situation herausreden wollte, gab Pitt mit seinen Worten aber höflich zu verstehen, dass er nicht bereit war, seine Zeit mit der Sache zu vergeuden.

»Ist Miss Ryder normalerweise bereits so früh auf?«, fragte Pitt.

Kynaston schüttelte kaum wahrnehmbar den Kopf. »Nein, das ist äußerst ungewöhnlich. Ich habe keine Erklärung dafür. Man kann sich eigentlich in jeder Hinsicht auf sie verlassen.«

Pitt merkte, dass Stoker hinter seinem Rücken unruhig von einem Fuß auf den anderen trat.

»Und Sie sind sicher, dass sie sich nicht irgendwo im Hause befindet?«, fragte Pitt.

»Ich wüsste nicht, wo sie sein sollte.« Kynaston sah verwirrt drein. »Sie hat so etwas noch nie getan. Nach allem, was mir der Butler gesagt hat, lässt das, was man draußen auf der Treppe sieht, auf einen ziemlich üblen Streit schließen. Die ganze Sache ist außerordentlich unangenehm, und wir werden das Mädchen wohl entlassen müssen. Ich hoffe nur, dass sie nicht ernsthaft verletzt ist. Abgesehen davon, dass ich Ihnen gestatten kann, selbst im Hause nachzusehen und jeden zu befragen, wüsste ich nicht, auf welche Weise ich Ihnen behilflich sein könnte.«

»Vielen Dank, Sir«, gab Pitt zurück. »Könnte ich vielleicht mit Ihrer Gattin sprechen? Sicher weiß sie mehr über das Personal. Ganz wie Sie gesagt haben, dürfte es sich um einen

Streit handeln, der ausgeartet ist. Sobald wir die Zofe gefunden haben und sicher sind, dass es ihr gut geht, können wir den Fall abschließen.«

Kynaston zögerte.

Unwillkürlich fragte sich Pitt nach dem Grund dafür. Tat er das, um seine Frau zu schützen, oder fürchtete er, sie könne unabsichtlich etwas ausplaudern, was niemand wissen sollte? Auch wenn das nicht unbedingt etwas mit dem Blut und den Haaren auf der Treppe zu tun haben musste, zog Kynaston es möglicherweise vor, dass es nicht bekannt wurde. Schon so manches Mal hatte Pitt Dinge aufgedeckt, die mit dem Fall, den er untersuchte, nicht das Geringste zu tun hatten. Sobald jemand von außen in die Privatsphäre eindrang, war sie nicht mehr wirklich privat. Er empfand ein gewisses Mitgefühl mit Kynaston, konnte es sich aber nicht erlauben, dem nachzugeben.

»Mr. Kynaston«, sagte er.

»Ja … gewiss«, gab dieser seufzend zurück und betätigte den Glockenzug neben dem Kamin. Sogleich trat der Butler ein, ein ernst und gelassen wirkender Mann, auf dessen freundlichen Zügen ein besorgter Ausdruck lag. »Ah, Norton. Könnten Sie Mrs. Kynaston bitten, zu uns ins Empfangszimmer zu kommen?« Ganz offensichtlich dachte er nicht daran, Pitt die Möglichkeit zu geben, mit ihr allein zu sprechen.

Der Butler zog sich zurück, und die Männer warteten eine Weile schweigend, bis sich die Tür öffnete und Mrs. Kynaston eintrat. Sie war äußerst schlank und von durchschnittlicher Größe, hatte dichtes braunes Haar, regelmäßige Gesichtszüge und graublaue Augen. Alles in allem war sie eine eher unauffällige Erscheinung, und als sich Pitt später zu erinnern versuchte, hätte er nicht sagen können, wie genau sie aussah oder was sie getragen hatte.

»Ich bedaure, dich belästigen zu müssen, meine Liebe«, begann Kynaston mit ruhiger Stimme. »Wie es aussieht, hat die örtliche Polizei wegen des Blutes und der Haare auf der Treppe zum Dienstboteneingang den Staatsschutz hinzugezogen. Solange wir nichts Näheres über Kitty wissen, müssen wir den Leuten gestatten, dem Fall nachzugehen. Sie scheinen zu vermuten, dass ihr etwas Gravierendes zugestoßen sein könnte.«

»Grundgütiger!«, sagte Mrs. Kynaston überrascht und sah Pitt mit plötzlich erwachtem Interesse an. »Der Staatsschutz! Ist die Sicherheit unseres Landes so wenig bedroht, dass Sie genug Zeit haben, dem Fehlverhalten von Dienstboten nachzuspüren?« Die volltönende und wohlklingende Stimme war das einzig Bemerkenswerte an ihr. Wäre sie eine Sängerin, ging es Pitt unwillkürlich durch den Kopf, würde ihr empfindungsreicher Vortrag die Zuhörer wohl in ihren Bann schlagen.

Kynaston wirkte angesichts der Reaktion seiner Frau sprachlos.

»Wir wissen noch gar nicht, ob es sich um Miss Ryders Haare handelt, Ma'am«, antwortete Pitt. »Oder ob das Blut von ihr stammt.«

Sie schien leicht überrascht. »Soweit mir bekannt ist, waren die Haare, die man dort gefunden hat, von der gleichen Farbe wie Kittys Haar. Aber sicher haben viele Menschen diese Haarfarbe. Hat das Ganze womöglich gar nichts mit unserem Hause zu tun? Es handelt sich doch um die Treppe, die zur Straße führt, nicht wahr? Da hätte sich jeder Beliebige aufhalten können.«

Kynaston verzog das Gesicht. Als er merkte, dass Pitt zu ihm sah, glätteten sich seine Züge wieder. »So ist es«, stimmte er seiner Frau zu. »Allerdings werden wir hier normalerweise nicht von vorüberkommenden Fremden belästigt. Wir haben nur wenige Nachbarn«, fügte er überflüssigerweise hinzu. Das Haus stand frei in der baumarmen Landschaft unweit der großen Kiesgruben, von denen es zwischen Greenwich Park und dem Dorf Blackheath eine ganze Reihe gab.

»Ach, Dudley«, sagte Rosalind Kynaston mit geduldiger Stimme. »Die Leute finden überall hin! Und sicher ist es um diese Jahreszeit auf der Treppe zum Dienstboteneingang deutlich weniger ungemütlich, als auf freiem Feld dem Wind ausgesetzt zu sein.«

Pitt gestattete sich ein Lächeln. »Zweifellos«, räumte er ein. »Aber hätte Kitty Ryder zu diesen Leuten gehören können?«

»Möglich.« Sie hob die sanft gerundeten Schultern zu einem leichten Achselzucken. »Sie geht hin und wieder mit einem jungen Mann aus. Einem Tischler oder etwas in der Art.«

Kynaston sah sie verblüfft an. »Tatsächlich? Davon hast du ja nie etwas gesagt!«

Mit mühsam beherrschter Ungehaltenheit gab sie zurück: »Natürlich nicht. Warum sollte ich? Ich hatte gehofft, dass das vorübergeht. Er ist kein besonders anziehender Mensch.«

Kynaston holte Luft, als wollte er etwas sagen, stieß sie dan
aber wieder aus und wartete darauf, dass Pitt das Wort ergri

»Sie scheinen den jungen Mann nicht besonders gut
den zu können«, wandte sich Pitt an Mrs. Kynaston. »
ben Sie, dass er es übel aufgenommen hätte, wenn Ki
Bekanntschaft hätte beenden wollen?«

Nach einigem Überlegen erklärte sie: »Ehrlich
er mir in der Tat nicht sonderlich sympathisch. Ic
genommen, dass er sich zu ihr hingezogen fühlt
sie seine Gefühle erwiderte. Ganz davon abgese
Kitty für klüger gehalten, als dass sie sich
Winternacht draußen auf die Treppe gestel
das zu sagen.«

»Immerhin durfte sie sich in unmittelbarer Nähe des Hauses sicher fühlen!«, gab Kynaston zu bedenken. Sein Gesichtsausdruck verfinsterte sich. »Du meinst also, dass er nicht der Richtige für Kitty war?«

»Das will ich nicht sagen, Dudley. Ich denke nur, dass sie mehr hätte erwarten können«, erwiderte sie. »Schließlich ist sie ausgesprochen hübsch. Wenn sie gewollt hätte, hätte sie jederzeit in London eine Stelle als Stubenmädchen haben können.«

»Und das wollte sie nicht?«, fragte Pitt neugierig. Was mochte eine gut aussehende junge Frau draußen in Shooters Hill halten, wenn sie an einem der eleganten Plätze mitten in der großen Stadt hätte leben können? »Hat sie Verwandte in der Nähe?«

»Nein«, versicherte ihm Mrs. Kynaston. »Sie kommt aus Gloucestershire. Bestimmt hatte sie Angebote in der Stadt – ich weiß nicht, warum sie sie ausgeschlagen hat.«

Das mochte unerheblich sein, aber dennoch nahm Pitt sich vor, der Frage nach dem Grund von Kittys Anhänglichkeit an das Haus Kynaston nachzugehen, sofern sie nicht bald gesund und munter wieder auftauchte.

»Augenscheinlich hat dein Rat bei ihr nicht so recht gefruchtet«, merkte Kynaston mit einem Blick zu seiner Gattin an. »Ich hatte sie für vernünftiger gehalten.« Er wandte sich Pitt zu. »Allem Anschein nach vergeuden Sie hier Ihre Zeit, Commander. Bitte entschuldigen Sie. Sofern der Sache überhaupt nachgegangen werden muss, was wahrscheinlich nicht ötig ist, dürfte das ausschließlich die Polizei betreffen. Sollte itty nicht auftauchen oder sollten wir Grund zu der Anhme haben, dass ihr etwas zugestoßen ist, werden wir es lden.«

Mit einem Lächeln neigte er den Kopf, als wollte er Pitt it verabschieden.

Dieser zögerte, da er nicht bereit war, die Sache ohne Weiteres aus der Hand zu geben. Jemand war auf der Treppe zum Haus verletzt worden, möglicherweise schwer. Hätte es sich dabei nicht um eine Hausangestellte gehandelt, sondern um die Tochter des Hauses, würde man die Sache mit Sicherheit nicht so leichthin abtun.

»Können Sie mir Miss Ryder beschreiben?«, fragte er, ohne sich vom Fleck zu rühren.

Kynaston zwinkerte.

»Wie groß ist sie?«, fasste Pitt nach. »Wie sieht sie aus?«

Die Antwort kam von Mrs. Kynaston: »Mindestens fünf bis sechs Zentimeter größer als ich, und sie hat eine ausgezeichnete Figur.« Sie lächelte belustigt. »Sie sieht wirklich ausgesprochen gut aus. Wenn sie eine Dame der Gesellschaft wäre, würde man sie als Schönheit bezeichnen. Sie hat eine helle Haut und dichtes, gewelltes rotbraunes Haar.«

»Ich glaube, du bist da etwas zu wohlwollend, meine Liebe«, sagte Kynaston mit leichter Schärfe in der Stimme. »Sie ist eine Zofe, der ein junger Mann äußerst zweifelhafter Herkunft den Hof gemacht hat.« Er wandte sich erneut Pitt zu. »Sicher ist Ihnen bekannt, dass Hausangestellte am Wochenende einen halben Tag frei haben. Aber es ist völlig inakzeptabel, wenn sie sich dabei auf diese Weise draußen herumtreiben – genau deshalb hat sie es ja wohl auch heimlich getan. Sofern Sie sich nach wie vor Sorgen machen, sollten Sie die Möglichkeit ins Auge fassen, dass sie mit dem Burschen durchgebrannt ist.«

Das Eintreten einer anderen Dame ersparte es der Hausherrin, etwas darauf zu sagen. Sie hatte weißblondes Haar, war ziemlich groß – nur eine knappe Handbreit kleiner als Kynaston –, und ihr Gesicht war dazu angetan, andere in seinen Bann zu schlagen, nicht, weil sie besonders schön gewesen wäre, sondern wegen der emotionalen Intensität in ihren Zügen und der leuchtend blauen Augen.

»Ist das Hausmädchen wieder aufgetaucht?«, fragte sie und sah Kynaston an.

»Zofe«, verbesserte Rosalind sie. »Nein.«

»Guten Morgen, Ailsa«, sagte Kynaston in freundlicherem Ton, als Pitt unter den Umständen erwartet hätte. »Leider nicht. Der Herr ist Commander Pitt vom Staatsschutz.«

Die geschwungenen Brauen der Angesprochenen hoben sich. »Staatsschutz?«, sagte sie ungläubig. »Hast du etwa den Staatsschutz hinzugezogen, Dudley? Großer Gott, die Leute haben bestimmt Wichtigeres zu tun!« Sie wandte sich Pitt zu und sah ihn neugierig an. »Oder nicht?«, fragte sie in herausforderndem Ton.

»Meine Schwägerin, Mrs. Bennett Kynaston«, erklärte der Hausherr. Pitt erkannte auf dem Gesicht des Mannes einen flüchtigen Ausdruck von Schmerz, den er mit Mühe unterdrückte. Ihm fiel ein, dass Bennett Kynaston etwa neun Jahre zuvor gestorben war. Es erschien ihm sonderbar, dass dessen Witwe nach wie vor in so enger Beziehung zu der Familie lebte und, wie es aussah, nicht wieder geheiratet hatte. Mit ihrem Aussehen hätte sie sicher reichlich Gelegenheit dazu gehabt.

»Guten Morgen, Mrs. Kynaston«, sagte er und fand sich angesichts ihres fragenden Gesichtsausdrucks geneigt, auf ihre Bemerkung einzugehen. »Eine junge Frau wird vermisst, und auf der Treppe vor dem Haus finden sich Blut, Haare und Glasscherben. Das genügt als Hinweis auf die Möglichkeit, dass es zumindest eine hässliche Auseinandersetzung gegeben hat. Da der örtlichen Polizei Mr. Kynastons Bedeutung für die Regierung und unsere Marine bewusst ist und sie die Möglichkeit einer ernsthaften Bedrohung seiner Person nicht ausschließen konnte, hat sie uns hinzugezogen.

Sollte sich herausstellen, dass es sich lediglich um einen unschönen Streit zwischen Liebesleuten handelt, werden wir den Fall wieder der Polizei übergeben, damit diese die nötigen Schritte unternimmt. Im Augenblick aber müssen wir annehmen, dass Miss Ryder verschwunden ist.«

Ailsa schüttelte den Kopf. »Du musst dir eine andere Zofe suchen, Rosalind. Sie ist untragbar, ob sie nun zurückkommt oder nicht.«

Ein Ausdruck von Zorn trat auf das Gesicht ihrer Schwägerin und verschwand so rasch wieder, dass Pitt nicht sicher war, ob er richtig gesehen hatte. Hatte er sich das nur eingebildet, weil ihm bewusst war, auf welche Weise Charlotte, seine Frau, eine solch hochfahrende Anweisung aufgenommen hätte, selbst wenn sie von ihrer Schwester Emily gekommen wäre, der sie herzlich zugetan war?

Bevor Rosalind antworten konnte, wandte sich Pitt dem Hausherrn zu und erklärte: »Es ist unsere Pflicht, dem Fall nachzugehen, bis die Zofe gefunden ist oder Sie etwas von ihr hören. Die Haushälterin hat mir gesagt, dass Miss Ryder nichts von ihrer Habe mitgenommen hat und alles noch in ihrem Zimmer ist, sogar das Nachthemd und die Haarbürste. Angesichts dessen müssen wir davon ausgehen, dass es nicht in ihrer Absicht lag, das Haus für längere Zeit zu verlassen. Sollte sich zeigen, dass Sie irgendwelche Wertgegenstände vermissen, teilen Sie das bitte der örtlichen Polizei mit. Ich würde Ihnen raten, noch mehr als sonst darauf zu achten, dass nachts alle Türen verschlossen sind. Vielleicht können Sie Ihren Butler darauf hinweisen, dass möglicherweise ein Diebstahl stattgefunden hat …«

»Ja, das dürfte es sein«, gab ihm Kynaston recht. »Eine äußerst unangenehme Geschichte. Kitty ist mit guten Zeugnissen zu uns gekommen, doch Ihr Rat erscheint mir durchaus angebracht, und ich werde ihn befolgen. Ich bin Ihnen zu Dank verpflichtet.«

»Ich glaube nicht, dass Kitty etwas mit einem Diebstahl zu tun haben könnte«, sagte Rosalind in ziemlich scharfem Ton, wobei sich ihre bleichen Wangen leicht röteten.

»Ich verstehe, dass du dich mit diesem Gedanken nicht anfreunden magst«, sagte Ailsa freundlich und trat einen Schritt auf die Schwägerin zu. »Schließlich war sie deine Zofe, und du hast ihr vertraut, was völlig normal ist. Gewöhnlich ist das auch angebracht, aber jeder kann hin und wieder vom Pfad der Tugend abweichen. Soweit ich verstanden habe, hat sie sich mit einem ziemlich üblen Burschen eingelassen, und wir alle wissen, wie leicht solche jungen Männer selbst Mädchen aus den besten Familien umgarnen können – und erst recht eine junge Frau, die weit von ihrer Heimat entfernt als Hausangestellte arbeitet.«

Gegen die Berechtigung dieser Bemerkung ließ sich nichts einwenden, doch erkannte Pitt auf Rosalinds Zügen Ungläubigkeit und Ärger darüber, dass sie Ailsa die Unrichtigkeit ihrer Unterstellung nicht beweisen konnte.

»So ist es wohl«, sagte Kynaston und nickte seiner Schwägerin zu. Dann wandte er sich an seine Gemahlin. »Vielleicht könntest du es mit Jane versuchen, bis wir eine andere Zofe gefunden haben. Du kommst gut mit ihr aus, und sie scheint mir ziemlich tüchtig zu sein.«

»Warum sollte ich?«, fragte Rosalind mit Schärfe in der Stimme. »Kitty ist doch erst seit ein paar Stunden aus dem Haus! Wenn man dich reden hört, könnte man glauben, sie sei tot und begraben!«

»Selbst wenn sie zurückkehren sollte, meine Liebe, ist sie untragbar, denn man kann sich auf keinen Fall mehr auf sie verlassen«, sagte er etwas freundlicher. »Ich denke, es ist das Beste so.« Zu Pitt gewandt fuhr er fort: »Ich danke Ihnen erneut aufrichtig für Ihren Rat wie auch für Ihre Bereitwilligkeit, uns rasch zu unterstützen. Wir wollen Sie jetzt nicht länger aufhalten. Guten Tag.«

»Guten Tag, Sir«, gab Pitt zurück. »Ma'am«, sagte er mit einer leichten Verneigung zu den beiden Damen und verließ den Raum zusammen mit Stoker. Als sie aus der Haustür auf die Straße hinaustraten, bekamen sie die ersten Regentropfen ab.

»Was halten Sie von der Sache, Sir?«, fragte Stoker neugierig, während er den Mantelkragen hochschlug. Die Frage klang beiläufig, doch als Pitt ihn ansah, erkannte er Zweifel auf den Zügen des Mannes. »Auf den Stufen war eine Menge Blut«, fuhr Stoker fort. »Das war mehr als ein Kratzer. Da hat jemand heftig zugeschlagen. Die Frau kann nicht bei klarem Verstand gewesen sein, wenn sie bereit war, mit einem Mann fortzugehen, der sie so misshandelt hat.« An die Stelle des Zweifels war unüberhörbarer Zorn getreten.

»Vielleicht hat sie sich an einer der Glasscherben geschnitten«, sagte Pitt nachdenklich und schritt kräftig aus. Dabei zog er die Hutkrempe in die Stirn und legte sich den Schal um den Hals, denn der Regen hatte rasch an Heftigkeit zugenommen. Er hob den Blick zum Himmel. »Nur gut, dass Sie die Zeichnungen rechtzeitig gemacht haben. In zwanzig Minuten gibt es da nichts mehr zu sehen.«

»Die Scherben waren voll Blut«, sagte Stoker. »Und die Haare auch. Wie es aussah, sind sie büschelweise mit der Wurzel ausgerissen worden. Mag sein, dass dieser Kynaston für die Marine von Bedeutung ist – aber auf jeden Fall gibt es da was, womit er nicht herausrückt … Sir.«

Pitt lächelte. Die gezielten Frechheiten, die Stoker unauffällig vorbrachte, waren ihm wohlvertraut. Sie galten nicht ihm persönlich, sondern den Politikern, unter deren Federführung der Staatsschutz arbeitete und die Pitt mitunter ebenso wenig ausstehen konnte wie sein Mitarbeiter. Stoker schien nach wie vor zu fürchten, Pitt könne sich auf ihre Seite schlagen, zumal er sich nicht sicher war, ob dessen Vorgänger Narraway das nicht ebenfalls getan hatte. Zumindest nach außen hin war Victor Narraway allerdings in jeder Hinsicht anders als Pitt. Er stammte aus den besseren Kreisen, war erst Leutnant beim Heer gewesen, hatte dann Rechtswissenschaften studiert und war gerissen und so glatt wie ein Aal. Zwar hatte sich Stoker in seiner Gegenwart nie recht wohlgefühlt, doch seine Achtung vor Narraways Fähigkeiten war grenzenlos.

Pitt, der Sohn eines zu Unrecht zur Deportation nach Australien verurteilten Wildhüters, hatte sich bei der Londoner Stadtpolizei vom Streifenpolizisten bis zum Oberinspektor und Leiter der Londoner Innenstadtwache in der Bow Street emporgedient. Als sich einige hochstehende Persönlichkeiten bei ihren unsauberen Machenschaften durch ihn bloßgestellt fühlten, war er aus dem Polizeidienst entlassen und gegen seinen Willen zum Staatsschutz versetzt worden. Sogar in Momenten, da er raffiniert vorzugehen glaubte, las Stoker in ihm wie in einem offenen Buch.

All das war Pitt bewusst, als er zurückgab: »Das kommt mir auch so vor, Stoker. Ich weiß aber nicht, ob es dabei um etwas geht, was uns Sorge bereiten müsste.«

»Nun, wenn in dem Haus krumme Sachen gedreht wurden und dabei jemand vom Personal zu Schaden kam, sollten wir uns das auf jeden Fall näher ansehen«, sagte Stoker erbittert. »Das Ganze riecht mir sehr nach Erpressung.« Er überließ es Pitt, sich den Rest zu denken.

»Sie meinen also, Dudley Kynaston hatte eine Liaison mit der Zofe seiner Gemahlin und hat sie mitten in der Nacht auf der Treppe zum Hintereingang misshandelt?«, fragte Pitt mit einem Lächeln.

Stoker errötete leicht und blickte starr vor sich hin, um Pitt nicht ansehen zu müssen. »Nein Sir, das nicht. Falls er so verrückt wäre, müsste man ihn nicht nur im Interesse der Allgemeinheit ins Irrenhaus stecken, sondern auch in seinem eigenen.«

Pitt hätte fast hinzugefügt, dass die Angelegenheit höchstwahrscheinlich genau das war, wonach sie aussah, ohne allerdings sagen zu können, wonach sie eigentlich aussah. Die Dienstboten hatten im Haus keinen fehlenden Gegenstand aus Glas gefunden. Das viele Blut auf der Treppe konnte auf keinen Fall aus einer einfachen Schnittwunde stammen. Auch war noch nicht einmal sicher, ob es sich überhaupt um Menschenblut handelte und, falls ja, ob es das der Zofe war, die bei ihrem Verschwinden nichts mitgenommen hatte, nicht einmal ihre Haarbürste. Stammten die Haare auf der Treppe von ihr oder von einem anderen Menschen mit einer ähnlichen Haarfarbe?

Woher könnte er erfahren, worum es beim Streit zwischen ihr und dem jungen Mann gegangen war, sofern es sich um einen solchen gehandelt hatte?

»Die örtliche Polizei soll die Sache im Auge behalten und uns benachrichtigen, wenn die Frau zurückkommt oder anderswo auftauchen sollte«, sagte er schließlich.

Stoker knurrte etwas Unverständliches. Zwar war er damit nicht zufrieden, musste aber eingestehen, dass sich im Augenblick nichts weiter tun ließ. Mit gesenktem Kopf schritten sie schweigend über den nassen Gehweg durch den Regen.

Obwohl Pitt ziemlich früh in sein Haus in der Keppel Street zurückkehrte, war die Dunkelheit bereits hereingebrochen. Die Gaslaternen schimmerten wie Leuchttürme durch den dichten Regen, tauchten einen kurzen Augenblick lang, von einem Lichtschein umgeben, auf und wurden dann wieder von der Finsternis verschluckt.

Er ging die Stufen zur Haustür empor und wollte gerade in seinen wie üblich übervollen Taschen nach dem Schlüssel suchen, als sich die Tür öffnete. Von einem Augenblick auf den anderen umgaben ihn die Helligkeit des Hauses und die Wärme aus dem Kamin im Wohnzimmer, dessen Tür offen stand.

»'n Ab'nd, Sir«, sagte Minnie Maude mit einem Lächeln. »Woll'n Se Ihr'n Tee vor dem Essen? Ach je, Se sind ja klatschnass!« Voll Mitgefühl musterte sie ihn von Kopf bis Fuß. »Das muss ja wie aus Kübeln geschüttet ha'm.«

»Das können Sie laut sagen«, erwiderte er, während sie die Haustür hinter ihm schloss. Wasser tropfte vom Saum seines Mantels auf den Boden. Beim Anblick von Minnie Maudes sommersprossigem Gesicht und ihrer hochgesteckten rotbraunen Haarfülle musste er unwillkürlich an die aus Kynastons Haus verschwundene Zofe denken und fragte sich, wo sie wohl sein mochte. Die hochgewachsene und fraulich wirkende Minnie Maude sah auf ihre Weise gut aus, war lebenserfahren, vertrauenswürdig und eine tüchtige Hilfe im Haushalt. Ein Gefühl der Beklemmung erfasste ihn, als er sich vorstellte, sie wäre irgendwo allein, möglicherweise verletzt, vollständig durchgefroren und auf der Suche nach einem schützenden Obdach. Was nur mochte mit Kitty Ryder geschehen sein?

»Fehlt Ihn'n nix, Sir?«, riss ihn Minnie Maudes besorgte Stimme aus seinen Gedanken.

Er zog den völlig durchnässten Mantel und die durchweichten Schuhe aus und gab ihr beides, dazu Hut und Schal.

»Nein, mir geht es gut. Ich hätte nur gern eine Tasse Tee und auch etwas zu essen. Ich weiß schon gar nicht mehr, was es zu Mittag gab.«

»Ja, Sir. Wie wär's mit 'n paar klein'n Pfannkuch'n?«, fragte sie. »Mit Butter und Zucker?«

Er sah sie an. Sie war neunzehn, vier Jahre älter als seine Tochter Jemima, die seiner Ansicht nach viel zu schnell zu einer Frau heranreifte. Innerlich dankte er Gott dafür, dass Jemima nicht als Dienstbotin in einem fremden Haus würde leben müssen.

»Vielen Dank. Ja … und bringen Sie mir bitte alles ins Wohnzimmer.« Er wollte noch etwas hinzufügen, doch fiel ihm nichts Passendes ein.

Als Jemima und ihr jüngerer Bruder Daniel nach dem Abendessen zu Bett gegangen waren, setzte sich Pitt in seinen Sessel am Kamin Charlotte gegenüber, die ihre Stickerei für den Abend beiseitegelegt hatte. Sie hatte die Schuhe ausgezogen und saß jetzt mit unter dem Rock angezogenen Beinen da. Die Glaszylinder der Gaslampen an den Wänden dämpften deren goldfarbenes Licht, sodass alles ein wenig verschwommen erschien: die vertrauten Bücher in den Regalen an den beiden Längsseiten des Raumes, die wenigen Dekorationsgegenstände, von denen jeder mit bestimmten Erinnerungen verknüpft war. Die bis zum Boden reichenden Vorhänge vor der zweiflügeligen Fenstertür zum Garten waren gegen die Kälte zugezogen. Er konnte sich keinen behaglicheren Ort vorstellen.

»Was gibt es?«, fragte Charlotte. »Du überlegst, ob du mit mir darüber sprechen willst. Dann kann es ja wohl nichts sein, was du geheim halten musst.«

Früher, als er noch bei der Polizei war, hatte sie an der Lösung vieler seiner Fälle mitgewirkt und gelegentlich schon vor ihm gewusst, dass es sich um ein Verbrechen handelte. Damals war sie selbst eine Art Detektivin gewesen. Sie besaß eine ausgeprägte Beobachtungsgabe, konnte das Verhalten von Menschen gut einschätzen und war immer, wenn sie überzeugt war, der Gerechtigkeit zu dienen, mit einer Furchtlosigkeit vorgegangen, die ihn mehr als einmal zutiefst beunruhigt hatte.

Jetzt, da ein beträchtlicher Teil seiner Arbeit der Geheimhaltung unterlag, konnte er ihr selbstverständlich weit weniger mitteilen als früher, so gern er das getan hätte. Nur der Preis, den das kosten konnte, hielt ihn zurück, wenn ihn doch das Bedürfnis zu übermannen drohte. Geheimnisverrat würde ihn in seinen eigenen Augen wie auch in den ihren herabsetzen. Außerdem würde der Verlust seiner Stellung nicht nur das Ende seiner Berufslaufbahn bedeuten, sondern auch der Möglichkeit, für seine Familie zu sorgen. In dieser Situation hatte er sich bereits befunden, als man ihn aus dem Polizeidienst entlassen hatte, ohne jede Aussicht auf Wiedereinstellung. Er hatte mächtige Feinde, zu denen leider auch der Thronfolger gehörte, den ein Ende von Pitts Karriere geradezu begeistert hätte.

Charlotte wartete auf seine Antwort. Im Fall Kynaston ging es um kein Staatsgeheimnis, sondern, zumindest bisher, um nichts als einen ziemlich unglücklichen häuslichen Zwischenfall.

»Wie es aussieht, hat es wohl einen Streit auf der Treppe eines Hauses am Shooters Hill gegeben«, gab er zurück. »Und eine Zofe ist verschwunden. Da sie eine Beziehung zu einem jungen Mann hatte, besteht die Möglichkeit, dass sie mit ihm durchgebrannt ist.«

»Ich hatte gar nicht gewusst, dass auf dem Shooters Hill Häuser stehen«, gab sie mit gerunzelter Stirn zurück. »Wenn ich nichts davon erfahren darf, behalt es für dich, aber einen richtigen Sinn kann ich dem, was du gesagt hast, nicht entnehmen.«

»Ich weiß, dass es keinen Sinn ergibt«, erwiderte er. »Blut, Haare und Glasscherben auf der Treppe … und eine Zofe, die am frühen Morgen verschwunden war, während sie im Hause hätte sein sollen.«

»Wieso hast du damit zu tun?«, fragte sie neugierig. »Falls es sich um ein Verbrechen handelt, müsste doch die Polizei dafür zuständig sein?« Dann trat Verstehen auf ihre Züge. »Ach so … da geht es wohl um eine wichtige Persönlichkeit?«

»Ja. Und natürlich hast du recht. Wenn überhaupt etwas dahintersteckt, ist das Aufgabe der Polizei. Hattest du nicht gesagt, dass Jemima ein neues Kleid braucht?«

Sie zog ihre Füße noch näher zu sich heran. Funkensprühend sanken die Kohlen in die Glut.

»Ja, bitte … wenigstens eins.«

»Wenigstens?« Er hob die Brauen.

»Sie geht auch zu der Gesellschaft im Hause der Grovers«, erklärte sie. »Es ist eine ziemlich formelle Angelegenheit.«

»Ich dachte, sie wollte nicht daran teilnehmen?«, sagte er verwirrt.

Ein leichter Schatten legte sich auf ihre Züge. »Ja«, erwiderte sie. »Aber Mary Grover hat sich ihr gegenüber sehr liebenswürdig verhalten, und so hat Jemima versprochen, ihr zu helfen.«

Pitt konnte sich noch deutlich an das erinnern, was Jemima zu dem Thema gesagt hatte, und sah seine Frau erneut an.

»Meinst du nicht …«, setzte er an.

»Ja, ich weiß. Sie wollte nicht hingehen, weil auch die Hamiltons eine Gesellschaft geben. An der hätte sie lieber teilgenommen. Sie kann Robert Hamilton gut leiden.«

»Dann …«

»Thomas, sie schuldet Mary Grover einen Gefallen und wird diese Schuld einlösen. Sag ja nicht, dass das auch ein andermal noch geht. Das gehört sich einfach nicht.«

»Ich weiß.«

»Das freut mich.« Mit einem Mal lächelte sie, sodass sanfte Wärme ihr ganzes Gesicht überstrahlte. »Ich möchte nicht gegen euch beide kämpfen müssen – jedenfalls nicht gleichzeitig.«

»Gut«, sagte er und entspannte sich endlich. Allerdings zweifelte er keine Sekunde lang daran, dass sie es doch getan hätte, wenn er es darauf hätte ankommen lassen.

KAPITEL 2

Drei Wochen später klingelte gegen sieben Uhr morgens Pitts Telefon, während er in der behaglichen Wärme seiner Küche frühstückte. Unbestreitbar war ein Telefon eine äußerst nützliche Einrichtung, die ihm schon gute Dienste geleistet hatte, doch es gab Momente, in denen es ihn außerordentlich störte. Wie konnte jemand so früh an einem kalten Morgen Ende Januar anrufen, wenn er seinen Toast noch nicht gegessen hatte? Widerwillig erhob er sich, ging in die Diele und nahm den Hörer ab. Vermutlich gab es einen plausiblen Grund dafür, dass ihn jemand zu dieser frühen Stunde anrief.

Stoker meldete sich. Seine Stimme klang erregt.

»Man hat eine Leiche gefunden, Sir.« Im Hintergrund hörte Pitt Schritte und Stimmen. »Ich bin auf der Polizeiwache von Blackheath«, fuhr Stoker fort. »Es ist eine junge Frau, soweit sich feststellen lässt ... Gut gebaut ...« Er schluckte. »Rötliches Haar ...«

Pitt schnürte sich die Kehle zu, und tiefe Schwermut legte sich auf ihn. »Wo hat man sie gefunden?«, fragte er, wobei ihm längst klar war, was das bedeutete, wenn Stoker aus Blackheath anrief.

»In einer Kiesgrube an der Shooters Hill Road«, gab Stoker zurück. »Ganz in der Nähe vom Haus der Kynastons.« Er schien noch etwas hinzufügen zu wollen, unterließ es dann aber.

»Ich komme«, sagte Pitt. Er brauchte ihm nicht zu erklären, dass er selbst unter günstigen Umständen mindestens eine Stunde brauchen würde. Von der Keppel Street zu seinem Büro in Lisson Grove waren es nur zwei Kilometer, aber um das am anderen Themseufer gelegene Blackheath oder Shooters Hill zu erreichen, musste er eine ganze Weile nördlich des Flusses ostwärts fahren und ihn dann an einer geeigneten Stelle überqueren.

Er hängte den Hörer an den Haken. Als er sich umwandte, sah er Charlotte am Fuß der Treppe stehen. Offensichtlich wartete sie darauf, dass er ihr sagte, was es gab. Bestimmt hatte sie an seinem Gesichtsausdruck und seiner Körperhaltung erkannt, dass es eine unangenehme Nachricht war.

»Stoker«, sagte er gefasst. »Man hat in einer der Kiesgruben am Shooters Hill die Leiche einer jungen Frau gefunden.«

»Du musst also dorthin …«

»Ja. Er ist bereits an Ort und Stelle. Ich vermute, dass ihn die örtliche Polizei informiert hat.«

»Wieso?«, fragte sie.

Er lächelte trübselig. »Ich könnte sagen: Weil die Beamten da sehr gewissenhaft sind. Allerdings habe ich eher den Verdacht, dass er da immer wieder nachgefragt hat, ob Kitty Ryder wieder aufgetaucht ist. Vermutlich nimmt die Polizei an, dass der Fall ziemlich verwickelt sein könnte, und da wollen sie lieber selbst nichts damit zu tun haben.«

»Kann man ihn denn einfach so auf dich abschieben?«, fragte sie in zweifelndem Ton.

»Ja. Der Fundort der Leiche liegt praktisch vor Kynastons Haustür, und so lässt es sich nicht ausschließen, dass es sich um die Zofe seiner Frau handelt. Sollte sie es wirklich sein, muss die Polizei den Fall ohnehin dem Staatsschutz übergeben.«

Sie nickte bedächtig. Trauer lag auf ihrem Gesicht. »Die Ärmste.« Sie fragte nicht, welchen Grund jemand gehabt haben könnte, die junge Frau umzubringen, oder ob sie sich das womöglich selbst zuzuschreiben hatte, weil sie vielleicht jemanden hatte erpressen wollen. Sechzehn Jahre Ehe mit Pitt hatten sie gelehrt, dass solche Tragödien kompliziert sein konnten. Auch wenn Ungerechtigkeit jeder Art sie nach wie vor ebenso sehr aufbrachte wie zu der Zeit, da sie ihn kennengelernt hatte, fällte sie ihr Urteil längst nicht mehr so hitzig wie damals – jedenfalls meist nicht.

Er kehrte in die Küche zurück, in der es nach Kohle, Brot und frischer Wäsche roch, um die letzten Bissen seines Toasts zu essen und den Tee zu trinken, sofern er nicht inzwischen kalt war. Er verabscheute kalten Tee. Anschließend würde er auf der eiskalten Straße eine Droschke suchen. Innerhalb der nächsten Stunde musste die Sonne aufgehen, sodass er die Kiesgrube bei Tageslicht erreichen würde – wenigstens das.

Charlotte eilte ihm voraus, nahm seine Tasse vom Tisch und holte eine frische von der Anrichte. »Dafür reicht die Zeit«, erklärte sie mit Nachdruck, bevor er den Mund auftun konnte. Sie füllte die Teekanne aus dem Kessel nach, wartete einen Augenblick und goss ihm dann eine Tasse ein.

Gerade als er dankbar seinen heißen, wenn auch etwas dünnen Tee trank, kam Minnie Maude mit Kartoffeln und einem Zopf Zwiebeln herein. Uffie, das struppige Hündchen, das sie als mutterlosen Welpen ins Haus geschmuggelt hatte, hing ihr wie immer praktisch am Rocksaum. Zwar hatte man ihn eigentlich nicht in der Küche haben wollen, aber er hatte sich dem beharrlich widersetzt. Das hätte sich Charlotte eigentlich gleich denken können. Mit einem Lächeln stellte sich Pitt Kynastons Küche vor. Dort ging es bestimmt sehr viel anders zu. »Ich weiß nicht, wann ich zurückkomme«, sagte er und wandte sich zum Gehen.

Ganz wie von ihm vermutet, begann das graue Morgenlicht das öde Gelände der Kiesgrube zu erhellen, als er dort eintraf. Der Ostwind biss eisig in die Haut seines Gesichts und Nackens. Früher hatte er sich einen langen Wollschal mehrfach um den Hals geschlungen, um die Kälte fernzuhalten. Angesichts der herausgehobenen Position, die er inzwischen bekleidete, erschien ihm das zu schlicht und zwanglos, und so trug er einen Seidenschal. Es war ohnehin schwer genug, die Menschen zu beeindrucken. Alle seine Vorgänger im Amt waren Abkömmlinge vornehmer Familien gewesen. Da sie, wie beispielsweise Narraway, meist einen höheren Offiziersrang in Heer oder Marine bekleidet hatten, war es für sie ganz selbstverständlich gewesen, von anderen Gehorsam einzufordern.

Mit den Worten »Morgen, Sir« trat Stoker auf ihn zu, wobei die gefrorenen Grashalme unter seinen Füßen knirschten. »Da drüben ist sie.« Er wies auf eine etwa fünfzehn Meter entfernt stehende kleine Gruppe von Männern, denen der Wind den Mantelsaum um die Beine schlug. Sie hatten die Mützen tief in die Stirn gezogen und drängten sich dicht aneinander. Das Licht ihrer Blendlaternen schimmerte gelblich.

»Wer hat sie gefunden?«

»Das Übliche: ein Mann, der mit seinem Hund draußen war.«

»An dieser gottverlassenen Stelle?«, fragte Pitt zweifelnd. »Wer, zum Teufel, geht hier an einem eiskalten Wintermorgen so früh mit seinem Hund spazieren?«

Achselzuckend erklärte Stoker: »Ein Fährmann aus Greenwich. Er setzt Leute über, die vor sieben hier sein müssen. Scheint mir ein ganz vernünftiger Mann zu sein.«

Darauf hätte Pitt selbst kommen können. Auch er hatte in dieser Gegend die Themse schon mit dem Fährboot überquert, aber nicht weiter auf den Mann geachtet, der es ruderte. Der Mord ging ihm nahe, obwohl er in all den Jahren bei der Polizei mit so gut wie nichts anderem zu tun gehabt hatte. Zwar hatte er das Opfer nicht lebend gesehen, doch durch die Beschreibungen der Dienstboten im Hause Kynaston hatte er von Kitty Ryder einen persönlichen Eindruck gewonnen. Er hatte sich vorgestellt, wie sie lachte, von ihrer Zukunft träumte – er hatte geradezu eine Art innerer Nähe zu ihr entwickelt.

»Als er der Polizei seinen Fund gemeldet hat, haben die Leute sofort an Ihr Interesse an dem Fall gedacht und Sie kommen lassen?«, fragte Pitt Stoker.

»Ja, Sir. Sie haben auf der Wache in der Nähe meiner Wohnung angerufen, die dann einen Wachtmeister zu mir geschickt hat.« Stoker wirkte, als gestehe er etwas, bevor Pitt selbst dahinterkam. »Ich bin gleich hergekommen, ohne Sie anzurufen, Sir, für den Fall, dass uns das nichts angeht. Ich wollte Sie nicht unnötig behelligen.«

Natürlich hätte er Pitt ebenfalls durch die Polizeiwache seines Stadtviertels informieren lassen können, hatte es aber vorgezogen, erst einmal selbst zu erkunden, was es gab.

»Ich verstehe«, sagte Pitt mit einem schwachen Lächeln im trüben Licht des frühen Morgens. Dann trat er auf die drei Männer zu, die im auffrischenden Wind unübersehbar vor Kälte zitterten: zwei Streifenbeamte und ein Gerichtsmediziner.

»'n Morgen, Sir«, sagte der Leiter der Gruppe. »Tut mir leid, dass wir Sie so früh herkommen lassen mussten, aber möglicherweise ist das Ihr Fall.«

»Das wird sich zeigen.« Pitt war nicht bereit, sich so früh festzulegen. Er hatte ein ebenso geringes Interesse daran, den Fall zu übernehmen, wie der Polizeibeamte. Selbst wenn sich herausstellen sollte, dass es sich um die verschwundene Zofe handelte, hatte ihr Tod vermutlich nichts mit Dudley Kynaston zu tun. Allerdings drohte in dem Fall ein Skandal. Durch das Interesse der Öffentlichkeit würde Kynaston unter Druck geraten, und das möglicherweise zu Unrecht.

»Sehr wohl, Sir«, sagte der Beamte, doch der Ausdruck der Erleichterung wich nicht von seinen Zügen. Er wies auf den Ältesten der drei, einen mittelgroßen, eher schmal gebauten Mann, dessen braunes Haar an vielen Stellen grau schimmerte. »Dr. Whistler«, stellte er ihn vor, ohne zu erklären, wer Pitt war. Vermutlich hatte er den Pathologen bereits vor dessen Eintreffen informiert.

Whistler neigte den Kopf. »Guten Morgen, Commander. Ziemlich üble Geschichte.« Seine Stimme klang rau, und auf seinem Gesicht lag unverkennbar Mitgefühl. Er trat einen Schritt beiseite, sodass Pitt hinter ihm eine grobe Decke sehen konnte, die man über die Leiche gelegt hatte.

Er sog die kalte, frische Luft tief ein und beugte sich dann vor, um die Decke anzuheben. Im Sommer hätte es stark gerochen, doch der Wind und die eisige Kälte verhinderten das. Das Gesicht der Toten war bis zur Unkenntlichkeit entstellt: In der Nase klaffte ein tiefer Riss, und die Lippen fehlten ganz. Die Augenhöhlen waren leer: Vermutlich hatten sich Tiere über die Augäpfel hergemacht. Nur der Brauenbogen zeigte die ungefähre Form an. Die Wangen waren fleischlos, sodass man Kieferknochen und Zähne sah. Man brauchte viel Fantasie, um sich vorzustellen, wie ihr Lächeln ausgesehen haben mochte.

Die Frau war vergleichsweise groß, fast wie Charlotte, gut gebaut, mit fülliger Brust, schmaler Taille und langen Beinen. Ihre Kleidung hatte den Körper zum großen Teil vor den Tieren geschützt, und die Verwesung hatte noch nicht das Stadium der vollständigen Zersetzung erreicht. Pitt zwang sich, ihre Haare anzusehen. Sie waren nass und vom Regen verfilzt, doch konnte man noch deutlich erkennen, dass sie dicht und in trockenem Zustand vermutlich kastanienbraun waren. Wenn man die Nadeln herausnähme, würden sie ihr schätzungsweise bis über die Schulterblätter fallen.

War das Kitty Ryder? Wahrscheinlich. Man hatte sie als hochgewachsen und gut gebaut beschrieben und gesagt, die Farbe ihres Haars habe der der zusammen mit den Scherben und dem Blut auf der Treppe gefundenen Haare entsprochen.

Er sah den Pathologen an. »Haben Sie irgendeinen Hinweis auf die Todesursache gefunden?«, fragte er.

Dieser schüttelte den Kopf. »Ich bin nicht sicher. Einige Knochen sind gebrochen, aber Genaueres kann ich erst sagen, wenn ich sie im Leichenschauhaus entkleidet und genauer angesehen habe. Nichts, was auf den ersten Blick erkennbar wäre, keine Stich- oder Schussverletzung, soweit ich sehen kann. Man hat sie nicht erwürgt, und die Schädelknochen weisen keine erkennbaren Verletzungen auf.«

»Lässt sie sich anhand von irgendetwas identifizieren?«, fragte Pitt mit leichter Schärfe in der Stimme. Er hoffte inständig, dass es nicht Kitty Ryder war. Es hätte für ihn eine große Erleichterung bedeutet, wenn es zwischen der Leiche und dem Hause Kynaston keine Verbindung gab und die Nähe des Fundorts nichts als Zufall war. Vor allem aber wollte er, dass es sich um eine Frau handelte, von der er nichts wusste, auch wenn er dann ermitteln musste, um wen es sich gehandelt hatte. Niemand sollte allein und anonym sterben müssen, als käme es auf ihn nicht an. Nichts wäre ihm lieber gewesen, als wenn es sich um einen klaren Fall für die Polizei gehandelt hätte.

»Möglicherweise«, sagte Whistler und sah Pitt an. »Wir haben eine wertvolle goldene Taschenuhr bei ihr gefunden, unverkennbar eine Herrenuhr. Ich habe sie mir gründlich angesehen. Es scheint ein ungewöhnliches und ziemlich altes Stück zu sein. Sie hat bestimmt nicht ihr gehört.«

»Diebesgut?«, fragte Pitt unglücklich.

»Ich denke schon. Wahrscheinlich hat sie die Uhr erst vor Kurzem gestohlen, andernfalls hätte sie sie wohl nicht bei sich gehabt.«

»Sonst noch etwas?«

Whistler verzog den Mund. »Ein geblümtes Taschentuch mit eingesticktem Monogramm und ein Schlüssel, vermutlich zu einem Schrank. Für einen Türschlüssel ist er zu klein. Er könnte auch zu einem Schreibtisch oder einer Schublade gehören. Allerdings haben die meisten Schubladen kein Schloss.« Er wies mit dem Kopf auf einen der beiden Polizisten. »Ich habe ihm alles übergeben. Mehr lässt sich im Augenblick nicht sagen.«

Pitt richtete den Blick erneut auf die Leiche. »Waren das Tiere, oder hat das jemand mit Absicht getan?«

»Letzteres«, gab Whistler zurück. »Wahrscheinlich eher mit einem scharfen Messer als mit den Zähnen. Ich werde mehr wissen, wenn ich sie mir genauer angesehen habe. Das kann ich hier draußen in aller Herrgottsfrühe bei der Kälte und dem schlechten Licht nicht. Man kommt sich hier vor wie am Ende der Welt.«

Pitt nickte wortlos. Mit ausgestreckter Hand wandte er sich dem Polizeibeamten zu.

Dieser gab ihm ein kleines besticktes Stofftaschentuch und einen etwa vier Zentimeter langen Schlüssel sowie eine offenbar alte und wirklich sehr schöne goldene Taschenuhr.

Pitt sah ihn fragend an.

»Keine Ahnung, Sir. Nur wenige Herren dürften eine solche Uhr haben. Sofern ein Taschendieb sie ihm gestohlen hätte, hätte der Besitzer bestimmt Anzeige erstattet, je nachdem, wo er gerade war, wenn Sie verstehen, was ich meine.«

»Durchaus.«

»Er könnte sie der Frau aber auch als Gegenleistung für bestimmte Dienste geschenkt haben«, fügte der Polizist hinzu.

Pitt sah ihn trübselig an. »Die Uhr ist so viel wert wie das Jahresgehalt einer Zofe«, sagte er mit einem Blick darauf. »Können Sie mir etwas über das Taschentuch sagen?«

Der Mann schüttelte den Kopf. »Bisher nicht, Sir. Es ist ein R eingestickt. Weil Mrs. Kynastons Vorname mit R anfängt, dachte ich, dass ich den Fall besser Ihnen überlasse.«

»Das Alphabet hat nur sechsundzwanzig Buchstaben«, gab Pitt zu bedenken. »Da fangen bestimmt Dutzende von Namen mit R an.«

»Genau das habe ich mir auch gedacht, Commander«, gab der Mann zurück. »Und bestimmt hätte mich Mr. Kynaston ziemlich ungnädig abgefertigt, wenn ich ihn gefragt hätte, ob das Taschentuch seiner Frau gehört.« Er wandte sich seinem Untergebenen zu, der mit hochgeschlagenem Kragen dem Wind den Rücken zukehrte. »Ich nehme an, dass der Commander Sie hierbehalten möchte, bis von seinen eigenen Leuten noch jemand gekommen ist. Ich gehe also allein zur Wache zurück.« Mit einem freudlosen Lächeln fragte er Pitt: »Ist Ihnen das recht, Sir?«

»Was ist mit dem Mann, der sie gefunden hat?«, fragte Pitt den Polizeibeamten, den man ihm zur Verfügung gestellt hatte, und machte sich daran, über den von Fuß- und Wagenspuren zerfurchten Boden zur Straße zurückzukehren.

»Wir haben ihn gehen lassen, nachdem wir seinen Bericht aufgenommen hatten und er ihn unterschrieben hatte. Der arme Kerl war ziemlich erschüttert, aber er muss ja trotzdem seine Arbeit tun«, gab der Mann zurück.

»Kennen Sie ihn?«, fragte Pitt.

»Ja, Sir. Er heißt Jack Zeb Smith.«

»Aber kennen Sie ihn?«, wiederholte er.

»Ja, Sir.« Der Mann beschleunigte den Schritt. »Zebediah Smith, Hyde Vale Cottages, knapp zwei Kilometer in die Richtung.« Er wies nach Norden in Richtung der Themse und des Hafens von Greenwich. »Er hat ab und zu einen über den Durst getrunken – das liegt inzwischen einige Jahre zurück. Dann hat er geheiratet und seitdem keinen Ärger mehr gemacht.«

»Zebediah«, brummelte Pitt vor sich hin.

»Ja, Sir. Seine Mutter war sehr fromm. Wir wissen, wo wir ihn finden können, wenn wir ihn noch einmal brauchen. Fährleute sind gewöhnlich gute Zeugen. Wir vermeiden es, die Leute grundlos zu drangsalieren.«

»In Ordnung. Hat Ihnen dieser Smith etwas gesagt, was uns weiterbringen könnte? Hält er sich des Öfteren hier auf? Wann zum letzten Mal? Hat er heute Morgen noch andere Menschen gesehen, irgendwelche Hinweise? Eine Gestalt in der Ferne, Fußabdrücke? In dem eisigen Schlamm würde man die ja deutlich sehen. Und was ist mit seinem Hund? Wie hat das Tier reagiert?«

Der Mann lächelte zufrieden mit zusammengepressten Lippen. »Er hat nicht besonders viel gesagt, Sir. Nur, dass er auch gestern Morgen hier war und die Leiche noch nicht dalag. Selbst wenn er sie nicht gesehen hätte, hätte der Hund etwas gemerkt. Andere Menschen hat Smith nicht gesehen. Ich habe ihn mehrfach danach gefragt.« Er machte einen großen Schritt über einen grasbewachsenen Graben, und Pitt folgte ihm. »Keine Menschenseele«, fuhr er fort. »Obwohl es aussieht, als hätte sich hier eine ganze Armee ausgetobt, gibt es keine Fußabdrücke, denen sich etwas Brauchbares entnehmen ließe. Das liegt am Wetter. Vor ein paar Stunden gab es da auch nicht mehr zu sehen als jetzt.« Er sah mit leicht gekräuselten Lippen zu Boden. »Das hat keinen Sinn«, fügte er mit einem Blick auf die zerfurchte Erde hinzu. Je näher sie der Straße kamen, desto schlammiger war der halbgefrorene Boden. »Da könnte sonst was durchgezogen sein.«

Pitt konnte nicht umhin, ihm recht zu geben. »Und der Hund?«, fragte er erneut.

»Dem ist auch nichts aufgefallen. Er hat nicht gebellt und wollte auch keiner Spur folgen. Er hat die Leiche gewittert, ist hingelaufen, hat sich davorgesetzt und geheult.«

Mit einem Mal sah Pitt das Bild eines Hundes vor seinem inneren Auge, der den Kopf zurückwarf und einen langen Klagelaut ausstieß, weil er im grauen Nebel vor der Morgendämmerung inmitten tropfnasser Kopfweiden und einiger kahler Bäume auf eine Leiche gestoßen war.

»Danke. Ich werde es Sie wissen lassen, wenn ich Ihnen den Fall übergeben muss.«

»Ah ... ja ... Sir«, erwiderte der Mann unbehaglich.

Pitt lächelte, obwohl die Situation nicht im Geringsten lustig war. Zwar hätte er die Kynastons am liebsten nicht noch einmal gestört, aber er würde nicht umhin können, es zu tun. Vielleicht war es nicht nur am klügsten, sondern zugleich auch am humansten, die Sache nicht auf die lange Bank zu schieben, denn zweifellos würden die Leute ohnehin früher oder später von der Sache erfahren, die dann wie ein Damoklesschwert über ihren Köpfen hinge.

Am Ausgang der Kiesgrube sprach er noch einmal kurz mit dem Polizeibeamten und schlug dann den Weg zum Haus der Kynastons ein.

Wegen der frühen Stunde ging er erneut an die Dienstbotentür. Er wollte nicht bei den Herrschaften gemeldet werden und um Erlaubnis bitten müssen, mit den Dienstboten zu sprechen, weil er dann eine Erklärung hätte abgeben müssen und es möglicherweise in Bezug auf die in der Kiesgrube entdeckte Leiche zu einer Diskussion gekommen wäre.

Auf der Treppe, die von der Straße zu der Tür hinunterführte, gab es außer einer dünnen Eisschicht, die wegen des Nieselregens besonders glatt war, nichts zu sehen. Er ging vorsichtig hinab und klopfte.

Schon bald öffnete ihm das Küchenmädchen Maisie. Einen Augenblick lang war sie verwirrt, denn der Mann, der vor ihr stand, war ganz offensichtlich kein Lieferant. Dann fiel ihr ein, dass sie ihn kannte.

»Guten Morgen, Maisie«, sagte er ruhig. »Ich bin Commander Pitt vom Staatsschutz, erinnerst du dich? Darf ich eintreten?«

»Natürlich.« Ein Lächeln erhellte ihre Züge. Dann fiel ihr offenbar der Grund seines ersten Besuchs ein, und mit einem Mal sah sie entsetzt aus.

»Se ham Kitty gefund'n, nich?« Sie wollte noch etwas hinzufügen, aber was sie dachte, war zu schrecklich, als dass sie es über die Lippen gebracht hätte.

»Das weiß ich noch nicht«, gab er zur Antwort. Er sprach bewusst leise, um die Aufmerksamkeit der Dienstboten in der Küche nicht zu erregen. »Wie sich gewiss schon bald auch bis hierher herumsprechen wird, hat man in einer der Kiesgruben ganz in der Nähe eine Frauenleiche gefunden. Es lässt sich schwer sagen, wer das ist.«

Maisie schluckte, sagte aber nichts.

Er zeigte ihr das Taschentuch und den Schlüssel. »Hast du dieses oder so ein ähnliches Taschentuch schon einmal gesehen?«

Sie nahm es vorsichtig in die Hand und faltete es behutsam auseinander.

»Herrlich«, sagte sie mit einem Schauder der Bewunderung. »Wenn die so eins hatte, Mister, war das 'ne feine Dame. Da is doch was in der Ecke aufgestickt. Da …« Sie hielt es ihm hin.

»Ja, ein ›R‹. Ich nehme an, dass es jemandem gehörte, dessen Namen mit R anfing.«

»Kitty fängt nich' mit R an«, sagte sie bestimmt. »Ich kann nich' lesen, aber das weiß ich.«

»Möglicherweise war es ursprünglich nicht ihrs«, sagte er so beiläufig wie möglich. »Wie du schon gesagt hast, so etwas haben nur feine Damen. Vielleicht hat jemand es ihr geschenkt ...«

Sofort trat ein Ausdruck des Verstehens auf Maisies Züge. »Se mein, die Frau, die Se gefund'n ham, könnte Kitty sein und jemand hätt es ihr gegeben.«

»Möglich. Wenn sich feststellen ließe, wem es gehörte, könnte uns das helfen herauszubekommen, ob es sich um Kitty handelt oder nicht.«

»Is' se da in der Kiesgrube ertrunk'n?«, fragte Maisie. Sie zitterte am ganzen Leibe, als stünde sie draußen im eiskalten Wind.

»Das weiß ich noch nicht.« Ihm blieb nichts anderes übrig, als die Wahrheit zu sagen. Ausflüchte würden alles nur verschlimmern. Er zeigte ihr den Schlüssel. »Gibt es hier im Haus solche Schlüssel?«

Sie runzelte die Stirn. »Die gibt's überall. Wozu gehört der?«

»Wahrscheinlich zu einer Schreibtischschublade oder einem Schrank.« Er hielt ihn ihr hin.

Zögernd nahm sie ihn, ging zu einem der Schränke am anderen Ende des Raumes und versuchte ihn ins Schloss zu stecken. Er passte nicht. Sie versuchte es bei einem weiteren und einem dritten – beide Male ohne Erfolg. Am vierten Schrank ließ sich der Schlüssel ins Schloss stecken und mit etwas Mühe herumdrehen.

»Das hat nix zu bedeut'n«, sagte sie mit nach wie vor bleichem Gesicht. »Solche Schränke ham alle. Könn' Se nix tun, um zu seh'n, ob's uns're Kitty is?«

Sie hatte deutlich gemacht, dass es sich um einen ganz gewöhnlichen Schlüssel handelte, der in hundert Häusern in der näheren oder weiteren Umgebung ebenfalls passen würde. Vermutlich diente er weniger der Sicherheit denn als eine Art Handgriff zum Öffnen der Tür.

»Man hat sie erst heute Morgen gefunden«, sagte er mit freundlicher Stimme. »Wir tun, was wir können, um festzustellen, wer sie ist. Dazu muss ich noch einige Fragen stellen, die uns vielleicht weiterhelfen können. Auch falls es sich nicht um Kitty handelt, müssen wir wissen, wer die Frau ist. Ihr könnt dann weiterhin hoffen, dass es Kitty gut geht, sie aber nicht sagen möchte, warum sie das Haus ohne Abschied verlassen hat.«

Maisie holte tief Luft und erwiderte tapfer: »Ja … ja … Kann ich Ihn'n 'ne Tasse Tee hol'n? Drauß'n is es ja so kalt, dass ein'm der Ar…« Sie hielt mitten im Wort inne.

»… Arsch abfriert«, ergänzte er. Der Ausdruck war ihm durchaus vertraut.

Sie errötete heftig, ohne zu bestreiten, dass sie genau das hatte sagen wollen. »Das ha'm aber jetzt Sie gesagt«, flüsterte sie.

»Ich hätte es mir vielleicht verkneifen sollen«, entschuldigte er sich. »Tut mir leid.«

»Schon gut!« Mit strahlendem Lächeln fügte sie hinzu: »Ich hol Ihn'n jetz' 'ne Tasse Tee un' sag dem Butler Bescheid, dass Se da sind.«

Bevor er Einwände erheben konnte, war sie um die Ecke in die Küche geeilt.

Eine Viertelstunde später saß Pitt, nachdem er eine gute Tasse heißen Tee getrunken hatte, in der Vorküche dem Butler Norton gegenüber, der die Stirn in Falten gelegt hatte. Es war ein großer, in Creme- und Brauntönen gehaltener Raum. Große

Schränke mit Glastüren enthielten das Porzellan und die Gläser für den täglichen Gebrauch. Auf hölzernen Gestellen trockneten Glas- und Geschirrtücher, außerdem gab es allerlei Trichter und sonstige Gegenstände wie Korkenzieher, sowie – wie in vielen Häusern üblich – ein Bild der Königin Viktoria. Darüber hinaus stand in dem Raum ein Tisch, auf dem Kleidungsstücke oder Zeitungen gebügelt und gefaltet werden konnten.

»Ja, Sir, Mrs. Kynaston besitzt Taschentücher dieser Art«, erklärte Norton. »Ich kann allerdings nicht sagen, ob das hier eines davon ist. Gelegentlich verschenkt sie welche, wenn sie neue bekommt oder sie nicht mehr … einwandfrei sind, weil sie einen Fleck haben oder an einer Stelle ausgefranst sind. Solche Dinge halten nicht ewig.« Er sah das Taschentuch erneut aufmerksam an. »So, wie es jetzt ist, kann ich nur schwer sagen, wie es gewaschen und gebügelt aussähe.«

»Das stimmt«, gab ihm Pitt recht. »Aber das aufgestickte Monogramm ist eindeutig ein ›R‹.«

»Viele weibliche Vornamen beginnen mit ›R‹.« Der Butler verzog den Mund. »Der Schlüssel ist nichts Besonderes. Ich denke, dass in der Hälfte aller Londoner Häuser ein Möbelstück steht, das sich damit öffnen ließe. Ich fürchte, wir können Ihnen da nicht weiter behilflich sein.«

»Ich wünsche gar nicht, dass die Ärmste in der Kiesgrube Miss Ryder ist«, teilte ihm Pitt aufrichtig mit. »Aber es ist meine Pflicht, alles zu tun, was ich kann, um festzustellen, um wen es sich handelt. Sie hat nicht nur ein ordentliches Begräbnis verdient, auch ihre Angehörigen müssen wissen, was mit ihr geschehen ist.« Er erhob sich von seinem Hocker. »Da die Möglichkeit nicht auszuschließen ist, dass es sich um die vermisste Zofe handelt, bin ich lieber selbst gekommen, statt Sie um diese Stunde durch einen Polizeibeamten aufstören zu lassen.«

Auch Norton stand auf. »Entschuldigung, Sir. Das war kleinlich von mir«, sagte er ein wenig unbehaglich. »Es ist sehr freundlich von Ihnen, dass Sie selbst gekommen sind. Ich hoffe, es gelingt Ihnen festzustellen, wer das bedauernswerte Geschöpf ist. Gibt es, abgesehen von dem Taschentuch und der Nähe der Kiesgrube zu diesem Haus, noch etwas, was Sie annehmen ließ, es könne sich um Kitty Ryder handeln?«

»Die Tote entspricht von der Größe und dem Körperbau her Ihrer Beschreibung und hat dichtes rotbraunes Haar«, gab Pitt zur Antwort. »Es ist keine sehr häufige Farbe.«

Einen Augenblick lang schien Norton nicht zu wissen, was er sagen sollte. »Ach je. Es tut mir … sehr leid … Sir. Ich … Die Sache ist mir völlig unverständlich. Wer auch immer es ist, sie hat unser Mitgefühl verdient. Der Gedanke, es könnte jemand sein, den wir kennen, macht die Angelegenheit … nur noch schlimmer.« Er räusperte sich. »Ich werde Mrs. Kynaston von Ihrem Besuch in Kenntnis setzen. Darf ich Sie zur Tür begleiten?«

Es dauerte eine Weile, bis Pitt das Häuschen des Fährmanns Zebediah Smith fand und sich von dem Mann bestätigen ließ, was ihm der Polizeibeamte gesagt hatte. Es überraschte ihn nicht, dass er dabei nichts Neues erfuhr. Der eigentliche Zweck seines Besuchs war gewesen, sich zu vergewissern, dass der Zeuge so ehrlich war, wie er zu sein schien. Er war noch sichtlich erschüttert, als er Pitt berichtete, wie sein Hund bei ihrem üblichen Spaziergang in der Dunkelheit etwas gewittert hatte, hingelaufen war und sich dann auf die Hinterbeine gesetzt und geheult hatte. Daraufhin war er zu ihm geeilt und hatte im Licht seiner Handlaterne die Leiche gesehen.

Er schüttelte den Kopf. »Wer tut ’ner Frau so was an?«, fragte er bedrückt. »Was für ein … ich muss wohl ›Mensch‹

sagen, auch wenn das unmenschlich is' un' Tiere sich ohne Grund nich' gegenseitig umbringen.«

»Bestimmt gibt es einen Grund, Mr. Smith«, gab Pitt zurück. »Es ist meine Aufgabe, den zu finden – wenn wir erst einmal wissen, wer die Frau ist.«

Der Fährmann hob den Blick und sah Pitt in die Augen. »'s gibt keinen Grund, 'nem Menschen so was anzutun, Sir. Mir egal, wer Se sind – von der Regierung, der Polizei oder nix –, finden Se 'n Täter, und machen Se mit ihm, was er verdient hat.«

Pitt sagte nichts darauf. Ihm genügte das Bewusstsein, dass der Mann die Wahrheit sagte und die Leiche am Vortag noch nicht dort gelegen haben konnte, da der Fährmann Tag für Tag mit seinem Hund dieselbe Strecke ging.

Um die Mitte des Nachmittags suchte Pitt Dr. Whistler im Leichenschauhaus auf. Kein anderer Ort auf der Welt war ihm so zuwider. Der Wind hatte beträchtlich zugenommen und trieb einen eiskalten Regen vor sich her, der auch einen noch so guten Mantel in kürzester Zeit durchweichte. Hin und wieder wurden am Himmel blaue Stellen kurz sichtbar und waren gleich darauf wieder verschwunden.

Im Leichenschauhaus schien ewiger Winter zu herrschen. Die Fenster waren weit oben in die Wände eingelassen, möglicherweise, damit Vorübergehende nicht sehen konnten, was im Inneren geschah. Die Kälte war nötig, damit die Leichen, die zur Untersuchung von einem Raum in den anderen gebracht wurden, nicht vorzeitig verwesten. Jene, die länger aufbewahrt werden mussten, befanden sich in mit Eisblöcken ausgekleideten Kammern, und die von ihnen abgestrahlte Kälte durchdrang alles. Trotz des Geruchs nach Desinfektionsmitteln ließ sich unmöglich vergessen, was damit überdeckt werden sollte.

Das Büro, in dem Whistler den Besucher empfing, war gut geheizt und wäre, wenn es sich anderswo befunden hätte, durchaus behaglich gewesen. Whistler trug einen grauen Anzug, und abgesehen von einem leichten Geruch nach Chemikalien, der von ihm ausging, wies nichts auf seine grausige Beschäftigung hin.

»Ich fürchte, was ich zu sagen habe, wird Ihnen nicht viel nützen«, erklärte er, nachdem Pitt auf einem der unbequemen Stühle Platz genommen hatte. Sie schienen zu keinem anderen Zweck gemacht zu sein, als dass man sich in unnatürlicher Weise aufrecht halten musste.

»Mitunter nützt es uns sogar, wenn bestimmte Angaben nicht gemacht werden können«, sagte Pitt hoffnungsvoll.

Der Arzt zuckte die Achseln. »Sie ist seit mindestens zwei Wochen tot, aber ich nehme an, dass Sie sich das angesichts ihres Zustandes schon gedacht hatten. Es ist, wie ich gesagt hatte: Die grauenhafte Verstümmelung ihres Gesichts wurde mit einem außerordentlich scharfen Messer oder einem Skalpell durchgeführt. Es sind lauter glatte Schnitte.«

Pitt nahm das schweigend zur Kenntnis.

»Ich kann Ihnen sagen, dass man sie nach ihrem Tod an eine andere Stelle gebracht hat«, fuhr Whistler fort. »Aber auch diesen Schluss haben Sie wahrscheinlich selbst gezogen. Wenn sie zwei Wochen lang in der aufgelassenen Kiesgrube gelegen hätte, wäre sie längst gefunden worden. Mr. Smith ist nicht der Einzige, der seinen Hund dort ausführt.«

»Sie hatten recht«, kommentierte Pitt trocken, »erst einmal nützt mir das nichts. Übrigens war ich bei Mr. Smith. Ganz offensichtlich hat die Frau in der Tat gestern noch nicht in der Kiesgrube gelegen. Wenn sie seit zwei Wochen tot ist, stellt sich die Frage, wo sie sich die ganze Zeit über befunden hat. Wissen Sie das, oder können Sie zumindest eine begründete Vermutung äußern?«

»Auf jeden Fall an einem kalten Ort, sonst wäre die Verwesung deutlich weiter fortgeschritten«, gab Whistler zur Antwort.

»Großartig«, sagte Pitt mit unverhohlenem Sarkasmus. »Um diese Jahreszeit trifft das auf jeden beliebigen Ort in England zu, mit Ausnahme von Häusern, in denen alle Räume beheizt werden. Und selbst dann hätte sie noch in einem Nebengebäude liegen können.«

»Ganz so ist es nicht«, entgegnete Whistler und presste die Lippen fest zusammen. »Abgesehen von einzelnen Stückchen Kies und dem einen oder anderen Schlammflecken, waren ihre Kleidung und sie selbst vollständig sauber. Daraus lässt sich schließen, dass man sie nach ihrem Tod an einem reinlichen Ort aufbewahrt hat, was Örtlichkeiten im Freien ausschließt. Die schrecklichen Verstümmelungen müssen ihr in jüngerer Zeit zugefügt worden sein, als die Verwesung bereits eingesetzt hatte. Könnte Ihnen das nicht weiterhelfen?«

»Das lässt noch weitergehende Schlüsse zu«, sagte Pitt und beugte sich ein wenig vor. »Sind Sie ganz sicher, dass keine Ratten an sie herangekommen sind?«

Whistler begriff sofort, worauf er hinauswollte. Fast überall gab es Ratten, sei es in der Stadt oder auf dem Lande, in Abwasserleitungen, in Rinnsteinen wie auch in bewohnten Häusern, Kellern, Gartenschuppen und Nebengebäuden aller Art. Man sah sie zwar nicht häufig, doch fanden sie alles Essbare, was irgendwo lag – und ganz bestimmt eine verwesende Leiche.

»Ja.« Whistler nickte und sah Pitt zum ersten Mal offen in die Augen. »Wir dürfen als sicher annehmen, dass der Ort, an dem sie sich befunden hat, kalt, sauber und so gut von der Außenwelt isoliert war, dass weder Fliegen, Ratten noch sonstiges Ungeziefer dort Zugang hatten. Zugegeben, Fliegen gibt es zu dieser Jahreszeit nicht, aber immer irgendwelche Käfer. Damit kommen wir der Sache schon ein ganzes Stück näher.«

»Haben Sie eine Vorstellung, wie sie dorthin gelangt sein könnte?«, bohrte Pitt weiter.

»Das kann ich unmöglich sagen. Der Zustand des Leichnams lässt keine Schlüsse in dieser Richtung zu. Es gibt keine auf Stricke zurückgehende Striemen, und es lässt sich auch nicht feststellen, ob sie auf Latten, Brettern oder was auch immer gelegen hat. Ein verzwickter Fall ...«

Pitt sah ihn kalt an. »Auch darauf bin ich schon von selbst gekommen.«

»Ich melde mich, falls ich noch etwas herausbekomme«, sagte Whistler mit einem angedeuteten Lächeln.

»Bitte tun Sie das.« Pitt erhob sich. »Beispielsweise, wie alt sie war, ob sie irgendwelche besonderen Merkmale aufweist, die bei ihrer Identifizierung helfen könnten, wie ihr Gesundheitszustand war, ob sie verheilte Verletzungen, alte Narben oder Muttermale hatte. Vor allem interessiert mich die Todesursache.«

Whistler nickte. »Glauben Sie mir, Commander. Mir ist selbst daran gelegen, dass der Täter ermittelt wird, damit man ihn nach den Vorschriften des Gesetzes zur Rechenschaft ziehen kann.«

Pitt sah ihn aufmerksam an und erkannte einen Augenblick lang hinter der Maske aus Zorn und Streitlust das Gefühl der Hilflosigkeit und das Mitgefühl angesichts des Leidens eines fremden Menschen, dem niemand mehr helfen konnte. Whistler wollte diesen Kummer nicht zeigen, weil ihm das peinlich gewesen wäre, und so verbarg er ihn hinter seiner kühlen professionellen Distanz. Pitt überlegte, wie oft sich der Arzt dazu genötigt sehen mochte und warum er sich für die Tätigkeit eines Gerichtsmediziners entschieden hatte, statt eine Praxis zu betreiben, in der er es mit lebenden Menschen zu tun gehabt hätte.

»Vielen Dank«, sagte er aufrichtig. »Wenn ich meinerseits etwas erfahre, was für Sie von Nutzen sein könnte, lasse ich Sie das wissen.«

Auf der Straße schritt er im eiskalten Schneeregen rasch aus. Die Luft roch nach Ruß und Rauch, Pferdeäpfeln und allem, was durch die Rinnsteine floss. Voll Erleichterung nahm er diese Alltagsgerüche in sich auf.

Zahllose Fragen schossen ihm durch den Kopf. Wer mochte die Tote sein? War es Kitty Ryder oder eine andere Frau, die ihr zufällig äußerlich sehr ähnlich sah? Auf welche Weise war sie umgekommen? Und wo? Hatte man sie am Tatort aufbewahrt oder sie gleich nach der Tat an einen sicheren Ort und erst in der vergangenen Nacht zur Kiesgrube gebracht? Warum? Was war das Motiv dafür gewesen?

Würde er wissen, wer sie war, sobald er herausbekam, wo sie sich befunden hatte? Und auch, wer sie getötet hatte, auf welche Weise und aus welchem Grund?

An der Ecke der ersten größeren Straße, die er erreichte, sah er einen Zeitungsverkäufer. Schon schrien die schwarzen Schlagzeilen die Sensation heraus: »Verstümmelte Leiche am Shooters Hill gefunden! Wer ist die Tote? Die Polizei schweigt eisern!«

Die Presseleute folgten einer blutigen Fährte wie Spürhunde. Es ließ sich nicht vermeiden, war wohl sogar nötig. Trotzdem zuckte er innerlich zusammen.

Ohne den Hund des Fährmanns hätte man die Bedauernswerte wohl erst gefunden, wenn von ihr weit weniger übrig gewesen wäre. Das hätte es noch schwerer gemacht, sie zu identifizieren und festzustellen, was geschehen war und wer dahintersteckte, als es ohnehin war.

Er hoffte von ganzem Herzen, dass es sich nicht um Kitty Ryder handelte – doch war er beinahe überzeugt, dass sie es war.

KAPITEL 3

Es war schon dunkel, als Pitt am Spätnachmittag erneut im Hause Kynaston vorsprach. Diesmal stand er dem Hausherrn im Salon gegenüber. Man hatte das Feuer im Kamin wohl den ganzen Tag in Gang gehalten, denn der Raum war angenehm warm. Unter anderen Umständen hätte Pitt die elegante Einrichtung, die zahlreichen Bücher auf den Regalen und die Gemälde an den Wänden zu schätzen gewusst. Sonderbarerweise zeigten sie überwiegend Schneelandschaften, und zwar, nach den abgebildeten Bergriesen zu urteilen, keine, die man irgendwo auf den britischen Inseln hätte finden können. Sie waren von majestätischer Schönheit und sahen so natürlich aus, als seien sie dem Maler vertraut gewesen. Er fragte sich, aus welchem Grund sich Kynaston für sie entschieden haben mochte, doch beschäftigte ihn das, was ihn hergeführt hatte, so sehr, dass er sie sich nur flüchtig ansah.

Kynaston stand mit fragender Miene und angespanntem Gesicht in der Mitte des dicken türkischen Teppichs. Offensichtlich wartete er darauf, dass der Besucher den Grund seines erneuten Kommens erklärte.

»Vermutlich haben Sie bereits davon gehört«, begann Pitt. »Man hat heute vor Tagesanbruch in einer der östlich Ihres

Anwesens gelegenen Kiesgruben die Leiche einer jungen Frau gefunden. Da ihr Zustand es bedauerlicherweise unmöglich macht, sie ohne Weiteres zu identifizieren, können wir bisher noch nicht sagen, ob es sich um Kitty Ryder handelt oder nicht.«

Kynaston wurde bleich, bewahrte aber seine Haltung, wenn auch nur mit Mühe. »Sie halten das offenbar für möglich – auch für wahrscheinlich?«

»Ja«, räumte Pitt ein und fragte sich sogleich, ob er hätte zurückhaltender sein sollen.

Kynaston holte tief Luft. »Warum nehmen Sie das an, wenn der Zustand des bedauernswerten Geschöpfes, wie Sie sagen, keine einwandfreie Identifizierung zulässt?«

Pitt hatte schon früher gesehen, wie sich Menschen gegen etwas Unausweichliches stemmten. Es war ein Naturinstinkt, eine tragische Realität zu leugnen, solange es ging. Auch er hatte sich schon in gewissen Situationen so verhalten, sich aber am Ende jedes Mal in das Unvermeidliche fügen müssen.

»Größe und Körperbau entsprechen der Beschreibung, die man mir von der Zofe Ihrer Gattin gegeben hat«, gab er zurück. »Das Haar ist rotbraun.« Er sah, wie sich Kynastons Körper noch mehr straffte und sich seine Kiefermuskeln noch stärker anspannten. »Außerdem hat man bei ihr ein Spitzentaschentuch mit einem aufgestickten Monogramm gefunden«, fuhr Pitt fort. »Es ist ein ›R‹. Ihr Butler hat mir gesagt, dass Ihre Gattin solche Taschentücher besitzt und gelegentlich verschenkt, wenn sie für sie selbst nicht mehr verwendbar sind.«

Kynaston schwieg eine Weile, ehe er sagte: »Da besteht in der Tat … eine Möglichkeit. Doch wir sollten uns vor voreiligen Schlüssen hüten. Daher wäre es mir lieb, wenn Sie den Leuten im Hause erst sagen würden, dass es sich um Kitty handelt … wenn jeder Zweifel ausgeräumt ist. Dann sehen wir weiter. Mein Butler und meine Haushälterin sind ausgezeichnete Kräfte und können den Angehörigen des Personals, die das stark mitnimmt, Beistand leisten.«

Als Pitt die goldene Uhr aus der Tasche zog, sah er, dass sich Kynastons Augen weiteten und die letzten Reste von Farbe aus seinem Gesicht wichen. »Übrigens hat man auch diese Uhr bei der Leiche gefunden«, sagte er mit betont gleichmütiger Stimme. »Ich sehe, dass Sie sie kennen.«

»Sie … sie gehört mir«, krächzte Kynaston, als seien sein Mund und seine Kehle plötzlich ausgedörrt. »Ein verdammter Taschendieb hat sie mir vor einigen Wochen auf offener Straße samt Anhänger und Kette gestohlen. Sofern Sie annehmen sollten, Kitty habe sie vor ihrem Verschwinden an sich gebracht, kann ich Ihnen versichern, dass sich das nicht so verhält.«

Pitt nickte. »Ich verstehe. So etwas kommt leider immer wieder vor. Jetzt würde ich gern mit Ihrer Gattin und Ihrer Schwägerin sprechen, wenn sich das einrichten lässt. Mir ist bewusst, dass die Nachricht beide bedrücken wird, aber ich halte es für möglich, dass sie etwas wissen, was uns weiterhilft.«

»Das bezweifle ich, offen gestanden.« Kynaston verzog unwillig den Mund. »Ich denke, dass Sie von unseren Hausmädchen mehr erfahren würden … sofern die überhaupt etwas wissen. Die jungen Dinger reden weit mehr miteinander als mit der Dame des Hauses. Sie glauben doch nicht allen Ernstes, Kitty hätte mit meiner Frau über ihre … Liebelei … gesprochen, sofern das überhaupt das richtige Wort dafür ist.«

»Ich dachte weniger an den Inhalt vertraulicher Gespräche, als daran, was Ihrer Gattin an Kitty aufgefallen sein mag«, gab Pitt zurück. »Meine Frau kann das Wesen anderer Menschen sehr gut einschätzen, und ich denke, dass es sich bei Mrs. Kynaston ebenso verhält. Frauen haben ein klares Bild von anderen Frauen, ganz gleich, welcher Gesellschaftsschicht diese angehören. Jede Frau, die ihren Haushalt fest in der Hand hat, ist mit dem Charakter ihrer Dienstboten bestens vertraut.«

Kynaston seufzte. »Ja, damit dürften Sie recht haben. Ich hätte Rosalind diesen Kummer gern erspart, aber das lässt sich wohl nicht vermeiden.«

Pitt lächelte ein wenig trübselig bei dem Gedanken daran, wie Charlotte reagieren würde, wenn er versuchte, so etwas vor ihr geheim zu halten. »Ich wäre Ihnen verbunden, wenn Sie sie bitten könnten, mir liebenswürdigerweise etwa eine halbe Stunde ihrer Zeit zu opfern ...«

»Wollen Sie auch mit den Dienstmädchen sprechen?«, fragte Kynaston, ohne sich vom Fleck zu rühren. »Oder mit der Haushälterin? Wie Sie wissen, ist sie für das weibliche Personal zuständig.«

»Das kann Wachtmeister Stoker tun, sobald er seine übrige Arbeit ... beendet hat.«

»Ja«, sagte Kynaston nachdenklich. »Ich verstehe.« Er zögerte nach wie vor.

Diesmal half ihm Pitt nicht. Er wusste aus langer Erfahrung, dass Schweigen genau so viel über die Gedanken eines Menschen aussagen konnte wie das gesprochene Wort.

»Ich ...« Kynaston räusperte sich. »Ich würde gern anwesend sein, wenn Sie mit Rosalind sprechen. Kummer ... bedrückt sie leicht. Sofern es sich in der Tat um Kitty handeln sollte, würde sie das schwer treffen.«

Pitt wollte ihn nicht dabeihaben, sah aber so recht keinen Vorwand, ihn daran zu hindern. Charlotte wäre zu der Zeit, da Gracie Phipps noch bei ihnen war, beim bloßen Gedanken daran, jemand könnte dem Mädchen etwas angetan haben, außer sich gewesen – ganz von der Vorstellung zu schweigen, dass man sie umgebracht hätte. Das galt übrigens auch für Pitt selbst. Sogar das neue Mädchen, Minnie Maude Mudway, hatte bereits im Herzen beider einen Platz erobert.

»Selbstverständlich«, stimmte er zu. »Ich werde so taktvoll wie möglich sein.« Er wollte schon sein weiteres Vorgehen erläutern, doch dann fiel ihm ein, dass es unklug wäre, zu viel Zartgefühl an den Tag zu legen. Sollte es sich bei der Leiche in der Tat um Kitty Ryder handeln, würde sich großer Schmerz und vielleicht auch Peinlichkeit nicht vermeiden lassen.

Kynaston entschuldigte sich und kehrte zwanzig Minuten später nicht nur in Begleitung seiner Gemahlin, sondern auch seiner Schwägerin Ailsa zurück. Beide Damen waren so sorgfältig gekleidet, als gingen sie zu einem Abendempfang. Rosalind trug ein erstklassig geschneidertes dunkelblaues Kostüm. Zwar war das für den Winter eine kalte Farbe, doch zusammen mit der blassen Spitze um den Halsausschnitt stand sie ihr gut. Sie hielt sich würdevoll, und als Pitt sie ansah, fuhr sie sich instinktiv mit der Hand an die Brust, als wolle sie etwas festhalten. Den Arm, den ihr Mann ihr hinhielt, beachtete sie nicht.

Ailsa an ihrer Seite, deren Haut und Haar deutlich heller waren, hatte sich für sanfte Grautöne entschieden und sah darin blendend aus. Der weit schwingende Rock war nach der neuesten Mode fünfbahnig geschnitten, nicht ganz so lang wie bisher üblich, sodass er kurz über dem Boden endete und der Saum nicht nass werden konnte. Es hätte lediglich einer Pelzkappe bedurft, um das Ganze zu vervollkommnen. Pitt zweifelte nicht daran, dass sie so etwas besaß. Ungefragt führte sie Rosalind am Arm zu dem großen, bequemen Sofa, auf dem sie nebeneinander Platz nahmen. Dann sah sie Pitt mit einem scharfen Tadel in ihren leuchtend blauen Augen an.

Kynaston blieb stehen, als befürchtete er, seine Wachsamkeit würde nachlassen, wenn er sich setzte.

»Wir haben noch nichts über Kittys Schicksal erfahren, Mr. Pitt«, sagte Ailsa schroff. »Meine Schwägerin hat Ihnen doch gesagt, dass wir uns melden werden, sobald wir etwas wissen.«

»Das ist mir bekannt, Mrs. Kynaston«, gab Pitt zurück, ohne zu zeigen, wie sehr ihn ihre Worte und ihre aggressive Haltung ärgerten. Er vermutete, dass sie es nicht so meinte und wohl Angst hatte, in erster Linie wegen ihrer Schwägerin, als deren Beschützerin sie sich zu fühlen schien. Flüchtig kam ihm der Gedanke, dass sie besser über die Vorgänge im Hause Kynaston informiert war als die jüngere und offensichtlich seelisch weniger robuste Rosalind. Mit einem Mal, ohne dass er hätte sagen können, warum, drängte sich ihm die Vorstellung auf, Kynaston habe möglicherweise eine Affäre mit der gut aussehenden Zofe gehabt. Das Ergebnis wären peinliche Auseinandersetzungen gewesen, vielleicht sogar ein Erpressungsversuch, ein unbeherrschter Temperamentsausbruch … Hatten Ailsas leuchtende Augen ihn auf diesen Gedanken gebracht, erkannte er in ihnen die Angst vor allem, was die Enthüllung solcher Vorgänge mit sich bringen würde? Und wie sähe das aus? Schmach für Kynaston? Ernüchterung für Rosalind? Dann rief er sich zur Ordnung. Mit solchen – höchstwahrscheinlich falschen – Vorstellungen preschte er viel zu weit vor.

Ailsa schien ungeduldig zu warten.

»Ich bedaure, Ihnen mitteilen zu müssen, dass man in einer der östlich von hier gelegenen Kiesgruben die Leiche einer jungen Frau gefunden hat«, begann Pitt. »Wir wissen nicht, um wen es sich handelt, und würden gern, in erster Linie um Ihrer aller willen, ausschließen, dass es Kitty Ryder ist.« Aus dem Augenwinkel sah er, dass sich Kynaston kaum wahrnehmbar entspannte.

Ailsa lächelte flüchtig, während Rosalind Pitt unverwandt ansah.

»Wäre es in dem Fall nicht das Beste, erst festzustellen, um wen es sich handelt, damit Sie meine Schwägerin nicht beunruhigen müssen?«, fragte Ailsa in tadelndem Ton. Es war unübersehbar, dass sie Pitt nicht leiden konnte und sich keine Mühe gab, das zu verbergen. Es mochte weder mit dem Fall noch mit Kitty Ryder etwas zu tun haben, doch fragte er sich, warum. Zumal Rosalind die Haltung ihrer Schwägerin nicht zu teilen schien. Oder vielleicht war sie auch nur zu benommen, um überhaupt etwas zu empfinden. Ob sie zu ihrem Schutz immer auf Ailsa angewiesen war?

»Sie hätten es ohnehin heute oder spätestens morgen von dritter Seite erfahren«, entgegnete er Ailsa, »und da die Möglichkeit nicht ausgeschlossen ist, dass es sich bei der Toten um jemanden aus diesem Hause handelt, wäre das wohl noch weit schmerzlicher gewesen.«

»Wieso können Sie uns nicht jetzt schon Genaueres sagen, zum Kuckuck?«, fragte Ailsa herausfordernd. »Immerhin war sie ziemlich unverkennbar. Nehmen Sie den Butler oder sonst jemanden mit, damit er sie sich ansieht. Ist das nicht Ihre Aufgabe? Warum, zum Teufel, belästigen Sie uns?«

Rosalind legte ihrer Schwägerin beschwichtigend eine Hand auf den Arm. »Ailsa, gib ihm eine Gelegenheit, uns zu sagen, wie die Dinge liegen. Sicherlich hat er seine Gründe.«

Pitt ging nicht unmittelbar darauf ein. Er spürte die geradezu elektrisch geladene Atmosphäre im Raum, und ihm war bewusst, dass Kynastons Blick auf ihm ruhte.

Er sah Rosalind an. »Mrs. Kynaston, ich nehme an, dass Sie wie die meisten Damen Taschentücher besitzen, auf die Ihr Monogramm gestickt ist.«

»Gewiss«, gab sie mit gerunzelter Stirn zur Antwort.

»Was für eine Rolle spielt das?«, blaffte ihn Ailsa an.

Kynaston öffnete den Mund, um sie zurechtzuweisen, unterließ es dann aber. Seine Anspannung hatte wieder zugenommen.

Pitt nahm das bei der Leiche gefundene Taschentuch aus der Tasche und gab es Rosalind.

Sie nahm es, nass wie es war, und ließ es sogleich fallen. Ihr Gesicht war bleich.

Ailsa hob es auf und betrachtete es aufmerksam. Dann sah sie Pitt an. »Ein ziemlich gewöhnliches Batisttaschentuch mit einem Saum aus Spitze. Ich habe selbst ein halbes Dutzend davon.«

»Bei dem hier ist aber ein ›R‹ aufgestickt«, gab Pitt zu bedenken. »Ist das bei Ihnen nicht ein ›A‹?«

»Selbstverständlich. Es gibt Tausende dieser Art. Wenn die Frau, von der Sie sprechen, selbst so etwas nicht hatte, kann sie es jemandem gestohlen haben.«

»Hat Kitty Ryder es Ihnen gestohlen, Mrs. Kynaston?«, fragte Pitt, an Rosalind gewandt.

Mit einem leichten Achselzucken bedeutete sie ihm, dass sie darauf keine Antwort wusste. Mit spitzen Fingern gab Ailsa Pitt das Taschentuch zurück.

»Ist das alles?«, fragte Kynaston.

Pitt steckte es wieder ein. »Nein. Außerdem hatte sie einen kleinen Schlüssel bei sich, der zu einer Schublade oder einem Schrank passen könnte.«

Niemand sagte etwas darauf. Alle sahen ausdruckslos vor sich hin.

»Er passt zu einem der Wäscheschränke hier unten im Haus«, fügte er hinzu.

Die elegant geschwungenen Brauen leicht gehoben, fragte Ailsa: »Nur zu einem? Oder haben Sie es bei den anderen nicht probiert? In meinem Haus hätte ein solcher Schlüssel sicher zu allen Schränken gepasst.«

Rosalind holte Luft, als wollte sie etwas sagen, schwieg jedoch.

Empfand Ailsa Zorn oder Angst? Oder wollte sie einfach einen Menschen verteidigen, der verletzlicher war als sie selbst? Gleichmütig gab Pitt in höflichem Ton zurück: »Mir ist bewusst, dass sich solche einfachen Schlüssel nur wenig voneinander unterscheiden. Dieser hier passt zu den Türen des einen Schranks, aber beispielsweise zu keinem Möbel in der Küche oder Speisekammer.«

Ailsa ließ sich davon nicht beeindrucken. »Schließen Sie etwa daraus, dass die Unglückliche in der Kiesgrube Kitty Ryder ist?«

»Nein, Mrs. Kynaston. Ich hoffe, dass es eine Möglichkeit gibt, das Gegenteil zu beweisen.«

Obwohl sich Kynaston räusperte, klang seine Stimme belegt, als er sagte: »Wünschen Sie, dass ich mir die Tote ansehe, um festzustellen, ob ich sie identifizieren kann?«

»Nein, Sir«, sagte Pitt mit freundlicher Stimme. »Wenn es Ihnen recht ist, würde ich gern Ihren Butler Norton bitten, mich zu begleiten. Er kennt sie gewiss besser und wird, sofern das angesichts ihres Zustands möglich ist, sagen können, ob es sich um Kitty Ryder handelt oder nicht.«

»Ja ... ja ... gewiss«, stimmte Kynaston zu, wobei er durchaus erleichtert wirkte. »Ich werde ihm sogleich den Auftrag dazu erteilen.« Er schien noch etwas hinzufügen zu wollen, verabschiedete sich dann aber nach einem kurzen Blick auf Ailsa und seine Frau mit einem flüchtigen Nicken von Pitt und wandte sich ab, um Norton aufzusuchen.

»Sie sehen«, richtete Ailsa das Wort an Pitt, »dass wir mehr nicht für Sie tun können.« Auch wenn sie sich dabei nicht erhob, gab sie ihm damit unmissverständlich zu verstehen, er möge nun gehen.

»Ich danke Ihnen, dass Sie so taktvoll waren«, fügte Rosalind leise hinzu.

Pitt fuhr mit dem Butler in einer Droschke zum Leichenschauhaus. Norton saß kerzengerade, die Hände so fest im Schoß ineinander verschränkt, dass die Knöchel weiß hervorstanden. Keiner der beiden sagte ein Wort. Man hörte nichts als das Klappern der Hufe und die stählernen Reifen der Räder auf der nassen Straße, gelegentlich unterbrochen von dem Geräusch des aufspritzenden Wassers, wenn es durch eine tiefe Pfütze ging.

Pitt respektierte das Schweigen Nortons. Er wusste nicht, was der Mann Kitty Ryder gegenüber empfunden hatte. Das konnte ebenso gut Gleichgültigkeit, Ärger oder Abneigung gewesen sein wie Achtung, wenn nicht gar freundschaftliche Zuneigung. Es war auch ohne Weiteres möglich, dass das, was jetzt in ihm vorging, einfach Furcht vor dem Tode war und nicht das Geringste mit der Frau zu tun hatte, die er identifizieren sollte. Das Sterben anderer erinnerte jeden unweigerlich an die Endlichkeit des menschlichen Lebens, der sich niemand entziehen kann.

Vielleicht hatte er selbst einen Menschen verloren, der ihm nahestand, jemanden, der in jungen Jahren gestorben war, eine Schwester oder gar eine Tochter. Eine solche Erfahrung mussten viele machen. Pitt konnte sich glücklich schätzen, dass ihm dergleichen bisher erspart geblieben war. Er hoffte bei Gott, dass es nie dazu käme.

Auch mochte Norton für den Fall, dass es sich um Kitty handelte, befürchten, ihr Tod stehe in irgendeiner Weise mit dem Hause Kynaston und jemandem in Verbindung, der dort lebte, sei es ein Mitglied der Familie oder ein Dienstbote.

Darüber hinaus bestand die Möglichkeit, dass eine gründliche polizeiliche Untersuchung allerlei andere Geheimnisse und Schwächen zutage förderte, wie es sie in jedem Haushalt gab – all die kleinen Unaufrichtigkeiten und Schwindeleien des Alltags. Jeder war auf Täuschung angewiesen; nur so ließ sich erreichen, dass man seelisch nicht nackt und bloß dastand. Bisweilen war eine solche Irreführung des anderen geradezu der Beweis für eine Art menschlicher Güte, die dafür sorgte, dass man nicht allzu viel von unangenehmen Dingen zu sehen bekam. Sie ermöglichte einem selbst wie auch anderen eine gewisse Schicklichkeit und Sicherheit.

Es war Pitts Aufgabe, den Mann genau zu beobachten, während er sich die Leiche ansah, und nach Möglichkeit jede seiner Gefühlsäußerungen zu deuten, wie privat oder unerheblich sie auch sein mochte. Nur wer die Wahrheit erkannte, konnte Schuldlosen Schutz gewähren oder Gerechtigkeit widerfahren lassen. Trotzdem kam er sich zudringlich vor.

Darüber hinaus war es seine Pflicht, Norton sogleich zu befragen, solange seine Empfindungen frisch waren und er zugänglicher sein mochte.

»Ist Kitty häufig mit dem jungen Tischler ausgegangen?«, begann er. »Es erscheint mir sehr großzügig von Mrs. Kynaston, ihr das zu gestatten. Oder hat sie das ohne die Erlaubnis der Herrschaft getan?«

Mit größter Förmlichkeit sagte Norton: »Auf keinen Fall. Sie ist gelegentlich an ihrem halben freien Tag mit ihm ausgegangen. Sie haben im Park einen Spaziergang unternommen oder irgendwo Tee getrunken. Immer war sie um sechs Uhr wieder zu Hause … so gut wie immer«, ergänzte er.

»Waren Sie mit dem jungen Mann einverstanden?«, fragte Pitt und sah ihn aufmerksam an, um zu erkennen, welche Empfindungen hinter den Worten des Butlers standen.

Nortons Schultern spannten sich an. Er blickte starr geradeaus. »Er war recht angenehm.«

»Neigte er zu Wutausbrüchen?«

»Nicht, dass ich wüsste.«

»Hätten Sie ihn beschäftigt, wenn er Fähigkeiten besessen hätte, die für Sie brauchbar wären?«

Norton überlegte einen Augenblick. »Ja«, sagte er schließlich. »Ich glaube schon.« Pitt konnte das leichte Lächeln nicht deuten, das über die Züge des Mannes huschte und gleich wieder verschwand.

Am Leichenschauhaus stiegen sie aus. Pitt entlohnte den Kutscher und ging dann mit Norton hinein. Das Gesicht des Butlers war bleich, und er schien nicht sonderlich fest auf den Beinen zu stehen, so, als ob er sich unwohl fühlte. Daher hielt sich Pitt vorsichtshalber dicht bei ihm, für den Fall, dass der Mann ohnmächtig wurde.

Wie immer roch es in den Räumlichkeiten nach Tod und Karbolsäure. Pitt hätte nicht sagen können, was von beidem schlimmer war. Der Geruch antiseptischer Mittel ließ ihn automatisch an Leichen denken, an Schmerz und Verlust. Unbewusst schritt er rascher aus und musste am Ende des Ganges vor der Tür zum Kühlraum auf Norton warten.

Der Wärter, der das Laken in den Händen hielt, das die Leiche vollständig bedeckt hatte, schien in den grauen Wänden förmlich zu verschwinden. Er zog es beiseite – jetzt waren nur noch die Körperstellen verhüllt, bei denen es der Anstand erforderte. Die Tote machte auf Pitt einen noch verlasseneren Eindruck als auf dem kalten Gras in der Kiesgrube.

Norton rang hörbar nach Luft. Pitt nahm seinen Arm, um ihn stützen zu können, falls er ohnmächtig wurde.

Das einzige Geräusch, das man hörte, war ein unregelmäßiges Tropfen, das von irgendwoher kam. Norton trat einen Schritt näher, um sich die Tote anzusehen, deren aufgedunsenes und teilweise verfaultes Fleisch sich von den Knochen löste, richtete den Blick auf die leeren Augenhöhlen und das entsetzlich zugerichtete Gesicht. Obwohl das rotbraune dichte Haar völlig wirr war, ließ sich deutlich erkennen, wo ganze Strähnen ausgerissen worden waren.

Schließlich trat er wieder einen Schritt zurück. Er schien zu schwanken, als stehe er auf unebenem Boden. Pitt hatte seinen Griff nicht gelockert.

»Ich weiß nicht«, sagte Norton mit belegter Stimme. »Ich kann es wirklich nicht sagen. Gott sei ihr gnädig, wer auch immer sie sein mag.« Er begann zu zittern, als spürte er mit einem Mal die Kälte im Raum.

»Ich hatte nicht damit gerechnet, dass Sie sie erkennen würden«, versicherte ihm Pitt. »Aber die Möglichkeit bestand, dass Sie hätten sagen können, sie sei es nicht, weil die Haarfarbe oder die Körpergröße nicht stimmte ...«

»Nein.« Norton schluckte. »Nein ... die Haarfarbe stimmt schon. Kitty ... hatte herrliches Haar, möglicherweise eine Spur dunkler ... aber jetzt sieht das alles so ... unordentlich aus. Sie hat immer großen Wert auf eine ordentliche Frisur gelegt.« Er hielt unvermittelt inne, war nicht länger Herr seiner Stimme.

Pitt führte ihn aus dem Raum durch den kalten gefliesten Gang nach draußen, wo der unaufhörlich niederprasselnde Regen nichts Schlimmeres bedeutete als körperliches Unbehagen. Nach wie vor wussten sie nicht, ob die Frau aus der Kiesgrube die verschwundene Zofe oder irgendein anderes unglückliches Geschöpf war, über dessen Namen und Lebensumstände man nie etwas erfahren würde.

Am nächsten Vormittag war Stoker mit den Befragungen in der näheren Umgebung der Kiesgrube fertig und ging, nachdem er das Polizeirevier von Blackheath verlassen hatte, hangaufwärts in Richtung Shooters Hill, wobei er sorgfältig darauf achtete, auf dem eisbedeckten Weg nicht auszurutschen. Pitt hatte ihn so gut wie nicht instruiert, auf welche Weise er die Dienstboten im Hause Kynaston in Bezug auf Kitty Ryder befragen sollte. Er merkte überrascht, wie sehr er wünschte, sie wäre noch am Leben.

Unwillkürlich hatte er den Schritt beschleunigt und musste sich mahnen, langsamer zu gehen. Der Weg war trügerisch. Vielleicht konnte ihm jemand eine Einzelheit mitteilen, irgendetwas, was bewies, dass die Tote aus der Kiesgrube auf keinen Fall Kitty sein konnte: ein Muttermal, die Form ihrer Hände, ein Haarwirbel – was auch immer. Vielleicht gab es etwas, was der von der Situation im Leichenschauhaus übermannte Butler übersehen hatte.

Im Grunde war es lachhaft, Unterschiede zu machen, das war ihm bewusst. Das Leben aller Menschen war gleich wichtig und einzigartig. Abgesehen von dem, was ihm Pitt gesagt hatte, wusste er nichts über Mrs. Kynastons Zofe. Wäre er ihr irgendwo auf der Straße begegnet, hätte sie möglicherweise ebenso gewöhnlich und belanglos auf ihn gewirkt wie der reizloseste Mensch, den er kannte. Es behinderte einen Kriminalisten bei der Arbeit, wenn er sich von seiner Vorstellungskraft beeinflussen ließ – das war ihm bekannt. In diesem Beruf zählten ausschließlich Fakten, sonst nichts. Von ihnen musste man sich dorthin führen lassen, wohin sie wiesen.

An der Treppe zum Dienstboteneingang, auf der er das Blut und die Glasscherben gesehen hatte, gab es nichts Bemerkenswertes mehr zu erkennen. Ihm fielen lediglich einige gefrorene Pfützen an Stellen auf, an denen zahllose Füße die Stufen ausgetreten hatten.

Auf sein Klopfen öffnete das Küchenmädchen Maisie. Sie sah ihn einen Augenblick lang verständnislos an, dann aber erkannte sie ihn und sagte lächelnd: »Se sind bestimmt gekomm'n, um zu sag'n, dass Se Kitty gefund'n ham und se nich' die Leiche is'.« Dann sah sie ihn aufmerksamer an und fuhr mit erstickter Stimme fort: »Stimmt doch – se is' es nich'?«

Sie war noch fast ein Kind, und mit einem Mal fühlte sich Stoker, ein Mann von Mitte dreißig, entsetzlich alt.

»Ich glaube nicht.« Er wollte, dass es freundlich klang, aber er hatte keine Übung darin, die Wahrheit zu bemänteln.

Sie verzog das Gesicht. »Was heißt, Se glaub'n es nich'? Is se's oder is se's nich'?«

Nur mit Mühe widerstand er der Versuchung, sie zu belügen. »Wir halten es für wahrscheinlich, dass sie es nicht ist«, gab er zurück. »Das genügt aber nicht – wir müssen sicher sein. Deshalb muss ich euch allen noch weitere Fragen nach ihr stellen.«

Sie gab den Eingang nicht frei. »Hat Mr. Norton se sich nich' angeseh'n?«

»Doch. Aber sie ist ziemlich übel zugerichtet. Es hat nicht viel geholfen«, erklärte er. »Kann ich reinkommen? Hier draußen ist es kalt, und die Kälte kommt durch die offene Tür ins Haus.«

»Kann schon sein«, sagte sie und trat widerstrebend beiseite, um ihn eintreten zu lassen.

»Danke.« Er schloss die Tür mit Nachdruck hinter sich. Beim plötzlichen Wechsel aus der Kälte in die Wärme musste er niesen und schnäuzte sich kräftig. Danach stieg ihm der Geruch der Zwiebeln und Kräuter, die in der Speisekammer von der Decke hingen, in die Nase.

Maisie biss sich auf die Lippe, um nicht zu zeigen, dass sie zitterte. »Se woll'n wohl 'ne Tasse Tee un' so?« Ohne seine Antwort abzuwarten, führte sie ihn in die Küche, wo die Köchin, die dabei war, das Abendessen zuzubereiten, Teig für einen Obstkuchen ausrollte, der als Nachtisch vorgesehen war.

»Hast du die Karotten geputzt, Maisie?«, fragte sie in scharfem Ton. Dann sah sie Stoker, der hinter ihr eintrat. »Ach, sind Sie wieder da?« Sie sah ihn ungnädig an. »Was gibt's denn jetzt noch? Gestern war doch schon Ihr Vorgesetzter hier und is' uns allen den halben Tag lang auf die Nerven gegangen.«

Stoker wusste, dass sich manche Menschen dadurch belästigt fühlten, dass man sie bei der Arbeit störte. Sie waren dann auf keinen Fall bereit zu sagen, was man wissen wollte. Sie mussten in einer ungezwungenen Stimmung sein, um nicht nur Fragen zu beantworten, sondern auch Details hinzuzufügen, Elemente, die unter Umständen wichtig waren und auf die er von sich aus nicht verfallen wäre.

»Ich möchte Sie auf keinen Fall bei Ihrer Arbeit unterbrechen«, sagte er in respektvollem Ton. »Ich wüsste nur gern etwas mehr über Kitty.«

Die Köchin hob den Blick von ihrem Teig, ohne das Nudelholz aus den Händen zu lassen. »Wozu? Die is' doch sicher mit ihrem erbärmlichen Kerl über alle Berge?« Ihr Gesicht verzog sich vor Ärger. »So 'n dummes Stück. Die hätt' was viel Besseres haben können. Jetzt sieht man, dass se's kaum schlechter treffen konnte!« Mit einem verächtlichen Schnauben setzte sie ihre Arbeit fort.

Stoker bemerkte die Gemütsbewegung in ihrer Stimme, ihre angespannten Schultern und die Art, wie sie das Gesicht vor ihm verbarg. Offenbar hatte sie Kitty gut leiden können und hatte jetzt Angst um sie. Wütend zu sein war einfacher und schmerzte weniger, als das offen zu zeigen. Von Verwandten, die als Dienstboten arbeiteten, wie auch von alten Freunden, die er nur selten sah, war ihm bekannt, dass nur wenige Hausangestellte mit ihren Angehörigen in Verbindung standen. Für jemanden, der länger in einem Haus tätig war, wurden die anderen Dienstboten zu einer Art Familie, mit allen Streitigkeiten, Rivalitäten, all dem intimen Wissen und aller

Anhänglichkeit, die dazu gehörten. Möglicherweise war Kitty für die Frau, die sich da über ihren Teig beugte, so etwas wie eine Tochter gewesen.

Stoker hätte ihr gern etwas Angenehmes gesagt, doch war das beim Stand der Dinge so gut wie unmöglich.

»Wahrscheinlich«, stimmte er ihr zu. »Aber da wir sie nicht gefunden haben, lässt sich das nicht beweisen. Ich möchte mit Sicherheit ausschließen können, dass Kitty die Frau aus der Kiesgrube ist. Dafür müssen wir aber unbedingt in Erfahrung bringen, um wen es sich da handelt.«

Sie hob den Blick, und er sah Tränen in ihren Augen. »Woll'n Se damit sagen, dass der widerliche … Kerl … ihr das angetan hat?«

»Nein. Ich möchte beweisen, dass die ganze Angelegenheit mit diesem Haus nichts, aber auch gar nichts, zu tun hat. Dann können wir und auch die Polizei Sie alle in Ruhe lassen.«

Schniefend suchte die Köchin in ihrer Schürzentasche nach einem Taschentuch. Nachdem sie sich ausgiebig geschnäuzt hatte, wandte sie ihm ihre volle Aufmerksamkeit zu. »Was woll'n Se also wiss'n? Vielleicht war Kitty ja dumm, was Männer anging, un' is' auf den dämlichsten Trottel reingefall'n, den se finden konnte.« Sie funkelte ihn an, als wollte sie ihn zum Widerspruch herausfordern.

»Wie hat sie ihn kennengelernt?«, fragte er.

»Der musste hier im Haus 'ne Tischlerarbeit erledigen«, gab sie Auskunft. »Danach is' er immer wieder gekomm'n, um se zu seh'n.«

»Hatte sie Angst vor ihm?« Er versuchte den plötzlich in ihm aufsteigenden Ärger aus seiner Stimme und seinem Gesicht herauszuhalten.

»Ach was! Der Kerl hat ihr sogar leidgetan«, erklärte sie. »Wie dumm von ihr! Der hat das ausgenutzt. Hätte wohl jeder so gemacht.«

»Sie war also einfühlsam?«, fragte er überrascht. Er hatte sich die junge Frau bis dahin als selbstsicher und energisch vorgestellt. Doch mochte die Köchin etwas von einer empfindsamen Seite an ihr wissen, die der Hausherrin nicht bekannt war.

Sie schüttelte mit spöttischem Lachen den Kopf. »Ihr Männer seid doch alle gleich! Ihr meint, 'ner Frau, die gut aussieht und weiß, was se will, kann man nich' wehtun. Die kann sich wie jeder and're Mensch auch in 'n Schlaf weinen, wenn's keiner sieht. Se war zehnmal mehr wert wie er, un' das war ihm auch klar.« Während sie sich erneut schnäuzte, bemühte sie sich, die Tränen zu verbergen, die ihr über die Wangen liefen.

»War er deshalb ärgerlich auf sie?«, fragte Stoker.

»Glaub ich nich'.« Sie funkelte ihn erneut an. »Woll'n Se etwa sag'n, ich hab unrecht?«

Er ging nicht darauf ein. Er musste mehr erfahren, um feststellen zu können, ob die Tote im Leichenschauhaus Kitty Ryder war und auf welche Weise sie in den Besitz der Dudley Kynaston entwendeten goldenen Uhr gekommen war.

»Wen hat sie noch gekannt? Jemanden, der ihr teure Geschenke machte?«

»Auf keinen Fall!«, fuhr ihn die Köchin an. »Glaub'n Se etwa, wenn se so dämlich wär, hätt se Zofe sein können?« In ihrer Stimme lag Verachtung. Sie war zu tief verletzt, als dass sie sich bemüht hätte, das nicht zu zeigen. Schließlich war Stoker nur eine Art Polizist, vor dem sie keine Angst zu haben brauchte, da sie sich nichts hatte zuschulden kommen lassen. »Wer in 'nem vornehmen Haus wie unserm hier bleiben will, darf keine klebrigen Finger ham«, sagte sie mit vernichtendem Blick. »Meinen Se etwa, se wär die ganze Zeit blöd gewesen, bloß weil se auf 'nen Kerl reingefallen is, der se nich' verdient hat? Das war se nich'. Wenn die in der richtigen Familie aufgewachsen wär und gelernt hätte, wie sich 'ne Dame benimmt, hätt se den besten Mann kriegen können und ihr Leben lang keinen Handschlag tun müssen. Jeder muss nun mal nehmen, was er kriegt, und zusehen, wie er damit zurechtkommt. Jeder von uns – auch Sie.«

Stoker lächelte, was er im Dienst nicht oft tat. Meist war seine Arbeit unangenehm, und er musste sie so gut wie immer allein tun. Ob er möglicherweise zu ernst war? Sicherlich hätte er Kitty Ryder gut leiden können, wenn er sie gekannt hätte.

»Da haben Sie recht«, räumte er ein. »Das heißt also, abgesehen von der Wahl ihres Verehrers, war sie Ihrer Ansicht nach vernünftig?«

»Na ja, vielleicht hatte se 'n paar verrückte Gedanken«, sagte die Köchin, etwas friedlicher gestimmt. »Träume, aus denen nie was werden konnte. Natürlich. Hat nich' jedes Mädchen Flausen im Kopf? Und se konnte sich durchsetzen, wenn se das wollte, aber zugeben, wenn se sich geirrt hatte, das konnte se nich' immer.«

»Vielen Dank. Was Sie mir gesagt haben, hilft mir sehr. Jetzt würde ich gern mit den anderen Dienstboten sprechen.« Er rechnete zwar nicht damit, dass sie noch viel Neues würden beisteuern können, doch bestand die Möglichkeit, dass jüngere Dienstmädchen, die etwa in Kittys Alter waren, Einzelheiten wussten, die ihm weiterhelfen könnten. Auch hatte er bereits mit allen gesprochen, aber durch die Sache mit der goldenen Uhr hatte sich die Lage geändert. Das vornehme Taschentuch mochte ihr die Hausherrin geschenkt haben, aber die Uhr gehörte zweifellos Dudley Kynaston und war ihm gestohlen worden. Angeblich von einem Taschendieb auf offener Straße. In Kynastons Interesse musste er zweifelsfrei beweisen, dass die Frau aus der Kiesgrube nicht Kitty war. In dem Fall wäre es reiner Zufall, dass man die Uhr bei ihr gefunden hatte. Zumindest wahrscheinlich.

Am frühen Abend bekam Pitt die Aufforderung, sich noch am selben Tag im Innenministerium zu melden, am besten gegen sieben Uhr. Es war bereits Viertel nach sechs, als er die Mitteilung las, und so blieb ihm nichts anderes übrig, als sich umgehend auf den Weg zu machen. Rasch zog er das durchnässte Jackett und die schlammbedeckten Schuhe aus, kleidete sich um und ließ sich von einer Droschke zur Downing Street fahren. Kurz nach sieben trat er in einen ansprechend eingerichteten Raum, an dessen Wänden bombastische Porträts früherer Innenminister hingen. Einige der Gesichter waren jedem Kind im Lande aus dem Geschichtsbuch vertraut. Keiner der Porträtierten lächelte.

Pitt überflog die Schlagzeilen der Zeitungen, die auf dem niedrigen Tisch nahe dem Kamin lagen: »Verstümmelte Leiche in der Kiesgrube nach wie vor nicht identifiziert« und »Polizei schweigt eisern« stand dort. Pitt sah angewidert beiseite.

Er musste zwanzig Minuten warten, bis ein geschniegelter junger Mann hereinkam. »Es tut mir außerordentlich leid, dass ich Sie warten lassen musste, Commander«, sagte er mit einem angedeuteten Lächeln, als ob sich bei ihm trotz aller Überheblichkeit die gute Kinderstube durchgesetzt hätte.

Pitt fielen mehrere schroffe Antworten ein, die zu geben er sich bedauerlicherweise nicht erlauben konnte.

»Leider habe ich mich verspätet, Mr. Rogers«, sagte er ebenso höflich. »Ich konnte nicht gut von Kopf bis Fuß mit Schlamm bedeckt herkommen.«

Rogers' Augenbrauen hoben sich. »Schlamm?«

»Es hat geregnet«, sagte Pitt, als habe sein Gegenüber das möglicherweise nicht mitbekommen.

Rogers warf einen Blick auf Pitts mustergültig geputzte Schuhe und sah ihn dann an.

»Wir haben gestern am frühen Morgen in einer Kiesgrube bei Shooters Hill eine Leiche gefunden«, erläuterte Pitt. »Ich musste heute noch einmal dorthin.«

»Ach so ... Ich verstehe ... Üble Sache, das ...« Rogers räusperte sich. »Äußerst widerwärtig. Konnten Sie die inzwischen identifizieren?«

»Nein. Möglicherweise ist es die aus Dudley Kynastons Haus verschwundene Zofe, aber dessen Butler sah sich leider außerstande, das zu bestätigen oder definitiv auszuschließen.«

»Tatsächlich?« Die Augen des jungen Mannes weiteten sich. »Ich kann das kaum glauben. Meinen Sie, dass der Mann nicht die Wahrheit sagt? Ich nehme doch an, dass er genau hingesehen hat? Er hat sich seiner Aufgabe nicht ... entzogen, sich abgewandt? Ist er ohnmächtig geworden?«

»Die Frau ist schon eine ganze Weile tot und in ziemlich üblem Zustand«, teilte ihm Pitt mit. »Nicht nur ist ihr Gesicht durch Verletzungen stark entstellt, die Verwesung hat auch bereits eingesetzt. Ich kann Ihnen gern Einzelheiten mitteilen, falls Sie das wünschen, nehme aber an, dass Sie keinen Wert darauf legen. Ihre Augen sind nicht mehr vorhanden, aber sie hat ungewöhnliches Haar.«

»Ich verstehe«, sagte der Mann rasch. »Das macht die Sache schwierig ...« Er hielt inne. »Entscheidend dürfte sein, dass Sie nicht mit Sicherheit sagen können, ob es Kynastons Zofe ist, nicht wahr?«

»So ist es«, stimmte Pitt zu.

Der junge Mann lockerte seine angespannten Schultern und sagte mit etwas freundlicherer Stimme: »Ausgezeichnet. Dann dürfte es Ihnen nicht schwerfallen, die Angelegenheit dem zuständigen Polizeirevier zu überlassen. Wahrscheinlich handelt es sich um eine Prostituierte, die mit ihrem Freier Pech gehabt hat. Betrüblich und äußerst widerlich, aber kein

Fall für den Staatsschutz. Mit Sicherheit hat das nichts mit Kynaston zu tun. Der Innenminister hat mich gebeten, Ihnen mitzuteilen, wie sehr er es zu schätzen weiß, dass Sie so rasch und entschlossen eingeschritten sind, um zu verhindern, dass die örtliche Polizei durch ungeschicktes Vorgehen der Familie Kynaston und damit der Regierung Unannehmlichkeiten bereiten könnte. Wir haben Feinde, die keinen anderen Wunsch kennen, als aus dem geringsten Hinweis auf eine ... unglückliche Verwicklung Profit zu schlagen.« Er neigte den Kopf leicht zum Zeichen, dass Pitt entlassen war.

Pitt wollte aufbegehren, darauf hinweisen, dass der Fall keineswegs aufgeklärt war und es daher zu früh sei, ihn als erledigt anzusehen. Er hatte sein ganzes Erwachsenenleben hindurch mit Verbrechen und Ermittlungen zu tun gehabt, kannte sich mit Klatsch aus und hatte gelernt, mit der Obrigkeit umzugehen. Er wusste, wie man sich beides zunutze machte, hatte dabei aber nicht immer Erfolg. Sein Verstand gab dem jungen Mann recht, sein Instinkt sprach dagegen. Ihm war klar, dass er ihm eine Anweisung erteilt hatte, ohne das ausdrücklich zu sagen. Es gehörte zu seiner neuen Stellung, dass er solche feinsinnigen Formulierungen richtig deutete.

»Selbstverständlich«, sagte er gefasst. »Guten Abend.«

Der junge Mann lächelte. »Guten Abend, Sir.«

Da Pitt später nach Hause kam, als er beabsichtigt hatte, hatten die Kinder und das Mädchen bereits gegessen, doch Charlotte wartete noch auf ihn. Auf ihre Frage, ob er lieber in der Küche oder im Wohnzimmer essen wolle, entschied er sich für die Küche. Dort war es wärmer, nicht nur im Wortsinne, sondern auch, weil sie den Mittelpunkt des Familienlebens bildete. So manches Mal hatten seine und Charlottes engste Freunde besorgt um den Küchentisch gesessen, wenn es gegolten hatte, knifflige Fälle zu lösen, kummervoll nach Niederlagen und in ausgelassener Feierstimmung bei Erfolgen.

Jetzt aß er Rinderschmorbraten mit Gemüse, Klößen und reichlich Zwiebeln.

Da die Presse die Auffindung der weiblichen Leiche in der Kiesgrube breitgetreten hatte, wusste inzwischen jeder davon. Natürlich wucherten die wildesten Gerüchte um die wenigen bekannten Tatsachen.

»Ist es die Zofe?«, fragte Charlotte. Sie ließ ihren Teller unberührt stehen.

»Wenn ich das wüsste«, gab er zur Antwort, sobald sein Mund leer war.

»Werden die Behörden es bestätigen, wenn sich herausstellen sollte, dass sie es ist?« Sie sah ihn beinahe herausfordernd an.

Unwillkürlich musste er lächeln. Er hätte es sich denken müssen, dass sie das oder etwas Ähnliches sagen würde. Zwar hatte sie im Laufe der Jahre gelernt, ihre Zunge im Zaum zu halten, zumindest ihm gegenüber aber konnte sie ihre Gedanken nicht verbergen.

»Nur, wenn es unbedingt nötig ist«, entgegnete er.

»Und wirst du damit einverstanden sein?«, ließ sie nicht locker. »Wahrscheinlich wird dir gar nichts anderes übrig bleiben. Ist dieser Kynaston eigentlich wirklich so wichtig? Thomas, sei um Himmels willen vorsichtig.«

Er hörte den plötzlichen Ernst in ihrer Stimme und begriff, dass sie sich aufrichtig Sorgen um ihn machte. Auf seine Beförderung war sie stolz gewesen, und sie hatte keine Sekunde lang daran gezweifelt, dass er fähig war, Narraways Amt auszufüllen. Bislang war es ihr nahezu vollständig gelungen zu verheimlichen, dass ihr die damit verbundene Gefahr bewusst war. Oder war sie ihr nicht klar geworden, weil er ihr nie das Schlimmste berichtet hatte? Es gab ganze Bereiche, über die er nicht sprechen durfte, anders als während seiner früheren Tätigkeit im Polizeidienst.

»Liebste, es geht um eine verschwundene Zofe«, sagte er freundlich. »So, wie es sich darstellt, ist sie mit einem ziemlich unangenehmen jungen Mann durchgebrannt, der ihr den Hof gemacht hat. Falls es sich bei der Leiche um sie handelt, wäre das tragisch. Doch unabhängig davon, wer sie ist, geht es darum, dass man eine junge Frau ermordet zu haben scheint. Nur weil die Verschwundene Mrs. Kynastons Zofe war – immer vorausgesetzt, sie und das Opfer sind identisch –, rückt das ihren Tod auf eine meiner Meinung nach unangebrachte Weise ins Licht der Öffentlichkeit. Das ist alles.«

Nach einer kurzen Weile entspannte Charlotte sich und lächelte. Dann sagte sie: »Ich habe heute Emily getroffen.« Damit bezog sie sich auf ihre in zweiter Ehe mit dem Unterhausabgeordneten Jack Radley verheiratete früh verwitwete jüngere Schwester. »Sie kennt Rosalind Kynaston flüchtig und sagt, sie sei eine sehr stille und, offen gestanden, ziemlich langweilige Person.«

Pitt aß einen weiteren Bissen, bevor er antwortete: »Ich weiß, dass sich Emily schnell langweilt. Für sie kann man gar nicht lebhaft genug sein. Wie geht es ihr überhaupt?« Er hatte sie in den fünf Wochen seit Weihnachten nicht gesehen. Bei seiner früheren Tätigkeit hatten sie und Charlotte ihm in einigen Fällen beigestanden, in die Angehörige höherer Gesellschaftsschichten verwickelt waren, da sie zu deren Häusern Zugang hatten. Ihn als Polizeibeamten hingegen hatte man auf den Dienstboteneingang verwiesen, wenn er dort vorsprach. Diese Zeit schien jetzt lange zurückzuliegen. Emilys erster Gatte, ein reicher Adliger, war auf tragische Weise ums Leben gekommen, und eine Zeit lang hatte man

Emily sogar verdächtigt, ihn ermordet zu haben. Auch das lag in der fernen Vergangenheit.

Charlotte zuckte verständnisvoll die Achseln. »Du weißt ja, wie es im Winter ist.«

Er wartete, weil er annahm, dass sie weitersprechen würde, doch sie stand auf und ging zum Herd. Dort nahm sie einen Pudding aus dem Dampfbad, stürzte ihn und sah befriedigt zu, wie der goldfarbene Sirup, den sie darüber goss, an ihm herablief. Das war eine von Pitts Leibspeisen; es gab für ihn nach einem langen, kalten und nassen Tag nichts Besseres als einen solchen Pudding. Die Vorfreude ließ ihn lächeln, auch wenn ihm nicht entgangen war, dass Charlotte seiner Frage nach Emily ausgewichen war. Das konnte nur heißen, dass da etwas nicht stimmte.

KAPITEL 4

Es dauerte zwei weitere Tage, bis Pitt erneut von der Polizei in Blackheath hörte, genauer gesagt, von Dr. Whistler. Dieser ließ ihm durch einen Boten, der die Anweisung hatte, nicht auf eine Antwort zu warten, eine Mitteilung in einem verschlossenen Umschlag zukommen. Pitt las sie noch einmal.

Sehr geehrter Commander Pitt!

Nachdem ich die an der Kiesgrube am Shooters Hill aufgefundene Frauenleiche gründlich untersucht habe, sind mir einige vorher nicht erkennbare Einzelheiten aufgefallen, durch die sich die Situation grundlegend ändert. Es ist meine Pflicht, Ihnen das zur Kenntnis zu geben, damit Sie im Interesse des Staates und der Gerechtigkeit geeignete Schritte unternehmen können.

Ich werde den ganzen Tag in meinem Büro im Leichenschauhaus sein und stehe zu Ihrer Verfügung.

Hochachtungsvoll

Dr. George Whistler

Pitts erster Gedanke war, der Pathologe habe nicht nur die Leiche eindeutig als die Kitty Ryders identifiziert, sondern auch Hinweise darauf gefunden, dass es sich um Mord handelte und eine Beziehung zum Hause Kynaston bestand.

Es gab nichts, was ihn in Lisson Grove gehalten hätte. Alles, womit er sich außer dem Fall Kynaston beschäftigte, war Routine, Dinge, die ebenso gut andere erledigen konnten. Er teilte seinen Mitarbeitern mit, wohin er ging, und saß eine Viertelstunde später in einer Droschke. Sie bahnte sich ihren Weg durch den dichten Verkehr in die Richtung der Brücke von Westminster, die sie überqueren musste, um dann am Südufer der Themse ostwärts nach Greenwich zu fahren. Der Sitz war hart und unbequem, und Pitt fror. Es lagen noch mehrere Meilen vor ihm, und wegen der vereisten Straßen dauerte die Fahrt länger als sonst.

Schließlich stand er in Whistlers gut geheiztem Büro und wärmte sich allmählich wieder auf. Den Mantel hatte er an den Garderobenständer an der Tür gehängt.

Der Pathologe wirkte weniger aggressiv als beim vorigen Mal. Er sah recht unbehaglich drein, als wisse er nicht so recht, wie er anfangen sollte.

»Nun?«, ermunterte ihn Pitt.

Whistler, der dicht am Kamin stand, schob die Hände in die Hosentaschen. »Ich habe leider eine ganze Menge zu berichten«, gab er zurück. »Bei genauerer Untersuchung der Leiche hat sich herausgestellt, dass der Tod weit früher eingetreten ist, als ich ursprünglich aus dem Grad der Verwesung geschlossen hatte …«

Pitt war verwirrt. »Stellt man nicht gewöhnlich den Todeszeitpunkt daran fest?«

»Lassen Sie mich ausreden«, fuhr ihn Whistler an, der jetzt wieder gereizt zu sein schien.

Pitt begriff, dass sich der Mann über sich selbst ärgerte, weil er sein ursprüngliches Untersuchungsergebnis revidieren musste.

Etwas schien ihn tief zu beunruhigen, wenn nicht gar zu ängstigen.

Whistler räusperte sich. »Sehr niedrige Temperaturen unter dem Gefrierpunkt können den Prozess der Verwesung relativ lange verzögern oder sogar zum Stillstand bringen. Genau aus diesem Grund lagert man ja Fleisch in Eiskammern, damit es nicht so schnell verdirbt.« Er zögerte, doch Pitt unterließ es, ihn erneut zu unterbrechen.

»Diese Leiche muss eine ganze Weile bei Temperaturen um den Gefrierpunkt, wenn nicht darunter, aufbewahrt worden sein, was den Verwesungsprozess deutlich verlangsamt hat. – Und das nicht an der Stelle, an der man sie entdeckt hat. Sie hat sich mit Sicherheit nicht im Freien befunden, weil sich andernfalls Aasfresser und sonstiges Ungeziefer über sie hergemacht hätten – zumindest aber Insekten. Also muss man sie in einem sehr kalten und vollständig von der Außenwelt abgeschlossenen Raum aufbewahrt haben. Ihnen ist klar, was das bedeutet?«

»Sie meinen beispielsweise in einem Eiskeller?«, folgerte Pitt.

»Genau. Wir wissen bereits von dem Fährmann, dass sie sich nicht lange am Fundort befunden hat, der ganz in der Nähe eines öffentlichen Weges liegt. Zwar wird der, besonders um diese Jahreszeit, nur selten begangen, dafür aber von Menschen mit Hunden, die eine Leiche sofort wittern würden. Ursprünglich hatte ich vermutet, man habe sie von der Stelle, an der sie wenige Tage oder eine Woche zuvor umgebracht worden war, im Lauf der Nacht dort hingebracht.« Whistler sah Pitt aufmerksam an. »Ich hatte die Annahme für plausibel gehalten, jemand, der sie im Affekt getötet hatte, habe nach einer Möglichkeit gesucht, sich ihrer zu entledigen. Es habe einige Tage gedauert, bis er darauf verfallen war, sie ungesehen und, wie wir annehmen müssen, ohne fremde Hilfe in die Kiesgrube zu schaffen.«

»Eine nachvollziehbare Hypothese«, stimmte ihm Pitt zu. »Und die ist nicht länger haltbar?«

Whistler stieß die Luft zwischen den Zähnen aus. »Im Versuch, die Todesursache zu ermitteln, habe ich die Leiche sehr gründlich untersucht. Dabei ist mir aufgefallen, dass die Verwesung an den inneren Organen weit stärker fortgeschritten war, als sich nach dem äußeren Eindruck vermuten ließ. Man hat sie also an einem äußerst kalten Ort aufbewahrt und …« Er holte tief Luft, bevor er fortfuhr: »… und nach ihrem Tod gründlich gewaschen …«

»Was?«

Der Arzt sah ihn an. »Sie haben richtig gehört, Commander. Jemand hat sich große Mühe gegeben, sie zu säubern, und sie dann in einem kalten Raum aufbewahrt, der so gut gegen die Außenwelt abgedichtet war, dass weder große noch kleine Tiere an sie herankonnten. Nahezu alle Wunden, die sie aufweist, vor allem im Gesicht, wurden ihr mit einer äußerst scharfen Klinge zugefügt. Nichts von all dem haben Tiere in der einen Nacht verursacht, während der sie in der Kiesgrube lag. Und verlangen Sie von mir keine Erklärung dafür. Ich kann Ihnen lediglich die Tatsachen berichten. Festzustellen, wie es dazu gekommen ist, ist zum Glück nicht meine Aufgabe – dafür sind Sie zuständig!«

»Und die Todesursache?« Trotz der Wärme, die der Kamin abstrahlte, überlief Pitt ein kalter Schauer.

»Eine so extreme Gewaltanwendung, dass nicht nur vier Rippen gebrochen sind, sondern auch das linke Schulterblatt, der linke Oberarmknochen und das Becken – gleich an drei Stellen. Die entstellenden Verletzungen in ihrem Gesicht sind aber deutlich späteren Datums. Das ist der entscheidende Punkt!« Er funkelte Pitt aufgebracht an. »Sie wurden ihr frühestens zehn Tage nach ihrem Tod zugefügt.«

Pitt war entsetzt. Er konnte sich kaum vorstellen, mit welcher Brutalität, welch geradezu irrer Raserei der Täter vorgegangen sein musste. Kein Wunder, dass Whistler so elend aussah. Sofern es sich bei der Frau um eine Prostituierte handelte, war sie nicht einer der in jenem zwielichtigen Milieu üblichen Auseinandersetzungen zum Opfer gefallen, sondern einem Wahnsinnigen. Wie lange würde es bei jemandem, der zu einer solchen Tat fähig war, dauern, bis er die nächste beging?

Mit einem Mal fühlte Pitt sich in dem geheizten geschlossenen Raum unbehaglich. Er hatte den Eindruck, er befände sich in einem luftlosen Gefängnis und müsse ersticken. Es drängte ihn zu fliehen, hinaus in den kalten Schneeregen.

»Womit hat … der Verantwortliche das getan?«, fragte er mit unsicherer Stimme.

»Wollen Sie es wirklich wissen?« Whistler schüttelte den Kopf. »Der Art der Verletzungen nach zu urteilen, könnte man glauben, jemand habe sie mit einem vierspännigen Fuhrwerk überfahren. Genaues lässt sich nach so langer Zeit nicht sagen, die Tat dürfte an die drei Wochen zurückliegen. Beträchtliche Gewalteinwirkung aus verschiedenen Richtungen. Ein Teil der Verletzungen könnte auf Huftritte oder Wagenräder zurückgehen. Möglicherweise ist das alles gleichzeitig geschehen. Sieht aus, als wären die Pferde durchgegangen.«

Ein heiliger Zorn stieg in Pitt auf. Hätte ihm der Mann das nicht gleich sagen können? Schreckliche Unfälle kamen immer wieder vor. Zwar änderte sich dadurch weder etwas an dem Schmerz noch an dem Verlust, doch war das Ganze nicht mit solchen Vorstellungen von Entsetzen verbunden wie im Fall eines Irrsinnigen, der eine solche Tat mit Absicht beging.

Am liebsten hätte er Whistler geschüttelt. Sogleich schämte er sich dieses kindischen Impulses. Er ballte die Fäuste und bemühte sich um Selbstbeherrschung, während er zwischen den Zähnen hervorstieß: »Wollen Sie damit sagen, dass die Frau einem Verkehrsunfall und nicht etwa einem Verbrechen zum Opfer gefallen ist, Dr. Whistler?«

»Es hätte alles Mögliche sein können!« Whistler war so aufgebracht, dass seine Antwort einem Aufschrei gleichkam. »Sollte es sich in der Tat um einen solchen Unfall handeln – warum hat man den dann in Dreiteufelsnamen nicht der Polizei gemeldet?« Bei dieser Frage gestikulierte er so raumgreifend mit den Armen, dass er fast an das Bücherregal gestoßen wäre. »Und wo, zum Henker, hat man die Leiche zwei oder drei Wochen lang aufbewahrt? Warum hat man sie in eine der Kiesgruben am Shooters Hill gebracht, damit sich Füchse und Dachse an ihr gütlich tun können, wo sie dann schließlich der arme Kerl mit seinem Hund gefunden hat?« Er holte tief Luft. »Und wie lassen sich die fürchterlichen Verstümmelungen erklären, mit denen man erst so viel später ihr Gesicht derart entstellt hat, dass niemand sie identifizieren kann?«

Pitt wusste nichts darauf zu erwidern.

Whistler stieß einen Seufzer aus und bemühte sich, seine Beherrschung wiederzuerlangen. Sein Ausbruch schien ihm peinlich zu sein, und er vermied es, Pitt anzusehen. Vielleicht hielt er sich für unprofessionell, doch gerade das schätzte Pitt an ihm.

»Und sind Sie bei der Frage weitergekommen, wer die Frau sein könnte?«, fragte Pitt schließlich. »Vielleicht anhand von etwas, was dieser … Wahnsinnige nicht unkenntlich gemacht hat?«

»Soweit sich das jetzt noch sagen lässt, war die Frau wahrscheinlich bei guter Gesundheit«, gab Whistler zurück. »Es finden sich keine erkennbaren Hinweise auf eine Krankheit. Alle Organe sind einwandfrei, wenn man von den verwesungsbedingten Veränderungen absieht. Ich hoffe sehr, dass Sie den, der das getan hat, an den Strang bringen, wenn Sie ihn finden! Andernfalls brauchen Sie nie wieder zu mir zu kommen, um meine Hilfe zu erbitten!« Er sah Pitt kurz an und wandte den Blick dann wieder ab. Seine Wangen waren leicht gerötet. »Vermutlich war sie irgendwo als Hausangestellte tätig. Darauf weist nicht nur ihr guter Ernährungszustand hin, sie hatte auch ein einwandfreies Gebiss, saubere Fingernägel, gepflegte Hände und mehrere kleine Narben von Verbrennungen, wie man sie oft bei Frauen findet, die viel bügeln müssen. Wer ständig heiße Eisen vom Herd nehmen muss, kann kaum vermeiden, sich ab und zu daran zu verbrennen. Vor allem dann nicht, wenn es darum geht, komplizierte Dinge wie Spitze, schmale Kragen, gefältelte Ärmel oder dergleichen zu bügeln.«

Pitt sprach die naheliegende Schlussfolgerung aus: »Eine Zofe …«

»Ja … oder eine Waschmagd. Auch an Kinderkleidung gibt es knifflige Stellen.«

»Sie haben also nach wie vor keinen Hinweis darauf, ob es sich um Kitty Ryder handelt?«

»Nein, tut mir leid. Auf keinen Fall war sie eine Dame; die bügeln nicht selbst. Und eine Prostituierte war sie ebenso wenig – dafür war sie viel zu gesund und gepflegt. Sie muss Mitte bis Ende zwanzig gewesen sein. Frauen, die sich auf der Straße herumtreiben, befinden sich in dem Alter in einem weit schlechteren Allgemeinzustand. Sie dürfte am ehesten irgendwo zum Hauspersonal gehört haben oder eine junge Ehefrau gewesen sein, die sich entsprechend verdingt hat. Letzteres halte ich allerdings für eher unwahrscheinlich. Alle Leute hier in der Gegend haben für solche Arbeiten ihr eigenes Personal. Und sie hatte keine Kinder. Ob sie unberührt war, ließ sich wegen der Verletzungen und der Verwesung nicht feststellen.«

»Vielen Dank«, sagte Pitt mit finsterer Miene. Er war alles andere als dankbar, aber Whistlers Arbeit zu würdigen war ein Gebot der Höflichkeit. Pitt legte nicht den geringsten Wert darauf, diesen Fall zu bearbeiten, und ihm war klar, dass auch der Gerichtsmediziner auf die Einzelheiten, die er ihm dargelegt hatte, weit lieber nicht gestoßen wäre. Jetzt lag die unvermeidliche Aufgabe vor Pitt, die Fäden der Tragödie zu entwirren. »Haben Sie die örtliche Polizei schon von Ihren Ergebnissen in Kenntnis gesetzt?«, fragte er, als komme ihm dieser Gedanke erst jetzt.

Mit bitterer Belustigung in den Augen bestätigte Whistler das. Zwar sagte er nicht, wie die Beamten darauf reagiert hatten, aber Pitt konnte es sich denken. Sie würden sich freuen, dass sie den Fall dem Staatsschutz zuschieben konnten, weil sich nicht ausschließen ließ, dass er in irgendeiner Beziehung zu Dudley Kynaston stand.

Pitt nahm den nassen Mantel vom Haken, zog ihn an und verabschiedete sich von Whistler. Dann setzte er den Hut auf und ging hinaus. Zwar hätte er mit einer Droschke nach Lisson Grove zurückfahren können, doch ging er lieber zum Fluss hinab und ließ sich mit einem Fährboot übersetzen. Dort war er mit dem grauen Wasser, dem Wind und dem eisigen Regen allein und konnte überlegen, wie er weiter vorgehen wollte. Am Nordufer würde er mühelos eine Droschke finden.

Zu viele Fragen blieben unbeantwortet. Angenommen, dass es sich um Kitty Ryder handelte, stammten die Haare und das Blut auf den Stufen zu Kynastons Haus also von ihr? War sie freiwillig fortgegangen, obwohl es offenbar einen heftigen Streit gegeben hatte? Oder war sie gewaltsam fortgebracht worden? Warum hätte ihr Verehrer sie so behandeln sollen? Sofern er sie an Ort und Stelle umgebracht hatte, hätte angesichts der so nahe am Haus ausgeübten rohen Gewalt jemand etwas hören müssen. Wieso hatte sie in dem Fall nicht geschrien und damit die Hausbewohner alarmiert?

Warum hatte der Täter sie nicht an Ort und Stelle liegen lassen und sich davongemacht, so schnell ihn die Beine trugen? Sie war ziemlich kräftig gebaut, und es dürfte alles andere als einfach gewesen sein, sie an einen anderen Ort zu bringen. Hätte der Täter im Schutz der Dunkelheit die Flucht ergriffen, hätte er durchaus damit rechnen dürfen, dass man ihm nicht auf die Fährte kam. Es gab so viele Möglichkeiten, mühelos unterzutauchen, und das nicht nur in der großen Stadt London. Man konnte seine Zuflucht irgendwo im Umland, aber auch dank einem der Tag für Tag aus dem Hafen von London auslaufenden Schiffe an einem beliebigen anderen Ort der Welt suchen.

Pitt hob den Blick und sah über die rollenden Wellen hinweg in der Ferne die Masten von Seglern, große Dampfer sowie Schleppkähne und Leichter, die sich dazwischen ihren Weg bahnten. Von dort konnte jemand binnen weniger Stunden auf Nimmerwiedersehen verschwinden, ganz zu schweigen von drei Wochen. Nichts an dem ganzen Fall ergab einen Sinn. Was hatte er übersehen?

Der schweigend rudernde Fährmann und das rhythmische Klatschen des Wassers gegen die Flanken des Bootes halfen ihm, sich zu konzentrieren.

Sofern die Tote Kitty war – wo mochte sie zwischen dem Zeitpunkt, da sie Kynastons Haus verlassen hatte, und dem Augenblick, da man sie in die Kiesgrube gebracht hatte, gewesen sein? Hatte man sie gleich umgebracht oder erst später? Und warum hatte man sie nicht beerdigt, sondern in der Kiesgrube abgelegt? Fast hätte man glauben können, jemand habe gewollt, dass man sie fand.

Je länger Pitt über die Sache nachdachte, desto sinnloser und widerwärtiger erschien ihm alles. Nach wie vor hoffte er, dass es nicht Kitty Ryder war, aber trotzdem musste er den Fall so behandeln, als sei sie es.

Stoker, der offenbar erfahren hatte, dass Whistler um Pitts Besuch nachgesucht hatte, tauchte wenige Minuten nach dessen Rückkehr in seinem Büro auf. Er schloss die Tür hinter sich und stellte sich wartend vor seinen Vorgesetzten.

Während ihm Pitt in knappen Worten mitteilte, was er erfahren hatte, hörte ihm Stoker schweigend zu. Sein knochiges Gesicht war bleich, aber ausdruckslos. Er sah zu Boden, die Schultern leicht gesenkt, die Hände in den Taschen vergraben.

»Da bleibt uns wohl keine Wahl, wie?«, sagte er nach längerem Schweigen. »Die ganze Geschichte ergibt nicht den geringsten Sinn. Und vor allem wissen wir so gut wie nichts.« Er hob den Blick mit einem eigentümlichen Leuchten in den graublauen Augen. »Vielleicht hat das Ganze ja überhaupt nichts mit Kittys Verehrer zu tun, sondern ausschließlich mit der Familie Kynaston. Soweit ich von den anderen Dienstboten erfahren habe, war die Zofe ziemlich pfiffig und hat Augen und Ohren offen gehalten. Sie wissen ja, dass Zofen viel von dem mitbekommen, was im Haus vorgeht. Deswegen bleiben sie ja meist lange in ein und derselben Familie. Man kann es sich gar nicht leisten, sie die Stellung wechseln zu lassen, schon gar nicht zu Leuten aus den eigenen Kreisen.«

»Worauf wollen Sie hinaus?«, fragte Pitt. »Dass sie jemanden im Haus erpressen wollte und der Betreffende sich geweigert hat zu zahlen? Oder dass man sie umgebracht hat, weil sie bestimmte Dinge wusste?«

»Vielleicht beides, Sir. Wenn sie nun versucht hätte wegzulaufen, weil ihr klar war, was man ihr antun wollte, und man sie dabei gefasst hat?«

»Und sie hat nicht geschrien?«

»Könnten Sie eine Frau nicht umbringen, ohne dass sie schreit, Sir? Ich schon.«

Pitt stellte sich vor, wie Kitty, entsetzt von etwas, was sie gesehen oder gehört hatte, in der dunklen Winternacht durch die schwach erhellte Küche zum Dienstboteneingang geflohen war, in fliegender Hast die Riegel zurückgeschoben und sich in der bitteren Kälte der Winternacht darangemacht hatte, so schnell wie möglich die Stufen zur Straße emporzusteigen. War ihr bewusst gewesen, dass ihr der Mörder im Abstand von wenigen Schritten folgte? Oder hatte sie ihn über dem lauten Dröhnen des Blutes in ihren Ohren nicht gehört? Vermutlich hatte es auf der Treppe einen kurzen, entsetzlichen Kampf gegeben, einen Schlag, der möglicherweise tödlich gewirkt hatte, ohne dass das dem Täter bewusst war, denn er hatte offenbar immer wieder ausgeholt, bis sein Tobsuchtsanfall vorüber war und ihm aufging, was er getan hatte.

Und dann?

Als Nächstes hatte er die Leiche rasch beiseitegeschafft. Wohin? In einen Kellerraum? Irgendwohin, wo es außerordentlich kalt war, bis er eine Möglichkeit fand, sie an einen anderen Ort zu bringen. Irgendetwas war dazwischengekommen, sodass er damit länger warten musste.

Pitt sah zu Stoker und erkannte auf dessen Gesicht, dass der in etwa das Gleiche dachte wie er selbst.

»Höchstwahrscheinlich steckt Kynaston dahinter«, sagte Stoker. »Wir sollten uns den Mann einmal genauer ansehen.«

Dagegen ließ sich nichts sagen. Allerdings verlangte das nicht nur eine sorgfältige Planung, es durfte darüber hinaus sinnvoll sein, vorher möglichst viel über ihn in Erfahrung zu bringen. »Ja …«, stimmte Pitt zu. »Ich nehme ihn mir gleich morgen vor. Sie versuchen unterdessen, noch mehr über Kitty Ryder in Erfahrung zu bringen.«

Stoker wartete nicht bis zum nächsten Morgen. Er hatte im Hause Kynaston, in dem die Zofe gelebt und gearbeitet hatte, bereits alles erfahren, was sich über sie in Erfahrung bringen ließ.

Selbstverständlich hatte er gemeinsam mit Pitt bei allen Polizeidienststellen in der näheren und weiteren Umgebung nachgefragt, ob dort ähnliche Fälle bekannt seien, was verneint worden war. Außerdem hatte er mit den Leitern von Einrichtungen gesprochen, zu deren Insassen geisteskranke Straftäter gehörten. Aus keiner war jemand ausgebrochen, und nirgends waren Verstümmelungen wie die an der aufgefundenen Leiche vorgenommenen bekannt gewesen.

Wohin auch immer sie sich wandten – immer blieb nur Kitty und ihre Beziehung zum Hause Kynaston als mögliche Erklärung.

Da Stoker in London keine Verwandten hatte, hatte er ein Zimmer gemietet. Von seiner Familie lebte außer ihm nur noch seine Schwester Gwen. Sie wohnte in King's Langley nördlich von London, wohin es mit der Eisenbahn nicht weit war. Die beiden Brüder waren in jungen Jahren gestorben und eine weitere Schwester bei der Geburt ihres Kindes. Stokers Arbeit war sein Leben. Das ging ihm jetzt auf, da ihm bewusst wurde, dass er als gleichsam namenloser Mensch durch Nebel und Schatten von einer Insel, die das Licht einer Gaslaterne auf den nassen Gehweg warf, zur nächsten schritt.

Menschen kamen ihm mit gesenktem Kopf entgegen, als hätten sie es eilig, ein bestimmtes Ziel zu erreichen. Sehnten sie sich nach dem, was vor ihnen lag, oder waren sie all dessen müde, was sie hinter sich ließen?

Er hatte in jungen Jahren in der Marine gedient und durch das harte Leben auf einem Schiff den Wert von Disziplin kennengelernt. Einem Menschen konnte man sich entgegenstellen, ihn täuschen oder hereinlegen, ihn sogar bestechen, aber niemand konnte sich gegen die See stellen. Die Knochen derer, die das versucht hatten, übersäten den Meeresboden. Er hatte sowohl zu gehorchen als auch bis zu einem gewissen Grade zu befehlen gelernt und stets damit gerechnet, dass es in seinem Leben auf dem eingeschlagenen Weg weitergehen würde.

Bei einem Zwischenfall in einem Hafen war es zu einer Untersuchung durch den Staatsschutz gekommen. Dabei war er dessen damaligem Leiter Victor Narraway aufgefallen, und dieser hatte ihn in seine Dienste genommen. Das war ein gänzlich anderes Leben. Nicht nur war es interessanter, es forderte auch auf eine ganz bestimmte Weise die Vorstellungskraft und Intelligenz heraus. Zu seiner Überraschung zeigte sich, dass er diesen Anforderungen in beachtlichem Maße gewachsen war.

Als Narraway aus dem Amt gedrängt worden war, hatte ausschließlich Pitt zu ihm gehalten und es schließlich fertiggebracht, Narraways Ruf und vielleicht auch dessen Leben zu retten, seine Wiedereinstellung allerdings nicht erwirken können. Zu Pitts Bestürzung hatte man ihn stattdessen selbst in das Amt berufen, was ihm ausgesprochen unangenehm war, denn er hatte keinen Nutzen aus dem Unglück des einstigen Vorgesetzten ziehen wollen. Ganz davon abgesehen, verfügte er seiner Ansicht nach weder über die Fähigkeiten noch über die nötige Erfahrung, das Amt in angemessener Weise auszufüllen.

Natürlich hatte er nichts von all dem zu Stoker gesagt, möglicherweise zu niemandem. Aber als guter Menschenkenner hatte Stoker an einem Dutzend für sich genommen unbedeutenden Einzelheiten erkannt, wie es um Pitt stand. Jetzt, zwei Jahre später, nachdem sich Pitt eingearbeitet hatte, war das nicht mehr so einfach, aber er konnte ihn nach wie vor recht gut einschätzen.

Pitt war ihm sympathisch, unter anderem wegen seines angeborenen Anstandes. Gelegentlich allerdings befürchtete er, dass der Mann nicht die nötige Härte hatte, sich in allen Situationen durchzusetzen, in denen das nötig war. Die Position eines Leiters der Abteilung Staatsschutz verlangte mitunter skrupelloses Handeln, wozu die Fähigkeit gehörte, mit Fehlern zu leben, sich über dies und jenes hinwegzusetzen und weiterzumachen, ohne sich durch die Erinnerung an Vergangenes schwächen zu lassen.

Obwohl ihm all das bewusst war, empfand er nicht den Wunsch, dass Pitt sich ändern möge, und der Gedanke, es werde unvermeidlich dazu kommen, betrübte ihn. Er schloss die Möglichkeit nicht aus, dass er eines Tages selbst den Anstoß dazu würde geben müssen.

Auch der Gedanke an Kitty Ryder beunruhigte ihn. Er hatte sie weder selbst noch ein Bild von ihr gesehen und stellte sie sich in etwa wie seine Schwester Gwen vor. Gwen hatte dichtes weiches Haar und hübsche Zähne, von denen einer ein wenig schief saß, was man oft sah, denn sie lachte gern.

Obwohl sie einander meist nur einmal im Monat trafen, stand er ihr innerlich nahe. Wenn sie nicht früh geheiratet und eine Familie gegründet hätte, wäre sie sicherlich eine gute Zofe gewesen. Mit ihrem Mann hatte sie Glück gehabt, denn er war ein anständiger Kerl, der allerdings als Seemann nicht oft zu Hause war.

Stoker hatte die Gaststätte erreicht, in der er oft aß. Die Wärme dort empfand er als angenehm, und der Lärm störte ihn nicht weiter. Sogar während er aß – er hatte eine Rindfleisch-Nieren-Pastete bestellt –, kreisten seine Gedanken um Kitty Ryder. Was für ein Mensch war diese junge Frau gewesen? Was mochte sie zum Lachen oder zum Weinen gebracht haben? Warum hatte sie allem Anschein nach einen

Mann geliebt, der ihrer – der Ansicht aller Menschen in ihrer Umgebung nach – nicht würdig war? Warum liebte eine Frau einen Mann?

So grübelte er über das Geschick einer Frau nach, die er nie gesehen hatte und die seiner Schwester Gwen wahrscheinlich in keiner Weise ähnlich war!

Er bezahlte und trat in die nasse und kalte Nacht hinaus. Jemand hatte ihren Leichnam in entsetzlicher Weise entstellt und dann irgendwo abgeladen. Es war seine Aufgabe als Beamter des Staatsschutzes, Näheres darüber in Erfahrung zu bringen. Er nahm eine Droschke nach Shooters Hill und suchte eine Imbissstube in der Nähe der Gaststätte *The Pig and Whistle* an der Silver Street auf. Zwar war er eher ungesellig, doch erforderte seine Arbeit, dass er mit anderen Menschen Kontakt aufnahm, beiläufige Unterhaltungen führte und Fragen stellte, ohne damit Misstrauen zu erregen.

Es wurde allmählich spät, und er wollte schon aufgeben, weil er nichts erfahren hatte, als der Wirt von sich aus auf Kitty zu sprechen kam, während er ihm nachschenkte.

»Die ham wir hier in letzter Zeit gar nich' gesehen«, sagte er mit bedauerndem Achselzucken. »Schade. Manchmal ham wir zusammen Musik gemacht. Sie hat gesungen – hat 'ne gute Stimme. Nich' so schrill, hoch und quietschig, richtig angenehm. Se versteh'n? Wenn die so 'n richtig lustiges Lied gesungen hat, mussten alle lachen.«

»War sie oft hier?«, fragte Stoker mit betont gleichmütiger Miene, wobei er den Mann vorsichtshalber nicht ansah.

»Ach, Se kennen se?«, fragte der Mann neugierig.

»Nein.« Stoker zwang sich, einen Schluck von seinem Apfelwein zu trinken, bevor er fortfuhr: »Ein Freund von mir konnte sie ziemlich gut leiden. Der hat sie aber auch eine ganze Weile nicht gesehen. Vielleicht hat sie ja eine neuen Anstellung gefunden …« Er ließ den Satz absichtlich unbeendet.

»Da wär se aber schön dumm«, gab der Wirt trocken zurück. »Wer 'ne gute Stelle hat, gibt die nich' auf. Se hat auch nie gesagt, dass se wegwollte. Se hat allerdings ihre Ansichten immer für sich behalten. Hat nie groß geredet.« Er schüttelte den Kopf. »Die un' ihre Schiffe … Se war richtig verträumt. Hoffentlich hat se's gut getroffen.« Er wandte sich ab. »Austrinken, Leute. Ich mach gleich Feierabend.«

»Schiffe?«, fragte Stoker. »Was für Schiffe?«

Mit breitem Lächeln sagte der Mann: »Auf Papier, mein Freund. Bilder von allen möglichen: große und kleine, aus anderen Ländern, wie solche auf'm Nil. Se hat se in 'n Album geklebt. Wusste alles Mögliche über sie. Konnte sagen, wohin se fuhren und wer der Käpt'n war. Noch mal dasselbe?«

»Nein, vielen Dank«, lehnte Stoker ab, nahm aber eine Sixpence-Münze aus der Tasche und legte sie auf den Tisch. »Für das vorige, und eins für Sie.«

Mit zufriedenem Lächeln griff der Mann nach der Münze. »Danke, Sir. Se sind 'n richtiger Herr.«

Während Stoker der Themse entgegenschritt, um sich übersetzen zu lassen, frischte der Wind auf. Am Nordufer bestand um diese späte Stunde eine größere Aussicht, eine Droschke für den langen Heimweg zu finden.

Als er aus dem Fährboot aus- und die steile Treppe zur Uferstraße emporstieg, war der Himmel vollkommen wolkenlos. Der Mond schien so hell, dass man die Schiffe erkennen konnte, die mit der Flut dem Londoner Hafen entgegenstrebten, dunkle Rümpfe auf silbernem Grund, Masten, die sich schwarz vor dem bleichen Himmel abzeichneten.

Um halb neun am nächsten Morgen traf Pitt in Kynastons Haus am Shooters Hill ein. Wäre er später gekommen, wäre Kynaston möglicherweise schon zur Arbeit gegangen, und seine Gattin hätte sich höchstwahrscheinlich geweigert, ohne ihn mit Pitt zu sprechen.

Diesmal suchten sie auf Pitts Bitte hin Kynastons Arbeitszimmer auf. Pitt hatte insgeheim gehofft, sich dort eine Weile allein aufhalten zu können, doch der Hausherr kam sogleich mit. Während sie miteinander sprachen, sah sich Pitt so unauffällig um, wie es ihm möglich war.

Kynaston saß hinter seinem großen Schreibtisch, der die Patina würdevollen Alters trug und durch die Unordnung, die auf ihm herrschte, anzeigte, dass dort wirklich gearbeitet wurde. Streusandbüchse, Siegelwachs, Federhalter und Tintenfass waren in Reichweite des Benutzers und ganz offensichtlich seit dem letzten Gebrauch nicht wieder aufgeräumt worden. Die Bücher im Regal hinter dem Schreibtisch dienten nicht der Dekoration, sondern als Nachschlagewerke. Sie waren von unterschiedlicher Größe und behandelten verwandte Sachgebiete. An den Wänden hingen mehrere Gemälde, einige zeigten Schiffe, eines eine eindrucksvolle Schneelandschaft mit Bäumen und hohen Bergen in der Ferne. Unwillkürlich musste Pitt an die Bilder im Gesellschaftszimmer denken. Auch dieses zeigte mit Sicherheit keine Landschaft auf den britischen Inseln.

Da Pitt merkte, dass Kynaston seinem Blick folgte, sagte er: »Herrlich.« Fieberhaft suchte er nach passenden Ausdrücken, die er in der Zeit gelernt hatte, als er bei der Polizei in Fällen von Kunstdiebstahl ermitteln musste. »Das Licht ist von ungewöhnlicher Klarheit.«

Kynaston sah ihn mit einem Anflug von Interesse an. »Nicht wahr!«, bestätigte er. »So sieht es im hohen Norden aus.«

Mit gerunzelten Brauen fragte Pitt: »Aber das ist doch wohl nicht Schottland? In dem Fall müsste sich der Maler bei der Höhe der Berge ja eine ganze Menge Freiheiten herausgenommen haben …«

Kynaston lächelte. »Nein, das Bild ist eine ziemlich naturgetreue Darstellung einer Landschaft in Schweden. Ich war einmal kurz dort. Mein Bruder Bennett hat es gekauft. Er ...« Ein Ausdruck tiefen Gefühls legte sich auf seine Züge, als schmerzte ihn der Verlust nach wie vor. Er holte Luft und setzte erneut an. »Er hat lange dort gelebt und sich förmlich in die Landschaft verliebt, vor allem in das Licht dort. Wie Sie schon sagten, es ist etwas ganz Besonderes.« In seiner Stimme schwang jetzt Befriedigung mit. »Er hat immer gesagt, dass sich bedeutende Kunst durch Universalität und eine Leidenschaft auszeichnet, die sich allen Menschen mitteilt, aber auch durch etwas, was spezifisch für den jeweiligen Künstler ist und sie zu etwas Persönlichem macht, die Empfindungswelt eines Menschen zeigt, seinen ganz eigenen Blick.« Er hielt inne, als habe ihn die Erinnerung übermannt und als habe er Zeit und Ort vergessen.

Pitt wartete, nicht weil er damit rechnete, aus dem, was Kynaston sagte, oder der Art, wie er sich ausdrückte, Erkenntnisse für seine Untersuchung gewinnen zu können, sondern weil ihm bewusst war, dass er mit irgendwelchen belanglosen Worten einer möglichen Verständigung zwischen ihnen jede Grundlage entzogen hätte.

Stattdessen ließ er seinen Blick ein wenig zu den anderen Gemälden wandern. Den Ehrenplatz über dem Kamin nahm das Brustbild eines etwa dreißigjährigen Mannes ein. Abgesehen von den dunklen Augen, sah er Kynaston so ähnlich, dass Pitt einen Augenblick lang vermutete, dass er es tatsächlich war und der Künstler die Darstellung lediglich, vielleicht um eine dramatische Wirkung zu erzielen, in gewisser Weise geschönt hatte. Zwar war Kynaston alles andere als unansehnlich, aber dieser Mann sah blendend aus, war sozusagen ein idealisiertes Abbild mit dichterem Haar und kühnerem Blick. Es war ein Gesicht von geradezu visionärer Intensität.

Leise sagte Kynaston: »Das ist mein Bruder Bennett. Er ist vor einigen Jahren gestorben. Ich nehme an, dass Sie das wissen.«

»Ja«, gab Pitt mit gedämpfter Stimme zurück. »Es tut mir leid.« Er wusste nichts über die näheren Umstände, lediglich, dass es geheißen hatte, der vielversprechende Mann sei kurz vor einem Triumph plötzlich einer tückischen Krankheit zum Opfer gefallen. Es hatte in diesem Zusammenhang keine Hinweise auf irgendwelche Skandale gegeben.

Der Ausdruck auf Kynastons Gesicht wirkte so, als sei er so bekümmert wie am ersten Tag. Er gab sich große Mühe, seine Fassung zurückzugewinnen, hob den Blick und sah Pitt offen an. »Ich nehme an, dass Sie wegen der Leiche in der Kiesgrube gekommen sind – wieder einmal. Ich kann Ihnen wirklich nicht das Geringste sagen, außer dass uns keine weiteren Dienstboten fehlen.« Er seufzte.

Pitt kam zu dem Ergebnis, dass er in dieser Situation nur mit Schonungslosigkeit weiterkommen würde. Mit einem taktvollem Vorgehen würde er Kynaston lediglich eine Gelegenheit geben, ihn ohne Umschweife zu verabschieden.

»Inzwischen wissen wir etwas mehr über sie«, gab er mit einem angedeuteten Lächeln zu verstehen, als unterhielten sie sich über ein banales und nicht sonderlich unangenehmes Thema. »Laut Obduktionsbericht litt sie an keiner Krankheit, und nichts weist darauf hin, dass sie auf der Straße gelebt hätte. Sie befand sich in einem guten Allgemeinzustand, war gepflegt und, abgesehen vom Schmutz der Kiesgrube, bemerkenswert sauber. An ihren Händen hatte sie leichte Verbrennungen, wie das bei Dienstmädchen oft der Fall ist, wenn sie viel bügeln müssen. Diese Verbrennungen unterscheiden sich deutlich von denen einer Köchin oder eines Küchenmädchens.«

Kynaston erbleichte. »Wollen Sie damit sagen, dass es Kitty war? Wie ist das möglich? Man hat sie doch gerade erst gefunden?«

»So ist es.« Pitt nickte bestätigend. »Aber der Pathologe hat erklärt, dass ihr Tod mindestens zwei oder drei Wochen zurückliegt und man sie in einem kalten Raum aufbewahrt hat, der so gut von der Außenwelt abgeschlossen war, dass keine Tiere an sie herankonnten, nicht einmal Insekten. Ich nehme an, Sie haben nicht den Wunsch, dass Ihre Gattin diese Einzelheiten erfährt …«

»Großer Gott! Worauf wollen Sie hinaus?« Kynaston war aschfahl geworden. Unübersehbar suchte er nach passenden Worten.

»Darauf, dass es sich bei der Leiche um Kitty Ryder handeln und sie auf üble Weise ermordet worden sein könnte. Sie arbeiten an verantwortlicher Stelle für die Regierung und haben mit geheimen Informationen zu tun. Es gibt Menschen, die Ihnen nicht wohl wollen. Es gibt keine Möglichkeit, den Fall unauffällig zu erledigen; er wird zwangsläufig Aufsehen erregen«, sagte Pitt, »es sei denn, wir können nahezu unverzüglich beweisen, dass Kittys Tod nicht das Geringste mit Ihrer Arbeit oder Kittys Aufenthalt in diesem Hause zu tun hatte. Abgesehen von Spekulationen, die nur Schaden anrichten können, sehe ich dazu kein anderes Mittel, als genau festzustellen, was geschehen ist und, wenn möglich, dass die Tote aus der Kiesgrube doch nicht Kitty ist. Dazu müssen Sie mir rückhaltlos alles sagen, was es über sie zu wissen gibt, und zwar nicht in Andeutungen, sondern offen und beweisfest, das weniger Angenehme ebenso wie das Gute.«

Kynaston sah aus, als habe ihm jemand einen Schlag versetzt.

»Wieso …«, begann er. »Wieso sollte jemand die Ärmste umbringen und sie in einer Kiesgrube abladen … Wochen, nachdem sie …« Er hielt inne.

»Das weiß ich nicht«, gab Pitt zurück. »Offensichtlich gibt es da vieles, was uns unbekannt ist. Wir müssen es so bald und so vollständig wie möglich in Erfahrung bringen. Mein Mitarbeiter Stoker wird dafür alles tun, was er vermag, und auch dem jungen Mann nachspüren, der ihr den Hof gemacht hat, um festzustellen, ob sie noch lebt. Falls nicht, wird er versuchen zu ermitteln, ob dieser sie auf dem Gewissen hat oder ein anderer, mit dem sie sich getroffen hat, nachdem sie das Haus verlassen hatte …«

»Und Sie?«, fragte Kynaston mit heiserer Stimme.

»Ich werde hier tun, was ich kann. Dabei gehe ich einstweilen von der Annahme aus, dass es sich bei der Toten um Kitty Ryder handelt und man sie wegen ihrer Verbindung zu diesem Hause getötet hat.« Er erkannte die Angst in Kynastons Augen. »Es tut mir leid«, fügte er hinzu. »Es wird eine gründliche und zugleich unangenehme Untersuchung sein. Sie können sich nur dagegen schützen, indem Sie sich darauf einstellen.«

Kynaston lehnte sich in seinem Sessel zurück und stieß langsam den Atem aus. »Nun schön. Was wollen Sie wissen? Ich hoffe, Sie werden den Anstand haben, meine Frau nach Möglichkeit aus dieser Angelegenheit herauszuhalten.« Er sagte das beinahe im Ton einer Anweisung.

»Selbstverständlich, soweit es möglich ist«, stimmte Pitt zu, während er daran dachte, wie sehr sich Rosalind Kynaston von Charlotte unterschied. Zweifellos würde Charlotte heftig gegen jeden Versuch aufbegehren, sie aus einer solchen Sache herauszuhalten und sie gegen die Realität abzuschirmen. Fraglos würde sie die Aufklärung des Mordes an einem Dienstboten aus ihrem Hause als ihre ganz persönliche Angelegenheit ansehen.

»Für einen Mord gibt es gewöhnlich ein Motiv«, sagte Pitt, »sowie Auslöser, die dafür sorgen, dass es an dem und keinem anderen Ort und zu genau diesem Zeitpunkt dazu kommt. Ich möchte gern Ihren Terminkalender und den Ihrer Gattin für die zwei oder drei Wochen vor Kittys Verschwinden einsehen, Sir.«

»Weder meine Frau selbst noch ihre gesellschaftlichen Kontakte können die geringste Auswirkung auf …«, setzte Kynaston an.

Pitt hob kaum wahrnehmbar die Brauen. »Heißt das, Sie sind der Ansicht, Miss Ryders Tod hat mehr mit Ihnen und Ihrem Leben zu tun als mit dem Ihrer Gattin?«, fragte er überrascht.

»Ich glaube nicht, dass er überhaupt etwas mit unserem Hause zu tun hat!«, fuhr ihn Kynaston an. »Sie vermuten das lediglich.«

»Nein, Sir, wohl aber vermute ich, dass sich sowohl die Polizei als auch die Presse – und Letztere zweifellos in sensationslüsterner Weise – für alle Vorgänge in diesem Hause interessieren werden. Deshalb müssen wir imstande sein, jede Frage zu beantworten, die man uns stellt – am besten mit untermauerndem Material, wenn nicht gar mit Beweisen, um zu verhindern, dass die Zeitungen Dinge drucken, die Ihnen nur schaden können.«

Kynaston bekam einen roten Kopf. Er nahm ein in Leder gebundenes Buch, das auf dem Schreibtisch lag, und schob es Pitt hin.

»Danke.« Pitt nahm es und stand auf. »Wenn Sie mir bitte zeigen würden, wo ich das lesen und mir nötigenfalls Notizen machen kann. Ich gebe es Ihnen zurück, bevor ich gehe. Es wäre sehr entgegenkommend, wenn Sie mir auch Mrs. Kynastons Terminkalender überlassen könnten. Das gäbe mir die Möglichkeit, alles Erforderliche auf einmal zu erledigen.«

Kynastons Züge verhärteten sich. »Ich verstehe wirklich nicht, in welcher Weise das von Nutzen sein soll, nehme aber an, dass Sie wissen, was Sie tun.« Er klang nicht so, als ob das seiner Überzeugung entspräche. »Im Unterschied zu denen meiner Frau sind meine Termine eine mehr oder weniger öffentliche Angelegenheit.«

Pitt dankte ihm, ohne etwas hinzuzufügen.

Der Butler wies ihm ein kleines und ziemlich kühles Zimmer an. Seiner Lage und Einrichtung nach zu urteilen, schien es als eine Art Aufenthaltsraum für den Sommer zu dienen, denn es ging auf den Garten und verfügte über keinen Kamin. Pitt dankte ihm und tat so, als sei ihm nicht aufgefallen, dass der Raum ungeheizt war.

Er ging die Eintragungen in den beiden Terminkalendern durch und machte sich Notizen. Dabei achtete er weniger auf Kynastons gesellschaftliche Verpflichtungen als darauf, wann sie sich mit denen seiner Frau deckten und wann nicht. Vor allem aber suchte er nach Unstimmigkeiten. Die wenigen, auf die er stieß, ließen sich leicht mit Unachtsamkeit erklären. Bisweilen hatte Kynaston seine eigene Handschrift nicht richtig gelesen, beispielsweise eine 8 für eine 5 gehalten, ein Datum oder eine Adresse falsch abgeschrieben.

Bei der Lektüre von Mrs. Kynastons unverblümten tagebuchähnlichen Kommentaren über ihre bei Gesellschaften gewonnenen Eindrücke musste er lächeln. Sie waren mit Anmerkungen darüber garniert, was man am besten anzog und warum. Offensichtlich war ihr bewusst, dass sich ihr Mann mit Ausreden dem Besuch bestimmter Gesellschaften entzog.

Hinten in Mr. Kynastons Terminkalender fanden sich auch Notizen über Einkäufe, Geschenke und Einladungen. Er schien eine Schwäche für guten Cognac und gute Zigarren zu haben und gehörte exklusiven Klubs an, deren Mitgliedschaft äußerst kostspielig war. Er besuchte häufig Premieren der besten Theater- und Opernaufführungen und ließ offenkundig bei einem erstklassigen Schneider arbeiten. Er war ein Mann, dem an seinem Äußeren lag und der nicht zögerte, seinem Bedürfnis nach einem aufwendigen Lebensstil nachzugeben.

Pitt stieß auf einige Irrtümer und eine oder zwei Auslassungen, doch bei diesen nicht für die Öffentlichkeit bestimmten Notizen eines Mannes mit normalen menschlichen Schwächen erschien ihm das nur natürlich. Eher hätte es ihn misstrauisch gemacht, wenn alles bis aufs i-Tüpfelchen gestimmt hätte.

Durchgefroren, aber entschlossen, das nicht zu zeigen, gab er dem Butler die Kalender zurück und verabschiedete sich.

Kaum hatte er die Straße erreicht, schritt er rasch aus, um sich aufzuwärmen. Es ärgerte ihn, dass er nichts von Bedeutung gefunden hatte. Er konnte sich nicht verhehlen, dass er Dudley Kynaston recht gut leiden konnte, und seine Gattin Rosalind war möglicherweise interessanter, als er ihrem eher unscheinbaren Äußeren nach angenommen hätte.

KAPITEL 5

Einige Tage später, es war inzwischen Anfang Februar, klopfte es vormittags an der Tür von Pitts Büro, während er den Bericht eines Mitarbeiters über einen Fall in Edinburgh las. Fast gleichzeitig mit seinem »Herein« trat Stoker ein und schloss die Tür hinter sich. Empört fragte er ohne Einleitung: »Haben Sie die Tafeln mit den Schlagzeilen an den Zeitungsständen gesehen, Sir?«

Pitt hatte den Eindruck, dass die Temperatur im Raum von einem Augenblick auf den anderen spürbar gesunken war, und das nicht nur, weil Stokers Gesicht vom kalten Wind gerötet war. »Nein. Ich bin mit der Droschke gekommen, weil ich früh hier sein wollte, um mich mit der Sache in Edinburgh zu beschäftigen. Warum fragen Sie?« Er sprach seine schlimmste Befürchtung aus: »Hat man etwa die Leiche als die von Kitty Ryder identifiziert?«

»Nein, Sir.« Stoker trieb die Spannung nie auf die Spitze, eine Eigenschaft, die Pitt an ihm sehr zu schätzen wusste. »Aber allem Anschein nach hat ein Abgeordneter im Unterhaus einen Haufen Fragen im Zusammenhang mit dem Fall gestellt. Er wollte wissen, was wir tun, um da Klarheit zu schaffen.«

Pitt war wie vor den Kopf geschlagen. »Im Parlament?«, fragte er ungläubig. »Haben die wirklich nichts Besseres zu tun?«

Stoker verzog nur für Sekundenbruchteile das Gesicht. »›Kann uns der Premierminister bestätigen, dass alles Denkbare getan wird, um nicht nur Mr. Dudley Kynastons Sicherheit zu gewährleisten, sondern auch seinen Ruf zu schützen? Immerhin ist er als Erfinder im Dienste unserer Marine von großer Bedeutung für die Sicherheit und das Wohlergehen unseres Landes‹«, zitierte er. »Dann haben sich andere zu Wort gemeldet und wollten wissen, ob die Sicherheit von Kynastons Angehörigen garantiert sei und so weiter.« Er sah Pitt fragend an.

Fluchend und ohne sich dafür zu entschuldigen, schob dieser die Papiere beiseite, mit denen er sich beschäftigt hatte.

»Ganz meine Meinung, Sir«, stellte Stoker mit leicht belustigtem Blick fest.

»Wer hat diese … Fragen gestellt?«, wollte Pitt wissen. »Ist dem Hornochsen eigentlich nicht klar, dass er Kynastons Position schwächt, indem er die Sache an die Öffentlichkeit bringt? Die Presse wird das doch mit Sicherheit aufgreifen. Manchmal frage ich mich, wer, zum Teufel, solche Leute wählt! Sieht sich die denn keiner vorher an?«

»Genau das ist der Haken an der Sache, Sir«, sagte Stoker grimmig.

»Sie meinen Unterhauswahlen?«

Erneut legte sich ein Lächeln auf Stokers Züge, das gleich wieder verschwand. »Nein, Sir, die sind ein ganz anderes Problem. Die Fragen hat Somerset Carlisle gestellt. Das ist eigentlich ein ganz guter Mann.«

Pitt holte Luft, um zu antworten. Dann stieß er sie mit einem Seufzer wieder aus, ohne etwas zu sagen. Er kannte Somerset Carlisle als brillanten Kopf, der sogar dann loyal war, wenn er persönliche Opfer dafür bringen musste. Auf der anderen Seite war er unberechenbar, exzentrisch, Vernunftargumenten nicht immer zugänglich und, soweit Pitt wusste, unkontrollierbar. Das machte ihn in Pitts Augen nicht unbedingt zu einem »ganz guten Mann«. Nicht einmal Lady Vespasia Cumming-Gould, die schon seit vielen Jahren mit ihm befreundet war, schien sonderlich viel Einfluss auf ihn zu haben.

Stoker wartete nach wie vor. Er konnte nicht wissen, dass er mit dem Namen Carlisle alte Gespenster heraufbeschworen hatte. Pitt hoffte inständig, dass sie nicht wiederkehrten und der Fall aus seinen Anfangsjahren als Polizeibeamter im Schoß der Vergangenheit begraben blieb. Damals waren an allen möglichen Stellen in London Leichen aufgetaucht, die nicht in ihren Gräbern blieben, weil sie angeblich vom Tod wiederauferweckt worden waren. In dieser Geschichte hatte Somerset Carlisle die Hauptrolle gespielt. Von all dem wusste Stoker ebenso wenig wie von dem damit verbundenen Skandal und den komplizierten Ermittlungen, die nötig gewesen waren, um den Fall aufzuklären. Pitt hätte es am liebsten gesehen, wenn es damit sein Bewenden gehabt hätte. Wenn Carlisle jetzt riskierte, dass die Sache – sei es durch Pitt oder wen auch immer – erneut ans Tageslicht gezerrt wurde, musste die Frage nach Kynaston für ihn von beträchtlicher Bedeutung sein.

»Vielleicht sollte ich besser Lady Vespasia aufsuchen«, erklärte Pitt und ging zum Garderobenständer in der Ecke des Raumes. »Auch wenn es offensichtlich zu spät ist, um in der Angelegenheit einen Vorsprung herauszuholen, möchte ich ihr zumindest so dicht wie möglich auf den Fersen bleiben.«

»Sind Sie sicher, dass Sie nicht hier im Büro sein wollen, wenn man nach Ihnen schickt, Sir?« Stokers Gesichtsausdruck war undeutbar.

»Absolut. Ich möchte sogar meilenweit weg sein«, erwiderte Pitt mit großem Nachdruck. »Auf jeden Fall bin ich erreichbar – sofern Lady Vespasia zu Hause ist. Wenn jemand aus Whitehall etwas von mir will, lassen Sie mir eine Mitteilung zukommen. Ich fahre dann auf kürzestem Wege dorthin.«

Stoker machte ein zweifelndes Gesicht.

»Ich möchte wissen, was hier gespielt wird!«, sagte Pitt, nahm den Mantel vom Haken und zog ihn an, während er zur Tür hinausging.

Zwar saß Lady Vespasia noch beim Frühstück, doch da ihr Hausmädchen daran gewöhnt war, dass Pitt nicht nur unangemeldet auftauchte, sondern oft auch zu ungewöhnlichen Tageszeiten, ließ sie ihn ein. Als sie ihn meldete, verzog Lady Vespasia lediglich den Mund ein wenig und bat sie, frischen Tee zu bringen.

In jungen Jahren hatte Vespasia Cumming-Gould vielen als die schönste Frau ihrer Generation gegolten. In Pitts Augen war sie das nach wie vor, denn was ihn betraf, hatte Schönheit ebenso viel mit Herz und Verstand zu tun wie mit äußerlicher Vollkommenheit. Auf ihrem Gesicht unter dem silbergrauen Haar spiegelten sich Jahrzehnte voll Leidenschaft, Kummer und Lachen ebenso wie der Mut, der sie bei Erfolgen wie auch bei mancherlei Verlusten durch das ganze Leben begleitet hatte.

»Guten Morgen, Thomas«, sagte sie ein wenig überrascht. »Du siehst müde und gereizt aus. Setz dich, trink eine Tasse Tee, und sag mir, was es gibt. Möchtest du auch etwas essen? Vielleicht Toast? Ich habe eine neue, überaus köstliche Orangenmarmelade.«

Mit den Worten »Ich glaube, genau so etwas brauche ich jetzt« setzte er sich ihr gegenüber. Stets hatte er sich in diesem in warmen Gelbtönen gehaltenen Frühstückszimmer wohlgefühlt, in dem Lady Vespasia oft auch ihre Mahlzeiten einnahm, wenn sie allein aß oder nur einen Gast hatte.

Er hatte den Eindruck, dass dort stets die Sonne schien, ganz gleich, wie das Wetter war.

Das Mädchen brachte den Tee sowie ein weiteres Gedeck, und Lady Vespasia bat sie um mehr Toast.

»So, und jetzt sag mir, was es gibt«, forderte sie ihn auf, als sie wieder allein waren.

Pitt hatte nie gezögert, ihr reinen Wein einzuschenken, nicht einmal dann, wenn er damit eine Indiskretion beging, denn er wusste, dass sie unter keinen Umständen etwas ausplaudern würde. Sie kannte die Geheimnisse vieler Menschen, und das Bewusstsein, dass sie alles für sich behielt, hatte sein Vertrauen in ihre Urteilskraft nur bestärkt. Während er den Toast mit der Orangenmarmelade aß, die in der Tat so köstlich war, wie sie gesagt hatte, berichtete er ihr über den Fall der verschwundenen Zofe und der in der Kiesgrube am Shooters Hill gefundenen Leiche.

»Aha«, sagte sie schließlich. »Zweifellos ist das eine verzwickte Sache, aber mir ist nicht klar, warum du meinst, dass ich dir da behilflich sein könnte. Du bist weit besser imstande, da etwas zu erreichen als ich.«

»Ich rechne jeden Augenblick damit, dass man mich hier anruft, und bitte dich um Entschuldigung, dass ich das arrangiert habe, ohne zuvor deine Einwilligung einzuholen …«

»Thomas! Komm bitte zur Sache!«

»Der Anrufer wird ein Mitarbeiter des Premierministers sein, der wissen will, was ich herausbekommen habe und was ich in der Angelegenheit zu tun gedenke«, erklärte er.

Ihre silbernen Brauen hoben sich noch ein wenig mehr. »Du hast dem Premierminister davon berichtet? Wozu denn das um Himmels willen, Thomas?«

Er schluckte das letzte Stück Toast herunter. »Nein. Genau darum geht es. Er weiß nur deshalb von der Sache, weil jemand gestern Abend im Unterhaus Fragen dazu gestellt hat.«

»Ach je …« Diese beiden harmlosen Worte klangen aus ihrem Munde wie die Beschreibung einer Katastrophe.

»Und zwar Somerset Carlisle«, schloss er.

»Ach je«, sagte sie erneut, diesmal etwas gedehnt. »Jetzt verstehe ich, warum du gekommen bist. Allerdings habe ich nicht die geringste Vorstellung davon, auf welche Weise er von der Sache Wind bekommen oder warum er sie im Unterhaus zur Sprache gebracht hat.« Sie sah besorgt drein. »Vermutlich hat man dir den Fall übertragen, weil es sich bei der Leiche um die arme Zofe aus Dudley Kynastons Haus handeln könnte. So tragisch die Sache auch ist, sie würde ja wohl normalerweise den Staatsschutz nicht interessieren, nicht wahr?«

»So ist es. Im Übrigen hoffe ich nach wie vor sehr, dass es sich nicht um die Zofe handelt …«

»Fürchtest aber, dass sie es doch sein könnte«, unterbrach sie ihn. »Und dass ihr Tod entweder in irgendeinem Zusammenhang mit der Familie Kynaston steht oder jemand dafür sorgen wird, dass es so aussieht? Warum? Will man damit Kynaston persönlich zugrunde richten oder die Regierung in Schwierigkeiten bringen?« Sie goss sich erneut Tee aus der Kanne ein.

»Ich weiß nicht«, gab er zur Antwort. »Sofern Letzteres beabsichtigt sein sollte, hat man die Sache wohl falsch angefasst. Falls man die Arme wegen einer Liebesbeziehung umgebracht hat, wäre das natürlich tragisch und zugleich äußerst schäbig, ganz gleich, ob einer der männlichen Dienstboten darin verwickelt ist oder Kynaston selbst …«

»Warum so zartfühlend, Thomas? Sofern die Sache in irgendeinem Zusammenhang mit Kynastons Familie stehen sollte, war er es selbst, oder man wird es ihm zumindest unterstellen. Ehrlich gesagt, halte ich das aber für äußerst unwahrscheinlich. Ich glaube auch nicht, dass Somerset Carlisle so naiv ist, sich in so etwas hineinziehen zu lassen – jedenfalls nicht in der Absicht, der Regierung Steine in den Weg zu legen!«

»Das war auch meine Überlegung.« Er nahm einen kleinen Schluck von dem heißen Tee. »Es muss also etwas anderes sein. Warum aber stellt er Fragen im Unterhaus, statt damit zu mir zu kommen? Immer vorausgesetzt, dass ihn die Sache etwas angeht.«

»Ich ahne es nicht«, sagte sie und schob ihm den Ständer mit den Toastscheiben hin. »Auf jeden Fall werde ich tun, was ich kann, um das festzustellen.«

Er dankte ihr. Gerade als er in seinen Toast beißen wollte, klopfte es, und das Mädchen kam herein. »Entschuldigung, Mylady, aber ein Anrufer aus dem Büro des Premierministers hat eine Anweisung für Commander Pitt hinterlassen.«

»Und wie lautet die?«, fragte Vespasia.

Das Mädchen wandte sich Pitt zu. »Sie sollen sich umgehend in die Downing Street begeben, wo ein Regierungsbeamter mit Ihnen sprechen möchte.«

Vespasia seufzte. »Da nimmst du am besten meine Equipage. Schick sie wieder zurück, denn sie kann dort ohnehin nirgends auf dich warten. Außerdem habe ich ebenfalls einige Dinge zu erledigen. Auf Wiedersehen, mein Lieber, und viel Glück.«

»Danke«, sagte Pitt und stand mit finsterer Miene auf. Rasch biss er noch einmal ein Stück ab und verließ kauend den Raum.

Er brauchte in einem der Vorzimmer lediglich eine Viertelstunde zu warten, bis er in einen deutlich größeren und besser geheizten Raum zu einem der Mitarbeiter des Premierministers gebracht wurde, einem wohlbeleibten Mann von stattlicher Statur, dessen gut einstudierte Ungezwungenheit dazu angetan war, über sein wahres Wesen hinwegzutäuschen.

»'n Morgen, Pitt. Edom Talbot«, stellte er sich vor. In seinem Durchschnittsgesicht fiel der durchdringende Blick auf. Man hätte unmöglich sagen können, ob seine Augen grau oder braun waren. Obwohl nahe am Kamin, in dem ein kräftiges Feuer brannte, zwei bequeme Ledersessel standen, bot er Pitt nicht an, sich zu setzen.

»Guten Morgen, Mr. Talbot«, sagte Pitt und bemühte sich, seinen Argwohn nicht zu zeigen. Der Man schien die Art von Mensch zu sein, die man leicht unterschätzte, was unter Umständen nicht ungefährlich war.

Talbot vergeudete keine Zeit mit Höflichkeitsfloskeln. »Im Unterhaus sind gestern ein paar unangenehme Fragen gestellt worden, auf die wir so recht keine Antwort wissen. Wir können es uns aber nicht leisten, auf dem falschen Fuß erwischt zu werden.« Er warf einen kritischen Blick auf sein Gegenüber. »Vermutlich kann man sagen, dass der Abgeordnete, der uns auf diese Weise auf diese Sache aufmerksam gemacht hat, der Regierung damit einen Bärendienst erwiesen hat. Auf keinen Fall wollen wir unangenehme Überraschungen erleben.« Er sah Pitt offen an. »Wir erwarten Antworten von Ihnen, Sir. Oder für den Fall, dass Sie noch keine haben sollten, zumindest fürs Erste eine verdammt gute Erklärung.«

»Gewiss, Sir.« Pitt erwiderte seinen starren Blick. »Wie lauten die Fragen?«

Mit ausdruckslosem Gesicht sagte Talbot: »Ich sehe, Sie spielen den Ahnungslosen. Falls Sie es tatsächlich sind, empfehle ich Ihnen, einen Blick in die Zeitungen zu werfen.« Mit einem Mal spannten sich seine Nacken- und Schultermuskeln an, und sein Mund wurde ganz schmal. »Kommen Sie mir bloß nicht mit irgendwelchen Tricks, Sir!«

Pitt merkte, wie Zorn in ihm aufstieg, doch er beherrschte sich. Ohne sich erneut nach den Fragen zu erkundigen, wartete er darauf, dass Talbot fortfuhr.

»Mumm scheinen Sie ja zu haben, das muss der Neid Ihnen lassen«, sagte Talbot. »Oder sind Sie nur zu dämlich, um zu begreifen, worum es geht? Keine Sorge, ich komme schon dahinter. Wer ist die Frau, deren Leiche man in der Kiesgrube am Shooters Hill gefunden hat? Was ist mit ihr passiert, und wie ist sie dahin gekommen? Was, zum Teufel, soll das alles mit Dudley Kynaston zu tun haben? Oder mit jemandem in seinem Haus? Und wann gedenken Sie, das verdammte Riesendurcheinander aus der Welt zu schaffen? Vor allem aber, wie wollen Sie dafür sorgen, dass die Sache unter der Decke gehalten wird, bis Sie so weit sind? Für den Fall, dass Sie der Aufgabe nicht gewachsen sind, sollten Sie das lieber gleich sagen, damit wir Narraway wieder vor den Karren spannen können!«

Mit äußerster Vorsicht berichtete Pitt die Geschichte von Anfang an. »Wir wissen nicht, um wessen Leiche es sich handelt.« Er wog seine Worte sorgfältig ab und bemühte sich, mit ruhiger Stimme zu sprechen. »Die Verwesung ist zu weit fortgeschritten, als dass sich Genaues feststellen ließe. Wahrscheinlich handelt es sich um eine Zofe oder eine Art Büglerin.«

»Wie kommen Sie darauf?«, unterbrach ihn Talbot mit gehobenen Brauen.

»Sie hat vernarbte Brandwunden an den Händen, wie man sie von Bügeleisen bekommt«, sagte Pitt mit einer gewissen Genugtuung.

»Aha. Reden Sie weiter! Wie wollen Sie also feststellen, wer sie ist?«

»Indem ich die Möglichkeit ausschließe, dass es sich um Mrs. Kynastons Zofe Kitty Ryder handelt«, gab Pitt zurück.

»Ich nehme an, dass Sie sich damit zufriedengeben würden.«

Talbot knurrte etwas, was eine Art Zustimmung sein mochte.

»Festzustellen was genau mit ihr geschehen ist, dürfte schwieriger sein«, fuhr Pitt fort. »Niemand weiß, auf welche Weise sie in die Kiesgrube gelangt ist, und vermutlich wird das auch niemand je erfahren. Mit Sicherheit hat sie sich nicht selbst dort hinbegeben, denn zu jener Zeit war sie schon eine ganze Weile tot. Vermutlich hat man sie zunächst an einem äußerst kalten Ort aufbewahrt. So sehr mir das widerstrebt, ist es möglicherweise an der Zeit, sich Mr. Kynastons Eishaus und andere Kühlräume etwas gründlicher anzusehen.« Der Ausdruck äußersten Widerwillens, der bei diesen Worten auf Talbots Gesicht trat, befriedigte Pitt zutiefst.

»Was die mögliche Beziehung zu Dudley Kynaston angeht«, fuhr er fort, »hoffe ich, beweisen zu können, dass er selbst nichts mit der ganzen Sache zu tun hat. Sofern die Leiche nicht die der Zofe ist, besteht zwischen ihm und dem Fall nicht die geringste Verbindung.«

»Wenn die so stark verwest ist, wie Sie sagen, wie, zum Teufel, wollen Sie dann beweisen, dass es nicht die verschwundene Zofe ist?«, erkundigte sich Talbot und hob die Brauen so hoch, dass seine Stirn wie ein frisch gepflügter Acker aussah.

»Indem ich sie gesund und munter anderswo aufspüre«, erwiderte ihm Pitt.

Talbot dachte eine Weile über diese Antwort nach.

Pitt wartete. Er hatte den Wert des Schweigens zu schätzen gelernt – wer schwieg, zwang den anderen, als Erster zu sprechen.

»Das wäre in der Tat das denkbar beste Ergebnis«, sagte Talbot schließlich. »Und je früher, desto besser. Wie groß ist Ihrer Ansicht nach die Wahrscheinlichkeit, dass das gelingt?«

Über die Antwort brauchte Pitt nicht lange nachzudenken. »Gering«, sagte er finster. »Möglicherweise werden wir uns damit begnügen müssen, die Leiche als die einer anderen Frau zu identifizieren, wozu außer dem fachlichen Können des Pathologen auch Glück nötig ist.«

Talbot nickte. Er hatte nichts anderes erwartet. »Wir brauchen Ihr Ermittlungsergebnis, wer diese Unglückliche ist und auf welche Weise sie zu Tode gekommen ist. Da darf kein vernünftiger Zweifel bleiben, am besten überhaupt keiner. Für den Fall, dass die Sache mit Kynaston zu tun hat, beweisen Sie das, aber tun Sie nichts weiter. Erstatten Sie mir Bericht, bevor Sie in irgendeiner Weise tätig werden. Haben Sie das verstanden?«

»Ich kann der Polizei nicht vorschreiben …«, setzte Pitt an.

»Genau aus diesem Grund soll sich der Staatsschutz mit der Sache beschäftigen!«, fuhr ihn Talbot an. »Sagen Sie den Leuten, was Sie wollen! Spionage, Geheimdokumente – was immer nötig ist, um zu erreichen, dass die Polizei die Finger davon lässt.«

»Kitty Ryder lebend aufzuspüren wird aber ohne die Mithilfe der Polizei sehr viel länger dauern«, gab Pitt nicht ohne Schärfe in der Stimme zu bedenken.

Talbot sah ihn eine ganze Weile kalt an. »Sehen Sie den Tatsachen ins Gesicht, Mann! Die Frau ist tot. Identifizieren Sie sie, oder weisen Sie nach, dass es die Leiche einer anderen ist. Ihre Aufgabe ist es zu beweisen, dass Kynaston entweder schuldig ist oder nichts mit der Sache zu tun hat. Bericht an mich. Sollte sich herausstellen, dass die Tote nicht Mrs. Kynastons Zofe ist, stellen Sie fest, was dahintersteckt: Geht diese scheinbare Verbindung zu ihm einfach auf eine unglückliche Verkettung von Umständen zurück, will jemand

Kapital aus der Sache schlagen, oder, und das wäre schlimmer, handelt es sich um den absichtlichen Versuch, ihm etwas anzuhängen? Sollte Letzteres der Fall sein, müssen wir unbedingt wissen, wer dahintersteckt.«

»Und warum?«, fragte Pitt mit einem Anflug von Sarkasmus in der Stimme.

»Das lassen Sie meine Sache sein«, gab Talbot scharf zurück. »Ich erwarte, dass Sie mir jeden wichtigen Fortschritt melden, den Sie machen, und zwar unauffällig. Ich brauche alle Einzelheiten. Lassen Sie in Ihren Bemühungen auf keinen Fall nach, bevor Sie die haben.«

»Was tut Kynaston eigentlich, dass er für die Regierung so wichtig ist?«, fragte Pitt.

»Das brauchen Sie nicht zu wissen«, knurrte ihn Talbot mit einem vernichtenden Blick an.

»Ich bin Leiter des Staatsschutzes!«, begehrte Pitt auf, den die Dummheit ärgerte, mit der man ihn aufforderte, nach Antworten zu suchen, ohne ihm genau zu sagen, worum es ging. »Wenn ich meine Aufgabe erledigen soll, muss ich die näheren Zusammenhänge kennen.«

»Sie brauchen nichts zu wissen als das, was man Ihnen aufträgt!«, gab Talbot zurück. »Sollte sich herausstellen, dass es sich bei der Geschichte um nichts als eine dramatisch aufgebauschte Inszenierung in der Art eines Dummejungenstreichs handelt, werden wir entsprechend verfahren. Danke, dass Sie so rasch gekommen sind. Guten Tag.«

Ohne sich zu rühren und als verstehe er die Bedeutung dieser Worte nicht, wiederholte Pitt mit weit aufgerissenen Augen: »Sie nennen das eine dramatisch aufgebauschte Inszenierung? Halten es für einen Dummejungenstreich? Jemand hat eine junge Frau auf übelste Weise zu Tode geprügelt, die Leiche drei Wochen lang versteckt, ihr Gesicht bis zur Unkenntlichkeit verstümmelt und sie dann in einer

Kiesgrube wilden Tieren zum Fraß vorgeworfen. Wenn die Regierung Ihrer Majestät diese Handlungsweise als ›dramatisch aufgebauschte Inszenierung‹ oder ›Dummejungenstreich‹ ansieht, was muss man dann eigentlich noch tun, um als Verbrecher zu gelten?«

Talbot erbleichte, rückte aber keinen Deut von seiner Position ab. »Sie haben Ihre Anweisungen, Commander Pitt. Ermitteln Sie die Fakten – je früher, desto besser, und erstatten Sie mir Bericht. Es gehört nicht zu Ihren Aufgaben, Recht zu sprechen.«

»Wenn dem doch nur so wäre«, sagte Pitt verbittert. »Genau das ist nur allzu häufig meine Aufgabe. Es gibt keine unauffällige oder rechtmäßige Möglichkeit, wie ich sie erledigen und dabei ein reines Gewissen behalten kann – ganz davon abgesehen, dass solche Entscheidungen immer unter Zeitdruck getroffen werden müssen. Sollte Ihnen das nicht bekannt sein?«

Mit kreideweißem Gesicht und verkniffenem Mund erklärte ihm Talbot: »Kynaston ist für die Regierung von höchster Wichtigkeit. Was er tut, ist nicht nur heikel, es unterliegt auch strengster Geheimhaltung. Möglicherweise wird auf seiner Arbeit unser Erfolg in einem künftigen Krieg beruhen. Diese Angaben müssen Ihnen genügen. Sofern Ihre Mitarbeiter Ihre Anweisungen nicht aufs Wort befolgen, haben Sie die Leute nicht genug in der Hand. Jetzt hören Sie auf, auszuweichen und um die Sache herumzureden. Tun Sie, was Ihre Aufgabe ist. Noch einmal, Commander Pitt, guten Tag.«

»Guten Tag, Mr. Talbot«, gab Pitt mit einer gewissen Befriedigung zurück, die allerdings bereits verflogen war, als er auf die Straße hinaustrat. Auch wenn Talbot der Ansicht war, dass es ihn nichts anging – er musste unbedingt möglichst viel über die Bedeutung von Kynastons Arbeit für die Regierung in Erfahrung bringen. Das war nötig, um festzustellen, was Kitty Ryder davon zur Kenntnis gelangt sein mochte, sodass man sie als gefährlich eingestuft hatte. Außerdem musste er wissen, wer von Kynastons Untergang aus welchem Grund auch immer profitieren würde. Angenommen, der Mann war schuldlos – wer hatte dann dafür gesorgt, dass er schuldig erschien? Es gab nur einen Menschen, dem er diese Frage stellen konnte: Victor Narraway. Dabei würde er so vorgehen, dass möglichst niemand davon erfuhr, Talbot aber auf keinen Fall.

Wie Pitt gehörte Narraway zu den wenigen Menschen, die ein Telefon im Hause hatten. Nachdem man ihn beim Staatsschutz ausgebootet hatte, war er mit seiner Berufung ins Oberhaus genau genommen zur Untätigkeit verdammt worden, denn eine wirkliche Möglichkeit, dem Land von Nutzen zu sein, bot ihm diese Position nicht.

In früheren Zeiten wäre er zu dieser Stunde mit Sicherheit nicht zu Hause gewesen, aber jetzt durfte Pitt annehmen, dass er weder im Parlament war noch zum Mittagessen einen seiner Klubs aufgesucht hatte. Solche Dinge verloren für einen Mann von Narraways Intelligenz rasch ihren Reiz. Da er nicht an politischen Debatten beteiligt war, die zu Entscheidungen führten, fühlte er sich aufs Altenteil abgeschoben und hatte den Eindruck, dass er für die Menschen, die früher in Ehrfurcht vor ihm erstarrt waren, bedeutungslos geworden war. Zwar sagte er das nie, doch hatte Pitt das seinem gelegentlichen Verstummen entnommen.

Wie sich zeigte, musste er etwa eine halbe Stunde warten, bis Narraway von einem Spaziergang zurückkehrte. Angesichts des schlechten Wetters vermutete Pitt, dass er ihn ausschließlich aus Gründen der Selbstdisziplin unternommen hatte. Narraway hatte seine Laufbahn beim Heer in Indien begonnen und die Tugenden einer gewissen Bedürfnislosigkeit sowie einer strengen Selbstzucht nie ganz abgelegt.

Narraways Diener bot Pitt eine späte Mittagsmahlzeit an. Da er hungrig war, nahm er dankbar an. Gerade, als er zum Dessert ein ausgezeichnetes Stück warmen Apfelkuchen mit Sahne verzehrte, hörte er die Haustür ins Schloss fallen und gleich darauf Narraways Stimme im Vestibül.

Im nächsten Augenblick trat er ein, und Pitt sah, dass der Hut sein dichtes Haar ein wenig flach gedrückt hatte und sein schmales Gesicht von der Kälte gerötet war.

Mit einem Blick auf den Dessertteller, auf dem nur noch Pitts Besteck lag, fragte er in scherzhaftem Ton und mit einer Spur Neugier in der Stimme: »Sie sind ja wohl nicht nur gekommen, um hier zu essen?« Dann trat er zum Kamin, in dem der Diener Kohlen nachgelegt hatte, und stellte sich mit ausgebreiteten Händen davor, um sie zu wärmen.

»Nachdem mich in der Downing Street ein gewisser Talbot ziemlich von oben herab gepiesackt hat, schien es mir ein guter Gedanke zu sein, mich bei Ihnen zum Essen einzuladen«, gab Pitt mit knappem Lächeln zurück.

Narraway straffte sich, wandte sich vom Feuer ab und sah ihn aufmerksam an. »Ich nehme an, Sie dürfen mir sagen, worum es dabei ging, denn sonst wären Sie wohl kaum gekommen. Außerdem ist die Sache allem Anschein nach ebenso dringlich wie vertraulich, weil Sie andernfalls vorgeschlagen hätten, dass wir uns zum Essen in einem Restaurant treffen. Bitte enttäuschen Sie mich nicht …« Trotz der Leichtigkeit, mit der Narraway sprach, spürte Pitt die in dessen Worten liegende innere Anteilnahme, die Aufrichtigkeit, die aber sogleich wieder vom spöttischen Ton seiner Stimme überlagert wurde.

»Wirklich schade, dass ich Sie nicht raten lassen darf, worum es geht«, sagte Pitt trocken, zum Teil, um zu überspielen, dass ihm die kurz aufblitzende Verletzlichkeit des anderen nicht entgangen war.

Narraway setzte sich ihm gegenüber und schlug die Beine elegant übereinander, wobei er ein Hosenbein hochzog, um die Bügelfalte zu schonen. »Hätten Sie denn genug Zeit, sich meine Lösungsversuche anzuhören?«, fragte er, wobei seine Augen belustigt aufblitzten.

Pitt erwiderte sein Lächeln. »Nein. Haben Sie gelesen, was die Zeitungen über die Leiche der jungen Frau schreiben, die man am Shooters Hill gefunden hat?«

»Natürlich. Wieso? Ach, ich verstehe.« Er beugte sich vor. »Darum ging es bei den Fragen, die Somerset Carlisle gestern im Unterhaus gestellt hat. Ich habe die Schlagzeilen zu diesem Thema auf den Tafeln an den Zeitungsständen gesehen, an denen ich vorübergekommen bin. Ich muss zugeben, dass ich darüber bisher nicht weiter nachgedacht habe. Was mag Carlisle zu der Vermutung veranlasst haben, eine Tote am Shooters Hill könnte etwas mit Kynaston zu tun haben oder diesen und dessen Angehörige gefährden? Welcher Art sollte diese Gefahr sein? Wer war die Frau überhaupt? Was hatte sie mit ihm zu tun?«

»Wahrscheinlich nichts«, gab Pitt zurück. »Aber die Zofe seiner Gattin wird seit einer Weile vermisst, und ihre Beschreibung passt auf die Leiche.«

»Ist das nicht ein bisschen dürftig? Sicher würde sie zur Hälfte der jungen Frauen in Greenwich oder Blackheath passen.« Narraway sah ihn unverwandt an. Offensichtlich wartete er auf ergänzende Fakten, die dafür sorgten, dass das Ganze einen Sinn ergab.

»Eine überdurchschnittlich große, gut gebaute Frau mit dichtem rotbraunem Haar?«, fragte Pitt. »Die seit drei Wochen kein Mensch mehr gesehen hat? Nein, das käme nicht hin. Und die Kiesgrube, in der man sie gefunden hat, liegt nur einen Steinwurf von Kynastons Haus entfernt.«

Narraway nickte kaum wahrnehmbar. »Ich verstehe. Besteht denn Grund zu der Annahme, dass Kynaston etwas mit ihr hatte? Oder wusste sie etwas so Nachteiliges über ihn oder seine Frau, dass er sie umgebracht hat? Das wäre ja wohl ein ziemlich radikales Vorgehen, und ich halte es, ehrlich gesagt, für wenig wahrscheinlich. Aber solche Dinge überraschen einen ja manchmal.«

»Welches Interesse könnte Carlisle an dem Fall haben?«, hielt Pitt dagegen. »Hat er sich so sehr verändert, dass er jemanden aufs Korn nimmt, nur um zu zeigen, was für ein toller Hecht er ist? Und was könnte ihm dabei so wichtig sein? Warum Kynaston? Auf der Regierungsbank sitzen eine ganze Reihe von Männern, die weit angreifbarer sind! Ich könnte ihm ein halbes Dutzend Namen mit einem anfechtbaren Privatleben nennen – immer vorausgesetzt, dass es Carlisle darum geht.«

Narraway verzog den Mund zu einem spöttischen Lächeln, wobei seine schwarzen Augen blitzten. »Was, nur ein halbes Dutzend? Gott im Himmel, Pitt, wo haben Sie Ihre Augen?«

»Von mir aus ein paar Dutzend«, räumte Pitt ein. »Aber warum Kynaston?«

»Carlisle hat sich einfach eine günstige Gelegenheit zunutze gemacht«, meinte Narraway. »Hat man nicht die Leiche in der Nähe von Kynastons Haus gefunden?« Dann überlegte er laut weiter: »Nein, das wäre kein hinreichender Grund, die Sache öffentlich zur Sprache zu bringen. Die Frage lautet also: Was will Carlisle erreichen?« Schweigend dachte er eine Weile nach, bevor er Pitt erneut ansah. »Kynaston arbeitet für das Kriegsministerium, aber niemand weiß Genaueres darüber. Sofern er wegen einer albernen aus dem Ruder gelaufenen häuslichen Angelegenheit so erpressbar sein sollte, müssen wir das wissen – oder zumindest Sie«, verbesserte er sich. »Außerdem müssen Sie deutlich mehr über Kynastons Tätigkeit herausfinden.«

»Als ob ich das nicht wüsste! Ich habe Talbot danach gefragt, und er hat mich unmissverständlich aufgefordert, mich um meine eigenen Angelegenheiten zu kümmern.«

»Na schön«, sagte Narraway. »Wenn man Ihnen die Tür so vor der Nase zuschlägt, muss irgendetwas gewaltig stinken. Es gibt da einige Leute, die mir einen Gefallen schulden ...«

»Oder denen Sie mit etwas drohen können«, sagte Pitt leicht verbittert. »Allmählich begreife ich, wie viel Macht mit dieser Position verbunden ist.«

»Der Gefallen, den ich den Leuten tun werde, besteht darin, dass ich die Drohung nicht wahr mache«, erklärte Narraway. »Hören Sie gut zu, hier können Sie etwas lernen. Machen Sie nie mit einer Drohung ernst, wenn es nicht unbedingt sein muss. Danach ist nämlich ihre Macht dahin.«

»Wenn ich das nie tue, warum sollte dann jemand annehmen, dass ich es ernst meine?«, fragte Pitt.

»Na ja, ein- oder zweimal muss das schon sein«, sagte Narraway. Dabei lief ein Schatten über sein Gesicht, als ob ihn eine finstere Erinnerung quälte. »Schieben Sie es einfach auf, so lange Sie können. Ich habe es immer gehasst – und Sie werden es bestimmt noch mehr hassen.«

Pitt kam die Erinnerung an eine Szene, zu der es bei einer großen Gesellschaft in einem Haus voll Fröhlichkeit und Musik gekommen war. Ein Mann hatte auf einem Fliesenboden vor ihm gelegen und aus einer tödlichen Schusswunde geblutet, die er ihm zugefügt hatte.

»Ich weiß«, sagte er kaum hörbar.

Narraway sah ihn einen Augenblick lang voll tiefen Mitgefühls an, doch dann schwand dieser Ausdruck wieder.

»Ich will zusehen, was ich über Dudley Kynaston herausbekommen kann«, versprach er. »Das kann unter Umständen ein paar Tage dauern. Versuchen Sie inzwischen weiterhin, die Leiche zu identifizieren. Vielleicht haben Sie ja Glück, und es stellt sich heraus, dass es gar nicht die Zofe ist – aber rechnen Sie nicht damit.«

Pitt stand auf. »Das tue ich nicht«, sagte er ruhig. »Ich bereite mich auf die nächste Runde vor.«

Es kam genau so, wie Pitt es vermutet hatte. Weder gelang es ihnen, mehr darüber zu erfahren, wer die Frau aus der Kiesgrube war, noch hatte Stoker eine Spur von Kitty Ryder gefunden.

Eines Tages dann rief Narraway ihn an und bat ihn, im Laufe des Abends zu ihm zu kommen. Er hätte Pitt gern zum Essen eingeladen, wusste aber, dass dieser abends am liebsten gemeinsam mit Frau und Kindern aß. Sofern er ihn darum beneidete, hatte er das so gut verborgen, dass Pitt es höchstens ahnen konnte.

Er bot Pitt einen Cognac an, den dieser ausnahmsweise annahm. Müde und durchgefroren, wie er war, brauchte er das von innen wärmende Feuer ebenso sehr wie das im Kamin.

Narraway steuerte sogleich auf den Kern der Sache zu.

»Kynaston ist gerissener, als er aussieht, und – jedenfalls in seinem Beruf – ungeheuer ideenreich. Er entwirft Unterseeboote und vor allem Waffen für sie. Allem Anschein nach unterscheiden die sich grundlegend von solchen, die über Wasser abgefeuert werden.«

»Unterseeboote?« Pitt merkte, dass da in seinem Wissen eine riesige Lücke klaffte. Er wollte sich keine Blöße geben und fragte: »Sie meinen wie bei Jules Verne in *Zwanzigtausend Meilen unter dem Meer?*«

Narraway tat das achselzuckend ab. »Sicher nicht ganz so ausgefeilt. Aber Kriege zur See werden in Zukunft mit dieser

Art Boot geführt. Unser Land ist auf diesem Gebiet anderen alles andere als weit voraus. Die Franzosen haben schon 1863 als Erste ein unter Wasser operierendes Boot mit mechanischem Antrieb entwickelt, also eines, das nicht mehr auf Muskelkraft angewiesen war. Es hieß *Plongeur* und wurde 1867 verbessert. Ein gewisser Narcís Monturiol hat ein vierzehn Meter langes Boot gebaut, das zwei Stunden lang ungefähr dreißig Meter tief tauchen konnte.«

Pitt hörte ihm aufmerksam zu.

»Ausgerechnet die Peruaner haben im Verlauf ihres Kriegs gegen Chile im Jahre 1879 ein richtig gutes Unterseeboot gebaut, und die Polen hatten etwa um die gleiche Zeit ebenfalls eines.«

»Und wir haben nichts unternommen?«, unterbrach ihn Pitt bekümmert.

»Dazu komme ich gleich. Der als eifriger Erfinder tätige anglikanische Geistliche George Garrett hat zusammen mit dem schwedischen Industriellen Thorsten Nordenfelt, der ihn finanzierte, eine ganze Serie solcher Boote gebaut. Eines davon haben sie an die Griechen verkauft. Im Jahre 1887 haben sie ihr Boot verbessert und es mit Torpedorohren versehen, aus denen sich unter Wasser Explosivgeschosse abfeuern lassen. Sie haben es an die türkische Marine verkauft, und es hat als Erstes unter Wasser einen Torpedo abgeschossen.« Er schloss die Augen, und einen Moment lang spannten sich seine Kiefermuskeln an. »Man vermag sich kaum vorzustellen, welche Möglichkeiten sich damit unserer Insel bieten, die ja darauf angewiesen ist, dass unsere Marine nicht nur die Handelswege, sondern auch unsere Küste schützt. Genau genommen, hängt unsere gesamte Existenz davon ab.«

Pitt hatte bereits die Bedeutung des Ganzen erfasst, und seine Gedanken jagten sich, während ihn kalte Furcht packte.

»Auch in Spanien arbeitet man daran«, fuhr Narraway fort. »Die Franzosen haben bereits ein Boot mit Elektroantrieb. Es wird höchstens noch zwei oder drei Jahre dauern, bis sich diese Technik auf breiter Basis durchgesetzt hat.«

»Ich verstehe«, sagte Pitt. Er sah alles nur allzu deutlich vor seinem inneren Auge. Durch eine Seeblockade wäre es einem Gegner binnen weniger Wochen möglich, die Inselnation Großbritannien auszuhungern. Da sich angesichts dessen die Bedeutung einer Unterseewaffe gar nicht hoch genug einschätzen ließ, waren Männer wie Dudley Kynaston so wichtig. Pitt begriff, warum die Regierung gewillt war, bei Bedarf zu dessen Schutz auch außergewöhnliche Maßnahmen zu ergreifen.

»Ich verstehe einfach nicht, warum mir Talbot das nicht sagen wollte«, erklärte Pitt verwirrt und zugleich aufgebracht.

»Ich auch nicht«, stimmte ihm Narraway zu. »Ich kann nur vermuten, dass man in der Downing Street angenommen hat, der Hintergrund sei Ihnen bereits bekannt.« Nach kurzem Zögern fügte er hinzu: »Allerdings hätten Sie den Leuten dann vermutlich eine ganze Reihe heikler Fragen gestellt, auf die es nicht so ohne Weiteres eine Antwort gegeben hätte.« Er lehnte sich zurück, scheinbar entspannt, doch Pitt erkannte unter dem Stoff seines Jacketts die leicht hochgezogenen Schultern.

Er konnte es sich nicht verkneifen zu fragen: »Meinen Sie damit Fragen auf technischer oder auf persönlicher Ebene?«

»Natürlich auf persönlicher«, sagte Narraway mit spöttisch verzogenem Mund. »Die technische Seite dürfte dabei keine Rolle spielen, und es würde auch viel mehr Zeit kosten, sich in die Materie zu vertiefen, als Ihnen zur Verfügung steht. Ist Ihnen übrigens bekannt, dass Kynaston einen Bruder hatte, Bennett, der einige Jahre jünger war als er?«

»Ja. In seinem Arbeitszimmer hängt ein Porträt von ihm, gleich hinter seinem Schreibtisch.« Pitt sah es so deutlich vor sich, als stehe er ihm gegenüber, einschließlich der Augen und der Umrisse des Gesichts. »Eine sonderbare Stelle dafür, obwohl das Licht es dort am besten zur Geltung bringt«, fügte er hinzu. »Er sieht es zwangsläufig jedes Mal, wenn er den Raum betritt. Die Brüder sehen einander ziemlich ähnlich, nur dass Bennett noch besser aussah als Dudley. Aber da er schon einige Jahre tot ist, wird er wohl nichts mit dem Fall Kitty Ryder – oder wer auch immer die Frau war – zu tun haben.«

»Nein, wohl kaum«, gab ihm Narraway recht. »Allerdings hat es vor Jahren einen Skandal um ihn gegeben. Ich habe nicht herausbekommen können, worum es dabei ging. Wie es aussieht, hat man sich damals die größte Mühe gegeben, die Sache zu vertuschen oder als etwas anderes hinzustellen. Ich habe nicht einmal erfahren können, ob Dudley selbst davon weiß. Zumindest teilweise haben sich die Ereignisse im Ausland abgespielt. Ich weiß aber nicht, wo. Von meinen beiden Quellen habe ich lediglich erfahren, dass Bennett keine Schuld traf. Natürlich lässt sich jetzt nicht mehr feststellen, ob das stimmt.«

»Ist es um die Zeit seines Todes zu diesem Skandal gekommen?«, fragte Pitt.

»Nein, der Skandal lag da schon einige Jahre zurück.«

»Also muss das Ganze mindestens zehn Jahre her sein, wenn nicht länger«, schloss Pitt. »Da war Kitty Ryder wohl noch ein halbes Kind.«

»Hier dürfte es ausschließlich um Dudley Kynastons Schwachstellen gehen«, erklärte Narraway. »Das erklärt wohl auch seinen Drang, Dinge, die andere Leute offenlegen würden, selbst dann verborgen zu halten, wenn er vollkommen schuldlos ist. Das Porträt im Arbeitszimmer zeigt deutlich, dass er und Bennett einander sehr nahegestanden haben. Das ist Ihnen bestimmt bewusst.«

Pitt dachte eine Weile darüber nach. Das konnte eine Erklärung für Dudley Kynastons Verhalten sein, für das Unbehagen, das Pitt empfunden hatte, wie auch für die eher unbedeutenden Irrtümer und Auslassungen in seinen Aufzeichnungen.

»Ja«, sagte er mit einer gewissen Erleichterung. »Es ist natürlich gut möglich, dass die liebenswerte Kitty Ryder unklugerweise mit dem jungen Mann durchgebrannt ist, über den sich manche der anderen Hausangestellten so missbilligend geäußert haben, und dass die Frau in der Kiesgrube mit dem Hause Kynaston nicht das Geringste zu tun hat.«

Narraway erkannte die plötzliche Erleichterung auf Pitts Zügen. »Schützen Sie Kynaston, so lange Sie können«, sagte er. »Wir brauchen eine möglichst starke Seestreitmacht. Es gibt eine Menge Unruhe in der Welt. In Afrika wird Stimmung gegen uns gemacht, vor allem im Süden. Die alte Ordnung ist im Wandel begriffen. Das Jahrhundert neigt sich dem Ende zu, und die Königin scheint am Ende ihrer Kräfte zu sein. Sie ist nicht nur einsam, sondern auch müde. Der europäische Kontinent sehnt sich nach Veränderung und Reformen. Unsere Annahme, wir seien isoliert, ist eine Selbsttäuschung, die wir uns nicht leisten können. Der Ärmelkanal ist nicht sonderlich breit. Wenn ihn ein kräftiger Schwimmer durchqueren kann, bietet er einer Flotte gewiss keine großen Schwierigkeiten. Wir müssen unbedingt die beste Marine auf der Welt haben.«

Pitt sah ihn sprachlos an. Nichts von dem, was Narraway da gesagt hatte, war ihm neu, doch so, wie er die Dinge in einen Zusammenhang gestellt hatte, bot sich ein finstereres Bild, als er bisher hatte wahrhaben wollen.

Er sagte nichts, und Narraway wusste, dass er verstanden hatte.

KAPITEL 6

Charlotte hatte ihre Schwester Emily eine ganze Weile nicht gesehen und seit der Vorweihnachtszeit auch nicht viel Gelegenheit gehabt, mit ihr allein zu sein, um mehr als nur Höflichkeiten auszutauschen. So beschloss sie, ihr einen Brief zu schreiben und sie zu fragen, ob sie Lust habe, mit ihr zu Mittag zu essen und in Kew Gardens spazieren zu gehen. In Anbetracht der Witterungsverhältnisse so früh im Jahr könnten sie die riesigen Gewächshäuser des Botanischen Gartens mit den Tropenpflanzen besuchen, was auf jeden Fall eine Abwechslung und angenehmer war, als zu Hause herumzusitzen.

In Emilys Antwortbrief, der schon bald darauf kam, nannte diese den Vorschlag der Schwester einen großartigen Einfall. Sie hatte, kurz bevor Charlotte Pitt geheiratet hatte, eine glänzende Partie gemacht, mit der sie zu Beginn glücklich gewesen war, und das keineswegs nur, weil George von Adel war und ein beträchtliches Vermögen besaß. Allerdings hatte sie ihn nicht geliebt, sondern lediglich gut leiden können, und so hatten sie mehr oder weniger nebeneinanderher gelebt. Tragischerweise war er unter Umständen ums Leben gekommen, über die danach nie wieder gesprochen wurde. Anfangs hatte man die dadurch zu beträchtlichem Wohlstand gekommene Witwe Emily des Mordes verdächtigt, bis sich die wahren Umstände herausstellten.

Das Adelsprädikat wie auch das Vermögen würden, sobald dieser die Volljährigkeit erreichte, auf ihren Sohn Edward übergehen, doch das lag noch in weiter Ferne, denn der Junge war gerade ein Jahr älter als Charlottes fünfzehnjährige Tochter Jemima. Bis es so weit war, gestatteten die Erträge dieses Vermögens Emily ein ausgesprochen luxuriöses Leben.

Später hatte sich Emily unvernünftigerweise (wie sie sich selbst sagte) Hals über Kopf in den gut aussehenden Charmeur Jack Radley verliebt, der weder einen Beruf hatte noch auf ein Erbe rechnen durfte. Alle waren sich einig gewesen, dass die Sache kein gutes Ende nehmen würde, zumal Jack in den ersten miteinander verbrachten Jahren kaum etwas anderes getan hatte, als sich zu amüsieren und ein guter Gesellschafter zu sein. Gleichsam von einem Tag auf den anderen hatte er dann den Ehrgeiz entwickelt, etwas Sinnvolles zu tun, und nach großen Anstrengungen war es ihm gelungen, ins Unterhaus gewählt zu werden. Emily war, ebenso wie Charlotte, die unverbrüchlich an ihn geglaubt hatte, überaus stolz auf ihn. Aus der Ehe mit Jack war eine Tochter hervorgegangen, Evangeline.

Als Emily Charlotte mit ihrer Kutsche in der Keppel Street abholte, sah sie sich nur flüchtig in der Diele um, die weit bescheidener war als das großzügige Vestibül von Ashworth House, ganz zu schweigen von ihrem Landsitz, auf dem sie mühelos zwanzig Übernachtungsgäste unterbringen konnte. Natürlich konnte sich auch die steil in den ersten Stock führende Treppe nicht von Ferne mit der zweiarmigen geschwungenen Treppe in ihrem Hause messen.

In der Küche gab Charlotte Minnie Maude letzte Anweisungen für das Abendessen und mahnte sie, darauf zu achten, dass Uffie nicht die Würste stibitzte, denen er sich gerade verstohlen näherte, vermutlich in der Annahme, niemand würde es bemerken.

»Und achten Sie darauf, dass Daniel und Jemima nur einen Teller heiße Suppe bekommen, wenn sie aus der Schule zurück sind«, fügte Charlotte hinzu, hob den kleinen Hund auf und trug ihn zu seinem Körbchen zurück. »Danach sollen sie gleich nach oben gehen und ihre Hausaufgaben erledigen.«

»Ja, Ma'am«, sagte Minnie Maude und warf Uffie einen strengen Blick zu, was dieser mit einem fröhlichen Schwanzwedeln quittierte.

In ihrem nach der letzten Mode geschnittenen zweireihigen Cape mit riesigen Knöpfen, einer gewagten Mischung aus Blau- und Grüntönen, über die man noch ein Jahr zuvor die Nase gerümpft hätte, sah Emily hinreißend aus. Es stand ihr sehr gut, und nach der Art zu urteilen, wie sie sich hielt, war ihr das auch bewusst. Ihren flotten Hut hatte sie keck aus der Stirn geschoben. Sie war jünger als Charlotte, noch nicht ganz vierzig, und schlank wie eh und je. Ihr blondes Haar war gewellt, und mit ihrer porzellanweißen Haut und den großen blauen Augen war sie von einer eindrucksvollen Schönheit, die zur Geltung zu bringen ihr jederzeit gelang.

Obwohl Charlotte einen terrakottafarbenen Rock nach der letzten Mode trug, kam sie sich an ihrer Seite ein wenig glanzlos vor. Sie hätte auch gern ein solches Cape gehabt, musste aber mit dem Geld haushalten und konnte sich keine extravaganten Kleidungsstücke leisten, mit denen man sich schon im nächsten Jahr nicht mehr auf der Straße würde zeigen können, ohne als hoffnungslos altmodisch abgestempelt zu werden.

Nachdem sie Emily zur Begrüßung umarmt hatte, trat sie einen Schritt zurück, um sie zu bewundern. »Herrlich«, sagte sie aufrichtig. »Du schaffst es, den Eindruck zu erwecken, als mache der Winter Spaß.«

Das Lächeln, das ihr Emily daraufhin schenkte, erhellte ihr Gesicht. Erst da merkte Charlotte, dass die Schwester bis dahin müde gewirkt hatte. Sie unterließ es, sie darauf anzusprechen. Hinweise des Inhalts, sie sehe nicht jugendlich frisch aus, waren das Letzte, was eine Frau hören wollte. Das war beinahe so schlimm wie »krank« und kam schon bedenklich nahe an das Schlimmste von allem heran: »alt«.

Charlotte setzte ihren dunkelbraunen Filzhut auf. Er war nicht annähernd so modisch wie der Emilys, passte aber zu ihrem dunkleren Hautton, und das war ihr bewusst.

Das gemeinsam außer Haus eingenommene Mittagessen war köstlich. Wie immer bei solchen Gelegenheiten beglich Emily die Rechnung. Das war im Laufe der Jahre so zur Gewohnheit geworden, dass sie schon lange nicht mehr darüber stritten, wer sie übernehmen wollte. Obwohl Charlottes finanzieller Spielraum nach Pitts Beförderung deutlich größer geworden war, lagen die Schwestern im Hinblick auf die ihnen zur Verfügung stehenden Mittel noch meilenweit auseinander.

Sie unterhielten sich über Familienangelegenheiten und die Kinder. Die wuchsen so rasch heran, dass es immer etwas Neues zu berichten gab.

Außerdem sprachen sie über ihre Mutter, Caroline Fielding, die alle Welt damit vor den Kopf gestoßen hatte, dass sie nach dem Tod ihres Mannes erneut geheiratet hatte – und zu allem Überfluss einen Schauspieler, der obendrein deutlich jünger war als sie. Das hatte ihr Leben grundlegend verändert. Sie war mit Dingen in Berührung gekommen, die sie vorher nicht gekannt hatte und die sie beschäftigten, erfreuten oder bekümmerten. Auf jeden Fall war sie glücklicher, als sie es je für möglich gehalten hätte.

»Und Großmutter?«, fragte Charlotte schließlich beim Dessert. Am liebsten hätte sie das Thema nicht zur Sprache gebracht, aber es hing zwischen ihnen so drückend in der Luft, dass sie schließlich nachgab.

Unwillkürlich musste Emily lächeln. »Beinahe ebenso fürchterlich wie immer«, sagte sie fröhlich. »Beklagt sich über alles und jedes. Ich glaube aber, sie tut das aus reiner Gewohnheit – es hat nicht mehr das frühere Feuer. Vorige Woche habe ich sie doch tatsächlich dabei ertappt, wie sie ein paar freundliche Worte für das Küchenmädchen hatte. Ich bin überzeugt, dass sie hundert Jahre alt wird.«

»Ist sie das nicht schon?«, fragte Charlotte nicht ohne Gehässigkeit.

Emily riss die Augen auf. »Großer Gott, glaubst du etwa, ich hätte sie gefragt? Falls du es weißt, sag es mir. Ich brauche unbedingt eine Hoffnung, an die ich mich klammern kann!«

»Und wenn sie erst neunzig ist?«

»Dann sag nichts«, gab Emily unverzüglich zurück. »Ich könnte das nicht ertragen – nicht noch mal zehn solche Jahre.«

Den Blick auf die leeren Teller und die daneben zusammengelegte Serviette gerichtet, sagte Charlotte: »Es könnten auch zwanzig werden …«

Daraufhin sagte Emily ein Wort, von dem sie später bestritt, es je benutzt zu haben, und beide lachten.

Sie standen auf, ließen die Kutsche kommen und erklärten übereinstimmend, dass ein Spaziergang in einem der Gewächshäuser von Kew Gardens genau das sei, was sie jetzt am liebsten machen würden.

Die Luft in dem riesigen Gewächshaus war frisch und kühl, aber angenehm, weil drinnen Windstille herrschte, und Dutzende anderer Menschen schienen denselben Einfall wie sie gehabt zu haben.

»Sicher hast du jetzt keine Gelegenheit mehr, Thomas bei seinen Fällen zu helfen«, sagte Emily, als sie an einer schönen Baumgruppe vorüberkamen. Sie machten sich nicht die Mühe, die Schilder zu lesen, auf denen außer den Namen der Bäume auch die der Länder standen, aus denen sie stammten. »Das ist sicher alles viel zu geheim«, fuhr sie fort.

»Nein, so gut wie keine«, bestätigte Charlotte. Die Wehmut in Emilys Stimme war ihr nicht entgangen, und sie selbst empfand ähnlich. Im Rückblick erschienen einige der gefährlichen Abenteuer verklärt, die zum Teil tragisch ausgegangen waren.

»Aber bestimmt erfährst du das eine oder andere«, hakte Emily nach. »Oder etwa nicht?«

Ein rascher Seitenblick zeigte Charlotte auf Emilys Zügen eine Sehnsucht, die an ein Verlangen grenzte. Dann verflog dieser Ausdruck, und als sie an zwei elegant gekleideten Damen vorüberkamen, bedachte Emily diese mit einem bezaubernden Lächeln voller Selbstvertrauen. So kannte Charlotte ihre Schwester, schön, fröhlich, voll Lebensfreude und bereit, sich allem mutig zu stellen.

»Das alles ist, wie soll ich sagen, ziemlich … vage«, beantwortete Charlotte schließlich ihre Frage. »Man hat Thomas einen Fall übertragen, bei dem es um eine Frauenleiche geht, die man in einer Kiesgrube am Shooters Hill gefunden hat. Eine Weile bestand die Befürchtung, es könnte sich um die verschwundene Zofe von Dudley Kynastons Frau handeln …«

Unvermittelt blieb Emily stehen. »Dudley Kynaston? Tatsächlich?«

Mit einem Mal kamen Charlotte Bedenken. Hatte sie damit einen Vertrauensbruch begangen, dass sie Emily so viel mitgeteilt hatte?

»Es ist streng vertraulich«, sagte sie rasch. »Wenn die Leute anfangen würden zu spekulieren, könnte es völlig grundlos einen entsetzlichen Skandal geben. Du darfst es niemandem weitersagen! Emily ... das ist mein voller Ernst ...«

»Selbstverständlich nicht«, beruhigte Emily sie und schritt wieder aus. »Aber etwas weiß ich schon. Jack hat gesagt, dass Somerset Carlisle im Unterhaus Fragen in Bezug auf Kynastons Sicherheit gestellt hat.«

»Somerset Carlisle?« Jetzt war Charlotte neugierig, und zugleich erfasste sie eine kalte Furcht. Auch sie hatte die Geschichte mit Carlisle und den aus den Gräbern geraubten Leichen nicht vergessen. »Was hat Jack noch gesagt?«, fragte sie, bemüht, nicht zu zeigen, wie sehr ihr an einer Antwort gelegen war.

Emily zuckte elegant und kaum merklich mit den schmalen Schultern. »Nicht besonders viel. Ich habe ihn gefragt, weil ich Rosalind Kynaston flüchtig kenne. Aber er hat mir nicht geantwortet.«

»Oh«, sagte Charlotte hilflos. Sie war nicht sicher, wie sie Emilys Antwort verstehen sollte. Hatte Jack nichts gesagt, weil er nichts weiter wusste oder weil das, was er wusste, vertraulich war? Oder hatte er nicht richtig zugehört und gar nicht wahrgenommen, dass Emily von ihm eine Antwort erwartete?

Schweigend gingen sie eine Weile weiter. Sie kamen an exotischen Bäumen vorüber, an Palmen, deren Gestalt sich in auffälliger Weise von jener der Eichen und Ulmen unterschied, an die sie gewöhnt waren. Am Boden wucherten Farne, die beinah so grün waren wie der Federschmuck am Helm eines Ritters, nur viel größer. Emily vergrub die Hände in ihrem Muff. Insgeheim wünschte Charlotte, sie hätte auch einen.

»Was für ein Mensch ist Rosalind Kynaston?«, fragte sie, um das Schweigen zu brechen, bevor es zu sehr lastete.

Mit einem flüchtigen Lächeln gab Emily zurück: »Eher unscheinbar. Wir haben nur wenig und über lauter unbedeutende Dinge gesprochen. Sie ist älter als ich, die Kinder sind alle schon verheiratet. Sie sieht sie nicht sehr häufig. Die Söhne sind irgendwas im Heer, glaube ich.«

»Es gibt Hunderte von anderen Themen, über die man sich unterhalten kann!«, begehrte Charlotte auf.

»Nichts als Klatsch und Tratsch«, gab Emily scharf zurück. »Du hast ja keine Vorstellung, wie langweilig das ist. Die Hälfte ist völliger Unsinn. Die Leute saugen sich das aus den Fingern, damit sie etwas zu sagen haben. Wer gibt schon etwas darauf?«

Inzwischen war der Nachmittag fortgeschritten, und da die Tage allmählich länger wurden, war es noch nicht dunkel. Im Schein der sich am klaren Himmel allmählich senkenden Sonne, deren Licht sie selbst hier drinnen blendete, fielen Charlotte zum ersten Mal feine Linien auf Emilys früher vollkommener Haut auf. Es waren keine bösen Falten, sie gingen auf fröhliches Lachen, tiefe Empfindungen und Gedanken zurück. Aber auch wenn sie ihr Gesicht charaktervoller erscheinen ließen, waren und blieben es eingegrabene Linien. Sie zweifelte keinen Augenblick daran, dass Emily sich ihrer bewusst war. Natürlich konnte man sie auch in Charlottes Gesicht sehen – und zwar mehr und etwas tiefer –, doch ihr machten sie nichts aus. Aber Emily?

Pitt war etwas älter als Charlotte, und im Laufe der Jahre waren beide hier und da leicht ergraut. Ihr gefiel das. Inzwischen empfand sie die Jugend als weniger interessant, sie kam ihr mitunter sogar unreif vor. Mit der Erfahrung kamen Tiefe und Mitgefühl, lernte man die guten Dinge im Leben mehr zu schätzen. Die Zeit stellte den Mut eines Menschen auf die Probe und stimmte ihn milder.

Doch ob Emily das auch so sah? Jack Radley war genauso alt wie sie und sah blendend aus. Männer wirkten mit zunehmenden Jahren reifer, während Frauen in den Augen mancher Menschen einfach nur älter wurden.

Als habe Emily ihre Gedanken gelesen und weitergeführt, sagte sie: »Glaubst du, dass Kynaston eine Affäre mit der Zofe hatte und ihr womöglich ein Kind angehängt hat? In dem Fall musste er sie ja wohl loswerden, oder?«

»Das wäre aber doch ziemlich extrem«, gab Charlotte überrascht zurück. »Ich nehme an, dass sie eher mit ihrem jungen Verehrer auf und davon gegangen ist.«

»Mitten im Winter in eine Kiesgrube?«, fragte Emily mit einem Anflug von Sarkasmus. »Wo hast du deine Fantasie gelassen? Oder glaubst du, ich hätte keine mehr? Willst du mir womöglich auf diese Weise klarmachen, dass du mit mir nicht darüber reden kannst?«

Aus Emilys ärgerlichem Ton hörte Charlotte deren Verletztheit heraus. Sie wollte sich Emily zuwenden und ihr Gesicht aufmerksam mustern, doch war ihr klar, dass damit etwas zu sehr in den Vordergrund gedrängt würde, was ein behutsameres Vorgehen verlangte.

»Wir wissen ja nicht einmal, ob sie die Leiche in der Kiesgrube ist«, sagte sie. »Wenn sie es nicht ist und man einen für die Regierung tätigen Wissenschaftler des Mordes bezichtigte, wäre das der Sicherheit des Landes kaum förderlich. Ganz im Gegenteil«, fügte sie hinzu, »damit würde man dem Feind förmlich in die Hände arbeiten.«

Mit weit aufgerissenen Augen blieb Emily stehen. »Das ist mal ein interessanter Gedanke.«

Charlottes Herz sank. Zweifellos hatte sie mit ihren Worten zu viel preisgegeben. Wie konnte sie sich aus der Sache herauswinden? Es war ihr nie möglich gewesen, Emily hinters Licht zu führen, dafür kannten sie einander viel zu gut. Emily, die jüngste der drei Schwestern, war stets die Hübscheste gewesen, vielleicht auch ein wenig verzogen und immer darauf bedacht, mit den beiden anderen Schritt zu halten. Gesellschaftlich und finanziell hatte sie Charlotte schon vor vielen Jahren überflügelt. Nur selten dachte Charlotte an ihre ältere Schwester Sarah, die dem entsetzlichen Würger aus der Cater Street zum Opfer gefallen war. Nach wie vor schmerzte sie der Verlust, und sie bereute jede ihrer törichten Streitereien. Überdies empfand sie ein tiefes Schuldgefühl, weil Sarah tot war, während Emily und sie selbst lebten und glücklich waren. Doch solche Gedanken waren für einen Tag wie diesen zu finster.

»Es war nichts weiter als ein bloßes Gedankenspiel«, sagte sie schärfer, als sie beabsichtigt hatte.

Emily lächelte, und ihre Augen blitzten auf. »Somerset Carlisle, der die Aufmerksamkeit des Unterhauses auf die Sache gelenkt hat, dürfte kaum als Feind unseres Landes anzusehen sein. Außerdem ist er nicht so dumm, nicht zu begreifen, was er tut. Vielleicht könnten wir der Sache nachgehen«, schlug sie vor.

Charlotte fiel nicht sofort eine Antwort darauf ein. Sie versuchte sich aus der schwierigen Lage herauszuwinden, in die sie sich mit der Erwähnung des Gegenstandes manövriert hatte. Ein plötzlicher Schauer überlief sie. »Könnten wir dabei weitergehen? Ich friere schrecklich.«

»Du willst nicht«, sagte Emily, während sie sich mit schnellen Schritten in Bewegung setzte, was eine Unterhaltung erschwerte. »Hör doch auf mit deiner Geheimnistuerei, Charlotte. Du bist genauso schlimm wie Jack.«

Charlotte blieb erneut stehen. Sie fror noch mehr als zuvor. Was wollte Emily? Doch nicht etwa wieder Detektiv spielen? Langweilte sie sich, hatte sie keine Lust mehr, ihre Tage mit Klatschgeschichten und öden Gesellschaften zu verbringen, ohne etwas Sinnvolles zu tun? Oder hing das mit Jack zusammen? Auf keinen Fall hatte es etwas mit Dudley Kynaston oder der Leiche in der Kiesgrube zu tun.

Emily war weitergegangen, hatte allerdings den Schritt verlangsamt. Charlotte eilte ihr nach. Es war sinnlos, weiter um den heißen Brei herumzureden. Das würde die Dinge, ganz im Gegenteil, höchstens erschweren.

»Kennst du Rosalind Kynaston wirklich?«, fragte sie ein wenig außer Atem. Sie wünschte aufrichtig, ihrer Schwester zu helfen, musste dabei aber geschickt vorgehen, um es sich nicht mit ihr zu verderben, möglicherweise auf lange Zeit. Zugleich war ihr klar, dass die Sache gefährlich sein konnte und Pitt ihr Verhalten nicht billigen würde, doch ebenso war ihr bewusst, dass Emily litt und ihr Ausbruch nicht auf Gereiztheit zurückging.

Sie kannten einander von klein auf. Ihre ganze Kindheit war von Gemeinsamkeit und Zusammenhalt geprägt gewesen. Das hatte nichts mit Spielzeug, Schule, Kleidern oder Büchern zu tun, es handelte sich um gemeinsame Erinnerungen. Als kleine Mädchen waren sie Hand in Hand gelaufen, hatten später Geheimnisse miteinander geteilt, gemeinsam gelacht und sich gezankt, aber nie lange. Als junge Frauen hatten sie miteinander Abenteuer erlebt, sich gegenseitig ihre Hoffnungen, Verliebtheiten und ihren Liebeskummer anvertraut. Jetzt, da sie vermutlich mehr als die Hälfte des Lebens hinter sich hatten, waren sie genötigt, sich der Erkenntnis zu stellen, dass man mit Schmerzen anderer Art und Unterschieden fertigwerden musste, die es immer geben würde.

Emily schüttelte den Kopf. »Nicht besonders gut, aber das lässt sich ändern. Genau genommen, wird es sich von selbst ergeben, falls Jack die Stellung bei Dudley Kynaston annimmt, die man ihm wahrscheinlich anbieten wird. Wie er sagt, bedeutet das für ihn einen Aufstieg.« Ihrer Stimme war keine Freude darüber, keine Erregung anzuhören.

Nach kurzem Zögern kam Charlotte zu dem Ergebnis, dass Offenheit der einzig gangbare Weg war. »Aber dir ist das nicht recht? Oder machst du dir jetzt Sorgen wegen dieser üblen Geschichte mit der Zofe?«

Den Blick nach vorn gerichtet, gab Emily zurück: »Ich verstehe nicht, warum du das sagst ...«

»Willst du, dass ich es dir erkläre? Oder sollen wir lieber über etwas anderes reden?«

Emily verzog den Mund. »Ich teile seine Einschätzung nicht, dass damit ein Aufstieg verbunden ist. Ich neige eher der Ansicht zu, dass das lediglich eine Seitwärtsbewegung wäre. Offen gesagt ...« Sie seufzte leicht und sah wieder beiseite. »Davon abgesehen, würde ein Aufstieg zusätzliche Belastungen mit sich bringen. Möglicherweise wäre er dann noch viel öfter nicht zu Hause ... als jetzt schon.«

»Ach ...« Sogleich fragte sich Charlotte, ob Emily ihn vermissen würde oder sich eher Sorgen über das machte, was er dann womöglich tun würde. Und ob sie ihm umgekehrt auch fehlen würde. Soweit sie wusste, war Jack ihrer Schwester bisher nicht einmal in Gedanken untreu gewesen, hatte aber vor der Ehe reichlich Erfahrungen gesammelt und daraus nie ein Geheimnis gemacht. Sicher war die für ihn neue Vorstellung, einer einzigen Frau unverbrüchliche Treue zu bewahren, Bestandteil des Abenteuers, das die Ehe für ihn bedeuten musste. Entsprechendes galt in Bezug auf Jack auch für das neue Erlebnis eines Wohlstandes, der es ihm erlaubte, in mindestens zwei herrlichen eigenen Häusern zu leben, statt den größten Teil des Jahres als Gast im Hause anderer verbringen zu müssen. Zwar hatte man ihn dort als guten Gesellschafter stets gern gesehen, aber wirkliche Sicherheit hatte das nicht bedeutet.

Als Abgeordneter wurde er von den anderen Mitgliedern des Unterhauses geachtet und war aus eigenem Verdienst aufgestiegen. Während Emily vom ersten Tag ihres Lebens an Privilegien genossen hatte, war er seines eigenen Glückes Schmied gewesen. Überrascht merkte Charlotte, dass da eine gewisse Parallele zu ihr und Pitt bestand, mit dem Unterschied, dass sie ihr Erwachsenenleben zwar so gut wie ohne Geld, aber immerhin mit einer glänzenden Erziehung und dem Zugang zu den höheren Kreisen der Gesellschaft begonnen hatte. Jede der durch Pitts Beförderungen bewirkten Veränderungen hatte sie gefreut, insbesondere die ihm jetzt von Menschen, die ihn früher stets voll Herablassung behandelt hatten, entgegengebrachte Hochachtung. Enttäuscht war sie lediglich, dass sie jetzt keine Möglichkeit mehr hatte, an seinen Fällen mitzuwirken, und dass ihr die damit verbundene Spannung und Begeisterung verwehrt blieben. Überrascht erkannte sie, dass auch sie sich ein wenig langweilte. Sie gewann allmählich den Eindruck, immer wieder die gleichen Tätigkeiten zu wiederholen, die möglicherweise gar nicht so nützlich oder fesselnd waren, wie sie sich das vorgestellt hatte.

Emily, die ihrer Ansicht nach lange genug gewartet hatte, fragte: »Was meinst du mit deinem ›Ach‹?«

»Ich glaube, ich verstehe, wie du über einen solchen Aufstieg denkst«, erklärte Charlotte. »Er bringt mehr Geld und mehr Verantwortung mit sich, aber nicht unbedingt mehr Zufriedenheit und auf keinen Fall mehr Freude.« Da sie fürchtete, damit zu viel über sich selbst preisgegeben zu haben, fügte sie eilig hinzu: »Was sagt denn Jack dazu?«

Emily zuckte die Achseln. »Nicht viel. Ehrlich gesagt, hält er sich ziemlich bedeckt. Er sagt, dass ihm an dieser Position liegt, aber das ist wohl nicht die ganze Wahrheit.« Sie sah Charlotte flüchtig an und setzte sich erneut in Bewegung.

Ihre Umgebung wirkte jetzt wie ein Wald aus einer anderen Welt. In den Glasflächen über ihnen spiegelte sich das grelle Licht der Wintersonne, und die Menschen spazierten in kleinen Gruppen unter den Schlingpflanzen und Bäumen von sonderbarer Gestalt umher, wobei sie so taten, als sähen sie einander nicht, um den Zauber der Illusion nicht zu zerstören.

»Mir macht zu schaffen, dass ich nicht weiß, in Bezug worauf er lügt und warum«, fuhr Emily fort. »Tut er es zum Selbstschutz, damit er mir sagen kann, es mache ihm nichts aus, falls nichts aus der Sache wird? Oder möchte er die Stellung aus einem bestimmten Grund haben, den er mir nicht nennen will?«

Charlotte hielt es für denkbar, dass er sich einfach nicht mehr wie früher mit Emily darüber beraten wollte, sprach den Gedanken aber lieber nicht laut aus. Oder er wollte die Position unbedingt haben und fürchtete, Emily würde ihm abraten.

»Weißt du viel darüber?«, fragte sie.

»Die Anstellung bei Kynaston? Nein. Nachdem die Sache beim vorigen Anlauf so entsetzlich schiefgegangen ist, ohne dass Jack das Geringste dazu konnte, weiß ich nicht, ob ich ihn in seinem Vorhaben bestärken soll oder nicht. Was er mir sagt, genügt nicht, um etwas Vernünftiges von mir zu geben. Ich … ich weiß nicht, ob er mir nicht vertraut oder ob ihm gleichgültig ist, was ich denke …« Ihre Stimme klang so kummervoll, als würde sie jeden Augenblick in Tränen ausbrechen.

So sagte Charlotte das einzig Mögliche: »Dann müssen wir es eben selbst herausbekommen. Es ist besser, das Schlimmste zu wissen und sich damit auseinanderzusetzen, als etwas nicht besonders Unangenehmes durch Angst und ungerechtfertigten Argwohn zu verschlimmern.« Sie sah Emily ins Gesicht. »Mir ist klar, dass das leichter gesagt als getan ist, und wahrscheinlich denkst du jetzt, ich hätte so etwas noch nicht erlebt.«

»Hast du auch nicht«, stieß Emily hervor. »Deinem Thomas würden eher Flügel wachsen, als dass er eine andere Frau auch nur ansehen würde! Ich schwöre dir, wenn du es wagen solltest, mich von oben herab zu behandeln, dann schubse ich dich in deinem besten Kleid in den Haufen nasser Erde da drüben!«

»Eine glänzende Lösung für alle Probleme«, sagte Charlotte leicht angewidert. »Dann geht es dir sicher gleich viel besser …«

»Aber natürlich!«, blaffte Emily. Dann musste sie unwillkürlich lachen, doch was ihr dabei über die Wangen lief, waren keine Lachtränen.

Charlotte legte einen Arm um sie, drückte sie kurz an sich und trat dann beiseite. »Lass uns besser selbst aktiv werden«, sagte sie in sachlichem Ton. »Wir müssen das Ehepaar Kynaston näher kennenlernen. Dafür liefert die Möglichkeit, dass man Jack eine Stellung bei Dudley Kynaston anbietet, einen erstklassigen Vorwand.«

Emily nahm die Schultern zurück und hob das Kinn ein wenig. »Na schön, dann werden wir aktiv. Mir ist hier drinnen inzwischen auch eiskalt. Ich hatte immer gedacht, im tropischen Urwald sei es warm! Lass uns nach Hause fahren. Wir setzen uns dann mit einer Tasse Tee und warmem Teekuchen mit Butter vor den Kamin.«

»Großartiger Gedanke«, stimmte Charlotte zu. »Danach muss ich mir dann einen ganzen Schrank voll neuer Kleider eine Nummer größer kaufen.«

»Du könntest mir das da geben.« Emily sah sie wohlgefällig an. »Ich könnte es für mich umarbeiten lassen.«

Charlotte schlug spielerisch nach ihr, wobei sie über einen heruntergefallenen Ast stolperte, sodass sie beinahe hingefallen wäre. Diesmal lachte Emily aus vollem Herzen vor kindlicher Freude.

»Das nennt man liebenswürdig«, flüsterte Charlotte vor sich hin, musste dann aber ebenfalls lachen.

Als Charlotte und Pitt drei Tage später Emily und Jack im Theater trafen, ergab sich die Lösung. Weder war inzwischen Kitty Ryder lebend gefunden worden, noch hatte man die Leiche aus der Kiesgrube einwandfrei identifizieren können. Andere Ereignisse hatten das Interesse an den von Somerset Carlisle im Unterhaus gestellten Fragen überholt. Doch es war nur eine Frage der Zeit, bis man sich erneut und gründlicher damit würde auseinandersetzen müssen. Pitt gab sich keinen Illusionen darüber hin, dass die Sache alles andere als abgeschlossen war, und Charlotte war sich seiner Anspannung bewusst, die nichts mit den üblichen Sorgen seines Amtes zu tun hatte.

Es war die Premiere eines neuen Stücks und daher ein gesellschaftliches Ereignis, zu dem Emily mit Geschick und Glück vier Eintrittskarten hatte beschaffen können. Die Gelegenheit verlangte festliche Garderobe. Das war Pitt verhasst, doch freute er sich über den Anblick Charlottes in ihrem herrlichen neuen Kleid in warmen Korallen- und Rostbrauntönen mit einem Anflug von leuchtendem Scharlachrot in dem Brokat. Es war ein raffinierter neuer Schnitt, bei dem der Rock vorn und um die Hüften herum glatt fiel, während er unten glockenförmig ausgestellt war. So etwas konnte nicht jede Frau ohne Weiteres tragen. Es gab keinerlei Applikationen, die Schönheit des Gewebes genügte völlig.

Als sich Charlotte ein letztes Mal im Spiegel betrachtete, kam sie zu dem Ergebnis, dass sie auch ohne teuren Schmuck beeindruckend aussah. Sie selbst konnte sich derlei nicht leisten, und sie wollte nicht, dass Pitt ihr so extravagante Geschenke machte. Kein Collier zu tragen erforderte eine gewisse Kühnheit, doch betonte sie damit den Eindruck, den ihr schlanker Hals und ihre natürliche Hautfarbe machten. Ihr dichtes, dunkles kastanienbraunes Haar hatte sie hochgesteckt, und auf ihren Wangen lag eine leichte Röte, die in vollkommener Weise zur Farbe der Korallen an ihren Perlenohrringen passte.

Pitt sagte nichts, doch seine bewundernden Blicke genügten ihr. Selbst Jemima war beeindruckt, obwohl sie das ungern zugab.

»Das ist ein hübsches Kleid, Mama«, murmelte sie, als Charlotte oben an der Treppe erschien. »Sieht besser aus als das grüne.«

Mit den Worten »Vielen Dank« quittierte Charlotte das Kompliment. »Auch ich mag es lieber.«

Pitt biss sich auf die Lippe, um ein Lächeln zu unterdrücken.

»Du siehst sehr gut aus, Papa«, fügte Jemima hinzu, was deutlich überzeugender klang.

Pitt bildete sich keine Sekunde lang ein, dass er gut aussah – er hielt sich für günstigstenfalls ansehnlich –, aber in den Augen seiner Tochter war er das nun einmal, und das war weit wichtiger. Er umarmte sie flüchtig und folgte dann Charlotte zur wartenden Kutsche, die sie für den Abend gemietet hatten.

Es wehte ein böiger Wind, aber wenigstens regnete es nicht.

Obwohl sie früh am Theater eintrafen, herrschte im Foyer bereits ein ziemliches Gedränge. Kaum waren sie in den Bereich der hellen Lampen getreten, als Pitt Bekannte sah, überwiegend Menschen, mit denen er beruflich zu tun hatte. Er begrüßte sie nickend, mit wenigen Worten oder einem Lächeln. Dass er und nicht Charlotte solche Menschen kannte, war ein deutlicher Unterschied zu den frühen Jahren ihrer Ehe, als sie alle Welt gekannt hatte und er lediglich als ihr

Begleiter mitgekommen war. Unwillkürlich lächelte sie und trug den Kopf ein wenig höher. Sie war stolz auf ihn ... ehrlich gesagt, sogar sehr stolz.

Sie sah Jack als Erste, und sein gutes Aussehen fiel ihr erneut auf. In den letzten Jahren hatte er an Reife gewonnen, die den Eindruck, den er machte, noch betonte. Das grelle Licht im Foyer war weniger schmeichelhaft als die Gaslampen oder Kerzen in einem Salon, aber die wenigen Linien um seinen Mund und in den Augenwinkeln ließen ihn charaktervoll erscheinen, hoben seine Lebenserfahrung hervor – sein Gesicht sah nicht mehr aus wie ein unbeschriebenes Blatt.

Emily unterhielt sich einen oder zwei Schritte entfernt mit jemandem. Ihr helles Haar schimmerte fast wie ein Diadem, sodass ihre Diamantohrringe überflüssig erschienen. Silberfäden durchzogen ihr mit winzigen Perlen besticktes zartviolettes Kleid. Es sah hinreißend aus und war natürlich ebenfalls nach der neuesten Mode geschneidert, doch schmeichelte es ihr weniger, als es eine kühlere Farbe getan hätte. Außerdem würde sich die Farbe mit der von Charlottes Kleid geradezu unvorstellbar beißen. Vielleicht hätten sie vorher miteinander reden sollen? Aber Charlotte besaß nur wenige Kleider, während Emily über eine nahezu beliebig große Garderobe verfügte. Die eigentliche Modefarbe der Saison war Türkis, und die hätte ihr in geradezu vollkommener Weise gestanden!

Dafür war es jetzt zu spät. Die einzige Möglichkeit bestand darin, die Sache tapfer durchzustehen. Charlotte ging zu Emily hinüber und lächelte, als sei sie entzückt, sie zu sehen.

Diese wandte sich von den anderen Damen ab, sah Charlotte, die sie fast erreicht hatte, und im nächsten Augenblick begrüßten sie einander mit einem leichten Kuss auf die Wange.

Jetzt wandte sich auch Jack um und musterte seine Schwägerin mit anerkennendem Blick. – Ein kleiner Trost nach einem nicht besonders vielversprechenden Beginn des Abends.

Allgemeine höfliche Begrüßungsfloskeln und banale Bemerkungen gingen noch eine Weile weiter, bis Jack Pitt und die beiden Schwestern wie beiläufig zu einem weiteren Paar führte. Der Mann sah blendend aus, war hochgewachsen, hatte dichtes blondes Haar und kräftige Gesichtszüge. Das Aussehen seiner Frau war weniger auffällig. Sie wirkte freundlich, doch aus ihren Augen schien keinerlei Begeisterung oder Leidenschaft zu leuchten. Ihr herrliches Kleid war mit Türkisen und winzigen Kristallperlen bestickt, um nicht zu sagen übersät, und selbstverständlich ebenfalls im neuen Schnitt gehalten, um die Hüften herum glatt anliegend und sich nach unten glockenförmig bauschend. Unmittelbar über dem Saum saß eine weitere Reihe Perlen.

In die Augen des Mannes trat bei Charlottes Anblick die gleiche Anerkennung, die zuvor Jack gezeigt hatte, doch als er sich zu Pitt umwandte, erlosch der Glanz darin, und er erbleichte sichtlich.

»Darf ich Ihnen meinen Schwager und meine Schwägerin vorstellen, Mr. und Mrs. Thomas Pitt«, sagte Jack höflich und fuhr dann fort: »Mr. und Mrs. Dudley Kynaston …«

Kynaston schluckte. »Commander Pitt und ich sind einander bereits begegnet. Guten Abend, Mrs. Pitt.« Er deutete Charlotte gegenüber eine Verbeugung an.

»Guten Abend, Mr. Kynaston«, gab sie zurück und bemühte sich, ihr plötzlich aufgeflammtes Interesse nicht zu zeigen. »Mrs. Kynaston.« Sie war begeistert. Weder er noch sie entsprachen dem Bild, das sie sich von ihnen gemacht hatte. Ihre Gedanken jagten sich, während sie nach harmlosen Worten suchte. Sie musste unbedingt ein Gespräch in Gang bringen. »Wie ich gehört habe, soll das Theaterstück ziemlich umstritten sein«, setzte sie an. »Ich hoffe, das stimmt und ist nicht nur eine Behauptung, die man in die Welt gesetzt hat, um unsere Neugier zu wecken.«

Rosalind sah sie überrascht an. »Finden Sie Gefallen an Auseinandersetzungen?«

»Ich habe es gern, wenn man mir Fragen stellt, auf die ich nicht sofort eine Antwort weiß«, gab Charlotte zurück. »Fragen, die mich zwingen nachzudenken. Ich mag es, Dinge, von denen ich angenommen hatte, dass ich sie gut kenne, aus einem neuen Blickwinkel zu betrachten, und ich freue mich, wenn ich sie dann anders sehe als zuvor.«

»Ich nehme an, dass manche der im Stück vertretenen Ansichten Sie verärgern und verwirren werden«, sagte Kynaston freundlich und warf einen Blick auf seine Gattin, bevor er Charlotte ansah.

»Ärger kann ich mir bei meiner Frau gut vorstellen«, sagte Pitt mit einem Lächeln. »Verwirrung aber eher nicht.«

Kynaston war erstaunt, gab sich aber alle Mühe, es nicht zu zeigen.

Jack sah es offenbar als seine Aufgabe an, das ziemlich peinliche Schweigen zu überbrücken, das auf diese Worte hin eingetreten war. Mit einem Blick zu Kynaston fragte er: »Haben Sie schon Vorabbesprechungen des Stücks gelesen, Sir?«

»Ja, und die Meinungen divergieren beträchtlich«, gab Kynaston zurück. »Das dürfte auch der Grund dafür sein, warum die Vorstellung ausverkauft ist. Jeder möchte wissen, wie es wirklich ist, und sich sein eigenes Urteil bilden.«

»Oder einen so großartigen Vorwand nutzen, um einen glanzvollen Abend zu erleben«, ergänzte Emily. »Ich sehe alle möglichen interessanten Leute.«

»So ist es.« Während Rosalind Emilys Lächeln erwiderte, trat eine überraschende Lebhaftigkeit auf ihre Züge, als blickte ein gänzlich anderer Mensch durch ihre sonst eher ausdruckslosen Augen. »Das dürfte bei den meisten der Hauptgrund für ihr Kommen sein.«

Lachend sah Emily quer durch den Raum zu einer Frau in einem Kleid von einem geradezu unglaublichen Grün hinüber. »Und ein Vorwand, etwas zu tragen, was man außer im Theater unmöglich zeigen könnte! Das Kleid leuchtet wahrscheinlich sogar noch im Dunkeln.«

Rosalind unterdrückte ein Lachen, betrachtete aber offenbar Emily bereits als Verbündete.

Einige Augenblicke später trat ein Mann mit finsterer Miene zu ihnen. Ihn begleitete eine hochgewachsene Frau mit flachsblondem Haar, das wie Seide schimmerte, porzellanfarbenem Teint und verblüffend blauen Augen. Sie schloss sich der Gruppe an, als gehöre sie von Natur aus dazu. Der Mann blieb einen Schritt entfernt stehen, und Charlotte spürte, wie Pitt neben ihr erstarrte.

Die Frau lächelte, wobei sie ihre vollkommenen Zähne zeigte. »Commander Pitt. Was für eine angenehme Überraschung, Sie hier zu sehen.« Ihre Augen glitten zu Charlotte hinüber, eine wortlose Aufforderung an Pitt, sie vorzustellen.

»Mrs. Ailsa Kynaston«, sagte er ein wenig steif.

Einen Augenblick lang fragte sich Charlotte, ob er sich geirrt hatte, als er Ailsa mit ihrem Vornamen vorstellte, doch dann fiel ihr ein, dass Kynastons Bruder Bennett tot war. Es musste sich also um Dudleys verwitwete Schwägerin handeln. Sie sah sie interessiert an und wandte sich dann dem Mann zu, der jetzt vortrat und sich mit »Edom Talbot, Ma'am« höflich vor Charlotte verneigte. Auch er schien Pitt zu kennen.

»Guten Abend, Mr. Talbot«, gab sie zurück und hielt dem harten Blick seiner Augen stand. Sie fragte sich, woher Pitt den Mann kennen mochte und ob man in ihm einen Verbündeten oder einen Gegner sehen musste. Irgendetwas an seiner Art ließ sie Letzteres vermuten.

Die Unterhaltung, die überwiegend aus nichtssagenden höflichen Bemerkungen bestand, wie man sie neuen Bekannten gegenüber machte, ging weiter. Charlotte beteiligte sich daran, soweit es nötig war, sah aber immer wieder zu Rosalind und Ailsa Kynaston hinüber. Letztere war eine eindrucksvolle Erscheinung, wirkte gelassen und klug. Sie hätte mit Leichtigkeit wieder heiraten können, sofern sie es gewünscht hätte. Ob sie Bennett Kynaston so sehr geliebt hatte, dass sie nicht einmal an diese Möglichkeit dachte?

Andererseits, falls Pitt etwas zustieße … Der bloße Gedanke ließ Charlotte frösteln und ihr den Atem stocken. Sie konnte sich nicht vorstellen, einen anderen Mann zu heiraten, und empfand ein starkes Mitgefühl mit der Frau, die nur wenige Schritte von ihr entfernt stand. Vermutlich hatte sie nicht mitbekommen, dass Charlotte sie mehr als gründlich gemustert hatte, nachdem sie einander vorgestellt worden waren. Was war der Preis dafür, dass sie sich so tapfer hielt? Als sie sie jetzt ansah, während die anderen einander im Plauderton berichteten, was über das Stück gesagt wurde, erkannte sie eine Anspannung in der Art, wie sie kerzengerade dastand und stolz den Kopf hob.

»… Mrs. Pitt?«

Mit einem Mal merkte Charlotte, dass Talbot sie angesprochen hatte, ohne dass sie wusste, was er gesagt hatte. Sofern sie eine törichte Antwort gab, würde das auf Pitt zurückfallen. Ehrlichkeit war der einzige Weg, der ihr offenstand.

»Verzeihung«, sagte sie und schenkte ihm ihr bezauberndstes Lächeln, auch wenn ihr nicht im Geringsten danach zumute war. »Ich muss wohl geträumt haben und habe daher nicht mitbekommen, was Sie gesagt haben. Entschuldigen Sie bitte.« Sie zwang sich, ihn voll Wärme anzusehen, als könne sie ihn gut leiden.

Das schmeichelte ihm, das erkannte sie an der Art, wie sich sein Gesicht mit einem Mal entspannte. »Das Theater ist der Ort für Träume«, gab er zurück. »Ich hatte Sie gefragt, ob Sie mit der Meinung Ihrer Schwester zu der jüngsten Leistung der Hauptdarstellerin übereinstimmen.«

»Als Lady Macbeth«, fügte Emily hilfreich hinzu.

Charlotte erinnerte sich, dass sie eine Besprechung der Aufführung gelesen hatte, und zögerte, weil sie nicht sicher war, ob sie damit durchkommen würde, wenn sie daraus zitierte. Falls jemand merkte, dass sie auf diese Weise Eindruck zu schinden versuchte, würde sie sich schön blamieren. »Ich habe gelesen, dass die Darstellung zu melodramatisch war«, gab sie zurück. »Ich habe sie nicht selbst gesehen.«

»Wegen der Kritik?«, fragte Talbot neugierig.

»Die hätte mich eher dazu veranlasst, mir selbst ein Bild zu machen«, gab sie, ohne zu zögern, zurück. Dann fiel ihr Emilys Kommentar zu der Vorstellung wieder ein. »Aber meine Schwester meinte, dass einige andere Darsteller ebenfalls ...« Sie zuckte die Achseln, statt die negative Einschätzung zu wiederholen.

»Und Sie haben ihr natürlich geglaubt?«, fragte Talbot mit einem Lächeln.

»Auch ich hatte eine Schwester«, sagte Ailsa mit einer Stimme, aus der sie ihre Anspannung nicht heraushalten konnte. »Sie war jünger als ich. Trotzdem hätte ich ihr alles aufs Wort geglaubt ...«

Charlotte erkannte das schlagartige Verstehen auf Emilys Zügen. Jack reagierte zuerst verblüfft und war dann peinlich berührt. Offensichtlich wusste er nicht, was er sagen sollte.

Pitt brach das allgemeine Schweigen. »Bedauerlicherweise hat meine Frau vor vielen Jahren ihre ältere Schwester verloren. Wir versuchen, möglichst nicht daran zu denken, weil das unter sehr schmerzlichen Umständen geschah.«

»Ganz wie bei meiner Schwester«, sagte Ailsa und sah ihn interessiert und mit beinahe herausforderndem Blick an. »Entschuldigen Sie bitte, dass ich das Thema zur Sprache gebracht habe. Es war ungeschickt von mir. Vielleicht sollten wir jetzt unsere Plätze aufsuchen.«

Am nächsten Tag sagte Charlotte eine Verabredung mit ihrer Schneiderin ab und besuchte stattdessen ihre Großtante Vespasia. Genau genommen war es die Großtante von Emilys verstorbenem Mann, Lord George Ashworth, doch mit Ausnahme Pitts stand niemand Charlottes Herzen näher als Vespasia, und niemandem vertraute sie mehr als ihr. Sie setzten sich an den Kamin, während der eiskalte Regen gegen die Fenster zum Garten schlug. Charlotte stellte ihre Füße so nah ans Feuer, wie sie konnte, in der Hoffnung, dass auf diese Weise ihre Schuhe und ihr Rocksaum trocknen würden.

Lady Vespasia goss Tee ein und wies auf den Teller, auf dem hauchdünne mit Ei und Kresse belegte Sandwiches lagen. »Euer Theaterbesuch hat dir also nicht gefallen«, sagte sie, nachdem Charlotte ihn erwähnt hatte.

Vespasia gegenüber machte Charlotte schon lange keine Ausflüchte mehr. Im Grunde war sie zu niemandem so ehrlich wie zu Vespasia, da diese keine der Vorbehalte machte, die Charlotte daran hinderten, ihrer Mutter und Emily jederzeit offen und aufrichtig gegenüberzutreten. Selbst Pitt gegenüber agierte sie mitunter mit einer gewissen Vorsicht.

»Nein«, sagte sie und probierte, ob sie den Tee schon trinken und dessen Wärme in sich aufnehmen konnte. Nein, er war noch zu heiß. »Die Unterhaltung hat sich am Rande des Abgrunds entlangbewegt, und Emily ist gewissermaßen kopfüber in selbigen gestürzt.«

»Das klingt ja wie eine Katastrophe«, gab Vespasia zurück. »Wie wäre es, wenn du mir berichtetest, wie dieser Abgrund aussah?«

»Er besteht darin, dass sie nicht mehr lustig, klug oder schön ist oder, genauer gesagt, dass sie glaubt, Jack liebe sie nicht mehr. Vermutlich hat jede von uns gelegentlich Albträume dieser Art.«

Vespasia machte ein tief besorgtes Gesicht. »Möglich«, sagte sie. »Aber gewöhnlich reden wir nicht mit anderen darüber, weil wir das eher als einen allmählichen Prozess erleben, ungefähr so, wie der Tag mit der Dämmerung nach und nach dahinschwindet und nicht mit einem plötzlichen Einbruch völliger Dunkelheit endet. Ist etwas mit ihr geschehen?«

»Das glaube ich nicht. Aber sie ist unruhig, und ich nehme an, dass sie sich langweilt. Früher gab es so vieles, womit wir uns beschäftigen konnten, auch wenn es nicht unbedingt immer gefahrlos oder angenehm war. Ein Dasein indes als Angehörige der höheren Kreise und sorgende Mutter von Kindern, die diese Sorge immer weniger brauchen, befeuert nicht unbedingt die Vorstellungskraft. Und spannend ist es ganz gewiss nicht …« Sie sah das Verstehen in Vespasias Gesichtsausdruck und ließ den Satz unbeendet. »Ich denke, letzten Endes nagt an ihr das Bewusstsein, dass sie bald vierzig sein wird und ihr Schritt für Schritt ein Teil des Lebens entgleitet«, fügte sie hinzu.

»Und Jack?«

»Der sieht so gut aus wie eh und je, eigentlich eher noch besser. Ein paar Jahre mehr stehen ihm gut zu Gesicht. Er ist nicht mehr so … oberflächlich.«

»Oh.« Vespasia zuckte kaum wahrnehmbar zusammen.

Charlotte errötete. »Tut mir leid …«

»Schon gut.« Vespasia nippte an ihrer Tasse, die sie bisher überhaupt nicht beachtet hatte, und bot dann Charlotte den

Teller mit den Sandwiches erneut an, bevor sie selbst eins nahm. »Und welchen schroffen Abhang seid ihr gestern Abend hinabgestürzt?«

»Jemand hat die Vermutung geäußert, Emily sei meine ältere Schwester.«

»Ach du liebe Güte.« Vespasia nahm erneut ein Schlückchen Tee. »Der Konkurrenzkampf zwischen Geschwistern ist eine Schlange, die zu töten einem nie gelingt. Ich fürchte, Emily war zu lange daran gewöhnt, dir einen Schritt voraus zu sein. Jetzt fällt es ihr schwer, sich damit abzufinden, dass sie einen Schritt hinterherhinkt.«

»Das tut sie nicht!«, hielt Charlotte sogleich dagegen.

Vespasia lächelte lediglich.

»Nun … auf jeden Fall braucht sie etwas zu tun. Ich meine, etwas, was zählt und eine Bedeutung hat«, setzte Charlotte erneut an. »So wie früher, als wir Thomas bei seinen Fällen helfen konnten, weil sie damals noch nicht geheim waren.«

»Sei vorsichtig!«, mahnte Vespasia.

Charlotte erwog zu verschweigen, dass sie an den Fall von Kynastons verschwundener Zofe dachte, aber sie hatte Vespasia noch nie mit Absicht belogen. Ihre Freundschaft war ihr zu wichtig, als dass sie jetzt damit anfangen wollte, und sei es nur, um Emily zu verteidigen.

»Das versteht sich von selbst«, sagte sie. Es war die halbe Wahrheit.

»Es ist mein Ernst, meine Liebe.« In Vespasias Stimme lag Besorgnis. »Soweit ich weiß, neigt Thomas zu der Annahme, dass Dudley Kynaston nicht in diese Angelegenheit verwickelt ist und die Leiche aus der Kiesgrube möglicherweise nicht die der Zofe ist. Es kann ohne Weiteres sein, dass er recht hat. Das bedeutet aber nicht zwangsläufig, dass Kynaston nichts zu verbergen hat. Sei sehr vorsichtig, was du tust … und nach Möglichkeit noch vorsichtiger mit dem, was du dir für Emily einfallen lässt. Sie brütet über ihren eigenen Befürchtungen, ihrer Angst davor, sich zu langweilen und damit selbst langweilig zu werden. Die Schönheit, die sie als selbstverständlichen Tribut der Natur an sie angesehen hatte, verliert allmählich ihre rosige Frische. Sie wird lernen müssen, mit dem Pfund des Charakters und Charmes zu wuchern, mit ihrem Stil und ihrem Verstand. Diese Neuausrichtung ist alles andere als einfach. Keine von uns kann sich die Art von Irrtümern leisten, die auf Nachlässigkeit oder Verzweiflung zurückgehen.«

Charlotte sagte nichts, dachte aber gründlich über diese Worte nach, während sie den letzten Schluck aus ihrer Teetasse nahm. Entgegen Vespasias Rat, von dem sie wusste, dass er klug war, gedachte sie Emily in das, was sie vorhatte, einzubeziehen. Sie musste es einfach tun.

KAPITEL 7

Stoker stand mit düsterer Miene vor Pitts Schreibtisch. Er sah sonderbar mitgenommen aus.

»Woher haben Sie das?«, fragte Pitt, den Blick auf das triefnasse Gewirr von Filz und Bändern auf seinem Schreibtisch gerichtet, das kaum noch als die Reste eines Hutes zu erkennen war. Mit Ausnahme eines winzigen roten Restes einer Feder, die ihn offenbar geschmückt hatte, hätte niemand sagen können, welche Farbe er gehabt hatte.

»Ein anonymer Brief hat mich darauf gebracht«, sagte Stoker ruhig. »Ich habe festzustellen versucht, woher er gekommen sein könnte, damit aber bisher kein Glück gehabt.«

»Und was steht darin?«, fragte Pitt routinemäßig, auch wenn er nicht ernsthaft annahm, dass sich etwas Brauchbares daraus ergeben würde.

»Lediglich, dass der Absender eines frühen Morgens draußen unterwegs war, sich auf einen eisbedeckten Baumstumpf gesetzt und dabei diese sonderbare Masse entdeckt hat, die wie ein Gewebe aussah. Er hat mit dem Stock darin herumgestochert und dann gemerkt, dass es sich um einen Hut handelte. Da er wusste, dass man in der Nähe eine Leiche gefunden hatte, ist ihm der Gedanke gekommen, dass da womöglich eine Beziehung bestehen könnte.«

»Hat er das so formuliert?«, fragte Pitt neugierig.

»Nein, ich habe das ein bisschen ausgeschmückt, wörtlich hieß es ungefähr: ›Hab auf 'nem Baumstumpf bei der Kiesgrube gesessen, wo man die Frau gefunden hat. Vielleicht hat das was damit zu tun, könnte ihr gehört haben.‹«

»Was für Papier?«, erkundigte sich Pitt. »Tinte oder Bleistift? Wie würden Sie die Handschrift einschätzen?«

Stoker verzog den Mund. »Ganz gewöhnliches billiges Papier, mit Bleistift geschrieben, aber kein Hinweis darauf, dass jemand seine Handschrift verstellt hat. Ziemliches Gekrakel, aber durchaus lesbar.«

»Und die Rechtschreibung?«, fuhr Pitt fort.

»Alles richtig«, gab Stoker zurück. »Aber das waren auch lauter einfache Wörter.«

Pitt sah sich die Überreste des Hutes an und hob den Blick dann zu Stoker. Er brauchte die Frage zwar nicht zu stellen, tat es aber dennoch.

»Was lässt Sie vermuten, dass er Kitty Ryder gehört haben könnte?«

Es hatte den Anschein, als müsse Stoker seine Worte mit Gewalt aus seiner wie zugeschnürten Kehle herauspressen. »Die rote Feder, Sir. Eine der Bedienungen in *The Pig and Whistle*, sie heißt Violet Blane, war mit Kitty befreundet. Wie sie mir erzählt hat, sind sie an ihrem freien Tag ab und zu Tee trinken gegangen. Kitty wollte unbedingt einen solchen Hut haben und hat so lange gespart, bis sie ihn sich kaufen konnte. Wichtig war ihr die rote Feder, die nicht so recht zu dem Hut passte, sodass die Leute hinsehen und unwillkürlich lächeln mussten. Jedenfalls hat Violet das gesagt.«

»Aha. Vielen Dank.«

Ohne sich zu rühren, erklärte Stoker: »Wir müssen noch mal zu Kynaston, Sir.«

»Das ist mir klar«, gab ihm Pitt recht. »Doch vorher möchte ich noch einmal seine Aussagen und alles durchgehen, was wir über ihn wissen, um zu sehen, wo es Widersprüche oder etwas anderes gibt, womit wir ihm nachweisen können, dass er gelogen hat. Bisher wissen wir lediglich, dass Kitty die Zofe seiner Gattin war und man bei der Leiche in der Kiesgrube seine Uhr gefunden hat, von der er erklärt hat, ein Taschendieb habe sie ihm gestohlen. Zwar bestätigt seine Gattin das, doch hat das nicht unbedingt etwas zu bedeuten. Wir haben das Haus von unten bis oben durchsucht und nichts gefunden. Angeblich weiß keiner der Dienstboten etwas, was uns weiterhelfen könnte. Wir haben uns in den Vorratsräumen und im Eishaus gründlich umgesehen und weder den geringsten Hinweis auf Kitty noch etwas gefunden, was nicht so war, wie es sein sollte. Und natürlich darf man nicht vergessen, dass auch die anderen Dienstboten diese Räume ständig aufgesucht haben.«

»Ja, Sir«, sagte Stoker ausdruckslos. »Ich habe mir Violets Aussage notiert und könnte mir vorstellen, dass Sie darin einige Stellen finden, an denen die Dinge nicht so recht zueinander passen, wenn Sie das mit Mrs. Kynastons und seinen Aufzeichnungen vergleichen.«

Ohne etwas zu sagen, öffnete Pitt eine der Schreibtischschubladen, nahm die Notizen heraus, die er sich bei der Lektüre von Kynastons Eintragungen gemacht hatte, und streckte dann fordernd die Hand aus, damit ihm Stoker sein Notizbuch gab.

»Wieso haben wir eigentlich den Hut bei unserer Suche nicht gefunden?«, fragte er.

»Vermutlich waren wir zu sehr mit der Leiche beschäftigt«, gab Stoker zurück. »Er lag etwa zehn Schritt von der Fundstelle entfernt. Ohne die rote Feder hätte man ihn überhaupt nicht sehen können, denn alles andere sieht eher aus wie welkes Laub oder Schlamm.«

Das stimmte. Der Hut war wohl lediglich durch Zufall gefunden worden.

»Danke. Ich gehe noch einmal alle Notizen durch und werde dann heute Abend Kynaston erneut aufsuchen. Jetzt ist er bestimmt nicht zu Hause.«

Pitt suchte das Haus am Shooters Hill bewusst am frühen Abend auf, bevor Dudley Kynaston Gelegenheit hatte, sich umzuziehen und zu einer Abendgesellschaft zu gehen. Wie sich zeigte, war der Herr des Hauses aber noch gar nicht zurückgekehrt. Da Pitt ihn gut leiden konnte, war es ihm alles andere als recht, ihn ein weiteres Mal belästigen zu müssen, und er empfand seine Aufgabe als noch unangenehmer, seit er ihn mitsamt Gattin und Schwägerin im Theater getroffen hatte. Er war fest entschlossen, die Sache nach Möglichkeit noch am selben Abend abzuschließen.

Unbehaglich stand er nun im Salon am Kamin und sah von einem der Bücherregale zum anderen, ohne sich auf die Titel der Werke konzentrieren zu können. Von Zeit zu Zeit schritt er unruhig auf und ab. Mrs. Kynaston hatte ihm angeboten, im Gesellschaftszimmer zu warten, aber er hatte darauf verzichtet, davon Gebrauch zu machen, da sein Besuch nicht privater Natur war.

Er war noch keine halbe Stunde dort, als er den Hausherrn hereinkommen hörte. Schon nach wenigen Minuten trat Kynaston lächelnd ein.

Pitts Herz sank, und er spürte, wie sich ihm die Kehle zuschnürte. Mit einer gewissen Anstrengung brachte er heraus: »Guten Abend, Mr. Kynaston. Ich bedaure außerordentlich, Ihre Zeit noch einmal in Anspruch nehmen zu müssen, aber leider gibt es noch einige offene Fragen.«

Kynaston wies auf einen Sessel neben dem Kamin. Nachdem Pitt Platz genommen hatte, setzte er sich ebenfalls. Er sah ein wenig verwirrt drein, aber nicht beunruhigt.

»Wissen Sie etwas Neues?«, fragte er.

»Unerfreulicherweise ja. Wir haben in der Kiesgrube in der Nähe der Fundstelle einen Hut entdeckt.« Aufmerksam beobachtete er Kynastons Gesicht. »Der Zustand, in dem er sich befindet, macht es unmöglich, ihn zu identifizieren, aber es steckt noch ein Rest von einer roten Feder im Hutband, und eine von Kittys Bekannten, mit der wir gesprochen haben, sagt, Kitty habe genau einen solchen Hut gehabt. Sie wollte ihn wegen der roten Feder unbedingt haben und hat so lange gespart, bis sie ihn sich kaufen konnte.«

Kynaston erbleichte zwar, wich Pitts Blick aber nicht aus. »Dann ist es also doch Kitty …«, sagte er ruhig. »Vielleicht war das töricht von mir, aber ich hatte immer noch gehofft, es könnte jemand anders sein. Es tut mir wirklich leid.« Er holte tief Luft. »Werden Sie jetzt nach dem jungen Mann suchen, mit dem sie ab und zu ausgegangen ist? Soweit ich weiß, ist er eine Art Wandertischler. Er ist gewöhnlich dorthin gezogen, wo es gerade Arbeit gab.« In seiner Stimme lag eine gewisse Schärfe, kein Zorn, aber, soweit Pitt das beurteilen konnte, auch keine Angst. War der Mann tatsächlich so selbstsicher, dass er annahm, für ihn bestehe keinerlei Gefahr?

»Natürlich«, erklärte Pitt. »Wir haben bisher einfach nicht gründlich genug gesucht. Ich muss auch zugeben, dass wir gehofft hatten, es sei nicht Kittys Leiche.«

»Jetzt aber …« Bei dem schrecklichen Gedanken presste Kynaston die Lippen fest aufeinander. Auf seinem Gesicht schien der Ausdruck von Mitgefühl zu liegen.

»Der Mann heißt Harry Dobson«, fuhr Pitt fort. »Wir werden die Polizei ersuchen, die Nachforschungen nach ihm über den bisherigen Bereich hinaus auszudehnen. Bislang haben wir nur ganz in der Nähe nach ihm gesucht.«

»Wenn er klug ist, hat er sich aus dem Staub gemacht«, bemerkte Kynaston und verzog das Gesicht. »In einer großen Stadt wie Liverpool oder Glasgow, wo viele Menschen leben, kann jemand wie er mühelos untertauchen. Aber auch in London dürfte das nicht sonderlich schwierig sein. Als kräftiger, gesunder junger Mann könnte er sogar auf einem Schiff angeheuert haben …«

»Das wäre auch eine Möglichkeit«, räumte Pitt ein.

»Danke, dass Sie mir das mitgeteilt haben«, sagte Kynaston mit einem trübseligen schiefen Lächeln. »Ich werde es meiner Frau und dem Personal sagen. Das wird allen schrecklich nahegehen, aber ich nehme an, dass mehr oder weniger jeder mit dieser Möglichkeit gerechnet hatte.« Er beugte sich vor, als wolle er aufstehen.

»Entschuldigung, Sir«, sagte Pitt rasch. »Das ist noch nicht alles.«

Kynaston schien überrascht zu sein, nahm aber seine frühere Haltung wieder ein und wartete darauf, dass Pitt ihm erklärte, worum es ging.

Dieser holte Luft und ließ sich vom fragenden Blick des Mannes nicht aus der Ruhe bringen. »Es geht nicht nur darum, den elenden jungen Burschen aufzuspüren und unter Anklage zu stellen – das ist Sache der Polizei. Meine Aufgabe als Leiter des Staatsschutzes ist es nicht nur, die Sicherheit des Staates zu gewährleisten …«

Kynaston, der bleich geworden war, umklammerte die Armlehnen seines Sessels so fest, dass seine Fingerknöchel weiß hervortraten.

»… sondern auch, Sie und alle anderen im Hause von jeglichem Verdacht zu befreien«, fuhr Pitt fort. »Wie Sie wohl inzwischen wissen, wurden unglücklicherweise im Unterhaus

Fragen gestellt, die sich auf Ihre persönliche Sicherheit und Ihre Rolle in dieser Angelegenheit bezogen. Der Premierminister erwartet von mir die Versicherung, dass es keinen Grund zur Besorgnis gibt.«

Kynaston sah ihn eine ganze Weile unsicher und schweigend an. Im Raum war es so still, dass man das Ticken der Uhr auf dem Kaminsims hörte. Schließlich sagte er: »Ich verstehe.«

»Ich bin noch einmal alle Fragen durchgegangen, die ich Ihnen bei früheren Gelegenheiten gestellt habe«, fuhr Pitt fort. Ihm war bereits klar, dass er eine sehr private und schmerzliche Angelegenheit würde zur Sprache bringen müssen. An Kynastons Ausdruck und Körperhaltung war zu erkennen, dass das auch ihm bewusst war. Am liebsten hätte Pitt der Sache an Ort und Stelle ein Ende bereitet. Es bestand die Möglichkeit, dass all das mit Kitty Ryders Tod zusammenhing – doch das war alles andere als sicher. Er brauchte Gewissheit, Beweise und konnte es sich nicht leisten, jemandem auf Treu und Glauben abzunehmen, was dieser sagte. Dazu war der Fall zu schwerwiegend.

»Ich habe dem nichts hinzuzufügen.«

»Ich denke schon, Mr. Kynaston«, hielt Pitt dagegen. »Es gibt da einige Irrtümer zu korrigieren. Außerdem wäre ich Ihnen dankbar, wenn Sie noch Erklärungen nachlieferten, die Sie bisher ausgelassen haben. Um Sie nicht später in eine peinliche Situation zu bringen, sage ich Ihnen lieber gleich, dass ich Ihre Aussagen mit denen anderer vergleichen werde. Die Sache ist zu ernst, als dass man über Unstimmigkeiten hinweggehen könnte, selbst wenn es dabei lediglich um Dinge gehen sollte, die aus Versehen unrichtig dargestellt wurden.« Mit dieser verklausulierten Formulierung gab er ihm durch die Blume zu verstehen, dass er absichtliche Unwahrheiten nicht ausschloss, die Kynaston unter Umständen belasten konnten.

Dieser sagte nichts. Er fühlte sich unübersehbar zutiefst unbehaglich und war nicht länger in der Lage, das zu überspielen.

Pitt hätte ihm die Fragen eine nach der anderen stellen und ihn über die Unwahrheiten – oder, sofern sie das nicht waren, Irrtümer – stolpern lassen können, aber ein solches Vorgehen verabscheute er. Sofern die Sache für den Mann ein übles Ende nahm, sollte das auf jeden Fall rasch geschehen.

»Nach Ihren Aufzeichnungen haben Sie am 14. Dezember mit Mr. Blanchard diniert …«, begann Pitt.

Kynaston bewegte sich kaum wahrnehmbar. »Ist es wirklich von Bedeutung, wenn ich mich da im Datum geirrt haben sollte?«, erkundigte er sich. Die Frage war durchaus berechtigt.

»Ja, Sir, denn Sie haben das Haus, entsprechend gekleidet, verlassen, waren aber, wie unsere Nachforschungen ergeben haben, nicht bei Mr. Blanchard. Wo haben Sie sich an jenem Abend aufgehalten?«

»Auf keinen Fall in Gesellschaft der Zofe meiner Frau!«, fuhr Kynaston auf. »Vielleicht hat Mr. Blanchard kurzfristig abgesagt. Das weiß ich nicht mehr. Hat der Staatsschutz wirklich nichts Besseres zu tun, als solchen Lappalien nachzugehen?«

Ohne darauf zu antworten, fuhr Pitt fort: »Eine gute Woche später, am 22. Dezember, steht erneut der Name Blanchard in Ihren Aufzeichnungen – und wieder waren Sie nicht bei ihm.«

Kynaston saß unnatürlich reglos da. »Ich weiß nicht mehr, wo ich an jenem Tag war«, gab er zurück. »Aber auf jeden Fall handelte es sich um eine Veranstaltung einer Vereinigung, der ich angehöre, und kann daher unmöglich etwas mit der Zofe meiner Frau zu tun gehabt haben.« Er schluckte. »Nehmen Sie sich jeden auf diese Weise vor? Erst die privaten Aufzeichnungen lesen und dann im Kreuzverhör fragen, mit wem man zu Abend gegessen hat? Bezahlen wir Sie dafür?« Seine Wangen waren inzwischen leicht gerötet.

»Sofern die Sache nicht mit Kitty Ryders Verschwinden und Tod zusammenhängt, wird das für Sie keine Folgen haben«, gab Pitt zurück, was möglicherweise voreilig war. Er fühlte sich unwohl dabei, Dingen nachspüren zu müssen, die eindeutig privat und dem Befragten ganz offenkundig peinlich waren – andernfalls hätte Kynaston nicht ausweichend geantwortet.

»Selbstverständlich hat es nichts damit zu tun!«, fuhr Kynaston Pitt an und beugte sich plötzlich vor. »Wenn jemand sie umgebracht hat, dann dieser elende junge Mann, mit dem sie ausgegangen ist. Das müsste doch sogar einem Dummkopf klar sein!« Er sah verlegen beiseite. »Entschuldigung, aber all dieses Herumgestochere in meinem Privatleben ist überflüssig und hat mit der Sache nicht das Geringste zu tun.«

»Das hoffe ich«, sagte Pitt aufrichtig. Es war ihm selbst zuwider, dass er die Sache bis zum Ende verfolgen musste. »Ihre Aufzeichnungen enthalten noch weitere Unrichtigkeiten, was ganz natürlich ist. Wir alle verwechseln mitunter Daten oder Uhrzeiten, vergessen, etwas zu notieren, oder schreiben unleserlich. Mir geht es hier ausschließlich um die Anlässe, bei denen Sie das Haus in Abendgarderobe verlassen haben, ohne die Person aufzusuchen, die in Ihren Notizen genannt wird. Das war allein in den vergangenen zwei Monaten mindestens ein Dutzend Mal der Fall.«

Kynastons Gesicht war jetzt tiefrot.

»Ich denke nicht daran, Ihnen etwas darüber zu sagen, Sir«, stieß er mit leicht zitternder Stimme hervor. »Auf jeden Fall besteht da kein Zusammenhang mit Kitty. Gott im

Himmel, nehmen Sie etwa an, ich würde im Abendanzug mit einer Zofe zum Essen ausgehen?« Obwohl seine Stimme brüchig klang, gelang es ihm, den Ton von Ungläubigkeit in seine Worte zu legen.

»Ich nehme lediglich an, dass Sie jemanden oder einen Ort aufgesucht haben, der es Ihnen nötig erscheinen lässt, die Unwahrheit zu sagen«, hielt ihm Pitt entgegen. »Das legt den Schluss nahe, dass es sich um eine Frau handelt, ist aber nicht die einzige Möglichkeit. Auf jeden Fall ist es etwas, was Sie vor Ihrer Familie, der Polizei und dem Staatsschutz geheim halten wollen.«

Jetzt war Kynastons Gesicht puterrot. Er hatte sogleich begriffen, worauf Pitt hinauswollte. Pitt bedauerte, den Mann so weit getrieben zu haben, aber dieser hatte ihm keine Wahl gelassen. Er wartete.

»Ich habe mit einer Dame diniert«, sagte Kynaston kaum hörbar. »Ich denke nicht daran, Ihnen ihren Namen zu nennen, kann Ihnen aber auf Ehre und Gewissen versichern, dass es weder Kitty Ryder … noch sonst jemand … vom Hauspersonal war.«

Pitt begriff, dass Kynaston die Wahrheit sagte und ihm unter keinen Umständen enthüllen würde, wer die Dame war. Damit stellte sich für ihn die Frage, ob Kitty Ryder eventuell davon gewusst und von ihrem Dienstherrn eine Gegenleistung dafür verlangt hatte, dass sie es für sich behielt und seiner Frau nicht weitersagte. Ihn danach explizit zu fragen war sinnlos, denn er hatte es bereits indirekt bestritten.

Pitt erhob sich. »Danke, Sir. Es tut mir leid, der Sache nachgehen zu müssen, aber eine Frau ist durch eine Gewalttat umgekommen, und zu allem Überfluss hat man ihre Leiche in einer Kiesgrube den wilden Tieren vorgeworfen.«

Kynaston zuckte zusammen.

»Bei der Aufklärung eines solchen Falles kann man keine Rücksicht auf private Empfindlichkeiten oder das Bedürfnis nehmen, bestimmte Dinge für sich zu behalten«, schloss Pitt und erhob sich.

Auch Kynaston stand auf, sagte aber nichts weiter, sondern verabschiedete Pitt mit eisiger Höflichkeit.

Draußen in der Kälte der Regennacht trieb der Wind Wolken über den Sternenhimmel. Hier und da sah man die Lichtpunkte von Straßenlaternen. Pitt war froh, eine Weile kräftig ausschreiten zu können. Sicher würde er bald eine Droschke finden, die ihn zurück nach London und zu seinem Haus in der Keppel Street bringen würde.

Was sollte er Talbot berichten? Dass Kynaston vermutlich eine Beziehung zu einer Dame der Gesellschaft pflegte, die er in Abendgarderobe aufsuchte? Zum Personal gehörte sie nicht. Ob die Frau verheiratet war? Die Vermutung lag zwar nahe, doch gab es noch andere Möglichkeiten.

Ob Rosalind Kynaston etwas davon wusste?

Möglicherweise. Es war durchaus vorstellbar, dass ihr sein Verhalten nichts ausmachte, solange er mit der nötigen Diskretion vorging. Pitt wusste von Ehen, in denen es Abmachungen dieser Art gab.

Damit aber war die Frage nicht geklärt, ob die muntere und aufmerksame Kitty Ryder davon gewusst oder auch nur ihre Schlüsse gezogen hatte. Unmöglich konnte sie an Ort und Stelle gewesen sein, um selbst Zeugin der Eskapaden ihres Brotgebers zu werden.

Doch woraus mochte sie das geschlossen haben? Was hätte sie gesehen oder gehört haben können? Hatte sie ein Telefongespräch belauscht? War ein geöffneter Brief liegen geblieben? Hatte ein Kutscher geplaudert?

War sie wirklich so aufgeweckt gewesen, eine so aufmerksame Beobachterin? Und hatte sich Kynaston so sehr in die

Enge getrieben gefühlt, war er so gefühlsroh, dass er sie auf derart gewaltsame Weise umgebracht hatte, weil sie von seinem Seitensprung wusste? Zwar war es ihm verständlicherweise äußerst unangenehm gewesen, dass ihm Pitt auf die Schliche gekommen war, doch hatte Pitt an dem Mann nicht den geringsten Hinweis auf Wut oder die Bereitschaft wahrgenommen, gewalttätig zu werden, sei es physisch oder psychisch. Kynaston hatte ihm nicht einmal Folgen für den Fall angedroht, dass er ihn bloßstellte, dabei hatte er sicher genug Einfluss, um dafür zu sorgen, dass man Pitt seines Amtes enthob.

War er wirklich verpflichtet, Edom Talbot von Kynastons Seitensprung zu berichten?

Inzwischen hatte Pitt die Hauptstraße erreicht und eine Droschke gefunden. Während sie dahinjagte, kam er zu dem Ergebnis, dass er nicht umhinkommen würde, das zu tun, doch wusste er nach wie vor nicht, was er sagen sollte – und was nicht.

Während er am nächsten Tag in seiner Dienststelle dabei war, das Material zu sichten, wurde er ersucht, sich unverzüglich zum Sitz des Premierministers zu begeben. Dahinter konnte nur Talbot stecken. Aber woher wusste der Mann, was Pitt am Vorabend in Erfahrung gebracht hatte? War Kynaston etwa zu ihm geeilt, um sich – ja, was? Über Pitt zu beschweren? Den Vorwurf zu bestreiten? Talbot unter vier Augen zu gestehen, wer seine Geliebte war, statt es einem vergleichsweise unwichtigen Beamten sagen zu müssen? Verfügte Kynaston über noch mehr Einfluss in der Regierung, als Pitt angenommen hatte?

Ihm blieb nichts anderes übrig, als der Vorladung zu folgen. Er steckte seine Unterlagen ein, um seine Behauptungen belegen zu können, sofern Talbot das verlangte. Dann verließ er das Büro in Lisson Grove, um eine Droschke zu nehmen.

Unterwegs überlegte er hin und her, wie viel er Talbot mitteilen wollte. Sofern dieser ihn bei einer Unwahrheit ertappte, wäre seine Karriere zu Ende, aber möglicherweise würde er damit durchkommen, dass er etwas verschwieg.

Warum erwog er überhaupt, dem Mann die Wahrheit vorzuenthalten? Die Antwort war einfach: Seiner festen Überzeugung nach hatte Kynaston nie und nimmer Kitty Ryder getötet, um seinen Seitensprung zu vertuschen. Eine solche Handlungsweise wäre viel zu extrem gewesen für einen Mann, der weder einen gewalttätigen noch einen besonders dünkelhaften Eindruck machte. Nichts von allem, was Pitt über ihn in Erfahrung gebracht hatte – und das war eine ganze Menge –, ließ derlei vermuten. Kynaston hatte einen ausgeprägten Familiensinn. Der Verlust seines Bruders Bennett hatte ihn in tiefe Trauer gestürzt, und unter der Oberfläche nagte der Kummer nach wie vor an ihm. Allem Anschein nach war er ein guter Vater und pflichtbewusster Ehemann gewesen, wenn auch nicht unbedingt einer, der seine Frau leidenschaftlich liebte.

Unübersehbar gönnte er sich in Bezug auf Kleidung und Essen einen gewissen Luxus und war auch einem guten Glas Wein nicht abgeneigt, doch keiner der von Stoker Befragten hatte ihn je betrunken oder in irgendeiner Weise unbeherrscht oder gar aggressiv erlebt.

Seine ganze Leidenschaft und sein Einfallsreichtum schienen seiner Arbeit zu gelten. So hatte Pitt erfahren, dass hohe Marineoffiziere, die mit Kynaston wegen dessen Erfindungen in Verbindung standen, ihm ein großes Maß an Wertschätzung entgegenbrachten. Schiffe, die unter Wasser Explosivgeschosse abfeuern konnten, würden möglicherweise für die Kriegsführung der Zukunft von Bedeutung sein. Da Großbritannien als Inselnation nicht unmittelbar an andere Länder grenzte, ließen sich Lebensmittel, Rohstoffe, Munition oder was auch immer an Versorgungsgütern gebraucht wurde, ausschließlich auf dem Wasserweg herbeischaffen. Das machte das Land außerordentlich verwundbar, und so war es besonders bedenklich, dass es im Wettlauf um diese neue Art von Waffe hinterherhinkte.

Als Pitt die Downing Street erreichte, war er deutlich nervöser als sonst. Er merkte, dass seine Handflächen trotz der Kälte feucht waren, und er zog die Handschuhe aus, um sie zu trocknen.

Die Polizeibeamten, die ständig vor dem Haus mit der Nummer 10 und dem mit der Nummer 11 Wache hielten, denn die Downing Street war nicht nur Sitz des Premierministers, sondern auch des Schatzkanzlers, schienen ihn zu erkennen, denn sie ließen ihn nahezu sogleich ein, ohne dass er seinen Namen zu nennen brauchte.

Er wurde unverzüglich in den Raum geführt, in dem seine vorige Unterredung mit Talbot stattgefunden hatte. Dieser wartete bereits und schritt sichtlich unruhig auf und ab. Kaum war Pitt eingetreten, fuhr er wütend herum und begann zu sprechen, bevor der Lakai den Raum verlassen und die Tür geschlossen hatte.

»Was für ein Spiel treiben Sie da, zum Teufel?«, fuhr er ihn an. »Die Vorstellung, dass Sie die Regierung Ihrer Majestät mit voller Absicht hinters Licht führen wollen, wäre mir noch unangenehmer als die, dass Sie unfähig sind. Hatte ich Ihnen nicht ausdrücklich die Anweisung erteilt, mir von jeder weiteren Entwicklung im Fall Kynaston schnellstens persönlich zu berichten, und zwar hier? Für den Fall, dass Sie das nicht verstanden haben sollten – was war Ihnen daran unklar?« Seine Wangen waren gerötet, seine Nasenflügel bebten, und seine Kiefermuskeln waren angespannt. Er funkelte Pitt so aufgebracht an, als könnte er jeden Augenblick die Beherrschung verlieren.

»Ich habe sicherheitshalber einen Teil des Materials noch einmal überprüft, bevor ich Ihnen Bericht erstatten wollte«, gab Pitt zurück. Er verwünschte sich selbst. Obwohl es der Wahrheit entsprach, klang es nach einer schwachen Ausrede. »Ich wollte ...«, setzte er erneut an.

»Alles Ausflüchte!«, herrschte ihn Talbot an. »Was ist zum Beispiel mit dem blutigen Hut, den Sie in der Kiesgrube gefunden haben?«

»Den habe nicht ich gefunden, und blutig war er auch nicht«, entgegnete ihm Pitt.

»Gott im Himmel, Mann! Hören Sie auf, Haarspaltereien zu betreiben. Für wen halten Sie sich eigentlich, Sie hochnäsiger ...«

»An dem Hut ist kein Blut ... Sir«, stieß Pitt zwischen den Zähnen hervor.

Talbot sah ihn verblüfft an. »Was reden Sie da? Das spielt doch überhaupt keine Rolle. Hat er der Zofe gehört oder nicht?«, fragte Talbot auf eine Weise, die die Annahme nahelegte, er halte Pitt für schwachsinnig.

»Das weiß ich nicht«, gab dieser zurück. »Aber das ist, was Kynaston angeht, unwichtig, solange wir nicht beweisen können, dass er eine ungehörige Beziehung zu ihr hatte oder sie etwas Nachteiliges über ihn wusste und ihn bloßzustellen drohte.«

»Aber genau das ist es ja! Der Mann hat ein Verhältnis – wieso haben Sie mir das nicht mitgeteilt, wie ich es Ihnen aufgetragen hatte?«, knurrte Talbot mit finsterer Miene. »Können Sie mir das mal erklären? Es kommt mir ganz so vor, als stünden wir wieder am Anfang.« In seiner Stimme lag eine unausgesprochene Drohung. »Sollten Sie tatsächlich so selbstherrlich oder anmaßend sein, dass Sie glauben, in dieser Sache auf eigene Faust Entscheidungen treffen zu können, ohne sich mit Ihrem Vorgesetzten abzustimmen, oder haben Sie persönliche Gründe, Kynaston zu decken? Wie gut kennen Sie den Mann? Sie zwingen mich, danach zu fragen.«

Pitt fühlte sich unbehaglich. Was auch immer er darauf antworten konnte, würde wie eine Entschuldigung klingen. Aber wäre er zu Talbot gegangen, bevor er wusste, ob Kynaston wirklich eine Liebschaft hatte, hätte man ihm den Vorwurf gemacht, einen äußerst wichtigen Mitarbeiter der Regierung zu verleumden. Mit einer falschen Beschuldigung dieser Art hätte er den Staatsschutz in Misskredit gebracht und sich selbst die künftige Arbeit erschwert – wenn man ihn nicht sogar des Amtes enthoben hätte.

Mit einem Mal kam ihm der entsetzliche Gedanke, dass Talbot mit seinem Wüten genau darauf hinarbeitete. Sofern er die Absicht hatte, sich Pitts zu entledigen, musste ihm die Situation als Handhabe dafür wie geschaffen erscheinen.

In dem Moment, als Pitt zu einer Antwort ansetzte, trat Somerset Carlisle ein und schloss die Tür leise hinter sich. Zwar war er unübersehbar gealtert, doch blitzten seine Augen nach wie vor schalkhaft unter den kräftig geschwungenen Brauen. Lediglich die tiefen Falten in seinem Gesicht zeigten, dass ihre erste Begegnung deutlich mehr als zehn Jahre zurücklag.

»Ah, Pitt!«, sagte er munter. »Schön, Sie hier zu sehen.«

»Sie unterbrechen ein vertrauliches Gespräch«, knurrte ihn Talbot an, »zwischen …«

»Schon gut«, unterbrach Carlisle Talbot mitten im Satz. »Ich wollte Commander Pitt lediglich mitteilen, dass ich die Information gefunden habe, die er suchte.« Er lächelte Pitt zu und sah ihm unverwandt in die Augen. »Selbstverständlich hatten Sie völlig recht. Der Hut, den man da gefunden hat, hat ebenso wenig Kitty Ryder gehört wie mir! Irgendein

Hornochse wollte damit die Aufmerksamkeit der Polizei von Blackheath erregen … Da er in einem Lokal da in der Nähe ab und zu ein Bier trinkt, wusste er, dass die Ärmste verschwunden ist und man in der Kiesgrube eine Frauenleiche gefunden hat.«

Talbot versuchte Carlisle ins Wort zu fallen, doch dieser fuhr fort, ohne auf ihn zu achten: »Ihm war bekannt, dass die junge Frau so einen Hut hatte, also hat er einen möglichst ähnlichen gekauft und eine rote Feder in das Band gesteckt.« Mit noch breiterem Lächeln holte er ein zerknülltes Stück Papier aus der Tasche. »Hier habe ich die Quittung. Sie wurde am Tag, bevor Ihr Informant den Hut gefunden hat, ausgestellt. Das Datum steht drauf.«

»Und das soll alles reiner Zufall sein?«, fragte Talbot sarkastisch.

»Wohl kaum«, gab Carlisle betont geduldig zurück. »Der Mann hat ihn schließlich selbst ›gefunden‹!«

Talbot stand reglos da, zum Ausdruck der Verwirrung auf seinem Gesicht gesellte sich eine nahezu grenzenlose Wut.

Carlisle lächelte nach wie vor, als herrschte im Raum statt offener Feindschaft die schönste Eintracht.

»Es ist Aufgabe eines Ermittlers, nichts als gegeben hinzunehmen«, sagte er und sah Pitt an. »Nur gut, dass Sie skeptisch waren. Es wäre ein äußerst peinlicher Fehler gewesen, wenn Sie sich auf den angeblichen Beweis des Mannes, der den Hut dort hingelegt hatte, verlassen und hier berichtet hätten, es handele sich um Kittys Leiche. Dann hätten Sie ziemlich dumm dagestanden, und das hätte dem Ruf des Staatsschutzes schweren Schaden zugefügt.« Er schüttelte den Kopf. »Mit Sicherheit hätte irgendein Zeitungsschreiber Wind von der Sache bekommen und riesige Schlagzeilen daraus gemacht. Irgendwie wittern diese Burschen so etwas immer.« Er zuckte die Achseln. »Und dann stückeln sie noch alle möglichen Tatsachen und was sie dafür halten zusammen und erheben Vorwürfe. Wenn man einen Menschen erst zugrunde gerichtet hat, ist es zu spät für Entschuldigungen.«

Pitt hatte sich inzwischen von seiner Verblüffung erholt. Er ahnte weder, woher Carlisle von seiner Anwesenheit wusste, noch, welche Rolle er in dem Fall spielte.

»Genau«, stimmte er zu.

Talbot versuchte nach wie vor, die Situation zu erfassen. Sein Gesicht war bleich und sein Körper noch angespannter als zuvor. »Es ist ja wirklich ein unglaubliches Glück, dass Sie von all diesem … exzentrischen Verhalten wussten, Mr. Carlisle«, sagte er höhnisch. »Vermutlich müssen wir dankbar sein, dass ein außergewöhnlicher Zufall Sie … ja, wohin eigentlich … geführt hat?« Seine Stimme wurde noch schärfer. »Auf welche Weise haben Sie erfahren, dass dieser überaus unverantwortlich handelnde Bursche nicht nur die Stelle kannte, an der man die Leiche der Frau gefunden hat, sondern auch ihre Vorliebe für einen Hut mit einer roten Feder, sodass er genau einen solchen Hut, natürlich samt Feder, kaufen und dort platzieren konnte? Eine solche Häufung von Zufällen ist … geradezu unglaublich.« Er stieß die Worte gedehnt hervor, wobei er jede einzelne Silbe betonte.

Carlisles Lächeln wurde breiter.

Pitts Herz schlug wild, aber er wagte nicht einzugreifen. Auch er wusste keine Erklärung.

»Und dann wussten Sie, natürlich ebenfalls durch Zufall, wo sich Commander Pitt gegenwärtig befindet«, fuhr Talbot fort. »Sodass Sie gerade rechtzeitig hier auftauchen und ihn davor bewahren konnten, mir eine Erklärung dafür abzugeben, wieso ich über einen Dritten von der ganzen Farce erfahren musste, statt dass er mir Bericht erstattet, wie ich es ihm ausdrücklich aufgetragen hatte. Ich nehme an, dass Sie auch all das erklären können?«

Statt die Schultern zu zucken, spreizte Carlisle mit einer anmutigen Gebärde die Hände. »Der Mann, der den Hut gekauft hat, wohnt in meinem Wahlkreis«, sagte er gelassen. »Er war des Öfteren in Schwierigkeiten, weil er versucht hat, in unangemessener Weise die Aufmerksamkeit auf sich zu lenken.«

»Die Zeitungen haben aber nicht darüber berichtet, dass Kitty Ryder unbedingt einen Hut mit einer roten Feder haben wollte«, gab Talbot eisig zurück. »Und Ihr Wahlkreis liegt Meilen von Shooters Hill entfernt.«

Carlisle lachte. »Mann Gottes, die Leute ziehen herum. Der Mann wittert Skandale wie ein Geier Aas. Als er einmal im *The Pig and Whistle* ein Bier getrunken hat, hat er sich den Klatsch dort angehört und die Leute ausgefragt. Und woher ich weiß, dass Pitt hier ist? Als ich alles zusammenhatte, habe ich in seinem Büro angerufen und erfahren, dass man nach ihm geschickt hatte. Um das herauszubekommen, braucht man kein Genie zu sein.« Seine Augen strahlten, und seine geschwungenen Brauen hoben sich noch höher. »Jedenfalls bin ich überglücklich«, sagte er, zu Pitt gewandt, »dass es mir möglich war, Ihnen Peinlichkeiten zu ersparen – von dem armen Kynaston ganz zu schweigen.« Dann fügte er hinzu: »Wenn Sie hier fertig sind, können Sie mich nach Whitehall begleiten.«

»Ja … vielen Dank«, sagte Pitt rasch und wandte sich dann an Talbot. »Ich werde Sie auf dem Laufenden halten, sobald ich etwas erfahre, was mit Mr. Kynaston zu tun hat, beziehungsweise sobald wir wissen, wer die Frau in der Kiesgrube war. Guten Morgen, Sir.« Ohne darauf zu warten, ob Talbot mit seinem Weggang einverstanden war, wandte er sich um und folgte Carlisle hinaus.

Vorüber an den Polizeibeamten gingen sie die wenigen Schritte bis Whitehall. Als sie in diese Straße einbogen, fragte

Pitt: »War an all dem, was Sie da eben gesagt haben, auch nur ein Wort wahr?«

Carlisles Gesichtsausdruck veränderte sich so gut wie nicht. »Es war ziemlich dicht an der Wahrheit dran«, erwiderte er.

»Wie dicht?«, erkundigte sich Pitt, nach wie vor beunruhigt.

»So dicht, dass es genügt, falls sich Talbot entschließen sollte, der Sache nachzugehen. Stellen Sie einfach keine weiteren Fragen. Es ist besser, wenn Sie es nicht wissen, und ich würde es Ihnen ohnehin nicht sagen.«

»Steht das Ganze in irgendeinem Zusammenhang mit Kitty Ryder?«

»Nicht von ferne, außer dass sie tatsächlich so einen Hut haben wollte. Genauer gesagt, eine rote Feder. Auf jeden Fall stimmt es, dass es nicht ihr Hut war.«

Erleichtert stieß Pitt den Atem aus. »Ich bin Ihnen zu großem Dank verpflichtet.«

»Dazu haben Sie in der Tat allen Grund«, gab ihm Carlisle gut gelaunt recht. »Kommen Sie Talbot ja nicht ins Gehege. Er ist ein Mistkerl, wie er im Buche steht. Das heißt aber natürlich nicht, dass Kynaston schuldlos ist. Nur wäre es nicht in Ordnung, jemanden mittels manipulierter Beweise an den Galgen zu bringen. Im Übrigen ... möchte ich nicht, dass man einen Schlechteren an Ihre Stelle setzte. Viel Glück! Und seien Sie wachsam!« Mit diesen Worten wandte er sich ab und ging in die Gegenrichtung, während Pitt seinem Weg ostwärts folgte und dann zum Themseufer hinabging.

Erst als er dem Fluss so nahe war, dass er das Glucksen der Wellen hören konnte, entspannte Pitt sich und genoss das Gefühl der Erleichterung, das ihn durchströmte. Ihm kam zu Bewusstsein, wie dicht er davorgestanden hatte, Talbot einen Vorwand zu liefern, ihn seines Amtes zu entheben. Ihm war nur allzu präsent, dass es viele gab, die ihm die Eignung für Victor Narraways Nachfolge absprachen, der zweifellos ein Herr von Stand war.

Pitt indes war der Sohn eines zu Unrecht angeklagten und nach Australien deportierten Wildhüters. Pitt, der damals noch ein Junge gewesen war, hatte kaum eine Erinnerung an seinen Vater, wohl aber erinnerte er sich sehr genau an die Unschuldsbeteuerungen, die niemand hatte hören wollen, die Empörung über die ungerechtfertigte Anschuldigung, das Entsetzen und den Kummer seiner Mutter. Ihr hatte man gestattet, zusammen mit dem Jungen auf dem großen Landsitz zu bleiben, und Pitt war sogar mit dem Sohn des Gutsherrn gemeinsam unterrichtet und erzogen worden – wie es hieß, um diesen zu besseren Leistungen anzuspornen. Im Rückblick hatte Pitt allerdings den Eindruck, dass der Mann diesen Grund lediglich vorgeschoben hatte, um seine Güte der Mutter und dem Jungen gegenüber zu kaschieren.

Keinen Augenblick lang durfte Pitt vergessen, dass diese Vergangenheit, die deutlich zeigte, dass er nicht annähernd auf einer Stufe mit Narraway stand, Männern wie Talbot ein Dorn im Auge war. Auf keinen Fall durfte er sich noch einmal zu dem Fehler hinreißen lassen, im Umgang mit Talbot Selbstgefälligkeit an den Tag zu legen oder sich verärgert zu zeigen. Diesmal hatte ihn Carlisle aus höchster Not gerettet. Zwar hatte er liebenswürdigerweise den Anschein erweckt, als sei das nichts Besonderes und eher in seinem eigenen als in Pitts Interesse geschehen, doch war das eine barmherzige Lüge gewesen.

Es war unübersehbar, dass Carlisle und Talbot einander nicht ausstehen konnten. Das aber bedeutete, dass Pitt auf keinen Fall zwischen die beiden geraten durfte.

Trotz all dieser bedrückenden Gedanken ging er leichten Schritts der Fähre entgegen.

Stoker saß am Küchentisch im Haus seiner Schwester Gwen in King's Langley, einem alten, ruhigen Dorf, das außerhalb der Stadtgrenzen Londons in Hertfordshire lag. Er besuchte sie des Öfteren an seinen freien Tagen, denn die Fahrt mit dem Zug dauerte nur etwa eine Stunde. Sie war nicht nur die einzige Verwandte, die ihm geblieben war, sie standen einander auch sehr nahe. Seine schönsten Erinnerungen waren mit ihr verknüpft. Sie war zwei Jahre älter als er und hatte sich von klein auf um ihn gekümmert. Bei ihr, und nicht in der Schule, hatte er Lesen gelernt. Sie hatte ihn bestärkt, als er unsicher gewesen war, ob er zur Marine gehen sollte, und ihr hatte er seine Abenteuer berichtet, wobei er die unangenehmen Erinnerungen übersprang und die angenehmen ausschmückte. Und vielleicht war der Wunsch, sie an Letzteren teilhaben zu lassen, zu sehen, wie sie mit weit aufgerissenen Augen und angehaltenem Atem auf die Fortsetzung wartete, der eigentliche Grund dafür, dass sie sich ihm so deutlich eingeprägt hatten.

Gwen hatte ihn auch, obwohl sie nicht viel Geld besaß, mit dem Zug immer wieder im Krankenhaus besucht, als er wegen einer schweren Verletzung behandelt werden musste. Sie scheute sich nicht, ihn zu tadeln, wenn sie der Ansicht war, dass er unrecht hatte. Sie hatte ihm den Tod der Mutter mitgeteilt, ihn dazu gedrängt, ihr Blumen auf das Grab zu legen, sein Geld für die Zukunft zu sparen, und sich auch von Zeit zu Zeit erkundigt, warum er nicht endlich heiratete.

Jetzt sah er ihr zu, wie sie das Abendessen für ihren Mann und die Kinder vorbereitete, die bald nach Hause kommen würden. In der gut geheizten Küche roch es angenehm nach Essen und der frischen Wäsche, die am Trockengestell unter der Decke hing. In einer Ecke stand eine kleine Anrichte mit Tellern und zwei Kupferkasserollen, auf die sie besonders stolz war. Sie benutzte sie nur selten, um sich möglichst lange an ihrem Glanz erfreuen zu können.

Er nahm sich vor, ihr demnächst etwas Hübsches zu kaufen. Das hatte er schon lange nicht mehr getan. Ihr Mann war – wie Stoker früher – den größten Teil des Jahres auf See, wo er schwer arbeiten musste, um das Geld zu verdienen, das nötig war, um eine Frau und vier Kinder zu unterhalten, die ständig aus ihren Kleidern herauswuchsen und jeden Tag satt werden wollten.

Es hatte Stoker, dessen Gedanken ständig um Kitty Ryder kreisten, sehr erleichtert, zu hören, dass der Hut mit der roten Feder nicht von ihr stammte. Erst während Pitts Bericht über die Art, wie ihn Carlisle vor Talbot gerettet hatte, war ihm seine Trauer um Kitty richtig zu Bewusstsein gekommen. Eigentlich war das lächerlich, denn er hatte die Frau nie gesehen.

Gwen sah zu ihm hinüber. »Was hast du, Davey?«, fragte sie. »Du machst ein Gesicht wie sieben Tage Regenwetter! Du hast doch gesagt, dass der Hut nicht von ihr war – da könnte sie doch noch am Leben sein.«

Er hob den Blick. »Ich weiß. Aber wenn dem so ist, warum meldet sie sich dann nicht? Ganz London weiß, dass wir die Leiche aus der Kiesgrube identifizieren wollen und dass man annimmt, es könnte Kitty sein. Erzähl mir ja nicht, dass sie vielleicht nicht lesen kann! Ich weiß genau, dass sie es kann.«

»Bleibst du zum Essen? Das darfst du jederzeit gern«, versicherte sie ihm.

Er lächelte und wusste selbst nicht, wie sein Gesicht dabei aufleuchtete. »Ich weiß, und ich danke dir. Es geht aber nicht, weil ich morgen Dienst habe.« Ganz stimmte das nicht – er hatte gesehen, wie viel Fleisch im Topf war, und ihm war klar, dass jemand leer ausgehen würde, wenn er die Einladung annahm – wahrscheinlich Gwen.

»Du arbeitest zu viel«, sagte sie tadelnd.

»Das sagst du immer. Mir gefällt meine Arbeit aber, Gwen. Sie ist wichtig. Ich sag dir nicht viel darüber, weil alles geheim ist. Aber feststeht, dass der Staatsschutz nur dann für die Sicherheit von uns allen sorgt, wenn wir da unsere Arbeit gut erledigen.«

»Und was ist mit deinem neuen Chef, diesem Pitt?«, fragte sie. »Arbeitet der auch so viel wie du? Oder gibt er in einem großen Haus voller Dienstboten Abendgesellschaften und lässt es sich wohl sein?«

Stoker lachte. »Pitt? Der Mann gehört nicht zur feinen Gesellschaft, Gwen. Er ist ein gewöhnlicher Mensch wie du und ich. Hat sich von ganz unten hochgearbeitet. Er hat zwar ein hübsches Haus in der Keppel Street, aber nichts Großartiges. Seine Frau würde dir gefallen. Ich kenne sie nicht besonders gut, aber sie ist dir vom Wesen her ziemlich ähnlich.« Er sah sich um. »Ihre Küche ist größer als die hier, sonst ist aber alles genau wie hier: Es riecht nach sauberer Wäsche und nach frischem Brot.«

Sie sah ihn an und erwiderte sein Lächeln. »Und warum machst du dann so ein Gesicht? Auch wenn du zehnmal beim Staatsschutz bist, kannst du mich nicht hinters Licht führen. Versuch es also erst gar nicht.«

»Ich kann nicht anders, ich frage mich immer wieder, wo sie wohl stecken mag«, sagte er.

»Wahrscheinlich ist sie mit dem Mann durchgebrannt, den sie liebt«, sagte sie und goss ihm Tee nach.

Er hob die Brauen. »Sie ist schon seit über vier Wochen verschwunden. So sehr verliebt ist niemand.«

Sie schüttelte den Kopf. »Weißt du, Davey, manchmal mach ich mir wirklich Sorgen um dich. Warst du schon mal richtig verliebt? Bestimmt nicht, sonst wüsstest du, dass man dann keinen außer dem Menschen sieht, den man liebt. Man stolpert in jedes Loch auf der Straße, weil man den Kopf in den Wolken hat und die Augen voller Träume sind. Möchtest du ein Stück Kuchen?«

»Ja und zugleich nein, damit ich nicht auf der Straße in Löcher falle«, gab er zurück.

Ohne den Blick von ihm zu nehmen, stand sie auf. »Dein Kopf sitzt so fest auf den Schultern, dass man sich fragt, wie du es schaffst, dir das Hemd zuzuknöpfen.« Sie öffnete den Vorratsschrank, nahm den Kuchen heraus, schnitt ein ordentliches Stück ab und stellte es ihm hin.

»Danke«, sagte er und biss sogleich hinein. »Ich glaube nicht, dass du recht hast, Gwen«, sagte er, während er mit vollem Mund kaute. »Bestimmt hat die was gewusst und ist deswegen davongelaufen. Das Beste für sie wäre, wenn sie aus ihrem Versteck käme und uns sagte, was los ist. Niemand könnte ihr in dem Fall etwas tun, weil dann bewiesen wäre, dass sie nichts Unrechtes getan hat.«

»Gebrauch doch, um Himmels willen, deinen Verstand«, sagte sie verärgert. »Wem würde man eher glauben, einer Zofe oder einem Lord und seiner Frau?«

»Der Mann ist kein Lord, sondern irgend so ein Erfinder. Er arbeitet an Waffen, die man unter Wasser benutzen kann.«

»Unter Wasser?«, fragte sie ungläubig. »Was will er damit umbringen? Fische?«

»Nein, er will unter der Wasserlinie Löcher in Schiffe schießen, damit sie sinken.«

»Ach je!« Sie erbleichte. »Und du sagst, dass der auch kein feiner Herr ist?«

»Doch, das ist er. Außerdem hat er viel Geld und großen Einfluss. Vermutlich hast du recht, Kitty würde wohl Beweise brauchen, die sie möglicherweise nicht hat. Ich muss sie unbedingt finden, Gwen. Ich muss wissen, was mit ihr los ist. Allerdings habe ich keine Ahnung, wo ich noch suchen soll.«

Sie sah ihn an, als sei er wieder fünf und sie sieben Jahre alt. »Was weißt du über sie?«, fragte sie geduldig.

Er teilte ihr mit, was ihm über ihr Äußeres bekannt war. »Sie kommt vom Lande«, fügte er hinzu. »Irgendwo im Westen. Die örtliche Polizei hat da schon nachgeforscht – sie ist nicht nach Hause zurückgekehrt.«

»Na ja, wenn sie meint, dass sie sich verstecken muss, wäre das auch schön dumm von ihr!«, sagte Gwen und schüttelte den Kopf. »Aber vielleicht ist sie an einen ähnlichen Ort wie ihr Zuhause gegangen.«

»Das haben wir uns auch schon überlegt. Wir können aber nirgends eine Spur von ihr finden.« Er hörte den Unterton von Verzweiflung in seiner Stimme und bemühte sich, ruhiger und leiser zu sprechen. »Sie sieht sehr gut aus und würde jedem auffallen. Außerdem ist sie aufgeweckt und manchmal auch ziemlich lustig, jedenfalls haben das die anderen Hausangestellten und ihre Bekannten in der Gastwirtschaft gesagt. Alle waren überrascht, als sie sich mit Harry Dobson zusammengetan hat, weil der, wie sie gesagt haben, nicht gut genug für sie war.«

»Das ist keiner«, neckte sie ihn und fügte mit breitem Lächeln hinzu: »Aber wir können euch trotzdem gut leiden!«

Etwas entspannter aß er seinen Kuchen auf. Sie war eine gute Köchin, und der Geschmack in seinem Mund rief in ihm Erinnerungen an früher hervor, wenn er Urlaub hatte und sie in ihrer damaligen Wohnung besuchte. Zu jener Zeit war alles anders gewesen, ärmlicher und sehr viel kleiner. Die Hintertür des Häuschens war auf ein winziges heruntergekommenes Stück Garten gegangen – alles war anders gewesen, außer dem Kuchen. Bei Kuchen hatte Gwen nie geknausert.

»Sie hat eine Vorliebe für die See«, fuhr er fort. »Hat Bilder von Schiffen ausgeschnitten und in ein Album geklebt.

Was für eine Art Mann würde sie umbringen, nur weil sie zufällig dahintergekommen ist, dass er ein Verhältnis hat? Ihr Arbeitgeber hat tatsächlich eins – Pitt hat ihn beim Lügen ertappt, und da musste er es zugeben. Aber Pitt glaubt nicht, dass der sie umgebracht hat. Manchmal denke ich, dass Pitt in einer anderen Welt lebt.«

Gwen runzelte die Stirn. »Das passt nicht zusammen«, stimmte sie zu. »Aber wem würde Kitty sagen, was sie weiß?«

»Seiner Frau, deren Zofe sie war.«

»Großer Gott«, sagte sie heftig. »Meinst du, die weiß das nicht sowieso? Wahrscheinlich lässt sie sich das nicht anmerken und tut einfach so, als ob sie es nicht wüsste. Es ist ja kein Verbrechen, sondern nur Untreue. Das interessiert andere Leute sowieso nicht … außer …« Sie hielt inne.

»Außer was?« Er schob sich das letzte Stückchen Kuchen in den Mund.

»Außer er hat es mit einer Frau, die von ihrem Mann achtkantig auf die Straße gesetzt würde, wenn er ihr auf die Schliche käme«, sagte sie nachdenklich. »Dann wäre sie ruiniert. Das ist … möglich … glaube ich …«

»Woher weißt du so etwas?«, fragte er neugierig.

»Großer Gott!«, stieß sie ärgerlich hervor. »Ich war Wäscherin, bevor ich geheiratet hab. Ich hab nicht mein ganzes Leben in einer Kiste mit 'nem Deckel drauf gelebt, Davey!« Sie stand wieder auf. »Sieh zu, dass du deinen Zug nicht verpasst, sonst kommst du erst mitten in der Nacht nach Hause. Und warte nicht wieder so lange mit deinem nächsten Besuch.« Sie kam um den Tisch herum und umarmte ihn. Er spürte ihre Wärme, ihr weiches Haar und die Kraft ihrer Arme. Einen Augenblick lang drückte er sie fest an sich, dann zog er seinen Mantel an und verließ das Haus, ohne sich nach den Lichtern oder ihr umzudrehen, wie sie so in der Tür stand und ihm nachsah.

Während Stoker mit dem Zug durch die zunehmende Dunkelheit nach London zurückkehrte, saß Pitt in Lady Vespasias in warmen Pastelltönen gehaltenem Salon am Kamin. Die angenehme Wärme lullte ihn ein, sodass er sich nur mit Mühe wach halten konnte. Das Feuer war heruntergebrannt, und der Schein der rötlichen Glut spiegelte sich in einer kleinen Kristallvase mit Schneeglöckchen. Erstaunlich, welch kräftigen Duft sie verströmten! Im Vestibül hörte man leise Schritte, und dann und wann klopften Regentropfen an die Scheibe. Lediglich die Dringlichkeit der Sache, die ihn so sehr belastete, hinderte ihn daran, sich ganz zu entspannen.

»... es erschien mir mehr als verdächtig, dass er im buchstäblich allerletzten Augenblick aufgetaucht ist«, schloss er den Bericht über seine Rettung durch Somerset Carlisle.

»Es war aber zugleich auch der allerbeste Augenblick«, fügte sie trocken hinzu. »Das ist typisch Somerset. Nur muss ich sagen, dass er damit sogar für seine Verhältnisse ausgesprochenes Glück gehabt hat. Ich sehe, dass die Sache dir Sorgen bereitet ...«

»Ich habe darüber nachgedacht«, räumte Pitt ein. »Mit seinen Fragen im Unterhaus hat er sie weit mehr in den Blickpunkt der Öffentlichkeit gerückt, als das zuvor der Fall war. Trotzdem hat er nicht nur mich aus Talbots Fängen befreit, sondern auch – jedenfalls vorerst – Kynaston aus einer Situation, die für ihn im günstigsten Fall peinlich wäre. Im ungünstigsten Fall hätte man ihn verdächtigt, die Zofe seiner Frau getötet, übel zugerichtet und in der Kiesgrube abgeladen zu haben. Ich frage mich nur, was Carlisle zu seinem Verhalten bewogen haben könnte.«

»Er ist ein guter Mensch«, sagte Lady Vespasia ruhig und mit einem feinen Lächeln. »Wenn auch, wie du sagst, hin und wieder eine Spur exzentrisch.«

»Das ist eine gewaltige Untertreibung«, bemerkte er.

Kaum wahrnehmbar lächelnd, sagte sie: »Ich übertreibe nur dann, wenn ich so aufgebracht bin, dass ich keine Worte mehr habe.«

Er hob die Brauen. »Ich kann mir nicht vorstellen, dass du je in eine solche Situation kommst. Ich weiß, dass du über einen Wortschatz verfügst, der ein Pferd in vollem Galopp zum Stillstand bringen oder eine Herzogin auf zwanzig Schritte erstarren lassen kann.«

»Schmeichler«, erwiderte sie lachend. »Ich könnte mir vorstellen, dass Somerset mit diesem Auftritt in erster Linie Edom Talbot lächerlich machen wollte, denn er kann ihn nicht ausstehen. Aber vielleicht war das nur eine Art Zusatznutzen, der ihn gefreut hat.« Die Belustigung auf ihren Zügen verschwand. »Du sagst also, Dudley Kynaston hat mit Sicherheit eine Liebschaft, und vermutest, jene kluge, aufmerksame Kitty, deren Dasein zweifellos ziemlich langweilig war, könnte etwas davon mitbekommen haben? Ich nehme an, dass du dir deiner Sache sicher bist?«

»Es gibt Hinweise darauf, und er hat es nicht bestritten«, sagte Pitt unglücklich. »Ich glaube allerdings nicht, dass er die Zofe seiner Frau umgebracht hätte, nur weil sie sich zusammengereimt hatte, dass er in Bezug auf seine häufige Abwesenheit die Unwahrheit gesagt hat. Entweder ist das Ganze reiner Zufall, oder dahinter steckt etwas weit Wichtigeres, was ich übersehen habe. Und woher wusste sie das? Warum meldet sie sich jetzt nicht oder schickt zumindest irgendein Lebenszeichen? Maisie hat gesagt, dass sie lesen und schreiben kann.«

»Wer ist das?«

»Kynastons Küchenmädchen.« Pitt sah das erwartungsvolle Gesicht des Mädchens förmlich vor sich. »Kitty Ryder war ihr … Vorbild. Sie hat sie nicht einfach nur gemocht, sondern bewundert.«

»Wie ehrgeizig war diese Zofe?«, fragte Lady Vespasia in zweifelndem Ton. »So sehr, dass sie sich weitergebildet hat, aber nicht so sehr, dass sie vielleicht versucht hätte, ein wenig Druck auf ihren Arbeitgeber auszuüben? Bist du dir da sicher, Thomas?«

»Was hätte ihr ein Versuch, Kynaston zu erpressen, genützt? Er hätte sie in dem Fall doch wohl sofort vor die Tür gesetzt und möglicherweise vor Gericht gebracht. Sie kann unmöglich so dumm gewesen sein, etwas anderes anzunehmen. Der Richter hätte sie die ganze Härte des Gesetzes spüren lassen, um klarzumachen, womit Dienstboten rechnen müssen, wenn sie Informationen über ihre Herrschaften sammeln und auf diese Weise nutzen.« Er lächelte trübselig.

»Gewiss«, stimmte sie zu, wobei eine ungewohnte Trauer auf ihre Züge trat. »So etwas wäre gleichbedeutend mit dem Ende der Welt, wie die meisten von uns sie kennen. Trotzdem wird es mit Sicherheit dahin kommen, Schritt für Schritt. Nichts ist unausweichlicher als der Wandel, ganz gleich, ob zum Besseren oder zum Schlechteren. Vielleicht hängt das mit der näher rückenden Jahrhundertwende zusammen; auf jeden Fall sind die Aussichten sehr gemischt. Alles scheint immer schneller zu gehen.«

Er sah sie an. Sie war nach wie vor schön. Auf ihren Zügen waren wie eh und je Leidenschaft und Lebensfreude zu erkennen, doch dahinter lagen eine Zerbrechlichkeit und Verletzlichkeit, die er noch nie zuvor an ihr wahrgenommen hatte. Ihr Jahrhundert neigte sich dem Ende entgegen, und sie hatte keine Möglichkeit vorauszusehen, was in der Zukunft lag.

Konnte er ihr etwas Tröstliches sagen? Oder wäre das plump und würde ihre Unsicherheit nur verstärken?

Er beschloss, ein gänzlich anderes Thema anzusprechen. »Traust du Somerset Carlisle?«

Unvermittelt stieß sie ein leises, belustigtes Lachen aus.

»Was für eine Frage, mein Lieber! Das kommt sehr darauf an. Ehrlich gesagt, im Grunde genommen, ja. Möchtest du wissen, ob er die innere Größe besitzt, für etwas, woran er glaubt, alles auf Spiel zu setzen? Zweifellos. Ob er an dieselben Werte glaubt wie ich und sich verantwortungsbewusst verhält? Nicht die Spur.«

»Ich habe ihm seit heute Morgen viel zu verdanken«, sagte er. »Ich nehme an, dass Edom Talbot nichts lieber wäre, als zu wissen, dass ich nichts mehr mit dem Staatsschutz zu tun habe. Seiner Überzeugung nach bin ich nicht der richtige Mann dafür, weder auf geistiger noch auf gesellschaftlicher Ebene – vor allem Letzteres.«

»Daran zweifle ich nicht«, sagte sie. »Allerdings ist Talbot selbst nicht unbedingt das, was man einen Herrn nennen würde, auch wenn er sich die größte Mühe gibt, diesen Eindruck zu erwecken. Du stehst in der Tat tief in Somersets Schuld. Und jetzt, mein Lieber, wenn es dir recht ist – ich habe Pläne für den Abend und muss mich fertig machen.«

»Selbstverständlich.« Er stand sofort auf. »Danke für deinen Rat, wie immer.« Er beugte sich vor, küsste sie leicht auf die Wange und fühlte sich gleich darauf ob der vertraulichen Geste unbehaglich. Er konnte sich nicht erinnern, sich je zuvor ihr gegenüber so viel herausgenommen zu haben.

KAPITEL 8

Als Pitt fort war, ging Lady Vespasia zum Telefon, das im Vestibül an der Wand hing. Ganz gegen ihre Gewohnheit war sie so nervös, dass ihre Hand unter den Rüschen ihres Ärmels leicht zitterte. Sie versuchte sich zu beherrschen, nahm den Hörer ab und bat die Telefonistin, sie mit Victor Narraway zu verbinden.

Nachdem es dreimal geklingelt hatte, ohne dass jemand abnahm, wollte sie es sich schon anders überlegen, als er sich doch meldete.

Sie räusperte sich.

»Guten Abend, Victor. Ich hoffe, ich störe nicht.«

Er lachte. »Aber nein, nicht im Geringsten. Welchem Umstand verdanke ich deinen Anruf? Ich hoffe, dass ich dir bei etwas behilflich sein kann.«

Sie war erleichtert, aber zugleich auch unruhig, was bei ihr so gut wie nie vorkam. Gewöhnlich war sie jeder Situation gewachsen.

»Möchtest du mit mir zu Abend essen? Bei der Gelegenheit kann ich dir erklären, worum es geht.«

»Nichts lieber als das«, sagte er sogleich. »Darf ich ein Lokal vorschlagen, wo nicht Hinz und Kunz verkehren und wo man gut isst? Dort haben wir Gelegenheit, ungestört über alles zu sprechen, was dich möglicherweise beunruhigt.«

»Ja, das scheint mir genau das Richtige zu sein«, erwiderte sie. »Ich werde mich entsprechend kleiden.«

»Du wirst auf jeden Fall Aufsehen erregen.« Der Gedanke schien ihm zu gefallen. »Du kannst gar nicht anders, und ich würde es zutiefst bedauern, wenn du den Versuch unternähmest, unauffällig zu erscheinen.«

Darauf fiel ihr trotz ihrer gesellschaftlichen Gewandtheit keine passende Antwort ein, und so sagte sie lediglich, sie werde in einer guten Stunde in dem genannten Lokal eintreffen.

Obwohl sie behauptet hatte, in Bezug auf ihre Erscheinung keinen Aufwand treiben zu wollen, suchte sie mit größter Sorgfalt ein Kleid aus so dunklem blaugrauen Stoff heraus, dass er in den Schattenpartien nahezu indigofarben wirkte. Der Ausschnitt wie auch der Fall des nach der gegenwärtigen Mode geschnittenen Rocks schmeichelten ihrer Figur. Mit voller Absicht legte sie als einzigen Schmuck zwei Ohrringe mit tropfenförmigen Diamanten an. Ihr leuchtendes silbergraues Haar schmückte sie ihrer Ansicht nach genug.

Während sich ihr Kutscher den Weg durch die vom Wind gepeitschten, in Finsternis daliegenden Straßen bahnte, ging sie in Gedanken immer wieder durch, was ihr Pitt berichtet hatte. Jedes Mal, wenn die Kutsche an einer Straßenlaterne vorüberkam, fiel bleicher Lichtschein herein, der gleich darauf wieder verschwand.

Die ganze Sache ergab keinen rechten Sinn. Ihr wurde klar, dass ein wichtiges Element fehlen musste. Sie konnte sich denken, wer hinter den Machenschaften steckte, die es so aussehen ließen, als sei Dudley Kynaston für Kitty Ryders Verschwinden verantwortlich, wenn er nicht gar mit dem Mord an ihr zu tun hatte.

Sie war sich ihrer Sache nahezu sicher, und das schmerzte sie aus einer Reihe von Gründen. Sie zählte Kynaston, dem sie vielleicht ein halbes Dutzend Mal begegnet war, nicht zu ihren Freunden, und obwohl ihr nicht bekannt war, worin seine speziellen Kenntnisse und Fähigkeiten bestanden, war ihr bewusst, wie wichtig er für die Marine des Landes war. Während sie sich sein Gesicht, seine Stimme und seine angenehme, wenn auch leicht unverbindliche Art vorstellte, erschien es ihr unmöglich, dass es Umstände geben könnte, die ihn zu einer unbeherrschten Gewalttat veranlassen würden – schon gar nicht zu einer solchen, wie Pitt sie beschrieben hatte. Sofern er diese Tat aber doch begangen haben sollte, stellte sich die Frage nach dem Warum. Inwiefern würde ihm das nützen?

Würde sich ein Mann, dem seine Ehe wichtig war, auf ein Techtelmechtel mit einer Zofe einlassen – und sei sie noch so bezaubernd? Selbst wenn Krankheit eine Gattin daran hinderte, ihrem Mann zu gewähren, was er brauchte, oder sie sich ihm, aus welchem Grund auch immer, schlicht verweigerte, waren doch die meisten Männer klug genug, sich nicht ausgerechnet im eigenen Haus dafür schadlos zu halten, wo es nur allzu leicht auffiel. Obwohl das natürlich keine Katastrophe war. In solchen Fällen entließ man das Dienstmädchen schlichtweg mit der Behauptung, sie habe gestohlen oder sich unziemlich verhalten. So mancher hatte man für weit geringere Vergehen nicht nur den Stuhl vor die Tür gesetzt, sondern obendrein das Dienstzeugnis verweigert, sodass es für sie unmöglich war, anschließend eine neue Anstellung zu finden.

Der Verkehr geriet ins Stocken, und Lady Vespasias Kutsche wurde langsamer. Zwar kam das durchaus des Öfteren vor, aber diesmal ärgerte es sie, weil sie es nicht abwarten konnte, mit Narraway zu sprechen.

Es erschien ihr weit wahrscheinlicher, dass Kitty Ryder scharfsinniger und wachsamer gewesen war, als gut für sie war. Aber ob sie dann gleich die Verwegenheit besessen hatte, eine Erpressung zu versuchen? Pitts Beschreibung ließ die Annahme zu, dass sie klug war. Wenn das stimmte, wäre es für sie sicherlich das Beste gewesen, so zu tun, als wisse sie von nichts, und darauf zu warten, dass sie im Laufe der Zeit für ihre Verschwiegenheit und Ergebenheit belohnt würde, was zweifellos nicht auf sich hätte warten lassen.

Pitts Worten zufolge hatte Kynaston gestanden, ein Verhältnis zu haben – vermutlich doch wohl mit einer Dame seiner eigenen Gesellschaftsschicht, wenn nicht gar einer höheren. Wie hätte die Zofe seiner Gattin da überhaupt davon wissen können?

Würde es die betreffende Dame zugrunde richten, wenn das ruchbar wurde? Je nachdem, wessen Gattin sie war, bestand durchaus die Gefahr, doch war das eher unwahrscheinlich. Lady Vespasia konnte sich einige mögliche Kandidatinnen denken.

Außerdem bestand die weit bedrohlichere Möglichkeit, dass sich der Gatte der betreffenden Dame in einer Position befand, die es ihm gestattete, Kynaston Steine in den Weg zu legen und dafür zu sorgen, dass er jegliche Aussicht auf einen weiteren beruflichen Aufstieg begraben musste, ohne dass man je Gründe dafür nennen würde. Dieser oder jener mochte sich dann seinen Teil denken, doch das würde Kynaston nicht retten.

Vespasia kam zu dem Ergebnis, dass man eine beträchtliche Vorstellungskraft brauchte und viele Zufälle nötig gewesen wären, um eine solche Affäre mit dem Verschwinden und möglichen Tod von Rosalind Kynastons Zofe in Verbindung zu bringen.

Der Stau löste sich langsam auf, und weiter ging die Fahrt durch die Dunkelheit des frühen Abends. Mehr denn je war Lady Vespasia überzeugt, dass ihr irgendein wesentliches Element entgangen war, das die Sache vermutlich in einem gänzlich anderen Licht zeigen würde. Es musste irgendetwas sein, was erklärte, warum Somerset Carlisle, mit dem sie schon so lange befreundet war, im Zusammenhang mit dem offenbar überaus brutalen Mord an dieser Zofe im Unterhaus Fragen nach Kynastons Sicherheit gestellt und jetzt auch noch in äußerst glücklicher Weise Pitt vor großer Peinlichkeit und möglicherweise sogar schwerem Schaden bewahrt hatte, indem er sich in der Höhle des Löwen Edom Talbot entgegengestellt hatte.

Sie dachte an all die Dinge, die sie aus Somerset Carlisles Vergangenheit wusste. An diesen sonderbaren Fall, den Pitt gelöst hatte, als vor Jahren in der Umgebung von Resurrection Row längst beigesetzte Leichen wieder aufgetaucht waren – ein Fall, in dem Carlisle eine unrühmliche Rolle gespielt hatte.

Zwar hatte Pitt damals die Zusammenhänge erkannt, es aber für richtig gehalten, über Carlisles Anteil daran hinwegzusehen. Er hatte dessen Beweggründe verstanden und nie bestritten, dass er sie nachvollziehen konnte.

Was nur mochte Dudley Kynaston getan haben, um nun ein solches Eingreifen Somerset Carlisles zu rechtfertigen?

Oder irrte sie sich, und Somerset hatte mit der Sache nichts zu tun? Dieser Gedanke wäre ihr weit lieber gewesen.

Als sie das Restaurant erreichte, von dem sie wusste, dass Narraway dort besonders gern aß, wartete er bereits auf sie, ganz wie sie angenommen hatte. Er kam grundsätzlich eine Viertelstunde früher als verabredet, um jede Möglichkeit auszuschließen, dass sie auf ihn warten musste. Er erhob sich und trat mit freudigem Ausdruck auf sie zu. Er war so schlank wie bei ihrer ersten Begegnung und hielt sich auch nach wie vor ebenso aufrecht, doch in seinem dichten schwarzen Haar zeigten sich mehr graue Fäden als noch vor einem Jahr. Er war nur wenig größer als sie, denn sie war für eine Frau ziemlich hochgewachsen und hielt sich so gerade, als trüge sie eine Krone auf dem Kopf.

Er nahm ihre Hände und küsste sie sanft auf die Wange. Dann trat er einen Schritt zurück und betrachtete sie so aufmerksam, als wollte er nicht nur ihre Gedanken lesen, sondern auch ihre Gefühle erkennen.

»Sicher geht es um die elende Geschichte mit Pitt«, sagte er leise, während ein Kellner sie zu ihrem Tisch geleitete.

»Du kennst mich viel zu gut«, sagte sie. »Oder bin ich so an den Rand des gesellschaftlichen Lebens geraten, dass ich keine anderen Sorgen mehr habe?« Bei diesen Worten lächelte sie, weil sie dem Gespräch jede unnötige Schwere nehmen wollte. Sie empfand eine sonderbare innere Unruhe und merkte, dass sie nicht bereit war, auf die Gefühlsebene zu wechseln.

»Ich kenne dich gut genug, um zu wissen, dass es im Zusammenhang mit der Gesellschaft sowohl Fragen gibt, die dich interessieren könnten, als auch solche, die dazu angetan sind, dich zu verstimmen«, gab er zurück. »Aber dein Herz schlägt nur für das, was dir wichtig ist, und das sind die Angelegenheiten deiner Angehörigen … und die deiner Freunde.« Bei diesen Worten trat ein flüchtiger Ausdruck auf sein Gesicht, den sie nicht recht deuten konnte. Sie merkte lediglich, dass Trauer darin lag. Narraway hatte nie geheiratet, und von seinen Verwandten lebte niemand mehr. Es wäre ihr aufdringlich erschienen, ihn nach den näheren Umständen zu fragen. Natürlich war ihr bewusst, dass er hier und da Liebesbeziehungen gehabt hatte, doch waren die nie von langer Dauer gewesen, und über derlei Dinge sprach man nicht.

Erst, nachdem sie in dem kleinen, elegant eingerichteten Raum mit Blick auf die Themse Platz genommen und ihre Bestellung aufgegeben hatten, kam sie auf seine einleitende Bemerkung zurück.

»Thomas befindet sich in einer verzwickten Lage«, sagte sie, während sie einen Schluck von dem Wein nahm, den der Kellner gerade gebracht hatte. »Alles scheint darauf hinzudeuten, dass Dudley Kynaston auf die eine oder andere Weise mit dem Tod der armen Zofe seiner Frau zu tun hat. Das Sonderbare an der Sache ist, dass es einerseits keine Beweise dafür, dass es sich bei der Leiche aus der Kiesgrube um sie handelt, und andererseits kein Lebenszeichen von ihr gibt. Kynaston hat zugegeben, dass er ein Verhältnis hat, allerdings vermutlich mit einer Dame von Stand, und Thomas kann sich nicht vorstellen, dass der Mann so weit gehen würde, jemanden umzubringen, um zu verhindern, dass das bekannt wird.«

»Und du?«, fragte Narraway, wobei er aufmerksam auf ihre Reaktion achtete.

»Es würde mir, ehrlich gesagt, ein wenig … unverhältnismäßig erscheinen«, gab sie zur Antwort. »In dem Punkt muss ich ihm recht geben – ich halte Kynaston nicht für einen Mann, der so …«

»… töricht wäre?«

»Eigentlich hatte ich ›leidenschaftlich‹ sagen wollen.«

»Mitunter sind Menschen sehr viel leidenschaftlicher, als es den Anschein hat«, sagte er. Dabei musterte er sie, als wollte er sich jeden ihrer Gesichtszüge unauslöschlich einprägen. »Alle Welt hält sie für Verstandesmenschen, von mir aus auch für gefühlskalt, weil sie es verstehen, ihre Gefühle zu verbergen.«

Jetzt sah sie ihn an. Zwar hätte sie ihn gern gebeten, zu erläutern, worauf er mit seinen Worten hinauswollte, doch wagte sie es nicht, denn es hätte ihm gezeigt, wie sehr ihr an der Antwort lag.

»Und schätzt du Kynaston so ein?«, fragte sie stattdessen, nahm erneut einen Schluck Wein und legte ihr Besteck auf den Vorspeisenteller zum Zeichen, dass man ihn abtragen konnte. »Ganz offenbar weiß ich weniger über ihn, als ich angenommen hatte. Ich kann mich an seinen Bruder Bennett erinnern. Er ist jung gestorben, mit höchstens Mitte dreißig – ein vielversprechender junger Mann. Das hat die Sache besonders schlimm gemacht. Sein Tod hat Dudley schrecklich mitgenommen.«

»Ja, ich erinnere mich auch«, sagte Narraway tief in Gedanken. »Aber das liegt schon eine ganze Weile zurück – sicher acht oder neun Jahre. Soweit ich weiß, standen die beiden einander sehr nahe.«

Sie mussten ihre Unterhaltung unterbrechen, weil der Hauptgang serviert wurde, ein köstlicher Fisch in einer herrlichen hellen Soße. Sie sprachen über Theaterbesuche, Konzerte und Ausstellungen, die ihnen gefallen hatten, und lachten über einige der gerade umlaufenden politischen Witze. Erst beim Dessert nahmen sie den Faden erneut auf.

»Du hast bestimmt nicht angerufen, weil du mit mir essen gehen wolltest«, sagte Narraway schließlich. »Ich wäre möglicherweise auf einen solchen Vorwand angewiesen, aber du hattest Ausflüchte nie nötig.« Obwohl er das mit einem feinen Lächeln sagte, war die Besorgnis in seiner Stimme unüberhörbar. Hätte sie so getan, als sei ihr das nicht aufgefallen, wäre das gleichbedeutend mit einer Zurückweisung gewesen.

»Du hast recht«, gab sie zu. »Man könnte glauben, dass es in dieser Angelegenheit so etwas wie dunkle Strömungen unter der Oberfläche gibt. Ich spüre das, weiß aber nicht, worum es dabei geht. Es ist sogar so, dass ich umso weniger verstehe, je mehr Einzelheiten ich erkenne. Das Ganze kommt mir vor wie eine aberwitzige Mischung aus Belanglosigkeiten und Tragödie.«

Er sah sie aufmerksam an, ohne sie zu unterbrechen. Seine Augen wirkten im Licht der Kerzen nahezu schwarz.

»Dass eine Hausangestellte mit ihrem Verehrer durchbrennt, ist für die davon Betroffenen zwar äußerst unangenehm, aber alles andere als außergewöhnlich. Ich glaube, ich habe mindestens drei auf diese Weise verloren, genau genommen, sogar vier, wenn ich das eine Küchenmädchen mitzähle. Aber dass jemand eine Frau zu Tode prügelt und die Leiche an einen abgelegenen Ort bringt, wo sich die Tiere darüber hermachen können, ist ebenso grotesk wie tragisch.«

Er nickte. »Und alles deutet darauf hin, dass da ein Zusammenhang besteht. Man dürfte Pitt zur Aufklärung des Falles hinzugezogen haben, weil die verschwundene Zofe im Hause eines Mannes gearbeitet hat, der für die Marine und damit für die Sicherheit unseres Landes von höchster Bedeutung ist. Was wissen wir noch?«

»Wie ich schon sagte – Kynaston bestreitet nicht, dass er eine Liaison hat. Das ist zwar schamlos, aber gleichfalls nichts Ungewöhnliches.«

»Ach, hat er das zugegeben?«, unterbrach Narraway sie.

»Ja. Er hat keinen Versuch gemacht, es zu bestreiten, als Thomas es ihm auf den Kopf zugesagt hat.«

»Das muss nicht unbedingt bedeuten, dass es stimmt«, gab er zu bedenken.

Verblüfft wollte sie etwas dagegen sagen, als sie mit einem Mal begriff, was er damit meinte. »Ach! Du meinst, es könnte etwas Schlimmeres dahinterstecken, und deshalb hat er es vorgezogen, den Vorwurf auf sich zu nehmen, dass er eine Liaison hat?«

Er lächelte ein wenig. »Ich weiß es nicht. Auf keinen Fall sollten wir ohne Beweise auch nur irgendetwas als gegeben voraussetzen.«

»Natürlich nicht«, gab sie ihm recht. »Damit haben wir hier einen weiteren sonderbar unklaren Punkt: Der Mann bekennt sich zu einem Verhältnis, um damit möglicherweise etwas Schlimmeres zu vertuschen, zumindest aber etwas, wovon er auf keinen Fall möchte, dass es bekannt wird. Und was weißt du über Talbot? Warum legt er es so sehr darauf an, Thomas auszubooten? Hat es lediglich damit zu tun, dass er aus kleinen Verhältnissen kommt und kein Karriereoffizier war? Das wäre äußerst schäbig und unsachlich. Immerhin ist es nicht ungewöhnlich, dass Männer wie Thomas dank ihrer Leistungen aufsteigen – und erst recht ist es kein Verbrechen. Oder gibt es etwas, wovor der Mann Angst hat?«

»Er genießt das uneingeschränkte Vertrauen der höchsten Regierungskreise«, sagte Narraway nachdenklich. »Allerdings verstehen die Leute nur etwas von moralischer und politischer Hinterhältigkeit, nicht jedoch von krimineller.« Er seufzte. »Vielleicht hast du recht. Talbot ist jedenfalls, im Unterschied zu Pitt, Mitglied in den richtigen Klubs, und das macht viel aus.«

»Thomas hat allemal mehr zu bieten als Talbot, richtige Klubs hin oder her«, sagte sie nicht ohne Schärfe. Gleich darauf stieg ihr die heiße Röte ins Gesicht, und sie sah den fröhlichen Spott auf seinen Zügen.

Er beugte sich über den Tisch zu ihr. »Als ob mir das nicht bewusst wäre, meine Liebe. Was Pitt kann und wert ist, weiß ich ebenso gut wie du, und was seine berufliche Eignung angeht, sogar noch besser. Ich kann ihn übrigens ebenfalls ganz gut leiden.«

Sie senkte den Blick und vermied es, ihn anzusehen. »Entschuldige, natürlich. Es war nicht meine Absicht, an dir zu zweifeln. Dieser Konflikt bringt mich einfach ein wenig durcheinander.«

Mit einer flüchtigen Bewegung berührte er sacht ihre Hand, die auf dem Tisch lag.

»Wie entzückend du zu untertreiben verstehst. So, wie du das sagst, könnte man die ganze Geschichte um Mord und Intrigen für eine Nebensache halten. Ich fürchte allerdings, dass das genaue Gegenteil zutrifft. Darf ich sagen, was dich meiner Meinung nach wirklich quält?«

»Könnte ich dich daran hindern?«, fragte sie leise, aber in abwehrendem Ton.

»Aber selbstverständlich«, gab er zurück. »Sag einfach, dass du noch nicht bereit bist, mir in der Sache zu vertrauen – oder vielleicht auch, dass du das nicht möchtest.«

»Bitte verzeih mir, Victor. Ich behandele dich mit einer Unhöflichkeit, die du nicht verdient hast. Ich mag mich der Sache einfach nicht stellen, weil sie mir Angst macht.«

»Kann ich mir denken«, sagte er so leise, dass sie es über den Gesprächen der Gäste an den anderen Tischen kaum hörte. »Es hat mit Somerset Carlisle zu tun, nicht wahr?«, fuhr er fort.

»Ja …«

»Würde Pitt die Angelegenheit auf sich beruhen lassen, wenn Carlisle sie nicht im Unterhaus zur Sprache gebracht hätte?«

»Ich glaube schon«, sagte sie. »Aber unter den gegebenen Umständen ist ihm das nicht mehr möglich.«

»Und was genau macht dir Angst?«, fasste er nach.

Ihr blieb nur noch die Wahl zwischen rückhaltloser Aufrichtigkeit und Schweigen.

Sie sah den dunklen Schatten in seinen Augen. Ihr war bewusst, dass es in diesem Moment um weit mehr ging als um das Eingeständnis dessen, was sie in Bezug auf Carlisle fürchtete – es ging um eine Annäherung oder eine Entfremdung zwischen Narraway und ihr.

Der Augenblick schien sich endlos zu dehnen. Es kam ihr vor, als bilde er eine unwirkliche Insel im Ablauf der Zeit. Sie hatte Angst davor, dass die Folgen schmerzhaft sein könnten. Die Gelegenheit auszuweichen entglitt ihr.

Er zog sich ein wenig von ihr zurück, kaum mehr als eine Handbreit.

»Ich befürchte, dass Somerset das Ganze eingefädelt hat«, sagte sie. Ihre Stimme klang heiser. »Damit will ich nicht sagen, dass er jemanden umgebracht hat«, beeilte sie sich hinzuzufügen. »Ich kann mir nicht vorstellen, dass er so weit gehen würde …« Sie holte tief Luft. »Wohl aber halte ich es für denkbar, dass er die Polizei für seine Zwecke eingespannt hat: das Auftauchen der schrecklich zugerichteten Leiche, Kitty Ryders Verschwinden, die ganze lächerliche Geschichte um ihren Hut mit der roten Feder, der Mann, der ihn erst dort platziert und dann gefunden haben soll, damit der ganze Fall neu aufgerollt werden konnte.«

»Und anschließend hat er die ganze von ihm kunstvoll aufgebaute Geschichte selbst hintertrieben, um Pitt zu retten?«, fragte er zweifelnd. Doch der Schatten war von seinem Gesicht verschwunden, und er sah sie ernst und zugleich freundlich an. »Warum, um Himmels willen, hätte er das tun sollen?«

»Genau diese Frage quält mich«, gestand sie. »Das ist der Berg, der vor mir aufragt, so nah, dass ich seine Umrisse nicht zu erkennen vermag, und zugleich zu weit entfernt, als dass ich ihn berühren könnte. Ich habe den Eindruck, dass Somerset auf die eine oder andere Weise Thomas für seine Zwecke benutzt, und das macht mir Angst. Da ich die Beweggründe dafür nicht einmal ahne, kann ich auch nichts tun, um Thomas zu helfen.«

»Hast du ihn darauf hingewiesen?«, fragte er.

»Du meinst Thomas? Worauf? Er kann sich gut an die Sache mit Resurrection Row und den wieder auftauchenden Leichen erinnern, ganz zu schweigen von anderen … Unregelmäßigkeiten, zu denen es danach kam.«

Seine Augenbrauen hoben sich. »Unregelmäßigkeiten! Was für ein wundervolles Wort für Carlisles absonderliches Verhalten! Ja, meine Liebe, die Begabung des Mannes für ›Unregelmäßigkeiten‹ grenzt ans Geniale. Welche Ungerechtigkeit hält er denn diesmal für so himmelschreiend, dass er diesen Zirkus veranstaltet?«

»Was weiß ich? Treulosigkeit, Korruption auf höchster Ebene, Mord, Landesverrat?« Kaum hatte sie das letzte Wort ausgesprochen, als sie wünschte, sie hätte es heruntergeschluckt. »Mag sein, auch irgendeine persönliche Ehrenschuld. Er hat es mir bisher nicht verraten, da ich mich sonst wohl gezwungen sähe, seinem Treiben Einhalt zu gebieten.«

»Aber würde er tatsächlich ausgerechnet Pitt vor seinen Karren spannen, nachdem der damals unklugerweise so viel Verständnis für ihn aufgebracht hat?«

»Und wenn er ihn gerade deshalb aus Talbots Klauen gerissen hätte?«

»Du bist zu idealistisch«, gab er betrübt zurück. »Der Mann ist mit Sicherheit bereit, Pitt für seine Zwecke zu benutzen, weil ihm gar nichts anderes übrig bleibt. Ich wüsste nur gern, was er damit erreichen will.« Er sah sie offen an. Damit, dass sie diesmal den Blick nicht abwandte, ließ sie eine Veränderung in der Beziehung zwischen ihnen beiden zu. Nicht nur ängstigte sie das weniger, als sie angenommen hatte, sie spürte sogar, dass ihre Anspannung nachließ und sich eine Art wohlige Wärme in ihr ausbreitete.

»Wir werden doch etwas dagegen unternehmen, nicht wahr?«, fragte er.

»Unbedingt. Ich denke, dass wir dazu verpflichtet sind.«

Erneut berührten seine Fingerspitzen ihre Hand. »Dann musst du mit Carlisle anfangen«, sagte er. »Ich werde zusehen, dass ich möglichst viel über Talbot in Erfahrung bringe.«

Sie lächelte. »Unbedingt.«

Am nächsten Vormittag kehrten Lady Vespasias Gedanken beim Frühstück in ihrem in Gelbtönen gehaltenen Esszimmer erneut zu dem sonderbaren Mordfall zurück, den aufzuklären Pitt bemüht war. In erster Linie sorgte sie sich um ihn, denn die Befürchtung quälte sie, dass dahinter etwas wesentlich Gefährlicheres als eine außereheliche Liebesbeziehung Kynastons steckte. Allerdings vermochte sie sich nicht im Entferntesten vorzustellen, was das sein mochte.

Darüber hinaus beunruhigte sie in diesem Zusammenhang, dass man Jack Radley eine Stelle bei Kynaston angeboten hatte. Das hätte ihr auch dann Sorgen bereitet, wenn sie Jack weniger gut hätte leiden können. Schließlich war er mit ihrer angeheirateten Großnichte Emily verheiratet. Vespasias enge Beziehung zu Emily war nach dem Tod von deren erstem Gatten, Lord George Ashworth, nicht nur nicht abgerissen, sondern ganz im Gegenteil war noch eine Verbindung zu Emilys Schwester Charlotte hinzugekommen, die möglicherweise noch enger war. Der Grund dafür mochte darin bestehen, dass Charlotte Vespasia im Wesen in mancher Beziehung ähnelte.

Sollte Kynaston in irgendeiner Weise für Kitty Ryders Tod verantwortlich sein, würde der Makel auch auf Menschen abfärben, die in näherer Verbindung zu ihm standen. Insgeheim fürchtete Vespasia, dass es bei dieser widerlichen Geschichte um mehr ging als um persönliche Zwistigkeiten oder Eifersüchteleien. Auch wenn Somerset Carlisle zu den Menschen gehörte, die ein außereheliches Verhältnis missbilligten, war sie überzeugt, dass er sich keinesfalls als Sittenrichter aufspielen würde. Er war Realist genug, um zu wissen, dass zu einer solchen Beziehung immer zwei gehörten.

Verlangte der gesunde Menschenverstand zwangsläufig, anzunehmen, dass Carlisle bei der Geschichte seine Finger im Spiel hatte, oder war das ein ungerechtfertigtes Vorurteil? Zog sie, auf Vorfälle aus der Vergangenheit gestützt, voreilige Schlüsse?

Sie merkte, dass sie keinen Appetit hatte. So trank sie lediglich den köstlich duftenden, heißen Tee und ließ die krossen Toastscheiben, bis auf eine, die sie zu ihrem gekochten Ei gegessen hatte, unangerührt in ihrem Ständer stehen. Unbedingt musste sie noch am selben Vormittag zu Somerset Carlisle, um ihn zu fragen, inwieweit er in die Sache verwickelt war. Sofern er es für richtig hielt, ihr eine Lüge aufzutischen, würde er damit eine Kluft zwischen ihnen aufreißen, die sich nie wieder vollständig schließen ließe. Selbst wenn er dafür gute Gründe haben mochte, würde er mit einem solchen Verhalten das rückhaltlose Vertrauen zerstören, das seit Jahren in guten wie in schlechten Zeiten zwischen ihnen bestand.

Nie zuvor war ihr aufgegangen, wie wichtig ihr selbiges war. Aus Lady Vespasias nach Dutzenden zählendem Bekanntenkreis hatte keiner die Menschen gekannt, um die sie geweint hatte. Keiner von ihnen hatte nachts wach gelegen, zitternd vor Angst wegen dessen, was durchgesickert war, und ob des Entsetzens, das dann doch nicht eingetreten war. Für keinen von ihnen war etwas davon Bestandteil des eigenen Lebens gewesen, es waren einfach Ereignisse, die der Geschichte angehörten.

Auch wenn Carlisle jünger war als sie, befähigte ihn sein glühender Idealismus dazu, nicht nur die Annehmlichkeiten seines Daseins aufs Spiel zu setzen, sondern sogar sein Leben.

Dafür bewunderte sie ihn, und sie musste sich eingestehen, dass sie ihn sehr gern hatte. Sie war nicht sicher, ob sie wirklich genau wissen wollte, wie die Beziehung zwischen ihm und Dudley Kynaston aussah oder was er über Kitty Ryder wusste.

Wenn sie sich selbst gegenüber ehrlich war, war sie noch nicht bereit, sich einem solchen Wissen zu stellen. Solange sie nicht danach fragte, blieb ihr die Möglichkeit, in diesem Zusammenhang zu glauben, was sie wollte. Sobald sie hingegen Genaues wusste, würde sie mit Pitt darüber sprechen und ihm alles sagen müssen, was ihr bekannt war und wofür es Beweise gab.

Falls sie das nicht tat, würde sie für alles verantwortlich sein, was dann infolge seiner Ahnungslosigkeit geschah.

Hielt sie ihn denn für vertrauensselig? Nein, das war nicht das richtige Wort. Doch es entsprach einfach nicht seiner Art, so verschlungene, um nicht zu sagen verschlagene, Gedankenwege zu gehen wie sie – oder Carlisle.

Jetzt schmeckte ihr nicht einmal mehr der Tee. Sie stand auf und ging durch das Vestibül zur Treppe. Da es für einen Besuch bei Carlisle noch zu früh war, wollte sie sich zuvor mit der Frage beschäftigen, warum sich Emily so unglücklich fühlte.

Als Vespasia den Marmorboden des prachtvollen Vestibüls von Emilys Haus betrat, aus dem eine sich elegant emporschwingende zweiarmige Treppe nach oben führte, begrüßte Emily sie freudestrahlend mit den Worten »Wie schön, dich zu sehen«. Sogleich hatte Vespasia ein schlechtes Gewissen. Sofern Emily eine Vorstellung vom Anlass ihres Besuchs hatte, ließ sie sich das nicht anmerken.

Emily sah gut aus, wenn auch ein wenig blass. »Ich habe es so satt, bei irgendwelchen öden Gesellschaften in alle Richtungen ein paar Worte sagen und zu jedem freundlich sein zu müssen. Aber der Theaterabend neulich war ausgesprochen amüsant, findest du nicht auch? Die Zuschauer zu beobachten hat mir genauso viel Genuss bereitet wie das Geschehen auf der Bühne.«

Sie führte die Besucherin in ein Gartenzimmer, das selbst in diesem winterkalten Februar hell und luftig wirkte und in das gelegentlich Sonnenstrahlen fielen, wenn eine Wolkenlücke entstand. Das Feuer im Kamin verbreitete eine behagliche Wärme. Wenn man die Augen schloss, hätte man glauben können, es sei Sommer. Geschmeichelt nahm Lady Vespasia zur Kenntnis, dass die Jalousien denen in ihrem Salon, der ebenfalls zum Garten hin lag, sehr ähnlich sahen. Die warmen Farben wirkten lebendig.

»Mir geht es genau wie dir«, sagte sie und setzte sich in einen der Sessel am Kamin. Emily nahm ihr gegenüber Platz. Im Licht, das auf ihr Gesicht fiel, erkannte Vespasia auf Emilys Zügen eine gewisse Anspannung. Das mochte daran liegen, dass sie das Haus im Winter nicht so oft verließ, weil das Reiten im Park dann kein rechtes Vergnügen war. Ihre hellen Haare zeigten nicht den kleinsten Anflug von Grau, wohl aber sah man feine Linien auf der zarten Haut ihres Gesichts und leichte Schatten unter ihren Augen.

»Bist du aus einem bestimmten Grund gekommen?«, erkundigte sich Emily mit einer Direktheit, die nicht ihrer Art entsprach. Fürchtete sie nach ihren Gesprächen mit Charlotte, dass es sich so verhalten könnte?

»Nein, aber falls du mit mir über etwas Bestimmtes sprechen möchtest, höre ich es mir gern an.« Lady Vespasia bediente sich schon seit Jahren sowohl in der Öffentlichkeit als auch in der Familie dieser Art von Ausweichmanöver. Manchen Dingen näherte man sich am besten mit äußerster Vorsicht.

Emily lächelte und entspannte sich ein wenig. »Massenhaft Klatsch und Tratsch«, gab sie in munterem Ton zurück. »Hast du schon die köstliche Geschichte aus Amerika in der Zeitung gelesen?«

Vespasia zögerte einen Augenblick, weil sie nicht sicher war, ob sich hinter dieser Frage etwas Bestimmtes verbarg. »Ich hoffe, du wirst sie mir erzählen«, gab sie zurück.

»Was? Du hast tatsächlich noch nichts davon gehört?«, fragte Emily begeistert. »Du wirst sehen, es ist eine richtige Schauergeschichte. Während die Ärzte zu dem Ergebnis gekommen waren, eine gewisse Elva Zona Heaster sei eines natürlichen Todes gestorben, hat die Mutter behauptet, der Geist ihrer Tochter sei ihr erschienen und habe erklärt, dass ihr Mann ihr das Genick gebrochen habe.« Emilys Lächeln spiegelte sich in ihren Augen. »Gleichsam zum Beweis dafür habe der Geist bei diesen Worten den Kopf nach hinten gedreht und sei vorwärts gegangen, das Gesicht nach hinten, und habe dabei mit der Mutter gesprochen.«

Ungläubig starrte Vespasia sie an.

»Das Ganze soll sich in einer Kleinstadt in West-Virginia abgespielt haben«, fuhr Emily fort. »Sag mal ehrlich, das ist doch wirklich interessanter, als dass Margery Arbuthnott und Reginald Whately heiraten werden, was sich ohnehin jeder längst gedacht hatte.« Mit einem Mal klang ihre Stimme matt, und ihr Lachen verstummte.

Lady Vespasia tat so, als habe sie nichts davon bemerkt. »Ja, solche Dinge wiederholen sich immer«, stimmte sie ihr zu. »Und wenn man die Leute nicht sonderlich gut kennt, ist wirklich nichts Interessantes daran. Früher ist es mir leichter gefallen, so zu tun, als ob mich das interessierte. Jetzt finde ich viele andere Dinge wichtiger.«

»Und was, Tante Vespasia?«, erkundigte sich Emily mit einem eleganten und sehr weiblichen Achselzucken. Der Anflug von Verletzlichkeit in ihrer Stimme entging Lady Vespasia nicht.

»Alles, was Menschen betrifft, die uns nahestehen«, gab sie zurück. »Aber das eignet sich nicht für unverbindliches Geplauder bei Abendgesellschaften. Wir sagen anderen häufig nicht, was uns wichtig ist. Es ist ja nicht einmal immer einfach, es denen zu sagen, die wir gut kennen, weil wir Wert auf das legen, was sie von uns denken.«

Emilys Augen weiteten sich ungläubig.

»Meinst du etwa, ich bin zu alt, um Schmerz zu empfinden?«, fragte Lady Vespasia. Ihr war bewusst, dass sie mit diesem Eingeständnis sehr viel aufs Spiel setzte, doch zugleich war ihr klar, dass es keine andere Möglichkeit gab, an das heranzukommen, was Emily im tiefsten Inneren so sehr peinigte, dass sie kaum noch Ähnlichkeit mit sich selbst hatte.

Emily wurde puterrot. »Natürlich nicht!«

»Doch«, widersprach Lady Vespasia sanft. »Sonst wäre es dir nicht so peinlich, dass mir das bei dir aufgefallen ist. Ich darf dir versichern, dass uns Schmerzen nicht deswegen weniger quälen, weil wir sie früher schon einmal erlebt haben. Sie sind jedes Mal neu und tun jedes Mal genauso weh.«

»Was könnte dich verletzen oder ängstigen?«, fragte Emily mit belegter Stimme. »Du bist schön, reich, und alle Welt bewundert dich. Sogar Menschen, die dich beneiden. Du lebst in Sicherheit. Niemand kann dir etwas von all den herrlichen Dingen nehmen, die du getan hast. Du brauchst doch nur auf die Gesichter der Menschen zu achten – wenn du einen Raum betrittst, sehen alle zu dir hin. Niemand käme auf den Gedanken, dich zu ignorieren.« Sie holte tief Luft und stieß sie langsam wieder aus. »Du kannst dich nicht selbst verlieren …«

»Hast du denn Angst, dass du dich selbst verlieren könntest?« Lady Vespasia sah sie aufmerksam an. »Was mich ängstigt, ist, dass sonst niemand weiß, wer ich bin. Ich meine damit nicht, wie ich aussehe oder was ich möglicherweise Amüsantes oder Interessantes gesagt habe, sondern wie ich mich in meinem Inneren fühle.« Sie seufzte betrübt. Dies war nicht der richtige Zeitpunkt für gespielte Bescheidenheit. »Natürlich war es immer angenehm, schön zu sein; auf keinen Fall darf man für ein solches Geschenk undankbar sein.« Sie bewegte sich kaum wahrnehmbar. »Aber in der Liebe geht es um die innere Schönheit – um den Schmerz, den man empfindet, die Irrtümer, die man begeht, die Träume, alles, was uns zum Lachen und zum Weinen bringt. Es geht darum, wie man mit Fehlschlägen und den eigenen Fehlern umgeht. Es hat mit Zärtlichkeit zu tun und mit dem Mut, sich die eigenen Bedürfnisse einzugestehen, dankbar für Leidenschaft und menschliche Großzügigkeit zu sein. Mit einer geraden Nase und einem makellosen Teint hat das nicht das Geringste zu tun.«

Emily sah sie an, und Tränen traten ihr in die Augen.

»Ich weiß nicht, ob Jack mich noch liebt«, flüsterte sie. »Er spricht nicht mehr mit mir, jedenfalls nicht über wichtige Dinge. Früher hat er mich nach meiner Meinung gefragt. Es ist … es ist, als hätte ich schon alles gesagt, was er hören möchte, und als wäre ich jetzt nicht mehr interessant für ihn. Im Spiegel sehe ich eine müde Frau … und eine langweilige.« Sie hielt unvermittelt inne. Ihr Schweigen verlangte förmlich nach einer Antwort.

Lady Vespasia konnte nicht sogleich so darauf eingehen, wie sie es wünschte. Das Elend, das Emily da vor ihr ausgebreitet hatte, war für eine rasche Abhilfe zu groß.

»Langweilst du dich, Emily?«, fragte sie. »Für uns alle kommt eine Zeit, in der uns die Gesellschaft nicht mehr genügt, ganz gleich, ob man es sich leisten kann, sie vor den Kopf zu stoßen oder nicht. Ich kann mich noch deutlich erinnern, wie es war, als ich diesen Punkt erreicht hatte.« Das war die reine Wahrheit. Sie war damals jünger gewesen als Emily, und es hatte sie zu Tode gelangweilt, dass sie zwar ansehnlich war, aber, davon abgesehen, vollständig überflüssig. Sie dachte nicht gern an diese Zeit zurück. Sie hatte Kinder, die sie liebte, doch um deren tägliche Bedürfnisse kümmerte sich vorwiegend das Personal. Ihr Mann war nicht lieblos gewesen – das war er nie gewesen –, aber er hatte weder das innere Feuer noch die weit ausgreifende Vorstellungskraft besessen, nach der sie sich sehnte. Doch sie dachte nicht im Traum daran, Emily oder sonst jemandem etwas davon zu sagen.

Mit weit geöffneten Augen sagte Emily, die ihre Tränen vergessen zu haben schien: »Ich kann mir nicht vorstellen, dass du dich je gelangweilt hast. Das sagst du doch sicher nur aus … Barmherzigkeit mir gegenüber, nicht wahr?«

»Ich nehme an, du meinst ›Herablassung‹?«, sagte Lady Vespasia unumwunden.

»Ja, vielleicht. Aber ich wollte es nicht so sagen«, gab Emily zu und lächelte dann zögernd.

»Davon bin ich überzeugt.« Lady Vespasia erwiderte ihr Lächeln. »Nein, ich wollte damit weder barmherzig sein noch, wie ich hoffe, herablassend. Glaubst du etwa, dass du die einzige Frau bist, der tröstende Worte nicht genügen? Das ist durchaus verständlich, wenn in diesen Worten kein wirklicher Trost liegt. Aber man kann sich sehr rasch daran gewöhnen. Vielleicht würde ein leichter Sturz helfen? Ich meine keinen körperlichen, sondern eher einen seelischen. Den Wert dessen, was man hat, lernt man sehr schnell zu schätzen, wenn man fürchten muss, es zu verlieren. Wir halten das Licht für selbstverständlich, bis es erlischt. Du hast dich daran gewöhnt, den Hahn aufzudrehen und Wasser zu bekommen, und hast vergessen, wie es war, als man mit einem Eimer zum Brunnen gehen musste.«

Emily hob die Brauen. »Glaubst du, nach einem Gang zum Brunnen würde ich mich besser fühlen?«

»Nicht im Geringsten. Aber wenn du das einige Male gemacht hättest, würde dir beim Aufdrehen des Wasserhahns der Unterschied bestimmt bewusst. Das sollte ohnehin nur ein Beispiel sein. Weißt du übrigens, ob Jack für Dudley Kynaston arbeiten will?«

»Nein. Nicht das Geringste! Das gehört zu den vielen Dingen, über die er nicht mit mir gesprochen hat.« Einen Augenblick lang lagen widerstreitende Gefühle auf Emilys Zügen, dann traf sie eine Entscheidung. »Am liebsten würde ich dir sagen, frag Charlotte, denn die scheint alles zu wissen. Aber damit würde ich mir nur ins eigene Fleisch schneiden. Somerset Carlisle hat im Unterhaus Fragen bezüglich Kynastons gestellt – ist da tatsächlich etwas faul?« Jetzt war ihre Besorgnis ebenso schmerzlich wie deutlich zu erkennen.

Lady Vespasia konnte sich denken, wovor Emily Angst hatte. Es war noch nicht besonders lange her, dass sich Jack von einem wichtigen Mann in hoher Position, der ihn schätzte, eine Beförderung erhofft hatte. Doch dann hatte sich herausgestellt, dass der Mann ein Verräter war, und Jack konnte von Glück sagen, dass er heil aus der Sache herausgekommen war. Sollte sich diese Geschichte jetzt etwa wiederholen? Diese Befürchtung war keineswegs unbegründet.

»Ich denke, dass sich Jack darüber ebenso große Sorgen macht wie du«, sagte Lady Vespasia. »Bestimmt wird er überzeugt sein, dich enttäuscht zu haben, falls er noch einmal einer Fehleinschätzung erliegt. Übrigens ist es durchaus möglich, dass Kynaston, was das Verschwinden der unglückseligen Zofe angeht, keine Schuld trifft. Vielleicht ist sie einfach mit einem jungen Mann auf und davon gegangen, und sie leben irgendwo außerhalb Londons glücklich und zufrieden.« Sie seufzte. »Natürlich ist es ohne Weiteres möglich, dass sie bei der Wahl ihres Liebhabers einen denkbar unglücklichen Griff getan hat und tatsächlich die Leiche in der Kiesgrube ist. In dem Fall hätte sie besser daran getan, in Kynastons Haus zu bleiben. Vielleicht versucht Jack ja, seine Entscheidung hinauszuschieben, bis Thomas die Angelegenheit auf die eine oder andere Weise aufgeklärt hat.«

»Das dürfte ziemlich schwierig werden«, gab Emily zu bedenken. »In dem Fall würde man deutlich merken, dass er taktiert und was der Grund dafür ist. Damit würde er aller Welt signalisieren, dass er Kynaston unter Umständen für schuldig hält.«

»Das ist nicht auszuschließen«, räumte Lady Vespasia ein. »In dem Fall wäre ihm die Situation peinlich, und er würde wünschen, entschlossener zu sein. Wenn ich eine solche Entscheidung zu treffen hätte, würde ich jede Nacht wach liegen.«

»Und warum fragt er mich nicht?«, wollte Emily wissen.

»Möglicherweise, weil ihn seine Dickköpfigkeit und sein Stolz daran hindern. Vielleicht will er dich auch einfach nicht damit belasten und die Verantwortung allein auf sich nehmen, wenn die Sache schlecht ausgeht.«

»Meinst du?« Emilys Stimme klang ein wenig hoffnungsvoll.

»Hoffe auf das Beste«, riet ihr Lady Vespasia. »Dann brauchst du kein schlechtes Gewissen zu haben, wenn es eintrifft. Und such dir vor allem, um Himmels willen, eine Beschäftigung, die dich interessiert. Du fürchtest, langweilig zu sein, weil du deines Daseins überdrüssig bist. Damit will ich aber nicht gesagt haben, dass du jetzt Detektiv spielen solltest! Das wäre höchst würdelos und außerdem gefährlich.«

»Was soll ich deiner Ansicht nach denn tun? Die Armen besuchen?«, fragte Emily mit einem Gesicht, auf dem sich Entsetzen spiegelte.

»Ich glaube nicht, dass die Armen das verdient haben«, gab Lady Vespasia trocken zurück.

»Manche von denen sind sehr angenehm«, begehrte Emily auf. »Nur weil sie … Ach! Ja. Ich verstehe.«

»Ganz meine Meinung, meine Liebe«, gab Vespasia zurück. »Auch die haben es nicht verdient, herablassend behandelt zu werden. Tu etwas Nützliches.«

»Ja, Großtante Vespasia«, sagte Emily kleinlaut.

Vespasia sah sie besorgt an. »Du willst herausbekommen, was mit Kynaston ist! Nicht wahr?«

»Ja, Großtante Vespasia. Aber ich verspreche dir, dass ich sehr vorsichtig sein werde.«

»Nun, wenn du dich unbedingt da einmischen willst, konzentriere dich auf seine Frau. Und wenn du noch einmal ›Ja, Großtante Vespasia‹ sagst, werde ich … mir überlegen, womit ich dir die Unverschämtheit austreiben kann.«

Emily beugte sich vor und gab ihr einen zärtlichen Kuss. »Mich ohne Abendessen zu Bett schicken«, sagte sie lächelnd. »Oder kalten Reisbrei im Kinderzimmer. Ich verabscheue kalten Reisbrei.«

»Ich bin überzeugt, dass du damit reichlich Bekanntschaft gemacht hast«, bemerkte Vespasia, wobei sie aber weder die Zuneigung noch die Belustigung aus ihrer Stimme heraushalten konnte.

KAPITEL 9

Emilys Entschlossenheit hielt mindestens zwei Tage an. Erst am Morgen des dritten Tages wurde sie wankend, als sie Jack beim Frühstück gegenübersaß und er in der *Times* las. Immerhin hatte er die Zeitung in der Mitte gefaltet, sodass sie sein Gesicht nicht vollständig verdeckte, wie sie das oft genug bei ihrem Vater erlebt hatte.

»Neuigkeiten?«, fragte sie, bemüht, weder sarkastisch noch wehleidig zu klingen, was ihr alles andere als leichtfiel.

»Die Weltlage gibt Anlass zur Besorgnis«, sagte er, ohne die Zeitung sinken zu lassen.

»Tut sie das nicht immer?«

»Ich habe dir die Hofberichterstattung herausgelegt.« Er wies auf einige Blätter, die gefaltet neben seinem Teller lagen. »Die *Times* hat keinen Modeteil.«

Sie spürte den Zorn wie Feuer in einem trockenen Holzstoß in sich aufsteigen.

»Vielen Dank, aber ich bin nicht nur bestens über alles informiert, was gerade Mode ist, sondern besitze es wahrscheinlich auch. Außerdem interessiert mich, offen gesagt, nicht die Bohne, was die zahllosen Enkel der Königin und deren Angehörige im Laufe des Tages zu tun gedenken. Ich habe nicht die Absicht, an irgendeiner dieser Aktivitäten teilzunehmen.« Sie merkte selbst, wie gereizt ihre Worte klangen. Obwohl ihr das alles andere als recht war, weil es ihre Verletzlichkeit zeigte, schien sie nicht anders zu können. »Politik interessiert mich weit mehr«, fügte sie hinzu.

Nach einigen Minuten des Schweigens legte er die Zeitung auf den Tisch. »Dann sollte ich dir vielleicht ein Exemplar der Parlamentsprotokolle besorgen«, entgegnete er.

»Falls du dich nicht erinnern kannst, was bei euch im Unterhaus passiert ist, werde ich mich wohl tatsächlich damit begnügen müssen«, gab sie zurück, nicht länger darum bemüht, die Form zu wahren.

Jack blieb allem Anschein nach ungerührt, wirkte aber ein wenig bleich. »Ich erinnere mich genau«, sagte er ruhig. »Nur fällt mir nichts ein, was im Entferntesten von Interesse gewesen wäre. Allerdings war ich nicht den ganzen Tag dort. Machst du dir über etwas Spezielles Sorgen?«

Sie spürte, wie ihr die Tränen in die Augen stiegen, und kam sich albern vor. Mit knapp vierzig Jahren weinte man nicht am Frühstückstisch, ganz gleich, wie allein oder überflüssig man sich fühlte. Die einzige Möglichkeit, dagegen anzugehen, war sorgfältig beherrschte Wut.

»Du scheinst nicht zu merken, dass ich mich von Zeit zu Zeit frage, was es mit Dudley Kynaston und der verschwundenen Zofe auf sich hat, ganz zu schweigen von dieser so übel zugerichteten Leiche, die man keinen halben Kilometer von seinem Haus am Shooters Hill gefunden hat. Falls du das Angebot abgelehnt haben solltest, für ihn zu arbeiten, stünde natürlich die Zukunft meines Mannes nicht mehr auf dem Spiel, von meiner gar nicht zu reden. Dann ginge es nur noch um Spekulationen, ganz wie in anderen grotesken und ungewöhnlichen Mordfällen.«

Bei diesen Worten war Jack sehr bleich geworden, und ein Muskel zuckte in seiner Kieferpartie.

Emily schluckte den Kloß herunter, der ihr in der Kehle saß. Ob sie zu weit gegangen war?

»Mir sind die Spekulationen der Öffentlichkeit zu diesem Thema durchaus bewusst«, sagte er in ernstem Ton. »Ebenso ist mir klar, dass bisher weder die Polizei noch der Staatsschutz die Leiche als die von Kitty Ryder identifiziert hat. Somerset Carlisle, der bekanntlich mitunter unsagbar verantwortungslos ist, hat das parlamentarische Privileg für die Behauptung ausgenutzt, es handele sich um die Leiche Kitty Ryders und ihr Tod stehe im Zusammenhang mit ihrer Tätigkeit in Kynastons Haus. Allerdings gibt es keine Hinweise darauf, dass das der Wirklichkeit entspricht, und erst recht keine Beweise.«

»Das wird die Leute wenig kümmern!«, sagte sie hitzig.

»Aber es kümmert mich!« Seine Stimme war schroff, und er war so aufgebracht, wie sie ihn noch nie erlebt hatte. Es durchfuhr sie kalt. Das war nicht der Mann, der sie schwärmerisch verehrt, um sie geworben und sie in seinen Armen gehalten hatte, als wolle er sie nie wieder loslassen. Es war jemand, den sie kaum kannte.

Sie versank in Einsamkeit und wurde von diesem Gefühl mitgerissen wie von einer Brandungswelle.

»Das hat mich das Leben gelehrt«, sagte er finster. »Es wundert mich, dass das bei dir nicht der Fall zu sein scheint. Nach Georges Tod haben viele dich verdächtigt, deinen Mann … umgebracht zu haben. Weißt du das nicht mehr? Kannst du dich noch an deine Angst von damals erinnern? Daran, wie es sich angefühlt hat, dass alle gegen dich standen und du keine Möglichkeit finden konntest, deine Schuldlosigkeit zu beweisen?«

Ihr Mund war trocken. Sie versuchte zu schlucken, doch das gelang ihr nicht. »Ja«, flüsterte sie. Mit einem Mal stand ihr die Erinnerung grässlich vor Augen.

Er sah sie über den Tisch hinweg fest an. »Und was würdest du von mir halten, wenn ich Dudley Kynaston für schuldig hielte, die Zofe seiner Frau in brutaler Weise ermordet, ihr die Knochen im Leibe gebrochen und das Gesicht zerstört zu haben, wo wir nicht einmal wissen, ob sie tot ist? Würdest du mich dafür bewundern? Und wenn ich es auch nur täte, um nicht als gleichsam Mitschuldiger dazustehen, falls sich der Verdacht erhärten sollte?«

Sie holte tief Luft und stieß sie seufzend wieder aus.

»Ich würde dich nicht dafür bewundern«, sagte sie aufrichtig und fügte, fast im selben Atemzug, hinzu: »Aber ich hätte es zu schätzen gewusst, wenn du mit mir darüber geredet hättest, damit ich verstehen konnte, was du tust und warum. Ich bin deinem Schweigen gegenüber so hilflos.«

Er schien verblüfft zu sein. Es sah aus, als müsste er eine Weile nachdenken, bis er verstand. »Tatsächlich?«, fragte er schließlich. »Ich dachte, du würdest verstehen, dass … Ich habe es dir gesagt …«

»Nein, hast du nicht!« Sie schüttelte den Kopf. »Ich weiß weder, was du denkst, noch, was du tun willst.«

»Was ich tun werde, weiß ich selbst noch nicht«, sagte er. »Ich kann mir einfach nicht vorstellen, dass Dudley ein Verhältnis mit jemandem von seinem Hauspersonal eingehen würde …« Er hielt inne, als er Emilys zugleich schiefes und betrübtes Lächeln sah. »Nein, ich halte ihn nicht für besonders charakterfest! Mir ist auch sehr wohl bekannt, dass viele Männer das tun! Ich kann mir nur einfach nicht vorstellen, dass sich Dudley Kynaston zu Hausangestellten hingezogen fühlt! Nicht einmal dann, wenn sie hübsch sind!« Eine leichte Röte war auf sein Gesicht getreten. Er schien ihrem Blick auszuweichen, sah sie dann aber an.

»Du weißt, wer es ist, nicht wahr?«, fragte sie im Brustton der Überzeugung.

»Wer was ist?«

»Jack! Treib nicht dein Spiel mit mir! Du weißt, dass er ein Verhältnis hat, und du weißt auch, mit wem! Deswegen bist du so sicher, dass es nicht die Zofe war …«

Er sprang auf, und sie tat es ihm nach. »Warum, zum Kuckuck, enthältst du Thomas das vor? Immerhin könntest du damit Kynaston … praktisch vor dem Untergang bewahren! Thomas würde das nicht in der Öffentlichkeit breittreten, sondern es ebenso für sich behalten wie du, wenn … Ach!« Sie sah ihn an, sah ihm in die Augen mit den herrlich langen Wimpern, und spürte, wie ihr Herz immer noch heftig schlug. »Es ist schlimmer, als wenn es die Zofe wäre, nicht wahr? Ist es das? Aber wer ist sie? Eine Frau, mit der er sich nicht zeigen darf …« Ihre Fantasie ging mit ihr durch.

»Schluss jetzt, Emily!«, sagte er mit fester Stimme. »Ich habe gesagt, dass Hausangestellte meiner Ansicht nach nicht sein Geschmack sind, nichts weiter. Ich kenne den Mann nicht sonderlich gut, und auf keinen Fall vertraut er mir seine Seitensprünge an – ganz gleich, ob es dabei um Lüsternheit oder Liebe geht. Mir liegt sehr daran, für ihn tätig zu werden, aber ich weiß nicht, ob etwas daraus wird. Lieber möchte ich zu gut von ihm denken, als ihn für schuldig halten, bevor es überhaupt einen Beweis für ein Verbrechen gibt, in das er verwickelt sein könnte. Würdest du dich anders verhalten?«

Sie antwortete ihm nicht. Sie war auf seine Sicherheit bedacht, aber ebenso lag ihr daran, dass er mit ihr sprach. Und vor allem wollte sie, dass er sie so liebte wie zu der Zeit, bevor er ins Unterhaus gewählt worden war. Aber ihm das zu sagen wäre entsetzlich kindisch und unsagbar peinlich. Sie wurde tiefrot bei dem Gedanken, dass er erraten könnte, worauf sie hinauswollte.

»Wohl nicht«, räumte sie ein. »Aber etwas in deiner Stimme lässt mich annehmen, dass du ihm trotz all deiner edelmütigen Worte nicht traust. Vermutlich hast du recht, und er würde tatsächlich kein Verhältnis mit einer Zofe eingehen oder mit ihr auf andere Weise Schindluder treiben. Aber ich werde das Gefühl nicht los, dass deiner Überzeugung nach da etwas nicht stimmt, ohne dass du recht weißt, ob du das bei deiner Entscheidung berücksichtigen solltest oder nicht.«

Eine ganze Weile stand er betroffen da, dann lächelte er, und mit einem Mal lag wieder der Charme auf seinem Gesicht, den sie von früher kannte. Sie sollte aufhören, sich einzureden, dass sie ihn nicht mehr liebte. Sie war nicht so dumm, sich eine solche Lüge zu glauben.

»Du hast die Gabe, die Dinge in schmerzhaft klarer Weise beim Namen zu nennen«, sagte er, wobei in seinen Worten eine gewisse Anerkennung mitschwang. »Diese Art Offenheit wäre im Unterhaus absolut tödlich, und ich frage mich, wie du in der Gesellschaft damit zurechtkommst. Ich würde so etwas nie wagen!«

»Du musst lächeln, wenn du Dinge sagst, die niemand hören will«, gab sie zurück. »Dann nehmen die Leute an, dass es dir nicht ernst damit ist. Im schlimmsten Fall sind sie sich nicht sicher, ob du das auch so meinst. Außerdem ist das bei mir etwas ganz anderes; niemand braucht sich um das zu kümmern, was ich denke. Die Leute können es jederzeit übergehen, wenn sie das wollen. Natürlich ist es etwas gänzlich anderes, wenn ich ihnen sage, dass sie großartig aussehen und ihnen die neueste Mode herrlich steht. Dann stimmt natürlich jedes Wort, das ich sage, und mein Urteil ist unfehlbar.«

Einen Augenblick lang sah er sie unsicher an. Offenbar wusste er nicht, wie viel er davon glauben sollte. Dann schüttelte er den Kopf, küsste sie flüchtig, aber liebevoll, auf die Wange und ging hinaus.

Zwar standen die Dinge besser, als sie befürchtet hatte, doch wenn sich die von ihr befürchtete Katastrophe auch in Luft aufgelöst hatte, war doch alles noch viel zu nah am Abgrund. Sie musste etwas unternehmen, aber diesmal nicht gemeinsam mit Charlotte. Bei solchen Gelegenheiten gingen Erfolge stets auf Charlottes Konto, ganz gleich, wer von ihnen den größeren Anteil daran hatte.

Emily befand sich in einer idealen Position, um einen Nachmittag mit Rosalind Kynaston zu verbringen. Rasch durchblätterte sie die *Times*, die Jack liegen gelassen hatte, und fand im Gesellschaftsteil nicht nur einen passenden Anlass für den Nachmittag, sondern darüber hinaus einen weiteren für den nächsten Tag und sogar noch einen für den übernächsten. Dann rief sie Rosalind an, um sie zu einer Ausstellung französischer Impressionisten einzuladen. Falls sie wollte, fügte sie hinzu, könne man auch gemeinsam Tee trinken. Mit voller Absicht lud sie Ailsa nicht mit ein.

Zu ihrer freudigen Überraschung hatte Rosalind an dem Nachmittag keine Verpflichtung, die sich nicht aufschieben ließ. Mit einem Mal merkte Emily, dass sie für ihr Vorhaben nicht so gut gerüstet war, wie sie es gern gewesen wäre. Um ihrem Ziel so nahe wie möglich zu kommen, musste sie Informationen einholen, die Pitt helfen konnten, festzustellen, was mit Kitty Ryder geschehen war und wer dahintersteckte. Damit würde sie auch Jack helfen. Am liebsten wäre es ihr gewesen, wenn der Täter nichts mit dem Hause Kynaston zu tun hatte.

Sie kleidete sich für den Ausstellungsbesuch sehr sorgfältig an. Da das zartviolette Kleid nicht nur kein Erfolg, sondern eine Katastrophe gewesen war, beschloss sie, es nie wieder anzuziehen, allein schon, um nicht mehr daran erinnert zu werden. Das Beste würde es sein, rigoros auf alle derartigen Farbtöne zu verzichten. Da ihr reichlich Mittel zur Verfügung standen, konnte sie sich aussuchen, was sie wollte. Mit ihrem blonden Haar und der blassen Haut, vor allem jetzt am Ende des Winters, bot sich etwas Exquisites und Kühles an. Wie hatte sie nur so töricht sein können, je etwas anderes tragen zu wollen? Verzweiflung war immer ein schlechter Ratgeber.

Sie entschied sich für ein sehr blasses Blaugrün, wozu sie ein weißes Seidentuch trug. Sie musterte sich kritisch im Spiegel und war zufrieden. Jetzt musste sie alles vergessen, was mit ihrem Aussehen zu tun hatte, und sich auf das konzentrieren, was sie sagen wollte.

Sie trafen beinahe gleichzeitig an der Galerie ein und begrüßten einander auf den Eingangsstufen. Es war ein angenehmer Tag, doch biss der Wind nach wie vor recht kräftig in die Haut.

»Ich bitte um Entschuldigung für die überstürzte Einladung«, sagte Emily, als sie in die Vorhalle traten. »Ich hatte plötzlich das Bedürfnis, statt wie üblich den Nachmittag mit Konversation zu verbringen, irgendwo hinzugehen und mich an etwas zu erfreuen.«

»Ich bin entzückt«, sagte Rosalind. Es klang aufrichtig. Sie sah Emily offen an. »Wir wollen einen ganzen Nachmittag unsere sonstigen Verpflichtungen vergessen.« Obwohl sie ihre Schwägerin mit keinem Wort erwähnte, hing das Thema unausgesprochen zwischen ihnen in der Luft. Die bloße Tatsache, dass ihr Name nicht genannt wurde, sprach Bände.

Es war Emily klar, dass sie weder zu früh noch zu offen auf ihr Ziel zumarschieren durfte, und so lächelte sie lediglich, während sie gemeinsam dem ersten Saal entgegenschritten.

»Ich hatte für die Impressionisten schon immer viel übrig, und zwar wegen der Offenheit ihrer Bilder. Selbst wenn man ein bestimmtes Werk nicht besonders mag, bietet es dem Betrachter ein Dutzend verschiedene Möglichkeiten, es anzusehen und zu deuten. Herkömmliche Gemälde im akademischen Stil hingegen zwingen ihm die dargestellte Wirklichkeit förmlich auf.«

»Das habe ich noch nie so gesehen«, sagte Rosalind, offenkundig erfreut. »Wir könnten ohne Weiteres den ganzen Nachmittag hierbleiben.« Auch wenn sie nicht sagte, wie sehr ihr die Vorstellung gefiel, war das auf ihrem Gesicht deutlich zu erkennen.

Den ersten Saal beherrschten Darstellungen von Bäumen, auf deren Blättern das Licht flirrte. Schatten lagen auf dem Gras, und man glaubte, durch den Wind hervorgerufene Bewegungen im Laub zu sehen. Emily genoss die Schönheit der Gemälde in aller Ruhe, was Rosalind Gelegenheit gab, sich ebenfalls in sie zu versenken – nicht ohne gelegentlich einen musternden Blick auf ihre Begleiterin zu werfen.

Unübersehbar gab es etwas, was Rosalind zu bedrücken schien. Emily ging auf, wie recht sie mit ihrer Äußerung gehabt hatte, dass diese Kunst dem Betrachter viel Freiheit zur eigenen Deutung ließ, was die Licht- wie auch die Schattenseiten anging. Sie begriff, dass der Besuch in der Galerie Gefahren mit sich bringen konnte, weil dadurch unter Umständen tiefe Gefühle freigelegt wurden. Doch angesichts der Kürze der Zeit und der Notwendigkeit, einem Verrat vorzubeugen, erschien er ihr immer noch die beste Lösung. Allerdings durfte sie keinesfalls den Fehler begehen, zu früh und zu offen zu sprechen, denn damit konnte sie alles verderben. Es war ungefähr so wie bei einem Spiegel, der in Stücke ging. Danach würde niemand je erfahren, was er gezeigt hatte.

Sie trat zu Rosalind, die gerade eine Bleistiftzeichnung mit vom Wind gepeitschten Bäumen betrachtete.

»Fragt man sich da nicht unwillkürlich, was im Kopf des Künstlers vorgegangen ist, als er das Bild festgehalten hat?«, fragte sie mit leiser Stimme. »Sehen Sie nur, welcher Druck auf den Ästen lastet. Manche sehen aus, als könnten sie jeden Augenblick brechen.«

»Vermutlich ist jeder Mensch seinem eigenen Wind und seiner eigenen Finsternis ausgesetzt«, gab Rosalind ebenso leise zurück. »Vielleicht besteht die wahre Kunst darin, das zu zeigen. Ein guter Handwerker kann alle Einzelheiten erfassen und wiedergeben, was das Auge sieht. Das Genie hingegen erfasst das Universelle in allem, was jeder von uns empfindet … oder vielleicht nicht unbedingt jeder, aber doch äußerst viele.«

Emily befand, dass sich ein geeigneterer Zeitpunkt nie wieder bieten würde. Es war fast so, als hätte Rosalind nach einer Gelegenheit gesucht, sich etwas von der Seele zu reden.

»Da haben Sie recht«, flüsterte Emily, damit niemand mithören konnte, was sie sagte. »Wenn man diese Zeichnung ansieht, könnte man glauben, die Äste umarmten einander in der Dunkelheit aus Angst vor der Gewalt um sie herum.«

»Ich sehe die Gewalt drinnen und die Dunkelheit draußen«, gab Rosalind mit einem angespannten leichten Lächeln zurück. »Ich sehe ebenfalls, wie sie einander umarmen, doch sind sie lediglich durch einen Zufall beieinander.«

Zwar bemühte sich Emily, so zu tun, als sei ihr an den Worten der anderen weder etwas Freimütiges noch etwas Schmerzliches aufgefallen, doch hämmerte ihr das Herz wild in der Brust. »Und das Bild dort?« Sie wies auf eines, das ebenfalls Baumäste zeigte, von dem aber eine völlig andere Stimmung ausging. Die inneren Anspannungen lösten sich, man musste bei seinem bloßen Anblick lächeln. »Für mich ist es das vollkommene Gegenteil von dem anderen, obwohl es den gleichen Gegenstand zeigt.«

»Das liegt am Licht«, erklärte Rosalind, ohne zu zögern. »Auf diesem Bild ist der Wind warm, und die Äste tanzen darin. Alle Blätter sind in Bewegung, wie Rüschen oder Röcke beim Tanzen.«

»Ja«, sagte Emily nachdenklich. »Tanz, das ist es, genau. Es ist sehr schwer, anderen zu schildern, auf welche Weise einen der Partner dabei hält – ob leicht und doch stützend oder so fest, dass es schmerzt und man sich ihm nicht entwinden kann. Ich frage mich, ob jemand schon einmal Tänzer auf diese Weise gemalt hat. Oder wäre das zu offensichtlich? Es könnte interessant sein, das auszuprobieren, wenn man Maler wäre.«

»Vielleicht als Gruppenporträt«, meinte Rosalind.

Emily lachte. »Auf keinen Fall – dann bekäme man wohl nie wieder einen neuen Auftrag!«

Rosalind spreizte die Finger beider Hände, als gebe sie sich geschlagen. »Sie haben recht«, sagte sie. »Man muss Menschen so malen, wie sie gesehen werden wollen. Aber würde ein bedeutender Künstler das tun, außer, wenn er davon leben muss?«

»Meinen Sie, dass es sich überhaupt jemand leisten kann, keine Zugeständnisse zu machen?«, fragte Emily zurück.

Rosalind antwortete nicht sogleich. Inzwischen waren sie zum nächsten Saal weitergegangen, wo überwiegend Gemälde von Wasserläufen und Seen sowie Meereslandschaften hingen.

»Das Bild hier gefällt mir«, sagte Rosalind. »Der weite Horizont des Meeres.« Sie zögerte einen Augenblick. »Das da ist wunderbar und zugleich schrecklich – bedrückende Einsamkeit spricht daraus, ja, sogar Verzweiflung. Es sieht aus wie eine aufgegebene Kiesgrube, die voll Wasser gelaufen ist.«

Emily wartete schweigend.

»Bestimmt haben Sie auch davon gehört, dass meine Zofe verschwunden ist«, fuhr Rosalind fort, den Blick weiterhin auf das Gemälde gerichtet. »Und dass man in einer Kiesgrube nahe bei unserem Haus eine Leiche gefunden hat. Wir wissen immer noch nicht, ob es sich dabei um unsere Kitty handelt oder nicht.«

»Ja«, sagte Emily. »Das muss für Sie unvorstellbar … entsetzlich sein.« In Wahrheit konnte sie es sich nur allzu gut vorstellen, doch war dies nicht der rechte Augenblick, um über sich selbst oder die Tragödien der eigenen Vergangenheit zu reden.

»Das Schlimmste sind die Verdächtigungen«, fuhr Rosalind fort. »Im Interesse aller hoffe ich, dass Kitty lebt und es ihr gut geht. Sie war überhaupt nicht leichtsinnig. Alle sagen, sie sei mit dem jungen Mann davongelaufen, mit dem sie ausging, aber das kann ich einfach nicht glauben. Sie konnte ihn zwar gut leiden, hat ihn aber nicht geliebt. Meine Schwägerin Ailsa behauptet das zwar, aber ich weiß es besser. Ich denke, sie ist aus einem ihrer Ansicht nach schwerwiegenden Grund fortgegangen, und jetzt ist sie vielleicht tot.« Einen Augenblick lang sah Rosalinds Gesicht so trostlos aus wie die gemalte Kiesgrube an der Wand.

Emily hatte den Eindruck, etwas sagen zu müssen, aber keineswegs nur, weil sie sich die günstige Gelegenheit unmöglich entgehen lassen durfte, sondern aus menschlichem Mitgefühl.

»Sind Sie sicher, dass die gute Meinung, die Sie von Ihrer Zofe haben, Sie nicht deren Fehler übersehen lässt?«, fragte sie freundlich. »Würden Sie nicht lieber annehmen, sie sei flatterhaft und gelegentlich selbstsüchtig statt tot? Vor wem hätte sie so große Angst haben sollen, dass sie glaubte, sie müsse mitten in der Nacht verschwinden, ohne jemandem ein Wort zu sagen?« Ob sie es wagte, die Sache weiterzutreiben? Wenn es überhaupt einen geeigneten Zeitpunkt dafür gab, dann jetzt! Sie zögerte nur kurz. »Hätten Sie so etwas nicht gespürt? Ein gewisser Ausdruck auf ihrem Gesicht, vielleicht irgendeine Unaufmerksamkeit, ein ungeschicktes Verhalten? Es fällt einem Menschen sicher schwer, seine Ängste und Befürchtungen vollständig zu verbergen, wenn diese so übermächtig sind, dass sie ihn allein in die Winternacht hinaustreiben! Das war doch im Januar, nicht wahr? Ich gehe im Januar nicht einmal gern tagsüber aus dem Haus, wenn ich mich dick eingemummelt in meine Equipage setzen kann und weiß, dass ich jederzeit die Möglichkeit habe, mich wieder ins warme Bett zu legen.«

Rosalind wandte sich ihr zu und sah sie hohläugig an. »Ich auch nicht«, sagte sie kaum hörbar. »Aber ich war mein ganzes Leben lang behütet, habe in Sicherheit gelebt. Ich bin keine Hausangestellte und weiß von nichts, was mir gefährlich werden könnte.«

»Was hätte sie denn wissen können?« Emily ergriff die Gelegenheit beim Schopf, die sich ihr da bot. »Das könnte ja wohl nur etwas gewesen sein, was sie Ihnen nicht sagen konnte …«

»Genau das macht mir Angst«, sagte Rosalind mit einer Stimme, die so gequält klang, dass Emily sie kaum wiedererkannte. »Ich habe nichts an mir, was für jemanden interessant oder gar bedrohlich sein könnte. Es könnte höchstens mit meinem Mann oder meiner Schwägerin zu tun haben.« Sie holte tief Luft und stieß sie wieder aus. »Oder mit Bennett. Er ist schon fast neun Jahre tot, aber man hat stets den Eindruck, als lebte er noch irgendwo im Hause, wo man ihn nicht sehen kann. Niemand vergisst ihn auch nur einen Augenblick.«

Emily dachte kurz nach. »Sie meinen, dass Ihre Schwägerin ihn noch zu sehr liebt, als dass sie an eine neue Verbindung denken könnte?«

Rosalind antwortete nicht sogleich. Sie schien über die Frage nachzudenken. »Da bin ich mir nicht sicher«, sagte sie schließlich. »Ailsa lässt sich gelegentlich von Herren zu gesellschaftlichen Ereignissen einladen, doch jedes Mal scheint die Beziehung nach einer Weile wieder abzukühlen. Ja, vielleicht haben Sie recht. Jedenfalls behauptet sie Dudley gegenüber, dass es sich so verhält. Er hat Bennett sehr geliebt. Die beiden standen einander sehr viel näher, als das bei Brüdern üblich ist.« In dem Lächeln, mit dem sie das sagte, lag eine große Wärme. »Eine von Dudleys angenehmsten Eigenschaften ist seine unverbrüchliche Ergebenheit. Wenn er überhaupt über andere urteilt, lässt er sich dabei von Güte leiten. Er hat immer seine schützende Hand über Jüngere gehalten, und natürlich war Bennett jünger als er. Ich weiß noch gut, wie sich Dudley unseren Söhnen gegenüber verhalten hat, als sie noch zu Hause lebten. Er war immer geduldig, ganz gleich, wie abscheulich sie sich manchmal aufgeführt haben … Und es war mitunter wirklich unerträglich. Zu meiner Schande muss ich gestehen, dass er sie liebevoller behandelt hat als ich.«

»Und Ihre Töchter?«, fragte Emily interessiert.

Rosalind zuckte die Achseln. »Ach, die hat er stets mit viel Nachsicht behandelt. Das gilt übrigens auch für mich und Ailsa. Frauen gegenüber verhält er sich immer so. Ich bin nicht sicher, ob es damit zu tun hat, dass er uns nicht viel zutraut …«

»Manche Männer sind von Natur aus nachsichtig«, sagte Emily. Sie dachte flüchtig an Jack und ihre gemeinsame Tochter Evangeline. Die Kleine konnte ihn mühelos um den Finger wickeln, und er unternahm nicht einmal den Versuch, das zu bestreiten.

Sie sah zu Rosalind, deren Kummer unübersehbar war, und dachte nach, wie sie weiter vorgehen sollte. »Ihre Schwägerin scheint mir eine so große Durchsetzungskraft zu besitzen, dass sie wohl nicht viel Schutz braucht«, sagte sie schließlich. »Oder fälle ich da ein übereiltes Urteil?«

»Absolut nicht. Ich ...« Sie schüttelte den Kopf. »Was soll ich sagen? Auch ich halte Ailsa für unglaublich stark, aber Bennetts Tod hat sie förmlich in Stücke gerissen. Es sah so aus, als wüte sie gegen das Schicksal, das ihr den Mann genommen hatte, den sie liebte. Ich ...« Sie schüttelte erneut den Kopf. »Ich habe nie auf diese Weise geliebt. Ob es damit zu tun hat, dass ich Kinder habe? Ich weiß nicht. Wenn Dudley stürbe, würde er mir schrecklich fehlen. Vermutlich würde mir täglich die Leere bewusst sein, ich würde an alles denken, was er gesagt und getan hat, an Dinge, die ihm wichtig waren ... an alles. Ich würde innerlich weinen, so, wie er nach wie vor um Bennett trauert. Aber ich denke nicht, dass ich gegen das Schicksal wüten würde.«

Emily überlegte, wie sie sich in einem solchen Fall fühlen würde, versuchte sich vorzustellen, wie es wäre, den Rest des Lebens allein zu sein. Sie würde toben, wenn sie sicher wüsste, dass Jack sie verlassen hatte, sei es physisch oder emotional. Möglicherweise wäre sie dann gelegentlich unbeherrscht, das aber würde sie vor Tränen bewahren. Das wusste sie nahezu so sicher, als sei es bereits geschehen. Es wäre so, als wenn sich der liebliche Wein des Lebens in Essig verwandelt hätte. Der bloße Gedanke daran ließ sie innerlich vor Kälte erschauern.

»Was für ein Mensch war ... Ihr Schwager Bennett?«, fragte sie.

Rosalind lachte leise. »Das Bild hier, auf dem das Sonnenlicht in den Bäumen tanzt, gefällt mir«, sagte sie. »Wollen wir weitergehen? Vielleicht sind wir anderen im Weg?« Sie sah sich um, ob jemand darauf wartete, sich die Bilder ansehen zu können, aber abgesehen von zwei Männern, die vor der gegenüberliegenden Wand standen, befand sich außer ihnen niemand im Saal.

»Gewiss«, stimmte Emily zu. »Sehen wir uns einmal nebenan um.«

Der nächste Saal enthielt Landschaftsbilder in den verschiedensten Stimmungen. Jedes einzelne von ihnen war auf seine Weise wunderschön. In einer Umgebung so voller Leidenschaft fiel es leichter, ehrlich zu sein, als an einem herkömmlicheren Ort, an dem man sich hinter den Schutzschild aus Höflichkeitsfloskeln zurückzog.

»Was für ein Mensch Bennett war?«, nahm Rosalind den Faden auf. »Wenn ich es mir recht überlege, habe ich ihn gar nicht so oft gesehen, wie man angesichts des tiefen Eindrucks annehmen sollte, den er auf mich gemacht hat. In mancher Hinsicht war er Dudley sehr ähnlich. Er hatte den gleichen Humor, die gleichen Interessen und Eigenheiten. Aber er war lebhafter und seiner selbst sicherer. Er hatte grenzenlose Träume und kaum Zweifel daran, dass er eines Tages die meisten von ihnen verwirklichen würde. In gewisser Hinsicht ist das der Grund dafür, warum es so schwer war, zu begreifen, dass er nicht mehr lebte. Es ging alles sehr rasch. Eines Tages wurde er krank, und eine Woche darauf war er tot. Wir konnten es nicht fassen – vor allem Dudley nicht. Nach allem, was ...« Sie hielt inne.

Emily wartete. Sie standen vor einem Gemälde mit einer breit daliegenden Landschaft unter einem geradezu unglaublich hohen Himmel. In der linken Hälfte leuchtete die blaue Ferne, während sich von rechts rasch und drohend ein Gewitter näherte, das alles in Dunkelheit hüllte.

»Wir dachten, das Schlimmste sei vorüber«, sagte Rosalind, als wäre klar, was sie damit meinte.

Auch wenn es taktlos sein mochte, konnte Emily die Sache nicht auf sich beruhen lassen.

»War er davor schon einmal krank gewesen?«, fragte sie.

»Er hat früher eine Zeit lang in Schweden gelebt. Damals kannte er Ailsa noch nicht«, sagte Rosalind nach einer Weile, scheinbar, ohne auf die Frage einzugehen. »Ich weiß nicht, was geschehen war. Dudley war verzweifelt. Ich habe ihn nie wieder so außer sich gesehen. Er bekam eine Mitteilung, ließ alles stehen und liegen und fuhr noch am selben Tag nach Schweden. Wochenlang habe ich nichts von ihm gehört. Als er zurückkehrte, brachte er Bennett mit. Keiner der beiden hat mir je gesagt, was geschehen war. Bennett war aschfahl und schrecklich abgemagert. Er ist dann bei uns geblieben, denn Dudley wollte ihn nicht aus den Augen lassen.«

In eine allem Anschein nach ernsthafte Unterhaltung vertieft, gingen die beiden Männer an ihnen vorüber.

»Er hatte Albträume«, fuhr Rosalind fort, als sie außer Hörweite waren. »Ich hörte ihn nachts schreien. Dudley hat mir nie gesagt, worum es ging, auch später nicht. Im Laufe der Zeit wurde es besser, Bennett kam wieder zu Kräften und nahm seine Arbeit wieder auf. Ein oder zwei Jahre danach lernte er Ailsa kennen und heiratete sie bald darauf.«

»Und dann ist die Krankheit wieder ausgebrochen?«, fragte Emily mit einem Gefühl für die Tragödie. »Diesmal aber so rasch, dass man nichts tun konnte, um ihm zu helfen?«

»Das nehme ich an«, sagte Rosalind. Sie löste beinahe ruckartig den Blick von dem Gemälde, das sie betrachtete, und sah Emily an. »Kitty ist erst lange nach dieser entsetzlichen Tragödie ins Haus gekommen. Ich … ich wünschte so sehr, dass ich meinem Mann helfen könnte! Er hat mehr als genug gelitten.«

Emily betrachtete die sich jagenden Wolken auf dem Bild und die lastenden Schatten, die sie auf das Land warfen. Unwillkürlich überlief sie ein Schauer.

»Das klingt nach Selbstmitleid, nicht wahr?«, sagte Rosalind, über sich selbst verärgert. »Wir haben ein wunderschönes Haus, Geld, gesellschaftliches Ansehen, gesunde erwachsene Söhne und Töchter. Dudleys Aufgabe ist überaus wichtig, und die Art, wie er sie erledigt, ist einfach bewundernswert. Und da bin ich so anmaßend, von Kummer und Drangsal zu sprechen.«

»Nichtwissen ist quälend«, sagte Emily aufrichtig. »Ganz gleich, wie sehr man liebt – wenn man Angst hat, alles zu verlieren, hat einen der kalte Hauch des Gewitters dort auf dem Bild bereits erreicht.«

Rosalind lächelte unter Tränen. Flüchtig legte sie Emily eine Hand auf den Arm und zog sie gleich wieder zurück.

»Was halten Sie davon, wenn wir Tee trinken gehen? Zwar ist es dafür noch ein bisschen früh, aber ich würde gern mit Ihnen in eine entzückende kleine Teestube gehen, von der ich weiß, dass sie bereits offen ist.«

»Ein glänzender Gedanke«, sagte Emily.

Während ihr Kutscher sie nach Hause fuhr, ging Emily in Gedanken durch, was Rosalind gesagt hatte, und dachte noch mehr über das nach, was nicht gesagt worden war. Beim Tee hatten sie über vieles gesprochen. Das meiste war völlig belanglos, und vieles davon war ziemlich lustig gewesen. Rosalind war auf erstaunlich vielen Gebieten bewandert. Sie sprach nicht nur mit Begeisterung über Musik und verschiedene Pianisten, sondern kannte sich in der Geschichte des Glases aus, von den Zeiten des alten Ägypten bis hin zur venezianischen Glaskunst, die auf der Insel Murano besonders gepflegt wurde. Mit einem Mal merkte Emily, dass sie hoffte, Jack würde für Dudley Kynaston tätig werden, denn sie hätte die Freundschaft zu dessen Gattin gern vertieft.

An die Möglichkeit einer näheren Bekanntschaft mit deren Schwägerin dachte sie erst, als ihr auffiel, dass Rosalind sie lediglich zweimal erwähnt hatte und dann auch nur, um zu sagen, dass sie auf deren Anregung hin gemeinsam mit Ailsa eine bestimmte Veranstaltung besucht hatte. Davon abgesehen, hatte Emily mit Rosalind einen interessanten und unterhaltsamen Nachmittag verbracht, ohne auch nur an Ailsa zu denken.

Dennoch sah es so aus, als habe die Schwägerin bei anderen Gelegenheiten in der Familie Kynaston eine bedeutende Rolle gespielt. Hatte man sie ausschließlich aus Barmherzigkeit im Hause aufgenommen, weil sie keine weiteren Angehörigen zu haben schien?

Während sich Emily an die wenigen Male zu erinnern versuchte, die sie in Gesellschaft der beiden Damen Kynaston verbracht hatte, fiel ihr auf, dass sich Ailsa etwa so aufgeführt hatte, als sei sie die ältere Schwester und für alles zuständig, obwohl sie vermutlich mehrere Jahre jünger war als ihre Schwägerin. Von wirklicher Herzlichkeit zwischen den beiden hatte sie nichts bemerkt.

Aber war das überhaupt von Bedeutung? Wohl eher nicht. Trotzdem beschloss Emily, über Ailsa so viel sie konnte herauszufinden, und zwar möglichst, wenn diese nicht mit Rosalind zusammen war. Emily war aufgefallen, dass Rosalind nicht nur weit klüger war, als sie zu sein schien, sondern auch eine ausgeprägte Beobachtungsgabe besaß. Gewiss wäre es ziemlich töricht, sie zu unterschätzen.

Jetzt galt es, eine Gelegenheit zu finden, bei der sie mehr über Ailsa erfahren konnte. Sollte sich das Problem – der Mord an Kitty Ryder – tatsächlich auf sie zurückführen lassen, könnte es sich als gefährlich erweisen, wenn herauskam, dass Emily Erkundigungen über sie einzog. Dieser Gedanke schreckte Emily zwar nicht, aber ihr war klar, dass sie sorgfältig planen musste. Sie würde feststellen, wofür sich Ailsa interessierte, welche Theaterstücke und Ausstellungen sie schätzte und wen aus ihrem Bekanntenkreis sie auch kannte.

Das Schicksal spielte ihr unmittelbar in die Hände. Drei Tage später begleitete sie Jack zu einer wichtigen Gesellschaft, bei der einige Mitglieder der Regierung anwesend waren. Ursprünglich hatte sie gesagt, sie wolle nicht hingehen, weil sie fürchtete, das würde vereinnahmend wirken. Als sie aber erfuhr, dass Ailsa anwesend sein würde, überlegte sie es sich anders. Inzwischen war sie fest entschlossen, Jack nicht nur stillschweigend, sondern aktiv bei seinem Vorhaben zu unterstützen. Sie würde dafür sorgen, dass er sich ihrer Anwesenheit bewusst war und sich darüber freute.

Sie wählte ein Kleid in ihrer Lieblingsfarbe, einem blassen Grün, zarter als das früheste Laub des Frühlings. Dieser Farbton wurde als *Eau de Nil* bezeichnet, was natürlich weit besser klang als ein banales *Nilwasser*. Das Licht brach sich in der weichen Seide, die bei der leichtesten Bewegung schwang. Selbstverständlich war das Kleid nach der letzten Mode geschnitten: an Schultern und Nacken weich fallend, lag es an den Hüften glatt und eng an. Auch wenn zu dem Farbton vielleicht eher Perlen gepasst hätten, trug sie lieber feurig blitzende Diamanten.

Zufrieden mit dem Ergebnis ihrer Bemühungen, schritt sie die Treppe hinab, an deren Fuß Jack auf sie wartete. Er sagte nichts, aber seine Augen weiteten sich, und er stieß einen leisen Laut der Befriedigung aus. Bisher verlief alles wie gewünscht.

Auch die Wirkung, die sie beim Betreten des Saals hervorrief, in dem die Gesellschaft stattfand, war zutiefst befriedigend. Doch es dauerte nicht lange, bis sie merkte, dass sie auf keinen Fall das Monopol für die Aufmerksamkeit der

Anwesenden besaß. Wenige Augenblicke nach ihr traf Ailsa Kynaston ein, gerade so viel zu spät, dass alle von ihr Kenntnis nahmen, aber nicht so spät, dass man sie für unhöflich halten konnte.

Ihr cremefarbenes Kleid war mit Goldtönen abgesetzt. Eine gewagte Kombination für eine Frau mit einem so blassen Teint, aber sie trug es mit so großer Selbstsicherheit, als wollte sie die Kritik der Anwesenden geradezu herausfordern.

Besonders bemerkenswert fand Emily, dass sie am Arm Edom Talbots hereinkam, von dem sie wusste, dass er zu den engsten Beratern des Premierministers gehörte, obwohl er offiziell kein Regierungsamt bekleidete. Sie wusste von Charlotte, dass der Mann Pitt mit krankhaftem Hass verfolgte und ihm bei seinen Ermittlungen im Fall Kynaston unnötigerweise Steine in den Weg legte. Natürlich war auch denkbar, dass Talbot das nicht aus Bosheit tat, sondern weil Kynastons Bedeutung für die Marine es erforderlich machte.

Emily sah ihn aufmerksam an. Der stiernackige Mann, der sich seiner Kraft bewusst zu sein schien, beeindruckte vor allem durch seine Körpergröße. Mit seinem hochmütigen Auftreten wirkte er einschüchternd – es war, als wolle er aller Welt sagen: »Seht her und nehmt euch in Acht, denn mit mir ist nicht gut Kirschen essen.«

Ob Ailsa das gefiel? Emily fühlte sich von diesem Auftreten abgestoßen. So etwas gehörte sich ihrer Ansicht nach nicht. Es zeichnete einen Gentleman aus, dass er anderen nie absichtlich Unbehagen bereitete – genau diesen Eindruck aber bewirkte die drohende Haltung des Mannes.

Sie wusste, dass sich manche Frauen zu gefährlichen Männern hingezogen fühlten. Vermutlich verbarg sich dahinter eine Art innere Schwäche. Schwache Menschen waren gefährlich, da sie dazu neigten, andere anzugreifen, denen gegenüber sie sich im Nachteil fühlten.

Jemand sprach Emily an, und sie gab mit ihrem bezaubernden Lächeln, dessen Wirkung sie sehr wohl kannte, eine leicht hingeworfene Antwort.

Jack sagte etwas zu ihr, was sie nicht hörte, da sie Edom Talbot und Ailsa Kynaston nicht aus den Augen ließ. Sie beobachtete aufmerksam die Art, wie sie sich bewegten, wer sprach, wer zuhörte, wie oft sie einander in die Augen sahen oder lächelten. Wer von den beiden beherrschte wen?

Zuerst sah es so aus, als sei das Talbot. Er kannte mehr Anwesende und stellte sie seiner Begleiterin vor. Sie war liebenswürdig, aber nicht unbedingt darauf bedacht, einen guten Eindruck zu machen. Nichts an den Gesprächen der beiden war sonderlich interessant. Offensichtlich bewunderte er Ailsas hinreißendes Aussehen, doch das galt ebenfalls für mindestens die Hälfte der anderen Männer im Raum. Die Damen beneideten sie und nahmen es ihr gleichzeitig übel.

Es war Emily bewusst, dass sie ihre gesellschaftlichen Pflichten vernachlässigt hatte. Sie warf Jack rasch ein hinreißendes Lächeln zu und beteiligte sich an der Unterhaltung.

Erst eine gute halbe Stunde später bekam sie erneut eine Gelegenheit, Talbot und Ailsa zu beobachten. Sie beugte sich mit einem Lächeln zu ihm, sprach dann mit einem der anderen Anwesenden und im nächsten Augenblick wieder mit Talbot. Er nahm den Blick nicht von ihr, wirkte wie gebannt. Sie kokettierte mit ihm, doch auf so unauffällige Weise, dass es lediglich Emily auffiel, die sich in dieser Kunst so leicht von keiner Frau übertreffen ließ. Andere gingen vorüber, machten eine beiläufige Bemerkung, lächelten, lachten und zogen weiter.

Mit einer sonderbar besitzergreifenden und beinahe intimen Geste legte Talbot seiner Begleiterin eine Hand auf den Oberarm. Es sah aus, als wolle er sie näher zu sich heranziehen. Da Ailsa das Gesicht von ihm abgewandt hatte – sie sprach gerade mit einem der anderen Gäste –, konnte Emily sehen, wie einen flüchtigen Moment lang ein Ausdruck darauf trat, der mehr als nur Abscheu, ja, beinahe Hass war. Dann ließ sie es zu, dass er sie zu sich hinzog, fand aber schon im nächsten Augenblick einen Vorwand, sich in eine andere Richtung zu wenden.

Was mochte der Grund dafür sein, dass sie von Männern nichts wissen wollte? Konnte sie Bennett, den dahingegangenen Gatten, nicht vergessen? Oder steckte etwas anderes dahinter? Wusste sie womöglich etwas über Dudley Kynaston oder dessen Angehörige und hielt es für ihre Pflicht, deren Loyalität dadurch zu vergelten, dass sie ihnen jetzt eine Art Schutz gewährte?

Aber Schutz wovor? Ob es sich um dasselbe Wissen handelte, das Kitty Ryder dazu veranlasst hatte davonzulaufen, wenn es nicht gar der Grund dafür war, dass man sie getötet hatte?

Emily schloss die Möglichkeit nicht aus, sich in ihrem Urteil über Ailsa gründlich zu irren. Sie musste unbedingt herausbekommen, wie sich die Dinge in Wahrheit verhielten. Dazu musste sie ihre instinktive Abneigung überwinden, um sie besser kennenzulernen. Sie kannte in der Londoner Gesellschaft Dutzende von Menschen, wenn nicht Hunderte. Da mussten doch bestimmt mindestens zwei oder drei von ihnen in irgendeiner Verbindung mit Kynastons Schwägerin stehen. Gleich am nächsten Tag würde sie darangehen, zu überlegen, wie sie ihr Vorhaben am besten verwirklichen konnte.

KAPITEL 10

»Bringen Se se aber unbedingt bis halb sechs wieder, hör'n Se, junger Mann? Mir egal, wer Se sind, ob Polizei oder sons' was«, sagte die Köchin in heftigem Ton und sah Stoker an, als sei er ein fahrender Geselle.

Stoker lächelte, und Maisie sagte, bevor er den Mund auftun konnte: »Gewiss doch. Mister Stoker is' beim Staatsschutz. Der würde nie was tun, was sich nich' gehört.« Sie reckte das Kinn noch höher als sonst und sah der Köchin offen in die Augen, was sie unter normalen Umständen nie gewagt hätte. Aber heute trug sie ihr bestes Kleid, das einzige, das sie nie zur Arbeit anzog. Der Lakai hatte ihr die Schuhe geputzt, bis sich die Katze darin spiegeln konnte. Mrs. Kynastons neue Zofe hatte ihr die Haare ordentlich gerichtet, vor allem am Hinterkopf, wo sie selbst nichts sehen konnte. Sie ging mit Mr. Stoker aus, Tee trinken, weil er ihr Fragen stellen wollte, die so wichtig waren, dass niemand mithören durfte.

Stoker wurde wieder ernst. »Wir gehen Tee trinken, und gleich anschließend bringe ich sie zurück«, versprach er.

Die Köchin mahnte Maisie streng: »Benimm dich anständig, Maisie. Keine Frechheiten un' bild dir bloß nix darauf ein, verstanden? Un' wenn du Klatsch weitererzählst, Sachen, die keinen was angehen, fliegst du im hohen Bogen raus und landest auf der Straße. Hüte also deine Zunge, und halt deine Fantasie im Zaum.«

»Klar doch. Ich sag nix, was nich' wahr is'.« Ohne weitere Ermahnungen abzuwarten, wandte sie sich um und ging hinaus, den Kopf hoch erhoben und den Rücken so gerade, als balanciere sie Bücher auf dem Kopf.

Mit einem Mal wünschte Stoker, er hätte eine Tochter gehabt. Eine Frau, in die er verliebt gewesen war, hätte ihn gern geheiratet und eine Familie gegründet. Sie war hübsch gewesen, hatte ebenso dunkle Augen gehabt wie das Küchenmädchen Maisie. Wegen der schweren Verantwortung, die eine solche Entscheidung mit sich brachte, hatte er zu lange gezögert. Als er von einer langen Seereise zurückgekehrt war, hatte Mary einen anderen gefunden. Das hatte ihn tief und lange geschmerzt.

Mit wenigen Schritten holte er Maisie ein. Während sie die Shooters Hill Road in Richtung Blackheath hinabgingen, achtete er sorgfältig darauf, nicht schneller zu gehen, als sie mit ihren kurzen Beinen mithalten konnte. In der Teestube hatte er einen Tisch reservieren lassen.

»Ist das Ihrer?«, fragte sie, während er den Stuhl herauszog und sie sich setzte, wobei sie verlegen ihre Röcke ordnete.

»Für den Augenblick«, gab er zurück. »Möchtest du Tee? Und Kuchen?«

Sie war zu beeindruckt, als dass sie etwas hätte sagen können, während die Bedienung bereitstand, um ihre Wünsche zu notieren. Sie war noch nie bedient oder mit »Miss« angeredet worden.

»Bitte Tee für zwei und die besten Kuchen, die Sie haben«, sagte Stoker. Er gab es nur ungern zu, aber die Situation gefiel ihm. Doch die Zeit war knapp, und da er Maisie eine ganze Reihe von Fragen stellen musste, konnte er es sich nicht leisten, damit zu warten, bis das Bestellte kam.

»Wir haben in der Kiesgrube einen Hut gefunden, von dem wir anfangs annahmen, er gehöre Kitty«, begann er. »Aber dann haben wir erfahren, dass das nicht stimmte. Irgendein Dummkopf, der sich wichtigmachen wollte, hatte ihn da hingelegt.«

Maisie runzelte die Stirn. »Das is' gemein. Wollte der uns alle traurig machen und uns Angst einjagen, nur damit alle Leute über ihn reden? Der hat se wohl nich alle.«

»Das glaube ich auch. Aber wir haben die Quittung für den Hut gefunden und auch für die rote Feder, und deshalb wussten wir, dass er nicht Kitty gehört hatte.«

Mit leuchtenden Augen fragte sie: »Dann lebt se vielleicht noch?«

»Das nehme ich fest an«, sagte er mit Nachdruck.

»Aber dafür is' dann 'ne andere arme Frau tot.« Sie biss sich auf die Lippe. »Un' woll'n Se immer noch rauskriegen, wer das is un' wer das gemacht hat?«

»Für den Fall, dass es sich nicht um Kitty handelt und nichts mit der Familie Kynaston zu tun hat, ist das Aufgabe der Polizei.«

»Weil Se was Besseres sind.«

Er holte Luft, um die Zusammenhänge so zu erklären, dass es nicht wichtigtuerisch klang, unterließ es aber, als er ihre leuchtenden Augen sah.

»So in der Art«, sagte er stattdessen. »Aber ich möchte nach wie vor beweisen, dass Kitty lebt, und vor allem möchte ich sie finden.«

Sie legte den Kopf leicht zur Seite. »Weil Se damit Mr. Kynaston schützen woll'n.«

Er fühlte sich ein wenig unbehaglich. Der Blick ihrer beinahe schwarzen Augen war flink und zugleich unschuldig. Er zögerte, während er sich die Antwort überlegte. Er brauchte Angaben von ihr und merkte, dass sie ihn durchschaute. Sollte sie ihn bei irgendeiner Täuschung ertappen, würde er sogleich ihr Vertrauen verlieren. Nicht nur würde sie ihm dann nicht mehr ehrlich antworten, es würde ihn auch schmerzen. Er hatte den Eindruck, dass er sentimental wurde.

»Hauptsächlich«, bestätigte er. »Aber es ist mir auch wichtig, Kitty zu finden, einfach, weil ich wissen möchte, dass es ihr gut geht.«

Der Tee kam zusammen mit einem ganzen Tablett voller Kuchen und Kleingebäck. Maisie sah auf die Fülle, dann zu Stoker und erneut auf das Tablett.

»Welches hättest du gern?«, fragte er.

»Das mit Schokolade«, sagte sie sofort und errötete. »Wenn Se's selber lieber woll'n, wär das mit dem rosa Zuckerguss natürlich auch in Ordnung.«

Er nahm sich vor, auch dieses Stück nicht zu nehmen, obwohl es ihm eigentlich recht verlockend erschien.

»Ich nehme den Apfelkuchen«, versicherte er ihr. »Fang du mit dem Stück Schokoladenkuchen an.« Flüchtig erwog er, sie zu fragen, ob sie den Tee eingießen wolle, überlegte es sich dann aber anders. Er fragte sie, ob sie Zucker oder Milch haben wollte, und goss dann für sie und sich selbst ein.

Geradezu andächtig aß sie den Schokoladenkuchen und genoss sichtlich jeden Bissen.

»Um Kitty finden zu können, muss ich aber mehr über sie wissen«, begann er. »Ich habe dies und jenes über sie gehört. Sie konnte ziemlich gut singen, hatte etwas für die See und für Schiffe übrig und hat Bilder von Schiffen auf der ganzen Welt gesammelt – mit unterschiedlichen Segeln.«

Maisie nickte, mit vollem Mund kauend. Sobald sie heruntergeschluckt hatte, antwortete sie: »Kitty hat unheimlich geschickte Hände. Na ja, als Zofe und so konnte sie gut nähen, sogar Spitze wieder in Ordnung bring'n, wenn se eingerissen war.« Tränen traten ihr in die Augen. »Bitte finden Se se. Sag'n Se uns, dass es ihr gut geht ... Ich mein, dass se lebt und ihr nix fehlt ...«

»Das werde ich tun«, versprach er. Noch während er das sagte, war ihm die Unbedachtheit dieses Versprechens bewusst.

Maisie schniefte. »Vielleicht is' se ja nur mit dem langen Lulatsch Harry weggegangen. Was meinen Se?«

Sie sah auf das letzte Stück Schokoladenkuchen. »Aber warum hat se uns nix davon gesagt? Se hätte doch wenigstens 'nen Brief schreiben können oder so.«

»Bist du denn sicher, dass sie schreiben kann?«, fragte er.

»Ja! Se hat Listen un' so geschrieben. Se hat's mir auch 'n bisschen beigebracht.« Wieder warf sie einen sehnsüchtigen Blick auf das letzte Stück Schokoladenkuchen.

»Iss es ruhig, und nimm danach das mit dem rosa Zuckerguss«, ermunterte Stoker sie. »Ich nehme das mit den Rosinen.«

Sie sah ihn an, um sich zu vergewissern, dass es ihm damit ernst war, und tat dann, was er gesagt hatte, nachdem sie zuvor einen kleinen Schluck Tee getrunken hatte.

Er unterdrückte ein Lächeln. Möglicherweise hatte er die Sache falsch angefasst. Vielleicht hätte er sich nicht darum kümmern sollen, wohin Kitty gegangen sein mochte, sondern darum, festzustellen, wohin sich dieser Harry Dobson gewandt hatte.

»Wie war er, dieser ... lange Lulatsch?«, fragte er.

Maisie kicherte, als sie ihn ihre Worte wiederholen hörte. »Der war ganz in Ordnung. Der hatte sich richtig in se verknallt und hat gemeint, in ihren Augen scheint die Sonne. Se musste 'n nur anlächeln, dann war er gleich weg.«

»Aber dir würde er nicht gefallen?«, schloss er aus ihren Worten. »Warum nicht?«

Ein wenig unbehaglich richtete sie den Blick auf den Kuchen mit dem rosa Zuckerguss. »Ich werd nie so schön sein wie Kitty, aber trotzdem will ich was für mich tun. Ich hätte gern einen, der was auf'm Kasten hat, un' nich' einen, den ich in die Tasche stecken kann.« Beschämt hielt sie inne. Sie hatte einem fremden Menschen zu viel von sich preisgegeben, noch dazu einem Mann.

»Es dürfte dir schwerfallen, jemanden zu finden, den du nicht in die Tasche stecken kannst, Maisie«, sagte er. »Aber soweit ich gehört habe, war Kitty ebenfalls ehrgeizig. Stimmt das etwa nicht?«

Maisie seufzte. »Ich glaub, wenn man sich verliebt, verliert man den Verstand. Jedenfalls sagt man das.« Sie probierte von dem rosa Kuchen und sah ihn dann an. »Da is' 'ne Menge süße Sahne drin.«

»Wenn du es nicht magst, brauchst du es nicht zu Ende zu essen«, sagte er rasch. »Nimm einfach ein anderes ...«

Sie hob den Blick zu ihm. »Doch, ich mag es. Das is' ungefähr so, wie wenn man verliebt is', nich'? Ich nehm an, man merkt das erst, wenn man schon reingebissen hat.«

»Maisie, du bist so klug, dass man sich Sorgen um dich machen könnte. Alles auf dem Tablett ist für uns beide. Iss also, so viel du möchtest. Und dann sag mir mehr über Harry Dobson und ob du wirklich der Ansicht bist, dass sie ihn genug geliebt hat, um mit ihm davonzugehen ... ohne jemandem Bescheid zu sagen. Dafür muss sie einen wichtigen Grund gehabt haben. Was könnte das gewesen sein?« Er nahm einen Schluck und goss sich heißen Tee aus der Kanne nach. Dann nahm auch er ein weiteres Stück Gebäck, weil er vermutete, dass Maisie sonst nicht noch einmal zugreifen würde. Er hatte gesehen, wie sie die Gebäckstücke heimlich gezählt hatte, und ihm war klar, dass sie auf keinen Fall mehr essen würde, als ihr zustand.

»Meinst du, dieser Dobson hätte sie dazu überredet?«, fragte er.

Sie schüttelte den Kopf. »Ach was! Kitty würde nie was tun, was se nich' selber will. Ich nehm an, se hatte …« Sie hob eine Schulter leicht mit einer zuckenden Bewegung, als ob sie ein Schauer überliefe, und sah dann Stoker an. »Vielleicht hatte se Angst? Vielleicht hat se über unsern gnä'gen Herrn und unsere gnä'ge Frau Sachen gewusst, die se besser nich' gewusst hätte. Kann sein, dass das nur Gerede war – vielleicht aber auch nich. Was mein'n Se?«

»Das wäre durchaus möglich«, stimmte er zu, ohne dem Ganzen zu großes Gewicht beizumessen. »Hast du eine Vorstellung, was das gewesen sein könnte?«

Sie schüttelte den Kopf. »Manche Sachen will ich auch gar nich wiss'n. Meine Mutter hat immer gesagt, ich soll nix sehen oder hören, was mich nix angeht. Un' wenn ich doch was mitkrieg, soll ich's vergessen un' so tun, wie wenn nix gewesen wär.«

»Das ist sehr weise«, sagte Stoker ernst. »Ich empfehle dir genau dasselbe und meine das ebenso ernst wie deine Mutter. Jetzt sag mir mehr über Harry Dobson. Wir haben der Polizei aufgetragen, nach ihm zu suchen, aber niemand scheint ihn finden zu können. Hatte er sich als Tischler auf etwas spezialisiert? Hat er Fenster gemacht, Türen, Fußböden gelegt? Hat er für bestimmte Bauunternehmer gearbeitet?« Er griff erneut nach der Teekanne. »Und trink ruhig noch eine Tasse Tee. Wenn du gern mehr Gebäck möchtest, bestelle ich welches.«

Sie holte tief Luft, nahm ihren ganzen Mut zusammen und bat um ein weiteres Stück Schokoladenkuchen.

»Kitty hat gesagt, dass der sich selbstständig machen wollte«, sagte sie dann. »Türen konnte er gut. Er wollte ganz besondere machen, mit Schnitzereien un' so. Das kann er überall.«

»Woher kommt er?«, fuhr Stoker fort. Die Spur schien ihm eher aussichtsreich zu sein.

»Weiß nich«, gab Maisie zu. »Ich glaub, von irgendwo nördlich der Themse.«

»Danke. Damit können wir das Suchgebiet schon eher eingrenzen.«

Sie verzog das Gesicht. »Hätte ich das früher sagen müssen? Danach hat keiner gefragt. Harry hat auch nur gesagt, dass er das wollte. Ob er's gemacht hat, weiß ich nich'.«

Er lächelte ihr beruhigend zu. »Vielleicht nicht, aber einen Versuch ist es wert.«

Sie seufzte erleichtert auf und aß ihren Kuchen.

Nach wie vor war es nicht gelungen, die Tote in der Kiesgrube zu identifizieren und festzustellen, ob es sich dabei um Kitty Ryder handelte. Inzwischen waren Stoker weitere Fälle übertragen worden, die er keinesfalls vernachlässigen durfte, da es dabei um die Sicherheit des Landes ging. Aus diesem Grunde und weil er kaum viel erreichen würde, wenn er in der Mittagspause nach Harry Dobson suchte, konnte er das lediglich außerhalb der Dienststunden tun. Die Vorstellung, dabei von einer Gaststätte zur anderen durch die Straßen der Stadt zu ziehen, sich in Schänken und dem einen oder anderen Tingeltangel nach dem Mann zu erkundigen, erschien ihm alles andere als reizvoll. Aber immerhin hatte er von Maisie einiges erfahren, was es ihm gestattete, das Suchgebiet einzugrenzen. Um Greenwich herum durfte die Suche wohl kaum Erfolg versprechen – die Lösung bestand eher darin, nördlich des Flusses nach jemandem zu suchen, der sich auf die Anfertigung besonderer Türen spezialisiert hatte, vielleicht mit geschnitzten Verzierungen.

Es kostete ihn vier Februarabende, an denen ihm die vom kalten Regen nassen Hosenbeine um die Knöchel schlugen und ihm das Wasser aus Rinnsteinen und tiefen Pfützen in die Schuhe lief. Nachdem er Bauunternehmer in Stepney und Poplar wie auch solche östlich von Canning Town und nördlich von Woolwich befragt hatte, erfuhr er schließlich, wo er den Gesuchten finden würde.

Jetzt stand er im Türrahmen der Werkstatt, deren Boden mit Sägemehl bedeckt war, einem kräftig gebauten blonden jungen Mann mit muskulösen Armen gegenüber.

»Harry Dobson?«, fragte Stoker. Konnte das der junge Mann sein, für den Kitty Ryder ihre Stellung und die sichere warme Häuslichkeit am Shooters Hill aufgegeben hatte? Stoker hatte angenommen, er würde Dobson unsympathisch finden, in seinem Gesicht die abstoßenden Wesenszüge eines Mannes finden, der das Vertrauen einer Frau schändlich missbraucht hatte. Stattdessen sah er einen freundlich dreinblickenden, bedächtig und umsichtig wirkenden jungen Mann vor sich. Er schien traurig zu sein, als habe er etwas verloren und wisse nicht, wo er es suchen sollte.

»Ja«, gab der Mann gelassen zur Antwort. »Und sind Sie der mit den verzogenen Türen?«

»Nein.« Stoker hatte das Bedürfnis, sich zu entschuldigen. Er sah, dass hinter Dobson eine Tür zum Holzplatz führte. »Tut mir leid. Ich suche den Harry Dobson, der mit Kitty Ryder zusammen war, der Zofe aus einem Haus am Shooters Hill.«

Alle Farbe wich aus Dobsons Gesicht. Es war weiß wie ein Laken, und seine Augen sahen aus wie schwarze Höhlen.

Stoker spannte sich an, denn er rechnete damit, dass der junge Mann im nächsten Augenblick die Flucht ergreifen und durch die gegenüberliegende Tür verschwinden würde.

Eine Weile sahen die beiden einander wortlos an.

Schließlich fragte Dobson: »Se sind … von der Polizei?«

»Ja …« Stoker stand sprungbereit da, da er annahm, sich gleich auf den Mann stürzen und ihn zu Boden werfen zu müssen, bevor er sich davonmachen konnte. Doch sagte ihm nicht nur der Gedanke überhaupt nicht zu, er war sich auch der körperlichen Überlegenheit Dobsons bewusst. Sie waren zwar gleich groß, aber Stoker war eher drahtig und würde der bulligen Kraft des Tischlers nicht viel entgegenzusetzen haben. So würde er sich, wenn es zum Kampf kam, auf seine Schnelligkeit und die Erfahrung vieler Jahre verlassen müssen.

Dobson holte tief Luft und fragte: »Sind Se gekommen, um mir zu sagen, dass man se endlich gefunden hat?«

Verblüfft gab Stoker zurück: »Wen?«

»Kitty natürlich!«, stieß Dobson in verzweifeltem Ton hervor. »Oder wollen Se mir sagen, dass man se umgebracht hat? Was hab ich se angefleht, se soll nich' gehen, aber se wollte nich' auf mich hören.« Er rang nach Luft. »Ich hab ihr gesagt, ich würd mich um se kümmern, aber se wollte partout nich' hören.« Er schüttelte den Kopf. Er schien nicht gemerkt zu haben, dass ihm Tränen in den Augen standen.

»Nein!«, sagte Stoker rasch. »Nein … ich bin nicht gekommen, um Ihnen irgendetwas in dieser Art mitzuteilen! Ich weiß nicht, wo sich Miss Ryder aufhält. Ich suche sie selbst.«

Die Farbe kehrte in Dobsons Gesicht zurück, und seine Augen wirkten mit einem Mal wieder lebendig. »Woll'n Se damit sagen, dass es ihr gut geht?« Eifrig trat er einen Schritt vor. »Se is' also noch am Leben?«

Stoker hob die Hand. »Das weiß ich nicht. Das Letzte, was ich mit Sicherheit über sie gehört habe, war, dass sie eines Nachts im Januar aus dem Haus der Kynastons verschwunden ist.«

»Danach war se bei mir«, gab Dobson zurück. »Ich hatte ihr versprochen, mich um se zu kümmern, und das hab ich auch getan. Vorige Woche hat se dann auf einmal gesagt, se muss wieder weg un' ich könnte nix machen, um se daran zu hindern. Ich hab gesagt, se soll das lassen. Ich wollte, dass se in Sicherheit war.« Er schüttelte den Kopf. »Aber se wollte nich' auf mich hören ...« Ein Ausdruck von Hilflosigkeit trat auf seine Züge, und tiefes Mitgefühl erfasste Stoker.

»Vermutlich fehlt ihr nichts«, sagte er freundlich. »Vielleicht hatte sie ja recht damit fortzugehen. Wenn *ich* Sie hier aufspüren konnte, wären auch andere dazu imstande. Sie haben wohl keine Vorstellung, wohin sie gegangen sein könnte?«

»Nein ...«

»Vielleicht war auch das klug von ihr«, gab Stoker zu, obwohl ihm das die Aufgabe erschwerte. »Ich habe bisher nicht gehört, dass jemand sie gefunden hat. Dann wird es ihr wohl gut gehen. Sie haben nichts falsch gemacht.«

»Aber was is' mit ihr?«, fragte Dobson drängend. »Was is', wenn die sie finden?«

»Wir werden tun, was wir können, um ihnen vorher das Handwerk zu legen«, versprach Stoker in dem Bewusstsein, dass das leichtfertig von ihm war. Ein solches Verhalten war unprofessionell. Allmählich begann Pitts Einfluss auf ihn abzufärben.

Dobson nickte nachdenklich. Offensichtlich glaubte er ihm. »Danke, Sir«, sagte er ernst.

»Aber Sie müssen mir dabei helfen«, sagte Stoker. »Sonst komme ich den Leuten nicht auf die Schliche ...«

»Gerne«, erklärte Dobson bereitwillig.

»Aus welchem Grund hat Miss Ryder Angst vor ihnen? Ich kenne ihn, wüsste aber gern, was sie selbst angenommen hat.«

»Se hat in dem Haus dies und das gesehen und gehört«, gab Dobson zurück. »Se hat gewusst, dass da üble Sachen passiert sind. Ich meine, Schlimmeres, wie wenn jemand hier und da mal was mitgehen lässt oder mit der Frau von 'nem anderen rummacht oder so.«

»Es ging also nicht um einen Seitensprung?«, fragte Stoker überrascht und überlegte sogleich, ob Kitty diesem Dobson die Wahrheit gesagt hatte. »Was war es dann?«

Dobson schüttelte den Kopf. »Hat se mir nich' gesagt. Ich hab se gefragt, ihr geraten, se soll zur Polizei gehen, aber se hat gemeint, das würde nix nützen. Die würden ihr bestimmt nich' glauben, denn schließlich is' Mr. Kynaston 'n ganz hohes Tier. Außerdem hat se gemeint, dass die Polizei sowieso da schon dran wär. Werden Se jetz' bloß nich' wütend auf mich! Se müssen mir glauben, ich würd's Ihnen sagen, wenn ich was wüsste.«

»Ja«, sagte Stoker. »Das nehme ich an. Vielen Dank, Mr. Dobson. Wenn wir Kitty finden, werden wir dafür sorgen, dass ihr nichts zustoßen kann.«

»Das schaffen Se nich'«, sagte Dobson sogleich. »Se wissen ja nich', wer hinter ihr her is'.« Das klang sonderbar bedrohlich.

»Nein, das wissen wir in der Tat nicht«, gab Stoker zu. Ein Schauer überlief ihn, als habe ein eiskalter Regenguss seine Kleidung bis auf die Haut durchnässt. Er holte Luft, um zu versprechen, dass er dahinterkommen werde, unterließ es dann aber. Für einen Tag hatte er schon zu viele übertriebene Zusagen gemacht. Dennoch nahm er es sich im Stillen fest vor.

Am selben Abend saß Pitt mit Charlotte im Haus an der Keppel Street am Kamin. Obwohl die dicken bodenlangen Vorhänge vor den Fenstertüren zum Garten geschlossen waren, konnte er hören, wie der Wind den Regen gegen die Scheiben trieb. Die Kinder waren bereits zu Bett gegangen.

Nach längerem Schweigen kam Charlotte erneut auf die Frauenleiche aus der Kiesgrube zu sprechen.

»Meinst du, dass die Angelegenheit erledigt ist?«, fragte sie und ließ ihre Stickarbeit einen Moment sinken.

Pitt sah ihr gern bei solchen Tätigkeiten zu. Er saß ihr so nah, dass er sich nur hätte vorzubeugen brauchen, um sie zu berühren. Das Licht brach sich blitzend in der Nadel in ihrer Hand, die flink in den Stoff hinein und wieder herausfuhr, wobei sie immer wieder mit leisem Klicken auf den Fingerhut stieß.

»Was soll erledigt sein?« Er hatte nicht zugehört und nur die beiden letzten Wörter mitbekommen, da er in der angenehmen Wärme beinahe eingenickt war.

»Die Sache mit Dudley Kynaston«, gab sie zurück. »Ich warte jeden Tag darauf, dass Somerset Carlisle sie im Unterhaus wieder aufs Tapet bringt. Ihr wisst zwar, dass der Hut nicht Kitty Ryder gehörte, aber nicht, ob sie die Tote ist – oder?«

Seufzend schüttelte er die Schläfrigkeit ab. »Nein, und da es darüber hinaus keine Beweise, ja, nicht einmal Hinweise gibt, haben wir keinen Anlass, der Sache weiter nachzugehen. Wir müssen alles andere der Polizei überlassen.«

»Aber du weißt doch, dass da etwas nicht in Ordnung ist!«, begehrte sie auf. »Hat nicht Kynaston dir gegenüber zugegeben, dass er eine Geliebte hat?«

»Ja, aber das war nicht Kitty Ryder.«

»Und glaubst du ihm das?«, erkundigte sie sich mit zusammengezogenen Brauen.

»Ja.« Er setzte sich etwas aufrechter hin. »Nach allem, was die anderen Dienstboten sagen, hat Kitty gut ausgesehen und wollte es im Leben zu etwas bringen. Dazu würde ein Verhältnis mit ihrem Dienstherrn nicht passen. Das hätte sie, wie dir bekannt ist, nicht nur ihre Anstellung kosten können, sie hätte auch, falls sie schwanger geworden wäre, mittellos, ohne Arbeit und ohne Zukunft auf der Straße gestanden. Ja, ich glaube Kynaston. Im Übrigen bin ich nicht der Ansicht, dass für einen Mann wie ihn der Wunsch, ein flüchtiges Techtelmechtel mit der Zofe seiner Frau zu kaschieren, ein Motiv gewesen wäre, Kitty umzubringen. Ich weiß nicht, warum sie das Haus mitten in der Nacht verlassen hat, kann mir aber beim besten Willen nicht vorstellen, wie und vor allem womit sie ihn hätte erpressen sollen. Nach allem, was mir die anderen Dienstboten über sie gesagt haben, passt das nicht zu ihrem Wesen. Sofern sie, und danach sieht es ganz aus, mit dem Tischler Dobson auf und davon gegangen ist, hat ihr vielleicht die Scham verboten zurückzukehren.«

»Könnte es sein, dass sie ein Kind erwartete und ihn geheiratet hat?«, fragte Charlotte. »Ich nehme an, dass ihr euch alle Ehestandsregister angesehen habt?«

Er lächelte. »Ja, mein Schatz, das haben wir.«

»Oh.« Sie schwieg, und man hörte nur noch das Knistern des Feuers, den Regen, der gegen die Scheiben prasselte, und das Klicken der Nadel gegen den Fingerhut.

»Worauf will Somerset Carlisle in dem Fall eigentlich hinaus?«, fragte sie schließlich. »Warum hat er ihn im Unterhaus angesprochen? Dafür muss er doch einen Grund gehabt haben. Woher hatte er überhaupt seine Informationen?«

»Das weiß ich nicht«, gestand Pitt. »Wahrscheinlich hat er etwas läuten hören. Vielleicht hatte er auch nur eine Vermutung. Solche Informationen sind nicht schwer zu bekommen; er dürfte erstklassige Kontakte zur Polizei oder zur Presse haben, wenn nicht zu beiden.«

Sie runzelte die Stirn. »Was könnte er wissen, was uns nicht bekannt ist? Es muss wohl mit Kynaston zu tun haben, nicht wahr?«

»Oder mit dessen Mätresse«, sagte er nachdenklich. »Vielleicht verschafft ihm seine gesellschaftliche Position Möglichkeiten, derlei in Erfahrung zu bringen, über die wir nicht verfügen.«

»Wäre das wichtig?«, fragte sie. Ihre Stickarbeit lag jetzt unbeachtet in ihrem Schoß. »Ich meine, wäre es für Somerset von Bedeutung? Sofern es sich um jemanden handelt, den er kennt oder an dem ihm liegt, dürfte er wohl kaum wollen, dass das an die große Glocke gehängt wird, nicht wahr?«

Pitt erwog die Möglichkeit, dass Carlisle die Mätresse Kynastons unter Umständen nicht leiden konnte, verwarf diesen Gedanken aber sogleich wieder. Der Mann war in mancherlei Hinsicht unberechenbar – vorsichtig gesagt, mitunter geradezu exzentrisch –, aber nie und nimmer wäre er so tief gesunken, dass er das Privileg, im Unterhaus Fragen zu beliebigen Themen stellen zu können, für einen privaten Rachefeldzug ausgenutzt hätte.

Charlotte sah ihn aufmerksam an. »Nun?«, fragte sie.

»Ich weiß nicht. Mich beunruhigt, dass Talbot in die Sache verwickelt ist. Nur ist mir nicht klar, auf welche Weise. Carlisle kann den Kerl auf den Tod nicht ausstehen. Talbot ist aalglatt, meist beherrscht und höflich – ich werde aus ihm einfach nicht schlau. Mir geht es wie Carlisle, ich kann ihn nicht leiden und bin fest überzeugt, dass das auf Gegenseitigkeit beruht. Soweit ich weiß, nimmt er mir übel, dass ich nicht aus den Kreisen stamme, aus denen seiner Ansicht nach jemand in meiner Position kommen sollte.« Er klang plötzlich verlegen. Charlotte stammte aus einer finanziell bestens situierten und gesellschaftlich hoch angesehenen Familie.

Auch wenn sie nicht wie Lady Vespasia Cumming-Gould dem Hochadel angehörte, waren er und sie doch denkbar unterschiedlicher Abkunft. Noch vor einer Generation wäre er Charlottes Lakai gewesen statt ihr Ehemann. Dieser Unterschied war ihm jederzeit schmerzlich bewusst, und die Art, wie ihn Talbot behandelte, hatte ihn erneut gleichsam mit der Nase darauf gestoßen.

»Dann ist er ein Dummkopf«, stieß Charlotte aufgebracht hervor. »Auf einem so wichtigen Posten braucht das Land die besten Männer und nicht solche, die ihn wegen ihrer Herkunft bekommen. Wer daran etwas zu ändern versucht, ist ein Verräter seines Landes. Ich werde ihn darauf hinweisen, sollte er so unklug sein, in meiner Gegenwart solche Äußerungen zu tun.«

Er lachte, wenn auch halbherzig. Ihm war klar, dass sie es fertigbringen würde, ihren Worten die Tat folgen zu lassen.

»Gehst du noch einmal zu Carlisle?«, fragte sie.

»Erst, wenn ich konkrete Fragen an ihn habe. Wir kennen einander zu gut, als dass er sich von mir auch nur einen Augenblick lang täuschen ließe. Ich wünschte, ich hätte die Möglichkeit, ihn richtig einzuschätzen!«

»Ich bin froh, dass du ihm nicht sonderlich ähnelst«, sagte sie sanft.

Pitt war dabei, in seinem Büro Berichte verschiedener Mitarbeiter aus allen Landesteilen durchzugehen, als es an der Tür klopfte und Stoker gleich darauf eintrat. Im Unterschied zu sonst war er alles andere als stoisch. Auf seinem knochigen und gewöhnlich mürrischen Gesicht lag unübersehbar ein Ausdruck von Zufriedenheit. Seine Augen leuchteten geradezu.

Pitt hatte keine Lust zu langen Vorreden und fragte daher: »Was bringen Sie?«

»Ich weiß, wo sich Harry Dobson aufhält«, kam umgehend die Antwort. »Er hat sich selbstständig gemacht, deswegen konnten wir ihn nicht gleich finden. Er ist ein unauffälliger, durchschnittlicher Bursche, aber anständig. Ich habe das überprüft. Hatte noch nie etwas mit der Polizei zu tun. Bezahlt pünktlich, was er kauft. Über ihn ist nichts Nachteiliges bekannt …«

»Kommen Sie zur Sache, Stoker. Wo ist Kitty Ryder?«, unterbrach ihn Pitt.

»Das ist es gerade. Sie ist aus dem Haus der Kynastons davongelaufen und hat Zuflucht bei Dobson gesucht, weil sie etwas wusste und Angst hatte, man würde sie umbringen, wenn sie bliebe. Sie hat Dobson nicht gesagt, worum es dabei ging, aber es muss etwas Entsetzliches gewesen sein, denn noch in der vergangenen Woche war sie überzeugt, es sei jemand hinter ihr her, und dann ist sie verschwunden, ohne Dobson zu sagen, wohin sie wollte. Vielleicht wusste sie das selbst noch nicht.« Seine Züge verhärteten sich. »Oder ihre Angst war so groß, dass sie auf keinen Fall an einem bestimmten Ort bleiben wollte und die Absicht hatte, von Zeit zu Zeit einen Ortswechsel vorzunehmen.«

»Und das hat Ihnen Dobson gesagt?«

»Ich halte ihn für glaubwürdig«, sagte Stoker mit fester Stimme. Seine Überzeugung sprach auch aus seinen Gesichtszügen und der Art, wie er breitbeinig vor Pitts Schreibtisch stand. »Ich denke, dass er sie gern hat, und halte ihn, ehrlich gesagt, nicht für gerissen genug, um überzeugend zu lügen. Außerdem passt, was er sagt, zu allem, was wir wissen.«

»Trotzdem bleiben da einige Fragen offen«, sagte Pitt unglücklich. »Wovor hatte sie Angst? Wer war ihrer Ansicht nach hinter ihr her?« Wie Stoker hoffte er, dass sie noch am Leben war, und ebenso wollte er glauben, dass Kynaston ihr nichts angetan hatte und die Leiche in der Kiesgrube irgendeine Unbekannte war. Wenn er sich selbst gegenüber ehrlich war, hoffte er selbstverständlich auch, dass er mit dem Fall dann nichts mehr zu tun haben und sich die örtliche Polizei darum kümmern würde.

»Sir?«, sagte Stoker mit leichter Schärfe in der Stimme.

Pitt rief sich in die Gegenwart zurück. »Ich nehme an, dass Sie sich bei den Leuten vor Ort erkundigt haben, ob jemand Kitty Ryder mit diesem Dobson zusammen gesehen hat, nachdem sie verschwunden war.«

»Ja, Sir. Das war nur einer. Ich habe Dobson erst am Abend aufgestöbert. Ich hatte Glück, dass er noch in seiner Werkstatt arbeitete.«

»So spät?«, fragte Pitt neugierig.

»Ja, Sir. Gegen sieben Uhr.« Eine leichte Röte zeigte sich auf seinen eingefallenen Wangen.

»In Ihrer Freizeit.«

Jetzt vertiefte sich die Röte. »Ich dachte, dass die Sache wichtig ist, Sir«, sagte er zu seiner Verteidigung.

Pitt lehnte sich zurück und sah Stoker mit einer Mischung aus Interesse und Sympathie an. Den Drang, dem Verbleib einer vermissten Person sogar in der Freizeit nachzuspüren, hatte er bisher an Stoker nicht gekannt.

KAPITEL 11

Pitt hatte am Vorabend noch lange am Schreibtisch gesessen und war zum wiederholten Mal alle Papiere im Zusammenhang mit dem Verschwinden der Zofe durchgegangen, »dem Fall Kynaston«, wie er ihn bei sich nannte, weil er seinen Ursprung im Hause jenes Mannes hatte. Zu Bett gegangen war er erst um halb zwei, als die Schrift vor seinen Augen zu verschwimmen begann und jeder Versuch weiterzulesen sinnlos gewesen wäre.

Er fuhr aus dem Schlaf auf, als er Charlottes Hand auf seiner Schulter spürte, die ihn sanft, aber entschlossen wachrüttelte. Er öffnete die Augen und sah, dass graues Tageslicht ins Zimmer fiel. Es war der erste März, und die Sonne ging jeden Tag etwas früher auf. Nur noch drei Wochen bis zur Tag- und Nachtgleiche, dem ersten Frühlingstag.

»Entschuldigung, ich habe wohl verschlafen«, murmelte er und setzte sich zögernd auf. Er hatte einen schweren Kopf und spürte einen dumpfen Schmerz im Nacken.

»Nein, es ist noch nicht so spät«, sagte sie, zwar leise, aber mit einer Stimme, in der er die Anspannung hörte.

Schlagartig wurde er vollständig wach. »Was ist geschehen?« Seine Gedanken jagten sich – war etwas mit den Kindern, mit Vespasia oder gar mit Charlottes Mutter? Ein Gefühl der Kälte ließ ihn erstarren.

»Man hat in einer der Kiesgruben am Shooters Hill wieder eine Leiche gefunden«, sagte sie mit besorgt gekrauster Stirn und ängstlichem Gesicht.

Bei diesen Worten überlief ihn eine Welle der Erleichterung. Er warf die Decke zurück und stand auf.

»Da sollte ich mich besser anziehen und hingehen. Wer hat angerufen? Ich habe das Telefon gar nicht gehört.«

»Stoker wartet unten. Er ist mit einer Droschke gekommen, die euch hinbringen wird. Ich mache ihm eine Tasse Tee und ein Brot zurecht, während du dich anziehst. Wenn du so weit bist, steht für dich auch etwas bereit.«

Er holte Luft, um dagegen aufzubegehren, aber sie war bereits an der Tür.

»Und sag mir ja nicht, dass du keine Zeit hast, einen Schluck Tee zu trinken!«, rief sie. »Bis dahin ist er nicht mehr zu heiß, und den Toast kannst du unterwegs essen.«

In aller Eile wusch und rasierte er sich, und eine Viertelstunde später saß er neben Stoker in der Droschke. So rasch der Verkehr es zuließ, strebte sie durch den immer heller werdenden Morgen über das Kopfsteinpflaster in Richtung Süden.

»Die Leute vom Polizeirevier haben mich informiert«, setzte ihn Stoker ins Bild. »Ich war noch nicht an Ort und Stelle, sondern bin gleich zu Ihnen gefahren, um Ihnen Bescheid zu geben. Die Leiche soll mindestens so schlimm zugerichtet sein wie die vorige.«

»Wieder eine Frau?«, fragte Pitt.

»Ja, aber blond.« Stoker sah Pitt nicht an, während er das sagte. In seiner Stimme lag Erleichterung, und er schämte sich dessen ein wenig.

»Weiß man, um wen es sich handelt? Hat die Polizei von Blackheath sie identifiziert?«, fragte Pitt.

Stoker schüttelte den Kopf. »Nein, jedenfalls noch nicht, als sie mir Bescheid gegeben haben. Vielleicht sind sie inzwischen weitergekommen.«

Danach schwiegen beide. Als es schließlich durch Blackheath in Richtung Shooters Hill den Hügel hochging, wurde die Droschke langsamer. Die Landschaft dort war kahl, und der Wind fuhr zwischen den weit auseinanderstehenden Baumgruppen über das Gras. Noch hatten die Bäume kein Laub. Einige der Kiesgruben standen nach den reichlichen Regenfällen im Winter voll Wasser.

Beim Aussteigen spürte Pitt, wie heftig der Wind wehte. Er versuchte sich den Anblick vorzustellen, der auf sie wartete, als könne er dadurch den Eindruck im Voraus abschwächen.

»Ich warte nich' auf Sie«, sagte der Droschkenkutscher, dessen vom Wind gegerbtes Gesicht halb hinter dem Schal versteckt war, den er sich über das Kinn hochgezogen hatte. »Das kann ich meinem Gaul nich' antun.«

»Ich hatte auch nicht die Absicht, Sie darum zu bitten.« Pitt ging mit steifen Beinen auf den Mann zu und gab ihm mehr, als er für die Fahrt verlangt hatte.

Daraufhin war dieser wie ausgewechselt. »Vielen Dank«, sagte er überrascht. »Das is' sehr freundlich von Ihn'n … Sir.« Bevor Pitt es sich anders überlegen konnte, trieb der Kutscher sein Pferd an, wendete und fuhr den Hügel hinab nach Greenwich, wo er wohl einen anderen Fahrgast zu finden hoffte.

Pitt und Stoker gingen durch den Wind auf die Gruppe von Männern zu, die sie in etwa hundert Schritt Entfernung dicht aneinandergedrängt stehen sahen. Die Grasbüschel waren nass und der Boden dazwischen mit Kieseln übersät, zwischen denen Unkraut spross. Schon nach wenigen Augenblicken waren ihre Schuhe mit hellem, sandigem Schlamm bedeckt.

Einer der Männer aus der Gruppe musste aus dem Augenwinkel eine Bewegung wahrgenommen haben, denn er drehte den Kopf und kam dann auf die beiden Neuankömmlinge zu, wobei die losen Enden seines Schals im Wind flatterten. Ein Stück vor ihnen blieb er stehen, nickte Stoker zu und sagte zu Pitt: »Tut mir leid, Sir. Das Ganze sieht dem vorigen Fall so ähnlich, dass ich es für richtig gehalten habe, Sie informieren zu lassen. Hier entlang.« Mit gesenktem Kopf begann er den Weg zurückzugehen, den er gekommen war. Seine Schuhe machten auf dem aufgeweichten Boden kein Geräusch.

Pitt und Stoker folgten ihm, jeder in seine eigenen Gedanken versunken.

Das Kommando hatte derselbe Mann wie beim vorigen Mal. Er wirkte durchgefroren und erschöpft. Mit den Worten »Sehen Sie sich die Spuren hier an« wies er auf den verschlammten Weg. »Sieht ganz so aus, als wäre hier ein Pferdefuhrwerk durchgekommen. Es hat möglicherweise nichts mit der Leiche zu tun, aber ich denke mir, dass der Schweinehund sie auf diese Weise hergeschafft hat.«

»Sie ist also nicht hier umgebracht worden?«, fragte Pitt.

Der Mann biss sich auf die Lippe. »Nein, Sir. Sie sieht ganz so aus wie die von vor ein paar Wochen. Abgesehen von der Farbe, hat sie auch die Haare wie die andere und ist ähnlich gebaut. Soweit man sehen kann, muss sie ziemlich hübsch gewesen sein. Ich vermute, dass sie auch schon eine Weile tot ist, wie die vorige, vielleicht eine oder zwei Wochen – aber genauer kann das nur der Pathologe sagen.«

»Und hat sie versteckt gelegen?«, erkundigte sich Pitt.

»Überhaupt nicht«, gab der Mann zurück. »Gleich hier, dicht am Weg, wo jeder sie sehen kann, der vorbeikommt.«

»Das heißt also, man hat sie erst vor kurzer Zeit hergebracht?«

»Vergangene Nacht. Deswegen könnten die Wagenspuren wichtig sein.«

»Wer hat sie gefunden?«

»Ein junges Pärchen.« Der Mann machte ein finsteres Gesicht. »Die beiden waren die ganze Nacht draußen. Er wollte sie nach Hause bringen, damit sie behaupten konnte, im eigenen Bett geschlafen zu haben. Damit können sie aber jetzt keinen mehr hinters Licht führen!« Er lachte bellend.

»Immerhin haben sie es gemeldet«, gab Pitt zu bedenken, während er sich bemühte, mit ihm Schritt zu halten. »Sie hätten ja auch einfach weitergehen können. Dann hätte es eine ganze Weile dauern können, bis man die Leiche gefunden hätte. Bei diesem Wind und Regen wären dann die Wagenspuren mit Sicherheit nicht mehr sichtbar gewesen. Wie weit reichen die?«

»Bis zum Hauptfahrweg da hinten.« Er wies in die Richtung. »Dort verlieren sie sich im Kies zwischen den vielen anderen Spuren. Aber man darf als sicher annehmen, dass das Fuhrwerk von da gekommen ist, denn einen anderen Weg gibt es eigentlich nicht.«

»Das heißt, man hat sie mit Absicht an diese und keine andere Stelle gebracht«, sagte Pitt, als sie die Gruppe der anderen erreichten. Alle standen dicht beieinander, als wollten sie einander Schutz vor dem Wind bieten, der ihre Rockschöße hochwirbelte und das Gras zu ihren Füßen niederbog.

Durch die schmale Lücke, die sie freiließen, trat Pitt an die Leiche heran, die in einer flachen Vertiefung am Boden lag. Das um sie herum ausgebreitete dunkle Kleid ließ im Licht des regennassen frühen Morgens keine genaue Form oder Farbe erkennen. Das lange, dichte blonde Haar hingegen fiel sofort auf. Vermutlich hatte es sehr schön ausgesehen.

Das Aussehen des Gesichts war schwieriger einzuschätzen, denn es war im Tod verzerrt und wie bei der vorigen Leiche vermutlich mit einer rasiermesserscharfen Klinge in widerwärtiger Weise unkenntlich gemacht worden. Genau genommen, war es schlimmer als bei der ersten, da der Zerfall bereits sichtbar eingesetzt hatte und Tiere sich in der Nacht über sie hergemacht zu haben schienen. Ganz offensichtlich war sie, wie ihm der Polizeibeamte gesagt hatte, erst längere Zeit nach ihrem Tod dort hingebracht worden.

»Ist Ihnen die Todesursache bekannt?« Pitt richtete sich auf und versuchte Entsetzen und Mitgefühl zu unterdrücken, die in ihm aufstiegen. Er konnte nicht verhindern, dass er am ganzen Leibe zitterte. Fragend sah er sich im Kreis der Männer um. »Auf den ersten Blick kann ich nichts erkennen.«

Mit heiserer Stimme sagte der Polizeibeamte: »Dafür müssen wir die Einschätzung des Gerichtsmediziners abwarten. Auf jeden Fall scheint sie eine ganze Menge Knochenbrüche zu haben, unter anderem an beiden Oberschenkeln, ziemlich weit oben, ungefähr hier …« Er fuhr sich mit der Hand über den Schritt. »Weiß der Himmel, wie das passiert ist.«

»Man sieht aber kein Blut«, sagte Pitt überrascht. Er richtete den Blick auf den Boden und erkannte lediglich die Spuren kleiner Tiere. »Und gestern Abend also war sie noch nicht hier?«, fuhr er fort.

»So nahe am Hauptweg hätte sie bestimmt jemand gesehen«, gab der Beamte zurück. »Und ihre Kleidung ist feucht, aber nicht vollständig durchnässt. Ganz davon abgesehen, sind da die Wagenspuren. Nein, man hat sie wohl gestern nach Einbruch der Dunkelheit hergebracht. Wozu, das mag der Himmel wissen! Aber wenn wir den Schweinehund erwischen, kann sich der Henker die Arbeit sparen …«

Einer der jungen Männer räusperte sich. »Commander Pitt, Sir?«

Pitt sah ihn an.

»Sir, sie liegt ganz sonderbar da. So, als wäre ihre Wirbelsäule verbogen. Ich war auch da, als wir die Erste gefunden haben, Sir, und die lag auch so da – ich meine, ganz und gar genauso. Es ist wie eine Art Wiederholung.«

Blitzartig kehrte die Erinnerung an die Frau, die sie für Kitty gehalten hatten, in Pitts Kopf zurück. In der Tat hatte auch sie genauso dagelegen, als hätte ihr der gleiche innere Schmerz den Rücken verdreht.

Der auffrischende Wind pfiff im Geäst über ihnen, und die Fruchtstände dürrer Pflanzen schlugen raschelnd aneinander.

»Ja. Das haben Sie gut beobachtet«, sagte Pitt. »Ich nehme an, dass der Gerichtsmediziner bereits unterwegs ist?«

»Ja, Sir.«

»Bis er kommt, werde ich mit den beiden jungen Leuten reden, die sie gefunden haben, damit sie nach Hause gehen können. Gibt es noch etwas über die Frau zu sagen? Hat jemand eine Vorstellung, wer sie sein könnte?«

»Nein, Sir. Stoff und Machart des Kleides und der Jacke legen den Gedanken nahe, dass sie ebenfalls ein Dienstmädchen sein könnte. Ich habe mir ihre Hände angesehen, da hat sie auch leichte Spuren von Verbrennungen und kleine Narben, so, als wenn sie viel gebügelt oder gekocht hätte und dergleichen. Und … in ihrer Jackentasche hatte sie ein Taschentuch mit einem Saum aus Spitze und einem aufgestickten ›R‹. Soweit ich mich erinnern kann, sieht es ziemlich ähnlich aus wie das, das die andere Leiche bei sich hatte. Vor allem aber haben wir das hier gefunden, Sir.«

Er nahm einen Umschlag aus der Tasche und öffnete ihn. Er enthielt eine goldene Uhrkette mit einem wunderbar gearbeiteten goldenen Anhänger von etwa zweieinhalb Zentimetern Durchmesser daran. Letzterer war am Rand mehrfach leicht eingekerbt, sodass er aussah wie eine Rose mit fünf Blütenblättern. Auf der Rückseite standen in Schmuckschrift die Buchstaben »BK« eingraviert. Bennett Kynaston? In dem Fall mussten das die Kette und der Anhänger von Dudley Kynastons Uhr sein, die ihm angeblich ein Taschendieb entwendet hatte.

»Das wird ein gefundenes Fressen für die Presse sein. Ich kann mir schon genau vorstellen, was die Zeitungen daraus machen werden«, sagte Pitt mit finsterer Miene. »Ich würde mir gern auch das Taschentuch ansehen.«

Der Beamte bückte sich, nahm es der Toten aus der Tasche und gab es Pitt. Das viereckige weiße Stück Batist mit dem Spitzenrand und dem in einer Ecke aufgestickten und von winzigen Blumen umgebenen »R« sah dem bei der anderen Toten gefundenen zum Verwechseln ähnlich.

»Ich gehe zu Kynaston«, sagte Pitt zu den Polizeibeamten und wandte sich dann zu Stoker um. »Bleiben Sie hier. Sprechen Sie mit den jungen Leuten, die sie gefunden haben. Versuchen Sie, möglichst viel herauszubekommen. Ich treffe Sie dann auf dem Polizeirevier oder im Leichenschauhaus. Sorgen Sie unbedingt dafür, dass die Angelegenheit mit Vorrang behandelt wird.«

»Ja, Sir«, sagten Stoker und der Polizeibeamte wie aus einem Munde.

Pitt merkte, dass er Hunger hatte, als er völlig durchgefroren an die Tür von Kynastons Haus am Shooters Hill klopfte. Das war kein Wunder, schließlich hatte er so gut wie nicht gefrühstückt. Da er von den Dienstboten diesmal höchstens würde wissen wollen, ob sie etwas beizutragen hatten, was die Berichte anderer bestätigen konnte, gab es keinen Grund, den Dienstboteneingang zu nehmen.

Der Butler Norton öffnete und sah Pitt mit einem Ausdruck an, als ob er Böses ahnte. In den besseren Kreisen war es nicht üblich, um diese Uhrzeit einen Besuch zu machen. Mithin konnte es sich nur um eine schlechte Nachricht handeln.

»Guten Morgen, Sir. Kann ich etwas für Sie tun?«, sagte er distanziert.

Mit einem knappen »Vielen Dank« trat Pitt vor, womit er Norton zwang, ihn entweder ins Haus zu lassen oder ihm den Weg zu versperren. »Entschuldigen Sie, dass meine Schuhe so schmutzig sind. Ich war in der Kiesgrube ... wieder einmal.« Ihm war bewusst, dass seine Stimme bei diesen Worten zitterte. Er war am ganzen Körper angespannt, als sei er vor Kälte so starr wie die entstellte Leiche, die kaum einen Kilometer entfernt im Gras lag, durch das der Wind fuhr. Er hatte sich große Mühe gegeben, das Bild aus dem Kopf zu bekommen, sich auf die Gegenwart und seine Aufgabe zu konzentrieren, doch er merkte, dass ihm das schwerfallen würde.

Norton erbleichte und schluckte. »Bestimmt kann der Stiefelputzer etwas für Sie tun, Sir. Darf ich Ihnen inzwischen ein Paar Hausschuhe anbieten? Und eine Tasse Tee mit etwas Toast?«

Es war ein Gebot der Höflichkeit, das Anerbieten des Butlers anzunehmen, weil sonst die Dienstmädchen die Teppiche würden säubern müssen, über die er mit seinen schmutzigen Schuhen gegangen war. Da er aber nicht zu einem geselligen Plausch gekommen war, sondern um ein besonders abscheuliches Verbrechen aufzuklären, hätte er sich eine Blöße gegeben, wenn er die darüber hinaus angebotene Gastfreundschaft in Anspruch genommen hätte, auch wenn er spürte, dass er nicht nur fror, sondern auch seine Kehle ausgedörrt war.

»Das ist überaus freundlich von Ihnen«, sagte er also. »Die Hausschuhe nehme ich gern aus Rücksicht auf die Dienstmädchen an. Aber bitte keinen Tee. Ich würde gern mit Mr. Kynaston sprechen, bevor er das Haus verlässt. Sie alle hätten ohnehin schon bald von der Sache erfahren. Bedauerlicherweise hat man in der Kiesgrube erneut eine Leiche gefunden.« Als er Nortons entsetzten Blick sah, fügte er rasch hinzu: »Es handelt sich nicht um Kitty Ryder – bei ihr besteht durchaus die Möglichkeit, dass sie noch am Leben ist.« Zu spät fiel ihm ein, dass er das nicht hätte sagen sollen. Da der Butler das zweifellos Kynaston mitteilen würde, hatte er einen Trumpf und damit die Möglichkeit aus der Hand gegeben, diesen zu überrumpeln. »Es tut mir leid, aber ich kann nicht warten«, fügte er hinzu.

»Gewiss, Sir.« Mit einer leichten Verbeugung fuhr Norton fort: »Ich werde ihn unverzüglich von Ihrer Anwesenheit in Kenntnis setzen. Vielleicht möchten Sie bis dahin im Empfangszimmer warten. Es ist geheizt. Probieren Sie doch bitte, ob Ihnen diese Hausschuhe passen.«

Rasch wechselte Pitt die Schuhe und folgte Norton ins Empfangszimmer.

Schon kurz darauf kam Kynaston mit ernster und besorgter Miene herein. Er schloss die Tür und blieb vor Pitt stehen.

»Norton hat mir gesagt, dass Sie in einer der Kiesgruben erneut eine Frauenleiche gefunden haben«, sagte er übergangslos.

»Ja, Sir, leider. Auch sie ist übel zugerichtet und scheint schon eine ganze Weile tot zu sein. Man hat sie aber erst gestern am späten Abend dort hingebracht.«

Alle Farbe wich aus Kynastons Gesicht. Er schluckte, als schnüre ihm etwas die Kehle zu. »Zum Kuckuck, warum sagen Sie mir das?«, fragte er mit belegter Stimme. »Sind Sie der Ansicht, dass es diesmal Kitty ist?«

Dann hatte Norton ihm also nichts gesagt! Interessant. Hatte er dazu keine Gelegenheit gehabt, oder war die Bindung an seine Herrschaft nicht so stark, wie man hätte annehmen sollen?

»Nein, Sir, das halte ich für ausgeschlossen«, gab er zur Antwort. »Die Frau ist blond, und das entspricht in keiner Weise ihrer Personenbeschreibung. Außerdem haben wir Harry Dobson aufgespürt und von ihm erfahren, dass sie zwar erst zu ihm gekommen ist, ihn später aber verlassen hat. Wir haben herumgefragt und von Nachbarn und Ladeninhabern in der Gegend erfahren, dass sie sie seither bei offenbar guter Gesundheit gesehen haben.«

»Hätten Sie mir das nicht schon früher sagen können?«, brachte Kynaston wütend hervor. Seine Augen funkelten, seine Wangen waren krebsrot. »Was, zum Teufel, ist eigentlich mit Ihnen los? Von mir aus denken Sie über mich, was Sie wollen, aber zumindest könnten Sie auf die Gefühle meiner Frau oder die der Dienstboten Rücksicht nehmen. Immerhin hat Kitty hier im Hause gelebt, und sie war uns keineswegs gleichgültig!«

Obwohl Pitt die Worte wie Peitschenhiebe spürte, freuten sie ihn in gewisser Weise, so sonderbar das schien. Immerhin legte der Mann damit so etwas wie menschlichen Anstand an den Tag.

»Wir haben das erst jetzt erfahren, Sir«, gab er ruhig zurück. »Genau genommen, gestern Abend. Mr. Stoker hat in seiner Freizeit weitere Ermittlungen angestellt. Heute Morgen hat man mich mit der Mitteilung aus dem Bett geholt, dass eine zweite Leiche gefunden wurde. Man hat bei ihr genauso ein Taschentuch gefunden wie bei der ersten. Sie werden sich erinnern, dass Ihre Gattin mehrere von der Art besitzt.« Er nahm den goldenen Uhranhänger mit der Kette heraus und legte beides auf den Tisch zwischen ihnen. »Außerdem trug sie die bei sich …«

Kynaston setzte sich rasch hin, als sei er nicht sicher, ob ihn seine Beine noch länger tragen würden. Sein Gesicht war aschfahl. »Die sind von meiner Uhr. Sie hat früher meinem

Bruder gehört, deshalb war ich so aufgebracht, als man sie mir gestohlen hatte.«

»Wo war das, Sir? Wissen Sie es wenigstens ungefähr?«

»In der Oxford Street. In einer dichten Menschenmenge. Aufgefallen ist es mir erst, als ich nach der Uhrzeit sehen wollte. Da versucht mir offenbar jemand etwas in die Schuhe zu schieben, indem er den Anschein erweckt, als hätte ich mit dieser Sache zu tun«, sagte er mit einem Ausdruck von Verzweiflung. »Aber warum nur? Ebenso wenig wie bei dem ersten Opfer habe ich auch nur die geringste Vorstellung davon, wer diese Frau sein könnte, was man ihr angetan hat und auf welche Weise sie dort hingekommen ist.« Er hob den Blick. »Um wen handelt es sich überhaupt? Wie Sie sagten, ist es nicht Kitty, was mich ausgesprochen erleichtert. Auf jeden Fall scheint man sie gewaltsam zu Tode gebracht und die Leiche einfach irgendwo hingelegt zu haben. Warum tun Sie nicht alles, was Sie können, um festzustellen, wer der Täter und das Opfer sind?«

Es kostete Pitt eine gewisse Mühe, seine Gefühle zu beherrschen. Immerhin hatte er beide Leichen gesehen.

»Das zu ermitteln ist Aufgabe der Polizei, Mr. Kynaston. Wie Sie wissen, obliegt es dem Staatsschutz, sich um die Sicherheit des Landes zu kümmern. Das bedeutet in diesem Fall, dafür zu sorgen, dass Sie und Ihr Ruf keinen Schaden leiden, damit Sie mit Ihrer Arbeit für die Marine unseres Landes fortfahren können.«

Kynaston vergrub den Kopf in den Händen. »Ja … ich weiß. Entschuldigung. Sagen Sie mir, wann diese zweite Leiche in der Kiesgrube abgelegt wurde, falls Ihnen das bekannt ist, und ich werde Ihnen sagen, wo ich zu dem Zeitpunkt war.«

»Zwischen gestern nach Einbruch der Dunkelheit und etwa einer Stunde vor Tagesanbruch heute«, erwiderte Pitt. »Genaueres kann ich Ihnen im Augenblick nicht sagen – vielleicht später, wenn ich mit dem Gerichtsmediziner gesprochen habe und er Gelegenheit hatte, sie sich genauer anzusehen. Auf jeden Fall scheint sie schon eine ganze Weile tot gewesen zu sein.«

»Wie … wie ist sie umgekommen?«

»Auch das ist mir nicht bekannt. Aber möglicherweise können wir Sie schon ausschließen, bevor wir das wissen. Wo haben Sie sich zwischen gestern nach Sonnenuntergang und heute Morgen, sagen wir um sechs Uhr, aufgehalten?«

Kynaston sah ihn leicht überrascht an. »Wie jeder andere habe ich den größten Teil der Nacht im Bett verbracht!«

»Und gestern nach Sonnenuntergang, Sir?«

»Da habe ich in meinem Klub zu Abend gegessen. Ich hatte ziemlich lange gearbeitet, und da ich müde und hungrig war, wollte ich erst in der Stadt etwas essen, bevor ich nach Hause fuhr.« Seine Stimme hatte einen scharfen Unterton, aber Pitt hätte nicht sagen können, ob Ärger oder Angst der Grund dafür war.

»Haben Sie allein gegessen?«, fragte Pitt. »Würde sich einer der Klubdiener an Sie erinnern?«

»Da ich mir Verschiedenes für eine Besprechung durch den Kopf gehen lassen musste, war ich nicht in der Stimmung, belanglose Unterhaltungen zu führen, so angenehm das gewesen wäre. Bestimmt wird sich der Klubdiener an mich erinnern. Fragen Sie ihn.«

»Das werde ich tun, Sir, wenn Sie mir bitte Namen und Anschrift des Klubs nennen und mir sagen würden, wer Sie bedient hat. Ich werde persönlich mit dem Mann sprechen. Um wie viel Uhr sind Sie dort aufgebrochen?«

»Ich habe nicht auf die Uhr gesehen. Ich denke, dass es ungefähr halb zehn war.«

»Und wann sind Sie hier eingetroffen?«

»Ich nehme an, gegen elf. Wegen eines Unfalls gab es kein rechtes Durchkommen, und so hat es eine ganze Weile gedauert. Fragen Sie Norton, er kann es Ihnen genau sagen.«

»Haben Sie mit Ihrer Gattin gesprochen?« Pitt und Charlotte hatten ein gemeinsames Schlafzimmer, doch war ihm bekannt, dass Menschen mit großen Häusern mitunter getrennte Schlafzimmer hatten, vor allem, wenn sie schon länger verheiratet waren. Kynastons Söhne und beide Töchter waren längst aus dem Haus.

»Es gab keinen Grund, sie um diese späte Stunde zu stören«, gab Kynaston zurück. Ein bitteres Lächeln umspielte seinen Mund. »Aber falls Sie der Annahme sein sollten, ich hätte mich ungesehen aus dem Hause gestohlen, irgendwo die Leiche einer unglücklichen Frau aufgegabelt, sie wie auch immer zu einer der Kiesgruben geschleppt, um sie dort abzulegen, um dann wieder ins Haus zurückzukehren, sollten Sie überlegen, wie das hätte vor sich gehen sollen, ohne dass jemand etwas davon mitbekommen und ich mir die Kleidung verdorben hätte. Wie hätte ich sie überhaupt tragen sollen? Falls ich die Pferde herausgeholt und vor die Kutsche gespannt hätte, würde der Stallknecht das wissen, und eine Droschke habe ich dazu ganz bestimmt nicht benutzt.«

Pitt lächelte. »Ehrlich gesagt, glaube ich nicht, dass Sie etwas in der Art getan haben. Aber jemand muss es gewesen sein. Ich brauche mich lediglich zu vergewissern, dass weder Sie noch sonst jemand aus Ihrem Haus an der Sache beteiligt waren ...«

»Etwa Norton? Haben Sie den Verstand verloren?«, fragte Kynaston ungläubig. »Der Kutscher? Der Schuhputzer?«

»Nein, Sir. Norton habe ich nie in Erwägung gezogen. Auch was Sie über die Kutsche oder Droschke gesagt haben, schließt ihn aus. Wir nehmen, offen gesagt, an, dass der Transport mit irgendeiner Art Fuhrwerk durchgeführt wurde, beispielsweise einem zweirädrigen Karren.«

»So etwas habe ich nicht.«

»Das ist mir bekannt, Sir.«

Kynaston seufzte. »Selbstverständlich verstehe ich, dass Sie Ihre Arbeit tun müssen. Ich bin nur froh, dass es nicht meine ist! Aber natürlich muss es jemanden geben, der das macht.«

Pitt fühlte sich getroffen. »So ist es, Sir. Mitunter empfinde ich diese Arbeit als äußerst unangenehm, weil man dabei oft mit düsteren und tragischen Ereignissen in Berührung kommt. Aber wenn Ihre Gattin oder Ihre Tochter dort draußen läge, würden Sie bestimmt wollen, dass alles Menschenmögliche unternommen wird, um die Sache aufzuklären, ganz gleich, wer dabei belästigt würde.« Er atmete tief durch. »Ihre Einwilligung vorausgesetzt, werde ich anschließend mit allen Dienstboten im Hause sprechen, für den Fall, dass der eine oder andere etwas beizutragen hat, was uns weiterhelfen könnte.«

Er hatte erwartet, dass Kynaston bei dieser Ankündigung die Beherrschung verlieren würde, doch stattdessen begann der Mann zu zittern und wurde so bleich, dass man hätte fürchten können, er werde umfallen, wenn er nicht gesessen hätte.

»Bitte verzeihen Sie«, sagte er beherrscht. »Das war gedankenlos von mir. Es ist eine zutiefst erschütternde Angelegenheit.«

Pitt wünschte, er wäre nicht so hart mit dem Mann ins Gericht gegangen. Schon als er seine Meinung ausgesprochen hatte, war ihm klar geworden, dass er sie besser für sich behalten hätte. »Sofern es uns gelingen sollte, Kitty Ryders Aufenthaltsort zu ermitteln, werde ich Sie davon in Kenntnis setzen, Sir. Mit Sicherheit war sie keine der beiden Leichen in der Kiesgrube.«

»Danke. – Und wenden Sie sich bitte an Norton wegen der Befragung des Personals.«

Pitt ging ins Vestibül, wo ihm Norton seine geputzten und auf Hochglanz polierten Schuhe überreichte und die Hausschuhe entgegennahm. Pitt dankte ihm, ehe er sein Anliegen vorbrachte und seine Arbeit fortsetzte.

Den Rest des Vormittags brachte Pitt damit zu, Kynastons Aussage zu überprüfen. Zwar zweifelte er nicht an deren Wahrheitsgehalt, doch wollte er Beweise haben, um bei Bedarf Anwürfe von Journalisten zurückweisen zu können. Noch wichtiger war ihm, dass er – wenn es sein musste, mit aller Schärfe – reagieren konnte, sofern Somerset Carlisle unter dem Schutz des Abgeordnetenprivilegs im Unterhaus Fragen stellen sollte.

Um zwei Uhr nachmittags war er müde und abgekämpft. Vor Hunger förmlich benommen suchte er eine Gaststätte auf. Nicht einmal ein Stück Fleischpastete mit Nierchen und ein Glas Apfelwein trugen merklich zur Verbesserung seines Zustandes bei.

Kynaston war zwar im Klub gewesen, hatte ihn aber nicht nur mindestens eine Stunde früher verlassen, als er behauptet hatte, sondern war auch eine volle Stunde später nach Hause gekommen. Pitt hatte Stoker den Auftrag erteilt, sich bei Droschkenkutschern nach den Verkehrsbedingungen des Vorabends zu erkundigen, da sich von ihnen die zuverlässigsten Auskünfte diesbezüglich erhalten ließen. Es war für diese Männer bares Geld wert, derlei zu wissen, und daher sprachen sich Unfälle oder sonstige Störungen in Windeseile unter ihnen herum. Es gab in ganz London so gut wie keine Straße, die sie nicht befuhren, und der Weg von Kynastons Klub in der Stadtmitte zu seinem Haus am Shooters Hill führte fast ausschließlich über Hauptstraßen. Bei der Befragung war herausgekomen, dass es um jene Tageszeit auf der ganzen Strecke weder einen Unfall noch sonstige Vorkommnisse gegeben hatte, die angetan gewesen wären, das Vorankommen einer Kutsche übermäßig zu behindern.

Als die Bedienung kam, um sich zu erkundigen, ob alles in Ordnung sei, lächelte Pitt ihr dankend zu und nahm einen weiteren Schluck aus seinem Glas.

Warum hatte Kynaston ihn belogen? Offensichtlich hatte er Angst – aber wovor oder vor wem? Wo hatte er die beiden Stunden verbracht, über die er keine Rechenschaft ablegen wollte? Ob das wieder mit seiner Mätresse zu tun hatte?

Im Bewusstsein der Öffentlichkeit war das Verschwinden Kitty Ryders nahezu vollständig durch andere Ereignisse und Themen verdrängt worden, denen sich die Aufmerksamkeit der Presse inzwischen zugewandt hatte. Zwar bemühte sich die Polizei nach wie vor, die erste Leiche zu identifizieren, doch waren die Möglichkeiten dazu mittlerweile so gut wie erschöpft. Kynaston mochte allen Grund gehabt haben anzunehmen, dass das Leben wieder in normalen Bahnen verlief, doch nunmehr hatte die Entdeckung der neuen Leiche in der Kiesgrube alles wieder aufbrechen lassen.

Pitt aß weiter, lustlos und nur, weil er Hunger hatte. Immerhin hatte er sich endlich etwas aufgewärmt.

Ohne jeden Zweifel würden die Zeitungen den neuen schrecklichen Leichenfund mit riesigen Balkenüberschriften verkünden und ihre Auflage um Tausende von Exemplaren steigern. Wieder würde man Kynaston ins Visier nehmen, da es sich bei ihm um eine Persönlichkeit des öffentlichen Lebens handelte.

Warum nur mochte er ihn belogen haben? Er hätte doch voraussehen müssen, dass Pitt dahinterkam.

Pitt war klar, dass er sich gut überlegen musste, was er Talbot antworten würde, wenn dieser nach ihm schickte, womit er fest rechnete.

Dann kam ihm der Gedanke, ob Kynaston vielleicht wusste, wer die beiden Frauen auf dem Gewissen hatte. Deckte er den Täter absichtlich? Oder hatte er Angst vor ihm? War womöglich jemand, der ihm nahestand, so tief in die Sache verwickelt, dass er keine andere Möglichkeit sah, den Betreffenden zu schützen?

Pitt beendete seine Mahlzeit, trank seinen Apfelwein aus und ließ sich von einer Droschke zur Downing Street fahren, um Edom Talbot vom Stand der Dinge zu berichten. Zweifellos hatte dieser von den neuesten Ereignissen bereits erfahren, zumindest, was die bloßen Tatsachen betraf.

Es erwies sich, dass Pitt mit dieser Annahme recht hatte. Er wurde sogleich in denselben Raum wie beim vorigen Mal geführt, und schon wenige Minuten später ließ Talbot sich blicken.

Gleich einem gereizten Stier stürmte er herein und donnerte die Tür hinter sich zu. Im Umfeld des britischen Premierministers war eine solche Unbeherrschtheit nicht üblich, und so wälzte er die Schuld dafür unverzüglich auf seinen Besucher ab.

»Was, zum Teufel, treiben Sie?«, zischte er Pitt wütend an. »Ich dachte, Sie hätten die Dinge unter Kontrolle?«

Es war Pitt klar, dass er seinerseits die Beherrschung keinesfalls verlieren durfte. Auch Narraway hätte sich so verhalten, ganz gleich, was er empfand. Zwar war ihm Gereiztheit nicht fremd – das wusste Pitt nur allzu genau –, doch verlangte seine Selbstachtung, dass er sich von anderen nicht manipulieren ließ. Dieser Gedanke half Pitt, und er klammerte sich daran.

»Bis diese Leiche aufgetaucht ist, war das auch der Fall, Sir«, gab er steif zurück. »Bisher wissen wir nicht, um wen es sich handelt. Ich muss abwarten, was der Gerichtsmediziner nach seiner Untersuchung sagt und welche Folgerungen er daraus zieht. Unterdessen musste ich mich vergewissern, ob Mr. Kynaston beweisen konnte, dass weder er noch sonst jemand in seinem Hause in die Sache verwickelt ist.«

»Und? Wissen Sie es?« Talbot konnte seine Besorgnis nicht verbergen. Sein Gesichtsausdruck war geradezu ängstlich, und seine Nackenmuskeln waren so angespannt, dass er vor Schmerz zusammenzuckte, wenn er den Kopf bewegte. Vermutlich schnitt ihm sein hoher steifer Kragen in den Hals.

»Ja, seine Antworten sind zu meiner Zufriedenheit ausgefallen. Aber die Polizei wird sich nicht damit begnügen wollen und die Presse erst recht nicht, sobald sie von der Sache Wind bekommen hat. Auch ein Geschworenengericht würde sich mit seinen Auskünften nicht zufriedengeben.«

Talbot schien die Luft anzuhalten. Eine Ader an seiner Schläfe zuckte.

»Nicht so verschwommen, Mann«, fuhr er Pitt an. »Wovon reden Sie? Mit Ihrem ›Was wäre, wenn …‹ und ›Vielleicht‹ kann der Premierminister nichts anfangen. Ist Kynaston in die Sache verwickelt, ja oder nein? Für den Fall, dass der gottverdammte Holzkopf Carlisle im Unterhaus wieder Fragen dazu stellt, braucht der Premierminister eine vernünftige Antwort, mit der die Sache ein für alle Mal erledigt werden kann! Und ich muss die Möglichkeit haben, ihm zu versichern, dass nicht nur alles hieb- und stichfest ist, sondern der Staatsschutz auch weiß, was er tut, selbst wenn es nicht danach aussieht!«

Es kostete Pitt beträchtliche Mühe, in gleichmütigem Ton zu antworten.

»Man hat bei der Frau eine goldene Uhrkette mit einem alles andere als alltäglichen Anhänger gefunden. Sie werden sich erinnern, dass es bei der ersten eine goldene Taschenuhr war …«

»Jeder zweite wohlhabende Mann in London hat so eine Uhr«, knurrte Talbot. »Wahrscheinlich haben auch die meisten eine Kette und einen Anhänger dazu.«

»Diese Uhr ist Kynastons Eigentum«, fuhr Pitt fort. »Das hat er zugegeben. Ebenso wie der Anhänger mit dem eingravierten Monogramm ›BK‹. Er hat gesagt, dass er ursprünglich seinem Bruder Bennett gehörte und für ihn einen ideellen Wert hatte. Angeblich hat ein Taschendieb sie ihm in der Oxford Street oder in ihrer näheren Umgebung entwendet.«

Talbot schwieg eine Weile.

Pitt wartete.

»Und glauben Sie ihm das?«, fragte Talbot schließlich.

»Ich weiß nicht recht. Übrigens hat sich bei der Leiche auch ein Taschentuch ganz wie bei der anderen gefunden.«

»Das hat nichts zu bedeuten!«, verwies ihn Talbot in scharfem Ton.

»Mag sein. Aber die Uhr und der Anhänger, die man bei den beiden Frauen gefunden hat, die tot und gezielt unkenntlich gemacht in dieser Kiesgrube aufgetaucht sind, lassen sich nicht einfach so abtun«, betonte Pitt. »Übrigens haben wir Aussagen, die belegen, dass man Kynastons Zofe nach Auffindung der ersten Leiche lebend gesehen hat – und die Leiche von heute hat nicht die Spur einer Ähnlichkeit mit ihr.«

Talbot entspannte sich sichtlich. »Man hat sie nach der Entdeckung der ersten Leiche lebend gesehen? Dann lassen Sie doch den Mann in Dreiteufelsnamen zufrieden! Sie können nichts beweisen! Vielleicht ist ja derjenige, der ihm die Uhr gestohlen hat, der irrsinnige Mörder.«

»Möglich. Aber als ich Mr. Kynaston gebeten habe, mir zu sagen, wo er sich zu der Zeit aufgehalten hat, als die Leiche in der Kiesgrube abgelegt wurde, hat er gelogen.«

»Dann tut er eben in seiner Freizeit Dinge, die er für sich behalten will!« Talbot hob die Brauen, so hoch es ging. »Machen das nicht alle so? Vielleicht hat er irgendwo ein Spielchen gemacht, etwas getrunken oder sich mit einer Frau abgegeben. Was auch immer es ist, es geht uns nichts an. Jedenfalls hat er niemanden umgebracht und die Leiche in einer verdammten Kiesgrube in der Nähe seines eigenen Hauses deponiert!«

»Ich hatte gehofft, etwas in die Hand zu bekommen, womit ich den Zeitungsleuten das Maul stopfen kann«, erläuterte Pitt. »Die würden es liebend gern in der Öffentlichkeit breittreten, wenn sich herausstellen sollte, dass sich Mr. Kynaston einem der von Ihnen genannten Zeitvertreibe hingegeben hat – und dem wollen wir doch auf jeden Fall einen Riegel vorschieben.« Mit Mühe unterdrückte er ein höhnisches Lächeln.

Talbot setzte an, etwas dazu zu sagen, unterließ es dann aber. »Halten Sie mich auf dem Laufenden«, forderte er Pitt stattdessen auf. »Sehen Sie zu, dass Sie den Fall lösen, und sorgen Sie dafür, dass die Sache aus den Zeitungen herausgehalten wird.«

»Ja, Sir.«

Es war Abend und bereits dunkel, als Pitt, den die Regengüsse nicht verschont hatten, den Gerichtsmediziner im Leichenschauhaus antraf. Da er annahm, dass Dr. Whistler die Frau aus der Kiesgrube mit Vorrang untersuchen würde, hoffte er, vielleicht schon alle nötigen Informationen zu bekommen.

Der Arzt saß in seinem Büro. Er schien müde zu sein. Sein Kittel war verknittert, und seine Krawatte hatte sich gelockert. Auf einem Holzofen in der Ecke, der den Raum angenehm erwärmte, dampfte ein Wasserkessel. Doch diese Behaglichkeit wurde, jedenfalls was Pitt betraf, durch das Bewusstsein gestört, dass keine zehn Meter von ihnen entfernt kalte Räume voller Leichen lagen, die auf den darin befindlichen

Tischen eine nach der anderen geöffnet und begutachtet werden würden.

Als Pitt eintrat, war Whistler gerade dabei, seinen Kittel abzulegen und eine bequeme Jacke anzuziehen. Seine Hände waren vom vielen Schrubben rötlich und aufgeraut.

»Ich habe damit gerechnet, dass Sie kommen«, sagte er matt. »Eigentlich hatte ich sogar schon gedacht, dass Sie hier warten wie ein Hund auf seine Mahlzeit.« Er setzte sich hinter den mit ungeordneten Papieren übersäten Schreibtisch.

»Hätte sich das denn gelohnt?«, fragte Pitt, während er die Tür hinter sich schloss. Er war froh, nicht Whistlers Arbeit tun zu müssen, auch wenn dessen »Kunden« im Unterschied zu seinen keinen Schmerz empfanden. Ihnen konnte niemand mehr helfen.

Whistler seufzte. »Tee?«, fragte er. »In dem verdammten Sezierraum ist es so kalt wie im Herzen einer Hexe.« Ohne auf Pitts Antwort zu warten, schob er den Kessel in die Mitte der Platte und wartete darauf, dass das Wasser heiß wurde. Während er einer zerbeulten Blechdose, die einst recht ansehnlich gewesen sein mochte, den Tee entnahm und in die Kanne füllte, redete er weiter: »Die Todesursache ist ziemlich klar: ein schwerer Sturz, vielleicht aus einem Fenster. Mindestens zwei Stockwerke hoch, möglicherweise noch mehr. Zahlreiche Knochenbrüche, zum Teil sogar Splitterfrakturen. Das einzig Gute daran ist, dass sie nicht viel davon mitbekommen haben dürfte.«

Unwillkürlich zuckte Pitt zusammen. »Wie lange ist das her?«

»Ah!« Whistler goss das siedende Wasser in die Teekanne und sog den Dampf ein. »Das ist schon schwieriger. Mindestens zwei Wochen, aber ich wäre bereit zu wetten, dass es eher drei sind. Ganz wie die vorige hat man sie vermutlich in einem kalten Raum aufbewahrt. Ich hätte es nicht besser machen können, wenn ich sie hier gehabt hätte. Und ich kann

Ihnen versichern, dass ich sie nicht hier hatte! Abgesehen von vereinzelten Hinweisen auf Insektenbefall, finden sich durchaus erkennbare Spuren von Tierfraß, doch hat sie bestimmt nicht länger als eine Nacht draußen gelegen. Aber vermutlich wissen Sie das bereits. Milch?«

»Ja, bitte.« Pitt hatte inzwischen keine so rechte Lust mehr, etwas Heißes zu trinken, obwohl er durchgefroren war.

»Zucker?«

»Nein … danke.«

»Gebäck habe ich keins. Ich darf nicht mehr so viel essen. Ich hab zu viele Dicke aufgeschnitten und gesehen, was da drin ist. Das hat mir die Lust genommen, so zu werden wie die.« Er gab Pitt einen Becher Tee. »Hier.«

»Danke. Sind Sie sicher, dass man sie mehrere Wochen lang irgendwo aufbewahrt hat?«, fragte er.

Whistler sah ihn tadelnd an. »Selbstverständlich bin ich mir sicher! Das ist unübersehbar das Werk eines Irren! Je früher Sie – oder wer auch immer – den aufspüren und hinter Gitter bringen, desto besser.«

Pitt stellte die Frage, vor der er sich gefürchtet hatte. »Und sind Sie sicher, dass es Mord war?«

Whistler hob die Augenbrauen fast bis zum Haaransatz. »Mein Bester, die Hälfte ihrer Knochen sind gebrochen. Mit Sicherheit ist sie nicht mitten in der Nacht auf ihren eigenen Füßen da zu der Kiesgrube marschiert!«

»Das wollte ich damit auch nicht sagen«, erklärte Pitt geduldig. »Aber könnte sie zufällig gestürzt sein, und jemand hat sie dort hingebracht?«

»Zwei oder drei Wochen nach ihrem Tod? Und dann die Gesichtsverstümmelungen! Das ist nicht das Werk von Tieren oder der Natur. Die bloße Vorstellung ist grotesk. Das ist das Werk eines widerwärtigen Perverslings!« Whistler holte tief Luft und stieß sie langsam wieder aus. »Ich will nicht ausschließen, dass der Tod auf einen Unfall zurückgehen könnte – wenn man diesen Punkt isoliert betrachtet«, räumte er ein. »Aber warum sollte ein vernünftiger Mensch das Opfer eines entsetzlichen Unfalls wochenlang irgendwo aufbewahren, das Gesicht unkenntlich machen und die Leiche dann da in der Kiesgrube abladen, und zwar genau an einer Stelle, wo man sie mit Sicherheit finden würde? Warum hat der Täter die Leiche nicht einfach verbrannt, wenn er sie loswerden wollte? Oder ihr ein paar schwere Steine um die Taille gebunden und sie in einem der seichten Seen hier in der Nähe versenkt? Bis der im Sommer ausgetrocknet wäre, hätte sich die Leiche in einem Zustand befunden, der jede Chance, festzustellen, wer sie war oder wer sie da hingebracht hat, zunichte gemacht hätte – immer vorausgesetzt, man hätte sie überhaupt gefunden!«

Pitt ließ sich diese Überlegungen durch den Kopf gehen. »Jedenfalls scheint niemand den Täter gestört zu haben, sodass er genug Zeit hatte zu tun, wonach ihm der Sinn stand. Also muss er gewollt haben, dass man sie findet.«

Whistler sah ihn an. »Ich sage es ja, wir haben es mit einem Irren zu tun.«

»Vielleicht …«

»Wenn das hier keiner ist, bete ich zu Gott, dass wir es nie mit einem zu tun bekommen, der zu Ihrer Vorstellung von einem Irren passt!«, sagte er angewidert.

»Gibt es unter Umständen noch etwas, was Sie mir sagen könnten?« Geistesabwesend nahm Pitt einen Schluck Tee und stellte fest, dass er sehr gut schmeckte. Angesichts ihres Gesprächsgegenstandes und der Besorgnis, die sich allmählich in seinem Geist herausbildete, war er doch froh über die Wärme des Getränks.

»Ich werde einen vollständigen Bericht abfassen und Ihnen zukommen lassen«, versprach Whistler. »Aber ich bezweifle, dass Ihnen der wirklich weiterhelfen wird. Soweit ich sagen kann, war sie eine Frau Ende zwanzig in gutem Ernährungszustand. Ihr Allgemeinzustand lässt keine weitergehenden Schlüsse zu. Genau wie die andere wies sie kleinere Narben an den Händen auf. Sie könnte also ein Dienstmädchen, eine Büglerin, aber ebenso gut auch eine junge Ehefrau mit eigenem Hausstand gewesen sein, die ihre Hausarbeit selbst erledigen musste. Doch auch wenn sie arm gewesen sein sollte, hatte sie ausreichend zu essen. Sie hatte volles Haar, war hochgewachsen und an den richtigen Stellen wohlgerundet. Hilft Ihnen das weiter?« Er stellte seinen Teebecher hin und goss etwas heißes Wasser nach.

»Im Augenblick könnte ich das nicht sagen«, gab Pitt zu. »Ich werde auch die Polizeiwachen nördlich der Themse bitten, festzustellen, ob irgendwo eine Frau vermisst wird, zu der diese Beschreibung passt. Jedenfalls vielen Dank.«

»Tut mir leid, dass ich Ihnen den Todeszeitpunkt höchstens auf eine Woche genau sagen kann. Mit der Angabe dürfte es Ihnen kaum möglich sein, jemanden zu be- oder entlasten.«

»Ich kann nicht einmal sagen, wer sie da hingebracht hat«, gab Pitt zurück. »Ganz davon abgesehen, würde uns nicht einmal das unbedingt weiterhelfen.«

Er dankte dem Gerichtsmediziner und ging hinaus. Er war erleichtert, der schweren und stickigen Luft von Whistlers Büro zu entkommen, in dem der Geruch des Leichenschauhauses zu hängen schien. Er genoss den kalten Wind auf der Straße förmlich.

Tief in Gedanken schritt er eine Weile aus. Er war noch nicht sicher, wie er weiter vorgehen würde. Ohnehin war der Abend schon zu weit fortgeschritten, als dass er noch viel hätte tun können. Zu Hause würde er essen, Jemima bei den Hausaufgaben helfen oder ihr zumindest Tipps geben. Dann würde er mit Daniel eine Partie Domino spielen. Inzwischen beherrschte der Junge das Spiel ziemlich gut. In einem oder zwei Jahren würde es mit all dem vorbei sein; dann würden sich die beiden mit ihrer eigenen Zukunft beschäftigen, und Jemima würde vermutlich verliebt sein.

Auch wenn Charlotte Verständnis dafür aufgebracht hätte, wenn er zu Hause noch arbeitete, war das kein Grund, das auch zu tun. Zwar drängte sie geradezu darauf, dass er den Fall löste, doch wollte er mit ihr nett zusammen sein, eine angenehme Zeit mit ihr verbringen, mit ihr über Dinge reden, die nichts mit Kynaston, Frauenleichen oder mit Landesverrat oder einer Bedrohung des Staates zu tun hatten.

Während er durch den stürmischen Wind in der Dunkelheit nach Hause ging, versuchte er, in seinen Gedanken Ordnung zu schaffen.

War jemand darauf aus, den Anschein zu erwecken, Kynaston habe diese Frauen getötet? Das wäre ein sonderbarer Einfall – nicht einfach exzentrisch, sondern geradezu irrwitzig. Da Kitty noch lebte oder, genauer gesagt, zumindest bis vor wenigen Tagen gelebt hatte, konnte keinesfalls sie die erste Leiche gewesen sein. Trotzdem war durch die unverkennbare goldene Uhr, die man bei dieser gefunden hatte, mit voller Absicht der Eindruck erweckt worden, dass es sich so verhielt. Wer steckte dahinter? Vor allem aber – warum hatte der Betreffende das getan? War Kynaston überhaupt die Taschenuhr auf der Straße gestohlen worden? Seine Behauptung war durchaus glaubwürdig und ließ sich unmöglich widerlegen.

Um eine Hauptverkehrsstraße überqueren zu können, musste Pitt stehen bleiben und warten, bis einige Fahrzeuge vorüber waren.

Sollte Somerset Carlisle hinter dieser makabren und wahrhaft hanebüchenen Geschichte stecken? Es sähe ihm ähnlich.

Wieder erinnerte Pitt sich an den viele Jahre zurückliegenden Fall in Resurrection Row, als immer wieder längst begrabene Leichen erneut aufgetaucht waren. Mit einem verzerrtem Lächeln dachte er an die Auflösung des Falles, und noch jetzt überlief ihn dabei ein Schauer. Hätte er damals Carlisle vor Gericht bringen sollen? Er hatte es nicht getan – eine der wenigen Gelegenheiten, bei denen er nicht streng nach den Vorschriften vorgegangen war, weil sich sein Gerechtigkeitsgefühl dagegen aufgelehnt hätte. War das Carlisle schon immer bekannt gewesen? Wahrscheinlich.

Jetzt, da Pitt Lady Vespasia sehr viel besser kannte und sie ihm fast so nahestand wie seine eigenen Angehörigen, war es erst recht unmöglich, gegen Carlisle vorzugehen! Er hatte sich in schwierigen Situationen als Freund erwiesen und Bitten um Hilfe nicht einmal dann abgelehnt, wenn deren Erfüllung für ihn selbst Schwierigkeiten und Gefahren mit sich zu bringen drohte.

Pitt beschleunigte den Schritt ein wenig.

Außerdem stand er in Carlisles Schuld, weil dieser ihn bei der Auseinandersetzung mit Talbot vor einer Blamage bewahrt hatte, wenn nicht gar davor, mit Schimpf und Schande aus dem Amt gejagt zu werden. Auf keinen Fall würde er je erwarten, dass sich Pitt dafür erkenntlich zeigte. Gerade deshalb aber lastete diese Schuld noch schwerer auf ihm.

Zum Teufel mit dem Kerl, seinem Charme, seinem Schneid und seinem ganzen unmöglichen Verhalten!

Pitt beschloss, gleich am nächsten Vormittag Stoker und einige weitere Mitarbeiter damit zu beauftragen, dass sie sich sehr viel genauer um Einzelheiten aus Kynastons Leben und insbesondere um dessen frühere und jetzige private wie auch berufliche Verbindungen kümmerten. Sie sollten feststellen, ob es Rivalen gab, die ihm seine Position streitig machen wollten, wie seine finanzielle Lage beschaffen war, ob er Schulden hatte und, falls ja, wie hoch die waren. Auch sollten sie erkunden, mit Einkünften in welcher Höhe er rechnen durfte, und natürlich, wer jene Geliebte war, deren Namen er so sorgfältig geheim hielt. Hatten seine Lügen mit ihr zu tun? Gab es da, vom Gatten jener Dame abgesehen, Nebenbuhler? Pitt konnte es sich nicht länger leisten, diese Dinge außer Acht zu lassen, so widerwärtig es ihm auch war, ihnen nachzuspüren. Die Uhr und der zugehörige Anhänger machten es unmöglich, einfach darüber hinwegzugehen.

KAPITEL 12

Victor Narraway stand am nächsten Morgen früh auf. Dass Pitt bereits vor seiner Tür auftauchte, als er sich an den Frühstückstisch setzen wollte, überraschte ihn nicht im Geringsten. Er hatte in den Abendzeitungen die ausführlichen Berichte über die Entdeckung einer weiteren Frauenleiche in einer der Kiesgruben am Shooters Hill gelesen und lange wachgelegen, um über die Sache nachzudenken. Erst gegen drei Uhr morgens war er erschöpft eingeschlafen, ohne dass ihm ein brauchbarer Einfall gekommen wäre.

Er bat Pitt herein. Als er seinen Diener aufforderte, auch für ihn Frühstück zu bringen, lehnte Pitt ab. Narraway aber bestand darauf und erklärte: »Wenn wir ohnehin hier sitzen und miteinander reden, können Sie ebenso gut etwas essen. Ich kann mit leerem Magen nicht gut denken und Sie wahrscheinlich auch nicht. Hat die neue Leiche irgendetwas mit Kynaston zu tun?«

Der Diener brachte ein weiteres Gedeck, Narraway dankte ihm und goss Pitt eine Tasse Tee ein, ohne ihn zu fragen, ob er welchen wollte.

»Es sieht ganz danach aus«, gab Pitt zurück und nahm den Tee dankend an. Nach dem ersten kleinen Schluck gestand er sich ein, dass er in der Tat Hunger hatte. »Sie hatte eine goldene Uhrkette mit einem äußerst ungewöhnlichen Anhänger daran in der Tasche. Kynaston zufolge gehörte beides zu der Uhr, die ihm seiner Aussage nach ein Taschendieb in der Oxford Street gestohlen hatte. Sie hatte ursprünglich seinem verstorbenen Bruder Bennett gehört, und da sie wegen ihres ideellen Wertes für ihn unersetzlich gewesen sei, habe er den Diebstahl seiner Versicherung nicht gemeldet.«

Narraway sah Pitt aufmerksam an, um zu sehen, ob dieser dasselbe dachte wie er. Es galt, keine Zeit zu verlieren, die Sache begann auszuufern.

»Nehmen Sie Kynaston die Geschichte mit dem Diebstahl ab?«, fragte er und sah Pitt dabei direkt in die Augen.

»Ich weiß nicht recht«, gab dieser zu. »Es scheint mir eine ganz sonderbare Verquickung von Zufällen zu sein, zugleich aber habe ich nicht den Eindruck, dass er in diesem Punkt die Unwahrheit sagt. Jemand könnte ihm durchaus die Uhr samt Kette und Anhänger gestohlen und die dann getrennt den Leichen in die Tasche gesteckt haben. In dem Fall müsste man sich nach dem Warum hinter diesem Rachefeldzug fragen und ob es dabei um persönliche oder berufliche Dinge geht.«

»Sehen Sie Motive dafür, dass sich das auf der persönlichen Ebene abspielen könnte?«, fragte Narraway. Er war ziemlich sicher, dass Pitt solche Motive entdeckt haben könnte. Beide befürchteten, dass die Lösung des Falles in eine Richtung ging, die sie nicht wünschten, möglicherweise aus demselben Grund.

Es war Pitts Aufgabe, die Wahrheit zu ermitteln, ganz gleich, wie sie aussah. Narraway hatte nichts damit zu tun. Da ihn die Regierung von seinem Posten an der Spitze des Staatsschutzes entbunden hatte, hatte er ihr gegenüber keine größere Treuepflicht als ein Durchschnittsbürger. Ganz stimmte das nicht, gestand er sich ein – man durfte dabei die alte Verbundenheit nicht außer Acht lassen.

Narraway nannte den Namen, an den beide gedacht hatten: »Carlisle.«

Pitt nickte. »Er hat im Unterhaus die Aufmerksamkeit auf Kynaston gelenkt. Das Verschwinden der Zofe von dessen Gattin könnte ihn doch höchstens zu solchen Fragen veranlassen, wenn ihm daran liegt, dem Mann nachhaltig zu schaden. Warum also hat er das getan?«

»Haben Sie mit ihm gesprochen?«

Der Diener brachte ein Tablett mit Pitts Frühstück: Eier, Speck, in Butter gebratene Brotscheiben und frischen Toast.

Pitt dankte ihm und ließ es sich schmecken.

»Nein«, sagte er nach einigen Minuten. »Ich habe das einstweilen aufgeschoben …«

»Sie wollen es nicht wissen«, sagte Narraway trocken. »Ehrlich gesagt, ich auch nicht. Aber ich kann mir das auch leisten.« Mit einem angedeuteten Lächeln fuhr er fort: »Sie hingegen, nehme ich an, werden sich darum kümmern müssen.«

Pitt sah ihn an. Der Ausdruck von Belustigung verschwand aus Narraways Blick, und eine leichte Röte stieg ihm in die Wangen.

Damit wusste Pitt, was er wissen wollte. Lady Vespasia stand Narraway so nahe, dass er mit voller Absicht die Augen verschloss, um den mit ihr befreundeten Carlisle schützen zu können. Obwohl sich Pitt mit einem Mal sonderbar allein gelassen fühlte, wo er fest mit einem Verbündeten gerechnet hatte, freute er sich, ja, er verspürte geradezu ein Glücksgefühl, das ihn selbst überraschte. Dennoch war er nicht bereit, in diesem Augenblick darüber zu sprechen. Solche Empfindungen hatte er bei Narraway nicht erwartet, und da sie diesem allem Anschein nach selbst gerade erst bewusst geworden waren, Narraway wohl auch nicht.

»Ja, und zwar bald«, erwiderte Pitt. »Ich würde mich aufrichtig freuen, wenn er mir eine glaubwürdige Erklärung liefern könnte.«

»Wie feinfühlig«, sagte Narraway sarkastisch. »Wirklich, Pitt. Sie könnten da auch härter vorgehen.«

Pitt hob die Brauen. »Muss ich das?«

»Nein. Und ich darf wohl sagen, dass ich Ihnen Vorhaltungen machen würde, wenn Sie es täten. Ich würde mit Sicherheit dahinterkommen. Es ist noch Toast da.«

Pitt nahm dankend an.

»Ich denke, dass der Schlüssel bei Kynaston liegt«, sagte er, nachdem er den ersten Bissen genommen hatte. »Wie es aussieht, ist er sogar um den Preis bereit zu lügen, dass er damit in den Verdacht gerät, die zweite Leiche in die Kiesgrube geschafft zu haben.«

»Seien Sie ja vorsichtig«, mahnte Narraway. »Sorgen Sie dafür, dass Sie gute Gründe haben, die erklären, warum Sie Ihre Nase so tief in die Privatangelegenheiten eines Mannes stecken, dessen Fähigkeiten als Erfinder für das Land von unschätzbarer Bedeutung sind.«

»Wenn es wirklich nur um ein außereheliches Verhältnis geht, warum sagt er das nicht einfach? Damit wäre er von jedem Verdacht befreit, in den Mord verwickelt zu sein. Ich billige es nicht, dass er mit der Frau eines anderen ins Bett geht, aber solange er damit die Sicherheit des Landes nicht gefährdet, geht es mich nichts an, und deshalb würde ich es auch nicht publik machen. Großer Gott, ich habe mein ganzes Erwachsenenleben bei der Polizei verbracht! Glaubt der Mann etwa, ich hätte auf dem Gebiet nicht schon alles miterlebt, was man sich denken kann, und vielleicht auch noch ein bisschen mehr?«

Narraway lächelte. »Ich weiß. Sie dürfen nicht auf halbem Weg stehen bleiben. Ich wollte Sie nur zur Vorsicht mahnen. Talbot kann Sie jetzt schon nicht ausstehen …«

»Ich kenne den Mann kaum!«, begehrte Pitt auf.

Narraway schüttelte leicht den Kopf. »Manchmal sind Sie wirklich naiv, Pitt. Talbot braucht Sie nicht zu kennen, um etwas dagegen zu haben, dass Sie in eine Position aufgestiegen sind, die gewöhnlich Männern von Stand vorbehalten ist, oft genug Heeres- oder Marineoffizieren. Für ihn ist es unerheblich, dass Sie der geeignetste Mann dafür sind.«

»Warum, zum Teufel …«, setzte Pitt an.

»Weil er denselben Hintergrund hat wie Sie!«, knurrte Narraway. »Und ihm ist bewusst, dass die feine Gesellschaft nichts von ihm wissen will. Sie pfeifen darauf, und gerade das macht Sie für die Gesellschaft annehmbar. Hinzu kommt – und Sie dürfen mir glauben, ich weiß, wovon ich spreche –, dass Sie die Geheimnisse zu vieler Menschen kennen, als dass jemand wagen könnte, sich Sie zum Feind zu machen.«

»Was ist mit Ihnen?«

»Das gilt natürlich auch für mich«, gab Narraway zu. »Und es macht mir nichts aus.« Er hielt mit einem Mal inne.

»Es hat mir übrigens auch nie etwas ausgemacht, dass ich über meinem Stand geheiratet habe«, fügte Pitt knapp hinzu. »Jedenfalls so gut wie nie …«

Narraway holte tief Luft und stieß sie dann lautlos wieder aus.

»Damit wollte ich Sie nicht kränken«, sagte Pitt freundlich. »Ich glaube nicht, dass noch irgendwo königliche Prinzen frei herumlaufen, und so kann Vespasia nicht emporheiraten. Ganz davon abgesehen, würde sie das auch gar nicht wollen.«

»Das will ich hoffen«, erwiderte Narraway bewegt. Dann wechselte er unvermittelt das Thema, wobei erneut eine leichte Röte auf seine Wangen trat. »Sehen Sie sich vor, Pitt. Wenn Ihnen Talbot noch einmal an den Kragen geht, wird Carlisle nicht da sein, um zu Ihrer Rettung den eigenen Hals zu riskieren. Sie stehen dafür in seiner Schuld – vermutlich ist Ihnen das auch bewusst.«

»Ja … aber …« Eigentlich hatte er sagen wollen, dass das in keiner Weise Einfluss auf die Art haben würde, wie er Carlisle in Bezug auf die Leichen in der Kiesgrube zu behandeln gedachte. Sogleich aber fragte er sich, ob das stimmte. Er hatte die Angelegenheit teilweise deshalb vor sich hergeschoben, weil es nicht ungefährlich sein würde, den Mann bloßzustellen, den er möglicherweise sogar den Strafverfolgungsbehörden würde übergeben müssen. Aber auch er hatte nicht vergessen, dass er tief in Carlisles Schuld stand.

»Vermutlich hätte ich nicht …«, setzte er an.

»Seien Sie kein Narr, Pitt«, knurrte Narraway. »Niemand kann durchs Leben gehen, ohne anderen etwas zu verdanken. Bei den wahren Schulden geht es selten um Geld, wohl aber um Freundschaft, Vertrauen, Beistand in der Not, eine helfende Hand, die einen in der Finsternis leitet, wenn man allein ist. Man gibt, wenn man kann, ohne Dank dafür zu erwarten und erst recht keine Gegenleistung. Wer zu ertrinken droht, greift blind zu und vergisst nie, wessen Hand ihn gerettet hat.«

Pitt schwieg.

»Carlisle wird Sie nicht darum angehen«, sagte Narraway. In seiner Stimme lag Überzeugung. »Immerhin haben Sie bereits des Öfteren über sein Fehlverhalten hinweggesehen.«

»Natürlich nicht!«, antwortete Pitt. »Aber er hat auch mir mehr als einmal unter die Arme gegriffen, und daran werde ich ständig denken.«

»Die Sache geht aber noch weiter.« Narraway griff nach der Teekanne und füllte beide Tassen nach. »Sie haben keine Möglichkeit zu verheimlichen, dass Sie Kynastons Privatleben erkunden. Sind Sie sicher, dass Sie bereit sind, sich allem zu stellen, was Sie dabei zutage fördern? Im Nichtwissen liegt mitunter eine Art Sicherheit. Je nachdem, wie andere reagieren, deren Gepflogenheiten im Licht der Öffentlichkeit nicht gut aussehen würden, könnten Ihnen dabei einige wertvolle Verbündete verloren gehen. Mit dem Wissen, das Sie auf diese Weise erlangen, werden Sie sich mehr Feinde machen, als das wert ist, was Sie finden werden. In Ihrer Position erfahren Sie ohnehin genug, was Sie nicht wissen wollen, da brauchen Sie sich nicht unnötigerweise mit noch mehr zu belasten. Es ist ein Drahtseilakt: zu wissen und zugleich so zu tun, als wüssten Sie nichts. Dafür aber sind Sie zu sehr Moralist und zu wenig Schauspieler, Pitt. Ihre Aufgabe ist es zu wissen, nicht zu richten!«

»Sie stellen mich wie einen Landpfarrer dar, dem Selbstgerechtigkeit wichtiger ist als Mitgefühl«, sagte Pitt angewidert.

»Nein. Ich musste nur daran denken, wie ich war – als ich so alt war wie Sie.«

Pitt platzte vor Lachen heraus. »Als Sie so alt waren wie ich, waren Sie in Wirklichkeit zwanzig Jahre älter!«

»In mancher Hinsicht stimmt das«, gab ihm Narraway recht. »Aber in Bezug auf andere Dinge bin ich Ihnen gegenüber zwanzig Jahre zurück. Es dürfte das Beste sein, wenn ich mich nicht weiter darum kümmere und Ihnen nur sage, was Sie wissen müssen – und nichts darüber hinaus.«

Pitt machte keine Einwände, sondern sagte schlicht: »Ich danke Ihnen.«

Am nächsten Tag erreichte Pitt eine ziemlich förmliche Aufforderung zu einer Unterredung mit seinem Schwager Jack Radley. Da es unübersehbar um den Fall Kynaston ging und Jack als Unterhausabgeordneter das Recht hatte, ihm Fragen zu stellen, konnte er sich dieser Aufforderung kaum entziehen. So traf er Jack allein, doch nicht privat, am Themseufer, ganz in der Nähe des Parlaments. Es war ein kühler, windiger Märztag. In der kalten Luft, die vom Fluss herüberwehte, lag der Geruch nach Salz. Um sich ein wenig warm zu halten, gingen beide rasch ausschreitend nebeneinander her.

Jack kam ohne Einleitung zur Sache. »Ich habe gehört, dass du ziemlich offen äußerst private Erkundigungen über Dudley Kynaston eingezogen hast, Thomas. Seit wann geht es den Staatsschutz etwas an, ob jemand eine Geliebte hat oder gar, wer das sein könnte?«

Eine so scharfe Kritik war Pitt von seinem Schwager nicht gewohnt. Da sie trotz zahlreicher unterschiedlicher Ansichten stets freundschaftlich miteinander umgegangen waren, überraschte ihn dessen schroffer Ton.

»Ich würde diese Erkundigungen nicht einziehen, wenn mich die Sache nichts anginge«, gab er zurück. »Allerdings war mir nicht bewusst, dass ich dabei so auffällig vorgegangen sein soll.«

»Hör doch auf!«, sagte Jack ungehalten. »Du fragst herum, wo er sich aufgehalten hat, mit wem er zusammen war, welche Theatervorstellungen oder Abendgesellschaften er besucht hat. Zu allem Überfluss hast du seine Angaben noch durch Kontrollfragen bei anderen überprüft. Jeder kann sich an den Fingern einer Hand abzählen, worauf du damit hinauswillst.« Er zog die Schultern gegen die Kälte der von der Themse herüberwehenden Luft hoch und schob seinen weißen Seidenschal ein wenig höher. »Niemand wird annehmen, dass du ihn des Falschspiels, des Diebstahls oder der Unterschlagung von Geld aus der Portokasse der Marine verdächtigst – und vermutlich auch kaum, weil du meinst, dass er Geheimnisse ausgeplaudert oder einmal einen über den Durst getrunken hat. Frag, wen du willst – jeder wird dir bestätigen, dass Dudley Kynaston ein anständiger Mann aus guter Familie ist, der sich nicht nur so verhält, wie es sich für einen Herrn gehört, sondern darüber hinaus seinem Land und allem, wofür es steht, treu ergeben ist.«

Er wandte sich Pitt zu und sah ihn an. »Was liegt dir daran, ob er eine Geliebte hat? Und wenn nun seine Frau schrecklich langweilig ist oder zu den eiskalten Geschöpfen gehört, die sich etwas vergeben würden, wenn sie einmal von Herzen lachten oder liebten?«

Pitt fasste ihn am Arm und drehte ihn zu sich herum, sodass er ihm gegenüber stehen bleiben musste.

»So, wie du dem Mann die Stange hältst, könnte man glauben, dass du sein Verhalten billigst, Jack.« Er sagte das bewusst so, dass es wie ein Vorwurf klang. Er hatte nicht vergessen, welchen Ruf Jack vor seiner Eheschließung in der Gesellschaft gehabt hatte.

Jack lief rot an, und in seine Augen unter den eindrucksvollen Wimpern trat der Ausdruck finsteren Zorns. »Manchmal bist du ein selbstgerechter Hornochse, Thomas. Dass man dich zum Hüter der Geheimnisse der Nation gemacht hat, heißt nicht, dass du automatisch auch unser Sittenrichter sein sollst. Lass den armen Mann zufrieden, bevor du ihn mit deinen Verdächtigungen zugrunde richtest.«

»Seine moralische Einstellung interessiert mich nicht die Bohne«, stieß Pitt zwischen den Zähnen hervor. »Ich bemühe mich zu beweisen, dass nicht er derjenige war, der zwei Frauen ermordet und ihre wahrhaft übel zugerichteten Leichen in einer Kiesgrube in der Nähe seines Hauses abgelegt hat! Aber er selbst macht mir das unmöglich, wenn er mir weiterhin Lügen darüber auftischt, wo er sich zu bestimmten Zeiten aufgehalten hat.«

»Ich dachte, es sei nicht bekannt, wann die zweite Frau umgebracht wurde«, gab Jack sofort zurück.

»Das stimmt!« Auch Pitt erhob jetzt die Stimme. »Aber ich weiß bis auf wenige Stunden genau, wann man sie in die

Kiesgrube geschafft hat, und bin mir ziemlich sicher, auf welche Weise das geschehen ist. Wenn Kynaston bereit wäre, mir Auskunft darüber zu geben, wo er sich zu der Zeit aufgehalten hat, und sich das untermauern ließe, wüsste ich mit Sicherheit, dass nicht er es war.«

»Welchen Grund gäbe es überhaupt, ihn zu verdächtigen?«

»Du weißt genau, dass es keinen Sinn hat, mich das zu fragen, weil ich es dir nicht verraten darf«, sagte Pitt.

In verbindlicherem Ton entgegnete Jack: »Dir ist doch klar, dass die Sache sehr privat ist …«

»Ich muss es ja nur für mich wissen!«, gab Pitt grimmig zurück. »Ich habe nicht die Absicht, das in die Welt hinauszuposaunen. Wenn er nicht schuldig ist, wäre es für mich Zeitverschwendung, der Sache weiter nachzugehen, und ich würde sie der Polizei überlassen. Sofern von diesem Fall keine Bedrohung für Kynaston ausgeht, hat der Staatsschutz nichts damit zu tun.«

Jack sah ihn ungläubig an. »Glaubst du allen Ernstes, Kynastons Bemühen, die Identität seiner Geliebten geheim zu halten, könnte eine Bedrohung für die Sicherheit des Staates bedeuten? Na hör mal, Thomas. Das sieht mir verdammt danach aus, als ob ein Emporkömmling seine neuen Vollmachten dazu benutzte, gesellschaftlich Höhergestellte zu schikanieren, weil er die Möglichkeit dazu hat. Das hast du nicht nötig.«

Pitt war wie vor den Kopf geschlagen. Mit einem Mal schien der kalte Wind von der Themse her seinen dicken Mantel zu durchdringen, als sei er aus dünner Baumwolle.

»Die Zofe von Kynastons Gattin ist in der Nacht, bevor die erste Leiche gefunden wurde, auf und davon gegangen, Jack«, sagte er mit einer Stimme, die nicht nur vor Zorn, sondern auch vor Gekränktheit zitterte. »Angeblich war der

Grund dafür, dass sie etwas gesehen oder gehört hat, was sie um ihr Leben fürchten ließ. Das ist keine aus der Luft gegriffene Vermutung! Sie ist seither gesehen worden, und zwar von Leuten, die nachweislich nicht in diese Mordgeschichte verwickelt sind; außerdem hat jemand mit ihr gesprochen. Wir leider nicht – wir haben sie bisher nicht finden können. Und jetzt hat man eine zweite Frau tot und mit entstelltem Gesicht in derselben Kiesgrube gefunden. Unwiderlegbare Beweise zeigen, dass zwischen Kynaston und den beiden toten Frauen irgendeine Beziehung bestehen muss, was er im Übrigen auch gar nicht bestreitet. Aber sobald man ihn fragt, wo er zu bestimmten Zeiten war, sagt er die Unwahrheit und ist nicht bereit, uns mehr zu sagen, als dass er ein Verhältnis hat. Doch das muss er beweisen oder zumindest seiner Geliebten gestatten, dem Staatsschutz, von mir aus unter größter Geheimhaltung, mitzuteilen, wo sie sich zu den fraglichen Zeiten aufgehalten haben. Sie müsste lediglich bestätigen, dass er bei ihr war. Du weißt selbst, dass der Mann an äußerst wichtigen geheimen Projekten für die Marine arbeitet, und damit ist er gefährdet. Würdest du da nicht auch mehr erwarten als Ausflüchte?«

Jetzt sah auch Jack aus, als sei der Wind durch seinen Mantel gedrungen. Aller Zorn war geschwunden, und sein Gesicht war bleich und angespannt. »Nimmst du an, dass er die Frauen umgebracht hat?«, fragte er.

»Eigentlich nicht«, gab Pitt zurück. »Aber er enthält uns eine Menge mehr vor als den Namen der Frau, mit der er eine Beziehung pflegt.«

Jack sagte nichts darauf.

»Möchtest du lieber öffentlich des Mordes als privat der Untreue beschuldigt werden?«, fragte ihn Pitt.

»Das ergibt aber doch keinen Sinn«, sagte Jack bedrückt. Seine Schultern hingen herab, und sein Gesicht war von Sorge durchfurcht. »Meinst du, er deckt jemanden? Vermutlich misst er der Loyalität innerhalb der Familie einen sehr hohen Wert bei.«

»Das kannst du laut sagen«, stimmte Pitt in sarkastischem Ton zu, »genau deshalb hält er sich ja wohl eine Mätresse!«

Jack zuckte zusammen, als hätte er ihn geohrfeigt. »Unter Umständen ist das loyaler, als seine Frau zu verlassen und sie damit öffentlich zu demütigen«, sagte er so leise, dass der Wind seine Worte fast mit sich davontrug.

Pitt sah ihn verblüfft an. Dieser Einfall war ihm noch nicht gekommen. Sogleich folgte ihm ein Gedanke, der ihn zutiefst beunruhigte. Bezog Jack diese Äußerung nur auf Kynaston oder auch auf sich selbst? Von Charlotte wusste Pitt, dass sich Emily unglücklich fühlte, und er hatte selbst gesehen, dass sie litt. Sie war bleich gewesen und hatte abgehärmt ausgesehen. Angesichts dessen war es alles andere als abwegig gewesen, dass Ailsa Kynaston sie fälschlich für Charlottes ältere Schwester gehalten hatte. Lag da der wahre Grund für die Heftigkeit, mit der sich Jack gegen Pitts hartnäckigen Versuch aussprach, hinter das Geheimnis um Kynastons Verhältnis zu kommen? Manchmal wünschte Pitt, er bräuchte nicht so viel zu wissen, denn Informationen dieser Art verhinderten menschliche Nähe, errichteten zwischen ihm und anderen eine Schranke. Er würde Charlotte allein schon wegen ihrer Aufrichtigkeit und ihrer Liebe zu ihrer Schwester nichts davon sagen dürfen.

»Ich weiß, dass man dir eine Position angeboten hat, in der du eng mit Kynaston zusammenarbeiten würdest«, sagte er. »Sei auf der Hut, Jack. Überlege es dir gut. Du hast eine Menge zu verlieren.«

»Du hast gesagt, dass es unwiderlegliche Beweise für eine Beziehung zwischen Kynaston und den ermordeten Frauen gibt«, gab Jack zurück. »Steht das zweifelsfrei fest?«

»Ganz und gar. Frag mich nicht nach Einzelheiten, über die ich dir nichts sagen darf. Es ist kein Schuldbeweis, bringt den Mann aber ins Zwielicht. Sofern du Einfluss auf ihn hast, Jack, dränge ihn dazu, die Dinge offenzulegen. Ich kann die Sache keinesfalls auf sich beruhen lassen.«

Jack sah ihn lange aufmerksam an, nickte dann leicht und kehrte in Richtung der Parlamentsgebäude und des in den wolkenverhangenen Himmel emporragenden Uhrturms von Westminster zurück.

Pitt sah keine Möglichkeit, Charlotte etwas über seine Unterredung mit ihrem Schwager Jack zu sagen. Sie kannte ihn viel zu gut: Auch ohne ihm Fragen stellen zu müssen, würde sie aus seinem Unbehagen schließen, dass es etwas gab, worüber er nicht sprechen wollte. Das würde ihre Fantasie dazu anregen, das Schlimmste zu befürchten. Wahrscheinlich würde sie vermuten, das Zerwürfnis zwischen Jack und Emily sei schlimmer, als sie angenommen hatte. Auch wenn sie sich gelegentlich mit ihrer Schwester über Belanglosigkeiten in die Haare geriet, hing sie letztlich doch sehr an ihr. Die Erinnerungen eines ganzen Lebens durchwebten die Bilder, die sie von der zwei Jahre jüngeren Emily hatte, die sie instinktiv zu beschützen trachtete, auch wenn diese das von ihr weder erwartete noch für nötig hielt. Sie war jederzeit bestens in der Lage gewesen, ihre eigenen Angelegenheiten zu regeln – bis jetzt.

An jenem Abend saß Pitt in seinem Ohrensessel am Kamin und sah Daniel und Jemima zu, die sich mit einem riesigen Puzzle beschäftigten. Nach einer Weile fiel ihm ein Muster auf, während sich das Bild auf dem Spieltisch allmählich herausschälte, und zwar im Verhalten der Kinder. Die drei Jahre ältere Jemima war dem Bruder in allem voraus, und so würde es bis ins hohe Alter bleiben. Pitt sah, wie sie eine Möglichkeit der Ergänzung erkannte, wie sie ihre Hand nach einem der Puzzleteile ausstreckte, wie sie diese dann sinken ließ und lächelte, als Daniel verstand und es an die richtige Stelle legte.

Eine nahezu übermächtige Rührung erfasste ihn. Er erkannte in ihr etwas von sich selbst, doch weit mehr noch ähnelte sie ihrer Mutter. Dieser Augenblick behutsamer Herzlichkeit entsprach genau dem, was er auch an Charlotte mit ihrer gelassenen Selbstlosigkeit beobachtet hatte. Jemima war noch nicht einmal sechzehn Jahre alt, und schon besaß sie den Instinkt, andere zu fördern und zu beschützen.

Dann sprangen seine Gedanken zurück. Wie konnte er Jack oder Emily in dieser elenden Angelegenheit schützen, ohne seine moralischen Prinzipien aufzugeben?

Schon früher hatte sich Jack einmal auf bestürzende Weise in seinem Urteil über einen Menschen geirrt. Mit Sicherheit gab es Leute, die seine Vorgesetzten nur allzu bereitwillig daran erinnern und seinen Weitblick infrage stellen würden. Pitts Aufgabe, sich um die Sicherheit des Landes zu kümmern, hatte Vorrang vor seinen Pflichten gegenüber denen, die er liebte. Niemand, dem die Öffentlichkeit vertraute, durfte die eigenen Angehörigen bevorzugen. Das wäre möglicherweise der schlimmste Verstoß gegen den Amtseid, den er abgelegt hatte, und der schwerste denkbare Missbrauch des Vertrauens, das ihm die Regierung und damit die Öffentlichkeit entgegenbrachte.

Er hatte Geheimnisse erfahren, von denen er lieber nichts gewusst hätte, Blößen entdeckt, die er nicht schützen konnte. Er war in seinem eigenen Netz aus Verpflichtungen und Bindungen gefangen. Ehrgefühl und die Sorge für andere mussten die Richtschnur seines Lebens sein, das ohne sie keinen Sinn hätte und ein langer Marsch ins Nirgendwo wäre.

Carlisle hatte vielen von ihnen von Zeit zu Zeit einen Gefallen getan, vor allem Lady Vespasia. Durfte Pitt ihr trauen, sofern der Mann in diese Angelegenheit verwickelt war, wie er immer mehr fürchtete? Auf keinen Fall durfte sie in irgendeiner Weise in das mit einbezogen werden, was Pitt tat.

Möglicherweise war Victor Narraway der Einzige, dem er sich anvertrauen durfte, ohne ihm damit eine unerträgliche Last aufzubürden.

Doch während er sich an ihre letzte Begegnung erinnerte, kam ihm der Gedanke, dass auch Narraway inzwischen gefährdet sein könnte. Was er für Lady Vespasia empfand, ging weit über bloße Freundschaft hinaus. War sie nach all den Irrungen seiner jungen Jahre und den Abenteuern danach, nach der unübersehbaren Zuneigung, die er Charlotte entgegenbrachte, die große Liebe seines Lebens?

Und was mochte Vespasia für ihn empfinden? War es mehr als Freundschaft, Interesse und eine gewisse Zuneigung? Damit würde sich kein Mann zufriedengeben, erst recht keiner, der wie Victor Narraway unter der harten Schale einen so weichen Kern hatte. Wenn man jemanden liebte, wollte man alles.

Doch nichts von dem ging Pitt etwas an. Warum sollte er sich da einmischen, abgesehen von der Entscheidung, Narraway nicht erneut im Zusammenhang mit dem Fall Kynaston in Versuchung zu führen?

Bei allem, was er tat oder unterließ, war Pitt auf sich allein gestellt, und das, soweit er sich erinnern konnte, mehr denn je zuvor. Alles, was er in Bezug auf Somerset Carlisle unternahm, hatte er ganz allein zu entscheiden. War er wirklich der richtige Mann für diese Aufgabe? Er war unbestritten ein guter und erfahrener Ermittler, hatte in vielen Fällen, in denen andere versagt hatten, durch hartnäckige Nachforschungen die Wahrheit entdeckt. Was das anging, hatte er seine Beförderung verdient. Aber besaß er die für dieses Amt nötige Weisheit? Konnte er Menschen richtig einschätzen, die über

Geld und Macht verfügten, im Besitz altüberlieferter Privilegien und Titel waren, durch Treuepflicht und Adelsstolz mit allen bedeutenden Familien im Lande, in manchen Fällen sogar mit solchen auf dem europäischen Kontinent, verbunden waren?

Und was war mit ihm? War er etwa frei von Verpflichtungen dieser Art? Besaß er die erforderliche emotionale Distanz, um sich nicht korrumpieren zu lassen? Er warf einen verstohlenen Blick auf seine kleine Familie, die ihn im Dämmerlicht umgab. Wenn er es recht bedachte, reichte der Kreis noch weiter: Außer Vespasia und Narraway umfasste er Jack und Emily sowie Charlottes Mutter und deren Mann. Ja, sogar Somerset Carlisle sowie all die Menschen, die entscheidende Augenblicke seines Lebens mit ihm geteilt und ihn unterstützt hatten, denen er zumindest Aufrichtigkeit schuldete, wenn schon kein Mitgefühl.

Obwohl er lieber nicht gewusst hätte, ob Carlisle die beiden Frauenleichen in die Kiesgrube geschafft hatte, war ihm klar, dass er sich der Frage danach nicht länger entziehen konnte.

Sofern es sich so verhielt, war als Nächstes zu fragen, woher er die Leichen hatte. Pitt war nicht bereit, auch nur den Gedanken zu erwägen, dass er die Frauen selbst getötet oder jemanden dafür bezahlt hätte. Also mussten sie bereits tot gewesen sein. Wo aber ließen sich solche Leichen finden? Keinesfalls in einem Krankenhaus. Nie und nimmer wäre er dort mit der Behauptung durchgekommen, mit ihnen verwandt zu sein, und ebenso wenig hätte er beweisen können, dass er ihr Arbeitgeber oder eine Art Wohltäter war, dem ihr Geschick am Herzen lag und der sie auf seine Kosten beisetzen lassen wollte.

Also musste er heimlich vorgegangen sein. Das jedoch war ohne fremde Hilfe unmöglich. Vielleicht hatte er einen Diener, dem er rückhaltlos vertraute, oder, was noch wahrscheinlicher war, er kannte jemanden, der ihm aus diesem oder jenem Grunde verpflichtet war und es mit der Befolgung von Gesetzen nicht so genau nahm.

In Leichenschauhäusern fanden sich jederzeit sozusagen »herrenlose« Tote, Menschen, für deren Beerdigung niemand die Kosten übernehmen wollte. Es durfte nicht besonders schwer sein, dort jemanden herauszuholen, mit dem man früher in Verbindung gestanden hatte, beispielsweise einen ehemaligen Dienstboten oder Verwandte eines solchen Dienstboten, wenn man erklärte, man sei bereit, aus Mitleid oder menschlichem Anstand für eine ordentliche Beisetzung zu sorgen. Und wie dann weiter? Es genügte, Sandsäcke oder anderen Ballast mit dem annähernd richtigen Gewicht in den Sarg zu legen und diesen ins Grab senken zu lassen.

Damit wäre die Frage nach dem kalten und peinlich sauberen Ort gelöst, an dem die Leichen aufbewahrt worden waren. Das würde auch den Zeitpunkt ihrer Entdeckung erklären – Carlisle hatte jeweils warten müssen, bis er eine Frau gefunden hatte, die zu seinen Plänen passte. Es hatten Dienstmädchen sein müssen, die eines gewaltsamen Todes gestorben waren und deren Herausgabe niemand verlangte. Vermutlich hatte er in ganz London die Leichenschauhäuser nach ihnen abgesucht! Immer vorausgesetzt, er steckte dahinter.

Darauf aber gab es keinen Hinweis. Pitt stützte seine Vermutung ausschließlich auf seine Kenntnis von Carlisles früherem Verhalten und darauf, wie er das Wesen des Mannes einschätzte.

Was für Beweise würden sich finden lassen? Er könnte seine Leute beauftragen, alle Sterberegister in London auf in jüngerer Zeit zu Tode gekommene junge Frauen durchzusehen, zu denen die Merkmale der beiden in der Kiesgrube entdeckten Leichen passten. Als Nächstes müsste man feststellen, ob sie von Angehörigen abgeholt worden waren oder irgendein Wohltäter angeboten hatte, für eine ordnungsgemäße Beisetzung zu sorgen.

Und wie würde es dann weitergehen? Sollte er die Särge exhumieren lassen, um zu sehen, ob sie eine Leiche oder Ballast enthielten? Das war eine Möglichkeit, die nur als letztes Mittel infrage kam. Um das zu rechtfertigen, wäre deutlich mehr nötig als eine wild davongaloppierende Fantasie.

Als ersten Schritt würde er unauffällig Nachforschungen betreiben lassen. Eine Exhumierung kam erst infrage, wenn er handfeste Beweise hatte.

In der Zwischenzeit musste er mehr über Carlisle in Erfahrung bringen. Es wäre gut zu wissen, wie Menschen über ihn dachten, die ihm in anderen Situationen als er selbst begegnet waren. Wofür interessierte sich der Mann, abgesehen von Politik, Gesellschaftsreformen und den zahllosen Kämpfen gegen Ungerechtigkeit? Mit wem außer Lady Vespasia war er befreundet? Gab es jemanden, auf dessen Unterstützung er sich bei diesem absonderlichen Unternehmen hätte verlassen können? Kannte er Kynaston persönlich? Gab es darüber hinaus Verbindungen, denen nachzuspüren sich lohnen würde?

Er musste mit größter Sorgfalt vorgehen und vor allem einen glaubwürdigen Vorwand für seine Fragen finden. Sobald er mit mehr als einer Handvoll Leute spräche, würde Carlisle zweifellos davon erfahren und sogleich begreifen, worauf er hinauswollte.

Einer von Carlisles Bekannten, mit denen Pitt im Folgenden sprach, war ein hochangesehener Architekt namens Rawlins. Mit der Behauptung, er müsse Erkundigungen über Carlisle einziehen, weil er diesen um seine Unterstützung im Unterhaus bitten wolle, lud er ihn in ein teures und wenig besuchtes Restaurant zum Mittagessen ein. Er erklärte, es gehe um ein geheimes Projekt des Staatsschutzes. Jeder musste begreifen, dass es sich in einem solchen Zusammenhang geradezu anbot, frühere Weggefährten Carlisles zu befragen.

»Der Mann ist unberechenbar«, erklärte Rawlins. »Ich wollte in jungen Jahren Türme bauen, die bis zum Himmel reichten«, sagte er mit einem selbstironischen Lächeln, »und Somerset wollte an ihnen hinaufklettern! Ich konnte ihn sehr gut leiden, mag ihn auch heute noch, obwohl wir einander nicht mehr so oft sehen. Aber verstanden habe ich ihn nie. Man wusste nie, was in ihm vorging.«

Er nahm einen Schluck von dem ausgezeichneten Rotwein, den sie zum vorzüglichen Roastbeef tranken.

Pitt wartete. Der Ausdruck tiefer Konzentration auf dem Gesicht des Mannes zeigte ihm, dass dieser in seiner Erinnerung suchte, sich bemühte, etwas zu verstehen, was sich ihm lange entzogen hatte.

»Dann hat er sein Studium abgebrochen und ist nach Italien gegangen.« Rawlins sprach langsam. »Ich habe nicht verstanden, warum er das getan hat. Er hätte spielend Jahrgangsbester sein können, womit ihm eine glänzende akademische Laufbahn offengestanden hätte.«

»Steckte eine Frau dahinter?«, fragte Pitt. Bisher hatte er noch nie von einer Liebesgeschichte Carlisles gehört, lediglich von Tändeleien, an denen das Herz nicht beteiligt war.

»Das hatte ich damals auch gedacht«, erklärte Rawlins mit einem leichten Achselzucken, während er erneut einen Schluck nahm. »Sehr viel später habe ich erfahren, dass er dort auf der Seite von Partisanen gekämpft hat, die sich für die Einigung des Landes einsetzten. Er selbst hat nie darüber gesprochen. Ich habe es lediglich von einer Frau gehört, die ich Jahre später in Rom kennengelernt habe. Wenn man sie reden hörte, hätte man glauben können, dass diese Jahre seiner Heldentaten die besten und erfülltesten seines Lebens waren. Möglicherweise war sie in ihn verliebt.«

Er lächelte betrübt. »Ich weiß noch, dass ich eifersüchtig auf ihn war. Sie sprach von ihm als einem lustigen, unglaublich tapferen und ganz und gar verrückten Menschen – der aber durchaus Ähnlichkeit mit dem Mann hatte, den ich kannte.«

Er seufzte und aß weiter. »Später ist er irgendwo in Norditalien mit ausgekugelten Schultern im Gefängnis gelandet. Er muss entsetzliche Schmerzen gelitten haben. Er hat nie darüber gesprochen. Falls Sie Näheres darüber wissen müssen, kann ich damit leider nicht dienen. Ich ahne nicht, was geschehen war und wer ihm das angetan hatte. Als Grund dafür könnte ich ein halbes Dutzend Vermutungen anbieten.«

Pitt vermied es, Rawlins anzusehen, und richtete den Blick stattdessen auf seinen Teller. »Haben Sie je gehört, dass er gegen jemanden gewalttätig geworden wäre?«, fragte er. »Vielleicht in der Überzeugung, dass der Zweck die Mittel heiligt?« Er wollte die Antwort nicht hören und hätte die Frage beinahe im nächsten Atemzug zurückgenommen. Er spürte, wie sich seine Muskeln anspannten, als rechnete er mit einem Schlag.

»Dazu kann ich mich nicht äußern«, erklärte Rawlins. »Ich könnte Ihnen nichts sagen, was Ihnen nützen würde. Ich selbst habe dergleichen an ihm nie wahrgenommen. Ganz im Gegenteil habe ich gesehen, wie er als Student solchen Situationen betont ausgewichen ist. Er war streitlustig, hat aber Auseinandersetzungen grundsätzlich mit Worten geführt und nie auf andere Weise. Allerdings war er zu großen Leidenschaften fähig. Ich kann mir nicht vorstellen, dass er sich von jemandem oder etwas Einhalt gebieten ließe, wenn es darum ginge, in einer Sache, die ihm am Herzen liegt, zu tun, was er für nötig und richtig hält. Er hatte zu viel Fantasie und zu wenig Angst. Sein Wahlspruch war immer schon ›Alles oder nichts‹. Nach seinen Reden im Unterhaus und dem Wenigen zu urteilen, was ich hier und da über ihn höre, hat er sich in dieser Hinsicht nicht im Geringsten geändert. Ehrlich gesagt, glaube ich auch nicht, dass sich so etwas je ändert. Es tut mir wirklich leid, dass ich Ihnen nicht weiterhelfen kann.«

»Und gibt es in seinem Freundes- oder Bekanntenkreis Menschen, über die ich mir Sorgen machen müsste?«, fragte Pitt möglichst beiläufig.

»Sorgen inwiefern?«

»Zwielichtige Randgestalten der Gesellschaft?«

Rawlins lächelte. »Carlisle? Durchaus möglich. Er ist ein vielschichtiger Mensch mit ganz besonderen Vorlieben. Aber er ist zuverlässig. Wenn er etwas verspricht, hält er es auch.«

»So habe ich ihn eingeschätzt«, gab ihm Pitt recht.

Am Ende der Mahlzeit unterhielten sie sich über andere Themen. Rawlins erwies sich als klug, höflich und angenehm im Umgang. Auch wenn Pitt mit ihm nicht unbedingt eine freundschaftliche Verbindung eingegangen wäre, fiel es ihm leichter, seinen Worten Glauben zu schenken, als er gewünscht hätte.

Das Bild Carlisles, das sich aus allem ergab, was er im Laufe der letzten beiden Tage erfahren hatte, unterschied sich in keiner Weise von dem Carlisle, den er kannte, dem Mann, der vor Jahren mit den »wiederauferstandenen« Leichen in der Resurrection Row sein groteskes und gefährliches Spiel getrieben hatte.

Genau genommen, stand Pitt schlechter da als zuvor, denn aus seinen Gesprächen hatte sich nicht nur das Bild eines Mannes ergeben, den er vorher schon gut hatte leiden können und mittlerweile sogar bewundern musste, sondern darüber hinaus das Bild eines Mannes, der fähig war, genau das zu tun, was Pitt befürchtet hatte.

KAPITEL 13

Am nächsten Morgen erreichte Pitt das Büro wegen eines Verkehrsunfalls in der Euston Road mit Verspätung. Da alle versucht hatten, das liegengebliebene Fuhrwerk zu umfahren, hatte sich das Ganze rasch zu einem unentwirrbaren Chaos ausgewachsen, sodass schließlich der gesamte Verkehr zum Stillstand gekommen war und niemandem mehr Platz blieb zu wenden, um eine andere Strecke zu fahren.

Stoker wartete mit ernster Miene auf ihn. »Sie können den Mantel gleich anlassen«, sagte er, kaum dass sein Vorgesetzter zur Tür hereingekommen war.

Pitt erstarrte. »Doch nicht etwa eine neue Leiche!«

»Nein, Sir, es ist immer noch dieselbe. Aber Dr. Whistler möchte mit Ihnen sprechen. Falls es Ihnen nichts ausmacht, Sir, würde ich gern mitkommen.«

Zwar hatte Pitt keine Einwände, doch aus lauter Neugier und weil er hoffte, dass die Sache nicht so schlimm war, wie Stokers Miene vermuten ließ, fragte er: »Warum?«

Stoker sah ihn mit seinen dunkelgrauen Augen offen an. »Ich möchte mehr darüber erfahren, was für ein Mensch das ist, der einer Frau so etwas antut. Ich möchte wissen, vor wem Kitty Ryder davonlaufen zu müssen glaubte.«

»Sie meinen also nach wie vor, dass es mit Kynaston zusammenhängt?« Pitt spürte, wie sich sein Magen zusammenzog.

»Ich weiß nicht. Sie jedenfalls scheint davon überzeugt zu sein. Wenn ich sie aufspüren könnte, gäbe mir das eine Möglichkeit, sie nach dem Grund dafür zu fragen.«

»Sie sind also noch nicht weitergekommen?«

»Nicht sehr.« Stoker holte tief Luft und fuhr fort: »Aber ich denke nicht daran aufzugeben.« Bei diesen Worten legte sich eine kaum wahrnehmbare leichte Röte auf sein knochiges Gesicht. Er sah Pitt herausfordernd an, ohne eine Erläuterung zu liefern.

»Nun, wenn es Ihnen gelingt, sie aufzustöbern, können Sie sie ja fragen.« Pitt setzte den Hut erneut auf. »Aber so lange können wir nicht warten. Wir sollten besser umgehend Whistler aufsuchen. Für jemanden, der sich an einem nasskalten Vormittag glücklich aus einem Fahrzeugstau herausgearbeitet hat, gibt es nichts Angenehmeres als einen Besuch im Leichenschauhaus. Also auf!«

Er ging ihm voraus in den strömenden Regen.

Es dauerte eine Weile, bis sie eine Droschke fanden. Das war an solchen Tagen immer so; da niemand zu Fuß gehen wollte, waren alle Droschken besetzt.

Schließlich entdeckten sie eine und strebten durch die Pfützen darauf zu, wobei ihnen die nassen Hosensäume an die Beine schlugen.

Von Lisson Grove bis zu dem am Südufer der Themse ein ganzes Stück ostwärts gelegenen kleinen Ort Blackheath war es eine beträchtliche Wegstrecke.

»Wer auch immer darauf aus ist, Kynaston als schuldig hinzustellen, ganz gleich, ob er es ist oder nicht, muss mit dessen privaten Lebensumständen ziemlich vertraut sein«, sagte Stoker nach längerem Schweigen. »Darüber hinaus muss er

Kynaston selbst kennen. Entweder weiß er, warum der Mann beharrlich lügt, oder er hat ihn auf die eine oder andere Weise in der Hand und kann damit erreichen, dass uns Kynaston die Wahrheit vorenthält«, fuhr er fort und sah dabei zu Pitt hinüber.

»Das mag wohl sein«, gab ihm dieser recht. »Ich wüsste nur gern, was dahintersteckt. Was will der Unbekannte damit erreichen? Ich wünschte, es würde sich um einen persönlichen Rachefeldzug handeln, aber bisher haben wir nichts gefunden, was in diese Richtung weist.«

Von Seymour Place ging es nach rechts in die Edgware Road, dann nach links und wieder nach rechts in die Park Lane.

»Sofern Rosalind Kynaston weiß, dass ihr Mann eine Geliebte hat, wäre sie doch wohl ziemlich aufgebracht«, überlegte Stoker. »Es wäre für sie ein Kinderspiel gewesen, die Uhr und den Anhänger an sich zu bringen.«

»Schon möglich, dass sie ihren Mann verabscheut«, wandte Pitt ein, »aber ich kann mir schlechterdings nicht vorstellen, dass sie ihn zugrunde richten will. Immerhin würde sie sich damit auch selbst in den Ruin treiben. Seine Schande würde automatisch auf sie zurückfallen, und wenn er kein Einkommen mehr hätte, stünde auch sie mittellos da! Sie stammt zwar, wie Sie gesagt haben, aus einer angesehenen Familie, besitzt aber kein eigenes Vermögen. Da müsste sie schon ihrerseits einen Liebhaber haben, der noch dazu bereit wäre, sie trotz des Makels zu heiraten, der dann auf ihr läge. Auch wenn das denkbar ist, ich halte es nicht für wahrscheinlich. Sie etwa?«

Stoker dachte einen Augenblick lang nach. »Ich kenne mich mit Frauen nicht so gut aus wie Sie als verheirateter Mann mit einer Tochter …«

»Ich bin nicht sicher, ob es überhaupt Männer gibt, die sich mit Frauen auskennen«, sagte Pitt trocken. »Vielleicht könnte man sagen, dass meine Unwissenheit nicht ganz so groß ist wie die Ihre. Was meinen Sie?«

»Mrs. Kynaston macht mir nicht den Eindruck einer Dame, die einen heimlichen Liebhaber hat«, sagte Stoker und vermied es betont, Pitt anzusehen. »Ich weiß noch, wie es war, als sich meine Schwester Gwen in ihren Mann verliebt hat. Ich wusste so gut wie nichts davon, aber mir war klar, dass da etwas im Busch war. Das merkte man an Kleinigkeiten, beispielsweise an der Art, wie sie ihr Haar trug, auf das achtete, was sie anzog, und zwar nicht nur gelegentlich, sondern dauernd. Dann ihr feines Lächeln, so richtig selbstzufrieden. Das konnte man sogar an der Art merken, wie ihre Röcke schwangen, wenn sie ging, so, als wüssten die, dass etwas Besonderes bevorstand.«

Trotz der Kälte in der unbequemen und laut ratternden Droschke, in der sie mit ihren nassen Mänteln dicht aneinandergedrängt saßen, musste Pitt unwillkürlich lachen. Die Art, wie Stoker seine Schwester beschrieben hatte, erinnerte ihn an das, was ihm vor Jahren an Charlotte aufgefallen war, als er um sie warb. Er hatte damals nicht verstanden, wieso diese unübersehbar vor Lebenskraft sprühende Frau zwischen himmelhoch jauchzend und zu Tode betrübt hin und her schwankte.

Ähnliches hatte er an seiner Schwägerin Emily beobachtet, als sie sich ernsthaft mit Jack Radley zu beschäftigen begann. Aber das war ein anderes Thema, das ihm im Augenblick mehr Qual als Freude bereitete.

Sogar bei Jemima ließ sich das in Ansätzen erkennen. Wie rasch das Mädchen heranwuchs! Pitt wusste genau, auf welche jungen Männer sie ein Auge geworfen hatte und welche für sie Luft waren. Sie sah gut aus, war ihrer Mutter vom Wesen her ähnlich, tapfer und zugleich verletzlich. Sie hielt sich für wer weiß wie weltklug und war in Wirklichkeit leicht zu durchschauen. Oder war sie das nur für ihn, weil er an ihr hing und sie am liebsten vor allem Leid und Kummer bewahrt hätte?

Bestimmt hätte Charlottes Vater seine Tochter am liebsten vor dem verhängnisvollen gesellschaftlichen Abstieg – ganz zu schweigen von dessen finanziellen Folgen – bewahrt, den die Heirat mit einem einfachen Streifenpolizisten mit sich gebracht hatte! Für ihn hatte es nur eines gegeben, was noch schlimmer gewesen wäre, nämlich, wenn sie gar nicht geheiratet hätte. Glücklicherweise hatte ihre Mutter mehr gesunden Menschenverstand bewiesen als der Vater.

Würde er sich ebenso verhalten, wenn Jemima eines Tages erklärte, sie werde heiraten?

Noch gab es keinen Grund, sich darüber den Kopf zu zerbrechen. Sicherlich würde bis dahin noch so manches Jahr ins Land gehen!

Es war nicht mehr weit bis zur Themse, die sie überqueren mussten, um ans jenseitige Ufer zu gelangen.

Pitt betrachtete Stoker mit neuem Respekt. Solch einfühlsame Beobachtungen hatte er seinem Untergebenen gar nicht zugetraut. Überrascht merkte er, dass er ihn nicht besonders gut kannte. Abgesehen davon, dass der Mann seine Arbeit ebenso klug wie umsichtig erledigte und seine unverbrüchliche Ergebenheit bereits mehrfach bewiesen hatte, wusste er so gut wie nichts über ihn.

»Sie meinen also nicht, dass Rosalind Kynaston ein Verhältnis hat?«, fragte er.

»Nein, Sir. Sie kommt mir wie eine Frau vor, die nicht besonders viel Grund hat, glücklich zu sein«, bestätigte Stoker.

»Und weiß sie Ihrer Ansicht nach von der Liaison ihres Mannes?«

»Wahrscheinlich. Meiner Erfahrung nach wissen Menschen so etwas, vor allem Frauen, nur dass sie es sich nicht immer leisten können, sich das einzugestehen. Natürlich sieht das bei Leuten anders aus, die nicht der feinen Gesellschaft angehören und keine Angst haben müssen, viel Geld oder ein Haus zu verlieren – da ist es nicht unbedingt nötig, lächelnd so zu tun, als hätte man nichts gemerkt. Jede Wette«, fügte er hinzu, »dass auf keinen Fall sie eine der beiden Frauen umgebracht und in die Kiesgrube geschafft hat – und sie hat ihnen auch nicht das Gesicht zerstört!«

Ein Schauer überlief Pitt. »Sicher. Aber Sie sind doch wohl ebenfalls überzeugt, dass die Sache in irgendeiner Weise mit dem Hause Kynaston zusammenhängt, ganz gleich, wer dahintersteckt?«

»Unbedingt«, pflichtete Stoker ihm bei. »Wenn ich nur wüsste, wie! Ich habe hin und her überlegt, aber nichts ergibt wirklich einen Sinn. Was sollen zum Beispiel die Verstümmelungen? Als einzigen Grund dafür könnte ich mir denken, dass damit eine Identifizierung verhindert werden soll. Aber wir haben ja ohnehin keine Vorstellung, wer die beiden Frauen sein könnten.«

»Immerhin ist denkbar, dass der Täter damit Aufmerksamkeit erregen wollte«, sagte Pitt.

»Finden Sie nicht, dass zwei tote Frauen in einer Kiesgrube dafür genügen würden?«, fragte Stoker ungläubig.

»Jedenfalls würden sie keine so großen Schlagzeilen bewirken wie zwei, die auf identische Weise verstümmelt wurden«, hielt Pitt dagegen.

»Aber welchen Sinn soll das haben?« Stoker sah Pitt fragend an, als könnte ihm dieser eine Antwort darauf geben. »Sie meinen, dass uns das anstacheln soll, uns Kynaston genauer anzusehen? So wie die Taschentücher?«

»Möglich.«

»Aber warum nur?«, fragte Stoker.

»Genau bei der Frage komme ich nicht weiter«, erwiderte Pitt in dem Versuch, einerseits ehrlich zu sein und ihm andererseits nichts über Somerset Carlisle sagen zu müssen. Den Namen nicht zu nennen war nicht schwierig, aber Stoker würde es merken, wenn Pitt auswich, und eine solche Kränkung hatte er nicht verdient. Außerdem würde Pitt damit das Vertrauen zwischen ihnen erschüttern, auf das er unbedingt angewiesen war. Ohne das Vertrauen seiner Männer würde er völlig allein stehen. Männer wie Talbot hatten ihm inzwischen überdeutlich zu verstehen gegeben, dass sie nichts von ihm hielten, und möglicherweise galt das auch noch für andere im Umfeld der Regierung. Noch nicht einmal in Lisson Grove hatte er sich das Ausmaß an Respekt erarbeitet, das die Leute früher vor Victor Narraway hatten.

»Ich denke«, fuhr Pitt fort, während die Droschke über die Themsebrücke ratterte und sich danach ostwärts wandte, »dass Kynaston angesichts des Verdachts gegen ihn jedem überaus dankbar wäre, der seine Schuldlosigkeit beweisen könnte, zumal er inzwischen gemerkt hat, dass sich das Netz um ihn immer mehr zusammenzuziehen scheint …«

»Uns gegenüber würde diese Dankbarkeit nicht besonders lange vorhalten«, sagte Stoker sonderbar behutsam, als wollte er Pitt vor einer Enttäuschung bewahren.

Pitt vermied es, ihn anzusehen. Stokers Bestreben, ihn vor einem Schmerz zu bewahren, wie er jeden von Zeit zu Zeit heimsuchte, rührte und belustigte ihn zugleich. Diese Art Schmerz war eine bittere Wirklichkeit.

Er musste rasch etwas sagen, um zu verhindern, dass er falsch verstanden wurde.

»Das ist mir bewusst. Ich hatte nur an die Möglichkeit gedacht, dass ihm jemand seine Hilfe anbietet. Das könnten beispielsweise Menschen sein, die ihm nichts schuldig sind, denen er selbst aber unter Umständen verpflichtet ist – immer vorausgesetzt, er zahlt ihnen genug dafür.«

Ein harter Glanz trat in Stokers Augen. »Ich verstehe! Und diesen Preis würde er für alle Zeiten zahlen müssen. Wirklich sehr klug ausgedacht. Und wir stünden dann dumm da. Außerdem würde man in Zukunft womöglich weniger auf uns hören, wenn wir jemanden verdächtigten.«

Pitt wünschte, er hätte selbst an diese bedrohliche Eventualität gedacht.

»Ganz genau«, sagte er so leise, dass es im Verkehrslärm der Rotherhithe Street kaum zu hören war. »Die Sache wird immer widerwärtiger, nicht wahr? Zumindest im Hinblick auf die möglichen Folgen. Damit erhebt sich erneut die Frage: Wer steckt dahinter?«

»Was das angeht, scheinen manche Hinweise und Anzeichen einander zu widersprechen«, gab Stoker zur Antwort. »Die Annahme, Kynaston habe die Zofe umgebracht, weil sie hinter sein Verhältnis mit einer anderen Frau gekommen ist, ergibt keinen rechten Sinn – es sei denn, uns wäre ein wichtiges Element entgangen. Aber warum sind vier Frauen in die Sache verwickelt?«

Pitt verstand nicht sofort, wen er damit meinte.

»Kitty Ryder, die erste Tote in der Kiesgrube, die zweite und die Geliebte«, fuhr Stoker fort. »Nie und nimmer können zwei von ihnen ein und dieselbe Person sein.«

»Ich sehe absolut nichts, was einen Sinn in die Sache bringen könnte«, gab Pitt zu. »Dennoch bestehen zwischen den beiden Toten in der Kiesgrube unbestreitbar mehrere Parallelen: erstens der Fundort, wenn auch nicht unbedingt die Stelle, an der man sie umgebracht hat, dann hat man beide längere Zeit irgendwo aufbewahrt, bevor sie dorthin gebracht wurden, drittens die abscheulichen Verstümmelungen, die man ihnen erst nach dem Tode zugefügt hat. Allem Anschein nach waren sie Hausangestellte, aber niemand hat sie als vermisst gemeldet. Davon, dass man bei der einen Kynastons

Uhr und bei der anderen den dazugehörigen Anhänger mit der Kette gefunden hat, wollen wir gar nicht erst reden.«

Stoker nickte. »Und was lässt sich daraus schließen, dass all das nichts mit den beiden Frauen zu tun hat, wohl aber mit Kynaston? Soll er erpresst oder zu einer bestimmten Handlungsweise genötigt werden? Oder will man erreichen, dass er etwas Bestimmtes nicht tut? Vielleicht verhält er sich in der Angelegenheit deshalb so töricht, weil er etwas weiß, was einen anderen zugrunde richten kann und man ihn erpresst, damit er den Mund hält?«

»Das könnte sein«, räumte Pitt ein. Zwar war das in der Tat denkbar. Da aber in dem Fall Somerset Carlisle in keiner Weise in die Geschichte gepasst hätte, verwarf Pitt den Gedanken, so gern er an diese Theorie geglaubt hätte.

»Sehen Sie eine andere Möglichkeit, Sir?«, fragte Stoker.

»Nur eine«, gab Pitt zurück. Unmöglich konnte er sie länger ausschließen, denn damit würde er lediglich Stoker und sich selbst etwas vormachen. An Gerissenheit und Scharfsinn hatte Somerset Carlisle nicht seinesgleichen – aber er würde kaum so weit gehen, jemanden zu töten. Was mochte ihm so wichtig sein, dass er dafür Leichen stahl und verstümmelte, obwohl für ihn eine solche Handlungsweise sicherlich grässlich und nahezu unerträglich gewesen sein musste?

Die einzig mögliche Antwort lautete, dass es vermutlich um ein so schwerwiegendes Verbrechen wie Hoch- oder Landesverrat ging.

»Sir?« Stokers Stimme riss ihn aus seinen Gedanken.

»Uns bleibt nichts anderes übrig, als der Sache immer weiter nachzugehen, bis wir das schlimmere Verbrechen entdecken, das dahintersteckt«, gab Pitt zurück.

»Was, schlimmer als Mord?« In Stokers Stimme mischten sich Entrüstung und Ungläubigkeit.

»Ja, schlimmer als Mord«, erwiderte Pitt ruhig. »Und zwar Hoch- oder Landesverrat.«

Stoker richtete sich auf und schluckte. »Ach so. Der Gedanke war mir bisher nicht gekommen, Sir. Wenn man bedenkt, was das alles …«

»Das habe ich auch nicht erwartet«, sagte Pitt, den Blick starr vor sich gerichtet. »Ohnehin ist es nur so ein Gedanke …«

»Nein, Sir.« Auch Stoker wandte den Blick nach vorn. »Es ist unsere Aufgabe dahinterzukommen.«

Der Gerichtsmediziner empfing sie in seinem Büro, das Pitt in den letzten Wochen nur allzu bekannt geworden war. Offensichtlich hatte er viel zu tun, denn er bot seinen Besuchern keinen Tee an.

»Die Zeitungen haben Wind von der Sache bekommen«, sagte Whistler kurz angebunden. »Auf keinen Fall über mich, damit das klar ist.« Bei diesen Worten funkelte er Pitt an, als habe jener das bezweifelt. »Die Leute sind wie Bluthunde, die dem Leichengeruch nachspüren!«, stieß Whistler erbittert hervor. »Keine Ahnung, was sie sich jetzt aus den Fingern saugen werden – wahrscheinlich irgendetwas, was ihnen in den Kram passt.« Er schüttelte den Kopf und zitterte mit einem Mal am ganzen Leibe, als habe man ihn in ein Becken mit kaltem Wasser getaucht. »Dass die Verstümmelungen nach dem Tod vorgenommen worden waren, hatte ich Ihnen ja schon gesagt. Ich habe mir die zweite Leiche noch einmal genauer angesehen. Abgesehen von einigen Knochenbrüchen, wobei eine Schädelfraktur hervorsticht, sind alle anderen Knochen erst gebrochen worden, als sie schon tot war. Die Blutergüsse stammen natürlich aus der Zeit davor – danach fließt kein Blut mehr.«

Pitt sah ihn fest an. »War ein Schlag auf den Kopf die Todesursache?« Er wusste selbst nicht, welche Antwort er erwartete. Das Ganze war ein Albtraum, aus dem er möglichst bald zu erwachen hoffte.

»Ein Schlag«, wiederholte Whistler und schien lange darüber nachzudenken.

»Und?«, fuhr Pitt ihn an.

»Eine großflächige Verletzung«, sagte Whistler langsam. »Viele Hämatome, die ich nicht genau zuordnen kann. Dafür ist sie zu lange tot. Wenn Sie meine Meinung hören wollen, ist sie eine Treppe hinuntergestürzt und hat sich auf dem Fußboden den Schädel eingeschlagen. Nichts weist darauf hin, dass es kein Unfall war.«

Ein so starkes Gefühl der Erleichterung durchströmte Pitt, dass es ihn beinah schmerzte. Es war etwa so wie der Schmerz, den man empfand, wenn ein vor Kälte erstarrter Körperteil wieder durchblutet wurde. »Also kein Mord?«

»Das anzunehmen gibt es keinen Anlass«, bestätigte Whistler. »Aber welcher gottverdammte Irre hat ihr Gesicht dann so zugerichtet? Das ist eine andere Frage, und die müssen Sie beantworten, nicht ich!«

Pitt nickte ihm dankend zu und verließ mit Stoker das Leichenschauhaus.

Als Erstes wollte er Somerset Carlisle aufsuchen und mit ihm reden. Falls Carlisle all diese entsetzlichen Dinge inszeniert hatte, um zu erreichen, dass sich der Staatsschutz Kynaston genauer ansah, war es höchste Zeit, ihm von Angesicht zu Angesicht gegenüberzutreten und ihn zu fragen, welchen Verbrechens er Kynaston für schuldig hielt.

Pitt war unsicher, ob er seinen Besuch ankündigen sollte. Das Überraschungsmoment hatte viele Vorteile, und sofern er sich mit Carlisle verabreden wollte, würde er ihm plausible Gründe dafür nennen müssen. Für den Fall aber, dass er ihn unangekündigt aufsuchte, musste er damit rechnen, dass er nicht zu Hause war. Ganz davon abgesehen, konnte ein solcher Überraschungsangriff nach hinten losgehen und ihn lächerlich erscheinen lassen, falls sich herausstellte, dass es dafür keinen Grund gab. Er griff zum Telefon und bat Carlisle um eine Unterredung. Dieser erhob nicht nur nicht den geringsten Einwand, sondern seine Stimme klang im Gegenteil so, als sei ihm Pitts Besuch willkommen.

Ein Diener ließ Pitt ein und geleitete ihn in den ebenso behaglich wie eigenwillig eingerichteten Salon, in dem Carlisle die wenigen Abende verbrachte, die er zu Hause war. Ein Kaminfeuer heizte den Raum, der im Sommer durch die Fenstertüren Wärme von draußen empfing. Jetzt hingen dicke Vorhänge davor.

»Wenn Sie bei diesem scheußlichen Wetter den Weg hierherfinden«, sagte Carlisle mit einem schiefen Lächeln, »muss Ihnen das äußerst wichtig sein. Der Frühling lässt in diesem Jahr ganz schön lange auf sich warten, wie? Na ja, umso mehr werden wir uns freuen, wenn er endlich kommt. Nehmen Sie Platz.« Er wies auf ein schweres Kristallglas auf dem Tisch neben dem Sessel, aus dem er sich erhoben hatte. »Whisky? Lieber Sherry?« Mit leichtem Abscheu in der Stimme fügte er hinzu: »Oder Tee?«

»Danke, später«, sagte Pitt. »Wenn Sie mir dann immer noch etwas anbieten wollen.« Bei dem Gedanken an die unangenehme Situation, die ihm bevorstand, schnürte sich ihm die Kehle zu, und sein Mund war mit einem Mal wie ausgedörrt. Ein ordentlicher Schluck Whisky hätte ihn gewärmt. Seit er aufgestiegen war und besser verdiente, hatte er den Unterschied zwischen gutem und weniger gutem Whisky kennen und schätzen gelernt. Aber er musste einen klaren Kopf bewahren. Auf keinen Fall durfte er Carlisle einen Vorteil einräumen.

»Ist es so schlimm?« Carlisle wies auf einen zweiten Sessel und ließ sich erneut in den seinen sinken. Auf sein Gesicht trat eine Anspannung ähnlich der, die Pitt empfand.

Es hatte keinen Sinn, die Augen vor dem zu verschließen, was jetzt zu tun war. »Ich glaube schon«, sagte er.

Carlisle lächelte, als ginge es um ein Gesellschaftsspiel. »Und was kann ich Ihrer Ansicht nach tun? Ich kenne niemanden, der Frauen umbringt und sie in Kiesgruben herumliegen lässt. Andernfalls hätte ich Sie das längst wissen lassen.«

»Ehrlich gesagt, geht es mir im Augenblick weniger darum, dass sie umgekommen sind«, Pitt erwiderte sein Lächeln, »sondern um ihre scheinbare Verbindung zu Dudley Kynaston.« Er sah sich interessiert im Raum um und nahm sich die Zeit, die Seestücke an den Wänden genauer zu betrachten. Eins der Bilder musste von einem erstklassigen Maler stammen und war vermutlich sehr viel wert. Auf jeden Fall war es mit größter Sorgfalt ausgewählt worden. Vielleicht hatte Carlisle es von jemandem geerbt, der die See tief in sein Herz geschlossen hatte.

Carlisle wartete, dass Pitt weitersprach.

Wie offen sollte er sein?

»Bei der ersten Leiche hat man seine goldene Taschenuhr gefunden«, sagte er. Dabei beobachtete er Carlisles Gesicht, nahm aber nur eine kaum erkennbare Veränderung darauf wahr. »Und den Anhänger dazu samt Kette bei der zweiten. Außerdem weitere Dinge, die möglicherweise weniger bedeutsam sind.«

Carlisle zögerte. Unübersehbar überlegte er, ob er sich dem Kampf stellen oder ein Geplänkel führen sollte. Allem Anschein nach entschied er sich für Ersteres, denn der belustigte Ausdruck verschwand aus seinen Augen. Mit einem Mal wurden im Schein des Kaminfeuers und dem sanften Licht der Gaslampen über ihm die Linien erkennbar, die

Jahre in Sonne und Wind beim Bergsteigen um seine Augen herum eingegraben hatten. Er war älter als Pitt, vielleicht Mitte fünfzig oder älter, doch gelegentlich vergaß man das über seinem dynamischen Wesen.

»Eine ausgesprochen bemerkenswerte Verbindung. Wie hat Kynaston sie erklärt?«, fragte er.

»Ein Taschendieb habe ihm die Uhr entwendet.«

»Und glauben Sie das?«

»Ich neige dazu. Zu erreichen, dass jemand das für Sie tut, dürfte Ihnen nicht sonderlich schwergefallen sein.«

»Grundgütiger! Was für ein zweischneidiges Kompliment. Wäre so etwas nicht ziemlich gefährlich?«

»Sogar sehr«, gab ihm Pitt recht. »Daher nehme ich an, dass Sie einen triftigen Grund dafür hatten. Ich kann mir einfach keine Liebesbeziehung vorstellen, die Ihren Zorn oder Ihre Leidenschaft so maßlos entfachen würde, dass Sie sich auf diese Weise der beiden Frauen bedienten, um mich in die Sache hineinzuziehen.«

»Der Mann hat bisweilen seinem Herzen gestattet, die Herrschaft über seinen Verstand zu gewinnen«, gab Carlisle zurück. Trotz des scharfen Tons wählte er seine Worte sorgfältig. »Gewiss, wer nicht liebt, stirbt stückchenweise. Vielleicht ist es sogar noch schlimmer, und es bedeutet, dass man am Ufer des Lebens zögert und nie den Fuß ins Wasser setzt. Andererseits kann, wer es zu weit treibt, dabei nicht nur ertrinken, sondern auch andere mit sich reißen.«

»Da stimme ich Ihnen zu«, erklärte Pitt, »nehme aber an, dass Sie an etwas ganz Bestimmtes denken.«

Carlisles Brauen hoben sich. »Vorstellbar. Aber Sie sind derjenige, der etwas von mir will, nicht umgekehrt.«

»Ach, tatsächlich?«, fragte Pitt leise. »Ich hatte angenommen, dass vielleicht Sie etwas von mir wollen und es an der Zeit ist, darauf einzugehen.«

Carlisle zögerte kaum eine Sekunde. »Wirklich? Wie sind Sie darauf gekommen – oder sind wir über diesen Punkt hinaus?«

»Das sind wir.«

»Aha. Und was sagen Sie also?« Carlisle saß reglos da. Sein Whiskyglas schien er vergessen zu haben. Ohnehin hatte er nur daran genippt. Die Flüssigkeit schimmerte im Schein des Kaminfeuers golden wie ein Juwel.

»Sie dürfen sicher sein, dass ich Ihnen aufmerksam zuhören werde«, sagte Pitt.

Carlisle ging nicht darauf ein.

»Sagen Sie schon«, forderte Pitt in schärferem Ton, als er beabsichtigt hatte, da der Mann seine Geduld auf eine harte Probe stellte. Pitt konnte es sich nicht leisten, diese Partie zu verlieren. Seiner Erfahrung nach hatte Carlisle in der Vergangenheit nur leichtfertig gehandelt oder Gefahren auf sich genommen, die so unbegreiflich waren, dass sie ihn die Freiheit oder gar das Leben hätten kosten können, wenn der Preis hoch genug war, um ein solches Verhalten zu rechtfertigen.

»Ich habe mir Kynaston gründlich angesehen und nichts gefunden«, fuhr Pitt fort. »Kitty Ryder hat das Haus mitten in der Nacht fluchtartig verlassen, ohne irgendetwas von ihren Habseligkeiten mitzunehmen. Das kann nur bedeuten, dass sie vor etwas entsetzliche Angst hatte. Übrigens lebt sie noch. Ich kann mir nicht vorstellen, dass sie die Flucht ergriffen hat, weil sich Kynaston eine Geliebte hält – es sei denn, deren Gatte ist außergewöhnlich mächtig.« An eine solche Möglichkeit glaubte er selbst nicht.

»Das ist Ihrer unwürdig, Pitt.« Carlisles Stimme klang enttäuscht. »Welches Interesse sollte ich an der Frage haben, mit wem Kynaston Ehebruch begeht?«

»Eben. Das denke ich auch«, sagte Pitt. »Genau deshalb frage ich mich, was Ihnen so wichtig ist, dass Sie sich zu dieser makabren Farce haben hinreißen lassen. Es ist ja wohl eine Farce, oder nicht?«

Carlisle nahm den Blick nicht von Pitts Gesicht. »Meinen Sie?«, fragte er im Flüsterton.

»Solange ich nicht weiß, was dahintersteckt, ja!«, gab Pitt scharf zurück. Seine Nerven waren zum Zerreißen angespannt. Er erkannte in Carlisles Augen einen Anflug von Angst, der so rasch wieder verschwand, dass er nicht sicher war, ob er ihn tatsächlich gesehen hatte.

»Ich glaube nicht, dass Sie eine der beiden Frauen eigenhändig umgebracht haben«, fuhr Pitt fort. »Vermutlich haben Sie sie nicht einmal lebend zu Gesicht bekommen.«

Carlisle atmete langsam aus. Er schien sich kaum merklich zu entspannen.

»Wohl aber haben Sie ihnen die Uhr und den Anhänger in die Tasche gesteckt«, fuhr Pitt fort. Die Verstümmelungen erwähnte er einstweilen nicht, das mochte vorläufig als grässliche Leerstelle zwischen ihnen stehen bleiben. »Und wahrscheinlich auch den Schrankschlüssel. Sie scheinen sich verdammt sicher gewesen zu sein, dass ich nicht hinter die Zusammenhänge kommen und Sie mit der Sache konfrontieren würde!«

»Sie sind der beste Ermittler, den ich kenne«, gab Carlisle mit leicht heiserer Stimme zurück. Es klang, als bekäme er nicht genug Luft.

»Und was soll ich für Sie ermitteln?« Pitt beugte sich vor. »Sie haben die Leichen den Tieren zum Fraß vorgeworfen! Was ist Ihnen so wichtig, Carlisle? Mord? Mehrfacher Mord?« Und dann sagte er mit besonderem Nachdruck: »Nein, das würde nicht ausreichen! Es muss um Hoch- oder Landesverrat gehen!«

Carlisle holte langsam tief Luft. »Kennen Sie Sir John Ransom?«

»Nicht persönlich. Ich habe von ihm gehört.«

»Genau«, sagte Carlisle. »Es war eine rhetorische Frage. Wenn dem Leiter der Staatsschutz-Abteilung der Name des Mannes nicht geläufig wäre, der an der Spitze der wissenschaftlichen Forschung für unsere Marine und die Seekriegsführung steht, sähe sich das Land in der Tat großen Schwierigkeiten gegenüber.«

»Was ist mit Ransom?«, fragte Pitt.

»Er ist ein guter Bekannter. Er war ein paar Jahre vor mir in Cambridge.«

Pitt ließ ihn weiterreden. Offensichtlich brauchte Carlisle eine gewisse Einleitung, bevor er zur Sache kam. Knisternd sank ein Scheit im Kamin in sich zusammen, wobei helle Funken aufstoben. Carlisle schien nichts davon zu merken.

»Er war vor zwei oder drei Monaten bei mir«, fuhr er fort. »Seiner Überzeugung nach liefert jemand einer fremden Seemacht streng geheimes Wissen. Er hatte keine Beweise dafür und hat auch nicht gesagt, welche Macht das ist. Vermutlich wusste er es nicht.«

»Jemand aus der Abteilung, in der Kynaston arbeitet«, folgerte Pitt.

»So ist es. Ransom hat sich große Sorgen gemacht. Er ist fest von der Richtigkeit seiner Annahme überzeugt, weiß aber nicht, wer der Verräter ist. Da von vornherein nur drei Männer infrage kamen, von denen zwei inzwischen entlastet sind ...«

»... bleibt Kynaston übrig«, sagte Pitt unglücklich. »Aber es gibt keine Beweise, denn sonst hätten Sie uns das Material einfach übergeben, statt sich auf ein so verschlungenes Vorhaben einzulassen.«

»Sie sagen es. Wenn wir Kynaston, ohne Beweise in der Hand zu haben, damit konfrontierten, dass uns sein Treiben bekannt ist, würde ihn das lediglich warnen. Damit würde die Sache möglicherweise noch schlimmer«, erwiderte Carlisle.

»Also haben Sie den Anschein erweckt, als habe er die Zofe seiner Frau wegen einer wirklichen oder eingebildeten Liebesgeschichte ermordet, und gehofft, dass ich für Sie die Kastanien aus dem Feuer hole!«

»Mehr oder weniger«, gab Carlisle zu. »Aber Sie haben verdammt lange gebraucht, um dahinterzukommen!« Mit verzerrtem Lächeln fügte er hinzu: »Wahrscheinlich können Sie den Mann gut leiden …«

»Ja. Das hat aber nichts damit zu tun«, sagte Pitt aufgebracht. »Ganz gleich, was ich von jemandem halte, ich kann ihn erst unter Anklage stellen, wenn ich Beweise habe. Da glaubwürdige Zeugen Kitty Ryder nach dem ersten Leichenfund wohlbehalten gesehen haben und die zweite ihr nicht einmal ähnlich sieht, habe ich gegen Kynaston nichts in der Hand!«

»Ich gebe zu, das war ein Schnitzer von mir«, erklärte Carlisle und verzog das Gesicht. »Ich wusste nicht, dass man die Zofe lebend gesehen hatte. Ist das sicher?«

»Ja. Ich habe einen äußerst tüchtigen Mitarbeiter …«

»Ach, der grimmige Stoker. Vortrefflicher Mann.« Carlisle deutete ein Lächeln an. »Wenn es ihm gelingt, die Frau aufzuspüren, könnte sie ihm sicher sagen, was sie gesehen oder gehört hat und warum sie davongelaufen ist. Auf der anderen Seite wäre es nicht schlecht, wenn man etwas Gewichtigeres ins Feld führen könnte als das Wort einer davongelaufenen Zofe.«

»Ich werde die Suche nach ihr ausweiten«, versprach Pitt. »Wer ist noch in die Sache verwickelt? Kynaston muss die Informationen ja an jemanden weiterleiten. Und warum das Ganze, in Dreiteufelsnamen?« Es bereitete ihm geradezu körperliche Schmerzen, die Frage auszusprechen. Er hätte Kynaston höchstens als zügellos eingeschätzt, auf keinen Fall aber als Verräter. Auch wenn er sich im Laufe der Jahre daran gewöhnt hatte, enttäuscht zu werden, schmerzte ihn diese Erkenntnis sehr.

Carlisle verzog den Mund. »Ich habe keine Ahnung, zweifle aber nicht daran, dass er eine ganze Reihe von Fürsprechern haben wird. Die werden einfach alle miteinander nicht glauben wollen, dass er sie hinters Licht führt oder auch nur dazu imstande wäre! Der Premierminister wird, gelinde gesagt, ungehalten sein.«

»Ich gewöhne mich allmählich daran, sein Missfallen zu erregen«, sagte Pitt in scharfem Ton. »Es scheint zu meinem Amt zu gehören. Aber sofern wir Kynaston zu fassen bekommen, wäre die Sache damit noch lange nicht ausgestanden, selbst wenn wir ihm seine Tat nachweisen könnten …«

»Als ob ich das nicht wüsste! Sie müssen hinter die ganze Wahrheit kommen, die Zusammenhänge aufdecken. Vor allem aber müssen Sie in Erfahrung bringen, welche Geheiminformationen er weitergegeben hat und an wen. Noch besser wäre es, wenn Sie herausbekämen, auf welche Weise er in seine Position gelangt ist und wer außer ihm in die Sache verwickelt ist. Im Übrigen muss das Ganze so behandelt werden, dass möglichst wenige Leute etwas davon mitbekommen. Wenn das bei einer Gerichtsverhandlung öffentlich breitgetreten würde, wäre das beinahe genauso schädlich wie die Sache an sich.«

»Besten Dank. Das weiß ich selbst!«, fuhr ihn Pitt an. »Mir wäre es ohnehin lieber, den Fall nicht vor Gericht bringen zu müssen. Zwar haben Sie die beiden Frauen nicht getötet, wohl aber ihre Leichen widerrechtlich an sich gebracht und in die Kiesgrube geschafft. Auch wüsste ich am liebsten nicht, dass Sie sie auf identische Weise bestialisch verstümmelt haben, damit sich uns die Schlussfolgerung aufdrängte, ein und derselbe Täter habe sie getötet – ganz davon abgesehen, dass Sie ihnen Gegenstände aus Kynastons Besitz in die Tasche gesteckt haben, um uns zu suggerieren, dass da eindeutig eine Verbindung zwischen ihnen und Kynaston bestand. Sie hatten mit Ihrem Vorgehen insofern Erfolg, Carlisle, als ich Ihre Botschaft verstanden habe.«

Im Feuerschein war zu sehen, dass Carlisle erbleicht war. »Ich bin nicht stolz darauf«, sagte er leise. »Aber Kynaston ist dabei, unser Land zu verraten. Man muss ihm in den Arm fallen.«

»Ich werde alles tun, was nötig ist, um seinen Machenschaften ein Ende zu bereiten«, versprach Pitt. »Und Sie werden mich dabei unterstützen, wenn mir eine Möglichkeit dazu einfällt. Ab sofort werden Sie genau das tun, was ich Ihnen sage … Nur dann habe ich einen Grund, Sie nicht wegen Leichenraubes, Leichenschändung und grober Täuschung der Ermittlungsbehörden unter Anklage zu stellen.«

»Würden Sie denn wirklich …«, setzte Carlisle an.

Pitt funkelte ihn an. »Darauf können Sie sich verlassen! Und sollten Sie Lady Vespasia in die Sache mit hineinziehen, werde ich dafür sorgen, dass Sie Ihren Sitz im Unterhaus verlieren.«

»Ich glaube Ihnen«, sagte Carlisle bedrückt. »Ich gebe Ihnen mein Wort, dass ich Vespasia in die Angelegenheit nicht hineingezogen habe und das auch nicht tun werde.«

»Schön.« Pitt erhob sich. »Zumindest dafür danke ich Ihnen. Jetzt wünschte ich doch, ich hätte den Whisky getrunken!«

»Sie können ihn immer noch haben …«

»Nein, vielen Dank. Ich muss nach Hause. Es ist schon spät, und ich muss in Ruhe darüber nachdenken, wie ich die Sache aufklären kann. Woher hatten Sie übrigens die Leichen? Vermutlich doch wohl aus einem Leichenschauhaus?«

»Ja. Aber ich werde dafür sorgen, dass sie ein ordentliches Begräbnis bekommen, wenn Sie sie für Ihre Ermittlungen nicht mehr brauchen. Das war von Anfang an meine Absicht.«

Pitt sah ihn einen Augenblick lang an in dem Versuch, Worte für das zu finden, was zwischen ihnen lag, doch fiel ihm nichts ein. Er wandte sich ab und ging.

Der Regen hatte aufgehört, aber der Wind war noch kälter geworden. Beim Anblick des sternklaren Himmels kam Pitt die Befürchtung, dass es Frost geben könnte.

Während er rasch ausschritt, dachte er erneut über Carlisle nach. Obwohl ihn dieser zur Weißglut brachte, empfand er ihm gegenüber keine Abneigung. Er hatte Gelegenheit gehabt, hinter dem Scharfsinn und dem Einfallsreichtum einen Mann zu erkennen, der nicht nur über das Alltägliche hinausstrebte, auf wie verzweifelte Weise auch immer, sondern auch den Mut aufbrachte, an Dinge zu glauben, die über das hinausgingen, was er selbst sehen konnte. Sicher ein einsamer Mann.

Pitts Überzeugung nach hatte er die beiden Frauenleichen tatsächlich ausschließlich zur Verteidigung und zum Schutz eines höheren Gutes benutzt. Und jetzt oblag es dem Staatsschutz, diesen offenbar gravierenden Fall von Hoch- oder Landesverrat aufzudecken.

Pitt erschauerte im kalten Wind, während er zu den bleich schimmernden Sternen emporsah, und beschleunigte den Schritt.

KAPITEL 14

Charlotte hatte beschlossen, mehr Zeit mit ihrer Schwester Emily zu verbringen, und so sagte sie sogleich zu, als diese sie einlud, mit ihr an einem Empfang zu Ehren eines norwegischen Forschungsreisenden teilzunehmen, der bei dieser Gelegenheit einen Vortrag halten würde. Das tat sie ausschließlich Emily zuliebe, denn sie interessierte sich nicht sonderlich für Inseln im Nordatlantik oder dafür, welche Vögel da brüten mochten. Schon der Gedanke an das viele Treibeis dort jagte ihr einen kalten Schauer über den Rücken, bevor sie überhaupt aufbrach.

Wäre Pitt zu Hause gewesen, hätte die Teilnahme an dieser Veranstaltung für sie ein noch größeres Opfer bedeutet, doch in jüngster Zeit kehrte er abends oft erst spät heim, weil ihn der Fall Kitty Ryder einfach nicht losließ. Er hatte gesagt, dass sie noch am Leben sei, man sie aber nicht finden könne.

Während Minnie Maude sie frisierte, was sie inzwischen sehr gut konnte, dachte Charlotte gründlich über die ganze Sache nach. Sie hatte Pitt keine weiteren Fragen gestellt, weil sie an seinem Gesichtsausdruck erkannt hatte, dass ihm der Fall große Sorgen bereitete und es dabei inzwischen um Dinge ging, über die er nicht mit ihr reden durfte. Das aber, fand sie, bedeutete keineswegs, dass es ihr nun verboten war, auf eigene Faust Nachforschungen zu betreiben.

Sie war mit dem Privatleben von Menschen wie dem Ehepaar Kynaston weit vertrauter als Pitt oder Stoker, da Dudley Kynaston der Gesellschaftsschicht angehörte, in die sie hineingeboren worden war und der Emily von Kind auf ununterbrochen angehört hatte. Zwar befanden sie und Pitt sich inzwischen gleichsam am Rande dieser Gesellschaftsschicht, doch ganz gleich, wie geschickt er den Anschein zu erwecken vermochte, sich darin wohlzufühlen, würde sie ihm stets fremd bleiben, zumindest, was manche ihrer Werte anging.

Emily kam, um die Schwester abzuholen. Das blasse Grün ihres wie immer erstklassig geschnittenen Abendkleides stand ihr ausgezeichnet. Es betonte ihre Figur, und da sie dazu ebenso unauffällige wie exquisite mit kleinen Smaragden besetzte Diamantohrringe trug, kam Charlotte unwillkürlich der Gedanke, dass sich Emily gleichsam auf dem Kriegspfad befand. Dieser Eindruck verstärkte sich, als sie bei ihrem flüchtigen Begrüßungskuss den Duft ihres Parfüms wahrnahm. Es war so dezent aufgetragen, dass sie unwillkürlich das Bedürfnis hatte, sich ihr ein Stückchen weiter zu nähern, um festzustellen, was genau es war. Sie kannte es nicht, zweifelte aber nicht im Geringsten daran, dass es sehr teuer war. So etwas ließ sich eine Frau nicht schenken; sie kaufte es, wenn sie nicht auf das Geld zu achten brauchte.

Als sie in Emilys Kutsche Platz genommen hatten, fragte Charlotte, kaum, dass diese sich in Bewegung gesetzt hatte: »Warum gehen wir ausgerechnet zu einem Vortrag über Arktisforschung?«

Emily lächelte. Selbst in der zunehmenden Dämmerung und im Schein der Gaslaternen war ihre Befriedigung zu erkennen. »Weil Ailsa und Rosalind Kynaston dort sein werden«, sagte sie. »Ich habe Rosalind in letzter Zeit etwas besser kennengelernt. Angesichts der Umstände war das weder schwierig, noch dürfte es befremdlich gewirkt haben. Falls Jack tatsächlich die von ihm angestrebte Anstellung bei Dudley Kynaston bekommt, werden wir uns möglicherweise miteinander anfreunden.«

»Und wie stehen die Aussichten in Bezug darauf?« Mit einem Mal hatte Charlotte alle Gedanken an die Kynastons und Kitty Ryders missliche Lage vergessen. Sie konnte nur noch daran denken, wie sehr es Emily treffen würde, wenn es mit Jack wieder eine Enttäuschung gab.

»Du möchtest wohl nicht, dass er sie bekommt«, sagte Emily mit plötzlicher Schärfe in der Stimme. »Dieser Kynaston ist ein wahres Genie. Solltest du das nicht wissen? Die Möglichkeit einer Zusammenarbeit mit ihm wäre für Jack äußerst interessant und natürlich ein weiterer Schritt auf der Karriereleiter nach oben. Das müsste auch dir klar sein, wenn du darüber nachgedacht hast.«

Charlotte vergaß ihren Vorsatz, geduldig und freundlich zu sein. »Ich möchte ja auch, dass er die Stelle bekommt, immer vorausgesetzt, dass sich Kynaston nichts hat zuschulden kommen lassen«, sagte sie mit Schärfe in der Stimme. »Andernfalls wäre mir der Gedanke höchst unangenehm, dass jemand, den ich liebe, mit diesen Leuten zu tun hat.«

»Es wird Jack freuen zu hören, dass du ihn liebst«, sagte Emily eisig.

»Sei nicht so dumm!«, blaffte Charlotte sie an. »Ich liebe dich, und ich kann Jack sehr gut leiden, aber nur, solange er dir nicht wehtut.«

»Das tut er nicht …«, setzte Emily an, sprach aber nicht weiter.

Als Charlotte zu ihr sah, erkannte sie, dass ihr Tränen über die Wangen liefen. Unter normalen Umständen hätte sie etwas

Tröstendes gesagt und sie in die Arme genommen. Jetzt aber war die Situation zu angespannt. So schwieg sie eine Weile und gab Emily Gelegenheit, ihre Selbstbeherrschung zurückzugewinnen. Als sie glaubte, ihr genug Zeit gelassen zu haben, wandte sie sich einem anderen Thema zu. »Wie ist Rosalind?«, fragte sie. Sie brauchte ihr Interesse nicht zu heucheln.

»Ehrlich gesagt, kann ich sie gut leiden«, gab Emily zurück. Sie schien sich wieder gefasst zu haben. »Sie hat eine stärker ausgeprägte Persönlichkeit, als man anfangs glaubt. Sie liest ziemlich viel und weiß eine ganze Menge über eher abgelegene Fachgebiete. Beispielsweise interessiert sie sich für Forscher, die im Zweistromland und in Griechenland Ausgrabungen machen und in Herrschergräbern verblüffende Dinge finden – Schriften und Kunstgegenstände. Außerdem versteht sie viel von Pflanzen. Ich war mit ihr in Kew Gardens, und sie konnte mir sagen, woher Dutzende der verschiedenen Bäume und Blumen kommen und wer sie entdeckt hat. Ich habe mich anfangs, offen gestanden, nur aus Höflichkeit näher mit ihr beschäftigt, aber schon sehr bald gemerkt, dass sie mich wirklich interessiert. Außerdem ist sie nicht im Geringsten so fade und lässt sich keineswegs so leicht hinters Licht führen, wie ich ursprünglich angenommen hatte.«

»Und deshalb geht sie zu diesem Vortrag?«, fragte Charlotte verwundert. Pitt hatte nur wenig über Kynastons Gattin gesagt. Da ihr Mann eine Geliebte hatte, war Charlotte zu der Einschätzung gekommen, dass sie ziemlich farblos und langweilig sein müsse. Vielleicht war das voreilig von ihr gewesen. Ob alle verheirateten Frauen annahmen, die Gattin eines Mannes, der sich einer anderen zuwandte, müsse gefühlskalt oder reizlos sein – Eigenschaften, die ihrer eigenen Einschätzung nach auf sie selbst nicht zutrafen, weshalb keine Gefahr bestand, dass es auch ihnen so ergehen könnte?

»Ich freue mich darauf, sie besser kennenzulernen«, sagte sie.

So unglücklich Emily sein mochte, von der Gewandtheit, mit der sie in der Gesellschaft auftrat, hatte sie nichts eingebüßt. Nach wie vor beherrschte sie die Kunst, sorgfältig Geplantes als puren Zufall erscheinen zu lassen. So stand sie schon bald gemeinsam mit Charlotte in der Nähe von Rosalind Kynaston und deren Schwägerin Ailsa. Rosalind trug ein vornehm wirkendes schlichtes Kleid in dunklem Pflaumenblau, das vermutlich teuer, aber ohne den Pfiff war, den Emily mit weit geringerem Aufwand zu erreichen verstand.

Ailsa bewegte sich mit mehr Anmut als ihre Schwägerin. Das mochte daran liegen, dass sie größer war. Der lebhafte Ausdruck auf ihrem Gesicht und ihr blassblond schimmerndes Haar lenkten die Blicke unwillkürlich auf sie. Der farbliche Kontrast zu den dunklen Blautönen ihres Kleides schien die von ihr ausgehende Energie eher noch zu verstärken.

Die Damen begrüßten einander so freudig, als habe ein gütiges Geschick sie zusammengeführt. Ailsa wie auch Rosalind erinnerten sich an Charlotte und erklärten, das Wiedersehen freue sie. Sofern sie sogleich die Beziehung zwischen ihr und Pitt und damit zu der elenden Geschichte herstellten, die ihn in Kynastons Haus geführt hatte, ließen sie sich das nicht anmerken.

Ihre Unterhaltung, die sich ausschließlich um Belanglosigkeiten drehte, floss munter dahin. Emily war in ihrem Element. Sie wirkte faszinierend und amüsant, und es gelang ihr, Rosalind zum Lachen zu bringen. Charlotte konnte, während sie zuhörte, auf die Körpersprache zwischen den beiden

Schwägerinnen achten. Sofern Emily es darauf angelegt hatte, hätte sie es in der Tat nicht besser einfädeln können.

»Es freut mich, dass so viele Leute gekommen sind«, sagte Rosalind und ließ den Blick über die immer größer werdende Menschenmenge schweifen. »Ehrlich gesagt, hatte ich schon befürchtet, es würde nur ein beschämend kleines Publikum geben.«

»Nach dem Vortrag werden wir alle dankbar dafür sein, dass unser kalter Frühling nicht annähernd so rau ist, wie er sein könnte«, erklärte Emily.

Ailsa hob ihre entzückenden Schultern ein wenig. »Der Norden ist von einer reinen Schönheit, die viele Menschen bewundern«, sagte sie. Auch wenn sie Emily damit nicht direkt widersprach, lag in ihrer Stimme doch eine gewisse kühle Distanz.

»Kennen Sie sich dort gut aus?«, fragte Emily, um das Gespräch in Gang zu halten.

Einen Augenblick lang zögerte Ailsa, als sei sie auf diese Frage nicht vorbereitet.

»Ich war dort«, erklärte sie. »Es ist sehr schön, und an die Kälte gewöhnt man sich. Außerdem ist es im Sommer natürlich überhaupt nicht kalt, und das Licht dort hat eine ganz besondere Qualität.«

»Dann dürften Ihnen Orte wie jene, über die Dr. Arbuthnott berichtet, bekannt sein«, folgerte Emily. Zu Rosalind gewandt, fragte sie: »Waren Sie auch schon dort?«

Rosalind lächelte. »Nein. Leider bin ich nie weiter gereist als bis Paris, das ich herrlich finde.«

»Paris liegt von hier aus im Süden«, sagte Ailsa mit zuckersüßer Stimme.

Charlotte sah sie an. Obwohl Ailsa lächelte, hatte in ihren Worten keinerlei Wärme gelegen. Sicherlich hätte sie die Schwägerin nie und nimmer auf diese Weise zurechtgewiesen, wenn sie etwas für sie empfunden hätte.

Rosalind errötete leicht. »Das ist mir bekannt.«

Unwillkürlich kamen Charlotte einige Formulierungen in den Sinn, mit denen sie Ailsa mühelos hätte in die Schranken weisen können. Doch sie schluckte alle herunter und sagte lediglich: »Ich würde gern reisen. Vielleicht ergibt sich ja eines Tages die Gelegenheit dazu. Allerdings interessieren mich Menschen weit mehr als noch so herrliche Städte. Daher bin ich dankbar, dass es Menschen wie Dr. Arbuthnott gibt, der uns mit Fotos und Laterna-magica-Bildern die Schönheit von Orten zeigen wird, an die ich nie werde reisen können.«

»Die Ausbeute eines ganzen Lebens«, bemerkte Ailsa.

Charlotte tat so, als habe sie das nicht verstanden. Es ärgerte sie, auf diese Weise abgefertigt zu werden. Vor allem aber war sie um Rosalinds willen empört, denn wenn sie ihren Gesichtsausdruck richtig deutete, schmerzte diese Äußerung sie noch mehr.

»Ach ja? Den Fotos nach zu urteilen, hätte ich ihn höchstens für fünfundvierzig gehalten. Aber vielleicht sind die Bilder ja schon älter?«

Ailsa starrte sie an, dann legte sich mit einem Mal ein Ausdruck von belustigter Anerkennung auf ihre Züge. Allem Anschein nach respektierte sie Menschen, die sich zur Wehr setzten. Charlotte schenkte ihr ein überaus charmantes Lächeln, das sie auf Kommando hervorzaubern konnte, und sah, dass Ailsa begriffen hatte.

Alle nahmen ihre Plätze ein, und erwartungsvolle Stille legte sich über den Raum. Dr. Arbuthnott wurde mit Beifall begrüßt und begann seinen Vortrag.

Obwohl sein Bericht wirklich fesselnd und alles, was er sagte, für Charlotte völlig neu war, konnte sie es sich nicht leisten, sich vollständig darauf zu konzentrieren. Bewusst hatten Emily und sie sich am Gang unmittelbar hinter Ailsa und Rosalind gesetzt. Das gab ihnen die Möglichkeit, beide zu beobachten und zugleich den Eindruck zu erwecken, als gelte ihre ganze Aufmerksamkeit dem Vortragenden.

Selbstverständlich wäre es äußerst ungehörig gewesen, miteinander zu tuscheln, doch erschien es Charlotte ganz natürlich, wenn nicht gar angebracht, dass man sich an besonders überraschenden oder eindrucksvollen Stellen kurz austauschte. Ohne sich große Gedanken darüber zu machen, äußerte sie sich gelegentlich Emily gegenüber.

Dann sah sie wieder nach vorn und betrachtete aufmerksam Ailsa und Rosalind. Beide saßen kerzengerade da, wie ihnen das ihre Erzieherinnen vermutlich beigebracht hatten. Schönheit war eine Gabe der Natur, Haltung erwarb man ebenso wie eine in Klangfarbe und Aussprache anmutige Sprechweise. Ob man dann auch etwas Beachtenswertes zu sagen hatte, war natürlich eine andere Frage.

Rosalind beugte sich ganz leicht zu Ailsa hinüber, um ihr etwas zuzuflüstern, doch so leise, dass Charlotte es nicht mitbekam.

Ailsa nickte, statt zu antworten, und das, ohne sich zu Rosalind hinüberzubeugen. Gleich darauf sah sie sich unauffällig unter den Anwesenden um, als suchte sie nach einem Bekannten – allem Anschein nach ergebnislos, denn schon bald wiederholte sie das so unauffällig wie beim vorigen Mal. Charlotte fragte sich, wem der suchende Blick gelten mochte.

Das erfuhr sie im weiteren Verlauf des Abends, als nach dem Vortrag Erfrischungen angeboten wurden. Einige Zuhörer beglückwünschten Dr. Arbuthnott und stellten ihm weitere Fragen zur überwältigenden Schönheit der weit im Norden liegenden Meere.

Emily unterhielt sich angeregt mit Rosalind. Unterdessen blieb Charlotte so dicht hinter Ailsa, wie es ihr möglich war, ohne deren Argwohn zu erregen. Während sie so tat, als suchte sie nach Bekannten, kam sie sich geradezu überspannt vor. Sie hoffte inständig, keinem dieser Menschen je wieder bei einem gesellschaftlicher Ereignis zu begegnen, weil sie fürchtete, diese würden ihr, weil sie sie für befremdlich hielten, betont aus dem Weg gehen.

Ihre Beharrlichkeit wurde in reichem Maße belohnt. Als Ailsa um eine Ecke verschwand, vermutlich, um sich der Schwüle im Raum und der lautstarken Unterhaltung zu entziehen, folgte Charlotte ihr vorsichtig und sah gerade noch, wie Ailsa unter einem kunstvoll geschmückten Bogen hindurch in einen Nebenraum verschwand, der wie eine kleine Galerie wirkte. Soweit Charlotte erkennen konnte, ging es von dort nirgendwo weiter hin.

Auf keinen Fall wollte sie einen Zusammenstoß riskieren. Mit Recht würde Ailsa sie für taktlos halten, wenn sie merkte, dass sie ihr absichtlich gefolgt war. Sie wagte nicht einmal, näher an den Türbogen heranzutreten, denn an den Wänden befanden sich mehrere Spiegel, und es wäre sofort aufgefallen, wenn sie an einem davon vorüberging.

Dann erstarrte sie mitten in der Bewegung und konnte den Blick nicht abwenden. Sie sah Ailsa in einem der Spiegel, in dem sich ihr Profil deutlich abzeichnete – und dicht neben ihr stand Edom Talbot. Diese Tatsache wie auch der Ausdruck auf Talbots Gesicht wies darauf hin, dass sich sonst niemand in dem Raum befinden konnte. Er trat ein wenig hinter Ailsa, sodass Charlotte nur noch sehen konnte, wie sich seine Arme um deren Taille legten. Davon abgesehen, sah sie nur noch seine Schultern über den ihren, denn er war eine gute Handbreit größer als sie. Er sah nicht gut aus, war aber unverkennbar.

Ailsa regte sich nicht. Um ihre Lippen spielte ein feines Lächeln, in dem sich Befriedigung und Belustigung zu mischen schienen.

Talbots Hände schoben sich Zentimeter für Zentimeter aufwärts, bis sie Ailsas Brüste liebkosten. Dabei ging er mit einer solchen Sicherheit vor, als sei ihm bewusst, dass sie sich ihm nicht entziehen würde.

Charlotte sah, dass Ailsas Gesicht zu einer Maske erstarrte. Auch wenn die Handlungsweise des Mannes sie nicht überrascht zu haben schien, fühlte sie sich wohl davon angewidert. Charlotte meinte die Berührung zu spüren, als lägen seine Hände auf ihrem eigenen Körper. Sie erkannte, wie sich Ailsas Nacken und Halsmuskeln so anspannten, dass man hätte glauben können, sie habe aufgehört zu atmen.

Charlottes Gedanken überschlugen sich. Warum ließ sich die Frau das gefallen? Sie glaubte keine Sekunde lang, dass Ailsa außerstande wäre, mit einer solchen Situation auf angemessene Weise fertigzuwerden. Sie hätte sich lediglich zu ihm umdrehen oder, noch einfacher, einen Schritt zurück tun müssen, um ihren Absatz auf den Spann seines Fußes zu setzen und ihr ganzes Gewicht darauf zu verlagern. Immerhin war sie kräftig gebaut und hätte ihm damit nur schwer erträgliche Schmerzen bereitet. Dabei hätte sie sogar so tun können, als handelte es sich um ein Versehen, auch wenn beide wussten, dass sie mit voller Absicht gehandelt hatte. Aber sie tat nichts dergleichen.

Jetzt beugte sich Talbot über sie und bedeckte Ailsas Nacken und Schultern mit Küssen. Sie schien ihre Empfindungen nur mit großer Mühe beherrschen zu können. Im Unterschied zu Charlotte konnte Talbot Ailsas Gesicht und den Widerwillen darauf nicht sehen.

Dann wandte sich Ailsa rasch um, gab ihm einen flüchtigen Kuss und löste sich von ihm. Nachdem sie etwas gesagt hatte, was Talbot mit einem Lächeln quittierte, setzten sich beide in Bewegung.

Charlotte wagte nicht länger, auf ihrem Beobachtungsposten zu bleiben. Es gab zu viele Spiegel, und keinesfalls durfte sie sich als Voyeurin ertappen lassen. Ein Blick in ihre Augen hätte genügt, und sie hätte nichts abstreiten können.

Erst auf der Fahrt zurück hatte sie Gelegenheit, Emily von ihrer Beobachtung zu berichten.

»Was sagst du da?«, fragte diese ungläubig. »Du musst dich geirrt haben! Bist du sicher, dass es Ailsa war?«

»Selbstverständlich. Ich habe nicht nur ihr Kleid erkannt, das ja wirklich sehr auffällig war, sondern auch ihr Gesicht.«

»Dann war es vielleicht nicht Talbot. Könnte nicht Dudley Kynaston gekommen sein, ohne dass wir ihn gesehen haben?«, ließ Emily nicht locker.

»Dudley? Ailsa ist die Witwe seines Bruders, den er vergöttert hat!«, protestierte Charlotte.

»Sei nicht naiv!«, sagte Emily mehr ungläubig als kritisch. »Bennett ist tot! Welch größeres Kompliment könnte ihm Dudley machen, als in seine Fußstapfen zu treten – gerade weil er ihn so vergöttert hat?«

»Das ist ja ekelhaft!«, entgegnete Charlotte. »Würdest du ebenso rasch in meine Fußstapfen treten?«

Emily lächelte. »Ich weiß nicht. Ich finde deinen Thomas allerliebst! Und bestimmt wäre er nie langweilig! Oder etwa doch?«

Charlotte merkte gerade noch rechtzeitig, dass sich ihre Schwester über sie lustig machte, und so schluckte sie rasch die Bemerkung herunter, deren Stachel vermutlich länger in Emilys Fleisch stecken geblieben wäre, als sie gewollt hätte.

»Er schnarcht«, sagte sie.

Übertrieben bekümmert fragte Emily: »Tatsächlich?«

»Nein!«

Emily seufzte. »Aber Jack. Er sieht mit seinen langen Wimpern richtig niedlich aus, wenn er schläft. Aber er schnarcht – jedenfalls manchmal.«

Dann fragte Charlotte: »Glaubst du wirklich, dass Ailsa die Geliebte ist, deren Namen Dudley so verzweifelt geheim hält?«

Schlagartig war Emily wieder ernst. »Auf jeden Fall ergäbe das einen Sinn, nicht wahr? Zwar wäre es nicht übermäßig skandalös, aber doch eine Art Affront gegen seinen verstorbenen Bruder.« Nach einer kurzen Pause fügte sie hinzu: »Allerdings hat mir Rosalind gesagt, Ailsa habe sich nach wie vor nicht mit Bennetts Tod abgefunden und liebe ihn immer noch.«

»Könnte Dudley sie nicht an ihn erinnert haben?«, sagte Charlotte zögernd. »Und in einem einsamen und schwachen Augenblick hat sie dann nachgegeben?«

»Wie bitte? Und jetzt kann sie nicht mehr Nein sagen?«, fragte Emily ungläubig. »Ich zweifele nicht im Geringsten daran, dass sie zu jedem Nein sagen – und ihm klarmachen könnte, dass es ihr damit ernst ist. Wenn sie sich gefallen lässt, was du mir beschrieben hast, will sie damit bestimmt etwas erreichen.«

»Nur war es mit Sicherheit nicht Dudley«, gab Charlotte zu bedenken. »Die beiden sind zwar vergleichbar groß, aber es war mit Sicherheit Edom Talbot. Ich habe sein Gesicht erkannt, wenn auch nur im Spiegel. Eine Täuschung ist nicht möglich. Sie hat zugelassen, dass er sie auf sehr intime Weise berührte, aber es war deutlich zu sehen, dass es sie Überwindung gekostet hat.«

»Talbot also«, sagte Emily nachdenklich. Dann schwieg sie eine Weile. »Da gibt es so viele Möglichkeiten«, fuhr sie schließlich fort. »Darüber müssen wir gründlicher nachdenken. Komm mit zu mir, damit wir das besprechen können, bitte. Ich lass dich dann nach Hause fahren.«

»Selbstverständlich«, sagte Charlotte sogleich. Es spielte keine Rolle, ob Emily wirklich über das reden wollte, was sie im Laufe des Abends beobachtet hatten, oder in Wahrheit nicht allein nach Hause zurückkehren wollte, wo – ein schlimmer Gedanke – Jack möglicherweise stumm und in sich gekehrt hockte. Vielleicht war er sogar wegen der Situation um Kynaston überreizt und daher unter Umständen aufbrausend. Die bloße Tatsache, dass er seine Besorgnis nicht mit Emily teilte, kränkte sie, ganz gleich, worum es dabei gehen mochte. Vermutlich nahm er an, sie damit zu beschützen. Mitunter waren Männer so dumm, dass sie den Wald vor lauter Bäumen nicht sahen.

Aber eigentlich hätte Emily das alles inzwischen wissen müssen und daher die Sache nicht breitzutreten brauchen, wo es keinen Anlass dazu gab.

Auf der anderen Seite war es natürlich auch möglich, dass Jacks Liebe zu ihr ein wenig erkaltet war, womit eine weit bedeutendere Veränderung ins Auge gefasst werden musste. Mit Sicherheit war Charlotte dazu an diesem Abend nicht die richtige Person. Auf jeden Fall aber war sie bereit, Emily nach Hause zu begleiten und mindestens eine Stunde zu bleiben, sofern diese das wünschte.

»Glaubst du wirklich, dass Bennett hinter all dem stecken könnte?«, fragte Charlotte, als sie am Kamin in Emilys Salon saßen, der mit seinen üppigen Gold- und Rosatönen sowie den Gemälden an den Wänden in jeder Hinsicht den Geschmack und das Wesen der Hausherrin widerspiegelte.

»Warum nicht?«, fragte Emily. »Nach allem, was Rosalind sagt, scheint er sehr vernünftig gewesen zu sein und überdies von ausgesprochen angenehmem Wesen. Er sah besser aus als sein Bruder und hat, wie es heißt, Anlass zu großen Hoffnungen gegeben.«

Charlotte überlegte eine Weile, wobei ihr bewusst war, dass Emily sie abwartend ansah. »Mit so etwas zu leben dürfte schwierig sein«, sagte sie schließlich. »Ich könnte es Dudley nicht verdenken, wenn er seinem Bruder gegenüber gemischte Gefühle hätte, auch wenn Thomas sagt, dass nach wie vor ein Porträt Bennetts in seinem Arbeitszimmer hängt. Die beiden scheinen einander sehr nahegestanden zu haben, und Dudley hat den jüngeren Bruder rückhaltlos bewundert. In gewisser Weise hat er versucht, zu sein wie er, und sich sogar bemüht, einen Teil der von ihm in Angriff genommenen Arbeit zu beenden ...« Ein Schauer überlief Charlotte. »Aber dass er deshalb jetzt ein Verhältnis mit Bennetts Witwe haben soll ...«

»Nun, unmöglich wäre es nicht, oder?«

»Nein ...«

»Genau genommen, ist es nicht einmal unmöglich, dass er das Verhältnis schon vor Bennetts Tod begonnen hat!«, fuhr Emily fort.

»Aber warum hätte Ailsa ihren Mann betrügen sollen, noch dazu mit dessen eigenem Bruder, wenn Bennett so ein großartiger Mensch war?«, gab Charlotte zu bedenken.

Emily verzog den Mund. »Nicht jeder gut aussehende, kluge und charmante Mann ist zwangsläufig wer weiß wie interessant, wenn man ihn ... nun ja ... näher kennenlernt ...«

»Du meinst im Bett?«

»Was denn sonst?« Plötzlich lachte Emily. »Ach je! Ich habe mich damit nicht auf Jack bezogen. Das klang wohl ziemlich plump, wie?«

Charlotte war so erleichtert, dass sie nicht widersprach. »Ja«, erwiderte sie, »allerdings. Aber ich glaube dir. Meinst du wirklich, es könnte so weit in die Vergangenheit zurückreichen? Das wären ja ... Jahre! Die arme Rosalind. Kein Wunder, dass sie ein bisschen ... zerknittert aussieht.«

Erneut legte sich ein Schatten auf Emilys Züge. »Ja, das tut sie wohl.« Sie zögerte. »Ich etwa auch?«

Charlotte war prompt in die Falle gegangen, die ihr Emily, möglicherweise ohne jede Absicht, gestellt hatte. Sie würde es unverzüglich merken, wenn Charlotte die Unwahrheit sagte oder Ausflüchte machte. Darin war Emily schon immer groß gewesen.

»Verglichen mit deinem sonstigen Aussehen, ja«, sagte sie, wobei sie jedes Wort verabscheute. Hätte Emily lieber eine fromme Lüge gehört, selbst wenn keine von beiden daran glaubte? Jetzt war es zu spät. Sie musste noch etwas hinzufügen, was hoffnungsvoll klang. »Weil du annimmst, dass Jack dich nicht mehr liebt«, fuhr sie fort. »Das heißt aber doch nicht, dass es sich so verhält! Manche Menschen sind davon überzeugt, dass die Erde eine Scheibe ist! Früher hat man Menschen dafür verbrannt, dass sie das Gegenteil behaupteten.«

»Sogar des Öfteren«, sagte Emily und bemühte sich zu lächeln.

»Welchen Sinn könnte es haben, jemanden des Öfteren zu verbrennen?«, fragte Charlotte sogleich. »Das scheint mir doch ein bisschen übertrieben, wie?«

Emily konnte nicht umhin zu lachen. »Versuchst du zu erreichen, dass ich mich besser fühle?«

»Ich versuche zu erreichen, dass du Vernunft annimmst.« Charlotte goss beiden Tee ein. Der Earl Grey verströmte einen köstlichen Duft.

»Mir ist noch ein anderer Gedanke gekommen«, sagte Emily. »Und zwar ein ziemlich grässlicher. Was, wenn sich Dudley und Ailsa vor langer Zeit ineinander verliebt haben, als Bennett noch lebte? Und was, wenn es noch schlimmer wäre? Sind wir denn ganz und gar sicher, dass Bennett eines natürlichen Todes gestorben ist? Er war doch jung und von ziemlich robuster Gesundheit?«

Fassungslos fragte Charlotte: »Willst du darauf hinaus, dass Dudley ihn umgebracht hat? Meinst du, das wäre das Geheimnis, hinter das Kitty Ryder gekommen ist? Aber wie, um alles in der Welt?«

»Was weiß ich? Zofen kommen hinter alles Mögliche. Ich mag mir gar nicht vorstellen, was meine über mich weiß. In mancher Hinsicht bestimmt mehr als Jack und sogar mehr als du!«

Charlotte beendete den Gedankengang. »Aber wieso lebt Rosalind dann noch bei bester Gesundheit? Oder weiß sie Bescheid und hat Möglichkeiten zu verhindern, dass ihr etwas zustößt? Aber warum sollte sie sich damit abquälen? Was hat man denn von einem Mann, der ohnehin lieber anderswo wäre?«

»Rache? Ich weiß es nicht.« Emily beugte sich vor. »Vielleicht haben sie Bennett ja auch nicht umgebracht. Er könnte ihnen zum Beispiel auf die Schliche gekommen sein und mit gebrochenem Herzen Selbstmord begangen haben, was sie dann vertuscht haben. Bestimmt hätte sich ein Arzt finden lassen, der so etwas taktvoll behandelt hätte.«

»Und du meinst, darin besteht der Skandal?« Charlotte dachte eine Weile darüber nach. »Das wäre in der Tat ziemlich abscheulich, nicht wahr? Was für ein Abgrund an Treulosigkeit und Verrat! Was für eine entsetzliche Tragödie! Unmöglich könnte Dudley zulassen, dass das bekannt wird. Es ist so … abstoßend!« Sie schloss die Augen, als könnte sie den Gedanken auf diese Weise verscheuchen. »Ich frage mich, ob man nach so etwas einen Menschen noch lieben kann oder ihn dann hasst, weil man, wann immer man ihn sieht oder an ihn denkt, an das erinnert wird, was die Zuneigung zu ihm aus einem selbst gemacht hat. Meinst du nicht, dass wahre Liebe einen Menschen dazu bringen sollte, so gut, edel, tapfer und einfühlsam zu sein, wie er nur kann?«

Emily sah sie an. »Ja«, sagte sie ganz ruhig. Allmählich senkten sich ihre Schultern, da ihre Anspannung wich. »Ja, davon bin ich überzeugt.« Sie lächelte. »Ich bin so froh, dass du heute Abend gekommen bist, und danke dir für das, was du gesagt hast. Ich möchte eine Weile allein über das nachdenken, was ich jetzt zu tun habe. Morgen oder übermorgen nehmen wir uns dann wieder die elenden Kynastons vor.« Sie griff nach der Glocke, um den Lakaien zu rufen, damit dieser die Kutsche vorfahren ließ, die Charlotte nach Hause bringen würde.

KAPITEL 15

Pitt war mit sich selbst zurate gegangen, ob er Stoker sagen sollte, was er von Carlisle erfahren hatte. Das hätte zwangsläufig die Notwendigkeit mit sich gebracht, ihn nicht nur über alles ins Bild zu setzen, was er über Carlisle wusste, sondern auch über das, was in der Vergangenheit zwischen ihnen geschehen war. Jedenfalls würde er Stoker so viel davon mitteilen müssen, wie nötig war, damit dieser zum einen verstehen konnte, warum Pitt dem Mann traute, und zum anderen begriff, inwiefern er ihm verpflichtet war.

Am nächsten Morgen kam er zu dem Ergebnis, dass ihm gar nichts anderes übrig blieb und es lediglich noch darum ging, auf welche Weise und mit welchen Worten er Stoker informieren sollte und wie viel er dabei auslassen konnte. Ganz am Anfang stand, dass Carlisle in Pitts Schuld stand, weil dieser dessen Beteiligung an den Vorfällen von Resurrection Row nicht öffentlich bekannt gemacht hatte. Im Laufe der Jahre dann hatte sich die Waagschale allmählich in die andere Richtung geneigt, bis Pitt schließlich Carlisle, nachdem ihn dieser vor Talbot gerettet hatte, mehr verpflichtet war als Carlisle ihm.

War das die Triebfeder von Carlisles Rettungsaktion gewesen? Das sah ihm in keiner Weise ähnlich. Wie Pitt ihn einschätzte, wäre ihm ein solches Vorgehen zutiefst zuwider. Welchen Grund hatte er dann gehabt? Sicherlich ging es um Schuld – und um Ehrgefühl.

Es klopfte kräftig an der Tür. Kaum hatte Pitt »Herein« gesagt, als sie sich öffnete und Stoker eintrat. Zwar wirkte er munter und tatendurstig wie immer, doch durchzogen tiefe Falten sein Gesicht, und dunkle Ringe lagen unter seinen Augen. Er hatte in diesem Fall einen Eifer an den Tag gelegt, als sei die vermisste Zofe durch etwas, was er über sie erfahren hatte, für ihn in ganz besonderer Weise Wirklichkeit geworden.

Zwar gehörte Stoker zu den Menschen, die sich nicht mit Halbheiten zufriedengaben, doch wenn er behauptet hätte, der Fall liege ihm nicht in besonderer Weise am Herzen, sondern es gehe ihm einzig und allein darum, seine Aufgabe so gut wie möglich zu erledigen, hätte das nicht ganz gestimmt – es ging um beides.

Mit einem knappen »Sir?« unterbrach er Pitts Gedankengang. Offenkundig erwartete er eine Erklärung, warum dieser ihn hatte kommen lassen.

»Nehmen Sie Platz.«

Stoker folgte der Aufforderung, ohne den Blick von Pitts Gesicht zu nehmen.

In knappen Worten teilte ihm dieser die Hintergründe der Ereignisse von Resurrection Row mit, bei denen vor über einem Jahrzehnt auf spektakuläre Weise exhumierte Leichen in der Stadt aufgetaucht waren, um Mord und Korruption anzuprangern. Er berichtete ihm von seinem ersten Zusammentreffen mit Somerset Carlisle.

Erst ungläubig und dann verblüfft sah ihn Stoker an.

»Entschuldigen Sie, Sir«, sagte er, während er sich bemühte, sein Gesicht wieder unter Kontrolle zu bringen. »Sie wollen damit aber nicht sagen, dass der Mann hinter dem Auftauchen dieser beiden Leichen steckt, oder? Bei den anderen kann ich es ja verstehen, aber …« Seine Augen weiteten sich. »Doch? Aber warum? Das ist … doch absurd …«

»Das war damals bei den anderen genauso, das können Sie mir glauben«, gab Pitt zurück. »Es tut mir leid, aber ich bin überzeugt, dass er auch jetzt tatsächlich dahintersteckt. Er verfügt sowohl über den dazu nötigen makabren Einfallsreichtum als auch über die erforderlichen Mittel …«

»Aber das hätte er auf keinen Fall ohne fremde Hilfe tun können, Sir!«, unterbrach ihn Stoker.

»Ich nehme an, dass ihm sein Diener zur Hand gegangen ist und sich wahrscheinlich eher die Zunge abbeißen als das zugeben würde. Er ist seit dreißig Jahren bei ihm – ich habe mich erkundigt.«

»Aber warum nur?«, wollte Stoker wissen. Dann hielt er plötzlich inne, und Verstehen trat auf seine Züge. »Er wollte Sie zwingen, sich Kynaston genauer anzusehen! Aber wozu? Der hat doch Kitty Ryder nicht umgebracht, denn wir wissen, dass sie lebt. Was hätte sie über ihn wissen können, was einen so hohen Einsatz rechtfertigen würde? Und wie hätte Carlisle überhaupt davon erfahren? Sie würde jemanden wie ihn doch gar nicht kennen … oder doch?«

»Ich bezweifle es. Carlisle weiß über Sir John Ransom von der Sache.«

»Ach!« Stoker stieß seufzend den Atem aus. »Geht es etwa um Landesverrat, Sir?«

»Ja.«

»Das ist … äußerst übel. Dann müssen wir Kynaston um jeden Preis das Handwerk legen. Ich würde diesen Carlisle gern kennenlernen und ihm die Hand schütteln.«

Pitt fühlte sich in sonderbarer Weise bestärkt. Er hatte gefürchtet, Stoker werde die Art von Carlisles Eingreifen übel aufnehmen und dessen merkwürdiges Verhalten missbilligen.

Jetzt stieg Stoker, den er auf beruflicher Ebene schon immer geschätzt hatte, auch persönlich in seiner Achtung. Zwar sah er fast immer verdrießlich drein, hatte so gut wie keine gesellschaftlichen Kontakte und beschäftigte sich in seiner Freizeit nicht mit Dingen von der Art, die anderen Menschen Freude bereiteten, doch seine Pflichttreue war unerschütterlich. Außerdem schien er unter seinem abweisenden Äußeren über eine hochentwickelte Vorstellungsgabe zu verfügen.

»Ich werde dafür Sorge tragen«, versprach Pitt. »Wenn es nicht ohnehin im Laufe der Ereignisse ganz von selbst dazu kommt.«

»Danke, Sir.« Stokers Ausdruck war unverändert, doch einen Augenblick lang zuckte es um seinen Mund, als wollte er lächeln oder still vor sich hin lachen.

»Und jetzt müssen wir Kitty Ryder finden«, fuhr Pitt fort. »Wenn Sie wollen, können Sie zwei Männer aus der Abteilung nehmen. Unsere Aufgabe ist nicht mehr die Aufklärung eines Mordes – jetzt müssen wir einem fortgesetzten Verrat der geheimen Waffentechnik unserer Marine einen Riegel vorschieben. Sagen Sie das aber niemandem. Offiziell suchen Sie Kitty Ryder, weil sie als Zeugin gefährdet ist.«

»Ja, Sir. Meinen Sie, Kynaston wird auch selbst nach ihr suchen? Schließlich weiß er ja, worum es geht«, fragte Stoker mit tief besorgtem Gesicht.

»Darum kümmere ich mich als Nächstes«, antwortete ihm Pitt. »Versuchen Sie festzustellen, welche Schritte er unternommen hat, um sie aufzuspüren.«

Stoker stand auf. »Über wen leitet er die Geheimnisse weiter? Das müssen wir auch wissen, Sir, und verhindern, dass es danach ein anderer tut.«

»Mir ist klar, dass er mit Sicherheit Helfershelfer hat.«

Mit finsterer Miene fragte Stoker: »Was, zum Teufel, bringt einen Mann wie ihn dazu, sein Land zu verraten? Dabei muss es um mehr als Geld gehen. Kein Geld der Welt ist es wert, dass man dafür sein Leben, seinen Anstand, seine Freunde verkauft! Den ruhigen Schlaf im eigenen Haus …«

»Ich weiß nicht«, sagte Pitt. »Vielleicht Liebe?«

»Verblendung!«, stieß Stoker angewidert hervor. »Was für eine Art von Liebe kann jemand bieten, der seine Ehre verkauft hat? Und wer so etwas von einem Menschen verlangt, liebt ihn bestimmt nicht!«

»Ich denke nicht an die Liebe zwischen Mann und Frau«, erläuterte Pitt, der, während er sprach, seinen Gedanken freien Lauf ließ. »Vielleicht geht es um die Liebe zum eigenen Kind? Immer, wenn uns etwas wirklich am Herzen liegt, sind wir Geiseln des Schicksals.«

»Kynastons Kinder?« Offensichtlich dachte Stoker über Pitts Worte nach. »Die sind doch alle schon erwachsen und aus dem Haus. Aber ich werde einem unserer Männer sagen, dass er sie sich einmal näher ansehen soll, falls Sie meinen, dass das die Mühe wert ist.«

»Tun Sie das, bevor Sie sich wieder auf die Suche nach Kitty Ryder machen.«

Gleich nachdem Stoker gegangen war, wandte Pitt seine Aufmerksamkeit erneut Kynaston zu. Sofern die Zofe zufällig etwas entdeckt hatte, was ihr gefährlich werden konnte, und aus Angst um ihr Leben davongelaufen war, hatte er sicherlich versucht, sie selbst aufzuspüren. Wie verängstigt auch immer sie sein mochte, es bestand durchaus die Möglichkeit, dass sie sich jemandem anvertraut hatte, und sei es nur um der eigenen Sicherheit willen oder um die schwere Bürde ihres Wissens mit jemandem zu teilen.

Andererseits – wer würde ihr Glauben schenken, wenn sie jemandem mitteilte, Dudley Kynaston sei ein Landesverräter? Damit würde sie unvermeidlich Aufsehen erregen und ihren Aufenthaltsort preisgeben. Wenn sie wirklich so große

Angst hatte, wäre es weit klüger, unterzutauchen und sich möglichst unsichtbar zu machen.

Und würde Kynaston auf jeden Fall nach ihr suchen? Oder würde er sich darauf verlassen, dass sie zu viel Angst hatte und zu klug war, ihr Wissen preiszugeben?

Er dürfte kaum selbst durch die Lokale der Stadt und ihre Seitengässchen ziehen. In gewisser Weise hatte er ein berechtigtes Interesse daran, nach ihr suchen zu lassen, denn schließlich war sie als eine Art Schutzbefohlene aus seinem Haus geflohen. Kein ordentlicher Bürger würde eine Erklärung für eine solche Suche abgeben müssen. Vielleicht wäre es interessant zu sehen, wie er sich zu der Sache stellte.

Als Pitt daranging, unauffällig selbst Erkundigungen darüber einzuziehen, ob Kynaston Kitty Ryder auf der Fährte war, merkte er, dass es ihm nach wie vor schwerfiel, den Mann für einen Landesverräter zu halten, der – das Motiv und die Gelegenheit vorausgesetzt – so weit gehen würde, eine seiner Hausangestellten zu ermorden, um sich selbst zu schützen.

Pitt hätte die Suche einem seiner Untergebenen übertragen können. Die Aufgabe war hinreichend wichtig, um jemanden von einem der zahlreichen Fälle abzuziehen, die der Staatsschutz zu erledigen hatte. Aber er wollte nicht noch mehr Leute in die Angelegenheit mit hineinziehen. Er war nicht bereit, Talbot oder sonst jemandem Erklärungen über seine Gründe abzugeben, falls Kynaston Wind von seinen Nachforschungen bekam und sich über ihn beschwerte.

Den größten Teil des Tages verbrachte Pitt mit mehr oder weniger der gleichen Art von Polizeiarbeit, die er früher bei Ermittlungen in Mordfällen zu erledigen hatte. Während er sich an verschiedenen Stellen offen nach Kitty Ryder erkundigte, versuchte er zugleich insgeheim festzustellen, ob andere nach ihr gefragt hatten.

Meist zeigte sich, dass Stoker derjenige war, doch an einigen Stellen erfuhr er, dass sich Kynastons Butler Norton nach ihr erkundigt hatte.

»Ja, Sir«, sagte der Schankkellner in *The Pig and Whistle* und schüttelte betrübt den Kopf. »'n freundlicher Herr, dieser Mr. Norton. Einwandfrei und korrekt, wie es sich für 'nen Butler gehört, und er hat sich richtig Sorgen gemacht.« Er wischte sich die Hände an der Schürze ab. »So, als gehörte se zu seiner Familie. Ich hab ihm das bisschen gesagt, was ich wusste. Er hat sich ordentlich bedankt und mir auch 'n anständiges Trinkgeld gegeben. So sehr ich wollte, ich konnte nichts für ihn tun. Ich hab keine Ahnung, wo se hin is', und weiß auch nich', warum se weg is'.«

»Haben Sie sie je danach gefragt?«

Der Mann schüttelte den Kopf. »Ach ja, der Kutscher von Mrs. Kynaston war auch hier. Er hat mir ziemlich Druck gemacht, aber ich konnte ihm nix sagen, weil ich nix weiß. Er hat sich auch nach dem jungen Dobson erkundigt, und ich hab ihm alles gesagt, was ich über den wusste.«

Interessant, ging es Pitt durch den Kopf. Da hatte also Rosalind selbst jemanden ausgeschickt, und zwar, wie es aussah, einen Mann, der die Sache etwas gründlicher angegangen war als der Butler.

Pitt dankte dem Schankkellner und machte sich auf die Suche nach Spuren, die zu Harry Dobson führten. Er wollte sehen, ob der Kutscher den Angaben des Schankkellners nachgegangen war. Es kostete ihn den Rest des Nachmittags und den ganzen folgenden Tag, um festzustellen, dass es sich so verhielt. Das überraschte ihn nicht, zumal es ganz so aussah, als habe man dem Kutscher reichlich Zeit dazu gegeben, die dieser zwar eifrig, aber letztlich ohne Erfolg genutzt hatte. Es sprach für Stokers Tüchtigkeit und Beharrlichkeit, dass es ihm gelungen war, zumindest Dobson aufzuspüren, wenn auch erst, nachdem Kitty weitergezogen war.

Genau genommen, war es nicht verwunderlich, dass Rosalind den Auftrag erteilt hatte, Kitty nachzuspüren – immerhin war sie ihre Zofe. Wie es aussah, war die Anhänglichkeit in beide Richtungen gegangen. Ungeachtet denkbarer Gefahren, von Kosten und Unannehmlichkeiten gar nicht zu reden, hätte Charlotte ganz London auf den Kopf gestellt, wenn ihr früheres Mädchen Gracie verschwunden und es darum gegangen wäre, sie wiederzufinden.

Pitt beschloss, mit dem Kutscher Kynastons zu reden, bevor er sich erneut mit Kynaston selbst unterhielt. Er wollte wissen, wie weit der Mann mit seinen Nachforschungen gediehen war und an welcher Stelle er aufgegeben hatte. Zwar bestand nur eine geringe Wahrscheinlichkeit, dass er etwas beisteuern konnte, was Pitt bei der Suche nach Kitty helfen würde, doch wollte Pitt sich keine Möglichkeit entgehen lassen, seinem Ziel näher zu kommen.

»Nein, Sir«, sagte der Kutscher und sah verwirrt drein. Er stand im Stall neben den Boxen, aus denen die Pferde neugierig zu Pitt herübersahen. Der Stallbursche kam mit einer Ladung Heu und ging wieder.

Pitt genoss die vertrauten Gerüche und Geräusche, die ihn an seine Kinderzeit erinnerten: Heu und Stroh, Leinöl, blankgeputztes Lederzeug, die Pferde, die von einem Bein auf das andere traten, den Hafer zwischen ihren Zähnen zermahlten und durch die Nüstern schnoben.

»Es braucht Ihnen nicht unangenehm zu sein«, beruhigte er den Kutscher. »Es spricht für Sie.«

»Ich wünschte, ich hätte sie gesucht«, versicherte ihm der Kutscher. »Hab ich aber nicht. Se können Mr. Kynaston fragen, Sir. Ich war andauernd für ihn unterwegs oder hab die Gnädige zu ihren Besorgungen gefahren.«

»Sie hat Ihnen also nicht den Auftrag erteilt, sich nach Kitty Ryder zu erkundigen?«

»Nein, Sir. Se war ganz mitgenommen, wie se weg war, aber se hat nie gesagt, dass ich nach ihr suchen soll. Ich nehm an, Kitty is' mit dem Tischler weggelaufen, mit dem se immer zusammen war. Nur Mr. Norton un' die kleine Maisie ham gemeint, das wär nich' so.« Lächelnd neigte er den Kopf. »Für 'n Küchenmädchen is' die viel zu pfiffig. Entweder se macht ihr Glück, oder mit der nimmt's 'n böses Ende.«

Pitt wusste nicht, was er denken sollte. Der Schankkellner war seiner Sache sicher gewesen, und die Angaben, die er Pitt gemacht hatte, stimmten. Er war ihnen gefolgt und dabei auf die Spur des Kutschers gestoßen, ehe er diesen aufgesucht hatte.

»Warum bestreiten Sie es?«, fragte Pitt. »Was Sie getan haben, war doch völlig in Ordnung. Man hat Sie gesehen und identifiziert. Ich weiß genau, wo Sie waren.«

»Außer, dass ich da nich' war.« Der Mann blieb bei seiner Aussage. »Wer was and'res sagt, lügt. Fragen Se ruhig die Herrschaften. Die können's Ihnen bestätigen.«

Pitt sah den Mann an, der seinem Blick standhielt. In seinen Augen lag nicht der geringste Hinweis auf Arglist. Mit einem Mal kam Pitt ein gänzlich anderer Gedanke. Vielleicht sagte der Kutscher ja die Wahrheit. Auch Ailsa war eine »Mrs. Kynaston«. Hatte sie möglicherweise ihren Lakaien auf die Suche geschickt?

Welchen Grund könnte sie dafür gehabt haben? Hatte sie Rosalind damit einen Gefallen tun wollen, von dem ihr Schwager nichts erfahren durfte? In der Antwort auf diese Frage schwangen mehrere Möglichkeiten mit. Als Erste fiel ihm ein, dass Rosalind unter Umständen ihren Gatten verdächtigte, auf irgendeine Weise in das Verschwinden der Zofe verwickelt zu sein, und sie daher vermeiden wollte, dass er etwas von ihrem Interesse daran erfuhr.

»Dann müssen sich die Leute wohl geirrt haben«, gab Pitt zur Antwort. »Vielleicht haben sie einfach etwas gesagt, wovon sie glaubten, dass ich es hören wollte. Vielen Dank.« Er wandte sich um und ging, wobei sich die verschiedensten Bilder und Gedanken in seinem Kopf jagten.

In wessen Interesse mochte Ailsa nach der Zofe suchen – in dem ihrer Schwägerin oder dem des Schwagers? War ihr daran gelegen zu beweisen, dass Kynaston schuldlos war? Mit dem Nachweis, dass Kitty Ryder lebte, würde die Vermutung hinfällig, er könne in irgendeiner Beziehung zu einem Mord stehen.

Pitt stieg über die Treppe zum Dienstboteneingang hinab und betrat das Haus durch die Spülküche.

Da es noch zu früh am Abend war, um ihn bei Kynaston zu melden, ließ ihn der Butler im Empfangszimmer warten. Die Küche wäre Pitt lieber gewesen, aber unter dem Deckmantel der Gastlichkeit sorgte Norton dafür, dass er sich dort nicht unnötig lange aufhielt. Vermutlich wollte er verhindern, dass Pitt den Klatsch der Hausangestellten mitbekam.

Bis Kynaston eintrat, war sich Pitt über sein weiteres Vorgehen klar geworden. Zwar war es ihm zuwider, den Mann zu einer Antwort zu zwingen, aber es wäre nicht das erste Mal gewesen, dass sich jemand, den er gut leiden konnte, entsetzlicher Verbrechen schuldig gemacht hatte.

Kynaston wirkte müde und durchgefroren, behandelte ihn aber mit einer gewissen Liebenswürdigkeit.

»Guten Abend, Commander Pitt. Wie geht es Ihnen?« Er streckte ihm die Hand entgegen.

Pitt nahm sie, was er normalerweise nicht tat, wenn er einen Verdächtigen befragte. »Vielen Dank«, gab er zurück. »Ich bedaure, Sie noch einmal stören zu müssen, aber diesmal habe ich bessere Nachrichten.«

»Gut. Das freut mich.« Mit einem Lächeln bot ihm Kynaston einen Sessel am Kamin und Whisky an. Wieder lehnte Pitt den Whisky ab. Unter den gegebenen Umständen war es unangebracht, sich einladen zu lassen.

Bevor er Kynaston die angekündigte Neuigkeit mitteilte, kam er auf seine Unterhaltung mit dem Kutscher zu sprechen. Kynaston würde ohnehin davon erfahren, und es gehörte sich nicht, mit den Dienstboten zu sprechen, ohne der Herrschaft etwas davon zu sagen, selbst wenn man damit gleichsam nachträglich die Erlaubnis dazu einholte.

In beiläufigem Ton sagte er: »Ich habe mit Ihrem Kutscher gesprochen. Wir sind nach wie vor auf der Suche nach Kitty Ryder und dabei auf Hinweise gestoßen, die vermuten lassen, dass auch er nach ihrem Verbleib geforscht hat. Ich weiß nicht, ob er das auf eigene Faust in seiner Freizeit getan hat, vermute aber, dass es wohl eher in Ihrem Auftrag geschehen ist …«

Kynaston sah verblüfft drein. »Hopgood? Sind Sie sicher? Auf keinen Fall habe ich ihn damit beauftragt. Es würde mich wundern, wenn er die Zeit dazu gehabt hätte. Vielleicht hatte er … eine Schwäche für sie? Sie sah sehr gut aus. Ich muss allerdings zugeben, dass mir in dieser Hinsicht nichts aufgefallen ist.«

»Die Nachforschungen sind also nicht in Ihrem Auftrag erfolgt?«, fragte Pitt.

Kynaston sah ihn fest an. »Nein. Ich hatte durch Norton einige Erkundigungen einziehen lassen, aber das ist schon eine Weile her. Er hat sich dieser Aufgabe bereitwillig angenommen, aber ohne Erfolg. Seither habe ich mich mit dem

Gedanken abgefunden, dass sie in, wie ich bedaure sagen zu müssen, rücksichtsloser Weise mit diesem jungen Mann für immer davongegangen ist. Ich hätte von ihr erwartet, dass sie vorher kündigt, wie sich das gehört. Ihr Verhalten hat meine Frau tief erschüttert, wie im Übrigen uns alle. Diese Gedankenlosigkeit passt in keiner Weise zu Kittys Wesen und ihrem sonstigen Benehmen.«

»Hopgood hat beteuert, er habe nicht nach ihr geforscht, weder aus eigenem Antrieb noch in Ihrem Auftrag«, sagte Pitt. »Ich habe das nur erwähnt, weil zweifellos sowohl Sie als auch Ihre Gattin von meinen Fragen an ihn hören werden.«

»Danke.« Kynaston sah nach wie vor verwirrt drein. Er hatte sich selbst ein Glas Whisky eingegossen und im Sessel Pitt gegenüber Platz genommen. Das Licht der Gaslampe und der sich im Kristallglas spiegelnde Feuerschein ließen die kräftige Farbe des Getränks noch wärmer erscheinen.

»Könnte es der Kutscher Ihrer Schwägerin gewesen sein?«, hakte Pitt nach.

Kynastons Hand schloss sich um das Glas so fest, dass bei der ruckartigen Bewegung ein Tropfen über den Rand lief.

»Ailsa? Das halte ich für … unwahrscheinlich.« Nach kurzem Nachdenken fügte er hinzu: »Es sei denn, Rosalind hätte sie darum gebeten. Oder sie dachte, dass sie helfen könnte …« Er sprach nicht weiter.

»Vielleicht haben uns ja auch die Leute, die wir befragt haben, gesagt, was wir ihrer Ansicht nach hören wollten«, sagte Pitt gewandt. »So etwas kommt immer wieder vor. Ohnehin ist das jetzt nicht mehr besonders wichtig, da wir keinerlei Zweifel daran haben, dass keine der beiden Leichen Kitty Ryder war. Die zweite sah ihr nicht ähnlich genug, und nach dem ersten Leichenfund hat man Kitty lebend gesehen. Ich weiß nicht, wo sie sich gegenwärtig aufhält, aber Sie und alle hier im Hause sind frei von jedem Verdacht, an ihrem Verschwinden beteiligt gewesen zu sein. Auch – und das dürfte noch bedeutsamer sein – brauchen Sie nicht mehr um sie zu trauern. Ich bedaure, dass ich Sie überhaupt mit dieser Angelegenheit behelligen musste.« Er sah Kynaston aufmerksam an. Gesicht, Hals, Schultern – der ganze Körper wirkte angespannt. In der einen Hand das Glas, die andere auf der Sessellehne, saß der Mann wie erstarrt da.

Pitt lächelte höflich, als sei ihm das nicht aufgefallen, sagte aber nichts. Die Kunst bestand darin, Kynaston sich abmühen zu lassen, ihm keine Möglichkeit zu bieten, sich einer Antwort zu entziehen.

Schließlich holte Kynaston tief Luft, wobei sich seine Schultern leicht entspannten. Er stellte das Whiskyglas neben sich.

»Das ist in der Tat eine große Erleichterung. Meine Frau wird heilfroh sein. Zwar hat sich Kitty sehr ungehörig verhalten, doch ist sie, Gott sei Dank, nicht ... umgebracht worden.« Er verzog sein Gesicht vor Abscheu. »Vermutlich werden Sie Ihre Zeit nicht länger mit der Suche nach ihr vergeuden wollen. Insgesamt erscheint mir das ein sehr befriedigendes Ergebnis, auch wenn es viel Mühe gekostet hat. Ich wüsste nur gern, was sich das törichte Geschöpf dabei gedacht hat. Na ja, jetzt spielt das ja wohl keine Rolle mehr.«

»So ist es.« Pitt nickte bestätigend. »Natürlich müssen wir nach wie vor feststellen, wer die beiden in der Kiesgrube aufgefundenen Frauen waren, aber darum kann sich die örtliche Polizei kümmern.«

Kynaston atmete langsam aus, wobei er ein wenig in sich zusammensank. »Vielen Dank. Es ist äußerst zuvorkommend von Ihnen, dass Sie sich persönlich herbemüht haben, um mich zu informieren, Commander.« Er erhob sich langsam, als sei er ein wenig steif. »Ich hoffe, dass wir einander künftig unter angenehmeren Vorzeichen begegnen.«

»Das hoffe ich auch«, erwiderte Pitt aufrichtig. »Noch einen guten Abend, Sir.«

Pitt kam früher nach Hause als an den letzten Abenden, sodass er mit Charlotte und den Kindern zu Abend essen konnte. Er schob jeden Gedanken an Kynaston von sich und hörte aufmerksam zu, was Daniel und Jemima zu berichten hatten. Der Junge konnte kaum noch an etwas anderes denken als an sein Vorhaben, im Sommer Kricket zu spielen. Er sprach von verschiedenen Arten, den Ball zu schlagen, zu fangen, zu werfen und abzuwehren, sowie – zu Pitts Freude und sorgsam verborgener Belustigung – über verschiedene Strategien. Um die möglichen Positionen der Feldspieler anzudeuten, schob er Salz- und Pfefferstreuer auf dem Esstisch hin und her. Seine Erläuterungen erstreckten sich vom ersten Gang bis fast zum Ende des Nachtischs, wobei sein Gesicht vor Begeisterung glühte.

Jemima verdrehte zwar die Augen, hörte aber geduldig zu. Nach einer Weile erging sie sich ausführlich über die Geschichte Frankreichs im Mittelalter, um zu zeigen, dass auch sie etwas zu bieten hatte und Dinge wusste, die nicht jedem bekannt waren, und lächelte in sich hinein, als sie merkte, wie die anderen so taten, als seien sie an ihren Ausführungen interessiert.

Es war ziemlich spät, als Charlotte und Pitt endlich allein am Kamin saßen und sie ihm über ihren Nachmittag mit Emily berichten konnte, was ihr unübersehbar am Herzen lag.

Es fiel ihm schwer, die Augen offen zu halten. Das Zimmer war gut geheizt und das Licht gedämpft, denn nur eine der Gaslampen brannte. Das im Kamin glimmende Feuer wurde immer dunkler. Charlotte beugte sich vor und legte angenehm riechendes Holz vom Apfelbaum nach.

Pitt bemühte sich, Interesse zu zeigen.

»Wie geht es Emily?«

»Sie findet die Sache ungeheuer spannend«, sagte sie sogleich. »Ich übrigens auch. Meiner Ansicht nach besteht ihr Problem zum großen Teil darin, dass sie sich zu Tode langweilt.«

Er versuchte zuzuhören. »Was findet sie spannend? Hattest du nicht gesagt, dass ihr bei einem Vortrag über die Arktis oder dergleichen wart? Ich kann mir nicht vorstellen, dass so etwas Emily auch nur von ferne begeistern könnte.«

»Nordatlantik und Nordsee«, korrigierte sie. »Du hast recht, ich glaube nicht, dass sie mehr dafür übrighat als ich. Allerdings waren einige der Aufnahmen, die der Mann gezeigt hat, wunderschön.«

»Du hast aber doch gesagt … dass du auch irgendetwas … spannend findest?« Er war wohl eingedämmert und begann den Faden zu verlieren.

Lächelnd und mit leuchtenden Augen beugte sie sich ein wenig vor.

»Ja, ich bin geradezu fasziniert. Ich habe Ailsa Kynaston gesehen, mehr oder weniger zufällig – na ja, ich bin ihr gefolgt. Es ist eine äußerst ungewöhnliche Affäre.«

»Was für eine Affäre?« Er verstand nicht, worauf sie hinauswollte. Sie schien in Rätseln zu sprechen.

»Eine Liebesaffäre, Thomas! Vielleicht handelt es sich allerdings eher um Begierde als um Liebe. Es kann auch sein, dass es bei ihm Begierde und bei ihr etwas gänzlich anderes ist. Das weiß ich nicht, noch nicht. Aber ich gedenke dahinterzukommen.«

Er setzte sich ein wenig mehr auf. »Warum? Wovon redest du eigentlich? Und wieso geht dich das überhaupt etwas an? Es hat doch wohl nicht mit Jack zu tun … oder?«

»Nein! Natürlich nicht!« Sie hatte sich kerzengerade aufgerichtet. »Glaubst du wirklich, ich würde ruhig hier sitzen und darüber reden, wenn dem so wäre? In dem Fall hätte ich dir das schon vor dem Essen gesagt!«, gab sie ihm entrüstet zu verstehen.

»Ja, zweifellos. Und warum kümmerst du dich dann um die Sache?«

»Weil es sich um Ailsa Kynaston und Edom Talbot handelt!«

Er fuhr hoch, mit einem Mal hellwach. »Was? Wer?«

»Du hast richtig gehört, Thomas. Ich bin ihr gefolgt und habe sie dank entsprechend gehängter Spiegel gesehen. Er stand hinter ihr und hat die Arme in … intimer Weise um sie gelegt. Ich hätte jedem außer dir, der das gewagt hätte, sämtliche Fußknochen gebrochen.«

»Und sie hat sich das gefallen lassen?«, fragte er.

»Sie hat so getan. Es war unübersehbar, dass sie in keiner Weise damit einverstanden war, und es hat einige Sekunden gedauert, bis sie sich in der Hand hatte …«

»Bist du sicher? Woher weißt du das?«

»Weil ich sie sehen konnte!«, stieß sie heftig hervor. »Dann hat sie sich umgedreht und ihn geküsst. Aber es war offenkundig, dass sie sich dazu zwingen musste. Stellen sich dir da nicht sofort hundert Fragen?«

»Jedenfalls ein paar Dutzend«, erwiderte er. »Ich hatte mich schon gefragt, ob möglicherweise sie Kynastons Geliebte sein könnte. Jetzt allerdings sieht die Sache sehr viel anders aus.«

»Nicht unbedingt«, entgegnete sie. »Vielleicht trifft beides zu.«

»Beides?«, fragte er ungläubig. »Warum sollte sie Talbot gestatten, sie auf diese Weise anzufassen, wenn sie ihn nicht ausstehen kann? Tut sie das etwa, um den Leuten vorzugaukeln, dass sie mit ihm und nicht mit Kynaston ein Verhältnis hat?«

»Möglich«, räumte Charlotte ein. »Aber das wäre doch ziemlich aufwendig, wenn ohnehin niemand etwas vermutet – außer vielleicht Rosalind?«

Er wollte etwas sagen, aber sie fuhr sogleich fort: »Da gibt es eine ganze Menge weiterer Möglichkeiten, Thomas. Was, wenn nun die beiden schon seit Jahren ein Verhältnis miteinander hatten, womöglich bereits, als sie noch mit Bennett Kynaston verheiratet war?«

»Sie und Talbot?«, fragte er ungläubig.

»Natürlich nicht! Sie und Dudley! Vielleicht ist Bennett deshalb so jung gestorben.«

»Woran? Keiner stirbt an Ehebruch, nicht einmal, wenn ihn die eigene Frau und der eigene Bruder betrügen. Oder willst du damit sagen, dass sie ihn umgebracht haben? Ist das nicht ein bisschen ...« Er hielt inne. Der Gedanke überstieg seine Vorstellungskraft, aber das galt auch für den Verdacht des Landesverrats. Spielte sich die ganze Tragödie vielleicht eher auf der häuslichen als auf der politischen Ebene ab?

»Möglich wäre es doch«, sagte sie. »Nehmen wir an, Kitty Ryder ist dahintergekommen. Das muss doch schrecklich genug für sie gewesen sein, um das Haus sofort zu verlassen, auch wenn es mitten in der Nacht war. Ich jedenfalls hätte das getan. Außerdem besteht die Möglichkeit«, fügte sie hinzu, »dass Rosalind den beiden auf die Schliche gekommen ist und sowohl ihn als auch Ailsa aus Rache umbringen wollte. Oder sie wollte die Sache öffentlich machen. Das wäre noch wirksamer gewesen ...«

»Deine Fantasie geht mit dir durch«, sagte er in scharfem Ton.

»Nicht die Spur!«, erwiderte sie. »Nur weil Rosalind den Eindruck erweckt, sie hätte nicht genug Feuer, um auch nur einen Reisbrei anzustechen, heißt das noch lange nicht, dass sie es den beiden nicht heimzahlen würde.«

»Man braucht kein Feuer, um einen Reisbrei anzustechen, Liebling.«

»Alter Pedant!«, sagte sie aufgebracht. »Ich meine natürlich das innere Feuer. An der Sache ist etwas ganz und gar faul, Thomas. Ich habe dir ja nur einige von einer ganzen Anzahl von Möglichkeiten genannt. Festzustellen, welche zutrifft, ist deine Aufgabe.«

Er sah sie an, wie sie mit blitzenden Augen auf der Sesselkante saß. Das frisch entfachte Kaminfeuer zeigte ihre geröteten Wangen und ließ ihre Haare rötlich golden leuchten. In seinen Augen war sie wunderschön, auch wenn sie selbst das von sich bestimmt nie behauptet hätte.

»Auf jeden Fall hast du genug inneres Feuer, um mir für den Rest meines Lebens Reisbrei zu machen«, sagte er in bewusst munterem Ton, um nicht zu zeigen, dass ihn seine Gefühle überwältigten.

»Ich dachte, du magst keinen Reisbrei?«

»Stimmt, aber ich mag das Feuer!«

Lachend stand sie auf und umarmte ihn.

Es überraschte Lady Vespasia, dass Jack Radley sie anrief, um sich zu erkundigen, ob er am Nachmittag zu ihr kommen dürfe, doch da ihr die Dringlichkeit in seiner Stimme nicht entging, erklärte sie sich sogleich bereit, ihn zu empfangen.

»Selbstverständlich«, sagte sie, als verursache er ihr damit nicht die geringste Ungelegenheit. Eigentlich hatte sie sich eine Kunstausstellung ansehen und ihre liebe Freundin Mildred besuchen wollen. Sie waren einander in jüngster Zeit ausschließlich bei gesellschaftlichen Anlässen begegnet, die kein ernsthaftes Gespräch zuließen. Sie hatte sich auf den Nachmittag gefreut, würde aber Jack zuliebe durch ihre Zofe der Freundin ein Briefchen mit einer wortreichen Entschuldigung übermitteln lassen. Ob sie Mildred am nächsten Tag Blumen schicken sollte? Wenn sie ihr erklärte, dass es sich um eine schwierige Situation in der Familie handelte, würde sie Verständnis aufbringen. Immerhin hatte sie Töchter und war inzwischen auch Großmutter.

Lady Vespasia überlegte, ob sie Jack Tee und Gebäck anbieten sollte. Zwar nahm sie an, dass ihm ein ordentlicher Schluck Cognac lieber wäre als eine Teestunde – aber es bot einen Vorwand, sich in Ruhe hinzusetzen und ungestört miteinander zu reden. Ein Gespräch, wie er es ihrer Vermutung nach wünschte, kam erst nach gewissen einleitenden Schritten richtig in Gang.

Er kam pünktlich. Wenn man bedachte, wie viel er zu tun hatte, war es ein Kompliment ihr gegenüber, dass er sich bemüht hatte, die Form zu wahren. Allerdings hatte er schon in den Jahren vor seiner Ehe, als er darauf angewiesen war, sich von den Früchten seines unbestreitbaren Charmes zu ernähren, untadelige Manieren an den Tag gelegt. Er war ein gut aussehender junger Mann gewesen, der dank seiner geistigen Wendigkeit, seines sicheren Auftretens, seines anziehenden Wesens und seiner Klugheit jederzeit gern gesehen war, und er war intelligent genug gewesen, die Gastfreundschaft derer, in deren Haus er sich gerade aufhielt, niemals überzustrapazieren. Er kleidete sich stets tadellos, war ein ausgezeichneter Tänzer und kannte die meisten der neuen Theaterstücke. Vor allem aber war er der Takt und die Diskretion in Person. Weder trug er etwas, was er in einem Haus erfahren hatte, in ein anderes weiter, noch machte er je irgendwelche Bemerkungen über eine der Damen, die er zu einer Gesellschaft oder einem Empfang begleitet hatte. Nie zog er Vergleiche und machte auch keine Versprechungen, die er nicht hielt. Auch war sein Charme weder oberflächlich noch aufgesetzt; Jack war einfach von einer natürlichen Liebenswürdigkeit, der sich niemand entziehen konnte.

Als er eintrat, nahm ihm das Mädchen Hut und Mantel ab, woraufhin er Vespasia mit einem leichten Kuss auf die Wange begrüßte. Auf ihre Frage versicherte er ihr, dass er gern mit ihr Tee trinken würde.

Die Jahre waren beinahe spurlos an ihm vorübergegangen. Der graue Schimmer an seinen Schläfen verlieh ihm eine gewisse Vornehmheit, und die wenigen feinen Linien in seinem Gesicht betonten seinen Charakter und fügten seinem guten Aussehen den Eindruck würdiger Gesetztheit hinzu. Doch hinter seinem Lächeln erkannte Lady Vespasia, dass er sich über etwas Sorgen machte.

»Mein Lieber, bitte verschwende keine Zeit damit, umständlich auf das hinzuarbeiten, was dich offenbar beunruhigt«, sagte sie denn auch.

Er lächelte erleichtert und entspannte sich ein wenig.

»Danke. Ich nehme an, du weißt bereits von Emily, dass man mir eine Stellung angeboten hat, in der ich mit Dudley Kynaston zusammenarbeiten würde. Das würde ich sehr gern tun, denn er ist interessant, ein überaus kluger Kopf. Ganz davon abgesehen, würde ich zur Abwechslung einmal an einem bestimmten Projekt mitwirken, statt vielen allgemeinen Themen nachzujagen.« Er zögerte. »Allerdings habe ich erfahren, dass Thomas gegen den Mann ermittelt, weil eine Zofe aus seinem Haus verschwunden ist und man in einer nahe gelegenen Kiesgrube eine Leiche gefunden hat, die ihr sehr ähnlich sehen soll. Somerset Carlisle hat in diesem Zusammenhang im Unterhaus Fragen gestellt und dabei durchblicken lassen, dass jeden Augenblick ein Skandal ausbrechen könnte. Dazu ist es zwar bisher nicht gekommen, andererseits hat man aber weder die Zofe gefunden noch die Leiche identifizieren können.« Er hielt inne, um zu sehen, was Lady Vespasia darauf sagen würde.

»Ja, all das ist mir bekannt«, erklärte sie. »Wenn ich dich richtig verstanden habe, weißt du nicht so recht, wie du dich entscheiden sollst.«

Er wirkte peinlich berührt. »Ich kann es mir einfach nicht erlauben zuzusagen, nur um dann mit einem Mal zu erfahren, dass diese Stellung nicht mehr existiert. Natürlich weiß ich, dass Emily von ihrem ersten Gatten eigenes Vermögen hat, aber ich habe mich stets geweigert, von dessen Einkünften zu leben, die ohnehin Edward zustehen. Das hat nichts mit meinem Stolz zu tun, sondern ...«

»... mit deiner Ehre«, ergänzte sie. »Das kannst du ruhig sagen. Es ist überhaupt nicht schwülstig oder hochtrabend. Ich verstehe das und achte dich dafür. Du möchtest nicht auf das zusätzliche Einkommen aus einer aussichtsreichen Stellung verzichten, die nichts mit deiner Position als Unterhausabgeordneter zu tun hat, andererseits kannst du es dir aber nicht leisten, dass man deine Urteilsfähigkeit anzweifelt, sollte sich herausstellen, dass Kynaston nicht einfach nur seine Frau hintergeht, sondern darüber hinaus in eine üble Geschichte verwickelt ist ...«

Jack zuckte zusammen. »So, wie du das sagst, könnte man glauben, ich halte so ein Verhältnis für vertretbar ...«

Sie lächelte. »Nicht so sensibel, mein Lieber. Ich denke nichts in der Art. Mich interessiert nicht, wen du wie gut gekannt hast, bevor du Emily geheiratet hast, und ich bin überzeugt, dass sie das ebenso wenig interessiert. Wohl aber halte ich es für unannehmbar, das Vertrauen anderer zu missbrauchen, auch wenn mir durchaus bewusst ist, dass das nur allzu oft geschieht. Wer mit anderen zusammenarbeiten möchte, darf in diesem Punkt jedoch kein Urteil über sie fällen. Da sich nur die allerwenigsten diesen Luxus erlauben können, sehen wir in solchen Fällen beiseite und tun so, als wüssten wir von nichts. Im Großen und Ganzen funktioniert das meist auch ganz gut.«

»Aber nicht, wenn jemand die Zofe seiner Frau ermordet und ihre Leiche ganz in der Nähe des eigenen Hauses in einer Kiesgrube ablegt«, sagte Jack bedrückt und mit einem Anflug von Bitterkeit in der Stimme.

»Hast du eigentlich schon einmal Emily nach ihrer Meinung gefragt?«, erkundigte sich Lady Vespasia so, als sei ihr der Gedanke gerade erst gekommen.

Jack schüttelte den Kopf. »Ich wollte sie damit nicht belasten. Es gehört sich nicht, ihr sozusagen die Entscheidung zu überlassen. Damit würde ich ihr die Verantwortung aufbürden, falls sich herausstellen sollte, dass es eine Fehlentscheidung war.«

»Vielleicht möchte sie aber daran beteiligt werden.«

»Emily wird schlecht mit Aufregung und Sorgen fertig«, entgegnete er. »Vor allem, wenn sie nichts an der Sache ändern kann.«

Lady Vespasia lächelte. »Was willst du damit sagen – dass sie nichts tun kann oder dass es dir lieber wäre, wenn sie nichts unternähme? Fürchtest du, sie würde versuchen, dir zu helfen, wenn du sie auf die Sache ansprichst?« Ihr war klar, dass diese Frage von unverblümter Schonungslosigkeit war, doch wusste sie aus bitterer Erfahrung nur allzu gut, wie oft beschönigende Umschreibungen zu Missverständnissen führten. Zum Schluss drückte man sich so umwunden aus, dass niemand mehr wusste, wovon man eigentlich redete.

Er sah sie ernst an. »Ich versuche sie zu schonen! Ich möchte die richtige Entscheidung treffen und sie ihr dann mitteilen. Sie kam mir in letzter Zeit ziemlich unglücklich vor. Ich weiß nicht, woran das liegt, und sie ist offenkundig nicht bereit, mit mir darüber zu sprechen. Entweder langweile ich sie, oder sie möchte, dass ich mich ohne fremde Hilfe entscheide. Wenn sie wenigstens das sagen würde, wäre das schon eine Art Handlungsempfehlung.«

Lady Vespasia seufzte. »So charmant du bist, so wenig verstehst du von Frauen! Würdest du auch Charlotte so fürsorglich behandeln?«

Verblüfft erklärte er: »Natürlich nicht ... Das könnte sie auf den Tod nicht ausstehen. Aber ich bin nicht mit Charlotte verheiratet. Wir würden in allem unterschiedlicher Meinung sein, und es würde nichts ausmachen ...« Er brach unvermittelt ab.

»Mein Lieber, du kannst auch mit Emily unterschiedlicher Meinung sein, ohne dass es etwas ausmacht«, versicherte sie ihm. »Aber auf keinen Fall darfst du sie übergehen. Wenn du das lange so weitertreibst, wird sie vermuten, dass du dich für eine andere interessierst ...«

»Sie weiß genau, dass das nicht stimmt.« Mit einem Mal lag tiefes Gefühl in seiner Stimme. »Ich liebe sie über alles. Ich wage gar nicht zu sagen, wie gut es ihr steht, dass sie reifer geworden ist, weil sie den Gedanken verabscheut, älter zu werden. Sie erscheint mir jetzt greifbarer und irdischer als zuvor, wenn du weißt, was ich meine. Ich habe nicht mehr den Eindruck, dass sie unfehlbar ist, so selbstsicher und so ätherisch, dass sie weder meine Unterstützung noch meinen Schutz braucht.« Er stockte, als habe er mehr gesagt, als er eigentlich hatte sagen wollen. Er biss sich auf die Lippe und senkte den Blick. »Ich fürchte, sie würde es mir übel nehmen, wenn ich ihr bei irgendetwas helfe. Sie ist so unabhängig ...«

Lady Vespasia legte ihm leicht eine Hand auf den Arm. »Lieber Jack, es gehört zu den Vorzügen des Alters, nach und nach zu erkennen, dass niemand ohne Freunde zurechtkommen kann, ohne Menschen, die wir lieben und die uns lieben. Jeder von uns kann ab und zu ein wenig Hilfe und auch ein wenig Kritik brauchen, sofern sie schonend vorgetragen wird. Ich denke, du wirst sehen, dass auch Emily in diesem Punkt dazugelernt hat.«

Er sah sie mit einem hoffnungsvollen Blick an.

»Was Dudley Kynaston betrifft, solltest du dich lieber noch nicht festlegen«, fuhr sie fort. »Überleg dir einen Vorwand, der es dir gestattet, noch etwa eine Woche lang abzuwarten. Sag, dass du zuvor einige andere Verpflichtungen zu erledigen hast. Und bitte Emily um ihre Ansicht, ganz gleich, ob du ihren Rat dann befolgst oder nicht.«

Mit einem Lächeln, in dem sein ganzer Charme lag, erklärte er: »Das werde ich tun. Dürfte ich noch ein Marmeladentörtchen haben? Mit einem Mal habe ich Hunger, und sie sind wirklich köstlich.«

»Sie sind für dich«, antwortete sie ihm. »Du kannst sie gern alle haben.«

Lady Vespasia aß mit Victor Narraway in einem ihrer Lieblingsrestaurants zu Abend. Anfangs hatte sie gezögert, seine Einladung anzunehmen. So klar und deutlich sie Emilys Lage erkannte, so verwirrt stand sie ihrer eigenen Situation gegenüber. Sie konnte sich nicht erinnern, je die Gesellschaft eines Menschen als so angenehm empfunden zu haben wie die seine. Es war ihr nie schwergefallen, mit ihm zu reden, ganz gleich, ob sie einer Meinung waren oder nicht. Doch in letzter Zeit hatte sie sich in seiner Gegenwart sonderbar verletzlich gefühlt, als sei ihr irgendwann im Verlauf ihrer Freundschaft die seelische Rüstung abhandengekommen, die so viele Jahre über ihre Sicherheit gewährleistet hatte. Sie merkte, dass sie sich zu fragen begann, ob er wohl wieder anrufen würde, und ging sogar so weit, sich zu überlegen, was er von ihr halten mochte und ob ihm ihrer beider Freundschaft ebenso wichtig war wie ihr.

Dass sie älter war als er, erfüllte sie mit einem gewissen Schmerz. Ursprünglich war das für sie in keiner Weise wichtig gewesen, jetzt aber absurderweise doch. Er hingegen schien sich dieses Umstandes überhaupt nicht bewusst zu sein – oder hinderte ihn lediglich seine gute Erziehung daran, einen so ungalanten Gedanken zu äußern? Außerdem war es völlig unerheblich, was sonst? Was für Gedanken waren das?

Da ihr keine akzeptable Ausrede eingefallen war, um seine Einladung abzulehnen, hatte sie selbige angenommen und merkte nun, dass sie das spätabendliche Mahl genoss.

Während sie auf den zweiten Gang warteten, wurde er mit einem Mal ernst.

»In Pitts Fall hat es eine neue Entwicklung gegeben«, begann er und beugte sich leicht über den Tisch vor, um leise sprechen zu können und doch verstanden zu werden. »Allem Anschein nach wurde die Zofe, die Dudley Kynastons Haus mitten in der Nacht verlassen hatte, in jüngster Zeit noch lebend gesehen, womit bewiesen ist, dass nicht sie die erste Leiche in der Kiesgrube gewesen sein kann.«

Da sie die Dringlichkeit in seiner Stimme hörte, unterbrach sie ihn nicht, obwohl sie diese Neuigkeit bereits von Charlotte erfahren hatte.

»Auch bei der zweiten Leiche handelt es sich um jemand anders«, fuhr er fort. »Daher scheint die Schlussfolgerung zwingend, dass man beide dort hingebracht hat, um den Staatsschutz auf Kynaston aufmerksam zu machen.« Er musterte sie aufmerksam und achtete auf ihre Reaktion.

»Und kennst du den Grund dafür?« Bei dieser Frage zog sich ihr der Magen zusammen, weil sie fürchtete, er werde ihr dieselbe Frage stellen. Sie befand sich gleichsam zwischen zwei Feuern, wusste nicht recht, auf wessen Seite sie sich stellen sollte. Zwar war sie nicht sicher, ob Somerset Carlisle dahintersteckte, nahm das aber an.

Narraway sah sie eindringlich an.

»Bitte treibe nicht dein Spiel mit mir, Vespasia«, sagte er mit freundlicher Stimme. »Ich erwarte nicht, dass du jemanden hintergehst, schon gar nicht, wenn es sich um die Art von Vertrauen handelt, die auf eine lange Freundschaft zurückgeht. Ich nehme aber an, dass du weißt, wer die Leichen dort hingebracht hat und warum.«

»Ich habe eine Vermutung«, gab sie zu, »aber ich habe den Betreffenden ganz bewusst nicht danach gefragt.« Die Situation war entsetzlich schwierig für sie. Sie würde ihm nur ungern etwas verweigern, war aber außerstande, das Vertrauen wessen auch immer zu missbrauchen. »Und das … werde ich auch nicht tun, Victor. Ich nehme an, dass er mir die Wahrheit sagen würde, und dann müsste ich dich belügen …«

Er lächelte, als ob ihn ihre Worte belustigten, doch zugleich lag in seinen Augen ein tiefer Schmerz. Sie merkte, dass sie ihn mit ihrer Antwort verletzt hatte, und dies Bewusstsein quälte sie auf eine Weise, die sie selbst kaum fassen konnte.

»Vespasia …« Er legte auf dem Tisch eine Hand auf die ihre, sehr sanft, aber so, dass sie sie ihm nicht entziehen konnte. »Hast du wirklich angenommen, ich würde dich bitten, mir den Namen zu nennen? Ich hoffe, du traust mir ein wenig mehr Einfühlungsvermögen zu. Du darfst mir glauben, mir liegt so viel mehr an dir, dass ich zu derlei nicht fähig wäre!«

Sie sah ihn an und war wütend auf sich, weil sich ihr die Kehle zuschnürte, sodass sie kein Wort herausbrachte. Wie peinlich, nicht nur für sie, sondern auch für ihn!

»Ich weiß nicht, wer das war«, fuhr er fort. »Aber ich habe so meine Vorstellungen. Ein solcher Mann würde eine derart makabre Tat nur aus einem sehr guten Grund begehen. Ich nehme an, er wollte damit Pitt dazu bringen, sich Kynaston genauer anzusehen, weil er überzeugt ist, dass dieser Landesverrat begeht. Allerdings ist mir weder der Grund dafür bekannt, noch weiß ich, wer Kynastons Mittelsmann ist. Auf jeden Fall halte ich es für unwahrscheinlich, dass es dabei um etwas so Erbärmliches wie Geld geht. Vermutlich steckt sehr viel mehr dahinter, etwas, was Kynaston weit wichtiger ist. Kannst du dich meiner Ansicht anschließen?«

Sie merkte, dass ihr eine Träne über die Wange lief, und empfand ein Gefühl ungeheurer Erleichterung.

»Ja«, sagte sie. »Es ist verabscheuenswert, sein Land zu verraten. Außer Verrat an sich selbst kann ich mir kaum etwas Schlimmeres vorstellen.«

Der Kellner brachte den nächsten Gang, und sie schwiegen, bis er gegangen war.

»Wir müssen also gründlich überlegen, bevor wir entscheiden können, was Dudley Kynaston wichtiger ist als sein Land«, sagte Narraway. »Aber vielleicht nicht heute Abend. Ich danke dir, dass du mir zugehört hast. Es war mir sehr wichtig, dir mitzuteilen, was ich denke. Du hast die Gabe, die Dinge zu verdeutlichen. Möchtest du noch etwas Wein?«

Sie hielt ihm wortlos ihr Glas hin. »Eine Ehrenschuld, die er abtragen muss«, sagte sie leise.

»Welche Ehrenschuld könnte wichtiger sein als die dem eigenen Land gegenüber?«, fragte er.

»Das weiß ich nicht. Genau das müssen wir herausfinden.«

KAPITEL 16

Um das Verfahren zu beschleunigen, ließ sich Stoker von zwei Kollegen unterstützen. Er brannte darauf zu erfahren, wo sich Kitty Ryder aufhielt. Allmählich sah er kaum noch Möglichkeiten, das zu ermitteln, und begann zu verzweifeln. Was mochte sie im Hause Kynaston gesehen oder gehört haben? Vor wem hatte sie so große Angst, dass sie es mitten in der Nacht verlassen hatte, ohne wenigstens das Allernötigste mitzunehmen?

Mittlerweile hatte er so viele Menschen nach ihr gefragt und so viele Aussagen über sie gehört, dass es ihm vorkam, als kenne er sie bereits. Er wusste, welche Lieder sie gern hörte oder sang, über welche Scherze sie lachte, dass sie gern Röstkastanien, grüne Äpfel und Blätterteiggebäck aß – das aber nur in Maßen, weil sie auf ihre Linie achtete. Sie ging im Sommer gern im Regen spazieren, doch nicht im Winter. Sie hätte sich gern mit Astronomie beschäftigt und wollte sich einen Hund zulegen, sofern sie es je zu einem eigenen Haus brächte. Er konnte sich vorstellen, dass auch ihm das gefallen würde. Unwillkürlich erinnerte er sich an die Träume, die er einst in Bezug auf Mary gehabt hatte. Es kam ihm vor, als läge das Ewigkeiten zurück, und dennoch erfasste ihn eine so starke Rührung, dass es ihn erstaunte. Er begriff, wie sehr ihm die Freundschaft einer Frau fehlte. Die Wärme und Zärtlichkeit, die es bei Männerfreundschaften nicht gab.

Kitty liebte das Meer. Nicht den Strand oder die Klippen, wohl aber den endlosen Horizont und die großen Schiffe, die dahinsegelten, als breiteten sie vor dem Wind weiße Flügel aus. Sofern er ihr je begegnete, würde er ihr über einige seiner Reisen und die Orte berichten können, die er dabei kennengelernt hatte. Sie sah gern den Seevögeln zu, wie sie bei Sonnenuntergang mit dem Licht auf den Flügeln dahinflogen, und versuchte sich vorzustellen, wie sich das anfühlen mochte. Zu Mary hatte er nie über diese Dinge sprechen können, weil sie die See verabscheute. In ihren Augen war sie gleichbedeutend mit Einsamkeit und Trennung, nahm ihr alles, was ihr am Herzen lag. Der endlose Horizont des Meeres verlockte zu Träumen, und Mary war praktisch veranlagt.

Wo mochte Kitty sein? Lebte sie immer noch, oder hatte sie inzwischen jemand aufgespürt und …

Er verbot es sich, diesem Gedanken weiter nachzugehen.

Wo war es ihr möglich, sich zu verstecken und trotzdem Dinge zu sehen, die ihr am Herzen lagen? Wasser, Schiffe. Er musste aufhören, jeder Fährte nachzujagen, und seinen Verstand bemühen. Wohin würde sie, nach allem, was er über sie wusste, gehen, um Trost zu finden, Mut zu fassen oder eine Entscheidung zu treffen?

Doch sicherlich irgendwohin, wo sie das Wasser sehen, den Salzgeruch der Gezeiten wahrnehmen und im abnehmenden Licht des Tages den Seevögeln zusehen konnte, damit auch ihre Träume Schwingen bekamen, jedenfalls für eine Weile.

Nach Greenwich, unten bei der Königlichen Marineakademie? Das war zu nah am Shooters Hill und dem Haus, aus dem sie geflohen war. Ans gegenüberliegende Themseufer, wo sie in der Nähe des Bahnhofs am Wasser stehen und den

Segelschiffen zusehen konnte, die dort vor Anker lagen? Schon eher. Dort würde er nach ihr suchen, denn etwas Besseres fiel ihm nicht ein.

Es war schon beinahe dunkel, als er aus dem Zug stieg. Während er der Themse entgegenschritt, konnte er sehen, wie das Licht allmählich in blassen Silber- und Grautönen über dem Wasser erstarb. Ein wie ein Banner im Westen aufblitzender leuchtender Streifen spiegelte sich in den Wellen der Hecksee eines Schleppkahns. Es war, als ob auf jedem Wellenkamm Flammen tanzten. Schweigend stand er da, ließ die Schönheit auf sich wirken und sich innerlich von seinen Empfindungen wärmen. Nichts konnte diese Stimmung trüben – solche Dinge waren dem plumpen störenden Eingreifen des Menschen entzogen.

Er wartete, bis das letzte Tageslicht erloschen war. Als er merkte, dass er fror, wandte er sich zum Gehen. Einige Schritte von ihm entfernt stand eine Frau, die nach wie vor auf das Wasser hinausblickte, als könne sie noch etwas von dem erkennen, was dort war. Sie war hochgewachsen, eine knappe Handbreit kleiner als er. Soweit er ihr Gesicht in der zunehmenden Dunkelheit erkennen konnte, war es von einer Schönheit, für die er keine Worte fand. Er sah sie unverwandt an. Sie schien dorthin zu gehören, in dieser Abendstunde unter dem sich weithin spannenden, immer dunkler werdenden Himmel.

Mit einem Mal bemerkte sie seine Anwesenheit, und ihre Augen weiteten sich vor Angst.

»Sie brauchen sich nicht zu fürchten«, sagte er rasch und trat einen Schritt auf sie zu. Dann begriff er, dass er damit ihre Angst nur steigerte, und blieb stehen. »Ich habe nicht die Absicht, Ihnen etwas zu tun. Ich betrachte nur den …« Fast hätte er »Sonnenuntergang« gesagt, aber nicht Farben hielten ihn dort, sondern das schwindende Licht, die Sanftheit der Schatten. Würde es lächerlich klingen, wenn ein Mann das sagte?

Sie sah ihn an. Was hatte er zu verlieren? Sie war eine Fremde, die er nie wiedersehen würde. »… die Art, wie sich das Licht verändert«, beendete er seinen Satz. »Die Dunkelheit kommt so allmählich …«

»Die meisten sehen das nicht«, sagte sie überrascht. »Sie meinen, dass es dabei um eine Art … Sterben geht. Sind Sie Maler?«

Fast hätte er gelacht, so absurd war der Gedanke, so weit von der Wirklichkeit entfernt. Doch er war zugleich auch schön. Eine Welle der Sehnsucht erfasste ihn. »Nein«, sagte er leise. »Ich wünschte, ich wäre einer. Ich bin nur so eine Art Polizist …«

Bei diesen Worten trat die Angst wieder auf ihr Gesicht. Er hätte das offenbar nicht sagen sollen.

»Kein gewöhnlicher«, ergänzte er rasch. »Mich interessieren nur Spione, Anarchisten, Leute, die unserem Land schaden wollen …«

»Und was tun Sie hier?«

»Ich gönne mir einfach eine Verschnaufpause«, sagte er aufrichtig. »Ich suche seit Wochen eine Frau, bisher ohne Ergebnis. Ich gebe aber nicht auf, ich wollte mich nur … ein wenig … entspannen. Vielleicht fällt mir dabei ein, wo ich suchen könnte.«

»Eine Spionin?«, fragte sie neugierig.

Er lachte leise. »Nein! Eher eine Zeugin, nehme ich an. Ich weiß, dass sie in Gefahr ist, und ich möchte sie schützen.« Er sollte ehrlicher sein, offener sprechen. Das Dämmerlicht, die Schönheit des Himmels über dem Fluss, die er gemeinsam mit ihr genoss, verlangten das. »Und ich möchte wissen, was sie gesehen und gehört hat, was so entsetzlich war, dass sie davonlaufen musste. Sie hat alles zurückgelassen, ihre ganze Habe, ihre Freunde, alles.«

Sie stand da, ohne sich zu rühren. »Und dann?«

»Dann werden wir sehr viel besser wissen, worin der Verrat besteht, und können ihm einen Riegel vorschieben.«

»Und was ist mit ihr? Bringen Sie sie ins Gefängnis, weil sie es Ihnen nicht gesagt hat?«

»Natürlich nicht! Wir werden dafür sorgen, dass sie in Sicherheit ist …«

»Wie wollen Sie das erreichen? Werden die Leute nicht erfahren, dass Sie die Frau gefunden haben? Warum sollte jemand ihr und nicht denen glauben?«

Er sah sie an. Im grauen Dämmerlicht war ihr Gesicht schön, nicht einfach hübsch, sondern wirklich schön. Ihre Haare wirkten dunkel, aber nicht schwarz. Im Sonnenschein mochten sie jede andere Farbe haben, vielleicht sogar rotbraun. Und sie hatte Angst, wollte ihm glauben, brachte es aber nicht über sich.

»Miss Ryder …« Kaum hatte er den Namen gesagt, kam er sich albern vor. So weit kam es noch, dass er sich einer Gefühlsduselei hingab!

Sie erstarrte wie ein fluchtbereites Tier, das keinen Ausweg sieht. Ein Jäger hatte sie gefangen, der weit stärker und schneller war als sie. Aber sie würde kämpfen, auch das konnte er an ihrem Gesicht erkennen.

Er stieß einen Seufzer aus. »Ich suche Sie seit Wochen! Wir wissen, dass Kynaston Geheimnisse verrät, aber weder, warum, noch, auf welche Weise. Es genügt nicht, ihn zu fassen, wir brauchen außer ihm auch die Leute, an die er diese Geheimnisse weitergibt.«

Sie hatte nichts gesagt, nicht zugegeben, dass sie Kitty Ryder war, aber er wusste es so sicher, als hätte sie es gesagt. Er erkannte es an ihrem Schweigen ebenso wie an ihrer Angst. Er begriff, dass es unklug wäre, einen weiteren Schritt auf sie zuzutun.

»Ich heiße Davey Stoker und arbeite für den Staatsschutz. Sie brauchen nicht länger davonzulaufen. Ich werde Sie an einen sicheren Ort bringen …«

»Sie meinen, ins Gefängnis?« Sie schüttelte heftig den Kopf. Jetzt zitterte sie. »Da wäre ich nicht in Sicherheit! Die Leute, die mich jagen, sind bedeutender als Sie! Sie wissen ja nicht einmal, wer die alle sind!«

»Aber nein! Natürlich nicht ins Gefängnis. Warum sollte ich Sie dahin bringen? Sie haben ja nichts Verbotenes getan.« Inzwischen war ihm klar, was er tun würde. »Ich steige jetzt mit Ihnen in den Zug und bringe Sie zum Haus meiner Schwester. Die wird sich um Sie kümmern. Niemand wird etwas davon erfahren, dann kann auch niemand etwas ausplaudern. Sie werden nicht eingesperrt. Wenn Sie wollen, können Sie sogar davonlaufen …«

»Ihre Schwester? Ist die auch bei der Polizei?«

Er lächelte. »Nein. Sie ist verheiratet und hat vier Kinder. Sie weiß eigentlich gar nichts über den Staatsschutz, außer, dass ich für den arbeite.«

»Haben Sie keine Frau? Würde man mich dort suchen?«, fragte sie.

»Nein, ich habe keine Frau. Vermutlich wird man Sie suchen. Aber die Leute wissen nichts über Gwen. Und es ist ja auch nur für kurze Zeit.«

»Warum sollte mich Ihre Schwester aufnehmen?«

»Weil ich sie darum bitten werde«, sagte er schlicht. »Wir … stehen einander sehr nahe.«

Sie verharrte einen Augenblick lang still und entschied sich dann. »Ich komme mit. Aber ich habe kein Geld für den Zug … höchstens für ein paar Stationen.«

»Ich habe Geld. Wie wäre es, wenn wir vorher etwas essen? Ich habe schrecklichen Hunger. Mögen Sie Bratfisch mit Pommes frites?«

»Ja … aber …«

Er begriff. »Das bezahle ich nicht von meinem Geld, sondern aus der Kasse des Staatsschutzes.« Das war eine fromme Lüge, aber ihm war klar, warum ihr das wichtig war. Wahrscheinlich hatte sie ebenfalls Hunger.

Sie nickte und begann mit langsamen Schritten der Straße entgegenzugehen. Er holte sie rasch ein, und sie gingen im Gleichschritt nebeneinander her, ohne einander zu berühren.

Gwen hieß Kitty, ohne zu zögern, willkommen. Nach einem kurzen Blick auf ihren Bruder und die verängstigte junge Frau an seiner Seite öffnete sie die Tür weit.

»Kommen Sie rein«, sagte sie und sah Kitty an. »Wir trinken erst mal eine Tasse Tee, dann mach ich Ihnen ein Zimmer zurecht. Ich muss da ein bisschen umräumen, aber das geht schon. Bleib nicht auf der Schwelle stehen, Davey! Komm rein!«

Die Wärme im Haus umhüllte ihn angenehm, und ein Blick auf Kittys Gesicht zeigte ihm, dass sie lächelte. Gwen nahm sie mit nach oben und rief zu ihm hinab, er solle den Wasserkessel aufsetzen.

Eine Stunde später waren die Betten hergerichtet, die Kinder mussten in einem Zimmer zusammenrücken und wurden ermahnt, nicht die ganze Nacht miteinander zu reden. Gwen und ihr Mann unterhielten sich in der Küche, und Stoker saß mit Kitty in der guten Stube, die noch nicht recht warm war, weil dort erst kurz zuvor Feuer gemacht worden war. Sie wurde nur bei besonderen Gelegenheiten genutzt, und genauso fühlte es sich dort an.

Jetzt war es Zeit für Erklärungen.

»Was hat Sie dazu veranlasst, mitten in der Nacht davonzugehen, ohne etwas mitzunehmen, nicht einmal eine Haarbürste?«, fragte Stoker freundlich, aber mit genügend Nachdruck, um klarzumachen, dass er sich auf keinen Fall mit Ausflüchten abspeisen lassen würde.

Kitty holte tief Luft und begann, wobei sie den Blick auf ihre im Schoß verschränkten Hände gesenkt hielt: »Ich habe gemerkt, dass Mr. Kynaston eine Geliebte hat. Wenn man erst einmal den Verdacht hat, merkt man so etwas an Kleinigkeiten, verstehen Sie?« Sie hob rasch den Blick und senkte ihn sogleich wieder. »Die Art, wie er gesagt hat, wohin er gehen würde. Er hat Fragen geschickt nicht beantwortet, dafür aber Erklärungen geliefert, um die ihn niemand gebeten hatte.«

»Und das haben Sie alles mitbekommen?«

»Zum Teil. Viele der feinen Leute scheinen zu vergessen, dass Dienstboten Ohren haben. Sie sind so an unsere stumme Anwesenheit gewöhnt, dass sie nicht auf das achten, was sie tun und sagen. Vielleicht ist es ihnen ja auch egal, ob wir uns etwas zusammenreimen. Wer seine Stellung behalten will, darf auf keinen Fall etwas ausplaudern. Und was wir von ihnen denken, spielt in ihren Augen keine Rolle. Das ist aber alles nicht so schlimm …«

Verwirrt fragte er: »Und was von dem, was Sie mitgehört haben, war so entsetzlich?«

»Dass Mrs. Kynaston seine Geliebte ist … also die Witwe seines Bruders, von dem das Bild im Arbeitszimmer hängt und der ihm so ähnlich sieht.«

»Sind Sie sicher, dass er sich nicht einfach seinetwegen um sie kümmert?«

Sie sah ihn so an wie seine Schwester Gwen, wenn er etwas abgrundtief Dummes gesagt hatte.

»Würde sich jemand auf diese Weise um mich ›kümmern‹, würde ich ihn so fest ohrfeigen, wie ich nur könnte«, gab sie zurück. »Dann würde ich nach ihm treten, so hoch, wie das meine Röcke zulassen.«

»Ach …« Einen Augenblick lang fiel ihm nichts ein, was er hätte sagen können. Er kam sich sonderbar verlegen vor. »War ihm bewusst, dass Sie das gesehen hatten, und hat er angenommen, Sie würden es seiner Frau sagen?«

Sie zuckte leicht mit den Achseln. »Ich glaube nicht. Vermutlich weiß sie das ohnehin. Außerdem würde sie erwarten, dass ich so täte, als hätte ich das nicht mitbekommen. Manchmal muss man mit bestimmten Dingen leben, ohne etwas dagegen tun zu können. Da ist dann die einzige Art zu erreichen, dass es nicht allzu sehr schmerzt, so zu tun, als wüsste man nichts davon.«

Auf ihrem vom flackernden Kaminfeuer erhellten Gesicht erkannte er, dass sie nach wie vor Angst hatte. Von ihrem Wissen hatte sie ihm nur das anvertraut, wovon sie annahm, dass er es sich wohl selbst zusammengereimt oder herausbekommen hatte. So unmoralisch und für seine Gattin schmerzlich Kynastons Verhalten sein mochte, es war nicht mehr als eine Tragödie des Alltags. Nicht einmal Dichter und Träumer nahmen an, alle Ehen seien glücklich und alle Eheleute treu.

»Miss Ryder … ich muss es wissen«, beharrte er. »Wovor haben Sie Angst? Das Verhältnis zwischen Mr. Kynaston und der Witwe seines Bruders ist gewiss unerfreulich, aber wie Sie selbst gesagt haben, bekommen Dienstboten alles Mögliche mit. Haben Sie ihm gesagt, dass Sie davon wussten?«

Sie riss die Augen weit auf. »Nein! Halten Sie mich für eine Erpresserin?« Sie war aufgebracht und zugleich tief verletzt.

Er hätte sich die Zunge abbeißen können. »So habe ich das nicht gemeint! Ich versuche herauszubekommen, warum Sie davongelaufen sind. Nichts von dem, was Sie mir bisher gesagt haben, geht über häusliches Elend hinaus. Die Sache ist bedauerlich, geht aber den Staatsschutz nichts an, und eine

Lebensgefahr für Sie ergibt sich daraus ebenfalls nicht. Was also ist es?«

»Bevor sie Mr. Bennett Kynaston geheiratet hat«, sagte sie und sah ihn unverwandt an, »war sie die Frau eines anderen … in Schweden.«

Er blinzelte. »Spielt das eine Rolle? Oder wollen Sie sagen, dass sie zum Zeitpunkt der Eheschließung mit Bennett Kynaston noch mit dem Mann verheiratet war? Dann wäre sie eine Bigamistin. Hat es mit Geld zu tun? Hat sie etwas von Bennett Kynaston geerbt?«

Sie schüttelte den Kopf. »Ich weiß nicht. Sie schien mir ziemlich … wohlhabend zu sein, aber nicht reich.«

»Und Mr. Kynaston wusste, dass Sie das erfahren hatten? Wie ist es überhaupt dazu gekommen?«

»Sie war für ein oder zwei Tage bei Mrs. Rosalind Kynaston. Das kam öfter vor. Ich hatte eine Creme für sie gemacht, dank der die Hände der Damen weiß und weich bleiben. Weil es genug für beide war, habe ich auch ihr etwas davon gegeben.« Während sie sprach, sah sie Stoker aufmerksam an.

»Sie hat einen Ring, den sie immer trägt, ziemlich breit und flach, mit Steinen drin, ganz kleinen. Sie nimmt ihn nie ab. Aber diesmal musste sie das tun, weil die Creme sonst da hineingekommen wäre, und vielleicht hätte sie dem Ring ja auch geschadet.«

»Sprechen Sie weiter.«

»Als ich dann in ihr Zimmer gegangen bin, um das Bett aufzuschütteln, hat sie dagesessen und sich die Creme auf die Hände gestrichen. Ihre Ringe lagen auf dem Nachttisch. Ich habe sie beiseitegeschoben, damit die Bettdecke sie beim Umschlagen nicht vom Nachttisch fegen konnte. Dabei habe ich gesehen, was in dem besonderen Ring stand.«

»Nämlich was?« Seine Gedanken jagten sich.

»›Anders und Ilsa, Juli 1881 … für immer‹«, sagte sie. »Ich muss wohl zusammengezuckt sein, denn als ich in den Spiegel über der Frisierkommode sah, vor dem sie saß, merkte ich, dass sie zu mir herübersah. Ich wollte etwas sagen, brachte aber kein Wort heraus und hatte das Gefühl, dass sich das Zimmer um mich drehte. Sie sah mich an, als ob sie mich am liebsten umgebracht hätte. Dann hörte ich, wie Mr. Kynaston die Treppe herauf und durch den Gang hereinkam. Von einem Augenblick auf den anderen hat sie ausgesehen, als könnte sie kein Wässerchen trüben und hat mit ihm geturtelt. Ich bin dann gleich an ihm vorbei hinausgegangen, die Treppe runter in die Küche.«

»Und wie hat sie sich verhalten, als Sie sie wiedergesehen haben?«, fragte Stoker.

Kittys Gesicht war bleich. »Danach habe ich sie nur einmal gesehen, wie sie durch das Vestibül ging, und gehört, wie sie zu Mr. Kynaston sagte, dass aus ihrem Zimmer etwas Wertvolles fehlte. Mir war klar, dass sie sagen würde, ich hätte es genommen.« Sie schloss die Augen, öffnete sie gleich wieder und sah ihn an. »Dann habe ich etwas ziemlich Dummes gemacht. Ich konnte es mir nicht leisten, dass man mir kündigte, ohne mir ein gutes Dienstzeugnis mitzugeben. Niemand stellt eine Zofe ein, die stiehlt!«, stieß sie hervor. »Also habe ich zu ihr gesagt, ich würde gern mit ihr nach oben gehen und ihr suchen helfen. Dabei habe ich sie fest angesehen. Wenn das, was in dem Ring stand, so wichtig war, sollte Mr. Kynaston das ruhig auch sehen. Sie wusste natürlich genau, was ich meinte, und hat dann schnell zu ihm gesagt, wahrscheinlich hätte sie sich geirrt und es gar nicht mitgebracht. Dann hat sie mich mit hasserfülltem Blick angesehen und ist wieder nach oben gegangen.«

Er war voll Bewunderung für ihren Mut, nahm allerdings an, dass ihr Verstand dabei ein wenig auf der Strecke geblieben war.

»Haben Sie Ihren Herrschaften etwas von dem Ring gesagt?«, fragte er.

»Nein. Ich bin in die Küche gegangen, habe dort gewartet, bis alle im Bett waren, und bin dann gegangen.« Sie zögerte einen Augenblick. »Durch den Dienstboteneingang. Es war nicht weit bis zum Gasthaus *The Pig and Whistle*, und ich hoffte, man würde mich über Nacht dabehalten, damit ich am nächsten Tag zu Harry gehen konnte. Mir war klar, dass er sich um mich kümmern würde. Aber schon bald haben Leute angefangen, ihn nach mir auszufragen, und ich konnte nicht länger bei ihm bleiben. Das wäre ihm gegenüber nicht anständig gewesen, denn ich wollte ihn nicht heiraten. Ich kann ihn gut leiden, aber mehr auch nicht.«

»Wie sind die Haare und das Blut auf die Stufen der Treppe gekommen, die vom Dienstboteneingang zur Straße führt? Und die Glassplitter?«

Sie senkte den Blick, unübersehbar peinlich berührt.

»Es hat keinen Sinn, es zu verschweigen«, sagte er. »Ich muss es wissen.«

Sie sah ihn erneut an. »Ich lüge nicht! Alles, was ich gesagt habe, ist die reine Wahrheit.« Sie schluckte. »Mrs. Ailsa Kynaston ist mir in die Küche gefolgt. Mir war klar, was sie wollte. Sie hatte ein Glas in der Hand und hat sonderbar gelächelt. Ich bin zur Tür nach draußen gerannt und sie hinterher. Ich habe mich auf der Treppe gegen sie gewehrt. Sie hat mir Haare ausgerissen, aber das Blut ist von ihr. Sie hat sich einen Finger blutig gerissen, weil das Glas kaputtgegangen ist. Ich habe ihr nichts getan, das schwöre ich! Ich habe es nicht einmal versucht …«

»Das ist mir bereits bekannt«, sagte er rasch. »Vielen Dank. Ich weiß nicht, warum es der Frau so wichtig war, Sie zu verfolgen, aber auf jeden Fall muss es mit dem Landesverrat zusammenhängen, den wir vermuten. Bleiben Sie hier bei meiner Schwester Gwen, und reden Sie mit niemandem über die Sache. Am besten reden Sie überhaupt mit niemandem, bis ich Ihnen sage, dass die Gefahr vorüber ist.«

Sie sah ihn fragend an. »Und was, wenn Sie die Leute nicht zu fassen bekommen?«

»Ich bekomme sie zu fassen«, sagte er etwas leichtsinnig. »Immer. Ich bin nicht allein, wir sind viele. Wie gesagt, bleiben Sie einfach hier.« Er stand auf. »Gwen kümmert sich um Sie, bis ich wiederkomme. Das kann eine Weile dauern. Ich habe viel zu tun und … Hier droht Ihnen keine Gefahr, solange niemand weiß, dass Sie da sind. Gwen hat einen anderen Nachnamen als ich. Niemand wird eine Verbindung zwischen ihr und mir sehen. Bitte tun Sie, was ich gesagt habe!«

Sie nickte. Unvermittelt traten ihr Tränen in die Augen, als sie begriff, dass sie zumindest eine Weile in Sicherheit sein würde.

In der Küche verabschiedete er sich von Gwen und ihrem Mann und dankte ihnen erneut. Dann trat er hinaus in die Nacht, wobei er leise vor sich hin lächelte. Sein Schritt war leicht; es kam ihm vor, als schwebte er über dem Boden.

Als Pitt bei Narraway anrief, erfuhr er, dass dieser zu einer Sitzung ins Oberhaus gegangen war. Er schickte eine Mitteilung hin und bekam schon eine Stunde später eine Antwort, in der es hieß, sie könnten einander am Themseufer treffen. Es war erst zehn Uhr am Vormittag, und der Märzwind war deutlich milder als an den Tagen davor. Es fiel leicht zu glauben, dass der Frühling nahe bevorstand.

In knappen Worten berichtete Pitt, was er von Stoker erfahren hatte, der ihn kurz nach sieben Uhr in der Keppel Street aufgesucht hatte. Narraway hörte ihm zu, während sie nebeneinander hergingen, ohne ihn ein einziges Mal zu unterbrechen.

»So, wie die Dinge liegen, muss man zwingend annehmen, dass Ailsa die treibende Kraft hinter Dudley Kynastons Landesverrat ist«, sagte er, als Pitt geendet hatte. »Jetzt fragt es sich noch, warum er sich dazu hergibt und an wen er unsere geheimen Pläne für unter Wasser operierende Schiffe und möglicherweise auch weitere Einzelheiten über unsere Seeverteidigung weitergibt, von der die Sicherheit unseres Landes abhängt! Wir müssen sehr viel mehr über diese Ailsa in Erfahrung bringen.«

»Und auch über Dudleys Bruder Bennett«, ergänzte Pitt. »Vielleicht sogar über die Umstände seines Todes. Zwar ist denkbar, dass das mit der Sache nichts zu tun hat, aber eine gewisse Wahrscheinlichkeit besteht. Vor allem aber müssen wir rasch handeln.«

Narraway lächelte knapp und ein wenig verkniffen. »Ich hatte nicht angenommen, dass Sie mir diese Dinge lediglich berichten wollten, um meine Neugier zu befriedigen. In dem Fall hätte das bis zum Abendessen warten können. Womöglich hätten Sie dann ja auch schon die Lösung gehabt.«

Ohne Umschweife erläuterte Pitt, was er sich von Narraway erhoffte: »Sie verfügen über Beziehungen, die ich nicht habe, kennen Menschen, die mir noch nicht vertrauen würden. Ich werde als Nächstes mit John Ransom sprechen. Er soll mir sagen, was Kynaston weiß und was er mir darüber hinaus mitteilen kann. Ich muss wissen, wohin die Informationen gehen und wer sie weiterleitet. Die ganze Situation ist völlig verworren!«

»Geben Sie acht, wie Sie Ransom beibringen, was Sie zu sagen haben«, mahnte ihn Narraway. »Möglicherweise fällt es ihm schwer, das zu glauben. Die Familie Kynaston ist seit mehreren Generationen hoch angesehen.« Sein Gesicht verzog sich bei diesen Worten; wahrscheinlich dachte er an den Kummer, den es verursachen würde, wenn die Sache herauskam und niemand mehr die Augen vor der Erkenntnis verschließen konnte, dass Kynaston ein Landesverräter war.

»Er kann es sich schon ziemlich gut vorstellen«, sagte Pitt, wobei er an Carlisles Bericht und dessen Trauer um den hintergangenen Freund dachte. Er lächelte Narraway freudlos zu, um damit anzudeuten, dass er nicht daran dachte, ihm mitzuteilen, woher er das wusste. Das bedeutete nicht, dass er Narraway nicht traute – er wollte ihm lediglich ersparen, dieses Wissen vor Lady Vespasia geheim halten zu müssen. Noch wusste niemand, wie sich die Sache entwickeln würde.

Narraway drang nicht weiter in ihn.

»Ich lasse Sie sofort wissen, was ich in Erfahrung bringe«, fügte Pitt hinzu und blieb stehen. Der Wind, der vom Fluss herüberwehte, war nach wie vor kühl, woran die Sonne nicht viel änderte, die auf das Wasser schien. »Bitte geben Sie mir Bescheid, falls Sie etwas Neues erfahren, was mir weiterhelfen könnte.«

Pitt dachte an Kynastons Arbeitszimmer und die Gemälde, von denen er gesagt hatte, dass sie schwedische Landschaften zeigten. Ganz offensichtlich hingen Erinnerungen daran. Er berichtete Narraway davon, dankte ihm dann, machte auf dem Absatz kehrt und strebte der Brücke von Westminster entgegen. Die Aussicht, Ransom mitteilen zu müssen, was er wusste, war alles andere als erfreulich, aber da es sich nicht vermeiden ließ, wollte er es möglichst bald hinter sich bringen. Das war eine der unangenehmsten Seiten seiner Arbeit.

Ransom empfing ihn unverzüglich. Er war ein hochgewachsener, dürrer Mann, dessen graues Haar sich über der Stirn lichtete, und schien von ruhigem Wesen zu sein.

»Ich hatte gehofft, dass Sie nicht kommen würden«, sagte er und schüttelte leicht den Kopf. Sie standen einander in seinem großen Arbeitszimmer gegenüber. Die Situation schien sich wohl seiner Ansicht nach für eine Unterhaltung im Sitzen nicht zu eignen. Regale voller Bücher und Papiere standen an drei Wänden; weitere Stapel bedeckten Sessel, Stühle und sogar Teile des Fußbodens. Pitt fragte sich, ob der Mann einen Überblick über all diese verstreuten Dokumente und Unterlagen hatte. Seinem ruhigen Blick und der leisen, genauen Sprechweise nach zu urteilen, schien er genau zu wissen, was sie enthielten.

»Mir geht es ebenso«, sagte Pitt. »Leider hat es sich nicht länger vermeiden lassen.«

»Geht es um Kynaston?«, fragte Ransom. »Oder komme ich damit dem zuvor, was Sie mir sagen wollen?«

»Nein, genau genommen, erleichtern Sie mir meine Aufgabe«, sagte Pitt wahrheitsgemäß. »Es gibt noch keine Beweise, aber ich sehe keine andere mögliche Erklärung für das, was ich inzwischen weiß.«

Ransom erbleichte. »Es sieht ganz so aus, als ob ich nicht bereit war, mich einer Tatsache zu stellen, die ich, ehrlich gesagt, bereits vermutet hatte. Aber ich danke Ihnen für Ihr Kommen. Werden Sie ihn festnehmen?«

Pitt schüttelte den Kopf. »Einstweilen nicht. Dazu muss ich Beweise haben. Schließlich würde das den Mann für immer in Verruf bringen. Ich brauche Ihnen nicht zu sagen, dass Sie ihm auf keinen Fall Zugang zu neuem Material gewähren dürfen. Außerdem sollten Sie der Regierung mitteilen, welche Informationen er möglicherweise an unsere Feinde weitergegeben hat – oder auch an unsere Freunde.«

Ransom lächelte trübselig. »Wenn es um Kriegswaffen geht, ist diese Unterscheidung nicht immer einfach. Es ist der erste Fall dieser Art, seit ich hier die Verantwortung trage. Natürlich habe ich die Möglichkeit erwogen – es wäre töricht, das nicht zu tun –, aber trotzdem schmerzt die Wahrheit mehr, als ich angenommen hatte. Ich kann den Mann gut leiden. Was mag ihn nur dazu gebracht haben?«

»Das weiß ich noch nicht. Vielleicht werden wir das nie erfahren.«

Ransom sah ihn mit gerunzelten Brauen kummervoll an. »Vermutlich stoßen Sie in Ihrem Beruf immer wieder auf dergleichen. Wie bringen Sie es nur fertig, trotzdem anderen Menschen zu vertrauen? Oder tun Sie das nicht?« Er hielt inne und suchte nach Worten, um klarzumachen, was er meinte. »Kann man lernen, wem man trauen darf? Gibt es irgendeine Formel dafür? Woher weiß man, wann jemand, dem man jahrelang geglaubt hat und den man gut leiden kann, in Wahrheit einem anderen dient, einer anderen Sache, anderen Idealen und Grundsätzen? Muss man dann auch an jedem anderen zweifeln?«

»Nein«, sagte Pitt, ohne lange nachzudenken. »Wer das täte, gäbe anderen die Möglichkeit, ihn ebenso zu zerstören, wie sie sich selbst zerstören. Im Laufe der Zeit und mit zunehmender Erfahrung macht man sich aus vielen Gründen Feinde, aber man gewinnt auch Freunde – Menschen, die einem zwar offen widersprechen, einen aber nicht einmal dann verraten würden, wenn man ihrer Ansicht nach im Unrecht wäre.«

Ransom schwieg.

»Ganz unter uns gesagt – auch ich kann Kynaston gut leiden«, fügte Pitt hinzu. »Vielleicht wird es Sie ja freuen zu hören, dass Kitty Ryder, die verschwundene Zofe, lebt und wohlauf ist. Es wäre mir allerdings lieb, wenn Sie das um ihrer Sicherheit willen für sich behielten, bis die Sache ganz und gar aufgeklärt ist.«

Seufzend strich sich Ransom mit dem Daumen über die Stirn. »Das ist doch wenigstens etwas. Andererseits ist eine andere arme Frau tot, wer auch immer sie sein mag.«

»Es wird dafür gesorgt, dass sie und auch die andere ein angemessenes Begräbnis bekommen«, versprach Pitt. »Ich danke Ihnen, dass Sie sich Zeit für mich genommen haben, Sir.«

Nachdem Ransom Pitt zum Abschied die Hand geschüttelt hatte, machte sich dieser daran, den letzten Schritt zu tun.

Narraway dachte lange und gründlich über die Frage nach, wen er auf Bennett Kynastons Tod und die Beziehung zwischen den beiden Brüdern ansprechen sollte. Unterlagen ließen sich ohne Schwierigkeiten finden: seine Geburtsurkunde, Schul- und Universitäts-Zeugnisse. Er ging sie alle durch, doch bestätigten sie lediglich, was er bereits wusste. Die Brüder Kynaston stammten aus einer begüterten Familie, die in der Gesellschaft eine herausragende Stellung einnahm, hatten eine erstklassige Ausbildung genossen und zeichneten sich durch überragende Intelligenz aus. Dudley war etwas ernster gewesen als der charmante Bennett, dem man allgemein den größeren Erfolg zugetraut hatte. Nichts hatte auf eine bevorstehende Tragödie hingewiesen.

Es war Narraway bewusst, dass niemand ohne Weiteres Geheimnisse preisgeben würde. Also musste er jemanden finden, der ihm verpflichtet war und ihm daher einen Gefallen nicht ausschlagen konnte. Auch wenn es ihm zuwider war, eine solche Schuld einzutreiben, sah er in diesem Fall keine andere Möglichkeit. Zwischen Gut und Schlecht zu unterscheiden war einfach, das fiel niemandem schwer. Schwieriger war es abzuwägen, was schlimmer oder weniger schlimm sein mochte.

Trotz seiner Bedenken zögerte er keinen Augenblick. Auch wenn er auf dem Weg zu Pardoe, dem Mann, bei dem er die Schuld einzutreiben gedachte, in Gedanken andere Möglichkeiten durchging, wich er keinen Fingerbreit von seinem Vorhaben ab. Vor langer Zeit, als Pardoe und er beim Heer gewesen waren, hatte sich dieser eines schwerwiegenden Fehlverhaltens schuldig gemacht. Es war nichts Ehrenrühriges daran gewesen, doch man hätte ihm sein Verhalten als Feigheit auslegen können. Das hätte nicht nur das Ende seiner Laufbahn beim Militär bedeutet – an der ihm nicht besonders viel lag –, sondern ihn auch sein Ansehen in der Gesellschaft gekostet, und das war ihm wichtig. Wem das Etikett »Feigling« anhing, vor dem schlossen sich alle Türen unwiderruflich. Narraway war für ihn eingesprungen, was für ihn selbst nicht ganz ungefährlich gewesen war, sich letztlich aber nicht negativ ausgewirkt hatte. Pardoes Verpflichtung resultierte daraus, dass Narraway bewusst für ihn eine nicht geringe Gefahr auf sich genommen hatte.

Er suchte Pardoes Dienststelle in Whitehall auf und gab dort für ihn einen verschlossenen Umschlag mit einer knappen Mitteilung ab. Zwei Stunden später saßen beide in Narraways Klub zum Abendessen beisammen.

Narraway kam ohne Umschweife zur Sache. Er hatte nicht viel Zeit, und es hätte an Beleidigung gegrenzt, sich mit dem Austausch von Höflichkeiten allmählich an das Thema heranzutasten.

»Ich muss dich um Hilfe bitten«, begann er. »Ich würde das nicht tun, wenn die Sache nicht von höchster Bedeutung wäre.«

»Das ist mir klar«, gab Pardoe zurück, wobei sich ein leichter Schatten auf sein Gesicht legte. Er kannte Narraway gut genug, um zu wissen, dass er sich nicht aus der Sache würde herauswinden können. Narraway hatte nie zuvor etwas von ihm verlangt, und jetzt musste die Schuld eingelöst werden. Pardoe räusperte sich. »Was kann ich für dich tun?«

»Sag mir alles, was du über die Brüder Kynaston und über Bennetts Witwe Ailsa weißt.«

»Wieso interessiert dich das?«, erkundigte sich Pardoe verwirrt. »Bennett ist schon seit einer Reihe von Jahren tot. Was Ailsa angeht, nehme ich an, dass sich Dudley um seines Bruders willen ein wenig um sie kümmert. Er war ihm sehr ergeben. Aber das weißt du bestimmt alles selbst – es ist schließlich kein Geheimnis.«

»Wir sollten damit anfangen, wie Ailsa und Bennett einander kennengelernt haben. Geschah das durch Dudleys Vermittlung?«

»Großer Gott, nein!« Pardoe war sichtlich überrascht. »Es war reiner Zufall, ich glaube, in Stafford. Ailsa war für einen Ferienaufenthalt nach England gekommen.«

»Von wo?«

Wieder war Pardoe überrascht. »Aus Schweden. Sie ist Schwedin. Soweit ich weiß, hieß sie ursprünglich Ilsa und hat sich hier für den eher schottisch klingenden Namen Ailsa entschieden. Ich nehme an, sie wollte ihm verheimlichen, dass sie aus Schweden kam.«

»Warum?«, fragte Narraway verblüfft. »Ich dachte, Bennett und Dudley hätten eine Schwäche für das Land gehabt.«

»Das hatten sie auch, bis …« Pardoe fühlte sich offenkundig alles andere als wohl.

Narraway konnte es sich nicht erlauben, auch nur die geringste Kleinigkeit unbeachtet zu lassen. »Bis was geschah, Pardoe? Ich habe keine Zeit für Empfindlichkeiten.«

Pardoe biss die Zähne zusammen, und man sah an seiner Schläfe einen kleinen Muskel zucken. Er fühlte sich äußerst unbehaglich.

»Das liegt alles so lange zurück. Es war eine private Tragödie, zu der es bei einer Schwedenreise Bennetts kam. Das kann unmöglich etwas mit dem zu tun haben, womit du dich beschäftigst. Es war nicht Bennetts Schuld und hätte jedem passieren können. Das müsstest du am ehesten verstehen!«

Überrascht fragte Narraway: »Ich? Wieso?«

»Du hast dich doch in jungen Jahren auch ausgetobt und deinen Charme dazu benutzt, dich das eine oder andere Mal aus der Affäre zu ziehen, wenn es brenzlig wurde.« Pardoes Stimme klang bitter.

»Pardoe!«, sagte Narraway in scharfem Ton. Eigentlich war ihm das selbst nicht recht, aber er hatte Übung darin, und so fiel es ihm nicht schwer. »Hör auf, um den heißen Brei herumzureden und sag mir, was los ist.«

Pardoe gab nach. Nie und nimmer hätte er bestreiten können, was er Narraway schuldete. Jedem anderen hätte er vielleicht gesagt, er solle sich zum Teufel scheren, aber nicht ihm. Ihre Verbindung war alt und tief, sie reichte bis in ihre gemeinsame Zeit beim Heer in Indien zurück.

»Bennett war überaus charmant«, sagte Pardoe. »Es war Teil seines Wesens und in keiner Weise aufgesetzt. Während eines längeren Aufenthalts in Schweden wohnte er bei einer Familie Halversen, deren jüngste Tochter Ingrid damals etwa fünfzehn Jahre alt war. Er und die Halversens kamen gut miteinander aus. Ingrid war ein hübsches Ding, ein bisschen verträumt, sehr in sich gekehrt – wie man eben in dem Alter so ist.« Seine Züge spannten sich noch mehr an.

»Weiter.«

Zögernd fuhr Pardoe fort: »Sie hat sich Hals über Kopf in Bennett verschossen und ihm Liebesbriefe geschrieben, die sie ihm aber nie gegeben hat. Er hatte keine Ahnung, was er, ohne es zu wollen, bei ihr angerichtet hatte. Als er schließlich davon erfuhr, war er entsetzt. Bei einem so jungen Mädchen hatte er nie an etwas anderes als ein gelegentliches freundschaftliches Gespräch gedacht. Er selbst war damals um die Dreißig. Niemand weiß, ob er es bei ihren Gesprächen möglicherweise an Zurückhaltung hatte fehlen lassen – auf jeden Fall fühlte sie sich zurückgestoßen, gedemütigt und sogar hintergangen. Sie hat sich dann auf ziemlich dramatische Weise das Leben genommen. Sie ist in einem Gewässer nahe ihrem Elternhaus ertrunken; es war eindeutig Selbstmord. Die Eltern gaben Bennett die Schuld daran und deuteten die Briefe ihrer Tochter so, als hätte er sie verführt und entjungfert, woraufhin sie den Tod gesucht hatte, weil sie die Schande nicht ertragen konnte.«

»Was für eine schreckliche Tragödie«, sagte Narraway und versuchte sich das damit verbundene Elend vorzustellen, das Missverständnis, die Hysterie der Jugend. »War das der Grund, warum Bennett nicht nach Schweden zurückkehren konnte?« Er war enttäuscht. Was er da gehört hatte, schien in der Tat in keiner Beziehung zu Dudleys verräterischen Aktivitäten zu stehen. Das aber durfte er Pardoe nicht sagen.

»Großer Gott, nein.« Pardoe stieß ein heiseres Lachen aus. »Die … Familie Halversen brachte ihn wegen Vergewaltigung ihrer Tochter vor Gericht. Die ganze Stadt war gegen ihn, die Polizei hat ihn schließlich festgenommen, hauptsächlich zu seinem eigenen Schutz. Ingrids Vater war ein einflussreicher Mann und brachte das Gericht dazu, dass man Bennett den Prozess machte. Er wurde als arroganter Ausländer hingestellt, der darauf aus war, unschuldige und anständige junge Mädchen zu verführen. In vielen Kulturen wird Missbrauch der Gastfreundschaft als eins der verwerflichsten Verbrechen angesehen. Man verstößt damit gegen alles Gute im Wesen des Menschen. Manche sehen darin geradezu eine Gottesleugnung …«

»Das ist mir bekannt«, fiel ihm Narraway ins Wort. »Wie ging die Sache weiter? Bennett ist doch hier in England gestorben, oder nicht?«

»Ja … ja. Als Dudley von der Sache hörte, war er wie rasend vor Verzweiflung. Er ist nach Schweden gefahren und hat dort alle Hebel in Bewegung gesetzt, um den von ihm bewunderten Bruder zu retten.«

»Mit Erfolg?«

»Ja. Aber das hatte seinen Preis. Die Sache artete zu einer schweren gerichtlichen Auseinandersetzung aus, bis Dudley schließlich die Hilfe eines gewissen Harald Sundström fand, der ebenfalls großen Einfluss besaß und erwirkte, dass Bennett auf Kaution freikam. Daraufhin hat dieser das Land sofort verlassen und ist nach England zurückgekehrt. Sundström erreichte im Folgenden, dass die schwedischen Behörden die Sache fallen ließen. Unter anderem wies er darauf hin, dass das für den Ruf der Familie Halversen das Beste sei, insbesondere für den der armen Ingrid. Er bezahlte den dortigen Gerichtsarzt, oder wie die in Schweden heißen, dafür, dass dieser einen Unfalltod bescheinigte, sodass das Mädchen ein ordentliches Begräbnis bekam und damit sowohl vom Makel des Selbstmords als auch dem der Vergewaltigung befreit war.«

»Ich verstehe«, sagte Narraway. Offenbar hatte Dudley Kynaston den Ruf des geliebten Bruders bewahrt und ihm möglicherweise sogar das Leben gerettet, wofür er bei Harald Sundström in einer tiefen Schuld stand, die er sein Leben lang nicht würde begleichen können – außer, indem er Geheimnisverrat beging, indem er Informationen über die militärische Forschung der Briten Stück für Stück an die Schweden weitergab.

Pardoe sagte nichts weiter, aber seinem Gesicht war anzusehen, was er empfand.

KAPITEL 17

Früh am nächsten Vormittag saß Pitt in Gesellschaft Lady Vespasias, Narraways, Stokers und selbstverständlich Charlottes bei heißem Tee und frischem Toast mit Butter und Orangenmarmelade in der Küche seines Hauses. Minnie Maude machte eifrig mehr Toast, indem sie die Brotscheiben mit der Toastgabel so nahe wie möglich an die offene Ofentür hielt, wo die Kohlen am meisten Hitze abgaben.

Narraway hatte bereits berichtet, was er über die Tragödie mit Ingrid Halversen und Bennett Kynaston sowie die Anklage gegen diesen und die Ehrenschuld erfahren hatte, die sich Dudley aufgeladen hatte, indem er Harald Sundström gebeten hatte, seinen Bruder zu retten, dem unter Umständen die Todesstrafe gedroht hätte.

»Und Ailsa war also mit Anders Sundström verheiratet, dem Sohn dieses Mannes, der dann gestorben ist?«, fragte Charlotte, als ihr die Zusammenhänge klar wurden. »In dem Fall dürfte sie wohl diejenige sein, die von Dudley dessen Schuld gegenüber diesem Harald Sundström eintreibt.« Sie legte die Stirn in Falten. »Ist der Mann tot?«

»Nein«, antwortete Narraway. »Ich war die halbe Nacht auf, um mich bei Bekannten nach Einzelheiten zu erkundigen. Harald Sundström ist in Schweden ein ziemlich bedeutender Mann. Mit Sicherheit hat er noch vor wenigen Tagen gelebt. Er bekleidet einen hohen Posten in der Forschung für die schwedische Marine …« Den letzten Satz beendete er nicht, weil jedem klar war, was das bedeutete.

Pitt schwieg eine Weile, während er die Informationen verarbeitete. »Und Ailsa hat also den Bruder ihres verstorbenen zweiten Mannes dazu gebracht, sein Land zu verraten, weil sie eine aufrechte Schwedin ist?«, fragte er nachdenklich. »Oder um dem Vater ihres ersten Mannes Informationen zuzuspielen? Mir scheint das eine sonderbare Aufspaltung von Treuepflichten zu sein.«

»Ganz davon abgesehen, dass sie damit auch Verrat an Bennett begeht«, fügte Charlotte hinzu. »Rosalind hat gesagt, Ailsa liebe ihn nach wie vor so sehr, dass sie sich nicht vorstellen könne, einen anderen zu heiraten … aber trotzdem hat sie eine Art Liaison mit Edom Talbot.«

Vespasia hob die Brauen. »Mit Edom Talbot? Wieso das? Sie ist schön, zumindest eine aparte und auffällige Erscheinung. Sie könnte ohne die geringste Mühe jemanden aus ihrer eigenen Gesellschaftsschicht finden, und ich denke, dass ihr das wichtig wäre.«

»Vielleicht liebt sie ihn?«, gab Narraway zu bedenken.

»Nein … ganz bestimmt nicht!«, sagte Charlotte rasch. »Er ist ihr …« Sie suchte nach dem treffenden Wort.

»… zuwider«, ergänzte Pitt, der sich daran erinnerte, wie sie die von ihr beobachtete Szene beschrieben hatte.

Da Stoker verwirrt dreinsah, teilte ihm Charlotte ohne Verlegenheit mit, was sie im Spiegel gesehen hatte.

Anstelle der Missbilligung, mit der sie vermutlich gerechnet hatte, legte sich Verwunderung auf Stokers Züge. »Sie liebt also nach wie vor ihren verstorbenen Mann Bennett Kynaston, ist Schwiegertochter eines in der Marineforschung tätigen Schweden und benutzt Edom Talbot für ihre Zwecke, der mit unserem Premierminister wie auch mit Dudley Kynaston eng zusammenarbeitet, einem Mann, der die geheimen Forschungsergebnisse unserer Marine an die Schweden verrät«, sagte er ungläubig. »Das ergibt doch überhaupt keinen Sinn. Vor allem nicht, wenn man bedenkt, dass sie diejenige war, die versucht hat, den Aufenthaltsort Kitty Ryders herauszubekommen. Wir müssen etwas übersehen haben.«

»Und zwar eine ganze Menge«, sagte Narraway bekümmert.

»Wusste diese Ailsa etwas über Bennett und Ingrid Halversens Tod?«, erkundigte sich Lady Vespasia.

»Bestimmt«, sagte Pitt. »Immerhin hat ihn ihr damaliger Schwiegervater mit beträchtlichem Aufwand an Kosten und Mühe gerettet.«

Mit nachdenklich zusammengezogenen Brauen sah ihn Lady Vespasia an. »Wie hieß sie mit Mädchennamen?«

Narraway schob seinen Stuhl zurück und stand auf. »Ich werde das feststellen. Das steht sicher in den Unterlagen. Auch wenn sie dauerhaft hier im Lande lebt, ist sie nach wie vor schwedische Staatsangehörige. Dürfte ich Ihr Telefon benutzen, Pitt?«

»Selbstverständlich. Es ist draußen in der Diele.«

Narraway nickte und verließ den Raum. Man hörte seine Schritte auf dem Linoleum im Flur.

Bis zu seiner Rückkehr sprach niemand ein Wort. Schweigend machte Minnie Maude weiterhin Toast und füllte die Teekanne mit kochendem Wasser auf. Das einzige andere Geräusch, das man hörte, war das Scharren von Uffies Krallen auf dem Fußboden hinter ihr.

Als Narraway zurückkehrte, verrieten die Anspannung seines Körpers und sein Blick das Ergebnis, bevor er es formulierte.

»Es geht eindeutig um Vergeltung«, sagte er knapp. »Ingrid Halversen war Ailsas Schwester. Wahrscheinlich hat Letztere

Bennett Kynaston ausschließlich geheiratet, um sich an ihm zu rächen, doch ist er eines vermutlich natürlichen Todes gestorben, bevor sie ihn zugrunde richten konnte. Danach hat sie die Rache auf Dudley übertragen. Schließlich hatte dieser Bennett vor dem gerettet, was sie als Gerechtigkeit ansah.«

Niemand erhob Einwände, alle schwiegen. Mit einem Mal war die Sache völlig klar. Charlotte sprach als Erste. »Sie wollte also das Maximum an Rache, sowohl für die Schande als auch für den Ruin«, sagte sie langsam. »Wahrscheinlich wollte sie erreichen, dass sich Dudley so tief in die Sache verstrickte, dass er nicht mehr herauskonnte, und ihn dann bloßstellen?«

»Wollte?«, fragte Lady Vespasia. »Bestimmt will sie das nach wie vor.«

»Das müssen wir verhindern«, sagte Pitt. »Es würde uns unermesslichen Schaden zufügen. In dem Fall würden wir jede Achtung und Glaubwürdigkeit verlieren. Nicht einmal unsere eigene Marine würde noch zu uns stehen. Unsere Verbündeten, unsere Feinde …«

»Wir haben verstanden«, schnitt ihm Narraway das Wort ab. »Wenn sie eine enge Beziehung zu Talbot unterhält, den sie nicht ausstehen kann, muss sie einen Grund dafür haben. Könnte das in irgendeiner Weise mit den Informationen zusammenhängen, die Kynaston an diesen Sundström weiterleitet?«

»Was wissen wir über Talbot?«, fragte Pitt ebenso sich selbst wie die anderen. Er versuchte, nicht daran zu denken, dass er dem Mann gegenüber eine tiefe Abneigung empfand. Was er von Talbot hielt, war in diesem Zusammenhang ebenso unerheblich wie Talbots Abneigung ihm gegenüber.

Zu seiner Überraschung lieferte Vespasia die Antwort: »Er ist ehrgeizig und will unbedingt der höheren Gesellschaft angehören, die in ihm aber immer den Außenseiter sehen wird. Das hat ihn verbittert …«

Stoker sah rasch zu ihr hinüber, sagte aber nichts, sich seiner eigenen untergeordneten Stellung bewusst. Pitt wusste, dass Lady Vespasia in Stokers Augen ungeheure Privilegien genoss, eine Frau war, die niemand je von irgendetwas ausgeschlossen hatte, schon gar nicht der höheren Gesellschaft.

Sie verstand seinen Blick. »Ich billige das nicht, Mr. Stoker, sondern stelle es lediglich als einen Faktor fest, der zu Mr. Talbots Verhalten beigetragen haben könnte. Vielleicht sehen Sie das nicht so, aber die meisten Frauen wissen, was es bedeutet, vom gesellschaftlichen Leben ausgeschlossen zu sein. Manche von uns wünschen sich sogar das Wahlrecht, damit wir mitbestimmen können, unter welcher Regierung wir leben wollen. Allerdings scheint die Aussicht darauf in weiter Ferne zu liegen, was weder etwas mit unserer Intelligenz noch mit unseren Fähigkeiten zu tun hat.«

Obwohl sie das in aller Ruhe gesagt hatte, wurde Stoker puterrot. Ganz offensichtlich waren ihm diese Zusammenhänge nie klar geworden – die Dinge waren einfach so, wie sie immer gewesen waren. Er reckte das Kinn ein wenig und schluckte.

»Entschuldigung«, sagte er und sah sie offen an. »Sie haben recht. Ich habe noch nie darüber nachgedacht.«

Sie lächelte ihm zu. »Immerhin darf ich mich, seit man per Gesetz auch Ehefrauen eigenen Besitz zugebilligt hat, als Eigentümerin meiner Kleidung ansehen.«

Er sah sie verblüfft an.

Sie lachte leise auf. »Sie sind zu jung, als dass Sie sich daran erinnern könnten, wie es vorher war. Ich erwähne das nur, um Ihnen zu zeigen, dass ich durchaus Verständnis für die Empörung von Menschen aufbringe, die etwas als ganz und gar ungerecht ansehen. Ich habe ein gewisses Verständnis für Mr. Talbot. Er dürfte klüger und fähiger sein als so mancher von denen, die stets über ihm stehen werden, und das nicht etwa, weil sie besonders tüchtig oder ehrenhaft wären, sondern einfach wegen ihrer Herkunft. Seine Tragödie besteht darin, dass er sich durch seinen Groll möglicherweise Positionen verscherzt hat, die er hätte erreichen können. Auch wenn man für Zorn und Wut ein gewisses Verständnis aufbringen kann, sind sie doch ein schleichendes Gift, das nach und nach die Nachsicht gegenüber den Mitmenschen, die Urteilskraft und schließlich sogar das eigene Leben zerstört.« Mit einem Mal merkte sie, dass alle zu ihr sahen, und eine leichte Röte trat auf ihre Wangen.

Pitt sagte als Erster etwas, um das Schweigen zu brechen. Er sah sie in einem neuen Licht. Möglicherweise war sie verletzlicher, als sie sich bisher gezeigt hatte. Er hatte es immer für selbstverständlich gehalten, dass ihr alle Türen offen standen. Jetzt ging ihm bei näherem Nachdenken auf, dass das offenbar nicht der Fall war. Sie war von hoher Abkunft und reich sowie nach wie vor schön, aber sie war eben trotz allem »nur« eine Frau. Die Bewunderung und Zuneigung, die er ihr entgegenbrachte, hatten ihn das vergessen lassen. Doch das jetzt zu sagen wäre taktlos gewesen.

»Dann darf man wohl auch Talbot einen gewissen Wunsch nach Vergeltung unterstellen, den er sich dadurch erfüllt, dass er die Geheimnisse derer verkauft, die ihn mit ihrer von ihm als unerträglich empfundenen Voreingenommenheit zurückgewiesen haben«, erklärte er.

Charlotte holte Luft, als wollte sie etwas sagen, schwieg aber.

»Bist du anderer Ansicht?«, fragte Pitt.

Alle sahen abwartend zu ihr.

Ihr blieb keine Wahl. »Ich denke, dass es eher um Geld geht«, begann sie. »Ich nehme an, mit seiner Rache, die ihn ohnehin nur wenig befriedigen dürfte, hätte er noch gewartet. Für jemanden wie ihn wäre ein Aufstieg in der Gesellschaft weit wünschenswerter. Daher vermute ich, dass das Streben nach Geld sein Motiv sein könnte.«

»Geld?«, fragte Narraway. »Weißt du etwas über seine finanziellen Angelegenheiten?«

Sie lächelte. »Ich habe gesehen, wie er sich kleidet, und ich weiß, was Thomas für solche Anzüge ausgibt, wie Talbot sie trägt. Und dann die Hemden! Der Mann hat echtgoldene Manschettenknöpfe, und zwar mehrere Paare – eine Frau sieht so etwas. Er trägt teure Schuhe. Außerdem habe ich gesehen, wo er zu Abend isst. Von dem Geld, das eine einzige seiner Zigarren kostet, könnte ich meine Familie eine ganze Woche lang ernähren. Es würde mich nicht wundern, wenn das eine oder andere Schmuckstück Ailsas ein Geschenk von ihm wäre. Welche sonstigen Beziehungen auch immer zwischen den beiden bestehen mögen, er möchte sie besitzen. Wer um eine solche Frau wirbt, muss ihr Geschenke machen, ihr Blumen schicken, in einer Kutsche fahren und in den besten und elegantesten Restaurants speisen. Immerhin steht er in Konkurrenz zu Dudley Kynaston, der nicht nur Geld und eine angesehene Position hat, sondern auch gut aussieht, charmant ist und sich völlig ungezwungen in den allerhöchsten Kreisen bewegt. Genau genommen, besteht Dudleys einziger Nachteil darin, dass er verheiratet ist – aber nicht in Ailsas Augen, denn sie liebt Talbot nicht, sondern hasst ihn ganz im Gegenteil.«

Stoker sah sie verblüfft an, warf dann einen Blick zu Pitt hinüber und sah zu Boden.

»Ich glaube, du hast vollkommen recht«, stimmte ihr Lady Vespasia zu. »Die Frage ist nur, was wir jetzt tun können. Vermutlich bleibt uns nicht beliebig viel Zeit, uns das zu überlegen.«

»Wir brauchen Beweise, Sir.« Stoker sah erneut zu Pitt. »Falls Talbot das aus Rachsucht tut, wüsste ich nicht, wie wir das beweisen könnten. Wenn aber Mrs. Pitt recht hat und Geld zumindest eins seiner Motive ist, lassen sich Beweise finden. Auf dem Weg von einer Hand zur anderen hinterlässt Geld immer Spuren, vor allem, wenn es aus dem Ausland kommt. Sofern der Mann mehr ausgegeben hat, als er verdient, können wir das herausbekommen, denn wir wissen jetzt, was wir suchen.«

»Er hat durchblicken lassen, dass er geerbt hat«, sagte Pitt in Erinnerung an seine Unterhaltungen mit Talbot in Downing Street.

»Auch das lässt sich überprüfen, Sir«, sagte Stoker rasch. »Ich werde mich gleich darum kümmern, wenn es Ihnen recht ist.«

»Ja, tun Sie das«, stimmte Pitt zu und sah fragend erst Narraway und dann Lady Vespasia an. Ihn belustigte der Gedanke, dass er sogar in Anwesenheit Narraways, seines vertrautesten Beraters, wie selbstverständlich ihre Meinung einholte, obwohl sie weder offiziell noch inoffiziell etwas mit der Sache zu tun hatte.

Er glaubte in ihren silbergrauen Augen eine Antwort aufblitzen zu sehen, doch nur so kurz, dass er nicht sicher sein konnte.

Narraway nickte und erhob sich. »Ich werde mir Ailsa Kynastons Vergangenheit etwas genauer ansehen und bei einem Bekannten, den ich in diesem Zusammenhang schon einmal befragt habe, nach weiteren möglichen Verbindungen forschen.« Zu Pitt gewandt fuhr er fort: »Zweifellos wollen Sie sich mit Dudley Kynaston und dessen Bundesgenossen beschäftigen, um festzustellen, ob wir uns möglicherweise doch irren. Das dürfte allerdings wenig wahrscheinlich sein. Mr. Stoker …«

»Ja, Sir?«

»Sie können Einzelheiten gern für sich behalten, aber ich vermute, dass Sie Miss Ryder irgendwo sicher untergebracht haben?«

Stoker errötete. »Ja, Sir.«

»Und Sie haben eine von ihr unterschriebene schriftliche Aussage?«

»Ja, Sir.«

»Vor Zeugen?«

Nach einem Zögern, das nur den Bruchteil einer Sekunde dauerte, wurde auch das bestätigt.

Narraway war das nicht entgangen. »Sie sind aber nicht sicher, ob die Zeugen … unvoreingenommen sind?«

Stoker schluckte. »Nein … Sir.« Trotz all der Jahre der Zusammenarbeit mit Narraway hatte er vergessen, wie scharfsinnig der Mann war, denn er hatte sich inzwischen an Pitts Stil gewöhnt. Was ihn betraf, gehörte Narraway der Vergangenheit an.

Pitt spürte ein leichtes Unbehagen, doch war dies nicht der richtige Zeitpunkt, um sich seinen Empfindungen hinzugeben. Zweifellos hatte Stoker gezögert, weil die Zeugen Angehörige waren, vielleicht seine Schwester und sein Schwager. Unwillkürlich musste er lächeln, und zwar nicht wegen des Fehlers, den das möglicherweise bedeutete, sondern wegen Stokers unerschütterlicher Aufrichtigkeit und der Umsicht, mit der er vorgegangen war. Narraway schien Pitts Gesichtsausdruck gesehen und richtig gedeutet zu haben, denn er ließ die Sache auf sich beruhen. Dann machte sich jeder auf den Weg, um seine Aufgabe zu erfüllen.

Lady Vespasia kehrte aufgewühlt nach Hause zurück. Sie ärgerte sich über ihre lächerliche Gefühlsduselei. Sie war keine achtzehn Jahre mehr, weit davon entfernt; da war etwas Selbstzucht angebracht. Kaum hatte sie das Vestibül betreten, in das durch ein langes Fenster oben an der Treppe Sonnenlicht fiel, das wie ein Weg aufwärts zu führen schien, teilte ihr die Zofe mit: »Mr. Carlisle wollte etwas mit Ihnen besprechen. Wahrscheinlich ist es dringend.« Sie holte Luft und sah ihre Herrin unsicher an. »Ich habe ihm gesagt, dass ich nicht wüsste, wann Sie zurückkommen, und dass es Stunden dauern könnte, vielleicht sogar den ganzen Tag. Aber er wollte unbedingt warten. Da habe ich ihn in den Salon begleitet. Ich hoffe, dass das recht war ...«

Mit einem Blick auf die Standuhr zu ihrer Rechten teilte ihr Lady Vespasia mit: »Das war genau richtig. Für Tee ist es noch zu früh; vielleicht möchte er etwas anderes. In dem Fall werde ich nach Ihnen klingeln. Ansonsten bitte ich darum, nicht gestört zu werden.«

»Ja, M'lady.« Voll Erleichterung darüber, dass ihr keine Vorwürfe gemacht wurden, eilte sie davon.

Auf dem Weg zum Salon überlegte Lady Vespasia fieberhaft, was sie Carlisle sagen sollte.

Bei ihrem Eintreten erhob er sich. Wie immer war er makellos gekleidet, wirkte aber besorgt, wenn nicht gar bekümmert. Er erweckte den Eindruck, als habe er nicht geschlafen.

»Ich bitte sehr um Entschuldigung, dass ich dich störe«, begann er, »zumal um diese Tageszeit. Aber ich glaube, die Sache ist dringend.«

»Dann ist dem vermutlich so«, sagte sie. Sie hatte die Fassung wiedergewonnen, für die man ihr so viel Achtung und mitunter gar Ehrfurcht entgegenbrachte. »In all den Jahren, die wir einander kennen, habe ich nie erlebt, dass du in Panik verfallen wärest.« Sie setzte sich, damit auch er wieder Platz nehmen konnte. »Was ist geschehen?«

Auf seinem Gesicht, das oft genug verschlagen wirkte, lag der übliche Ausdruck gutmütigen Spotts, zugleich aber auch ein Anflug von Schmerz.

»Ich hatte Zeit, gründlich über das nachzudenken, was ich in meiner Empörung über Kynastons Verrat getan habe«, erklärte er. »Mir ist aufgegangen, dass meine Reaktion zum Teil von Angst diktiert war. Wir stehen kurz vor der Jahrhundertwende, da wird sich vieles ändern. Die Königin ist alt und, wie ich glaube, sehr angegriffen.« Seine Stimme klang müde. »Sie ist zu lange allein gewesen. Vermutlich wird die neue Regierungszeit sehr viel anders werden, gerade weil die bisherige so lange gedauert hat.«

Sie unterbrach ihn nicht. Ihr waren selbst schon ähnliche Gedanken gekommen.

»Die Gewichte der Macht verschieben sich«, fuhr er fort. »Ich sehe Schatten in vielen Richtungen. Mag sein, dass sie nur mich ängstigen, aber eigentlich glaube ich das nicht. Wir können uns jetzt keinen Landesverrat leisten. Die politische Lage auf der Welt wird immer angespannter. Trotzdem habe ich …« Er suchte nach den rechten Worten. »… gehandelt, ohne die möglichen Folgen und Auswirkungen zu bedenken. Pitt hat mich nicht unter Anklage gestellt, obwohl er das ohne Weiteres hätte tun können.« Er sah sie offen an. In seinem Blick erkannte sie tiefe Bekümmernis. »Dafür stehe ich tief in seiner Schuld, und die muss ich begleichen.«

Sie hätte ihm liebend gern geholfen, aber es gab Grenzen, die sie nicht überschreiten konnte.

»Sofern du Informationen von mir erwartest, mein Lieber, muss ich dir zu meinem Bedauern sagen, dass ich nichts für dich tun kann«, teilte sie ihm mit. Ihre Stimme klang zwar sanft, aber in ihren Worten lag eiserne Entschlossenheit. Auf keinen Fall durfte sie zulassen, dass er annahm, sie werde weich werden.

Mit einer Art Galgenhumor sagte er: »Du kannst dir gar nicht vorstellen, wie verhasst es mir wäre, wenn du das tätest.

Du bist ein unverrückbarer Angelpunkt in einer Welt, in der alle Werte nach und nach dahinschwinden. Wir brauchen einen Polarstern, der uns die Richtung weist.«

Sie zwinkerte rasch, um die Tränen zu verbergen, die ihr mit einem Mal in die Augen stiegen. »Das ist das sonderbarste Kompliment, das ich je bekommen habe«, sagte sie mit leicht belegter Stimme. »Aber zweifellos eins der besten. Jetzt aber sag mir, was ich für dich tun kann, wenn du keine Informationen willst.«

»Lass mich wissen, womit ich die Sache unterstützen kann«, gab er zurück.

»Was könntest du über das hinaus tun, was du bereits getan hast?«, fragte sie verwirrt. Dachte er an etwas Bestimmtes, oder tastete er sich so taktvoll voran, wie es den Anschein hatte?

»Eine ganze Menge«, sagte er und breitete seine Hände aus, als wolle er einen riesigen Raum umspannen. »Mich behindern keine gesetzlichen Beschränkungen. Ich kenne die Gesetze zwar recht gut, aber es gibt da durchaus Bereiche, vor denen ich nur wenig Respekt habe. Sofern ich überhaupt eine Möglichkeit habe, Risiken einzugehen, wenn ich das für richtig halte, lässt es sich so einrichten, dass ich das jetzt tue.«

Sie sah die Verzweiflung in seinen Augen und glaubte ihm. »Bitte entwende keine weiteren Leichen, um sie an spektakulären Orten abzuladen«, sagte sie mit leichtem Spott in der Stimme. »Es gibt andere Mittel, die Aufmerksamkeit der Menschen zu erregen.«

Er lächelte verlegen. »Du musst aber zugeben, dass die wenigsten so erfolgreich sind.«

»Gewiss, aber ich bin nicht sicher, ob ein Richter das ebenfalls zugeben würde, ganz gleich, was er insgeheim denkt. Gewöhnlich schätzen diese Herren das Skurrile nicht sonderlich. Wie könnten sie auch? Aber ganz davon abgesehen«, fuhr sie fort, bevor er antworten konnte, »hat sich das für eine Weile abgenutzt!«

»Bitte«, flehte er sie förmlich an. »Etwas …«

Was hätte sie ihm sagen können, ohne Pitts Vertrauen zu missbrauchen?

Carlisle beugte sich mit ernster Miene ein wenig vor. »Kynaston verhökert die Geheimnisse unseres Landes an die Schweden, und der Himmel weiß, an wen die sie weiterverkaufen. Die Sache ist zu wichtig, als dass wir uns hinter unseren Gefühlen verstecken dürften. Ich kenne seine Gründe nicht, weiß aber, dass er es tut, und vermute, dass ihm seine Schwägerin dabei zur Hand geht, so wie möglicherweise auch ihr ziemlich ungehobelter Liebhaber Talbot. Nur ahne ich nicht, auf wessen Seite der steht. Wahrscheinlich auf der seines Bankiers. Ich bin bereit, mich zu entschuldigen, wenn ich ihn damit verleumde.«

»Meinst du wirklich, dass Talbot über seine Verhältnisse lebt?«, fragte sie rasch. »Ist das nur ein Eindruck, oder hast du handfeste Belege dafür?«

Er sah sie unverwandt an. »Möchtest du das gern wissen? Nicht nur aus … Neugier?«

Obwohl sie genau wusste, was hinter seiner Frage steckte, zögerte sie nur einen kurzen Augenblick. Es war wie bei einem Sprung von einer Klippe ins tief darunter liegende eiskalte Meer. Wer unschlüssig hinabsah, würde den Sprung nicht wagen.

»Ja. Ich glaube, ich wüsste das gern. Es muss sich aber um belegbares Wissen handeln. Vermutet habe ich es ohnehin schon.«

Er beugte sich vor und küsste sie sanft auf die Wange. Es war eine leichte Berührung seiner Lippen, ein Hauch von Wärme, nichts weiter. Dann stand er auf und ging. Sie hörte, wie er sich im Vestibül von ihrem Mädchen verabschiedete und ihr dankte, dass sie ihm gestattet hatte, auf die Rückkehr ihrer Herrschaft zu warten. Dann schloss sich die Tür hinter ihm.

Eine halbe Stunde lang saß sie reglos da und sah auf die Uhr über dem Kamin. Dann stand sie auf und ging ans Telefon, um Pitt anzurufen. Als sie ihn nicht erreichte, begann Panik sie zu überfluten.

In welche Gefahr hatte sie Somerset da getrieben? Immerhin ging es nicht um ein Gesellschaftsspiel, sondern um Landesverrat. Auch wenn es bisher zu keinem Mord gekommen war, konnte sich das jederzeit ändern. Menschen wurden wegen Mord und Piraterie zum Tod durch den Strang verurteilt – und wegen Landesverrat. Sofern Talbot schuldig war, hatte er nichts zu verlieren, wenn er Carlisle tötete.

Sie musste sich fangen. Sie hatte Carlisle ermuntert, nach Beweisen für Talbots Beteiligung an dem Verrat zu suchen, und so war sie jetzt dafür verantwortlich, ihn zu schützen. Wenn sie Pitt nicht erreichen konnte, musste sie Narraway informieren. Was er von ihr denken würde, war in diesem Zusammenhang zweitrangig, wie sehr auch immer das schmerzen mochte – und das würde es bestimmt. Jetzt, da es so aussah, als werde er möglicherweise seine gute Meinung von ihr revidieren, merkte sie, dass ihr mehr daran lag als an der irgendeines anderen Menschen und auch auf andere Weise. Mit tiefem Schmerz begriff sie, dass sie ihn liebte.

In ihrem Alter verliebte man sich nicht. Das war würdelos und lächerlich! Dennoch war das Gefühl so wirklich wie die Leidenschaft der Jugend, und es ging tiefer. Alle Sehnsüchte und Erfahrungen der Vergangenheit kamen hinzu, die Pein erlittener Schmerzen und die unendliche Süße des Lebens.

Mit zitternder Hand nahm sie den Hörer erneut ab und verlangte, mit Narraway verbunden zu werden. Obwohl es nur wenige Sekunden dauerte, bis sie seine Stimme hörte, kam es ihr vor, als seien Minuten vergangen.

Ohne Einleitung sagte sie: »Victor, als ich nach Hause kam, hat Somerset Carlisle schon auf mich gewartet. Er war ziemlich verzweifelt ...«

»Was ist passiert?«, unterbrach er sie. »Fehlt dir auch nichts?«

Sie merkte, dass ihre Stimme unruhig klang. Sie musste sich beherrschen. »Nein, mir fehlt nichts, vielen Dank. Ich mache mir keine Sorgen um mich selbst. Bitte hör mir zu.« Keinesfalls durfte sie zulassen, dass er jetzt an ihr Wohlergehen dachte. Wichtig war, dass er begriff, in welcher Gefahr Carlisle schwebte.

»Er ist verzweifelt wegen seines makabren Treibens mit den Leichen und der ganzen entsetzlichen Angelegenheit«, fuhr sie etwas gefasster fort. »Die Geschichte mit dem Verrat liegt ihm sehr am Herzen. Er sieht eine Finsternis heraufziehen, die weit mehr bedeutet als eine bloße Veränderung. Er fürchtet um die Zukunft für uns alle. Die Jahrhundertwende wird viel Neues mit sich bringen, Machtverlagerungen in Europa ...« Sie merkte, dass ihre Stimme lauter wurde.

Sie holte tief Luft und fuhr etwas ruhiger fort: »Er fürchtet, dass die Zeit nicht reicht, um Kynaston Einhalt zu gebieten. Er glaubt, der Mann könnte fliehen, wenn wir noch länger warten, oder derjenige, an den er die Informationen weitergibt, könnte andere Möglichkeiten finden, sein Treiben fortzusetzen. Die Leute verkaufen unsere Geheimnisse an die Schweden, und die können sie weiterverkaufen an ... jede beliebige Macht der Welt ...«

»Das ist mir klar, meine Liebe«, unterbrach Narraway sie. »Du hast recht, die Zeit drängt. Aber solange wir keine Beweise dafür haben, dass Talbot mit in der Sache drinhängt, sind uns die Hände gebunden. Lediglich Kynaston festzunehmen und nicht Talbot, falls er der Mittelsmann ist, wäre nur ein halber Erfolg …«

»Victor! Bitte … Carlisle scheint zu wissen, dass Talbot daran beteiligt ist. Alles weist darauf hin. Jetzt will er Beweise dafür suchen, dass Talbot über deutlich mehr Geld verfügt, als er verdient. Talbot lebt beständig über seine Verhältnisse …«

»Wohin ist Carlisle gegangen?«, erkundigte sich Narraway mit erstaunlicher Gelassenheit. Seine Stimme klang beinahe unbeteiligt.

»Das weiß ich nicht. Ich denke, zu Talbots Haus oder wo immer er die gesuchten Beweise zu finden hofft …«

»Hast du Pitt schon informiert?«

»Ich kann ihn nicht erreichen, er geht nicht ans Telefon.«

»Du hast gesagt, Carlisle will Beweise dafür finden, dass Talbot hohe Beträge bekommt, über die er keine Rechenschaft ablegen kann?«, wiederholte Narraway ruhig.

»Ja.« Ihre Stimme klang jetzt etwas fester. »Von mir hat er nichts erfahren. Er wusste bereits, dass Talbot mit der Sache zu tun hat.« Sie zögerte. Sie musste es ihm erklären, bevor er fragte. Ihr unkluges Verhalten schmerzte sie sehr, umso mehr, als ihr bewusst war, dass es sich jederzeit wiederholen konnte. Ihr Mitgefühl für Carlisle und ihr Verständnis für seine Situation vermochte sie nicht zu unterdrücken.

»Vespasia?«, drängte Narraway.

»Ja. Ich … Carlisle hat ein entsetzlich schlechtes Gewissen wegen der Art, wie er Pitt zu der Untersuchung des Falles gedrängt hat. Er möchte um jeden Preis die Schuld tilgen, die er damit auf sich geladen hat.«

»Darum kümmern wir uns später«, erklärte er. »Jetzt müssen wir überlegen, wohin er gegangen sein könnte. Du befürchtest mit vollem Recht, dass er nicht mit einer Verhaftung als auf frischer Tat ertappter Einbrecher davonkommen würde, wenn er Talbot in die Finger geriete. Außerdem wüsste Talbot dann, dass wir hinter ihm her sind, und das wäre noch sehr viel schwerwiegender. Im günstigsten Fall wird er sich daraufhin absetzen, möglicherweise nach Schweden, wohin unser Arm nicht reicht, und all sein Wissen mitnehmen. Im schlimmsten Fall könnte er Carlisle umbringen …«

Vespasia spürte, wie sie innerlich erstarrte. Sie hätte Carlisle hindern können, sich auf dieses riskante Unternehmen einzulassen. Sie hätte es tun müssen, auch wenn er das als Brüskierung empfunden und es ihn geschmerzt hätte.

Narraway schwieg. Es schien endlos zu dauern. Das Ticken der Standuhr dehnte sich zu einer Ewigkeit.

»Wahrscheinlich gibt es in Talbots Haus kein Beweismaterial, das zu seiner Überführung ausreichen würde«, sagte er nach längerem Nachdenken. »Eher schon in seiner Bank. Ich frage mich, ob Carlisle das bedacht hat.«

»Aber in der Bank kommen wir doch an nichts heran«, sagte sie zögernd. »Ich weiß nicht einmal, ob Thomas eine Möglichkeit dazu hätte …«

»Ja, so ohne Weiteres geht das nicht. Wahrscheinlich gar nicht, es sei denn, Carlisle fällt ein brillanter Vorwand ein … Er scheint ja auf dem Gebiet ziemlich begabt zu sein.« In seiner Stimme mischten sich Zorn und Belustigung. »Wir müssen feststellen, bei welcher Bank Talbot sein Geld hat. Das kann eine Weile dauern – aber das Problem hat auch Carlisle. Bleib bitte …«

Sie fiel ihm ins Wort, was sie normalerweise nie getan hätte. »Victor, er ist ein Emporkömmling. Bestimmt hat er sein Konto bei der angesehensten Bank.« Sie nannte den Namen ihrer eigenen Bank.

Sie hörte, wie er einen Seufzer der Erleichterung ausstieß. »Ach, natürlich, ja, danke. Meinst du, dass Carlisle auch darauf gekommen ist?«

»Bestimmt.« Sie zweifelte nicht im Geringsten daran. Ihr war klar, dass Carlisle den gleichen Gedanken gehabt hatte. »Ich treffe dich dort«, sagte sie abschließend.

»Nein, Vespasia!«, widersprach er mit scharfer Stimme. »Es könnte unerfreulich werden …«

»Zweifellos«, bestätigte sie. »Aber Carlisle hört eher auf mich als auf dich.« Bevor er weitere Einwände erheben konnte, hängte sie den Hörer ein und beendete die Verbindung.

Eine knappe Stunde später standen sie im Direktorenzimmer der renommiertesten Bank Londons. Selbstverständlich kannte und schätzte man dort Lady Vespasia, während Lord Narraway als Mitglied des Oberhauses und wegen seiner früheren Stellung als Leiter des Staatsschutzes dort immerhin dem Namen nach bekannt war.

Der Bankdirektor war ein erstklassig gekleideter Herr Anfang sechzig mit einer Adlernase. Obwohl er seine Nervosität hinter einer Maske geschäftsmäßiger Korrektheit verbarg, erkannte Lady Vespasia, dass er sich verzweifelt bemühte, den Ruf der Bank vor einer Katastrophe zu bewahren, deren Ausmaß er kaum zu erfassen vermochte.

»Aber er ist doch Unterhausabgeordneter«, sagte er zum wiederholten Mal. »Er hat mir erklärt, dass es sich um eine für den Staat äußerst wichtige Angelegenheit handelt. Jemand aus seinem Wahlkreis stehe im Verdacht, in undurchsichtige Finanztransaktionen verwickelt zu sein, die einen Krieg auslösen könnten, wenn man nicht sofort eingreifen würde. Er hat mir seine Identität zweifelsfrei nachgewiesen, was ganz überflüssig war, da ich ihn vom Sehen kenne. Schließlich hat er sein Konto bei uns! Seit Jahren. Sie müssen sich … irren, Mylady.«

Narraway sah zwischen dem Direktor und Lady Vespasia hin und her, ohne sich einzumischen.

»Lassen Sie mich raten, Sir William«, sagte sie mit einem angedeuteten Lächeln. »Mr. Carlisle wollte wissen, ob Mr. Edom Talbot im Laufe des vergangenen Jahres oder schon früher regelmäßig höhere Beträge aus Schweden überwiesen bekommen hat.«

Seine Augenbrauen hoben sich.

»Ja! So ist es in der Tat. Er hat gesagt, es gehe dabei um betrügerische Machenschaften, die Mr. Talbot, wenn nicht gar den Premierminister persönlich, in einen entsetzlichen Skandal verwickeln könnten, sofern sich seine Befürchtungen als zutreffend herausstellten. Ich habe ihm versichert, dass bei den Zahlungen alles mit rechten Dingen zugegangen ist und sie sich sämtlichst nachweisen lassen.«

»Aber er hat alles ausgegeben«, sagte sie trocken.

»Warum auch nicht?«, erwiderte er mit düsterer Miene. »Es war schließlich sein Geld, das ihm rechtmäßig zugeflossen ist. Alle Dokumente waren in bester Ordnung, das kann ich Ihnen versichern. Das Geld ist auf dem üblichen Weg angewiesen worden ...«

»Von einem Harald Sundström?«

Sir William erbleichte. »Ja. Vielleicht sollte ich Ihnen das nicht sagen, andererseits bekleidet Mr. Sundström einen hohen Posten in der schwedischen Seefahrtforschung. Wir haben das überprüft. Die Transaktionen waren in jeder Hinsicht einwandfrei. Wäre ein anderer als jemand in Mr. Carlisles Position gekommen, hätte ich die vorgetragenen Befürchtungen rundheraus als grundlos zurückgewiesen.«

»Aber Sie haben es nicht getan«, sagte Narraway schließlich. »Haben Sie ihm das Beweismaterial vorgelegt, nach dem er gefragt hat?«

»Nein. Ich habe ihm lediglich mein Wort gegeben, dass alles in bester Ordnung ist und die Beträge der Höhe nach in etwa seiner Schätzung entsprachen«, sagte Sir William steif.

»Er wollte zwar die Unterlagen einsehen, hat sich aber dann mit meiner Versicherung begnügt.«

Mit finsterer Miene fuhr Narraway fort: »Und Sie haben Mr. Talbot von Mr. Carlisles Nachforschung in Kenntnis gesetzt?«

»Selbstverständlich. Ich habe ihn in seinem Büro in der Downing Street angerufen. Er war äußerst bestürzt, was mich vermuten ließ, er befürchte, dass Mr. Carlisles Besorgnis begründet sein könnte. Offenbar ist Mr. Talbot auf die eine oder andere Weise Opfer eines Betrugs in internationalem Maßstab geworden. Ich habe keine Vorstellung, worum es sich dabei handeln könnte, aber …«

»Ich schon«, sagte Narraway umgehend. »Sofern Sie nicht wünschen, Ihre Bank in einen Fall von Landesverrat verwickelt zu sehen, Sir William, sollten Sie alle Dokumente, um die es geht, in Ihren Tresor einschließen und niemandem gestatten, sie zu sehen oder anzufassen. Das gilt ausdrücklich auch für Mr. Talbot! Ein Mitarbeiter der Abteilung Staatsschutz wird sie holen, sobald die nötigen Vollmachten ausgestellt sind. Haben Sie mich verstanden?«

»Gewiss, Sir, selbstverständlich!«, gab der Bankdirektor steif zurück.

Narraway lächelte. »Die Nation wird Ihnen zu Dank verpflichtet sein, auch wenn sie davon höchstwahrscheinlich nie etwas mitbekommen wird. Aber ich werde dafür sorgen, dass der Premierminister es erfährt.« Er nahm Vespasia Arm. »Guten Tag, Sir.«

Als sie in der Sonne vor der Bank standen, stieß Vespasia einen tiefen Seufzer der Erleichterung aus und wandte sich zu Narraway.

Er lächelte. »Ich danke dir«, sagte er. »Auch können wir Gott für Talbots Streben nach gesellschaftlichem Aufstieg dankbar sein.« Dann verfinsterte sich sein Gesicht. »Aber es wäre mir lieber, wenn ihn Sir William nicht angerufen hätte. Vermutlich ließ sich das nur nicht vermeiden. Wir sollten noch einmal versuchen, Pitt zu erreichen. Es ist gut möglich, dass Talbot zu entkommen versucht, und ich habe keine Möglichkeit, ihn daran zu hindern.« Er nahm ihren Arm und begann rasch auszuschreiten. »Wir wollen ein Telefon suchen.«

Sie sagte es ungern, aber die Ehrlichkeit gewann die Oberhand. »Ohne mich kommst du schneller voran, Victor. Geh bitte … Talbot wird nicht nur selbst zu fliehen versuchen, sondern möglicherweise Ailsa mitnehmen. Dann bleibt alles an Kynaston hängen.«

»Das wäre in der Tat übel«, stimmte er zu, ohne den Schritt zu verlangsamen. »Oder, schlimmer noch, Talbot könnte die beiden den Behörden übergeben, sie notfalls sogar töten und sich als Helden feiern lassen.«

»Wie will er das anstellen, mit all dem Geld, das er bekommen hat?«, fragte sie. Sie musste beinahe rennen, um mit ihm Schritt zu halten, da er ihren Arm nicht losgelassen hatte. Es war ein ziemlich würdeloses Schauspiel.

»Er könnte sagen, dass das Teil seines Planes war, Kynaston das Handwerk zu legen«, gab er zurück.

»Und was ist mit Ailsa? Sie liebt ihn nicht.«

»Dann wird er keine Bedenken haben, sich ihrer ebenfalls zu entledigen«, erklärte er. »Möglicherweise ist er nicht auf dem Weg zur Bank, sondern zu ihr, weil er vermutet, dass wir auch sie verdächtigen. Dann steht sein Wort gegen das Kynastons – und Kynaston ist derjenige, der die Geheimnisse preisgegeben hat.«

Sie war so außer Atem, dass sie nicht einmal dann etwas dagegen hätte sagen können, wenn ihr etwas Brauchbares eingefallen wäre.

Als sie um eine Ecke kamen, machte er sich nach einem prüfenden Blick nach rechts und links daran, die Straße zu überqueren, ohne sie loszulassen. Vor dem unauffälligen Eingang zu einem Herrenklub blieb er ruckartig stehen.

»Mich lässt man da nicht ein«, erinnerte sie ihn. »Verschwende keine Zeit damit, dich mit den Leuten herumzustreiten, geh hinein und ruf Thomas an. Wenn du ihn nicht erreichen kannst, versuch es mit Stoker.«

Er zögerte.

»Um Himmels willen, Victor, mach schon!«, forderte sie ihn auf.

Völlig überraschend legte er beide Arme um sie und küsste sie so zärtlich auf den Mund, als hätte er das gern länger und intensiver getan, wenn die Zeit dafür gereicht hätte. Dann wandte er sich ab, eilte die Treppe empor und stürmte durch die Tür, die hinter ihm ins Schloss fiel.

Verblüfft und von einem plötzlichen Gefühl der Wärme überwältigt, das sie erfüllte, blieb Lady Vespasia am Fuß der Treppe stehen. Ihre Gedanken flogen in alle Richtungen.

Einige Minuten später kehrte er mit federndem Schritt und einem Ausdruck der Erleichterung zurück.

»Du hast mit Thomas gesprochen?«, fragte sie und trat auf ihn zu. »Wird er sich Talbot vornehmen?«

»Ja, gemeinsam mit Stoker.« Er legte ihr die Hände auf die Arme, sodass sie ihm genau gegenüberstand. »Das war ein sehr guter Rat – ›Mach schon!‹« Er wiederholte ihre Worte genau in dem Ton, in dem sie sie gesagt hatte. »Man sollte den Mut haben, zu seinen Überzeugungen zu stehen, ganz gleich, ob man dabei gewinnt oder verliert. Vespasia, willst du mich heiraten?«

Sie war sprachlos. Sie standen mitten auf der Straße. Es war eine denkbar unromantische Situation, doch sie hatte nicht den geringsten Zweifel. Eigentlich hätten sie an Talbot und an die Möglichkeit denken müssen, dass er Ailsa töten könnte, an Kynastons Verrat und den unermesslichen Schaden, den eine öffentliche Gerichtsverhandlung anrichten würde. Dennoch wusste sie mit Bestimmtheit, dass es in ihrem Leben nichts Wichtigeres gab, als dass Narraway sie liebte, nicht nur als Freund, sondern auf dieselbe leidenschaftliche und tiefe Art, wie sie ihn liebte.

»Ja«, sagte sie. »Bitte sei leise. Nicht mitten auf der Straße.«

Auf sein Gesicht trat ein so ausgeprägter Ausdruck des Glücks, dass zwei vorüberkommende Männer den Schritt verhielten, erst ihn und dann einander ansahen, wovon er nicht das Geringste mitbekam.

»Ich werde den Rest meines Lebens so verbringen, dass du das nie zu bedauern brauchst«, sagte er mit ernster Stimme.

»Diese Möglichkeit hatte ich gar nicht in Erwägung gezogen«, gab sie mit einem Lächeln zurück. »Die Zeit ist so kostbar, dass man sie nur für das verwenden sollte, was am besten ist.« Sie berührte seine Wange mit ihren Fingerspitzen. Es war eine zärtliche und intime Geste. »Können wir jetzt bitte weitergehen? Mir scheint, dass wir hier ziemlich viel Aufsehen erregen.«

KAPITEL 18

Pitt hängte den Hörer an den Haken und wandte sich Stoker zu. Obwohl er nicht annahm, dass Talbot nach Hause oder in sein Büro zurückkehren würde, hatte er vorsichtshalber die Polizei angewiesen, einige Männer sowohl zu dessen Haus als auch in die Downing Street zu schicken. Wie Narraway nahm er an, Talbot werde versuchen, Ailsa zum Schweigen zu bringen. Schließlich wusste sie als Einzige genau, was er getan hatte, und konnte daher als Zeugin gegen ihn aussagen. Wenn sie aus dem Weg war, hätte er die Möglichkeit, die Wahrheit so zu verdrehen, dass er als der große Held dastand, der Kynastons Verrat aufgedeckt und ihn mit voller Absicht in die Falle gelockt hatte. Wegen seiner großen Nähe zur Regierungsspitze würden sich viele nur allzu bereitwillig mit dieser Lösung zufriedengeben, denn sie bot am ehesten eine Gewähr dafür, einen Skandal zu vermeiden. Das würde auch Talbot bewusst sein.

Soeben hatte Pitt im Hause Kynaston angerufen. Der Butler hatte ihm mitgeteilt, Mrs. Bennett Kynaston sei auf dem Weg zu einer Verabredung zum Essen. Er konnte nicht sagen, mit wem, wohl aber, dass es sich um ein Restaurant gegenüber der Tower-Brücke handelte. Es galt als ganz besonderes Erlebnis, diese Brücke auf dem Fußgängersteg hoch oben zwischen den beiden Brückentürmen zu überqueren. Pitt hatte ihm für seine Auskunft gedankt.

»Zur Tower-Brücke«, sagte er zu Stoker. »Ein Restaurant gleich gegenüber. Wir nehmen eine Droschke. Kommen Sie.«

»Wann hat sie das Haus verlassen?«, fragte Stoker, während er Pitt auf die Straße folgte und mit großen Schritten neben ihm auf die nächste Straßenecke zueilte, wo sie eine Droschke zu finden hofften.

»Vor einer halben Stunde«, sagte Pitt, sprang auf die Fahrbahn und winkte mit beiden Armen, weil er eine Droschke kommen sah.

Das Pferd blieb auf den Zügelruck des Kutschers hin so abrupt stehen, dass die Räder ein Stück zur Seite rutschten.

»Tower-Brücke!«, rief Pitt, während er einstieg. Stoker war um die Droschke herumgelaufen und stieg gleichzeitig mit ihm ein. »So schnell Sie können!«, fügte Pitt hinzu. »Ich zahle das Doppelte, wenn Sie es rechtzeitig schaffen.«

»Rechtzeitig wozu?«, wollte der Kutscher wissen. »Verdammter Irrer«, stieß er zwischen den Zähnen hervor.

»Um das Leben einer Frau zu retten«, gab Pitt zurück. »Machen Sie schon.«

Die Droschke ruckte an und nahm rasch Fahrt auf, bis sie so schnell dahinjagte, als hinge das Leben des Kutschers und seiner Fahrgäste davon ab. Auf rutschenden Rädern ging es um Straßenecken, auf geraden Strecken trieb der Kutscher das Pferd mit der Peitsche an. Die Droschke raste so schnell dahin, dass andere Fahrzeuge eilends Platz machten.

Pitt und Stoker klammerten sich an ihren Sitz. Stoker hatte sogar die Augen geschlossen. Pitt wusste nicht, wo sie sich befanden, denn klugerweise vermied der Kutscher die allzu belebten Hauptstraßen.

Zweierlei machte Pitt beinahe noch mehr Sorge als die Vorstellung, möglicherweise zu spät zu kommen und Talbot nicht in den Arm fallen zu können. Zum einen fürchtete er, dass er dem Kutscher deutlich mehr schuldete, als er sich leisten konnte, und zum anderen, dass er die ganze Sache falsch eingeschätzt hatte und sie in der Nähe der Tower-Brücke weder Talbot noch Ailsa finden würden.

Während ihm seine Vorstellungskraft eine vernichtende Demütigung vorgaukelte, hielt er sich weiter krampfhaft fest, um nicht haltlos hin und her geschleudert zu werden und mit dem Kopf gegen die Wand der Droschke zu schlagen. Er hatte gegen die Vorschriften verstoßen, nach denen er sich sein Leben lang gerichtet hatte, und Entscheidungen getroffen, zu denen er nicht ermächtigt war. Die instinktive Befürchtung, die er von Anfang an gehabt hatte, stimmte offenbar – er war für sein Amt nicht geeignet. Er besaß weder die nötige Weisheit noch die nötige seelische Härte. Er war fest überzeugt, dass er alle enttäuschen würde.

Jetzt jagte die Droschke auf der Uferstraße an der Themse entlang. Ein Blick hinaus hätte ihm den eindrucksvollen Umriss der Tower-Brücke gezeigt, deren Türme sich wie zwei Festungsbollwerke gegen den Himmel abzeichneten.

Stoker saß stocksteif und mit nach wie vor geschlossenen Augen da. Bestimmt würde ihm die rasende Fahrt Albträume bescheren. Wirklich schade – er war ein tüchtiger Mann und hatte Besseres verdient! Pitt fragte sich flüchtig, ob Kitty Ryder wohl den Vorstellungen gerecht geworden war, die sich Stoker von ihr gemacht hatte. Die Art, wie er lächelte und schwieg, wenn die Rede auf sie kam, veranlasste Pitt zu der Annahme, dass es sich wohl so verhielt. Das freute ihn. Sofern die Sache in einem vollständigen Debakel endete, wäre das nicht Stokers Schuld. Auf keinem Fall durfte man ihm Vorwürfe machen.

Mit einem Mal hielt die Droschke so ruckartig an, dass Stoker fast auf die Straße gestürzt wäre. Pitt stieg mit steifen

Beinen aus und streckte sich, als hätte er nicht weniger als eine Stunde verkrampft dagesessen, sondern mehrere.

»Da wär'n wir, Sir«, sagte der Kutscher stolz. Er drehte den Kopf und blickte zu den aufragenden Brückentürmen empor. »Ein Prachtstück, was? So was gibt's nirgendwo sonst. Das is' London.« Er lächelte Pitt stolz zu, wobei eine Zahnlücke sichtbar wurde. »Macht neun Shilling un' Sixpence, Sir.«

Eine teure Fahrt. Der Preis entsprach mehr oder weniger dem halben Wocheneinkommen eines einfachen Polizisten – beziehungsweise, da er versprochen hatte, dem Mann das Doppelte zu geben, sogar fast einem ganzen. Er suchte in seinen Taschen und brachte dreißig Shilling zusammen. Er hielt dem Kutscher zwanzig hin. »Vielen Dank«, sagte er aufrichtig.

Der Mann sah auf die Münzen und sagte dann mit einem tiefen Seufzer: »Zehn genügen, Sir. Hat mir selber Spaß gemacht, und die alte Bessie hat schon seit Jahren nich' mehr so galoppieren dürfen. Wir ha'm unterwegs 'n paar Leuten mächtig Angst eingejagt, was?« Er grinste breit.

»Nehmen Sie ruhig alles«, sagte Pitt in liebenswürdigem Ton. »Gönnen Sie Bessie etwas Gutes. Sie hat es mehr als redlich verdient.«

»Danke, Sir. Wird gemacht.« Er nahm alle Münzen aus Pitts Hand und steckte sie ein. »Guten Tag, Sir.« Dann setzte sich das Pferd im Schritttempo in Bewegung.

Es dauerte zehn Minuten, bis sie das Restaurant gefunden hatten. Für ein Mittagessen war es inzwischen sehr spät, und es waren nur noch wenige Gäste dort.

Mit einem Mal fasste Stoker Pitt so fest am Arm, dass ihm seine Finger tief ins Fleisch drangen.

Pitt erstarrte. Dann sah er langsam und möglichst unauffällig in die Richtung, in die Stoker blickte. Ailsa Kynaston und Edom Talbot gingen Arm in Arm dem Ausgang entgegen. Von der Straße führten Stufen auf den Nordturm der Brücke. Sie gingen dicht nebeneinander, wie ein Liebespaar. Sie hielt den Kopf anmutig hoch erhoben, als sei sie stolz auf ihre Größe. Obwohl Talbot sie in einen soeben einsetzenden heftigen Regen hinausführte, erweckte er den Eindruck, als wolle er sie beschützen.

Stoker warf Pitt einen fragenden Blick zu.

Für andere Lösungen war es zu spät. Ihnen blieb keine Wahl, als die Sache zu Ende zu bringen. Pitt hatte seine Entscheidung getroffen und musste mit den Folgen leben.

Damit die beiden keinen Verdacht schöpften, folgten er und Stoker ihnen in gewissem Abstand, ohne sie aus den Augen zu verlieren.

Ihr Ziel war ganz offensichtlich der Fußgängersteg hoch oben zwischen den beiden Türmen, der über die gesamte Breite der Themse führte. Von dort hatte man einen so großartigen Blick auf London, dass viele Leute davon schwärmten. Dabei nass zu werden war vielleicht ein geringer Preis für dieses Erlebnis. Angesichts dessen, dass es inzwischen in Strömen goss, war es ohne Weiteres möglich, dass die beiden dort oben ganz allein sein würden.

Ganz allein! Als habe ihm jemand einen Schlag versetzt, begriff Pitt mit einem Mal, was das bedeutete. Er stürmte die Treppe empor, wobei er immer zwei Stufen auf einmal nahm. Stoker folgte ihm, so rasch er konnte. Als sie durch die Tür zum Fußgängersteg jagten, fiel der Regen so dicht, dass sie kaum etwas erkennen konnten. Sie sahen lediglich zwei Gestalten, die am Geländer standen und auf den Fluss hinabblickten.

Pitt und Stoker machten sich daran, sie einzuholen, wobei sie auf dem regennassen Metall des Bodens ausglitten. Sie konnten so gut wie nichts sehen und hörten lediglich den

Aufprall der schweren Tropfen und das Spritzen des Wassers unter ihren Füßen.

Talbot war ungewöhnlich stark. Er umfasste Ailsa von hinten und riss sie hoch. Im nächsten Augenblick war sie über dem Geländer und stürzte nach kurzer Gegenwehr in die Tiefe. Im Tosen des Wolkenbruchs hörte man nicht einmal den Aufprall, als sie in das eiskalte Wasser eintauchte. Pitt war klar, dass die starke Strömung sie in wenigen Augenblicken in die Tiefe zerren würde.

Einen Augenblick verharrte Talbot, dann wandte er sich um und sah Pitt, der nur noch zwei Schritte von ihm entfernt stand. Stoker war ihm noch näher.

Pitt entblößte die Zähne.

Auch Talbot lächelte seltsam. »Schrecklicher Unfall«, sagte er mit heiserer Stimme. »Vielleicht war es auch Selbstmord. Ich habe versucht, sie noch zu erreichen und sie festzuhalten. Eigentlich ist das ja nicht meine Aufgabe, sondern eher Ihre, aber Sie scheinen mir ein bisschen langsam zu sein.« Mit fester Stimme übertönte er den prasselnden Regen. »Sie hat geheime Informationen an eine fremde Macht weitergegeben. Vielleicht war Ihnen das noch gar nicht bewusst. Vielleicht ist das sogar die beste Lösung. Wir können uns den mit einem öffentlichen Prozess verbundenen Skandal nicht leisten. Dann würden Sie und ich wie Dummköpfe dastehen. Unsere Feinde würden jubeln und unsere Verbündeten an uns zweifeln. Das würde noch mehr Schaden anrichten als die Informationen, die sie bekommen haben.«

»In einem Punkt haben Sie recht«, stimmte Pitt zu und holte tief Luft, um nicht zu zittern. »Ein Prozess wegen Landesverrats wäre außerordentlich peinlich und blamabel. Ich tue immer, was ich kann, um so etwas zu vermeiden. Bei einem Mordprozess hingegen liegen die Dinge völlig anders.«

Talbot erstarrte, als er begriff.

Pitt lächelte. »Edom Talbot, ich nehme Sie fest, weil ich überzeugt bin, dass Sie Ailsa Kynaston heimtückisch ermordet haben. Vermutlich war es eine Auseinandersetzung zwischen Liebesleuten. So hat es doch ausgesehen, finden Sie nicht auch, Wachtmeister Stoker? Es handelt sich zwar um eine gewöhnliche Festnahme, aber der Richter wird sie bestätigen. Wie Sie selbst gesagt haben, legt niemand Wert auf ein Verfahren wegen Landesverrats. Damit würden wir als unfähig dastehen.«

»Unbedingt, Sir«, stimmte Stoker zu. »Wahrscheinlich hat ihn die Dame abgewiesen. Es ist für einen Mann herb, wenn eine Frau ihn nicht nur verschmäht, sondern auch noch auslacht. Ich habe es mit eigenen Augen gesehen. Ein sehr ungeeigneter Ort, um einem aufbrausenden Mann zu sagen, dass man nichts mehr von ihm wissen will.«

Talbot warf ihm einen vernichtenden Blick zu. Stoker erwiderte ihn mit einem Lächeln, so freundlich wie die Sonne, die gerade durch die vom Wind dahingetriebenen Wolken brach.

Pitt fuhr auf kürzestem Weg zum Unterhaus und schickte einen Boten mit der Mitteilung hinein, er müsse unverzüglich in Staatsangelegenheiten mit dem Abgeordneten Jack Radley sprechen.

Es dauerte zwanzig Minuten, bis Jack mit leisen Schritten durch den hallenden Bogengang in den Vorraum kam. Er wirkte sehr bleich.

»Was gibt es?«, fragte er in der gedämpften Stille, die nur durch leise geführte Unterhaltungen und das Geräusch der Schritte jener unterbrochen wurde, die dem Sitzungssaal entgegenstrebten, aus dem er gerade gekommen war. »Was ist passiert?«

Pitt teilte es ihm in knappen Worten mit und fuhr fort: »Ich habe dich herausrufen lassen, um dich zu bitten, dass du die Stelle annimmst und künftig mit Kynaston zusammenarbeitest ...«

»Aber du hast doch gerade gesagt, dass er fortlaufend Landesverrat begeht«, stieß Jack nahezu wütend hervor.

»So ist es«, sagte Pitt und fasste ihn am Arm. Jack wollte sich losreißen, doch das gelang ihm nicht, obwohl er sich mit seinem ganzen Gewicht dagegenstemmte. »Er hat den Schweden und damit wer weiß wem noch wichtige Informationen zukommen lassen, um eine Ehrenschuld seines verstorbenen Bruders zu begleichen. Jetzt werde ich dafür sorgen, dass er ihnen falsche Informationen übermittelt, um seine eigene Schuld abzutragen – nämlich uns gegenüber. Wenn du einverstanden bist, wirst du für ihn arbeiten und das Ganze überwachen ...«

Jacks Augen weiteten sich, und er gab den Versuch, sich loszureißen, so plötzlich auf, dass Pitt beinahe das Gleichgewicht verloren hätte.

»Nimmst du an?«, fragte Pitt.

Jack ergriff seine Hand und drückte sie so fest, dass Pitt zusammenzuckte. »Ja!«, sagte er entschlossen. »Das wirst du nie bedauern, Thomas.«

»Das will ich hoffen«, gab Pitt zurück und erwiderte den Händedruck. »Jetzt sollte ich mich aufmachen und Kynaston informieren.«

Als Pitt am Abend Dudley Kynaston aufsuchte, saß dieser im Arbeitszimmer unter dem Porträt seines Bruders. Sein Gesicht war bleich, seine Augen lagen tief in ihren Höhlen, doch er wirkte gefasst.

»Ich weiß, dass Ailsa tot ist«, sagte er, als Pitt die Tür schloss. »Hat sie mit Ihnen gesprochen?«

»Nein. Das war aber auch nicht nötig. Ich weiß ohnehin, warum Talbot sie umgebracht hat. Ich habe versucht, sie zu retten, bin aber zu spät gekommen. Wahrscheinlich ist es besser so.« Er blieb stehen, sodass Kynaston zu ihm aufblicken musste.

»Sie wissen ...«, sagte Kynaston mit belegter Stimme.

»Ja, wahrscheinlich sogar mehr als Sie«, gab Pitt zurück. »Ich weiß, dass Ailsa die Schwester Ingrid Halversens war, deren Tod sie Bennett nicht verziehen hat ...«

Kynaston stand auf. »Bennett konnte aber doch gar nichts dafür! Sie hatte sich in ihn verliebt! Er hat ihr nie den geringsten ... Was sagen Sie da? Ingrids Schwester? Sind Sie ... sicher?«

»Unbedingt. Aber jetzt spielen die wahren Zusammenhänge ohnehin keine Rolle mehr«, sagte Pitt freundlich. »Wahrscheinlich war es tatsächlich nichts als eine Alltagstragödie, aber Ailsa hat Bennett die Schuld daran gegeben. Sie konnte sich nicht mit dem Gedanken abfinden, dass ihre geliebte Schwester psychisch labil war und sich in ihre Wunschvorstellungen hineingesteigert hat, ohne Rücksicht darauf, dass Ihr Bruder sie nicht liebte. Harald Sundström hat ihn auf Ihre Bitte hin gerettet, weshalb Sie unendlich tief in seiner Schuld stehen. Dafür habe ich volles Verständnis. Aber Landesverrat bleibt Landesverrat.«

»Das ist mir bewusst«, gab Kynaston bedrückt zu. »Wenn ich mir das richtig klargemacht hätte, wäre es mir wohl von Anfang an bewusst gewesen. Es hat mit Kleinigkeiten angefangen, der einen oder anderen Antwort auf eine einfache Frage. Es wirkte beinahe harmlos, einfach wie persönliches Interesse.«

»Und Sie waren in Ailsa verliebt ...«

»Geradezu vernarrt«, bestätigte Kynaston. »Ingrid war erst fünfzehn, ist Ihnen das klar? Großer Gott! Wie könnte ich ihr Vorwürfe machen, wenn ich selbst nicht vernünftiger war? Dann war es zu spät ... Ich war wie versteinert, als man die Leiche in der Kiesgrube gefunden hat, weil ich fürchtete, es könnte die arme Kitty sein. Ich hatte geglaubt, man habe sie umgebracht, um mir eine Warnung zukommen zu lassen.«

»Kitty lebt und ist wohlauf«, versicherte ihm Pitt. Es war widersinnig, dass ihm der Mann leidtat, doch genau das war der Fall.

»Es freut mich, das zu hören. Was wird nur aus Rosalind? Auch sie hat all das nicht verdient ...«

Pitt hatte sich bereits entschieden und war entschlossen, seinen Plan durchzuführen. Wenn erst einmal alle Schritte eingeleitet waren, wäre eine Umkehr ohne die peinlichsten Folgen für die Regierung nicht mehr möglich.

»Ihr wird nichts geschehen«, sagte er. »Ich bin auch nicht gekommen, um Sie festzunehmen. Ich weiß, dass Sie Ihre Schwägerin mit geheimen Informationen versorgt haben, die sie an Edom Talbot weitergeleitet hat. Dieser hat sie an Sundström verkauft, der übrigens der Vater von Ailsas erstem Gatten war. Vielleicht haben Sie das nicht gewusst?«

Kynaston sah ihn mit leerem Blick an. Er schüttelte kaum wahrnehmbar den Kopf.

»Sie werden dem Mann auch weiterhin Informationen zur Marinetechnik liefern«, fuhr Pitt fort. »Wir werden eine Möglichkeit finden, wie diese übermittelt werden können. Natürlich wird er erfahren, dass Ailsa tot ist, und zwar infolge eines Streits zwischen Liebesleuten. Wie es aussieht, hat sie Talbot abgewiesen, womit sich dieser nicht abfinden konnte. Man wird ihn unter Mordanklage stellen, und die Geschworenen werden ihn für schuldig befinden.«

»Aber ...«, stotterte Kynaston.

Pitt lächelte. »Sir John Ransom wird Ihnen die Informationen geben, die weitergeleitet werden sollen. Da Ihre Schwägerin das nicht mehr tun kann, wird man Ihnen eine neue Kontaktperson vermitteln. Alles wird über Jack Radley laufen. Ich weiß, dass er sich entschieden hat, die Stellung anzunehmen, die Sie ihm angeboten haben, denn ich habe selbst dafür gesorgt.«

»Aber er ist seinem Land ganz und gar treu ergeben«, widersprach Kynaston. »Er würde nie im Leben …«

»Doch, wenn man ihm den Auftrag dazu erteilt«, entgegnete ihm Pitt. »Ich kenne ihn sehr gut. Vergessen Sie nicht, dass er mein Schwager ist. Er wird dafür sorgen, dass Sundström Informationen bekommt.«

Kynaston zwinkerte. »Ach so, Sie meinen … falsche Informationen …?«

»So ist es. Sie haben großen Schaden angerichtet und werden Ihre Schuld begleichen, indem Sie in Zukunft viel Gutes bewirken.«

Mit Tränen in den Augen ließ sich Kynaston in seinen Sessel sinken. »Ich danke Ihnen«, sagte er mit so rauer Stimme, dass man die Worte kaum verstehen konnte. »Ich danke Ihnen, Pitt.«